大学文科数学

陈吉象　戴瑛　编著

天津大学出版社

内容提要

本书是在多年教学实践基础上，针对大学文科学生特点设计编写的高等学校教材．内容包括离散的线性代数、连续的微积分、随机的概率与数理统计和逻辑（其中包括一节“三段论法”）．前三章章末附有与本章有关的数学简史，第四章章末介绍了有关数学思维方法．书中还附有习题解答或提示，以供参考．

图书在版编目（CIP）数据

大学文科数学/陈吉象，戴瑛主编．－天津：天津大学出版社，1999.9（2024.7重印）

ISBN 978-7-5618-0650-0

Ⅰ.大…　Ⅱ.①陈…　②戴…　Ⅲ.高等数学－高等学校－教材　Ⅳ.013

中国版本图书馆 CIP 数据核字（1999）第 36566 号

出　版　天津大学出版社
地　址　天津市卫津路 92 号天津大学内（邮编：300072）
电　话　发行部：022-27403647　　邮购部：022-27402742
印　刷　北京虎彩文化传播有限公司
发　行　全国各地新华书店
开　本　185mm × 260mm
印　张　18.75
字　数　469 千
版　次　1999 年 8 月第 1 版
印　次　2024 年 7 月第 13 次
定　价　48.00 元

前 言

数学对于自然科学的巨大作用是不言而喻的，它是构筑现代物质文明的重要基石. 然而数学对于社会与人文科学（我们这里所说的文科不包括经济管理类）的作用，数学素质对于现代人整体素质的意义，却是逐渐被人们所认识. 随着知识经济时代的来临，社会经济领域中许多研究对象的数量化趋势越发加强，计算机的广泛普及并深入到人们生活工作中的各个角落，诸如此类现象，向人们提出了一个迫切的问题：每个要想成为有较高文明修养的现代人，应当具备一定的数学素质，因此数学教育对于文科大学生来说，应该是必不可少的了.

事实上，面向21世纪，资源、环境、人口等的压力，知识和信息的大爆炸，越来越短周期的技术更新等等，正在向我们发起严峻的挑战，对学生的应变能力与思维素质的培养，将被提到首要的地位. 大学生在大学的几年学习只是终生学习最重要的一个基础台阶，应该在教师的帮助和校园环境的陶冶下通过合适的知识载体，不断地、自觉地学习和提高自身选择、吸取、整理和创造知识的能力. 数学正是这样一个重要的不可或缺的载体.

文科与理科终究有所区别，这不仅在于学科本身，而且在于学生素质的差异. 许多文科学生由于在中学没有学好数学，数学基础（包括数学知识与数学思维能力）较理科学生差一些（这是指一般情形，少数文科学生也有很好的数学基础），对数学有畏惧感，缺乏兴趣，因而缺乏学习数学的动力. 对于文科学生的数学教育必须考虑到这些.

80年代后期，我们曾自编过文科数学讲义，1995年出版了一套文科高等数学教材. 根据多年来的教学实践，同时吸取了许多兄弟院校的经验，我们对原有讲义和教材进行了修改，设计编写了本教材. 有几点值得说明的是：

1. 关于书名. 我们采用“大学文科数学”，而摒弃了传统的“高等数学”一词. 我们认为，“高等数学”是从前苏联引进的，几十年形成的传统理解是微积分，这早已不适用于当今大学数学的现状了，而“大学文科数学”或将来形成“大学普通数学”之类的名词更为贴切.

2. 关于选材. 现代数学分支五花八门，极其繁多，对于文科学生来说，尤其要抓住其主要的基础性部分. 现代数学总体上可以理解为离散、连续和随机三个门类，又通过逻辑互相关联，因此我们选取了离散的线性代数、连续的微积分、随机的概率与数理统计，最后由逻辑作为结尾. 第四章逻辑中包括一节“三段论法”，这本是形式逻辑学的内容，但根据文科教师、领导的意见，在数学课中应该讲些逻辑学，可以弥补大部分文科系不开设形式逻辑课的不足，而三段论法本身又是数学证明中最重要最基本的工具，与数学逻辑有着密不可分的关系，因此设计了这部分内容.

3. 关于深度与广度. 我们认为，文科学生学习数学的目的，除了一部分实用性很强的内容外，主要是要提高普通的数学素质. 因此，内容选择要适度. 比如极限的 $\varepsilon-\delta$ 定义，我们基本上是摒弃的. 我们认为这不会影响学生数学素质的培养，舍弃了 $\varepsilon-\delta$ 定义，节省的时间用于学习其他使文科学生更感兴趣的东西，激发了学生学习数学的动力，将取得事半功倍的效果.

4. 关于应用. 除第三章概率与数理统计有较强的实用性以外，其他各章是基础性的，但我们仍较多地采用了人文与社会科学中的实例，这将使文科学生能进一步了解数学与文科的密切关系，激发学生学习数学的积极性，也为将来应用数学于研究本门学科提供某些借鉴的模式.

5. 关于层次. 我们对同一内容，一般设计了两个层次：普通与提高. 每一节的最后一段是“补充”，用于提高. 教学中可以参考使用，也可作为学生自学的参考. 习题分（一）和（二）两部分，第（二）部分也是用于提高与扩充的，相当于“补充”部分.

6. 关于附录. 前三章每章末的一节附录，介绍与本章有关的数学简史，提供学生阅读、了解该章内容的某些历史背景. 第四章末的附录介绍有关的数学思维方法，有助于学生对数学概貌的全面了解.

7. 关于课时建议. 一般设想，第一、二、三、四各章分别用 20、48、54、14 学时，也可根据实际情况加以适当调整.

本书的第一、二、四章由陈吉象执笔，第三章由戴瑛执笔，全书由陈吉象统稿. 徐勇泽、刘民千、马惠敏、陈志远同志也做了不少工作. 本书在编写与出版过程中还得到了南开大学教务处、教材科及数学科学学院有关领导的支持，数学科学学院计算站的许多老师为本书研制了配套的计算机辅助教学软件，这将为本书的使用提供十分有力的工具. 对所有给以帮助和支持的领导和老师，作者在此表示衷心的感谢！

作者于南开园

1999.1

目　录

第一章　线性代数……1

1.1　矩阵及其初等变换……1

习题 1.1……7

1.2　矩阵的运算……8

习题 1.2……16

1.3　行列式……18

习题 1.3……29

1.4　一般线性方程组的求解……31

习题 1.4……41

1.5　附录　线性代数学发展史简介……43

第二章　微积分……48

2.1　函数……48

习题 2.1……56

2.2　极限……58

习题 2.2……66

2.3　导数与微分……68

习题 2.3……78

2.4　函数的极值……80

习题 2.4……86

2.5　不定积分……87

习题 2.5……96

2.6　定积分……98

习题 2.6……108

2.7　广义积分与无穷级数……110

习题 2.7……117

2.8　微分方程……118

习题 2.8……126

2.9　附录　微积分的发展简史……128

第三章　概率统计……133

3.1　随机事件及其运算……133

习题 3.1……136

3.2　概率的定义……137

习题 3.2……141

3.3　条件概率及全概率公式……142

习题 3.3……147

3.4　随机变量及其分布 …… 149
习题 3.4 …… 158
3.5　随机变量的数字特征 …… 160
习题 3.5 …… 166
3.6　抽样分布 …… 167
习题 3.6 …… 175
3.7　参数估计 …… 176
习题 3.7 …… 185
3.8　假设检验 …… 186
习题 3.8 …… 198
3.9　方差分析 …… 199
习题 3.9 …… 212
3.10　线性回归分析 …… 214
习题 3.10 …… 228
3.11　附录　概率论与数理统计发展简史 …… 230
第四章　逻辑 …… 235
4.1　概念与命题 …… 235
习题 4.1 …… 239
4.2　逻辑运算的基本定理 …… 241
习题 4.2 …… 245
4.3　三段论法点滴 …… 246
习题 4.3 …… 250
4.4　解析逻辑性问题 …… 251
习题 4.4 …… 254
4.5　附录　数学的逻辑思维方法 …… 255
附录 1　习题解答或提示 …… 263
附录 2　泊松分布数值表 …… 284
附录 3　标准正态分布函数数值表 …… 286
附录 4　t - 分布临界值表 …… 287
附录 5　χ^2 - 分布临界值表 …… 288
附录 6　F - 分布临界值表 …… 289
附录 7　相关系数显著性检验表 …… 294

第一章　线性代数

1.1　矩阵及其初等变换

一、矩阵的定义

在自然科学与社会经济领域，常常碰到线性方程组的问题．所谓线性，是指方程组中包含的变量(未知数)都是一次的．例如我们来解含有三个未知数 x_1,x_2,x_3 的线性方程组

1.1.1 $$\begin{cases} x_1+2x_2-3x_3=8 & \cdots\cdots\cdots\cdots\cdots (1)\\ \quad\quad 5x_2+2x_3=-4 & \cdots\cdots\cdots\cdots\cdots (2)\\ -2x_1 \quad -3x_3=2 & \cdots\cdots\cdots\cdots\cdots (3)\end{cases}$$

(这样的方程组称为三元线性方程组)．先用(3)式加上(1)式的 2 倍，即可消去(3)式中的未知数 x_1，得

$$4x_2-9x_3=18\cdots\cdots\cdots\cdots\cdots (4)$$

在 1.1.1 中用(4)代替(3)，得方程组

1.1.2 $$\begin{cases} x_1+2x_2-3x_3=8 & \cdots\cdots\cdots\cdots\cdots (1)\\ \quad\quad 5x_2+2x_3=-4 & \cdots\cdots\cdots\cdots\cdots (2)\\ \quad\quad 4x_2-9x_3=18 & \cdots\cdots\cdots\cdots\cdots (4)\end{cases}$$

再用(4)式减去(2)式的$\frac{4}{5}$倍，又得

$$-\frac{53}{5}x_3=\frac{106}{5}\cdots\cdots\cdots\cdots\cdots (5)$$

到此，显然可用$-\frac{53}{5}$除(5)式两端，即可解出 $x_3=-2$．然后将 $x_3=-2$ 代入(2)式可得 $x_2=0$．最后将 $x_2=0,x_3=-2$ 代入(1)式即得 $x_1=2,x_2=0,x_3=-2$，这就是方程组 1.1.1 的解．

仔细考察上述求解的过程，不难发现，我们只是对未知数的系数及方程右端的已知参数进行运算，至于未知数的字母 x_1，x_2，x_3 根本未发生任何变化．于是可以在求解过程中弃 x_1，x_2，x_3 而不顾，也即把 1.1.1 缩写成 3 行 4 列的表(横的叫行，竖的叫列)，省略所有未知数的字母，即

1.1.3 $$\begin{pmatrix} 1 & 2 & -3 & 8\\ 0 & 5 & 2 & -4\\ -2 & 0 & -3 & 2\end{pmatrix},$$

这种表就称为矩阵．

定义　形如

$$\textbf{1.1.4}\quad \boldsymbol{A}=\begin{pmatrix} a_{11} & a_{12} & \cdots & a_{1n} \\ a_{21} & a_{22} & \cdots & a_{2n} \\ \vdots & \vdots & \ddots & \vdots \\ a_{m1} & a_{m2} & \cdots & a_{mn} \end{pmatrix}$$

的矩形阵列，称为 $m\times n$ 矩阵，其中 m 与 n 分别是矩阵 $\boldsymbol{A}$ 的行数与列数，阵列中第 i 行第 j 列($1\leqslant i\leqslant m,1\leqslant j\leqslant n$)处的 a_{ij} 称为矩阵 $\boldsymbol{A}$ 的第 i 行第 j 列元素，a_{ij} 的第一个下标 i 是行的序号，第二个下标 j 是列的序号．当 $m=n$ 时，$\boldsymbol{A}$ 特别称为 n 阶方阵或 n 阶矩阵．

注意，矩阵中的 mn 个元素可以是数(整数，实数或复数)，也可以是其他研究对象(例如函数，文字，甚至更小的矩阵等)，本书中只讲元素是实数的矩阵．

假如我们抽出矩阵 $\boldsymbol{A}$ 的第 i 行来，用

$$R_i\boldsymbol{A}=(a_{i1}\ \ a_{i2}\ \ \cdots\ \ a_{in})$$

表示(注意，元素间只是空出一定空隙，并不用逗号分开)，称为 $\boldsymbol{A}$ 的第 i 行(向量)，实际上也是一个 $1\times n$ 矩阵．同理，$\boldsymbol{A}$ 的第 j 列(向量)是

$$C_j\boldsymbol{A}=\begin{pmatrix} a_{1j} \\ a_{2j} \\ \vdots \\ a_{mj} \end{pmatrix}.$$

于是 $\boldsymbol{A}$ 又可表示成

$$\boldsymbol{A}=\begin{pmatrix} R_1\boldsymbol{A} \\ R_2\boldsymbol{A} \\ \vdots \\ R_m\boldsymbol{A} \end{pmatrix}=(C_1A\ \ C_2A\cdots C_nA).$$

我们一般用大写的英文字母表示矩阵 $\boldsymbol{A},\boldsymbol{B},\boldsymbol{C}$ 等，有时 1.1.4 也简写成 $\boldsymbol{A}=(a_{ij})_{mn}$．

例 1　某宿舍有 4 名学生：甲、乙、丙、丁，期末参加数学、英语和政治三门课程的考试，他们的成绩列在下表 1.1 中

表 1.1

学生＼科目	数学	英语	政治	学生＼科目	数学	英语	政治
甲	93	78	77	丙	69	63	65
乙	87	85	73	丁	78	55	69

则可以把这些成绩记成一个 4×3 矩阵

$$\boldsymbol{B}=\begin{pmatrix} 93 & 78 & 77 \\ 87 & 85 & 73 \\ 69 & 63 & 65 \\ 78 & 55 & 69 \end{pmatrix}.$$

例 2　包含 n 个未知数的，由 m 个线性方程组成的线性方程组是

$$
1.1.5\quad \begin{cases} a_{11}x_1 + a_{12}x_2 + \cdots + a_{1n}x_n = b_1 \\ a_{21}x_1 + a_{22}x_2 + \cdots + a_{2n}x_n = b_2 \\ \cdots\ \cdots\ \cdots \\ a_{m1}x_1 + a_{m2}x_2 + \cdots + a_{mn}x_n = b_m \end{cases},
$$

其未知数的 mn 个系数组成 $m\times n$ 矩阵

$$
\boldsymbol{A} = \begin{pmatrix} a_{11} & a_{12} & \cdots & a_{1n} \\ a_{21} & a_{22} & \cdots & a_{2n} \\ \vdots & \vdots & \ddots & \vdots \\ a_{m1} & a_{m2} & \cdots & a_{mn} \end{pmatrix},
$$

称为方程组 1.1.5 的系数矩阵. 方程组右端的 m 个已知参数组成 $m\times 1$ 矩阵

$$
\boldsymbol{B} = \begin{pmatrix} b_1 \\ b_2 \\ \vdots \\ b_m \end{pmatrix}.
$$

把 $\boldsymbol{A}$ 与 $\boldsymbol{B}$ 合在一起，得到一个 $m\times(n+1)$矩阵

$$
\overline{\boldsymbol{A}} = \begin{pmatrix} a_{11} & a_{12} & \cdots & a_{1n} & b_1 \\ a_{21} & a_{22} & \cdots & a_{2n} & b_2 \\ \vdots & \vdots & \ddots & \vdots & \vdots \\ a_{m1} & a_{m2} & \cdots & a_{mn} & b_m \end{pmatrix},
$$

称为 1.1.5 的增广矩阵.

两个 $m\times n$ 矩阵$\boldsymbol{A}=(a_{ij})_{mn}$与$\boldsymbol{B}=(b_{ij})_{mn}$称为相等的，如果 $a_{ij}=b_{ij}$，$1\leqslant i\leqslant m$，$1\leqslant j\leqslant n$. 此时记作 $\boldsymbol{A}=\boldsymbol{B}$. 注意，行数不等或列数不等的矩阵决不能相等.

例 3 $\begin{pmatrix} 1 & 0 & 0 \\ 0 & 1 & 0 \end{pmatrix} \neq \begin{pmatrix} 1 & 0 \\ 0 & 1 \end{pmatrix}$, $\begin{pmatrix} 1 & 0 \\ 0 & 1 \\ 0 & 0 \end{pmatrix} \neq \begin{pmatrix} 1 & 0 \\ 0 & 1 \end{pmatrix}$.

如果矩阵 $\boldsymbol{A}=(a_{ij})_{mn}$的 mn 个元素均为 0，则称 $\boldsymbol{A}$ 为零矩阵，记作 $\boldsymbol{0}_{mn}$，常简记作 $\boldsymbol{0}$，而不标明下标 mn

如果把 $m\times n$ 矩阵$\boldsymbol{A}=(a_{ij})_{mn}$的第 i 行改为第 i 列，第 j 列改为第 j 行，就可得到一个新的 $n\times m$ 矩阵，记作 $\boldsymbol{A}'$，称为 $\boldsymbol{A}$ 的转置(矩阵).

例 4 设 $\overline{\boldsymbol{A}}$ 是 1.1.3 的矩阵，则

$$
\overline{\boldsymbol{A}'} = \begin{pmatrix} 1 & 0 & -2 \\ 2 & 5 & 0 \\ -3 & 2 & -3 \\ 8 & -4 & 2 \end{pmatrix}.
$$

显然，n 阶方阵的转置仍是 n 阶方阵. 而且对任何矩阵 $\boldsymbol{A}$，有$(\boldsymbol{A}')'=\boldsymbol{A}$.

二、矩阵的初等变换

我们回到线性方程组 1.1.1 的求解，该方程组的增广矩阵是

$$
\overline{\boldsymbol{A}} = \begin{pmatrix} 1 & 2 & -3 & 8 \\ 0 & 5 & 2 & -4 \\ -2 & 0 & -3 & 2 \end{pmatrix}.
$$

(3) + (1)·2 = (4)对应于 $\overline{\mathbf{A}}$ 的第 3 行加上第 1 行的 2 倍得(0 4 −9 18),即(4)式的增广矩阵,而 1.1.2 的增广矩阵是用(0 4 −9 18)代替 $\overline{\mathbf{A}}$ 中第 3 行所得. 这个过程可以简单表示为

$$\overline{\mathbf{A}} = \begin{pmatrix} 1 & 2 & -3 & 8 \\ 0 & 5 & 2 & -4 \\ -2 & 0 & -3 & 2 \end{pmatrix} \xrightarrow{R_3 + R_1 \cdot 2} \begin{pmatrix} 1 & 2 & -3 & 8 \\ 0 & 5 & 2 & -4 \\ 0 & 4 & -9 & 18 \end{pmatrix}.$$

后面的求解过程可以类似地表示为

$$\begin{pmatrix} 1 & 2 & -3 & 8 \\ 0 & 5 & 2 & -4 \\ 0 & 4 & -9 & 18 \end{pmatrix} \xrightarrow{R_3 - R_2 \cdot \frac{4}{5}} \begin{pmatrix} 1 & 2 & -3 & 8 \\ 0 & 5 & 2 & -4 \\ 0 & 0 & -\frac{53}{5} & \frac{106}{5} \end{pmatrix} \xrightarrow{R_3 \cdot \left(-\frac{5}{53}\right)} \begin{pmatrix} 1 & 2 & -3 & 8 \\ 0 & 5 & 2 & -4 \\ 0 & 0 & 1 & -2 \end{pmatrix} \xrightarrow[R_2 - R_3 \cdot 2]{R_1 + R_3 \cdot 3}$$

$$\begin{pmatrix} 1 & 2 & 0 & 2 \\ 0 & 5 & 0 & 0 \\ 0 & 0 & 1 & -2 \end{pmatrix} \xrightarrow{R_2 \cdot \frac{1}{5}} \begin{pmatrix} 1 & 2 & 0 & 2 \\ 0 & 1 & 0 & 0 \\ 0 & 0 & 1 & -2 \end{pmatrix} \xrightarrow{R_1 - R_2 \cdot 2} \begin{pmatrix} 1 & 0 & 0 & 2 \\ 0 & 1 & 0 & 0 \\ 0 & 0 & 1 & -2 \end{pmatrix} = C.$$

最后的矩阵 C 对应的线性方程组是

$$\begin{cases} x_1 = 2, \\ x_2 = 0, \\ x_3 = -2. \end{cases}$$

由于上述消元法并不改变方程组的解集，因此原方程组的解也就是 $x_1 = 2$，$x_2 = 0$，$x_3 = -2$. 这种具有相同解集的方程组称为同解方程组.

从矩阵 $\overline{\mathbf{A}}$ 到矩阵 $\mathbf{C}$ 的演算(实际是消元法的矩阵形式)称为矩阵的初等行变换. 除去这些行变换外，还有一种很有用的行变换是交换矩阵的两行，相当于交换两个方程的次序.

定义 对矩阵 $\mathbf{A}$ 施行的下列三种变换称为 $\mathbf{A}$ 的初等行变换：

(1) 交换 $\mathbf{A}$ 的第 i 行与第 j 行($i \neq j$)，记作 $R_i \leftrightarrow R_j$；

(2) 用一个非零实数 c 乘以 $\mathbf{A}$ 的第 i 行，即用该数乘以该行的每个元素，所得各数按原来次序作为同一行的元素，记作 $R_i \cdot c$；

(3) 用一实数 c 乘以 $\mathbf{A}$ 的第 j 行(如同(2)中所述)后加到 $\mathbf{A}$ 的第 i 行上($i \neq j$)，记作 $R_i + R_j \cdot c$ (我们也称之为第 i 行加上第 j 行的 c 倍),当 $c<0$ 时,也记作 $R_i - R_j \cdot (-c)$.

上述三种变换中的行改为列，即称为 $\mathbf{A}$ 的三种初等列变换.

例 5 令 $\mathbf{B}_1 = \begin{pmatrix} x+y+z+2w+3 & 2x-2y+2z-w \\ 3x-4z+1 & -x+y-z-3 \end{pmatrix}$,

$\mathbf{B}_2 = \begin{pmatrix} x+2z+w & x-z+3w+4 \\ 2x-3y-4z+3w+2 & -x+8y-4z-2w-6 \end{pmatrix}$，求 x，y，z，w，使 $B_1 = B_2$.

解 根据矩阵相等的定义，x，y，z 与 w 必须满足

$$\begin{cases} x+y+z+2w+3 = x+2z+w \\ 2x-2y+2z-w = x-z+3w+4 \\ 3x-4z+1 = 2x-3y-4z+3w+2 \\ -x+y-z-3 = -x+8y-4z-2w-6 \end{cases}$$

化简得 x，y，z，w 满足的线性方程组

$$\begin{cases} y - z + w = -3, \\ x - 2y + 3z - 4w = 4, \\ x + 3y - 3w = 1, \\ -7y + 3z + 2w = -3. \end{cases}$$

现用矩阵的初等行变换来求此方程组的解. 该方程组的增广矩阵是

$$\overline{\mathbf{A}} = \begin{pmatrix} 0 & 1 & -1 & 1 & -3 \\ 1 & -2 & 3 & -4 & 4 \\ 1 & 3 & 0 & -3 & 1 \\ 0 & -7 & 3 & 2 & -3 \end{pmatrix}.$$

因 $\overline{a}_{11} = 0$，为此将 $\overline{\mathbf{A}}$ 的第 1，2 两行交换，然后作一系列适当的初等行变换以求解：

$$\overline{\mathbf{A}} \xrightarrow{R_1 \leftrightarrow R_2} \begin{pmatrix} 1 & -2 & 3 & -4 & 4 \\ 0 & 1 & -1 & 1 & -3 \\ 1 & 3 & 0 & -3 & 1 \\ 0 & -7 & 3 & 2 & -3 \end{pmatrix} \xrightarrow{R_3 - R_1} \begin{pmatrix} 1 & -2 & 3 & -4 & 4 \\ 0 & 1 & -1 & 1 & -3 \\ 0 & 5 & -3 & 1 & -3 \\ 0 & -7 & 3 & 2 & -3 \end{pmatrix}$$

$$\xrightarrow[R_4 + R_2 \cdot 7]{R_3 - R_2 \cdot 5} \begin{pmatrix} 1 & -2 & 3 & -4 & 4 \\ 0 & 1 & -1 & 1 & -3 \\ 0 & 0 & 2 & -4 & 12 \\ 0 & 0 & -4 & 9 & -24 \end{pmatrix} \xrightarrow{R_3 \cdot \frac{1}{2}} \begin{pmatrix} 1 & -2 & 3 & -4 & 4 \\ 0 & 1 & -1 & 1 & -3 \\ 0 & 0 & 1 & -2 & 6 \\ 0 & 0 & -4 & 9 & -24 \end{pmatrix}$$

$$\xrightarrow{R_4 + R_3 \cdot 4} \begin{pmatrix} 1 & -2 & 3 & -4 & 4 \\ 0 & 1 & -1 & 1 & -3 \\ 0 & 0 & 1 & -2 & 6 \\ 0 & 0 & 0 & 1 & 0 \end{pmatrix} \xrightarrow[R_3 + R_4 \cdot 2]{R_1 + R_4 \cdot 4,\ R_2 - R_4} \begin{pmatrix} 1 & -2 & 3 & 0 & 4 \\ 0 & 1 & -1 & 0 & -3 \\ 0 & 0 & 1 & 0 & 6 \\ 0 & 0 & 0 & 1 & 0 \end{pmatrix}$$

$$\xrightarrow[R_2 + R_3]{R_1 - R_3 \cdot 3} \begin{pmatrix} 1 & -2 & 0 & 0 & -14 \\ 0 & 1 & 0 & 0 & 3 \\ 0 & 0 & 1 & 0 & 6 \\ 0 & 0 & 0 & 1 & 0 \end{pmatrix} \xrightarrow{R_1 + R_2 \cdot 2} \begin{pmatrix} 1 & 0 & 0 & 0 & -8 \\ 0 & 1 & 0 & 0 & 3 \\ 0 & 0 & 1 & 0 & 6 \\ 0 & 0 & 0 & 1 & 0 \end{pmatrix}.$$

由此解得 $x = -8, y = 3, z = 6, w = 0$.

三、阶梯形矩阵与矩阵的秩

这一段里我们来研究矩阵在初等行变换下能够演变成怎样简单而有用的形式.

如果矩阵中每一行第一个非零元素(称为该行的非零首元)必在上一行非零首元的右下方，则称这样的矩阵为阶梯形矩阵.

例 6 设

a) $\begin{pmatrix} 0 & 2 & -1 & 5 \\ 0 & 0 & 3 & -3 \\ 0 & 0 & 0 & 0 \end{pmatrix}$， b) $\begin{pmatrix} 0 & 2 & -1 & 5 \\ 0 & 0 & 3 & -3 \\ 0 & 0 & 0 & 2 \end{pmatrix}$，

c) $\begin{pmatrix} 1 & 0 & 3 & 0 & 5 \\ 0 & 2 & 0 & 0 & 4 \\ 0 & 0 & -2 & 2 & 0 \\ 0 & 0 & 0 & 0 & -1 \\ 0 & 0 & 0 & 0 & 3 \end{pmatrix}$， d) $\begin{pmatrix} 1 & 0 & 3 & 0 & 5 \\ 0 & 2 & 0 & 0 & 4 \\ 0 & 0 & -2 & 2 & 0 \\ 0 & 0 & 0 & 1 & -1 \\ 0 & 0 & 0 & 0 & 3 \end{pmatrix}$

其中 a)，b)，d)是阶梯形矩阵；而 c)不是，因为其第 5 行非零首元 3 不在第 4 行非零首元

−1 的右下方，而是在 −1 的正下方.

从例 5 的演算过程不难看出，每个矩阵在一系列适当的初等行变换之后，都可变成阶梯形矩阵，这就是下述定理.

1.1.6 定理 任意矩阵均可经有限次初等行变换化为阶梯形.

此定理的一般证明将被略去，我们再用一个具体实例来说明.

例 7 将矩阵 $\boldsymbol{A}=\begin{pmatrix}0&3&2&-1&5\\1&-1&0&0&3\\2&7&3&0&6\\0&-2&5&1&0\end{pmatrix}$ 化为阶梯形.

解

$$\boldsymbol{A}\xrightarrow{R_1\leftrightarrow R_2}\begin{pmatrix}1&-1&0&0&3\\0&3&2&-1&5\\2&7&3&0&6\\0&-2&5&1&0\end{pmatrix}\xrightarrow{R_3-R_1\cdot 2}\begin{pmatrix}1&-1&0&0&3\\0&3&2&-1&5\\0&9&3&0&0\\0&-2&5&1&0\end{pmatrix}\xrightarrow{R_2+R_4}$$

$$\begin{pmatrix}1&-1&0&0&3\\0&1&7&0&5\\0&9&3&0&0\\0&-2&5&1&0\end{pmatrix}\xrightarrow[R_4+R_2\cdot 2]{R_3-R_2\cdot 9}\begin{pmatrix}1&-1&0&0&3\\0&1&7&0&5\\0&0&-60&0&-45\\0&0&19&1&10\end{pmatrix}\xrightarrow{R_3\cdot\left(-\frac{1}{60}\right)}$$

$$\begin{pmatrix}1&-1&0&0&3\\0&1&7&0&5\\0&0&1&0&\frac{3}{4}\\0&0&19&1&10\end{pmatrix}\xrightarrow{R_4-R_3\cdot 19}\begin{pmatrix}1&-1&0&0&3\\0&1&7&0&5\\0&0&1&0&\frac{3}{4}\\0&0&0&1&-\frac{17}{4}\end{pmatrix}=B$$

最后的矩阵 $\boldsymbol{B}$ 是阶梯形了.

如果对上述 $\boldsymbol{B}$ 再施行两个行变换：$R_2-R_3\cdot 7$ 及 R_1+R_2，即得更简单的阶梯形矩阵

$\boldsymbol{C}=\begin{pmatrix}1&0&0&0&\frac{11}{4}\\0&1&0&0&-\frac{1}{4}\\0&0&1&0&\frac{3}{4}\\0&0&0&1&-\frac{17}{4}\end{pmatrix}$. 再进一步，对 $\boldsymbol{C}$ 施行四个初等列变换：$C_5-C_1\cdot\frac{11}{4}$，即将第一列的 $-\frac{11}{4}$ 倍加到第五列上，及 $C_5+C_2\cdot\frac{1}{4}$，$C_5-C_3\cdot\frac{3}{4}$，$C_5+C_4\cdot\frac{17}{4}$，又可将 $\boldsymbol{C}$ 化成所谓标准形矩阵，即

$$\boldsymbol{D}=\begin{pmatrix}1&0&0&0&0\\0&1&0&0&0\\0&0&1&0&0\\0&0&0&1&0\end{pmatrix}.$$

定义 设 $m\times n$ 矩阵 $\boldsymbol{A}=(a_{ij})_{mn}$ 中，$a_{ii}=1$，$i=1,\cdots,r(r\leqslant\min(m,n))$（其中 min

(m, n)表示 m 与 n 这两个数中的较小者)，除此以外所有元素均为0，则称 $\boldsymbol{A}$ 为标准形矩阵，且数 r 称为矩阵 $\boldsymbol{A}$ 的秩.

从例7不难看出，每个矩阵都可经有限次初等变换化为标准形，且可以证明，该标准形的秩 r 与施行怎样的初等变换无关，也就是说，这个数 r 是矩阵的固有特性，于是我们也把这个数 r 称为原矩阵的秩.

定义 若 $m\times n$ 矩阵 $\boldsymbol{A}$ 经有限次初等变换化成秩 r 的标准形 $\boldsymbol{E}$，则称 $\boldsymbol{A}$ 的秩为 r，记作 $r(\boldsymbol{A})=r$，也把 $\boldsymbol{E}$ 称为 $\boldsymbol{A}$ 的标准形.

从例7还可看出，事实上，只要经有限次初等变换，化矩阵 $\boldsymbol{A}$ 为阶梯形 $\boldsymbol{B}$，$\boldsymbol{B}$ 中非零行的行数就是 $\boldsymbol{A}$ 的秩. 也不难发现，在初等变换下，矩阵的秩是不会改变的.

例 8 把矩阵 $\boldsymbol{A}=\begin{pmatrix}1&2&3&4\\1&-2&4&5\\1&10&1&2\end{pmatrix}$ 化为阶梯形，并求 $\boldsymbol{A}$ 的秩及标准形.

解 $\boldsymbol{A}\xrightarrow[R_3-R_1]{R_2-R_1}\begin{pmatrix}1&2&3&4\\0&-4&1&1\\0&8&-2&-2\end{pmatrix}\xrightarrow{R_3+R_2\cdot 2}\begin{pmatrix}1&2&3&4\\0&-4&1&1\\0&0&0&0\end{pmatrix}$，此即 $\boldsymbol{A}$ 的一个阶梯形矩阵，且因其有2个非零行(第1行与第2行)，故 $r(A)=2$，且 $\boldsymbol{A}$ 的标准形是 $\begin{pmatrix}1&0&0&0\\0&1&0&0\\0&0&0&0\end{pmatrix}$.

值得注意，矩阵 $\boldsymbol{A}$ 化成的阶梯形不是唯一的，而标准形是唯一的，事实上，标准形本身就是一个特殊的阶梯形.

习题 1.1

1. 甲、乙两位小学生到文具店，甲买了5个练习本、2块橡皮、10支铅笔，乙买了15个练习本、1块橡皮、3支铅笔，用一个 2×3 矩阵来描述他们购买文具的情况.

2. 写出下列线性方程组的系数矩阵、增广矩阵，并写出它们的转置，分别求出它们的秩及其转置矩阵的秩，你从中能得出什么结论？

(1) $\begin{cases}x_1+2x_2-x_3=1,\\2x_1-x_2+2x_3=0,\\3x_1+x_2-4x_3=4;\end{cases}$　(2) $\begin{cases}x_1+2x_2-x_3-2x_4=0,\\2x_1-x_2-x_3+x_4=1,\\3x_1+x_2-2x_3-x_4=2;\end{cases}$

(3) $\begin{cases}x_1+x_2-3x_4-x_5=0,\\x_1-x_2+2x_3-x_4=0,\\4x_1-2x_2+6x_3+3x_4-4x_5=0,\\2x_1+4x_2-2x_3+4x_4-7x_5=0.\end{cases}$

3. 化下列矩阵为阶梯形及标准形，并求出它们的秩：

(1) $\begin{pmatrix}1&0&1\\2&1&0\\-3&2&-5\end{pmatrix}$；(2) $\begin{pmatrix}1&-1&2\\3&-3&1\\-2&2&-4\end{pmatrix}$；(3) $\begin{pmatrix}1&2\\3&5\end{pmatrix}$；

(4) $\begin{pmatrix} 1 & 3 \\ -1 & -3 \\ 2 & 1 \end{pmatrix}$；(5) $\begin{pmatrix} 0 & 1 & 1 & -1 & 2 \\ 0 & 2 & -2 & -2 & 0 \\ 0 & -1 & -1 & 1 & 1 \\ 1 & 1 & 0 & 1 & -1 \end{pmatrix}$；(6) $\begin{pmatrix} 1 & -2 & 1 & 1 & 1 \\ 1 & -2 & 1 & -1 & -1 \\ 1 & -2 & 1 & -5 & 5 \end{pmatrix}$；

(7) $\begin{pmatrix} 1 & 1 & -1 \\ 0 & 2 & 2 \\ 1 & -1 & 0 \end{pmatrix}$；(8) $\begin{pmatrix} 2 & -1 & 2 & 2 \\ 3 & -4 & 2 & -3 \\ -4 & 3 & 12 & 10 \end{pmatrix}$.

4. 求下列线性方程组的解.

(1) $\begin{cases} 2x_1+2x_2+3x_3=8, \\ x_1-x_2=1, \\ -x_1+2x_2+x_3=1; \end{cases}$ (2) $\begin{cases} 2x_1+x_2-5x_3+x_4=8, \\ x_1-3x_2-6x_4=9, \\ 2x_2-x_3+2x_4=-5, \\ x_1+4x_2-7x_3+6x_4=0; \end{cases}$

(3) $\begin{cases} x_1+x_2+2x_3+3x_4=1, \\ 3x_1-x_2-x_3-2x_4=-4, \\ 2x_1+3x_2-x_3-x_4=-6, \\ x_1+2x_2+3x_3-x_4=-4; \end{cases}$ (4) $\begin{cases} x_1+2x_2+3x_3+4x_4=5, \\ 2x_1+x_2+2x_3+3x_4=1, \\ 3x_1+2x_2+x_3+2x_4=1, \\ 4x_1+3x_2+2x_3+x_4=-5; \end{cases}$

(5) $\begin{cases} x_2-3x_3+4x_4=-5, \\ x_1-2x_3+3x_4=-4, \\ 3x_1+2x_2-5x_4=12, \\ 4x_1+3x_2-5x_3=5; \end{cases}$ (6) $\begin{cases} 2x_1-x_2+3x_3+2x_4=4, \\ 3x_1+3x_2+3x_3+2x_4=6, \\ 3x_1-x_2-x_3+2x_4=6, \\ 3x_1-x_2+3x_3-x_4=6. \end{cases}$

5. 求下列各对矩阵中的未知数 x，y，…，使它们彼此相等：

(1) $\boldsymbol{A}=\begin{pmatrix} x-2y & 0 \\ -2 & 0 \end{pmatrix}$, $\boldsymbol{B}=\begin{pmatrix} 3 & 0 \\ -2 & x+y \end{pmatrix}$；

(2) $\boldsymbol{A}=\begin{pmatrix} x-2 & 3 & 2z \\ 6y & x & 2y \end{pmatrix}$, $\boldsymbol{B}=\begin{pmatrix} y & z & 6 \\ 18z & y+2 & 6z \end{pmatrix}$；

(3) $\boldsymbol{A}=\begin{pmatrix} 2x+y & x \\ x+3y & 2x-y-z \end{pmatrix}$, $\boldsymbol{B}=\begin{pmatrix} x-y-2z+1 & x \\ y+1 & z+1 \end{pmatrix}$；

(4) $\boldsymbol{A}=\begin{pmatrix} x+y & 12 \\ 2x-3 & 2-y \end{pmatrix}$, $\boldsymbol{B}=\begin{pmatrix} 5 & 5x+2 \\ y-2 & x-y \end{pmatrix}$.

6. 写出第 3 题中 8 个矩阵的转置，并用初等列变换求这些转置矩阵的秩，与第 3 题的结果进行比较.

1.2 矩阵的运算

一、矩阵的加减法

两个行数相同列数也相同的矩阵称为同型矩阵，它们可以做加减法. 做加法时，把两矩阵中对应位置处的元素相加，和数放在原位置处，即得到行列数不变的新矩阵，称为原来两矩阵的和. 对于减法与两矩阵的差，可以类似地定义. 用数学语言表达为：

设 $\boldsymbol{A}=\begin{pmatrix}a_{11}&a_{12}&\cdots&a_{1n}\\a_{21}&a_{22}&\cdots&a_{2n}\\\vdots&\vdots&\ddots&\vdots\\a_{m1}&a_{m2}&\cdots&a_{mn}\end{pmatrix}$，$\boldsymbol{B}=\begin{pmatrix}b_{11}&b_{12}&\cdots&b_{1n}\\b_{21}&b_{22}&\cdots&b_{2n}\\\vdots&\vdots&\ddots&\vdots\\b_{m1}&b_{m2}&\cdots&b_{mn}\end{pmatrix}$，

则 $\boldsymbol{A}$ 与 $\boldsymbol{B}$ 的和为矩阵

$$\boldsymbol{A}+\boldsymbol{B}=\begin{pmatrix}a_{11}+b_{11}&a_{12}+b_{12}&\cdots&a_{1n}+b_{1n}\\a_{21}+b_{21}&a_{22}+b_{22}&\cdots&a_{2n}+b_{2n}\\\vdots&\vdots&\ddots&\vdots\\a_{m1}+b_{m1}&a_{m2}+b_{m2}&\cdots&a_{mn}+b_{mn}\end{pmatrix},$$

$\boldsymbol{A}$ 与 $\boldsymbol{B}$ 的差为矩阵

$$\boldsymbol{A}-\boldsymbol{B}=\begin{pmatrix}a_{11}-b_{11}&a_{12}-b_{12}&\cdots&a_{1n}-b_{1n}\\a_{21}-b_{21}&a_{22}-b_{22}&\cdots&a_{2n}-b_{2n}\\\vdots&\vdots&\ddots&\vdots\\a_{m1}-b_{m1}&a_{m2}-b_{m2}&\cdots&a_{mn}-b_{mn}\end{pmatrix}.$$

例 1 设某机械总公司下属一个分公司，其职工按男女区分统计如表 1.2. 我们分别用矩阵 $\boldsymbol{A}$ 和 $\boldsymbol{B}$ 列出总公司和分公司的职工人数情况，然后汇总统计用矩阵 $\boldsymbol{A}+\boldsymbol{B}$ 表示.

表 1.2

	总公司			分公司		
	技术人员	生产工人	其他	技术人员	生产工人	其他
男	50	100	5	100	300	10
女	10	200	15	25	100	20

即 $\boldsymbol{A}=\begin{pmatrix}50&100&5\\10&200&15\end{pmatrix}$，$\boldsymbol{B}=\begin{pmatrix}100&300&10\\25&100&20\end{pmatrix}$.

则汇总为 $\boldsymbol{A}+\boldsymbol{B}=\begin{pmatrix}150&400&15\\35&300&35\end{pmatrix}$，从矩阵 $\boldsymbol{A}+\boldsymbol{B}$ 中可了解该机械公司的职工总数情况：男性技术人员、生产工人和其他职工分别为 150，400 和 15 人，而女性职工分别为 35，300 和 35 人.

例 2 若 $\boldsymbol{A}=\begin{pmatrix}6&5\\1&-1\end{pmatrix}$，$\boldsymbol{B}=\begin{pmatrix}-2&0\\3&4\end{pmatrix}$，则 $\boldsymbol{A}+\boldsymbol{B}=\begin{pmatrix}6+(-2)&5+0\\1+3&-1+4\end{pmatrix}=\begin{pmatrix}4&5\\4&3\end{pmatrix}$.

例 3 设 $\boldsymbol{A}=(a\quad b\quad c)$，$\boldsymbol{B}=(x\quad y\quad z)$，则 $\boldsymbol{A}-\boldsymbol{B}=(a-x\quad b-y\quad c-z)$.

容易验证，矩阵的加法具有下列基本性质：

1.2.1 交换性. $\boldsymbol{A}+\boldsymbol{B}=\boldsymbol{B}+\boldsymbol{A}$.

1.2.2 结合性. $(\boldsymbol{A}+\boldsymbol{B})+\boldsymbol{C}=\boldsymbol{A}+(\boldsymbol{B}+\boldsymbol{C})$.

1.2.3 零矩阵的单位性. $\boldsymbol{A}+\boldsymbol{0}=\boldsymbol{0}+\boldsymbol{A}=\boldsymbol{A}$.

1.2.4 保持转置性. $(\boldsymbol{A}+\boldsymbol{B})'=\boldsymbol{A}'+\boldsymbol{B}'$.

1.2.5 负矩阵的存在性. 对任意矩阵

$\boldsymbol{A}=\begin{pmatrix}a_{11}&a_{12}&\cdots&a_{1n}\\a_{21}&a_{22}&\cdots&a_{2n}\\\vdots&\vdots&\ddots&\vdots\\a_{m1}&a_{m2}&\cdots&a_{mn}\end{pmatrix}$，矩阵 $\begin{pmatrix}-a_{11}&-a_{12}&\cdots&-a_{1n}\\-a_{21}&-a_{22}&\cdots&-a_{2n}\\\vdots&\vdots&\ddots&\vdots\\-a_{m1}&-a_{m2}&\cdots&-a_{mn}\end{pmatrix}$ 称为 $\boldsymbol{A}$ 的负矩阵，记

作 $-\boldsymbol{A}$，且有

$$\boldsymbol{A}+(-\boldsymbol{A})=(-\boldsymbol{A})+\boldsymbol{A}=\boldsymbol{0}.$$

显然，若 $\boldsymbol{A}$ 与 $\boldsymbol{B}$ 是同型矩阵，则 $\boldsymbol{A}-\boldsymbol{B}=\boldsymbol{A}+(-\boldsymbol{B})$.

例 4 设 $\boldsymbol{A}=\begin{pmatrix}2&3&4\\1&0&2\end{pmatrix}$，$\boldsymbol{B}=\begin{pmatrix}-2&1&-1\\3&0&3\end{pmatrix}$，则

$$(\boldsymbol{A}-\boldsymbol{B})'=\begin{pmatrix}2-(-2)&3-1&4-(-1)\\1-3&0-0&2-3\end{pmatrix}'=\begin{pmatrix}4&2&5\\-2&0&-1\end{pmatrix}'=\begin{pmatrix}4&-2\\2&0\\5&-1\end{pmatrix},$$容易看出，

还有 $(\boldsymbol{A}-\boldsymbol{B})'=\boldsymbol{A}'-\boldsymbol{B}'$.

二、矩阵的倍数

前段 1.2.5 引进的负矩阵 $-\boldsymbol{A}$，实际上是将 $\boldsymbol{A}$ 的每个元素乘以 -1，我们不妨将 $-\boldsymbol{A}$ 写成 $(-1)\cdot\boldsymbol{A}$，称为 $\boldsymbol{A}$ 的 -1 倍. 与此相仿，如果作加法运算 $\boldsymbol{A}+\boldsymbol{A}$，其结果是将 $\boldsymbol{A}$ 的每个元素乘以 2，而 $\boldsymbol{A}+\boldsymbol{A}$ 可以认为是 2 倍的 $\boldsymbol{A}$：$2\boldsymbol{A}$. 由此我们推广这种作法，引进矩阵的倍数，或称为矩阵与数的乘法.

定义 设 $k\in\mathbf{R}$（$\mathbf{R}$ 是全体实数组成的集合），$\boldsymbol{A}=\begin{pmatrix}a_{11}&a_{12}&\cdots&a_{1n}\\a_{21}&a_{22}&\cdots&a_{2n}\\\vdots&\vdots&\ddots&\vdots\\a_{m1}&a_{m2}&\cdots&a_{mn}\end{pmatrix}$，则 $\boldsymbol{A}$ 的 k 倍（或称为 $\boldsymbol{A}$ 与数 k 的积）是与 $\boldsymbol{A}$ 同型的矩阵

$$k\boldsymbol{A}=\begin{pmatrix}ka_{11}&ka_{12}&\cdots&ka_{1n}\\ka_{21}&ka_{22}&\cdots&ka_{2n}\\\vdots&\vdots&\ddots&\vdots\\ka_{m1}&ka_{m2}&\cdots&ka_{mn}\end{pmatrix}.$$

例 5 对任意矩阵 $\boldsymbol{A}$，$0\cdot\boldsymbol{A}=\boldsymbol{0}$，$1\cdot\boldsymbol{A}=\boldsymbol{A}$，$(-1)\cdot\boldsymbol{A}=-\boldsymbol{A}$.

例 6 设 $\boldsymbol{A}=\begin{pmatrix}3\\5\\-7\end{pmatrix}$，$\boldsymbol{B}=\begin{pmatrix}22&-4\\16&8\end{pmatrix}$，则

$$3\boldsymbol{A}=3\times\begin{pmatrix}3\\5\\-7\end{pmatrix}=\begin{pmatrix}3\times3\\3\times5\\3\times(-7)\end{pmatrix}=\begin{pmatrix}9\\15\\-21\end{pmatrix},\quad \boldsymbol{B}=\begin{pmatrix}22&-4\\16&8\end{pmatrix}=2\begin{pmatrix}11&-2\\8&4\end{pmatrix}.$$

容易验证，矩阵与数的乘法具有下列基本性质：

1.2.6 对加法的分配性. $k(\boldsymbol{A}+\boldsymbol{B})=k\boldsymbol{A}+k\boldsymbol{B}$,

$$(k+l)\boldsymbol{A}=k\boldsymbol{A}+l\boldsymbol{A}.$$

1.2.7 结合性. $k(l\boldsymbol{A})=(kl)\boldsymbol{A}=l(k\boldsymbol{A})$.

1.2.8 保持转置性. $(k\boldsymbol{A})'=k\boldsymbol{A}'$.

例 7 已知 $\boldsymbol{A}=\begin{pmatrix}3&-2&2&0\\1&3&0&8\\2&4&6&9\end{pmatrix}$，$\boldsymbol{B}=\begin{pmatrix}7&4&-3&3\\3&1&0&7\\5&2&3&9\end{pmatrix}$，且 $\boldsymbol{A}+3\boldsymbol{X}=\boldsymbol{B}$，求矩阵 $\boldsymbol{X}$.

解 $\boldsymbol{A}+3\boldsymbol{X}=\boldsymbol{B}\Leftrightarrow$（记号 $\Leftrightarrow$ 表示等价或充分必要）$3\boldsymbol{X}=\boldsymbol{B}-\boldsymbol{A}\Leftrightarrow$

$$X=\frac{1}{3}(\boldsymbol{B}-\boldsymbol{A})=\frac{1}{3}\begin{pmatrix}7-3 & 4-(-2) & -3-2 & 3-0\\ 3-1 & 1-3 & 0-0 & 7-8\\ 5-2 & 2-4 & 3-6 & 9-9\end{pmatrix}=\frac{1}{3}\begin{pmatrix}4 & 6 & -5 & 3\\ 2 & -2 & 0 & -1\\ 3 & -2 & -3 & 0\end{pmatrix}$$

$$=\begin{pmatrix}\frac{4}{3} & 2 & -\frac{5}{3} & 1\\ \frac{2}{3} & -\frac{2}{3} & 0 & -\frac{1}{3}\\ 1 & -\frac{2}{3} & -1 & 0\end{pmatrix}.$$

三、矩阵的乘法

对于矩阵来说，有一种特殊的乘法，它不同于我们过去熟悉的各种乘法(数与数，矩阵与数的乘法等). 先看一个例子.

例 8 一小学生买了一打铅笔，每支 0.3 元，练习本 15 个，每本 0.2 元，蓝墨水一瓶，价 0.8 元. 问共花去多少钱?

解 共花去的钱数显然是 $0.3\times12+0.2\times15+0.8\times1$，经计算得 7.4 (元). 此算式可用下述形式表达:

$$(0.3\quad 0.2\quad 0.8)\begin{pmatrix}12\\15\\1\end{pmatrix}=0.3\times12+0.2\times15+0.8\times1=7.4\,(\text{元}).$$

这种一行与一列矩阵的运算称为矩阵的乘法. 我们可以将它推广成一般的矩阵乘法. 若记 $\boldsymbol{A}=(0.3\quad 0.2\quad 0.8)$，$\boldsymbol{B}=\begin{pmatrix}12\\15\\1\end{pmatrix}$，则上述乘法就可记成 $\boldsymbol{A}\cdot\boldsymbol{B}$，或甚至省略中间的乘法记号“·”，简写成 $\boldsymbol{AB}$. 但注意，要作这样的乘法，并非任何两个矩阵都可以进行：一个起码的条件是 A 的列数必须与 B 的行数相同.

定义 设 $\boldsymbol{A}=(a_{ij})_{mn}$，$\boldsymbol{B}=(b_{jk})_{np}$ 分别是 $m\times n$，$n\times p$ 矩阵，则 $\boldsymbol{A}$ 与 $\boldsymbol{B}$ 的乘积是 $m\times p$ 矩阵 $\boldsymbol{C}=\boldsymbol{AB}=\begin{pmatrix}c_{11} & c_{12} & \cdots & c_{1p}\\ c_{21} & c_{22} & \cdots & c_{2p}\\ \vdots & \vdots & \ddots & \vdots\\ c_{m1} & c_{m2} & \cdots & c_{mp}\end{pmatrix}$，其中乘积矩阵 $\boldsymbol{C}$ 中第 i 行第 k 列处元素为

$$c_{ik}=a_{i1}b_{1k}+a_{i2}b_{2k}+\cdots+a_{in}b_{nk}=(a_{i1}\quad a_{i2}\quad\cdots\quad a_{in})\begin{pmatrix}b_{1k}\\b_{2k}\\\vdots\\b_{nk}\end{pmatrix},\ 1\leqslant i\leqslant m,\ 1\leqslant k\leqslant p.$$

今后为简便起见，采用一个和式的缩写记号 $\sum$ (读作 Sigma)，即

$$a_{i1}b_{1k}+a_{i2}b_{2k}+\cdots+a_{in}b_{nk}=\sum_{t=1}^{n}a_{it}b_{tk},$$

$\sum$ 称为和号，其下的 $t=1$ 表示 $\sum$ 后面式子 $a_{it}b_{tk}$ 中的下标 t 从 1 开始，顺次取 $t=1$，$t=2$，…，直到 $t=n$，此处下标 t 的最后一个数是 $\sum$ 上面标出的 n，然后将这 n 个式子相加. 于是

$$AB=\begin{pmatrix}a_{11}&a_{12}&\cdots&a_{1n}\\a_{21}&a_{22}&\cdots&a_{2n}\\\vdots&\vdots&\ddots&\vdots\\a_{m1}&a_{m2}&\cdots&a_{mn}\end{pmatrix}\begin{pmatrix}b_{11}&b_{12}&\cdots&b_{1p}\\b_{21}&b_{22}&\cdots&b_{2p}\\\vdots&\vdots&\ddots&\vdots\\b_{n1}&b_{n2}&\cdots&b_{np}\end{pmatrix}=\begin{pmatrix}\sum_{t=1}^{n}a_{1t}b_{t1}&\sum_{t=1}^{n}a_{1t}b_{t2}&\cdots&\sum_{t=1}^{n}a_{1t}b_{tp}\\\sum_{t=1}^{n}a_{2t}b_{t1}&\sum_{t=1}^{n}a_{2t}b_{t2}&\cdots&\sum_{t=1}^{n}a_{2t}b_{tp}\\\vdots&\vdots&\ddots&\vdots\\\sum_{t=1}^{n}a_{mt}b_{t1}&\sum_{t=1}^{n}a_{mt}b_{t2}&\cdots&\sum_{t=1}^{n}a_{mt}b_{tp}\end{pmatrix}.$$

例 9 设 $A=\begin{pmatrix}1&3&-2\\4&-1&5\end{pmatrix}$，$B=\begin{pmatrix}2&-3&4&1\\-1&2&2&0\\4&5&1&1\end{pmatrix}$. 求 AB.

解 此处 A 是 2×3 矩阵，B 是 3×4 矩阵，A 的列数等于 B 的行数，故 AB 有意义，其积矩阵 C 应是 2×4 矩阵. 据定义有

$$C=AB=\begin{pmatrix}1\times2+3\times(-1)+(-2)\times4&1\times(-3)+3\times2+(-2)\times5&1\times4+3\times2+(-2)\times1&1\times1+3\times0+(-2)\times1\\4\times2+(-1)\times(-1)+5\times4&4\times(-3)+(-1)\times2+5\times5&4\times4+(-1)\times2+5\times1&4\times1+(-1)\times0+5\times1\end{pmatrix}$$

$$=\begin{pmatrix}-9&-7&8&-1\\29&11&19&9\end{pmatrix}.$$

例 10 设 $A=\begin{pmatrix}1\\2\\3\end{pmatrix}$，$B=(2\quad0\quad4)$，求 AB 与 BA.

解 $AB=\begin{pmatrix}1\\2\\3\end{pmatrix}(2\quad0\quad4)=\begin{pmatrix}2&0&4\\4&0&8\\6&0&12\end{pmatrix}$，而 $BA=(2\quad0\quad4)\begin{pmatrix}1\\2\\3\end{pmatrix}=(14)$.

例 11 设 $A=\begin{pmatrix}-2&4\\1&-2\end{pmatrix}$，$B=\begin{pmatrix}-16&-32\\8&16\end{pmatrix}$，求 AB，BA.

解 $AB=\begin{pmatrix}-2&4\\1&-2\end{pmatrix}\begin{pmatrix}-16&-32\\8&16\end{pmatrix}=\begin{pmatrix}64&128\\-32&-64\end{pmatrix}$，

而 $BA=\begin{pmatrix}-16&-32\\8&16\end{pmatrix}\begin{pmatrix}-2&4\\1&-2\end{pmatrix}=\begin{pmatrix}0&0\\0&0\end{pmatrix}$.

由例 11 可见，一般说来，矩阵的乘法是不可交换的，甚至像例 10 中那样，AB 与 BA 是两个完全不同型的矩阵. 从例 9 来看，更有甚之，即使 AB 是可乘的，但 BA 就根本无意义了. 此外，例 11 的乘积 $BA=0$，说明两个均非零的矩阵，其乘积可能等于零.

矩阵的乘法具有下列基本性质：

1.2.9 结合性. $(AB)C=A(BC)$.

1.2.10 对加法的分配性. $(A+B)C=AC+BC, C(A+B)=CA+CB$.

1.2.11 对数乘的结合性. $k(AB)=(kA)B=A(kB)$.

1.2.12 关于转置. $(AB)'=B'A'$.

我们仅给出 1.2.12 的证明. 设 $\boldsymbol{A}$ 与 $\boldsymbol{B}$ 分别是 $m\times n$ 与 $n\times p$ 矩阵, $\boldsymbol{AB}$ 是 $m\times p$ 矩阵, 而 $(\boldsymbol{AB})'$ 则为 $p\times m$ 矩阵. 现 $\boldsymbol{A}'$ 与 $\boldsymbol{B}'$ 分别是 $n\times m$ 与 $p\times n$ 矩阵. 于是 $\boldsymbol{B}'$ 与 $\boldsymbol{A}'$ 可乘, 其积 $\boldsymbol{B}'\boldsymbol{A}'$ 也是 $p\times m$ 矩阵. 其次证明矩阵 $(\boldsymbol{AB})'$ 中第 i 行第 j 列元素与积矩阵 $\boldsymbol{B}'\boldsymbol{A}'$ 的第 i 行第 j 列元素相等, $1\leqslant i\leqslant p$, $1\leqslant j\leqslant m$.

事实上, $(\boldsymbol{AB})'$ 中第 i 行第 j 列元素是 $\boldsymbol{AB}$ 中第 j 行第 i 列元素, 据定义, 它是

$$u_{ij}=a_{j1}b_{1i}+a_{j2}b_{2i}+\cdots+a_{jn}b_{ni}=\sum_{t=1}^{n}a_{jt}b_{ti},$$

而 $\boldsymbol{B}'\boldsymbol{A}'$ 的第 i 行第 j 列元素应是 $\boldsymbol{B}'$ 的第 i 行与 $\boldsymbol{A}'$ 的第 j 列对应元素乘积之和, 即 $\boldsymbol{B}$ 的第 i 列与 $\boldsymbol{A}$ 的第 j 行对应元素乘积之和:

$$b_{1i}a_{j1}+b_{2i}a_{j2}+\cdots+b_{ni}a_{jn}=\sum_{t=1}^{n}b_{ti}a_{jt}=\sum_{t=1}^{n}a_{jt}b_{ti}=u_{ij}.$$

由此可见 $(\boldsymbol{AB})'$ 与 $\boldsymbol{B}'\boldsymbol{A}'$ 中第 i 行第 j 列元素对应相等, 故 $(\boldsymbol{AB})'=\boldsymbol{B}'\boldsymbol{A}'$.

在矩阵的乘法中, 有一种矩阵起着特殊的作用, 如同数的乘法中的 1, 我们称这种矩阵为单位矩阵, 它是个方阵, 除左上角到右下角的对角线(称为主对角线)上的元素均为 1 以外全都为 0, 即

$$\boldsymbol{I}_n=\begin{pmatrix}1&0&\cdots&0\\0&1&\cdots&0\\\vdots&\vdots&\ddots&\vdots\\0&0&\cdots&1\end{pmatrix}$$

称为 n 阶单位矩阵.

若 $\boldsymbol{A}$ 是 $m\times n$ 矩阵, 则容易验证

1.2.13 $\boldsymbol{I}_m\boldsymbol{A}=\boldsymbol{A}=\boldsymbol{A}\boldsymbol{I}_n$.

我们把 $\boldsymbol{I}_m\boldsymbol{A}$ 称为用 m 阶单位矩阵 I_m 左乘以 $\boldsymbol{A}$; 同理, $\boldsymbol{A}\boldsymbol{I}_n$ 称为 $\boldsymbol{I}_n$ 右乘以 $\boldsymbol{A}$. 1.2.13 式可以简言之, 任何矩阵左乘或右乘一个单位矩阵, 其积不变.

采用矩阵的乘法, 还可以将一般线性方程组 1.1.5 表述得更简明, 只要用 $\boldsymbol{A}$ 表示其系数矩阵, 再用 $\boldsymbol{X}=\begin{pmatrix}x_1\\x_2\\\vdots\\x_n\end{pmatrix}$ 与 $\boldsymbol{B}=\begin{pmatrix}b_1\\b_2\\\vdots\\b_m\end{pmatrix}$ 分别表示未知数构成的列向量与已知参数构成的列向量, 那么不难根据矩阵乘法及矩阵相等的定义得出 1.1.5 的等价表达式, 即

1.2.14 $\boldsymbol{AX}=\boldsymbol{B}$.

四、逆矩阵

在数学中, 几乎每一种运算都伴随着一种逆运算, 上段中矩阵的乘法是否也有逆运算呢? 我们知道, 算术中乘法的逆运算是除法, 那么两个矩阵是否可以相除呢? 若 a 与 b 是数, 且 $b\neq0$, 有 $a\div b=\dfrac{a}{b}$, 也可写成 $a\cdot\dfrac{1}{b}$, 换言之, 非零数的倒数一旦有了定义, 数的除法也就迎刃而解, 化成了乘法.

对矩阵来说, 单位矩阵 $\boldsymbol{I}_n$ 起着 1 的作用, 依照 $b\cdot\dfrac{1}{b}=1$, 我们考虑, 给定矩阵 $\boldsymbol{A}$, 是否有一个矩阵 $\boldsymbol{X}$ 使得 $\boldsymbol{AX}=\boldsymbol{I}$. 若 $\boldsymbol{A}$ 是 $m\times n$ 矩阵, 则 $\boldsymbol{I}$ 必是 m 阶方阵, 而 $\boldsymbol{X}$ 又必须是

$n\times m$ 矩阵. 对于 $m\neq n$ 的情况，十分复杂. 在矩阵理论中，主要考虑 $m=n$ 的情况，即研究 n 阶矩阵(方阵)的逆的问题.

定义 设 $\boldsymbol{A}$ 是 n 阶矩阵，若存在 n 阶矩阵 $\boldsymbol{B}$ 使得 $\boldsymbol{AB}=\boldsymbol{BA}=\boldsymbol{I}_n$，则称 $\boldsymbol{A}$ 是可逆的，或说 $\boldsymbol{A}$ 是可逆矩阵，而 $\boldsymbol{B}$ 称为 $\boldsymbol{A}$ 的逆矩阵. 可以证明这样的逆矩阵是唯一的，因此可记为 $\boldsymbol{A}^{-1}$. 于是只要 $\boldsymbol{B}$ 满足一个方程 $\boldsymbol{AB}=\boldsymbol{I}_n$ 或 $\boldsymbol{BA}=\boldsymbol{I}_n$，$\boldsymbol{B}$ 就是 $\boldsymbol{A}$ 的逆了.

例 12 设 $\boldsymbol{A}=\begin{pmatrix}2&-1\\-5&3\end{pmatrix}$，则因

$$\begin{pmatrix}2&-1\\-5&3\end{pmatrix}\begin{pmatrix}3&1\\5&2\end{pmatrix}=\begin{pmatrix}3&1\\5&2\end{pmatrix}\begin{pmatrix}2&-1\\-5&3\end{pmatrix}=\begin{pmatrix}1&0\\0&1\end{pmatrix},$$

故 $\boldsymbol{A}^{-1}=\begin{pmatrix}3&1\\5&2\end{pmatrix}$.

什么样的方阵能有逆矩阵呢？其判断的条件将在下节中讨论. 本节的最后，我们将用初等变换的方法来求出给定可逆矩阵的逆矩阵，其基本思想还源于用初等变换解线性方程组.

现考虑 n 个未知数的由 n 个方程组成的线性方程组 1.1.5(即 $m=n$ 的情形). 用初等行变换来求其解时,先列出它的增广矩阵 $\overline{\boldsymbol{A}}$，$\overline{\boldsymbol{A}}$ 中左边的 n 列排成一个 n 阶矩阵,即可逆的系数矩阵 $\boldsymbol{A}$，而最后一列(第 $n+1$ 列)为参数构成的一列 $\boldsymbol{B}$，于是可把 $\overline{\boldsymbol{A}}$ 写成 $\overline{\boldsymbol{A}}=(\boldsymbol{A}\quad\boldsymbol{B})$，为求出解，通过初等行变换将 $\overline{\boldsymbol{A}}=(\boldsymbol{A}\quad\boldsymbol{B})$ 化成形如 $(\boldsymbol{I}_n\quad\boldsymbol{Y})$ 的形式，$\boldsymbol{Y}$ 仍是 $n\times1$ 矩阵，与 $\boldsymbol{B}$ 同型. 设 $\boldsymbol{A}$ 的逆矩阵是 $\boldsymbol{A}^{-1}$，从 $\overline{\boldsymbol{A}}$ 到 $(\boldsymbol{I}_n\quad\boldsymbol{Y})$ 的演变过程尤如在 $\overline{\boldsymbol{A}}$ 左边乘了一个矩阵 $\boldsymbol{A}^{-1}$，即

$$\boldsymbol{A}^{-1}\overline{\boldsymbol{A}}=\boldsymbol{A}^{-1}(\boldsymbol{A}\quad\boldsymbol{B})=(\boldsymbol{A}^{-1}\boldsymbol{A}\quad\boldsymbol{A}^{-1}\boldsymbol{B})=(\boldsymbol{I}_n\quad\boldsymbol{A}^{-1}\boldsymbol{B}),$$

即 $\boldsymbol{Y}=\boldsymbol{A}^{-1}\boldsymbol{B}$. $\boldsymbol{A}^{-1}(\boldsymbol{A}\quad\boldsymbol{B})=(\boldsymbol{A}^{-1}\boldsymbol{A}\quad\boldsymbol{A}^{-1}\boldsymbol{B})$ 这样的乘法称为分块矩阵的乘法，可以证明这样做是有充分依据的，但我们将略去有关的详细论证. 现在将上述作法进一步推广，把 $\boldsymbol{B}$ 改成 n 阶矩阵，特别改成 n 阶单位矩阵 $\boldsymbol{I}_n$，于是有

$$\boldsymbol{A}^{-1}(\boldsymbol{A}\quad\boldsymbol{I}_n)=(\boldsymbol{A}^{-1}\boldsymbol{A}\quad\boldsymbol{A}^{-1}\boldsymbol{I}_n)=(\boldsymbol{I}_n\quad\boldsymbol{A}^{-1}),$$

最后一个矩阵的右边半个就是 $\boldsymbol{A}$ 的逆矩阵 $\boldsymbol{A}^{-1}$，而在 $(\boldsymbol{A}\quad\boldsymbol{B})$ 左乘以 $\boldsymbol{A}^{-1}$ 相当于对 $(\boldsymbol{A}\quad\boldsymbol{B})$ 施以若干初等行变换，由此我们就得到了求给定可逆矩阵 $\boldsymbol{A}$ 的逆矩阵 $\boldsymbol{A}^{-1}$ 的做法. 即先列出 $n\times(2n)$ 矩阵 $(\boldsymbol{A}\quad\boldsymbol{I}_n)$，对此施行若干初等行变换，将其中左边的 $\boldsymbol{A}$ 化成 $\boldsymbol{I}_n$，同时也就把右边的 $\boldsymbol{I}_n$ 化成了 $\boldsymbol{A}^{-1}$.

例 13 求 $\boldsymbol{A}=\begin{bmatrix}0&1&2\\1&1&4\\2&-1&0\end{bmatrix}$ 的逆矩阵.

解

$$(\boldsymbol{A}\quad\boldsymbol{I}_3)=\begin{bmatrix}0&1&2&1&0&0\\1&1&4&0&1&0\\2&-1&0&0&0&1\end{bmatrix}\xrightarrow{R_1\leftrightarrow R_2}\begin{bmatrix}1&1&4&0&1&0\\0&1&2&1&0&0\\2&-1&0&0&0&1\end{bmatrix}$$

$$\xrightarrow{R_3-R_1\cdot 2}\begin{bmatrix}1&1&4&0&1&0\\0&1&2&1&0&0\\0&-3&-8&0&-2&1\end{bmatrix}\xrightarrow{R_3+R_2\cdot 3}\begin{bmatrix}1&1&4&0&1&0\\0&1&2&1&0&0\\0&0&-2&3&-2&1\end{bmatrix}$$

$$\xrightarrow{R_3\cdot(-\frac{1}{2})}\begin{bmatrix}1&1&4&0&1&0\\0&1&2&1&0&0\\0&0&1&-\frac{3}{2}&1&-\frac{1}{2}\end{bmatrix}\xrightarrow[R_1-R_3\cdot 4]{R_2-R_3\cdot 2}\begin{bmatrix}1&1&0&6&-3&2\\0&1&0&4&-2&1\\0&0&1&-\frac{3}{2}&1&-\frac{1}{2}\end{bmatrix}$$

$$\xrightarrow{R_1-R_2}\begin{pmatrix}1&0&0&2&-1&1\\0&1&0&4&-2&1\\0&0&1&-\frac{3}{2}&1&-\frac{1}{2}\end{pmatrix}.$$

由此即得 $\boldsymbol{A}$ 的逆矩阵 $\boldsymbol{A}^{-1}=\begin{pmatrix}2&-1&1\\4&-2&1\\-\frac{3}{2}&1&-\frac{1}{2}\end{pmatrix}$. 可以验证，确有 $\boldsymbol{AA}^{-1}=\boldsymbol{A}^{-1}\boldsymbol{A}=\boldsymbol{I}_3$.

当然，对于可逆矩阵 $\boldsymbol{A}$ 来说，也可应用初等列变换的方法求 $\boldsymbol{A}^{-1}$，不过此时应从 $(2n)\times n$ 矩阵 $\begin{pmatrix}\boldsymbol{A}\\\boldsymbol{I}_n\end{pmatrix}$ 出发，施行一系列初等列变换，将 $\boldsymbol{A}$ 化成 $\boldsymbol{I}_n$，同时也就把 $\boldsymbol{I}_n$ 化成了 $\boldsymbol{A}^{-1}$.

值得注意，用初等变换的方法求逆矩阵时，应始终保持行变换或列变换，千万不能混合使用，时而行变换，时而列变换，那是绝不允许的.

逆矩阵的下述基本性质是容易验证的：

1.2.15 $(\boldsymbol{A}^{-1})^{-1}=\boldsymbol{A}$.

1.2.16 $(\boldsymbol{AB})^{-1}=\boldsymbol{B}^{-1}\boldsymbol{A}^{-1}$.

1.2.17 $(\boldsymbol{A}')^{-1}=(\boldsymbol{A}^{-1})'$.

我们仅给出 1.2.17 的证明. 事实上，

$$\boldsymbol{A}'\cdot(\boldsymbol{A}^{-1})'=(\boldsymbol{A}^{-1}\cdot\boldsymbol{A})'=\boldsymbol{I}'=\boldsymbol{I},$$

同理可证 $(\boldsymbol{A}^{-1})'\cdot\boldsymbol{A}'=\boldsymbol{I}$. 此即表明 1.2.17 的正确性.

最后，我们将上述求逆矩阵的方法进一步推广到求解一般的矩阵方程 $\boldsymbol{AX}=\boldsymbol{B}$. 若 $\boldsymbol{A}$ 是可逆的，在 $\boldsymbol{AX}=\boldsymbol{B}$ 的两边同时左乘矩阵 $\boldsymbol{A}^{-1}$，即得 $\boldsymbol{A}^{-1}(\boldsymbol{AX})=\boldsymbol{A}^{-1}\boldsymbol{B}$，或 $\boldsymbol{IX}=\boldsymbol{A}^{-1}\boldsymbol{B}$，因此有 $\boldsymbol{X}=\boldsymbol{A}^{-1}\boldsymbol{B}$. 具体做法是设置矩阵 $(\boldsymbol{A}\quad\boldsymbol{B})$，通过左乘 $\boldsymbol{A}^{-1}$，得 $\boldsymbol{A}^{-1}(\boldsymbol{A}\quad\boldsymbol{B})=(\boldsymbol{I}\quad\boldsymbol{A}^{-1}\boldsymbol{B})$，因此与求逆相仿，对矩阵 $(\boldsymbol{A}\quad\boldsymbol{B})$ 施以适当的初等行变换，将 $\boldsymbol{A}$ 化成 $\boldsymbol{I}$，从而同时就将 $\boldsymbol{B}$ 化成了 $\boldsymbol{A}^{-1}\boldsymbol{B}$.

例 14 设 $\boldsymbol{A}=\begin{pmatrix}1&0&1\\3&1&0\\1&0&0\end{pmatrix}$，$\boldsymbol{B}=\begin{pmatrix}-1&4&2\\0&3&1\\2&-5&1\end{pmatrix}$，求方程 $\boldsymbol{AX}=\boldsymbol{B}$ 的解.

解

$$\begin{pmatrix}1&0&1&-1&4&2\\3&1&0&0&3&1\\1&0&0&2&-5&1\end{pmatrix}\xrightarrow{R_1\leftrightarrow R_3}\begin{pmatrix}1&0&0&2&-5&1\\3&1&0&0&3&1\\1&0&1&-1&4&2\end{pmatrix}\xrightarrow[R_3-R_1]{R_2-R_1\cdot 3}$$

$$\begin{pmatrix}1&0&0&2&-5&1\\0&1&0&-6&18&-2\\0&0&1&-3&9&1\end{pmatrix}.$$

故得 $\boldsymbol{X}=\boldsymbol{A}^{-1}\boldsymbol{B}=\begin{pmatrix}2&-5&1\\-6&18&-2\\-3&9&1\end{pmatrix}$.

例 15 求解方程 $\boldsymbol{X}\begin{pmatrix}1&1&-1\\-2&1&1\\1&1&1\end{pmatrix}=\begin{pmatrix}1&-1&1\\0&3&1\end{pmatrix}$.

解 因 $X = \begin{pmatrix} 1 & -1 & 1 \\ 0 & 3 & 1 \end{pmatrix}\begin{pmatrix} 1 & 1 & -1 \\ -2 & 1 & 1 \\ 1 & 1 & 1 \end{pmatrix}^{-1}$，逆是右乘的，则要进行初等列变换来求．即从 5×3 矩阵 $C = \begin{pmatrix} 1 & 1 & -1 \\ -2 & 1 & 1 \\ 1 & 1 & 1 \\ 1 & -1 & 1 \\ 0 & 3 & 1 \end{pmatrix}$ 出发，施行适当列变换，将 C 中前 3 行化成 3 阶单位矩阵，同时也就把 $\begin{pmatrix} 1 & -1 & 1 \\ 0 & 3 & 1 \end{pmatrix}$ 化成了要求的 X.

$$C \xrightarrow[C_3+C_1]{C_2-C_1} \begin{pmatrix} 1 & 0 & 0 \\ -2 & 3 & -1 \\ 1 & 0 & 2 \\ 1 & -2 & 2 \\ 0 & 3 & 1 \end{pmatrix} \xrightarrow[C_2\leftrightarrow C_3]{} \begin{pmatrix} 1 & 0 & 0 \\ -2 & -1 & 3 \\ 1 & 2 & 0 \\ 1 & 2 & -2 \\ 0 & 1 & 3 \end{pmatrix} \xrightarrow[C_2\cdot(-1)]{} \begin{pmatrix} 1 & 0 & 0 \\ -2 & 1 & 3 \\ 1 & -2 & 0 \\ 1 & -2 & -2 \\ 0 & -1 & 3 \end{pmatrix}$$

$$\xrightarrow[C_3-C_2\cdot 3]{} \begin{pmatrix} 1 & 0 & 0 \\ -2 & 1 & 0 \\ 1 & -2 & 6 \\ 1 & -2 & 4 \\ 0 & -1 & 6 \end{pmatrix} \xrightarrow[C_3\cdot\left(\frac{1}{6}\right)]{} \begin{pmatrix} 1 & 0 & 0 \\ -2 & 1 & 0 \\ 1 & -2 & 1 \\ 1 & -2 & \frac{2}{3} \\ 0 & -1 & 1 \end{pmatrix} \xrightarrow[C_1-C_3]{C_2+C_3\cdot 2} \begin{pmatrix} 1 & 0 & 0 \\ -2 & 1 & 0 \\ 0 & 0 & 1 \\ \frac{1}{3} & -\frac{2}{3} & \frac{2}{3} \\ -1 & 1 & 1 \end{pmatrix}$$

$$\xrightarrow[C_1+C_2\cdot 2]{} \begin{pmatrix} 1 & 0 & 0 \\ 0 & 1 & 0 \\ 0 & 0 & 1 \\ -1 & -\frac{2}{3} & \frac{2}{3} \\ 1 & 1 & 1 \end{pmatrix}.$$

由此得 $X = \begin{pmatrix} -1 & -\frac{2}{3} & \frac{2}{3} \\ 1 & 1 & 1 \end{pmatrix}$.

习题 1.2

1．设 $A = \begin{pmatrix} -2 & 0 \\ 3 & 4 \end{pmatrix}$，$B = \begin{pmatrix} 2 & 7 \\ -3 & 6 \end{pmatrix}$．求 $A+B$，$2A-3B$，$B-6A$，$5B+A$．

2．设 $A = \begin{pmatrix} 2 & 1 & -3 \\ 3 & 2 & 2 \\ -1 & 0 & 4 \end{pmatrix}$，$B = \begin{pmatrix} 2 & 0 & 6 \\ -1 & 3 & -1 \\ 2 & 5 & 2 \end{pmatrix}$，$C = \begin{pmatrix} 1 & 2 & 3 \\ 3 & 5 & -7 \\ -4 & 6 & 2 \end{pmatrix}$.

求 X，使得 $A+X-B=C$.

3．设 $a=(1\quad 0\quad 3\quad 2)'$，$b=(2\quad 3\quad -1\quad 4)'$．求 $3a'-2b'$，$a'-b'$ 及 $4a-3b$.

4．已知 $a+3b=(2\quad 1\quad 5\quad 2\quad 0)$，$a-b=(6\quad 1\quad 1\quad -2\quad -8)$，求 a 及 b.

5．计算下列各矩阵的积：

(1) $\begin{pmatrix}1&1&1\\2&1&3\end{pmatrix}\begin{pmatrix}1&2&2\\0&3&-2\\-1&4&3\end{pmatrix}$; (2) $\begin{pmatrix}4&0&1\\0&3&0\\6&1&-3\end{pmatrix}\begin{pmatrix}4&-2\\2&1\\0&3\end{pmatrix}$;

(3) $\begin{pmatrix}3&1&-1\\1&2&-1\\2&1&3\end{pmatrix}\begin{pmatrix}-1&1&3\\2&4&0\\0&-2&6\end{pmatrix}$; (4) $\begin{pmatrix}1\\2\\1\end{pmatrix}(-3\quad 4\quad 0)$;

(5) $(-3\quad 4\quad 0)\begin{pmatrix}1\\2\\1\end{pmatrix}$.

6. 设 $\boldsymbol{A}=\begin{pmatrix}1&0\\1&1\end{pmatrix}$，$\boldsymbol{B}=\begin{pmatrix}1&1\\-1&0\end{pmatrix}$，$\boldsymbol{C}=\begin{pmatrix}1&2\\3&-1\end{pmatrix}$，$\boldsymbol{D}=\begin{pmatrix}4&1\\0&2\end{pmatrix}$. 求：

(1) $\boldsymbol{AB}$，$\boldsymbol{BA}$； (2) $\boldsymbol{AC}$，$\boldsymbol{BD}$，$\boldsymbol{AD}$；

(3) $(\boldsymbol{A}+\boldsymbol{B})(\boldsymbol{A}-\boldsymbol{B})-(\boldsymbol{A}+2\boldsymbol{B})(\boldsymbol{B}-\boldsymbol{A})$； (4) $\boldsymbol{A}(\boldsymbol{B}+\boldsymbol{C}-\boldsymbol{D})$.

7. 设 $\boldsymbol{A}=\begin{pmatrix}a_{11}&a_{12}&a_{13}&a_{14}\\a_{21}&a_{22}&a_{23}&a_{24}\\a_{31}&a_{32}&a_{33}&a_{34}\end{pmatrix}$. 求：

(1) $\begin{pmatrix}1&0&0\\0&1&0\\0&0&1\end{pmatrix}\boldsymbol{A}$； (2) $\begin{pmatrix}0&0&1\\0&1&0\\1&0&0\end{pmatrix}\boldsymbol{A}$； (3) $\boldsymbol{A}\begin{pmatrix}1&0&0&0\\0&1&0&0\\0&0&1&0\\0&0&0&1\end{pmatrix}$；

(4) $\begin{pmatrix}1&0&0\\0&0&1\\0&1&0\end{pmatrix}\boldsymbol{A}$； (5) $\begin{pmatrix}1&0&0\\k&1&0\\0&0&1\end{pmatrix}\boldsymbol{A}$； (6) $\boldsymbol{A}\begin{pmatrix}1&0&0&0\\0&0&1&0\\0&0&0&1\\0&1&0&0\end{pmatrix}$.

8. 若矩阵 $\boldsymbol{A}$ 与 $\boldsymbol{B}$ 满足 $\boldsymbol{AB}=\boldsymbol{BA}$，则称 $\boldsymbol{A}$ 与 $\boldsymbol{B}$ 服从乘法交换律. 设 $\boldsymbol{A}=\begin{pmatrix}a&b\\c&d\end{pmatrix}\neq\begin{pmatrix}1&0\\0&1\end{pmatrix}$，且 $\boldsymbol{B}=\begin{pmatrix}1&1\\-1&1\end{pmatrix}$. 求 a，b，c，d 的值，使 $\boldsymbol{A}$ 与 $\boldsymbol{B}$ 服从乘法交换律.

9. 计算 $(x\quad y\quad 1)\begin{pmatrix}a_{11}&a_{12}&b_1\\a_{12}&a_{22}&b_2\\b_1&b_2&c\end{pmatrix}\begin{pmatrix}x\\y\\1\end{pmatrix}$ 及 $(x\quad y\quad z)\begin{pmatrix}1&2&3\\2&-1&-2\\3&0&4\end{pmatrix}\begin{pmatrix}x\\y\\z\end{pmatrix}$.

10. 用矩阵的乘法表示下列线性方程组：

(1) $\begin{cases}4x_1+3x_2=6\\x_1-2x_2=-3\end{cases}$； (2) $\begin{cases}3x_1-2x_2=0\\x_1+3x_2=1\\2x_1-4x_2=-3\end{cases}$；

(3) $\begin{cases}x_1+2x_2-6x_3=7\\2x_1+3x_2+4x_3=0\\x_2-9x_3=2\end{cases}$； (4) $\begin{cases}x_1+x_2-3x_4-x_5=0\\x_1-x_2+2x_3-x_4=0\\4x_1-2x_2+6x_3+3x_4-4x_5=0\\2x_1+4x_2-2x_3+4x_4-7x_5=0\end{cases}$.

11. 对于 n 阶矩阵 $\boldsymbol{A}$ 及任意正整数 m，令 $\boldsymbol{A}^m=\underbrace{\boldsymbol{AA}\cdots\boldsymbol{A}}_{m个}$，且记 $\boldsymbol{A}^0=\boldsymbol{I}_n$. 又若 $\boldsymbol{A}$ 是可

逆矩阵，则记 $A^{-m}=\underbrace{A^{-1}A^{-1}\cdots A^{-1}}_{m个}$. 对下列的 A，求 A^2，A^3，A^4 及 A^{-2}.

(1) $A=\begin{pmatrix}1&0\\3&2\end{pmatrix}$；　(2) $A=\begin{pmatrix}1&0\\0&1\end{pmatrix}$；　(3) $A=\begin{pmatrix}0&1\\1&0\end{pmatrix}$；

(4) $A=\begin{pmatrix}a&0&0\\0&b&0\\0&0&c\end{pmatrix}$；　(5) $A=\begin{pmatrix}0&1&1\\0&-1&2\\6&3&-2\end{pmatrix}$；　(6) $A=\begin{pmatrix}1&1&1\\0&1&1\\0&0&1\end{pmatrix}$.

12. 求下列矩阵的逆：

(1) $\begin{pmatrix}2&-3\\-1&3\end{pmatrix}$；　(2) $\begin{pmatrix}1&0\\1&1\end{pmatrix}$；　(3) $\begin{pmatrix}3&0\\-2&-4\end{pmatrix}$；

(4) $\begin{pmatrix}2&1&7\\5&3&-1\\-4&-3&2\end{pmatrix}$；　(5) $\begin{pmatrix}1&1&-1\\0&2&2\\1&-1&0\end{pmatrix}$；　(6) $\begin{pmatrix}0&1&2\\2&-1&0\\1&1&4\end{pmatrix}$；

(7) $\begin{pmatrix}2&1&0&0&0\\0&2&1&0&0\\0&0&2&1&0\\0&0&0&2&1\\0&0&0&0&2\end{pmatrix}$.

13. 解下列矩阵方程：

(1) $\begin{pmatrix}3&-2\\-4&3\end{pmatrix}X=\begin{pmatrix}7&-1\\0&5\end{pmatrix}$；　(2) $X\begin{pmatrix}3&-2\\-4&3\end{pmatrix}=\begin{pmatrix}7&-1\\0&5\end{pmatrix}$；

(3) $\begin{pmatrix}2&1&1\\3&0&2\\2&-1&2\end{pmatrix}X=\begin{pmatrix}2&3&5\\1&0&-3\\0&-1&2\end{pmatrix}$；　(4) $X\begin{pmatrix}2&1&1\\3&0&2\\2&-1&2\end{pmatrix}=\begin{pmatrix}2&3&5\\1&0&-3\\0&-1&2\end{pmatrix}$.

1.3 行列式

行列式是线性代数里最基本的概念之一，它在整个线性代数的理论及实际应用中都发挥了极重要的作用，其一就是判定任意方阵是否可逆.

一、行列式的定义

我们知道，对于二元一次(线性)方程组

1.3.1 $$\begin{cases}a_{11}x_1+a_{12}x_2=b_1,\\ a_{21}x_1+a_{22}x_2=b_2,\end{cases}$$

除了应用增广矩阵 $\begin{pmatrix}a_{11}&a_{12}&b_1\\a_{21}&a_{22}&b_2\end{pmatrix}$ 的初等行变换求解以外，可以直接用加减消元法求其解. 事实上，增广矩阵的初等行变换的实质还是加减消元. 1.3.1 的解是

$$x_1=\frac{b_1a_{22}-b_2a_{12}}{a_{11}a_{22}-a_{21}a_{12}},\quad x_2=\frac{b_2a_{11}-b_1a_{21}}{a_{11}a_{22}-a_{21}a_{12}}.$$

我们发现，解 x_1，x_2 的分母是相同的数 $a_{11}a_{22}-a_{21}a_{12}$，而分子分别是 $b_1a_{22}-b_2a_{12}$，$b_2a_{11}-b_1a_{21}$；如果你能仔细地观察一下，就会进一步发现：x_1 的分子是把分母中的 a_{11}，

a_{21}分别用 b_1，b_2 代替，而 x_2 的分子则是把分母中的 a_{12}，a_{22}分别用 b_1，b_2 代替．由此我们受到启发，定义一个记号

$$\textbf{1.3.2} \quad \begin{vmatrix} a_{11} & a_{12} \\ a_{21} & a_{22} \end{vmatrix} = a_{11}a_{22} - a_{21}a_{12}.$$

类似地，$\begin{vmatrix} b_1 & a_{12} \\ b_2 & a_{22} \end{vmatrix} = b_1a_{22} - b_2a_{12}$，$\begin{vmatrix} a_{11} & b_1 \\ a_{21} & b_2 \end{vmatrix} = b_2a_{11} - b_1a_{21}$．而且 1.3.2 的左端形状与二阶方阵$\begin{pmatrix} a_{11} & a_{12} \\ a_{21} & a_{22} \end{pmatrix}$大同小异．于是我们就把记号$\begin{vmatrix} a_{11} & a_{12} \\ a_{21} & a_{22} \end{vmatrix}$(实际上它是一个数 $a_{11}a_{22} - a_{21}a_{12}$）称为二阶方阵$\begin{pmatrix} a_{11} & a_{12} \\ a_{21} & a_{22} \end{pmatrix}$的行列式，简称二阶行列式．

于是，只要二阶行列式$\begin{vmatrix} a_{11} & a_{12} \\ a_{21} & a_{22} \end{vmatrix} \neq 0$，方程组 1.3.1 就有唯一解，利用行列式记号，这个解的公式成为简单易记了，即

$$\textbf{1.3.3} \quad x_1 = \frac{\begin{vmatrix} b_1 & a_{12} \\ b_2 & a_{22} \end{vmatrix}}{\begin{vmatrix} a_{11} & a_{12} \\ a_{21} & a_{22} \end{vmatrix}}, \qquad x_2 = \frac{\begin{vmatrix} a_{11} & b_1 \\ a_{21} & b_2 \end{vmatrix}}{\begin{vmatrix} a_{11} & a_{12} \\ a_{21} & a_{22} \end{vmatrix}}.$$

我们也称行列式 1.3.2 为方程组 1.3.1 的系数行列式，公式 1.3.3 称为求解方程组 1.3.1 的克莱姆(G.Cramer，1704－1752)法则．我们将在本节的结尾介绍一般的 n 元线性方程组的克莱姆法则，而它涉及的行列式概念与计算方法，在近代数学领域是基本且重要的，我们将首先向读者作一简要的介绍．

在 1.3.2 中我们已经定义了二阶行列式，由此我们又可用它来定义三阶(矩阵的)行列式．

定义 3 阶矩阵$\begin{pmatrix} a_{11} & a_{12} & a_{13} \\ a_{21} & a_{22} & a_{23} \\ a_{31} & a_{32} & a_{33} \end{pmatrix}$的行列式是数

$$\textbf{1.3.4} \quad \begin{vmatrix} a_{11} & a_{12} & a_{13} \\ a_{21} & a_{22} & a_{23} \\ a_{31} & a_{32} & a_{33} \end{vmatrix} = a_{11}\begin{vmatrix} a_{22} & a_{23} \\ a_{32} & a_{33} \end{vmatrix} - a_{12}\begin{vmatrix} a_{21} & a_{23} \\ a_{31} & a_{33} \end{vmatrix} + a_{13}\begin{vmatrix} a_{21} & a_{22} \\ a_{31} & a_{32} \end{vmatrix}.$$

事实上，可以进一步展开上式的右端得

$$\begin{vmatrix} a_{11} & a_{12} & a_{13} \\ a_{21} & a_{22} & a_{23} \\ a_{31} & a_{32} & a_{33} \end{vmatrix} = a_{11}a_{22}a_{33} - a_{11}a_{23}a_{32} - a_{12}a_{21}a_{33} + a_{12}a_{23}a_{31} + a_{13}a_{21}a_{32} - a_{13}a_{22}a_{31}.$$

为便于记忆，3 阶行列式可用下图简单表示出来，其中实线所连接的项取正号，虚线所连接的项取负号．

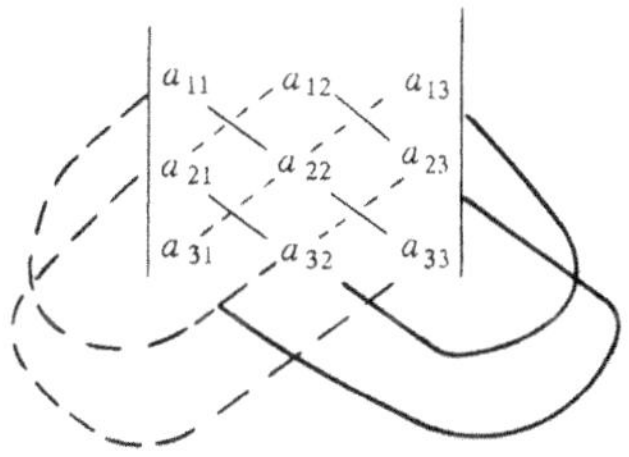

关于 3 阶行列式的定义，我们做下面几点说明．

(1) 3 阶行列式由排成正方形的 9 个数组成，横排的数叫行，从上到下依次称为第 1，第 2，第 3 行，竖排的数叫列，从左到右依次称为第 1，第 2，第 3 列．这些数仿照 3 阶矩阵一样，用 a_{ij}表示，称为行列式的元素，下标 i 与 j 分别为该元素所在的行数与列数．

（2）行列式的行(或列)数称为行列式的阶，行列式中全部元素的个数等于阶数的平方.

（3）3阶行列式共有 $3!=6$ 项，每项为三个元素的乘积，而这三个元素均取自不同的行和不同的列，这6项中一半取正号，另一半取负号.

（4）在3阶行列式中，划去 a_{ij} 所在的第 i 行与第 j 列的全部5个元素，余下的4个元素不改变顺序构成一个二阶行列式，叫做 a_{ij} 的余子式，记做 M_{ij}，而把 $(-1)^{i+j}M_{ij}$ 叫做 a_{ij} 的代数余子式，记做 A_{ij}.

例1 在3阶行列式1.3.4中，

$$M_{32}=\begin{vmatrix} a_{11} & a_{13} \\ a_{21} & a_{23} \end{vmatrix},\ A_{32}=(-1)^{3+2}M_{32}=-\begin{vmatrix} a_{11} & a_{13} \\ a_{21} & a_{23} \end{vmatrix}.$$

现在，利用余子式和代数余子式概念，3阶行列式可以定义为

1.3.5

$$\begin{aligned}\begin{vmatrix} a_{11} & a_{12} & a_{13} \\ a_{21} & a_{22} & a_{23} \\ a_{31} & a_{32} & a_{33} \end{vmatrix} &= (-1)^{1+1}a_{11}\begin{vmatrix} a_{22} & a_{23} \\ a_{32} & a_{33} \end{vmatrix}+(-1)^{1+2}a_{12}\begin{vmatrix} a_{21} & a_{23} \\ a_{31} & a_{33} \end{vmatrix}+(-1)^{1+3}a_{13}\begin{vmatrix} a_{21} & a_{22} \\ a_{31} & a_{32} \end{vmatrix} \\ &= a_{11}\cdot(-1)^{1+1}M_{11}+a_{12}\cdot(-1)^{1+2}M_{12}+a_{13}\cdot(-1)^{1+3}M_{13} \\ &= a_{11}A_{11}+a_{12}A_{12}+a_{13}A_{13}.\end{aligned}$$

上述表达式也称为3阶行列式1.3.4按第一行的展开式.

关于二阶行列式可以仿照前面(1)－(4)四点说明做出类似的注解. 由此我们就可用数学归纳法来定义一般的 n 阶矩阵的行列式(简称 n 阶行列式)

定义 我们假定已经定义了 $n-1$ 阶行列式. 现设有 n^2 个数排成的 n 阶矩阵

$$\boldsymbol{A}=\begin{pmatrix} a_{11} & a_{12} & \cdots & a_{1n} \\ a_{21} & a_{22} & \cdots & a_{2n} \\ \vdots & \vdots & \ddots & \vdots \\ a_{n1} & a_{n2} & \cdots & a_{nn} \end{pmatrix},$$ 则它的行列式(或简称 n 阶行列式)记作 $|\boldsymbol{A}|$，

1.3.6 $$|\boldsymbol{A}|=\begin{vmatrix} a_{11} & a_{12} & \cdots & a_{1n} \\ a_{21} & a_{22} & \cdots & a_{2n} \\ \vdots & \vdots & \ddots & \vdots \\ a_{n1} & a_{n2} & \cdots & a_{nn} \end{vmatrix},$$

它表示这样一个数：

1.3.7 $$\begin{aligned}|\boldsymbol{A}| &= a_{11}M_{11}-a_{12}M_{12}+a_{13}M_{13}-\cdots+(-1)^{1+j}a_{1j}M_{1j}+\cdots+(-1)^{1+n}a_{1n}M_{1n} \\ &= \sum_{j=1}^{n}(-1)^{1+j}a_{1j}M_{1j}=\sum_{j=1}^{n}a_{1j}A_{1j},\end{aligned}$$

其中 $M_{1j}(j=1,2,\cdots,n)$ 是从 $|\boldsymbol{A}|$ 中划掉第1行第 j 列后余下的 $(n-1)^2$ 个数(其相对顺序不变)所组成的 $n-1$ 阶行列式，称为 a_{1j} 的余子式，而 $A_{1j}=(-1)^{1+j}M_{1j}$ 称为 a_{1j} 的代数余子式. 1.3.7的右端称为 n 阶行列式 $|\boldsymbol{A}|$ 按第1行的展开式.

一阶行列式就定义为一个数，例如一阶矩阵 [8]，其行列式就是8这个数. 二阶与三阶行列式前面已经定义，而且不难看出，按1.3.7定义的二阶与三阶行列式完全与原先定义的相一致. 于是由归纳法，我们可以继续定义出四阶，五阶，…等的各阶行列式.

例 2 $\begin{vmatrix} 2 & -1 & -1 \\ 1 & 1 & 4 \\ 3 & -7 & 5 \end{vmatrix} = 2\times\begin{vmatrix} 1 & 4 \\ -7 & 5 \end{vmatrix} - (-1)\times\begin{vmatrix} 1 & 4 \\ 3 & 5 \end{vmatrix} + (-1)\times\begin{vmatrix} 1 & 1 \\ 3 & -7 \end{vmatrix}$

$$= 2\times(1\times5+4\times7)+(1\times5-3\times4)-(-1\times7-1\times3)$$

$$= 66-7+10 = 69.$$

例 3 $\begin{vmatrix} 0 & -1 & -1 & 2 \\ 1 & -1 & 0 & 2 \\ -1 & 2 & -1 & 0 \\ 2 & 1 & 1 & 0 \end{vmatrix} = (-1)^{1+1}\times0\times\begin{vmatrix} -1 & 0 & 2 \\ 2 & -1 & 0 \\ 1 & 1 & 0 \end{vmatrix} + (-1)^{1+2}\times(-1)\times\begin{vmatrix} 1 & 0 & 2 \\ -1 & -1 & 0 \\ 2 & 1 & 0 \end{vmatrix}$

$$+(-1)^{1+3}\times(-1)\times\begin{vmatrix} 1 & -1 & 2 \\ -1 & 2 & 0 \\ 2 & 1 & 0 \end{vmatrix} + (-1)^{1+4}\times2\times\begin{vmatrix} 1 & -1 & 0 \\ -1 & 2 & -1 \\ 2 & 1 & 1 \end{vmatrix}$$

$$= 0+\begin{vmatrix} -1 & 0 \\ 1 & 0 \end{vmatrix} + 0 + 2\times\begin{vmatrix} -1 & -1 \\ 2 & 1 \end{vmatrix} - \left[\begin{vmatrix} 2 & 0 \\ 1 & 0 \end{vmatrix} - (-1)\times\begin{vmatrix} -1 & 0 \\ 2 & 0 \end{vmatrix} + 2\times\begin{vmatrix} -1 & 2 \\ 2 & 1 \end{vmatrix}\right]$$

$$-2\times\left[\begin{vmatrix} 2 & -1 \\ 1 & 1 \end{vmatrix} - (-1)\times\begin{vmatrix} -1 & -1 \\ 2 & 1 \end{vmatrix} + 0\right]$$

$$= 2\times(-1+2)-[0+0+2\times(-1-4)]-2\times[2+1+(-1+2)]$$

$$= 2+10-8 = 4.$$

从例 3 不难看出，由于 3 阶行列式的展开式共有 3! 项，于是四阶行列式的展开式就有 $4\times3! = 4!$ 项．一般地，我们可以用数学归纳法证明，n 阶行列式的展开式共有 $n!$ 项．当 n 较大时，其项数十分庞大．比如 $n = 10$，那么就会得到 $10! = 3\ 628\ 800$ 个项做加减法，这里还未算上每项要做的乘法．由此可见，按照定义，即按第 1 行展开来计算行列式是十分不便的，甚至可以说是几乎无法实现的．

二、行列式的性质

为了有效地进行行列式的计算，有必要研究其性质，并由此得到实际可行的计算方法．

性质 1 设 $\boldsymbol{A}$ 是 n 阶矩阵，则 $|\boldsymbol{A}'| = |\boldsymbol{A}|$，其中 $\boldsymbol{A}'$ 是 $\boldsymbol{A}$ 的转置矩阵．

今后我们称行列式 $|\boldsymbol{A}'|$ 为 $|\boldsymbol{A}|$ 的转置行列式，性质 1 说的是行列式与它的转置行列式相等，即

1.3.8 $$\begin{vmatrix} a_{11} & a_{21} & \cdots & a_{n1} \\ a_{12} & a_{22} & \cdots & a_{n2} \\ \vdots & \vdots & \ddots & \vdots \\ a_{1n} & a_{2n} & \cdots & a_{nn} \end{vmatrix} = \begin{vmatrix} a_{11} & a_{12} & \cdots & a_{1n} \\ a_{21} & a_{22} & \cdots & a_{2n} \\ \vdots & \vdots & \ddots & \vdots \\ a_{n1} & a_{n2} & \cdots & a_{nn} \end{vmatrix}.$$

例 4 $\begin{vmatrix} 2 & 1 & 3 \\ -1 & 1 & -7 \\ -1 & 4 & 5 \end{vmatrix} = 2\times\begin{vmatrix} 1 & -7 \\ 4 & 5 \end{vmatrix} - 1\times\begin{vmatrix} -1 & -7 \\ -1 & 5 \end{vmatrix} + 3\times\begin{vmatrix} -1 & 1 \\ -1 & 4 \end{vmatrix}$

$$= 2\times(5+28)-(-5-7)+3\times(-4+1) = 69.$$

此行列式是例 2 行列式的转置，其值相等．

根据性质 1，对于行列式中有关行的性质完全适用于列．

性质 2 交换行列式中任意两行(列)，其值变号．

例如二阶行列式$\begin{vmatrix} a_{11} & a_{12} \\ a_{21} & a_{22} \end{vmatrix}$中，若交换其第 1 行与第 2 行，则得

$$\begin{vmatrix} a_{21} & a_{22} \\ a_{11} & a_{12} \end{vmatrix} = a_{21}a_{12} - a_{11}a_{22} = -\begin{vmatrix} a_{11} & a_{12} \\ a_{21} & a_{22} \end{vmatrix}.$$

1.3.9 推论 若行列式有两行(列)的对应元素相同，则该行列式等于零.

证 设行列式$|\mathbf{A}|$中第 i 行与第 k 行($i \neq k$)的对应元素相同，现交换这两行得一新行列式，记作 D，根据性质 2，$D = -|\mathbf{A}|$，但因这两行对应元素相同，交换后所得行列式与原行列式又相同，即 $D = |\mathbf{A}|$. 于是$-|\mathbf{A}| = |\mathbf{A}|$，故$|\mathbf{A}| = 0$.

性质 3 用常数 c 乘以行列式中某行(列)的每个元素，就等于用 c 乘以该行列式.

证 设行列式是 $D = \begin{vmatrix} a_{11} & a_{12} & \cdots & a_{1n} \\ a_{21} & a_{22} & \cdots & a_{2n} \\ \vdots & \vdots & \ddots & \vdots \\ a_{n1} & a_{n2} & \cdots & a_{nn} \end{vmatrix}$，若用 c 乘以 D 的第 1 行，则成为行列式

$D_1 = \begin{vmatrix} ca_{11} & ca_{12} & \cdots & ca_{1n} \\ a_{21} & a_{22} & \cdots & a_{2n} \\ \vdots & \vdots & \ddots & \vdots \\ a_{n1} & a_{n2} & \cdots & a_{nn} \end{vmatrix}$，现按 D_1 的第 1 行展开得

1.3.10 $$D_1 = \sum_{j=1}^{n} ca_{1j}A_{1j} = c\sum_{j=1}^{n} a_{1j}A_{1j} = cD,$$

其中 D 与 D_1 中第 1 行各元素的代数余子式是相同的：A_{11}，A_{12}，…，A_{1n}.

现设用 c 乘以 D 的第 i 行，$i>1$. 我们记

$$D_2 = \begin{vmatrix} a_{i1} & a_{i2} & \cdots & a_{in} \\ a_{21} & a_{22} & \cdots & a_{2n} \\ \vdots & \vdots & \ddots & \vdots \\ a_{i-1,1} & a_{i-1,2} & \cdots & a_{i-1,n} \\ a_{11} & a_{12} & \cdots & a_{1n} \\ a_{i+1,1} & a_{i+1,1} & \cdots & a_{i+1,n} \\ \vdots & \vdots & \ddots & \vdots \\ a_{n1} & a_{n2} & \cdots & a_{nn} \end{vmatrix} = -D$$

即交换 D 的第 1 行与第 i 行所得的行列式. 现用 c 乘以 D 的第 i 行，即得行列式

$$\begin{vmatrix} a_{11} & a_{12} & \cdots & a_{1n} \\ a_{21} & a_{22} & \cdots & a_{2n} \\ \vdots & \vdots & \ddots & \vdots \\ ca_{i1} & ca_{i2} & \cdots & ca_{in} \\ \vdots & \vdots & \ddots & \vdots \\ a_{n1} & a_{n2} & \cdots & a_{nn} \end{vmatrix} \xlongequal{\text{性质 2}} -\begin{vmatrix} ca_{i1} & ca_{i2} & \cdots & ca_{in} \\ a_{21} & a_{22} & \cdots & a_{2n} \\ \vdots & \vdots & \ddots & \vdots \\ a_{11} & a_{12} & \cdots & a_{1n} \\ \vdots & \vdots & \ddots & \vdots \\ a_{n1} & a_{n2} & \cdots & a_{nn} \end{vmatrix} \xlongequal{1.3.10} -c\begin{vmatrix} a_{i1} & a_{i2} & \cdots & a_{in} \\ a_{21} & a_{22} & \cdots & a_{2n} \\ \vdots & \vdots & \ddots & \vdots \\ a_{11} & a_{12} & \cdots & a_{1n} \\ \vdots & \vdots & \ddots & \vdots \\ a_{n1} & a_{n2} & \cdots & a_{nn} \end{vmatrix}$$

$= -cD_2 = -c(-D) = cD$.

1.3.11 推论 若行列式中有一行(列)的所有元素全是零，则该行列式等于零.

证　在性质 3 中取 $c=0$ 即可.

1.3.12　推论　若行列式某行(列)所有元素含有公因数 c，则可将该公因数 c 提到行列式外面.

此推论实际上就是性质 3.

1.3.13　推论　若行列式有两行(列)的对应元素成比例，则该行列式等于零.

证　只要把比例系数作为公因数提到行列式外面，然后应用 1.3.9 推论即可得证.

性质 4　若 n 阶行列式 $|\boldsymbol{A}|$ 的第 i 行(j 列)各元素可以表示成

$a_{ij}=b_{ij}+c_{ij}$，$j=1,2,\cdots,n$，$(i=1,2,\cdots,n)$，即

$$|\boldsymbol{A}|=\begin{vmatrix} a_{11} & a_{12} & \cdots & a_{1n} \\ \vdots & \vdots & \ddots & \vdots \\ a_{i-1,1} & a_{i-1,2} & \cdots & a_{i-1,n} \\ b_{i1}+c_{i1} & b_{i2}+c_{i2} & \cdots & b_{in}+c_{in} \\ a_{i+1,1} & a_{i+1,2} & \cdots & a_{i+1,n} \\ \vdots & \vdots & \ddots & \vdots \\ a_{n1} & a_{n2} & \cdots & a_{nn} \end{vmatrix},$$

则

$$|\boldsymbol{A}|=\begin{vmatrix} a_{11} & a_{12} & \cdots & a_{1n} \\ \vdots & \vdots & \ddots & \vdots \\ a_{i-1,1} & a_{i-1,2} & \cdots & a_{i-1,n} \\ b_{i1} & b_{i2} & \cdots & b_{in} \\ a_{i+1,1} & a_{i+1,2} & \cdots & a_{i+1,n} \\ \vdots & \vdots & \ddots & \vdots \\ a_{n1} & a_{n2} & \cdots & a_{nn} \end{vmatrix}+\begin{vmatrix} a_{11} & a_{12} & \cdots & a_{1n} \\ \vdots & \vdots & \ddots & \vdots \\ a_{i-1,1} & a_{i-1,2} & \cdots & a_{i-1,n} \\ c_{i1} & c_{i2} & \cdots & c_{in} \\ a_{i+1,1} & a_{i+1,2} & \cdots & a_{i+1,n} \\ \vdots & \vdots & \ddots & \vdots \\ a_{n1} & a_{n2} & \cdots & a_{nn} \end{vmatrix}.$$

证　若 $i=1$，则对第 1 行展开，可立即得到结论(见性质 3 证明). 若 $i>1$，可将第 1 行与第 i 行交换，然后证明结论(参见性质 3 证明).

性质 5　把行列式的任一行(列)的 c 倍加到另一行(列)上，行列式的值不变.

证　设行列式 $D=\begin{vmatrix} a_{11} & a_{12} & \cdots & a_{1n} \\ a_{21} & a_{22} & \cdots & a_{2n} \\ \vdots & \vdots & \ddots & \vdots \\ a_{n1} & a_{n2} & \cdots & a_{nn} \end{vmatrix}$，现将 D 的第 i 行的 c 倍加到第 k 行上($i\neq k$)，即为

$$\begin{vmatrix} a_{11} & a_{12} & \cdots & a_{1n} \\ \vdots & \vdots & \ddots & \vdots \\ a_{i1} & a_{i2} & \cdots & a_{in} \\ \vdots & \vdots & \ddots & \vdots \\ a_{k1}+ca_{i1} & a_{k2}+ca_{i2} & \cdots & a_{kn}+ca_{in} \\ \vdots & \vdots & \ddots & \vdots \\ a_{n1} & a_{n2} & \cdots & a_{nn} \end{vmatrix} \xlongequal{\text{性质 4}} \begin{vmatrix} a_{11} & a_{12} & \cdots & a_{1n} \\ \vdots & \vdots & \ddots & \vdots \\ a_{i1} & a_{i2} & \cdots & a_{in} \\ \vdots & \vdots & \ddots & \vdots \\ a_{k1} & a_{k2} & \cdots & a_{kn} \\ \vdots & \vdots & \ddots & \vdots \\ a_{n1} & a_{n2} & \cdots & a_{nn} \end{vmatrix}+\begin{vmatrix} a_{11} & a_{12} & \cdots & a_{1n} \\ \vdots & \vdots & \ddots & \vdots \\ a_{i1} & a_{i2} & \cdots & a_{in} \\ \vdots & \vdots & \ddots & \vdots \\ ca_{i1} & ca_{i2} & \cdots & ca_{in} \\ \vdots & \vdots & \ddots & \vdots \\ a_{n1} & a_{n2} & \cdots & a_{nn} \end{vmatrix}$$

$$\xlongequal{1.3.13\text{推论}} D+0=D.$$

性质 5 中的演算似乎与矩阵初等变换中的第 3 种一样，我们也不妨说成行列式中第 k 行加上第 i 行的 c 倍，仍记作 $R_k+R_i\cdot c$（当 $c<0$ 时，也记作 $R_k-R_i\cdot(-c)$）.

性质 6 设 $|\mathbf{A}|$ 是 n 阶行列式 1.3.6，则 $|\mathbf{A}|$ 等于其任一行(列)中各元素与它们的对应代数余子式的乘积之和，即(一般余子式 M_{ij} 与代数余子式 A_{ij} 的定义与 M_{1j}，A_{1j} 相仿).

1.3.14 $$|\mathbf{A}|=\sum_{j=1}^{n}(-1)^{i+j}a_{ij}M_{ij}=\sum_{j=1}^{n}a_{ij}A_{ij},i=1,2,\cdots,n,$$

$$\left(|\mathbf{A}|=\sum_{i=1}^{n}(-1)^{i+j}a_{ij}M_{ij}=\sum_{i=1}^{n}a_{ij}A_{ij},j=1,2,\cdots,n\right).$$

证　$i=1$，1.3.14 式即 1.3.7. 现设 $i>1$，将 $|\mathbf{A}|$ 的第 i 行与第 $i-1$ 行交换，然后再与第 $i-2$ 行交换，如此继续，经 $i-1$ 次交换后，原来的第 i 行就换到了第 1 行，而其余各行顺序不变，根据性质 2，得

$$|\mathbf{A}|=(-1)^{i-1}\begin{vmatrix} a_{i1} & a_{i2} & \cdots & a_{in} \\ a_{11} & a_{12} & \cdots & a_{1n} \\ \vdots & \vdots & \ddots & \vdots \\ a_{i-1,1} & a_{i-1,2} & \cdots & a_{i-1,n} \\ a_{i+1,1} & a_{i+1,2} & \cdots & a_{i+1,n} \\ \vdots & \vdots & \ddots & \vdots \\ a_{n1} & a_{n2} & \cdots & a_{nn} \end{vmatrix} \xlongequal{1.3.7} (-1)^{i-1}\sum_{j=1}^{n}(-1)^{1+j}a_{ij}M_{ij}=\sum_{j=1}^{n}a_{ij}A_{ij}.$$

我们称 1.3.14 的右端为 $|\mathbf{A}|$ 按第 i 行(j 列)的展开式.

三、行列式的计算

我们已经知道，当 n 较大时，按某行(列)展开来计算 n 阶行列式是几乎不可能的，只有在 n 较小时才可计算出结果，即使如此，计算量仍然很大，比如 $n=4$，就要计算 $4!=24$ 项，每项是 4 个数的乘积，最后相加减. 我们有了前段的诸多性质以后，就将有十分有效而快捷的计算.

例 5 我们重新计算例 3 的行列式,试做一个比较,首先看到第 4 列中有两个元素是 0,于是

$$\begin{vmatrix} 0 & -1 & -1 & 2 \\ 1 & -1 & 0 & 2 \\ -1 & 2 & -1 & 0 \\ 2 & 1 & 1 & 0 \end{vmatrix} \xlongequal{R_2-R_1} \begin{vmatrix} 0 & -1 & -1 & 2 \\ 1 & 0 & 1 & 0 \\ -1 & 2 & -1 & 0 \\ 2 & 1 & 1 & 0 \end{vmatrix} \xlongequal[\text{(按 } C_4 \text{ 展开)}]{\text{按第 4 列展开}} (-1)^{1+4}\times 2\times \begin{vmatrix} 1 & 0 & 1 \\ -1 & 2 & -1 \\ 2 & 1 & 1 \end{vmatrix}$$

$$\xlongequal{C_3-C_1} -2\times \begin{vmatrix} 1 & 0 & 0 \\ -1 & 2 & 0 \\ 2 & 1 & -1 \end{vmatrix} \xlongequal{\text{按 } R_1 \text{ 展开}} (-2)\times \begin{vmatrix} 2 & 0 \\ 1 & -1 \end{vmatrix} = (-2)\times(-2-0)=4.$$

从例 5 的计算看到，我们往往将某行或某列的元素尽可能转化成 0，出现的 0 越多，按该行或该列展开时的项数就越少.

例 6 上三角形矩阵的行列式.

我们称矩阵 $A=\begin{pmatrix}a_{11}&a_{12}&a_{13}&\cdots&a_{1n}\\0&a_{22}&a_{23}&\cdots&a_{2n}\\0&0&a_{33}&\cdots&a_{3n}\\\vdots&\vdots&\vdots&\ddots&\vdots\\0&0&0&\cdots&a_{nn}\end{pmatrix}$ 为上三角形矩阵,它是一种特殊的阶梯形矩阵.其行列式也称为上三角形行列式,只要逐次按第1列展开,容易得到 $|A|=a_{11}a_{22}a_{33}\cdots a_{nn}$.

上三角形矩阵的转置称为下三角形矩阵，其行列式的值仍是主对角线上所有元素的乘积.

由此我们联想到矩阵化到阶梯形的过程，把它们结合起来，就得到下述求 n 阶行列式的一般方法——消去法，请看下面的例子.

例 7 $\begin{vmatrix}-2&2&-4&0\\4&-1&3&5\\3&1&-2&-3\\2&0&5&1\end{vmatrix}\xlongequal[R_4+R_1]{R_2+R_1\cdot 2,\ R_3+R_1\cdot\frac{3}{2}}\begin{vmatrix}-2&2&-4&0\\0&3&-5&5\\0&4&-8&-3\\0&2&1&1\end{vmatrix}$

$$\xlongequal[R_4-R_2\cdot\frac{2}{3}]{R_3-R_2\cdot\frac{4}{3}}\begin{vmatrix}-2&2&-4&0\\0&3&-5&5\\0&0&-\frac{4}{3}&-\frac{29}{3}\\0&0&\frac{13}{3}&-\frac{7}{3}\end{vmatrix}\xlongequal{R_4+R_3\cdot\frac{13}{4}}\begin{vmatrix}-2&2&-4&0\\0&3&-5&5\\0&0&-\frac{4}{3}&-\frac{29}{3}\\0&0&0&-\frac{135}{4}\end{vmatrix}$$

$$=(-2)\times 3\times\left(-\frac{4}{3}\right)\times\left(-\frac{135}{4}\right)=-270.$$

这种消去法的计算过程有一定的规律性，在计算机中就可按一定的程序来实现.

四、对于逆矩阵的应用

首先，同阶矩阵的乘法与行列式的乘法之间有着重要的联系，它体现在下述定理中.

1.3.15 定理 若 A 与 B 均为 n 阶矩阵，则 $|AB|=|A|\cdot|B|$，即同阶矩阵乘积的行列式等于各自行列式的乘积.

作为一个特例，若 A 是可逆矩阵，A^{-1} 是 A 的逆,则有 $AA^{-1}=I_n$,但显然行列式 $|I_n|=1$,于是 $|A|\cdot|A^{-1}|=1$，说明可逆矩阵的行列式必不为零，这是矩阵可逆的一个必要条件，也就给我们提供了判断给定矩阵是否可逆的有效方法. 事实上，我们有

1.3.16 定理 n 阶矩阵 A 可逆 $\Leftrightarrow |A|\neq 0$.

1.3.17 推论 n 阶矩阵 A 可逆 $\Leftrightarrow A$ 的秩等于 n，即 $r(A)=n$.

证 在用初等行变换求矩阵 A 的秩的过程中，第 1 种第 2 种行变换虽然改变对应行列式的值，但 $|A|\neq 0\Leftrightarrow$ 变换后的行列式也不为 0. 而第 3 种行变换不改变对应行列式的值. 因此，$|A|\neq 0\Leftrightarrow A$ 化成的阶梯形必为上三角形 $\Leftrightarrow r(A)=n$.

今后,可逆矩阵也将被称为满秩矩阵与非奇异矩阵,而行列式为 0 的矩阵则称为奇异矩阵.

例 8 设 $A=\begin{pmatrix}0&1&2\\1&1&4\\2&-1&0\end{pmatrix}$.

因 $|\boldsymbol{A}| = \begin{vmatrix} 0 & 1 & 2 \\ 1 & 1 & 4 \\ 2 & -1 & 0 \end{vmatrix} = \begin{vmatrix} 0 & 1 & 2 \\ 1 & -1 & 0 \\ 2 & -1 & 0 \end{vmatrix} = 2\times\begin{vmatrix} 1 & -1 \\ 2 & -1 \end{vmatrix} = 2\times(-1+2) = 2\neq 0$，

故 $\boldsymbol{A}$ 是可逆矩阵．经计算可得 $\boldsymbol{A}^{-1} = \begin{pmatrix} 2 & -1 & 1 \\ 4 & -2 & 1 \\ -\frac{3}{2} & 1 & -\frac{1}{2} \end{pmatrix}$.

五、补充　克莱姆法则

本节初我们提到了二元线性方程组的克莱姆求解法则 1.3.3，它可以推广到含有 n 个未知数 n 个方程的线性方程组：

1.3.18
$$\begin{cases} a_{11}x_1 + a_{12}x_2 + \cdots + a_{1n}x_n = b_1, \\ a_{21}x_1 + a_{22}x_2 + \cdots + a_{2n}x_n = b_2, \\ \cdots \quad \cdots \quad \cdots \quad \cdots \\ a_{n1}x_1 + a_{n2}x_2 + \cdots + a_{nn}x_n = b_n. \end{cases}$$

其系数矩阵是 n 阶矩阵 $\boldsymbol{A}$，$\boldsymbol{A}$ 的行列式 $|\boldsymbol{A}|$（1.3.6）称为方程组 1.3.18 的系数行列式，记作 $D = |\boldsymbol{A}|$.

首先，假设 1.3.18 有解：$x_1 = c_1, x_2 = c_2, \cdots, x_n = c_n$，将它们代入 1.3.18，便得等式组

1.3.19
$$\begin{cases} \sum\limits_{j=1}^{n} a_{1j}c_j = b_1, \\ \sum\limits_{j=1}^{n} a_{2j}c_j = b_2, \\ \cdots \quad \cdots \\ \sum\limits_{j=1}^{n} a_{nj}c_j = b_n. \end{cases}$$

用 D 的第 1 列 $\begin{pmatrix} a_{11} \\ a_{21} \\ \vdots \\ a_{n1} \end{pmatrix}$ 各元素的代数余子式 A_{11}，A_{21}，$\cdots$，A_{n1} 分别去乘 1.3.19 式的第一个，第二个，$\cdots$，第 n 个等式的两端，然后相加，即得

$$\left(\sum_{j=1}^{n} a_{1j}c_j\right)\cdot A_{11} + \left(\sum_{j=1}^{n} a_{2j}c_j\right)\cdot A_{21} + \cdots + \left(\sum_{j=1}^{n} a_{nj}c_j\right)\cdot A_{n1} = \sum_{i=1}^{n} b_iA_{i1},$$

或 $$\left(\sum_{i=1}^{n} a_{i1}A_{i1}\right)\cdot c_1 + \left(\sum_{i=1}^{n} a_{i2}A_{i1}\right)\cdot c_2 + \cdots + \left(\sum_{i=1}^{n} a_{in}A_{i1}\right)\cdot c_n = \sum_{i=1}^{n} b_iA_{i1},$$

其中 $\sum\limits_{i=1}^{n} a_{i1}A_{i1} = D$，而对 $j = 2, \cdots, n$，有

$$\sum_{i=1}^{n} a_{ij}A_{i1} = \begin{vmatrix} a_{1j} & a_{12} & a_{13} & \cdots & a_{1n} \\ a_{2j} & a_{22} & a_{23} & \cdots & a_{2n} \\ \vdots & \vdots & \vdots & \ddots & \vdots \\ a_{nj} & a_{n2} & a_{n3} & \cdots & a_{nn} \end{vmatrix} \xlongequal{1.3.9\text{ 推论}} 0,$$

于是得 $Dc_1 = \sum_{i=1}^{n} b_i A_{i1}$，只要 $D \neq 0$，即得 $c_1 = \frac{1}{D} \cdot \sum_{i=1}^{n} b_i A_{i1}$，为便于记忆，可将 $\sum_{i=1}^{n} b_i A_{i1}$ 表成行列式

$$D_1 = \begin{vmatrix} b_1 & a_{12} & a_{13} & \cdots & a_{1n} \\ b_2 & a_{22} & a_{23} & \cdots & a_{2n} \\ \vdots & \vdots & \vdots & \ddots & \vdots \\ b_n & a_{n2} & a_{n3} & \cdots & a_{nn} \end{vmatrix}, c_1 = \frac{D_1}{D}.$$

它是用列 $B = \begin{pmatrix} b_1 \\ b_2 \\ \vdots \\ b_n \end{pmatrix}$ 代替 $\boldsymbol{A}$ 中第 1 列所得的行列式.

同理，用 $j = 2, \cdots, n$ 来代替上述的 $j = 1$，可得 $c_j = \frac{D_j}{D}$，其中 D_j 是将列 B 代替 $\boldsymbol{A}$ 中第 j 列所得的行列式. 这就证明了，当 $D \neq 0$ 时，方程组 1.3.18 若有解，则解是唯一的，必须是

1.3.20 $x_j = \frac{D_j}{D}, \qquad j = 1, 2, \cdots, n.$

反之，当 $D \neq 0$ 时，我们验证 1.3.20 确是方程组 1.3.18 的解. 事实上，把 1.3.20 代入 1.3.18 的第 i 个方程，得

$$\sum_{j=1}^{n} a_{ij} \cdot \frac{D_j}{D} = \frac{1}{D} \sum_{j=1}^{n} a_{ij} D_j = \frac{1}{D} \left[a_{i1} \sum_{k=1}^{n} b_k A_{k1} + a_{i2} \sum_{k=1}^{n} b_k A_{k2} + \cdots + a_{in} \sum_{k=1}^{n} b_k A_{kn} \right]$$
$$= \frac{1}{D} [b_1 (a_{i1} A_{11} + a_{i2} A_{12} + \cdots + a_{in} A_{1n}) + \cdots + b_i (a_{i1} A_{i1} + a_{i2} A_{i2} + \cdots + a_{in} A_{in})$$
$$+ \cdots + b_n (a_{i1} A_{n1} + a_{i2} A_{n2} + \cdots + a_{in} A_{nn})] \xlongequal{1.3.9\text{ 推论}} \frac{1}{D} \cdot b_i D = b_i, i = 1, 2, \cdots, n.$$

这就完全证明了下述定理.

1.3.21 定理（克莱姆法则） 若线性方程组 1.3.18 的系数行列式 $D \neq 0$，则 1.3.18 有且仅有唯一解 1.3.20，其中 D_j 是将列 $\begin{pmatrix} b_1 \\ b_2 \\ \vdots \\ b_n \end{pmatrix}$ 代替系数矩阵 $\boldsymbol{A}$ 的第 j 列后的对应行列式.

方程组 1.3.18 有一个特殊情形，即 $b_i = 0$，$i = 1, \cdots, n$. 此时方程组 1.3.18 称为齐次线性方程组. 齐次线性方程组

1.3.22 $\boldsymbol{AX} = \boldsymbol{0}$

中的 $\boldsymbol{A}$ 就是 1.3.18 的系数矩阵，$\boldsymbol{X} = \begin{pmatrix} x_1 \\ x_2 \\ \vdots \\ x_n \end{pmatrix}$，我们有

1.3.23 定理 齐次线性方程组 1.3.22 必有零解. 且当系数行列式 $D \neq 0$ 时，1.3.22 只有零解.

证　1.3.22 有零解是显然的．若 $D\neq 0$，由克莱姆法则，1.3.22 有唯一解，即零解是其唯一解．

1.3.24　推论　若齐次线性方程组 1.3.22 有非零解，则系数行列式 $D=0$.

例 9　用克莱姆法则求线性方程组$\begin{cases} x_1+x_2+x_3=6\\ 3x_1+2x_2-x_3=4\\ 3x_1+x_2+2x_3=11\end{cases}$的解.

解

$$D=\begin{vmatrix}1&1&1\\3&2&-1\\3&1&2\end{vmatrix}=\begin{vmatrix}1&0&0\\3&-1&-4\\3&-2&-1\end{vmatrix}=\begin{vmatrix}-1&-4\\-2&-1\end{vmatrix}=-7,$$

$$D_1=\begin{vmatrix}6&1&1\\4&2&-1\\11&1&2\end{vmatrix}=\begin{vmatrix}6&1&1\\10&3&0\\-1&-1&0\end{vmatrix}=\begin{vmatrix}10&3\\-1&-1\end{vmatrix}=-7,$$

$$D_2=\begin{vmatrix}1&6&1\\3&4&-1\\3&11&2\end{vmatrix}=\begin{vmatrix}1&6&1\\4&10&0\\1&-1&0\end{vmatrix}=-14,\quad D_3=\begin{vmatrix}1&1&6\\3&2&4\\3&1&11\end{vmatrix}=\begin{vmatrix}1&1&6\\1&0&-8\\2&0&5\end{vmatrix}=-21,$$

故得解 $x_1=\dfrac{D_1}{D}=1$，$x_2=\dfrac{D_2}{D}=2$，$x_3=\dfrac{D_3}{D}=3$.

我们还可应用克莱姆法则来求可逆矩阵的逆．事实上，设 $\boldsymbol{A}$ 是可逆的 n 阶矩阵，$|\boldsymbol{A}|\neq 0$，矩阵方程 $\boldsymbol{AX}=\boldsymbol{I}_n$ 有解，令 $\boldsymbol{X}=\begin{pmatrix}x_{11}&x_{12}&\cdots&x_{1n}\\x_{21}&x_{22}&\cdots&x_{2n}\\\vdots&\vdots&\ddots&\vdots\\x_{n1}&x_{n2}&\cdots&x_{nn}\end{pmatrix}$，于是矩阵方程 $\boldsymbol{AX}=\boldsymbol{I}_n$ 成为

1.3.25
$$\boldsymbol{A}\begin{pmatrix}x_{11}&x_{12}&\cdots&x_{1n}\\x_{21}&x_{22}&\cdots&x_{2n}\\\vdots&\vdots&\ddots&\vdots\\x_{n1}&x_{n2}&\cdots&x_{nn}\end{pmatrix}=\begin{pmatrix}1&0&\cdots&0\\0&1&\cdots&0\\\vdots&\vdots&\ddots&\vdots\\0&0&\cdots&1\end{pmatrix}.$$

此式可写成 n 个线性方程组的形式，

1.3.26
$$\boldsymbol{A}\begin{pmatrix}x_{1j}\\x_{2j}\\\vdots\\x_{nj}\end{pmatrix}=\begin{pmatrix}0\\\vdots\\0\\1\\0\\\vdots\\0\end{pmatrix}\text{——第 } j \text{ 行},\ j=1,2,\cdots,n.$$

应用克莱姆法则可求得 1.3.26 的唯一解

$$x_{ij}=\frac{1}{|\boldsymbol{A}|}\begin{vmatrix}a_{11}&\cdots&a_{1,i-1}&0&a_{1,i+1}&\cdots&a_{1n}\\\vdots&\ddots&\vdots&\vdots&\vdots&\ddots&\vdots\\a_{j-1,1}&\cdots&a_{j-1,i-1}&0&a_{j-1,i+1}&\cdots&a_{j-1,n}\\a_{j1}&\cdots&a_{j,i-1}&1&a_{j,i+1}&\cdots&a_{jn}\\a_{j+1,1}&\cdots&a_{j+1,i-1}&0&a_{j+1,i+1}&\cdots&a_{j+1,n}\\\vdots&\ddots&\vdots&\vdots&\vdots&\ddots&\vdots\\a_{n1}&\cdots&a_{n,i-1}&0&a_{n,i+1}&\cdots&a_{nn}\end{vmatrix}=\frac{1}{|\boldsymbol{A}|}\cdot(-1)^{i+j}M_{ji},$$

即 $x_{ij}=\frac{A_{ji}}{|\boldsymbol{A}|}$，$i, j=1, 2, \cdots, n$．其中 A_{ji} 是 $|\boldsymbol{A}|$ 中元素 a_{ji} 的代数余子式．由此即得 $\boldsymbol{A}$ 的逆为

1.3.27 $$\boldsymbol{A}^{-1}=\frac{1}{|\boldsymbol{A}|}\begin{pmatrix}A_{11} & A_{21} & \cdots & A_{n1}\\ A_{12} & A_{22} & \cdots & A_{n2}\\ \vdots & \vdots & \ddots & \vdots\\ A_{1n} & A_{2n} & \cdots & A_{nn}\end{pmatrix},$$

记 $\boldsymbol{A}^{*}=\begin{pmatrix}A_{11} & A_{21} & \cdots & A_{n1}\\ A_{12} & A_{22} & \cdots & A_{n2}\\ \vdots & \vdots & \ddots & \vdots\\ A_{1n} & A_{2n} & \cdots & A_{nn}\end{pmatrix}$，称为 $\boldsymbol{A}$ 的伴随矩阵，公式 1.3.27 可简记作

$$\boldsymbol{A}^{-1}=\frac{A^{*}}{|A|}.$$

例 10 设 $\boldsymbol{A}=\begin{pmatrix}2 & 1 & 0\\ 0 & 3 & 1\\ 1 & 0 & -1\end{pmatrix}$，则

$$|\boldsymbol{A}|=\begin{vmatrix}2 & 1 & 0\\ 0 & 3 & 1\\ 1 & 0 & -1\end{vmatrix}=\begin{vmatrix}2 & 1 & 0\\ 0 & 3 & 1\\ 1 & 3 & 0\end{vmatrix}=(-1)^{2+3}\begin{vmatrix}2 & 1\\ 1 & 3\end{vmatrix}=-5\neq 0,$$

故 $\boldsymbol{A}$ 可逆．又

$$A_{11}=\begin{vmatrix}3 & 1\\ 0 & -1\end{vmatrix}=-3,\quad A_{12}=-\begin{vmatrix}0 & 1\\ 1 & -1\end{vmatrix}=1,\quad A_{13}=\begin{vmatrix}0 & 3\\ 1 & 0\end{vmatrix}=-3,$$

$$A_{21}=-\begin{vmatrix}1 & 0\\ 0 & -1\end{vmatrix}=1,\quad A_{22}=\begin{vmatrix}2 & 0\\ 1 & -1\end{vmatrix}=-2,\quad A_{23}=-\begin{vmatrix}2 & 1\\ 1 & 0\end{vmatrix}=1,$$

$$A_{31}=\begin{vmatrix}1 & 0\\ 3 & 1\end{vmatrix}=1,\quad A_{32}=-\begin{vmatrix}2 & 0\\ 0 & 1\end{vmatrix}=-2,\quad A_{33}=\begin{vmatrix}2 & 1\\ 0 & 3\end{vmatrix}=6.$$

故 $$\boldsymbol{A}^{-1}=\frac{1}{-5}\begin{pmatrix}-3 & 1 & 1\\ 1 & -2 & -2\\ -3 & 1 & 6\end{pmatrix}=\begin{pmatrix}\frac{3}{5} & -\frac{1}{5} & -\frac{1}{5}\\ -\frac{1}{5} & \frac{2}{5} & \frac{2}{5}\\ \frac{3}{5} & -\frac{1}{5} & -\frac{6}{5}\end{pmatrix}.$$

习题 1.3

（一）

1. 计算下列各行列式的值：

(1) $\begin{vmatrix}1 & 1 & 1\\ 2 & 3 & 4\\ 4 & 9 & 6\end{vmatrix}$； (2) $\begin{vmatrix}1 & -2 & -1\\ 3 & 7 & 2\\ 2 & 3 & -7\end{vmatrix}$； (3) $\begin{vmatrix}3 & 0 & -2 & 2\\ 1 & 4 & 5 & -9\\ 0 & -2 & 0 & 3\\ 6 & 6 & 9 & -9\end{vmatrix}$；

(4) $\begin{vmatrix} 9 & -9 & 7 & 6 \\ -3 & 6 & 8 & -5 \\ -6 & 9 & -3 & -7 \\ 12 & -8 & 6 & 4 \end{vmatrix}$; (5) $\begin{vmatrix} 3 & 1 & -1 & 2 \\ -5 & 1 & 3 & -4 \\ 2 & 0 & 1 & -1 \\ -1 & -5 & 3 & -3 \end{vmatrix}$; (6) $\begin{vmatrix} 0 & 1 & 0 & 0 \\ -1 & 0 & 1 & 0 \\ 0 & -1 & 0 & 1 \\ 0 & 0 & -1 & 0 \end{vmatrix}$;

(7) $\begin{vmatrix} -1 & -5 & 2 & 3 \\ 1 & 2 & 0 & 0 \\ 0 & 1 & 0 & 3 \\ 4 & 2 & 5 & 7 \end{vmatrix}$; (8) $\begin{vmatrix} 1 & 1 & 1 & 1 \\ -1 & 1 & 1 & 1 \\ -1 & -1 & 1 & 1 \\ -1 & -1 & -1 & 1 \end{vmatrix}$; (9) $\begin{vmatrix} 1 & 4 & 9 & 16 \\ 4 & 9 & 16 & 25 \\ 9 & 16 & 25 & 36 \\ 16 & 25 & 36 & 49 \end{vmatrix}$;

(10) $\begin{vmatrix} 4 & 1 & 2 & 4 \\ 1 & 2 & 0 & 2 \\ 10 & 5 & 2 & 0 \\ 0 & 1 & 1 & 7 \end{vmatrix}$.

2. 证明下列各等式：

(1) $\begin{vmatrix} a_1+tb_1 & a_2+tb_2 & a_3+tb_3 \\ b_1+c_1 & b_2+c_2 & b_3+c_3 \\ c_1 & c_2 & c_3 \end{vmatrix} = \begin{vmatrix} a_1 & b_1 & c_1 \\ a_2 & b_2 & c_2 \\ a_3 & b_3 & c_3 \end{vmatrix}$; (2) $\begin{vmatrix} 0 & -a & -b \\ a & 0 & -c \\ b & c & 0 \end{vmatrix} = 0$;

(3) $\begin{vmatrix} b+c & b_1+c_1 & b_2+c_2 \\ c+a & c_1+a_1 & c_2+a_2 \\ a+b & a_1+b_1 & a_2+b_2 \end{vmatrix} = 2\begin{vmatrix} a & a_1 & a_2 \\ b & b_1 & b_2 \\ c & c_1 & c_2 \end{vmatrix}$;

(4) $\begin{vmatrix} 0 & 0 & \cdots & 0 & 1 \\ 0 & 0 & \cdots & 2 & 0 \\ \vdots & \vdots & \ddots & \vdots & \vdots \\ 0 & n-1 & \cdots & 0 & 0 \\ n & 0 & \cdots & 0 & 0 \end{vmatrix} = (-1)^{\frac{n(n-1)}{2}} n!$;

(5) $\begin{vmatrix} a_{11} & a_{12} & 0 & 0 \\ a_{21} & a_{22} & 0 & 0 \\ a_{31} & a_{32} & a_{33} & a_{34} \\ a_{41} & a_{42} & a_{43} & a_{44} \end{vmatrix} = \begin{vmatrix} a_{11} & a_{12} \\ a_{21} & a_{22} \end{vmatrix} \cdot \begin{vmatrix} a_{33} & a_{34} \\ a_{43} & a_{44} \end{vmatrix}$.

3. 解下列各方程：

(1) $\begin{vmatrix} x^2 & 4 & 9 \\ x & 2 & 3 \\ 1 & 1 & 1 \end{vmatrix} = 0$; (2) $\begin{vmatrix} 1+x & 2 & 3 \\ 1 & 2+x & 3 \\ 1 & 2 & 3+x \end{vmatrix} = 0$;

(3) $\begin{vmatrix} 1 & 1 & 2 & 3 \\ 1 & 2-x^2 & 2 & 3 \\ 2 & 3 & 1 & 5 \\ 2 & 3 & 1 & 9-x^2 \end{vmatrix} = 0$; (4) $\begin{vmatrix} 1 & 2 & 3 & 4 \\ 1 & x & 3 & 4 \\ 1 & 2 & x & 4 \\ 1 & 2 & 3 & x \end{vmatrix} = 0$.

（二）

4. 用克莱姆法则解下列线性方程组：

(1) $\begin{cases} 2x_1+2x_2-x_3+x_4=4, \\ 4x_1+3x_2-x_3+2x_4=6, \\ 8x_1+3x_2-3x_3+4x_4=12, \\ 3x_1+3x_2-2x_3-2x_4=6; \end{cases}$ (2) $\begin{cases} 2x_1+x_2-5x_3+x_4=8, \\ x_1-3x_2 \qquad -6x_4=9, \\ 2x_2-x_3+2x_4=-5, \\ x_1+4x_2-7x_3+6x_4=0; \end{cases}$

(3) $\begin{cases} -x_1+x_2+x_3+x_4=1, \\ x_1-x_2+x_3+x_4=0, \\ x_1+x_2-x_3+x_4=0, \\ x_1+x_2+x_3-x_4=0; \end{cases}$ (4) $\begin{cases} x_1+x_2+x_3+x_4=1, \\ 2x_1+3x_2+4x_3+5x_4=1, \\ 4x_1+9x_2+16x_3+25x_4=1, \\ 8x_1+27x_2+64x_3+125x_4=1; \end{cases}$

(5) $\begin{cases} x_1+2x_2+3x_3-2x_4=6, \\ 2x_1-x_2-2x_3-3x_4=8, \\ 3x_1+2x_2-x_3+2x_4=4, \\ 2x_1-3x_2+2x_3+x_4=-8; \end{cases}$ (6) $\begin{cases} 2x_1+3x_2+11x_3+5x_4=2, \\ x_1+x_2+5x_3+2x_4=1, \\ 2x_1+x_2+3x_3+2x_4=-3, \\ x_1+x_2+3x_3+4x_4=-3. \end{cases}$

5. 用伴随矩阵求下列矩阵的逆：

(1) $\begin{pmatrix} 2 & -1 \\ -3 & 3 \end{pmatrix}$； (2) $\begin{pmatrix} 1 & 1 \\ 0 & 1 \end{pmatrix}$； (3) $\begin{pmatrix} 3 & 5 \\ 1 & 2 \end{pmatrix}$；

(4) $\begin{pmatrix} 2 & 1 & 7 \\ 5 & 3 & -1 \\ -4 & -3 & 2 \end{pmatrix}$； (5) $\begin{pmatrix} 1 & 1 & -1 \\ 0 & 2 & 2 \\ 1 & -1 & 0 \end{pmatrix}$； (6) $\begin{pmatrix} 1 & -1 & 2 & 3 \\ 2 & -1 & 0 & 2 \\ 4 & 1 & -11 & -1 \\ 1 & 1 & -5 & 3 \end{pmatrix}$.

1.4 一般线性方程组的求解

一、平面上两直线的关系

我们知道，平面上两条直线间存在着三种不同的关系：相交、平行与重合. 另一方面，在平面直角坐标系里直线的一般方程是关于两个变量 x 与 y 的线性方程：$ax+by+c=0$. 讨论两条直线 l_1：$a_1x+b_1y+c_1=0$ 与 l_2：$a_2x+b_2y+c_2=0$ 的相互关系，完全等价于解线性方程组

1.4.1 $\begin{cases} a_1x+b_1y+c_1=0, \\ a_2x+b_2y+c_2=0. \end{cases}$

1.4.1 有唯一解 $\Leftrightarrow l_1$ 与 l_2 相交于唯一点；1.4.1 无解 $\Leftrightarrow l_1$ 与 l_2 平行；1.4.1 有无穷多个解 $\Leftrightarrow l_1$ 与 l_2 重合. 我们用下述例子来说明.

例 1 解线性方程组：

(1) $\begin{cases} x_1+6x_2=13, \\ 3x_1+2x_2=7; \end{cases}$ (2) $\begin{cases} x_1+6x_2=13, \\ 2x_1+12x_2=14; \end{cases}$ (3) $\begin{cases} x_1+6x_2=13, \\ 2x_1+12x_2=26. \end{cases}$

解 我们采用矩阵的初等行变换(消元法)来求解.

(1) $\begin{pmatrix} 1 & 6 & 13 \\ 3 & 2 & 7 \end{pmatrix} \xrightarrow{R_2-R_1\cdot 3} \begin{pmatrix} 1 & 6 & 13 \\ 0 & -16 & -32 \end{pmatrix} \xrightarrow{R_2\cdot\left(-\frac{1}{16}\right)} \begin{pmatrix} 1 & 6 & 13 \\ 0 & 1 & 2 \end{pmatrix}$

$\xrightarrow{R_1-R_2\cdot 6} \begin{pmatrix} 1 & 0 & 1 \\ 0 & 1 & 2 \end{pmatrix}$,

由此解得 $x_1 = 1$，$x_2 = 2$.

(2) $\begin{pmatrix} 1 & 6 & 13 \\ 2 & 12 & 14 \end{pmatrix} \xrightarrow{R_2 - R_1 \cdot 2} \begin{pmatrix} 1 & 6 & 13 \\ 0 & 0 & -12 \end{pmatrix}$，

矩阵 $\begin{pmatrix} 1 & 6 & 13 \\ 0 & 0 & -12 \end{pmatrix}$ 对应的方程组 $\begin{cases} x_1 + 6x_2 = 13 \\ 0 \cdot x_1 + 0 \cdot x_2 = -12 \end{cases}$ 与原方程组同解，即有相同的解集，但方程 $0 \cdot x_1 + 0 \cdot x_2 = -12$ 无解，因此原方程组也无解.

(3) $\begin{pmatrix} 1 & 6 & 13 \\ 2 & 12 & 26 \end{pmatrix} \xrightarrow{R_2 - R_1 \cdot 2} \begin{pmatrix} 1 & 6 & 13 \\ 0 & 0 & 0 \end{pmatrix}$.

此时，原方程组与线性方程 $x_1 + 6x_2 = 13$ 同解，但 $x_1 + 6x_2 = 13$ 显然有无穷多个解. 事实上，$x_1 = 13 - 6x_2$，令 x_2 为任意实数 c，则 $x_1 = 13 - 6c$. 即 $x_1 = 13 - 6c$，$x_2 = c$ 是原方程组的解，其中 c 可以是任意实数.

此例中三个方程组的几何图形分别画在图 1.1，1.2 与 1.3 中.

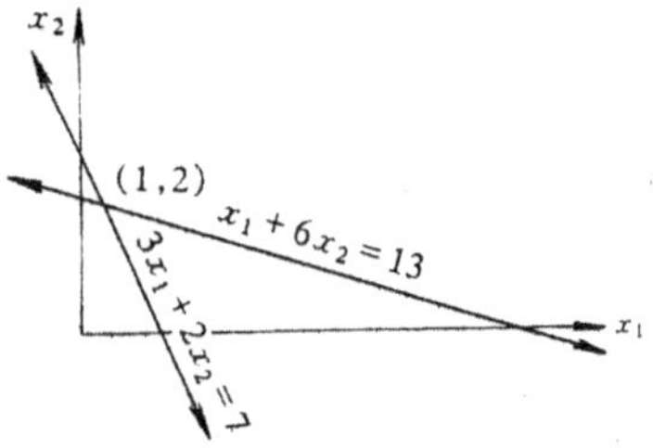

图 1.1

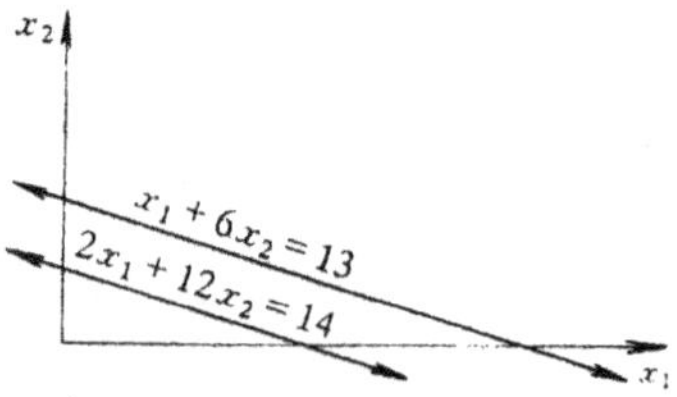

图 1.2

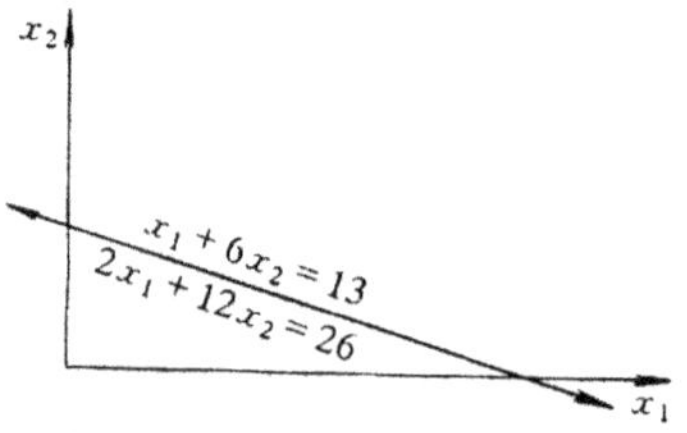

图 1.3

例 1 中三个线性方程组解的三种不同情况，恰恰反映了一般线性方程组解的各种可能情况. 线性方程组的一般理论就是要解决它包含的两个基本问题：

(1) 一般线性方程组 1.1.5 在什么情况下有解？即有解的条件是什么？

(2) 假如有解，它究竟有多少个解？如何求出它的解，即用什么方法求出它的解？

前面几节，我们涉及了这些问题，现较为系统地来回答这两个问题.

二、解一般线性方程组的消元法

首先，如 1.2 所述，令 $\boldsymbol{X} = \begin{pmatrix} x_1 \\ x_2 \\ \vdots \\ x_n \end{pmatrix}$，$\boldsymbol{B} = \begin{pmatrix} b_1 \\ b_2 \\ \vdots \\ b_m \end{pmatrix}$，则 1.1.5 可以缩写成矩阵形式

1.2.14 $\boldsymbol{AX} = \boldsymbol{B}$,

其中 $\boldsymbol{A}$ 是 1.1.5 的系数矩阵 1.1.4. 1.2.14 的一个特例是 $\boldsymbol{B} = \boldsymbol{0}$，即方程组

1.4.2 $\boldsymbol{AX} = \boldsymbol{0}$,

我们称 1.4.2 为齐次线性方程组，它显然至少有一个零解 $\boldsymbol{X} = \boldsymbol{0}$，即 $x_1 = x_2 = \cdots = x_n = 0$.

若两个方程组 $\boldsymbol{A}_1\boldsymbol{X} = \boldsymbol{B}_1$ 与 $\boldsymbol{A}_2\boldsymbol{X} = \boldsymbol{B}_2$ 包含的未知数个数相同，且有相同的解集，即 $\boldsymbol{A}_1\boldsymbol{X} = \boldsymbol{B}_1$ 的解都是 $\boldsymbol{A}_2\boldsymbol{X} = \boldsymbol{B}_2$ 的解，反过来，$\boldsymbol{A}_2\boldsymbol{X} = \boldsymbol{B}_2$ 的解也都是 $\boldsymbol{A}_1\boldsymbol{X} = \boldsymbol{B}_1$ 的解，则称这两个方程组是同解方程组或等价方程组.

从 1.1 的实例我们已经看到，对方程组施行加减消元，相当于对其增广矩阵施行初等行变换，这样的过程并不改变方程组的解集. 现在仍将通过具体实例来说明一般结论.

例 2 解线性方程组$\begin{cases} x_1+x_2+x_3=6, \\ 3x_1+2x_2-x_3=4, \\ 3x_1+x_2+2x_3=11. \end{cases}$

解 写出增广矩阵 $\overline{A}=\begin{pmatrix} 1 & 1 & 1 & 6 \\ 3 & 2 & -1 & 4 \\ 3 & 1 & 2 & 11 \end{pmatrix}$. 对 $\overline{A}$ 施行适当初等行变换，化成阶梯形，即

$$\overline{A}\xrightarrow[R_3-R_1\cdot 3]{R_2-R_1\cdot 3}\begin{pmatrix} 1 & 1 & 1 & 6 \\ 0 & -1 & -4 & -14 \\ 0 & -2 & -1 & -7 \end{pmatrix}\xrightarrow{R_2\cdot(-1)}\begin{pmatrix} 1 & 1 & 1 & 6 \\ 0 & 1 & 4 & 14 \\ 0 & -2 & -1 & -7 \end{pmatrix}$$

$$\xrightarrow{R_3+R_2\cdot 2}\begin{pmatrix} 1 & 1 & 1 & 6 \\ 0 & 1 & 4 & 14 \\ 0 & 0 & 7 & 21 \end{pmatrix}\xrightarrow{R_3\cdot\frac{1}{7}}\begin{pmatrix} 1 & 1 & 1 & 6 \\ 0 & 1 & 4 & 14 \\ 0 & 0 & 1 & 3 \end{pmatrix}\xrightarrow[R_2-R_3\cdot 4]{R_1-R_3}$$

$$\begin{pmatrix} 1 & 1 & 0 & 3 \\ 0 & 1 & 0 & 2 \\ 0 & 0 & 1 & 3 \end{pmatrix}\xrightarrow{R_1-R_2}\begin{pmatrix} 1 & 0 & 0 & 1 \\ 0 & 1 & 0 & 2 \\ 0 & 0 & 1 & 3 \end{pmatrix}.$$

于是得到原方程组的同解方程组

$$\begin{cases} 1\cdot x_1+0\cdot x_2+0\cdot x_3=1, \\ 0\cdot x_1+1\cdot x_2+0\cdot x_3=2, \\ 0\cdot x_1+0\cdot x_2+1\cdot x_3=3, \end{cases}$$

也即求得原方程组的唯一解：$x_1=1$，$x_2=2$，$x_3=3$. 注意：在这里，增广矩阵与系数矩阵的秩均为 3，事实上，从最后的矩阵$\begin{pmatrix} 1 & 0 & 0 & 1 \\ 0 & 1 & 0 & 2 \\ 0 & 0 & 1 & 3 \end{pmatrix}$可知，增广矩阵的秩是 3，而系数矩阵的秩等于其左边三列构成的矩阵$\begin{pmatrix} 1 & 0 & 0 \\ 0 & 1 & 0 \\ 0 & 0 & 1 \end{pmatrix}$的秩，也是 3.

例 3 解方程组$\begin{cases} x_1+2x_2+x_3=1, \\ 2x_1-x_2+2x_3=2, \\ 3x_1+x_2+3x_3=4. \end{cases}$

解 增广矩阵为 $\overline{A}=\begin{pmatrix} 1 & 2 & 1 & 1 \\ 2 & -1 & 2 & 2 \\ 3 & 1 & 3 & 4 \end{pmatrix}$，对 $\overline{A}$ 施行适当初等行变换，化成阶梯形，即

$$\overline{A}\xrightarrow[R_3-R_1\cdot 3]{R_2-R_1\cdot 2}\begin{pmatrix} 1 & 2 & 1 & 1 \\ 0 & -5 & 0 & 0 \\ 0 & -5 & 0 & 1 \end{pmatrix}\xrightarrow{R_2\cdot\left(-\frac{1}{5}\right)}\begin{pmatrix} 1 & 2 & 1 & 1 \\ 0 & 1 & 0 & 0 \\ 0 & -5 & 0 & 1 \end{pmatrix}\xrightarrow{R_3+R_2\cdot 5}\begin{pmatrix} 1 & 2 & 1 & 1 \\ 0 & 1 & 0 & 0 \\ 0 & 0 & 0 & 1 \end{pmatrix}.$$

因此原方程组同解于方程组

$$\begin{cases} x_1+2x_2+x_3=1, \\ 0\cdot x_1+x_2+0\cdot x_3=0, \\ 0\cdot x_1+0\cdot x_2+0\cdot x_3=1, \end{cases}$$

其中第三个方程 $0=1$ 是矛盾方程，故原方程组无解．注意：这里增广矩阵的秩是 3，但系数矩阵的秩等于 $\begin{pmatrix}1&2&1\\0&1&0\\0&0&0\end{pmatrix}$ 的秩，即为 2，两个矩阵的秩不相等．

例 4 解方程组 $\begin{cases}x_1+3x_2+5x_3+x_4=2,\\2x_1+3x_2+4x_3+2x_4=1,\\x_1+2x_2+3x_3+x_4=1.\end{cases}$

解 $\overline{A}=\begin{pmatrix}1&3&5&1&2\\2&3&4&2&1\\1&2&3&1&1\end{pmatrix}\xrightarrow[R_3-R_1]{R_2-R_1\cdot 2}\begin{pmatrix}1&3&5&1&2\\0&-3&-6&0&-3\\0&-1&-2&0&-1\end{pmatrix}\xrightarrow{R_2\cdot\left(-\frac{1}{3}\right)}$

$$\begin{pmatrix}1&3&5&1&2\\0&1&2&0&1\\0&-1&-2&0&-1\end{pmatrix}\xrightarrow{R_3+R_2}\begin{pmatrix}1&3&5&1&2\\0&1&2&0&1\\0&0&0&0&0\end{pmatrix}\xrightarrow{R_1-R_2\cdot 3}\begin{pmatrix}1&0&-1&1&-1\\0&1&2&0&1\\0&0&0&0&0\end{pmatrix}.$$

故得原方程组的同解方程组

$$\begin{cases}x_1+0\cdot x_2-x_3+x_4=-1,\\0\cdot x_1+x_2+2x_3+0\cdot x_4=1.\end{cases}$$

为求出其解，可将含有 x_3 与 x_4 的项移至方程的右端，即得同解方程组

$$\begin{cases}x_1=x_3-x_4-1,\\x_2=-2x_3+1.\end{cases}$$

然后，令 $x_3=c_1$，$x_4=c_2$，其中 c_1 与 c_2 均为任意实数．于是可得原方程组的解

$$x_1=c_1-c_2-1,\ x_2=-2c_1+1,\ x_3=c_1,\ x_4=c_2,$$

其中 c_1 与 c_2 是任意实数．

由于 c_1 与 c_2 的任意性，原方程组有无穷多个解．例如，取 $c_1=1$，$c_2=0$，则得解

$$x_1=1-1=0,\ x_2=-2\times1+1=-1,\ x_3=1,\ x_4=0.$$

又若取 $c_1=0$，$c_2=1$，则得解

$$x_1=-1-1=-2,\ x_2=1,\ x_3=0,\ x_4=1.$$

注意：这里增广矩阵与系数矩阵的秩都等于 2，但小于未知数的个数 4．

现在我们将上述诸种情况归纳出线性方程组的下述基本定理．

1.4.3 定理 设 $\boldsymbol{A}$ 与 $\overline{\boldsymbol{A}}$ 分别是线性方程组 1.1.5 的系数矩阵与增广矩阵．若秩 $r(\boldsymbol{A})<r(\overline{\boldsymbol{A}})$，则 1.1.5 无解；若秩 $r(\boldsymbol{A})=r(\overline{\boldsymbol{A}})$，则 1.1.5 有解．当 $r(\boldsymbol{A})=r(\overline{\boldsymbol{A}})=n$ 时，1.1.5 有唯一解；当 $r(\boldsymbol{A})=r(\overline{\boldsymbol{A}})<n$ 时，1.1.5 有无穷多个解．

若 $\boldsymbol{B}=\boldsymbol{0}$，即对于齐次线性方程组，此时系数矩阵与增广矩阵 $\overline{\boldsymbol{A}}$ 只相差最后的零列，在用初等行变换求秩的过程中，零列始终不变，因此秩 $r(\boldsymbol{A})=r(\overline{\boldsymbol{A}})$，$\boldsymbol{AX}=0$ 必然有解．事实上，它有零解 $x_1=0$，$x_2=0$，…，$x_n=0$．于是我们又有

1.4.4 定理 齐次线性方程组 $\boldsymbol{AX}=\boldsymbol{0}$ 一定有零解．当 $r(\boldsymbol{A})=n$ 时，解是唯一的；$r(\boldsymbol{A})<n$ 时，有无穷多个非零解．

例 5 解线性方程组 $\begin{cases}x_1+x_2-3x_4-x_5=0,\\x_1-x_2+2x_3-x_4=0,\\4x_1-2x_2+6x_3+3x_4-4x_5=0,\\2x_1+4x_2-2x_3+4x_4-7x_5=0.\end{cases}$

解 这是齐次线性方程组，运用消元法求解时，只需对其系数矩阵作初等行变换，而将 $\boldsymbol{B}=\boldsymbol{0}$ 省略. 即

$$\boldsymbol{A}=\begin{pmatrix}1&1&0&-3&-1\\1&-1&2&-1&0\\4&-2&6&3&-4\\2&4&-2&4&-7\end{pmatrix}\xrightarrow[R_4-R_1\cdot 2]{\substack{R_2-R_1\\R_3-R_1\cdot 4}}\begin{pmatrix}1&1&0&-3&-1\\0&-2&2&2&1\\0&-6&6&15&0\\0&2&-2&10&-5\end{pmatrix}$$

$$\xrightarrow{R_2\cdot\left(-\frac{1}{2}\right)}\begin{pmatrix}1&1&0&-3&-1\\0&1&-1&-1&-\dfrac{1}{2}\\0&-6&6&15&0\\0&2&-2&10&-5\end{pmatrix}\xrightarrow{\substack{R_3+R_2\cdot 6\\R_4-R_2\cdot 2}}\begin{pmatrix}1&1&0&-3&-1\\0&1&-1&-1&-\dfrac{1}{2}\\0&0&0&9&-3\\0&0&0&12&-4\end{pmatrix}$$

$$\xrightarrow{R_3\cdot\frac{1}{9}}\begin{pmatrix}1&1&0&-3&-1\\0&1&-1&-1&-\dfrac{1}{2}\\0&0&0&1&-\dfrac{1}{3}\\0&0&0&12&-4\end{pmatrix}\xrightarrow{\substack{R_1+R_3\cdot 3\\R_2+R_3\\R_4-R_3\cdot 12}}\begin{pmatrix}1&1&0&0&-2\\0&1&-1&0&-\dfrac{5}{6}\\0&0&0&1&-\dfrac{1}{3}\\0&0&0&0&0\end{pmatrix}=\boldsymbol{D}.$$

于是原方程组同解于方程组(注意，这是齐次方程组)

$$\begin{cases}x_1+x_2-2x_5=0,\\x_2-x_3-\dfrac{5}{6}x_5=0,\\x_4-\dfrac{1}{3}x_5=0.\end{cases}$$

将含有 x_2 与 x_5 的项移至方程的右端，得原方程组的同解方程组

$$\begin{cases}x_1=-x_2+2x_5,\\x_3=x_2-\dfrac{5}{6}x_5,\\x_4=\dfrac{1}{3}x_5,\end{cases}$$

然后令 $x_2=c_1$，x_5-c_2 为任意实数，即得原方程组的解：

$$x_1=-c_1+2c_2,\ x_2=c_1,\ x_3=c_1-\frac{5}{6}c_2,\ x_4=\frac{1}{3}c_2,\ x_5=c_2,$$

其中 c_1 与 c_2 可为任意实数.

值得注意的是，解的表达方式不是唯一的. 如果我们将最后的阶梯形矩阵 $\boldsymbol{D}$ 再作一次初等行变换 R_1-R_2，可得矩阵

$$\begin{pmatrix}1&0&1&0&-\dfrac{7}{6}\\0&1&-1&0&-\dfrac{5}{6}\\0&0&0&1&-\dfrac{1}{3}\\0&0&0&0&0\end{pmatrix},$$

由此我们将得同解方程组

$$\begin{cases} x_1 + x_3 - \frac{7}{6}x_5 = 0, \\ x_2 - x_3 - \frac{5}{6}x_5 = 0, \\ x_4 - \frac{1}{3}x_5 = 0, \end{cases} \Leftrightarrow \begin{cases} x_1 = -x_3 + \frac{7}{6}x_5, \\ x_2 = x_3 + \frac{5}{6}x_5, \\ x_4 = \frac{1}{3}x_5. \end{cases}$$

令 $x_3 = d_1$，$x_5 = d_2$，即得原方程组的另一种表示：

$$x_1 = -d_1 + \frac{7}{6}d_2,\ x_2 = d_1 + \frac{5}{6}d_2,\ x_3 = d_1,\ x_4 = \frac{1}{3}d_2,\ x_5 = d_2,$$

其中 d_1 与 d_2 可为任意实数.

上述两种表示是等价的，其缘由在于 c_1，c_2 与 d_1，d_2 的任意性.

例 6 讨论参数 a 与 b 取什么值时，方程组

$$\begin{cases} x_1 + x_2 - x_3 = 1, \\ 2x_1 + (a+2)x_2 - (b+2)x_3 = 3, \\ -3ax_2 + (a+2b)x_3 = -3, \end{cases}$$

有唯一解，无穷多解或无解.

解 $$\overline{\boldsymbol{A}} = \begin{pmatrix} 1 & 1 & -1 & 1 \\ 2 & a+2 & -b-2 & 3 \\ 0 & -3a & a+2b & -3 \end{pmatrix} \xrightarrow{R_2 - R_1 \cdot 2} \begin{pmatrix} 1 & 1 & -1 & 1 \\ 0 & a & -b & 1 \\ 0 & -3a & a+2b & -3 \end{pmatrix}$$

$$\xrightarrow{R_3 + R_2 \cdot 3} \begin{pmatrix} 1 & 1 & -1 & 1 \\ 0 & a & -b & 1 \\ 0 & 0 & a-b & 0 \end{pmatrix} = \boldsymbol{D}.$$

1）若 $a = 0$，且 $b = 0$，则 $\boldsymbol{D} = \begin{pmatrix} 1 & 1 & -1 & 1 \\ 0 & 0 & 0 & 1 \\ 0 & 0 & 0 & 0 \end{pmatrix}$，显然，$r(\boldsymbol{A}) = 1$，$r(\overline{\boldsymbol{A}}) = 2$，因此原方程组无解.

2）若 $a = 0$ 且 $b \neq 0$，则

$$\boldsymbol{D} = \begin{pmatrix} 1 & 1 & -1 & 1 \\ 0 & 0 & -b & 1 \\ 0 & 0 & -b & 0 \end{pmatrix} \xrightarrow{R_2 \leftrightarrow R_3} \begin{pmatrix} 1 & 1 & -1 & 1 \\ 0 & 0 & -b & 0 \\ 0 & 0 & -b & 1 \end{pmatrix} \xrightarrow{R_3 - R_2} \begin{pmatrix} 1 & 1 & -1 & 1 \\ 0 & 0 & -b & 0 \\ 0 & 0 & 0 & 1 \end{pmatrix},$$

此时 $r(\boldsymbol{A}) = 2$，$r(\overline{\boldsymbol{A}}) = 3$，原方程组也无解.

3）若 $a \neq 0$，且 $a = b$，则

$$\boldsymbol{D} = \begin{pmatrix} 1 & 1 & -1 & 1 \\ 0 & a & -a & 1 \\ 0 & 0 & 0 & 0 \end{pmatrix} \xrightarrow{R_2 \cdot \left(\frac{1}{a}\right)} \begin{pmatrix} 1 & 1 & -1 & 1 \\ 0 & 1 & -1 & \frac{1}{a} \\ 0 & 0 & 0 & 0 \end{pmatrix} \xrightarrow{R_1 - R_2} \begin{pmatrix} 1 & 0 & 0 & 1 - \frac{1}{a} \\ 0 & 1 & -1 & \frac{1}{a} \\ 0 & 0 & 0 & 0 \end{pmatrix},$$

$r(\boldsymbol{A}) = r(\overline{\boldsymbol{A}}) = 2$，且 $n = 3 > 2$，故原方程组有无穷多解，其同解方程组是

$$\begin{cases} x_1 = 1 - \dfrac{1}{a}, \\ x_2 = x_3 + \dfrac{1}{a}, \end{cases}$$

令 $x_3 = c$，得原方程组的无穷多个解：

$$x_1 = 1 - \frac{1}{a},\ x_2 = c + \frac{1}{a},\ x_3 = c.$$

4）若 $a \neq 0$，且 $a \neq b$，则

$$\boldsymbol{D} = \begin{pmatrix} 1 & 1 & -1 & 1 \\ 0 & a & -b & 1 \\ 0 & 0 & a-b & 0 \end{pmatrix} \xrightarrow{R_3 \cdot \frac{1}{a-b}} \begin{pmatrix} 1 & 1 & -1 & 1 \\ 0 & a & -b & 1 \\ 0 & 0 & 1 & 0 \end{pmatrix} \xrightarrow[R_2 + R_3 \cdot b]{R_1 + R_3} \begin{pmatrix} 1 & 1 & 0 & 1 \\ 0 & a & 0 & 1 \\ 0 & 0 & 1 & 0 \end{pmatrix}$$

$$\xrightarrow{R_2 \cdot \frac{1}{a}} \begin{pmatrix} 1 & 1 & 0 & 1 \\ 0 & 1 & 0 & \frac{1}{a} \\ 0 & 0 & 1 & 0 \end{pmatrix} \xrightarrow{R_1 - R_2} \begin{pmatrix} 1 & 0 & 0 & 1 - \frac{1}{a} \\ 0 & 1 & 0 & \frac{1}{a} \\ 0 & 0 & 1 & 0 \end{pmatrix}.$$

此时 $r(\boldsymbol{A}) = r(\overline{\boldsymbol{A}}) = 3 = n$，方程组有唯一解，其解为 $x_1 = 1 - \frac{1}{a}$，$x_2 = \frac{1}{a}$，$x_3 = 0$.

因此，我们的结论是：

（1）$a = 0$ 时原方程组无解；

（2）$a \neq 0$，$a = b$ 时原方程组有无穷多解，其解为：$x_1 = 1 - \frac{1}{a}$，$x_2 = c + \frac{1}{a}$，$x_3 = c$，c 可为任意实数.

（3）$a \neq 0$，$a \neq b$ 时原方程组有唯一解：$x_1 = 1 - \frac{1}{a}$，$x_2 = \frac{1}{a}$，$x_3 = 0$.

三、补充

1.4.3 定理的证明　现在我们用已经熟悉了的消元法来证明此定理. 从线性方程组 1.1.5 的增广矩阵 $\overline{\boldsymbol{A}}$ 出发，根据 1.1.6 定理，通过一系列的初等行变换，把 $\overline{\boldsymbol{A}}$ 化成阶梯形，其形状为

$$\boldsymbol{D} = \begin{pmatrix} c_{11} & \cdots & c_{1j_2} & \cdots & c_{1j_3} & \cdots & c_{1j_r} & \cdots & c_{1n} & d_1 \\ 0 & \cdots & c_{2j_2} & \cdots & c_{2j_3} & \cdots & c_{2j_r} & \cdots & c_{2n} & d_2 \\ 0 & \cdots & 0 & \cdots & c_{3j_3} & \cdots & c_{3j_r} & \cdots & c_{3n} & d_3 \\ \vdots & \ddots & \vdots & \ddots & \vdots & \ddots & \vdots & \ddots & \vdots & \vdots \\ 0 & \cdots & 0 & \cdots & 0 & \cdots & c_{rj_r} & \cdots & c_{rn} & d_r \\ 0 & \cdots & 0 & \cdots & 0 & \cdots & 0 & \cdots & 0 & d_{r+1} \\ 0 & \cdots & 0 & \cdots & 0 & \cdots & 0 & \cdots & 0 & 0 \\ \vdots & \ddots & \vdots & \ddots & \vdots & \ddots & \vdots & \ddots & \vdots & \vdots \\ 0 & \cdots & 0 & \cdots & 0 & \cdots & 0 & \cdots & 0 & 0 \end{pmatrix},$$

其中 $c_{ij_i} \neq 0$，$j_i \geqslant i$，$i = 1, 2, \cdots, r$，且 $j_1 = 1$. 然后，在必要时，可适当调整未知数的

编号，比如将 x_{j_1}，x_{j_2}，…，x_{j_r} 改成 $\overline{x}_1$，$\overline{x}_2$，…，$\overline{x}_r$ 等，于是 $\boldsymbol{D}$ 的形状相应地改为

$$\overline{\boldsymbol{D}} = \begin{pmatrix} \overline{c}_{11} & \overline{c}_{12} & \overline{c}_{13} & \cdots & \overline{c}_{1r} & \cdots & \overline{c}_{1n} & d_1 \\ 0 & \overline{c}_{22} & \overline{c}_{23} & \cdots & \overline{c}_{2r} & \cdots & \overline{c}_{2n} & d_2 \\ 0 & 0 & \overline{c}_{33} & \cdots & \overline{c}_{3r} & \cdots & \overline{c}_{3n} & d_3 \\ \vdots & \vdots & \vdots & \ddots & \vdots & \ddots & \vdots & \vdots \\ 0 & 0 & 0 & \cdots & \overline{c}_{rr} & \cdots & \overline{c}_{rn} & d_r \\ 0 & 0 & 0 & \cdots & 0 & \cdots & 0 & d_{r+1} \\ 0 & 0 & 0 & \cdots & 0 & \cdots & 0 & 0 \\ \vdots & \vdots & \vdots & \ddots & \vdots & \ddots & \vdots & \vdots \\ 0 & 0 & 0 & \cdots & 0 & \cdots & 0 & 0 \end{pmatrix}$$

其中 $\overline{c}_{ii} = c_{ij_i} \neq 0$，$i = 1, 2, \cdots, r$.

现再从 $\overline{\boldsymbol{D}}$ 出发，作适当的初等行变换，例如先做变换 $R_i \cdot \frac{1}{\overline{c}_{ii}}$，$i = 1, 2, \cdots, r$，将 $\overline{\boldsymbol{D}}$ 化成

$$\begin{pmatrix} 1 & \overline{\overline{c}}_{12} & \overline{\overline{c}}_{13} & \cdots & \overline{\overline{c}}_{1r} & \cdots & \overline{\overline{c}}_{1n} & \overline{\overline{d}}_1 \\ 0 & 1 & \overline{\overline{c}}_{23} & \cdots & \overline{\overline{c}}_{2r} & \cdots & \overline{\overline{c}}_{2n} & \overline{\overline{d}}_2 \\ 0 & 0 & 1 & \cdots & \overline{\overline{c}}_{3r} & \cdots & \overline{\overline{c}}_{3n} & \overline{\overline{d}}_3 \\ \vdots & \vdots & \vdots & \ddots & \vdots & \ddots & \vdots & \vdots \\ 0 & 0 & 0 & \cdots & 1 & \cdots & \overline{\overline{c}}_{rn} & \overline{\overline{d}}_r \\ 0 & 0 & 0 & \cdots & 0 & \cdots & 0 & \overline{\overline{d}}_{r+1} \\ 0 & 0 & 0 & \cdots & 0 & \cdots & 0 & 0 \\ \vdots & \vdots & \vdots & \ddots & \vdots & \ddots & \vdots & \vdots \\ 0 & 0 & 0 & \cdots & 0 & \cdots & 0 & 0 \end{pmatrix}.$$

然后再通过适当行变换将主对角线上所有元素 1 的上方元素消去，最后把 $\overline{\boldsymbol{D}}$ 化成矩阵

$$\boldsymbol{E} = \begin{pmatrix} 1 & 0 & 0 & \cdots & 0 & e_{1,r+1} & \cdots & e_{1n} & g_1 \\ 0 & 1 & 0 & \cdots & 0 & e_{2,r+1} & \cdots & e_{2n} & g_2 \\ 0 & 0 & 1 & \cdots & 0 & e_{3,r+1} & \cdots & e_{3n} & g_3 \\ \vdots & \vdots & \vdots & \ddots & \vdots & \vdots & \ddots & \vdots & \vdots \\ 0 & 0 & 0 & \cdots & 1 & e_{r,r+1} & \cdots & e_{rn} & g_r \\ 0 & 0 & 0 & \cdots & 0 & 0 & \cdots & 0 & g_{r+1} \\ 0 & 0 & 0 & \cdots & 0 & 0 & \cdots & 0 & 0 \\ \vdots & \vdots & \vdots & \ddots & \vdots & \vdots & \ddots & \vdots & \vdots \\ 0 & 0 & 0 & \cdots & 0 & 0 & \cdots & 0 & 0 \end{pmatrix},$$

$\boldsymbol{E}$ 对应的线性方程组是

$$
1.4.5 \quad \begin{cases} \bar{x}_1 + e_{1,r+1}\bar{x}_{r+1} + \cdots + e_{1n}\bar{x}_n = g_1, \\ \bar{x}_2 + e_{2,r+1}\bar{x}_{r+1} + \cdots + e_{2n}\bar{x}_n = g_2, \\ \cdots \quad \cdots \quad \cdots \quad \cdots \\ \bar{x}_r + e_{r,r+1}\bar{x}_{r+1} + \cdots + e_{rn}\bar{x}_n = g_r, \\ 0 = g_{r+1}, \\ 0 = 0, \\ \vdots \\ 0 = 0. \end{cases}
$$

现在对方程组 1.4.5（它与 1.1.5 是同解的）进行讨论，可分下列两种情况：

1）若 $g_{r+1} \neq 0$，此时方程组 1.1.5 的系数矩阵 $\mathbf{A}$ 的秩为 r，而增广矩阵 $\overline{\mathbf{A}}$ 的秩为 $r+1$，$r(\mathbf{A}) \neq r(\overline{\mathbf{A}})$，但线性方程组 1.4.5 中第 $r+1$ 个方程是 $0 = g_{r+1} \neq 0$，这是矛盾方程，故推出原方程组无解.

2）若 $g_{r+1} = 0$，此时方程组 1.1.5 的系数矩阵 $\mathbf{A}$ 的秩为 r，增广矩阵 $\overline{\mathbf{A}}$ 的秩也等于 r：$r(\mathbf{A}) = r(\overline{\mathbf{A}}) = r$. 当 $r = n$ 时，线性方程组 1.4.5 有唯一解：$\bar{x}_i = g_i$，$i = 1, 2, \cdots, n$，因此方程组 1.1.5 也有唯一解. 当 $r < n$ 时，可从线性方程组 1.4.5 中，将含有未知数 $\bar{x}_{r+1}, \cdots, \bar{x}_n$ 的项移至方程的右端，并用任意实数 $k_1, k_2, \cdots, k_{n-r}$ 分别代替未知数 $\bar{x}_{r+1}, \bar{x}_{r+2}, \cdots, \bar{x}_n$，即可得到原方程组 1.1.5 的无穷多个解.

这就证明了 1.4.3 定理的全部结论.

四、投入产出分析

投入产出经济系统的分析是数学经济中首先获得巨大成功的理论之一，它的基本工具是线性方程组. 我们在本章的结尾向读者简要介绍这种理论分析的方法，以使读者初步了解线性方程组理论的重大实际意义.

为了对这种分析获得最基本的理解，我们考虑一个简单的经济模型. 设想有一个经济系统，不包括外贸，系统中诸多产业分别归入三大生产部门：农业（第一产业）、工业（第二产业）与服务业（第三产业）. 比如各种不同的农产品（粮食、棉花、蔬菜等）的产值被加在一起，得到农业总产值. 另一方面，各部门的产出又要卖给其他两个部门，也要供给本部门需要，这些用作各部门生产过程中的投入，最后还要卖给消费者. 比如：工业生产的农业机械投入农业，机床（工作母机）投入工业本部门，复印机供给服务业，还有一部分（生活资料，如汽车、电视机、洗衣机等）最终卖给消费者（劳动力）. 于是每个产业部门的特征是：有来自各部门的投入流量（还有劳动力的投入，为简化问题，假定不考虑资本的投入），也有向所有部门及消费者提供的产出流量. 现假定上述各种流量的数字按同样的货币单位（如亿元人民币）填入下面的表 1.3 中.

表 1.3

产出 投入	部门间的需求			最终需求（供消费）	总产出
	农业	工业	服务业		
农　业	4	10	0	6	20
工　业	5	10	5	10	30
服务业	0	6	2	2	10
劳动力	11	4	3		
总投入	20	30	10		60

例如表 1.3 中第 2 列的数字表明：10 单位的农业产出、10 单位的工业产出、6 单位的服务业产出，投入给工业部门，同时工业部门还用了 4 单位的劳动力投入. 注意，表中每行(某部门)之和等于该部门一列之和(即对于一个部门来说，总投入等于总产出).

进一步研究表 1.3 中工业部门的投入量可知，只要用工业总产出 30 除该列(第 2 列)每个元素，即可得出生产每单位的工业产出所需要的各种投入，故有：$\frac{10}{30}=\frac{1}{3}$的农业投入、$\frac{10}{30}=\frac{1}{3}$的工业投入、$\frac{6}{30}=\frac{1}{5}$的服务业投入及$\frac{4}{30}=\frac{2}{15}$的劳动力投入.

现在把上述讨论换为数学语言：分别用 $x_1=20$，$x_2=30$，$x_3=10$ 表示农业、工业、服务业的总产出，用 $b_1=6$，$b_2=10$，$b_3=2$ 分别表示农业、工业、服务业产出的最终需求(用于消费者的那部分)，由此即得

1.4.6
$$\begin{cases}\frac{4}{20}\times 20+\frac{10}{30}\times 30+0\times 10+6=20,\\ \frac{5}{20}\times 20+\frac{10}{30}\times 30+\frac{5}{10}\times 10+10=30,\\ 0\times 20+\frac{6}{30}\times 30+\frac{2}{10}\times 10+2=10,\end{cases}$$

或

1.4.7
$$\begin{cases}\frac{1}{5}x_1+\frac{1}{3}x_2+0x_3+b_1=x_1,\\ \frac{1}{4}x_1+\frac{1}{3}x_2+\frac{1}{2}x_3+b_2=x_2,\\ 0x_1+\frac{1}{5}x_2+\frac{1}{5}x_3+b_3=x_3.\end{cases}$$

记 $\boldsymbol{X}=\begin{pmatrix}x_1\\x_2\\x_3\end{pmatrix}$，$\boldsymbol{B}=\begin{pmatrix}b_1\\b_2\\b_3\end{pmatrix}$，则 1.4.7 可缩写成矩阵形式 $\begin{pmatrix}\frac{1}{5}&\frac{1}{3}&0\\ \frac{1}{4}&\frac{1}{3}&\frac{1}{2}\\ 0&\frac{1}{5}&\frac{1}{5}\end{pmatrix}\boldsymbol{X}+\boldsymbol{B}=\boldsymbol{X}$，

我们称矩阵 $\boldsymbol{A}=\begin{pmatrix}\frac{1}{5}&\frac{1}{3}&0\\ \frac{1}{4}&\frac{1}{3}&\frac{1}{2}\\ 0&\frac{1}{5}&\frac{1}{5}\end{pmatrix}$为该系统的消耗矩阵，$\boldsymbol{A}$ 的元素 a_{ij} 称为投入系数，a_{ij} 表示生产每单位第 j 种产出要消耗掉 a_{ij} 单位的第 i 种产出作为投入. 例如 $a_{12}=\frac{1}{3}$表示：生产每单位工业产品需要$\frac{1}{3}$单位的农业产出作为投入. 现在 1.4.7 可缩写成矩阵形式

1.4.8 $\boldsymbol{AX}+\boldsymbol{B}=\boldsymbol{X}$.

它又等价于 $\boldsymbol{AX}+\boldsymbol{B}=\boldsymbol{IX}$，或

1.4.9 $(\boldsymbol{I}-\boldsymbol{A})\boldsymbol{X}=\boldsymbol{B}$.

若 $\boldsymbol{I}-\boldsymbol{A}$ 是可逆矩阵，则 1.4.9 就有唯一解(作为线性方程组)$\overline{\boldsymbol{X}}=(\boldsymbol{I}-\boldsymbol{A})^{-1}\boldsymbol{B}$.

在本例中，

$$
\boldsymbol{I}-\boldsymbol{A}=\begin{pmatrix}1&0&0\\0&1&0\\0&0&1\end{pmatrix}-\begin{pmatrix}\frac{1}{5}&\frac{1}{3}&0\\\frac{1}{4}&\frac{1}{3}&\frac{1}{2}\\0&\frac{1}{5}&\frac{1}{5}\end{pmatrix}=\begin{pmatrix}\frac{4}{5}&-\frac{1}{3}&0\\-\frac{1}{4}&\frac{2}{3}&-\frac{1}{2}\\0&-\frac{1}{5}&\frac{4}{5}\end{pmatrix}
$$

是可逆的，可得 1.4.9 的唯一解

$$
\overline{\boldsymbol{X}}=\begin{pmatrix}\overline{x}_1\\\overline{x}_2\\\overline{x}_3\end{pmatrix}=(\boldsymbol{I}-\boldsymbol{A})^{-1}B=\frac{25}{7}\begin{pmatrix}\frac{13}{30}&\frac{4}{15}&\frac{1}{6}\\\frac{1}{5}&\frac{16}{25}&\frac{2}{5}\\\frac{1}{20}&\frac{4}{25}&\frac{9}{20}\end{pmatrix}\begin{pmatrix}b_1\\b_2\\b_3\end{pmatrix},
$$

将 $b_1=6$，$b_2=10$，$b_3=2$ 代入即可得 $\overline{x}_1=20$，$\overline{x}_2=30$，$\overline{x}_3=10$.

上述例子的分析说明，只要给定了投入系数，就可得出逆矩阵$(\boldsymbol{I}-\boldsymbol{A})^{-1}$，而且进一步，若最终需求的目标，即满足全社会人口所需要的农业、工业、服务业的产出被确定，即 b_1，b_2，b_3 给定，则

1.4.10 $\overline{\boldsymbol{X}}=(\boldsymbol{I}-\boldsymbol{A})^{-1}\boldsymbol{B}$

完全确定了各部门应完成的产出．这就为政府计划决策部门提供了可靠的依据．例如在上述系统中，若政府发展纲要的目标是满足最终需求 $b_1=9$，$b_2=15$，$b_3=3$（即需求农产品 9 单位、工业产品 15 单位与 3 个单位的服务业产出），那么将 $b_1=9$，$b_2=15$，与 $b_3=3$ 代入 1.4.10 可得

$$
\overline{\boldsymbol{X}}=\frac{25}{7}\begin{pmatrix}\frac{13}{30}&\frac{4}{15}&\frac{1}{6}\\\frac{1}{5}&\frac{16}{25}&\frac{2}{5}\\\frac{1}{20}&\frac{4}{25}&\frac{9}{20}\end{pmatrix}\begin{pmatrix}9\\15\\3\end{pmatrix}=\begin{pmatrix}30\\45\\15\end{pmatrix},
$$

即 $\overline{x}_1=30$，$\overline{x}_2=45$，$\overline{x}_3=15$．然后，再求出与这种产出组合相一致的劳动力投入的需要量，这只要用相应的劳动力投入系数去乘每种新的产出水平（即各部门应完成的总产出数）．从表 1.3 已知农业、工业与服务业的劳动力投入系数分别是$\frac{11}{20}$，$\frac{4}{30}$，$\frac{3}{10}$．于是，新的劳动力投入的需要量分别是：农业部门需$\frac{11}{20}\times 30=\frac{33}{2}$，工业部门需$\frac{4}{30}\times 45=6$，服务业需$\frac{3}{10}\times 15=\frac{9}{2}$.

习题 1.4

（一）

1．解下列齐次线性方程组：

(1) $\begin{cases}x_1+2x_2+3x_3+3x_4+7x_5=0,\\3x_1+2x_2+x_3+x_4-3x_5=0,\\x_2+2x_3+2x_4+6x_5=0,\\5x_1+4x_2+3x_3+3x_4-x_5=0;\end{cases}$　　(2) $\begin{cases}2x_1-4x_2+5x_3+3x_4=0,\\3x_1-6x_2+4x_3+2x_4=0,\\4x_1-8x_2+17x_3+11x_4=0;\end{cases}$

(3) $\begin{cases} 2x_1+3x_2-x_3+5x_4=0, \\ 3x_1-x_2+2x_3-7x_4=0, \\ 4x_1-x_2-3x_3+6x_4=0, \\ x_1-2x_2+4x_3-7x_4=0; \end{cases}$ (4) $\begin{cases} x_1-2x_2+x_3+x_4-x_5=0, \\ 2x_1+x_2-x_3-x_4+x_5=0, \\ x_1+7x_2-5x_3-5x_4+5x_5=0, \\ 3x_1-x_2-2x_3+x_4-x_5=0; \end{cases}$

(5) $\begin{cases} x_1-2x_2+3x_3-4x_4=0, \\ x_2-x_3+x_4=0, \\ x_1+3x_2-3x_4=0, \\ x_1-4x_2+3x_3-2x_4=0. \end{cases}$

2. 解下列线性方程组：

(1) $\begin{cases} 2x_1+3x_2-x_3=8, \\ x_1+x_2+x_3=7, \\ 2x_2-x_3=3; \end{cases}$ (2) $\begin{cases} 2x_1-x_2+x_3-x_4-2x_5=2, \\ x_1-x_2+2x_3+x_4-x_5=4, \\ x_1-3x_2+4x_3+3x_4-x_5=8; \end{cases}$

(3) $\begin{cases} x_1-2x_2+3x_3-4x_4=4, \\ x_2-x_3+x_4=-3, \\ x_1+3x_2-2x_3-x_4=1, \\ 2x_1-7x_2+3x_3+x_4=-3; \end{cases}$ (4) $\begin{cases} 2x_1+x_2-x_3+x_4=1, \\ 3x_1-2x_2+2x_3-3x_4=2, \\ 5x_1+x_2-x_3+2x_4=-1, \\ 2x_1-x_2+x_3-3x_4=4; \end{cases}$

(5) $\begin{cases} 2x_1-3x_2+x_3+5x_4=6, \\ -3x_1+x_2+2x_3-4x_4=5, \\ -x_1-2x_2+3x_3+x_4=-2. \end{cases}$

3. 讨论参数 a，b 取什么值时，下列线性方程组有唯一解，无穷多解，无解：

(1) $\begin{cases} 2x_1-x_2+x_3+x_4=1, \\ x_1+2x_2+x_3-x_4=-1, \\ x_1+7x_2+x_3+5x_4=a, \\ -x_1-3x_2+ax_4=0; \end{cases}$ (2) $\begin{cases} x_1+x_2+x_3+x_4+x_5=1, \\ 3x_1+2x_2+x_3+x_4-3x_5=a, \\ x_2+2x_3+2x_4+6x_5=3, \\ 5x_1+4x_2+3x_3+3x_4-x_5=b; \end{cases}$

(3) $\begin{cases} x_1+x_2+x_3+x_4=-7, \\ x_1+3x_3-x_4=8, \\ x_1+2x_2-x_3+x_4=2a+2, \\ 3x_1+3x_2+3x_3+2x_4=-11, \\ 2x_1+2x_2+2x_3+x_4=2a. \end{cases}$

(二)

4. 设包含三个产业部门的投入产出系统表示为矩阵方程 $\boldsymbol{X}=\boldsymbol{AX}+\boldsymbol{B}$，其中

$$\boldsymbol{A}=\begin{pmatrix} \frac{1}{2} & 0 & \frac{1}{3} \\ \frac{1}{5} & \frac{1}{2} & \frac{1}{5} \\ 0 & \frac{1}{4} & \frac{1}{5} \end{pmatrix}，且(1)\boldsymbol{B}=\begin{pmatrix} 10 \\ 8 \\ 4 \end{pmatrix}；(2)\ \boldsymbol{B}=\begin{pmatrix} 12 \\ 10 \\ 5 \end{pmatrix}.$$

求各部门的产出水平.

5. 某个国家有如下的投入产出表 1.4.

表 1.4

投入＼产出	部门间的需求			最终需求	总产出
	农业	工业	服务业		
农　业	1	4	2	1	8
工　业	4	2	2	4	12
服务业	2	2	2	2	8
劳动力	1	4	2		
总投入	8	12	8		28

其中数字以 10 亿美元为单位．假定投入系数保持不变，当最终需求成为：3 单位农业产出、6 单位工业产出、3 单位服务业产出时，问每个部门应有怎样的产出水平？

1.5　附录　线性代数学发展史简介

一、我国古代对线性代数学的贡献

世界公认，最早发明代数学的是我国．除阿拉伯某些成就外，16 世纪以前的我国，在代数学领域独占魁首，遥遥领先于其他国家．

西方代数学—— Algebra 一词，原意应译为"东来法"，源出于阿拉伯数学家阿尔 - 花拉子密（Alkwarizmi）在公元 820 年从印度回国后所著的代数学著作《*Al - gebr w' al muquabala*》，"al - gebr"表示把负项移到方程的另一边且变号，"al muquabala"表示合并方程两边的同类项，简化方程．这些词与现代英文名称、声韵及含义均相仿．至于"东来"的含义，清代数学家梅珏成以及数学史家钱宝琮等认为，当然指印度与中国．特别是英国科学史家李约瑟认为："代数学实际上仍然是出自印度和中国……有更多的证据说明它在更早的时候从中国传入印度和欧洲．"

我国古代早已知道方程的计算．刘徽(263 年前后)说："程，课程也．群物总杂，各列有数，总言其实．令每行为率，二物者再程，三物者三程，皆如物数程之，并列为行，故谓之方程．"其中"令每行为率"，就是列出几个等式，"如物数程之"，指有几个未知数就列几个等式．联立一次方程组各项的系数用算筹(小竹棍或小木棍)排列成方阵，因此称为"方程"，我国古代说的"方程"即现今的方程组，后来逐渐演变成一切等式的通称了．

秦汉时期出现的举世闻名的数学著作《九章算术》中"方程章"对于线性方程组，列举了不少问题，例如："今有上禾三秉，中禾二秉，下禾一秉，实三十九斗；上禾二秉，中禾三秉，下禾一秉，实三十四斗；上禾一秉，中禾二秉，下禾三秉，实二十六斗．问上、中、下禾实一秉各几何？"这实际是求解三元线性方程组的问题．

设上、中、下禾各一秉的实的斗数依次为 x，y，z，则得方程组为

$$\textbf{1.5.1}\quad \begin{cases} 3x+2y+z=39 \cdots\cdots\cdots\cdots (a) \\ 2x+3y+z=34 \cdots\cdots\cdots\cdots (b) \\ x+2y+3z=26 \cdots\cdots\cdots\cdots (c) \end{cases}$$

我国古代用算筹表示数目有两种形式，具体的摆列方法如表 1.5：

表 1.5

	1	2	3	4	5	6	7	8	9
纵式	𝍠	𝍡	𝍢	𝍣	𝍤	𝍥	𝍦	𝍧	𝍨
横式	𝍩	𝍪	𝍫	𝍬	𝍭	𝍮	𝍯	𝍰	𝍱

个位数用纵式，十位数用横式，相间使用纵横两式；遇到零就空位．现在 1.5.1 式的算筹表是

表 1.6

𝍠	𝍡	𝍢	上禾乘数
𝍡	𝍢	𝍡	中禾乘数
𝍢	𝍠	𝍠	下禾乘数
𝍪𝍥	𝍫𝍣	𝍫𝍨	实
(c)	(b)	(a)	

注意，我国古代横向顺序是从右向左．

《九章算术》提出的解法称为“直除”法，其实质就是当今的消元法．它首先用一数遍乘一个等式(即表中的一列)两端，然后连续相减，刘徽所说“举率以相减，不害余数之课也”即这个意思．对表 1.6 用直除法的结果是表 1.7．

表 1.7

		𝍢	上禾乘数
	𝍤	𝍡	中禾乘数
𝍣	𝍠	𝍠	下禾乘数
𝍩𝍠	𝍪𝍣	𝍫𝍨	实
(c)	(b)	(a)	

实际是 1.5.1 中用 3 乘(b)，(c)两式分别减去(a)式的 2 倍与 1 倍，用矩阵形式表示即为

$$\begin{pmatrix} 3 & 2 & 1 & 39 \\ 2 & 3 & 1 & 34 \\ 1 & 2 & 3 & 26 \end{pmatrix} \xrightarrow[R_3\cdot 3-R_1]{R_2\cdot 3-R_1\cdot 2} \begin{pmatrix} 3 & 2 & 1 & 39 \\ 0 & 5 & 1 & 24 \\ 0 & 4 & 8 & 39 \end{pmatrix}.$$

然后依此方式有

$$\begin{pmatrix} 3 & 2 & 1 & 39 \\ 0 & 5 & 1 & 24 \\ 0 & 4 & 8 & 39 \end{pmatrix} \xrightarrow{R_3\cdot 5-R_2\cdot 4} \begin{pmatrix} 3 & 2 & 1 & 39 \\ 0 & 5 & 1 & 24 \\ 0 & 0 & 36 & 99 \end{pmatrix} \xrightarrow{R_3\cdot \frac{1}{9}} \begin{pmatrix} 3 & 2 & 1 & 39 \\ 0 & 5 & 1 & 24 \\ 0 & 0 & 4 & 11 \end{pmatrix},$$

最后的矩阵即表 1.7．于是从表 1.7 即解得 $z=\dfrac{11}{4}$．如果继续用直除法，又可得到 $y=\dfrac{17}{4}$，$x=\dfrac{37}{4}$．用矩阵形式即为

$$\begin{pmatrix} 3 & 2 & 1 & 39 \\ 0 & 5 & 1 & 24 \\ 0 & 0 & 4 & 11 \end{pmatrix} \xrightarrow{R_2\cdot 4-R_3} \begin{pmatrix} 3 & 2 & 1 & 39 \\ 0 & 20 & 0 & 85 \\ 0 & 0 & 4 & 11 \end{pmatrix} \xrightarrow{R_2\cdot \frac{1}{5}} \begin{pmatrix} 3 & 2 & 1 & 39 \\ 0 & 4 & 0 & 17 \\ 0 & 0 & 4 & 11 \end{pmatrix} \xrightarrow{R_1\cdot 4-R_3}$$

$$\begin{pmatrix} 12 & 8 & 0 & 145 \\ 0 & 4 & 0 & 17 \\ 0 & 0 & 4 & 11 \end{pmatrix} \xrightarrow{R_1 \cdot 4 - R_2 \cdot 8} \begin{pmatrix} 48 & 0 & 0 & 444 \\ 0 & 4 & 0 & 17 \\ 0 & 0 & 4 & 11 \end{pmatrix} \xrightarrow{R_1 \cdot \frac{1}{12}} \begin{pmatrix} 4 & 0 & 0 & 37 \\ 0 & 4 & 0 & 17 \\ 0 & 0 & 4 & 11 \end{pmatrix}.$$

在《九章算术》中都是用表列出整个演算过程的. 从最后的表(矩阵)即解得

$$x = \frac{37}{4},\ y = \frac{17}{4},\ z = \frac{11}{4}.$$

表 1.6 与表 1.7 实际上已具有矩阵的雏形，而利用算筹不断移动变换以至最后解出方程，这个过程犹如矩阵的初等变换. 因此矩阵概念应该说是我国首创的，比欧洲正式出现矩阵概念早二千年以上.

关于线性方程组的解法，刘徽在《九章算术》的基础上提出了正确的理论基础. 他说："行之左右无所同存，且为有所据而言耳." 就是说在方程组里既不能有相容方程，也不能有矛盾方程.

在"直除"法的基础上，刘徽还发展创造了新法:(1)"互乘对减"法，即以同一未知数的系数互乘两个方程，然后两式相减便可消去该未知数，从而求得方程组的解，如前面所述. (2)"方程新术"是用加减法先消去方程的常数项，再用加减法求出每两个未知数之比，将这些比(相当于当今的参数)代入原方程即可求出方程组的解. (3)"其一术"是仿照上法，求得各未知数的连比，利用配分比例求出方程组的解.

刘徽不仅发展创造了新法，在理论上他还提出了"移项变号"法则："互其算，令相折除."

从汉朝以后到宋、元各家，如《孙子算经》(一般认为此书是 280～420 年三国或晋朝时期的著作),《张邱建算经》(可能在 400～500 年北魏时期),杨辉《详解九章算法》(宋，1261 年)与朱世杰《算学启蒙》(宋末元初，1299 年)等都是应用"直除"法来解线性方程组的.

秦九韶《数书九章》(1247 年)里有一个三元线性方程组问题，他应用互乘相消法消元，和现今中学代数课本的加减消元法已完全相同，并且在求出一个未知数的答数后，用"代入法"计算，从而求出其他未知数的值，这些都和现在中学方法相同.

到明朝，珠算盛行，筹算法废弃不用或者少用，当时数学家解线性方程组时须用笔记，于是秦九韶的互乘相消法和代入法得到普遍应用.

《九章算术》中也有许多求解形如

$$\begin{cases} a_1x + b_1y = c_1, \\ a_2x + b_2y = c_2, \end{cases}$$

的二元线性方程组的问题，它们同样用直除法可以求解，即用 a_2 遍乘第一式，a_1 遍乘第二式，相减后即得到 $y = \dfrac{a_1c_2 - a_2c_1}{a_1b_2 - a_2b_1}$. 这种方法对后代影响巨大. 总之,《九章算术》最早提出了系统的线性方程组解法，比德国数学家莱布尼兹(G.W.Leibniz，1646～1716)的研究要早 1400 多年.

二、代数学的符号化

我们已经看到，16 世纪以前我国在代数学领域有着辉煌的业绩. 16 世纪以后，由于西方文明的进步，经济推动了科技的迅猛发展. 而我国封建王朝的闭关自守，迟缓了经济以至科技的发展，数学领域同样如此. 我国近代数学的落后，还有一个重要原因是没有将符号引进数学．我国古代都是用文字来叙述数学的，这极大地妨碍了数学的研究和发展．本来，代数学的一个基本思想是用符号表示未知数，因此代数学的符号化具有划时代的意义．

在1842年，内塞尔曼(G.H.F.Nesselmann)首先把代数学符号化的历史过程分为三个阶段．第一个阶段是文字表示的代数学，我国古代与古希腊丢番图(Diophantus，约公元250年左右)时代以前的西方，代数学都是用文字表示的．现在能见到的古希腊代数问题的主要来源，大概是文法学家梅特罗佐鲁斯(Metrodorus，公元500年前后)编写的《选集》(Palatine Anthology)一书，书中收入了以警句形式叙述的46个数值问题．这些问题中大约有一半可以归结为简单的一元一次方程，有十多个可以化为二元线性方程组，有一道题可化为三元线性方程组，另有一个可化为四元线性方程组．它们与目前中学课本中的分配、工程、排灌、混合、年龄问题等十分相似．

第二个阶段是简写的代数学，采用速记法的简写表示经常出现的量、关系及运算．古希腊的丢番图对代数学的重大贡献之一，就是简写了希腊代数学．据说他用记号s表示未知数，这s可能同希腊字末尾的希腊字母σ是一样的．丢番图的巨著《算术》(Arithmetica)共十三篇，其中第一篇主要讲引出线性方程组的问题．当然，丢番图对代数学的最突出贡献还在于数论方面，特别是不定方程的求解．

但是必须指出，第一阶段的文字表示代数学在世界其他地区都持续了几百年之久，特别在西欧，15世纪以前的代数学几乎都是文字表示的，直到15世纪才开始出现一些简写的实例．只有印度是例外，大约在200～1200年间印度人与丢番图一样，简写了代数学，他们用并列两项表示相加，相减时在被减数上面添一个圆点，相乘时在因子后面写上bha(为乘积bhavita一词的第一个音节)，未知数用$y\bar{a}$表示，如有第二个未知数，则用$k\bar{a}$表示等等．

由简写代数学向第三阶段符号代数学的转变是比较快的．16世纪法国数学家韦达(F.Viete，1540～1603)对于代数学符号化的发展作出了重大贡献，他用元音字母表示未知数，用辅音字母表示已知数．笛卡儿(R.Descartes，1596～1650)在1637年对此作了改进，他用字母表中后几个字母表示未知量，而用前几个字母表示已知量，这已经是我们当今仍采用的惯例．笛卡儿还引入了现今采用的指数的统一写法：x，x^2，x^3等．奥特雷德(W.Oughtred，1574～1660)特别强调数学符号的重要性，给出了150多个数学符号，但至今保留下来的只有三个：乘号"×"，比例号"∷"及二者之差的符号"～"．欧拉(L.Euler，1707～1783)对数学的符号化也做出了重要贡献，他用$f(x)$表示函数，e表示自然对数的底，用$\sum$作为求和的缩写，i表示$\sqrt{-1}$．

三、线性代数学在日本与西方的发展

总体来说，线性代数学是从线性方程组论、行列式论与矩阵论中产生并发展起来的．

我国古代关于线性方程组的思想首先传播到了周围各邻国，特别是传到日本以后，引起极大反响．到17世纪，著名的日本数学家关孝和(1642？～1708)发明了行列式，这在线性代数发展史上是重要的一页．除了行列式以外，关孝和在代数学的其他方面也有许多贡献．

在西方，1678年以前莱布尼兹开创了线性方程组的研究．可能到1729年，英国的马克劳林(C.Maclaurin，1698～1746)开创了用行列式解二元、三元和四元线性方程组，他的法则实质上就是克莱姆法则．而克莱姆(H.Cramér)在1750年正式提出了解线性方程组的行列式法则，当今称之为克莱姆法则．1764年法国的别朱(Bezout)把确定行列式展开式中每一项的符号的手续系统化了，而且证明了n元齐次线性方程组有非零解的条件是系数行列式为零. 把行列式理论从线性方程组求解分离出来进行系统研究的第一人则是范德蒙特(A.T.Vandermonde),可以说,范德蒙特是行列式理论的奠基人. 还应提到的是英国的西尔维斯特(J.J.Sylvester,1814~1897),他对行列式理论进行了始终不渝的五十年研究.

西尔维斯特的突出贡献之一是在1850年首先提出了"矩阵"这个词. 矩阵在形式上与行列式大同小异,形状是一个矩形表格,这在我国古代解线性方程组时已被采用,西方也在"矩阵"概念正式提出之前,已经使用了线性方程组的增广矩阵. 从逻辑上说,矩阵概念应先于行列式,所谓行列式是指一个方阵的行列式. 但历史上的次序正好相反,先有行列式,后才有矩阵,于是当矩阵一旦引进,其基本性质就很快十分清楚了. 与西尔维斯特同时代的英国数学家凯莱(A.Cayley,1821~1895)则是首先就矩阵本身作系统研究的人,因此一般认为他是矩阵论的创立者.

从行列式理论中带来的另一重要概念是方阵的特征方程与特征值(特征根),若 $\boldsymbol{M}$ 是方阵,则 $|\boldsymbol{M}-x\boldsymbol{I}|=0$ 称为 $\boldsymbol{M}$ 的特征方程,它的根称为 $\boldsymbol{M}$ 的特征值. 例如 $\boldsymbol{M}=\begin{pmatrix}a & b\\ c & d\end{pmatrix}$,则特征方程是 $\begin{vmatrix}a-x & b\\ c & d-x\end{vmatrix}=0$,即 $x^2-(a+d)x+(ad-bc)=0$. Frobenius 在1879年首先提出了矩阵的秩概念,同时又提出了矩阵的不变因子、初等因子及其对于特征值的关系. 此外,Weierstrass,Hamilton,Hermite,Cauchy,Jordan,Metzler,Fourier,Poincaré 等人对矩阵论的发展都有过贡献.

线性代数从线性方程组论、行列式论与矩阵论中产生并形成一门数学分支以后,它的内容远非至此,它的应用也极其广泛,特别是应用于代数学的主要工具. 而代数学的发展,是从中学解一元一次方程开始,朝着两个方向发展的:一方面就是前面所说的增加未知数的个数与方程个数,即线性方程组;另一方面是增加未知数的次数,即有二次、三次、…n 次方程。这些方程的研究形成了代数学的许多新的分支,这些我们就不细述了.

第二章 微积分

本章学习微积分的基本知识，这是数学分析学的入门. 除了首先学习函数及其相关知识外，要掌握函数的极限，微分与导数，不定积分与定积分，级数，广义积分与微分方程等基本概念及其简单的计算方法与应用.

2.1 函数

一、基本概念

读者在中学已经学过集合与映射概念，映射是集合与集合间的对应关系，它是错综复杂的社会现象或自然界中事物间相互依赖关系的反映. 设 X 与 Y 是两个集合，对于 X 中每个成员(称为元素)x，按照一个确定的规则(记作 f)，唯一对应着 Y 中的一个元素 y，常记作

$$x \xrightarrow{f} y$$

或 $y=f(x)$. 字母 x 代表集合 X 中任意一个元素，或者说，x 可以取 X 中任意一个值，于是我们称 x 为自变量；而字母 y 则代表在对应规则 f 下 x 所对应的那个元素，它被称为因变量. 由此我们就得到一个映射 f：$X\to Y$，完全的记法应该是

2.1.1 f: $\begin{cases} X\to Y \\ x\to y \end{cases}$.

我们还称 X 为映射 f 的定义域，元素 $y=f(x)$称为映射 f 在 x 处的值.

我们的重点是研究实数集合间的映射，称为函数，常用 $y=f(x)$来表示函数 2.1.1.

例 1 一次(线性)函数 $f(x)=3x+2$.

这个函数 f 表示给定自变量 x 的值以后，先用 3 去乘，再加上 2，就得对应的函数值. 例如 $x=4$，则 $f(4)=3\times 4+2=14$. 如果在计算机上来实现，就表示了两个运算程序：将输入的值 $x=4$，先乘以 3，得 $3x=3\times 4=12$，再在所得的中间值 12 上加以 2 得 14，被输出. 函数 $f(x)=3x+2$ 的定义域是全体实数的集合 $\mathbf{R}$，事实上，对于任何实数 $x\in\mathbf{R}$，$f(x)=3x+2$ 是完全确定的.

注 当 x 取遍定义域中所有元素时，对应的函数值全体组成的集合，记作

$$f(X)=\{y\mid y=f(x),\text{对某 } x\in X\},$$

称为函数 f：$X\to Y$ 的值域. 例 1 中函数的值域也是 $\mathbf{R}$. 但一般函数的值域不太容易写出来，也不是我们学习的重点. 以后我们分别把函数 f 的定义域与值域记作 D_f 与 R_f.

例 2 1993 年我国修订的《个人所得税法》规定，个体工商户的生产、经营所得和对企事业单位的承包经营、承租经营所得应交纳的个人所得税以下表所列五级超额累进税率按年征收. 试建立全年应交纳的税款与应纳税所得额间的函数关系.

表 2.1

级数	全年应纳税所得额	税率(%)
1	不超过 0.5 万元的	5
2	超过 0.5 万元至 1 万元的部分	10
3	超过 1 万元至 3 万元的部分	20
4	超过 3 万元至 5 万元的部分	30
5	超过 5 万元部分	35

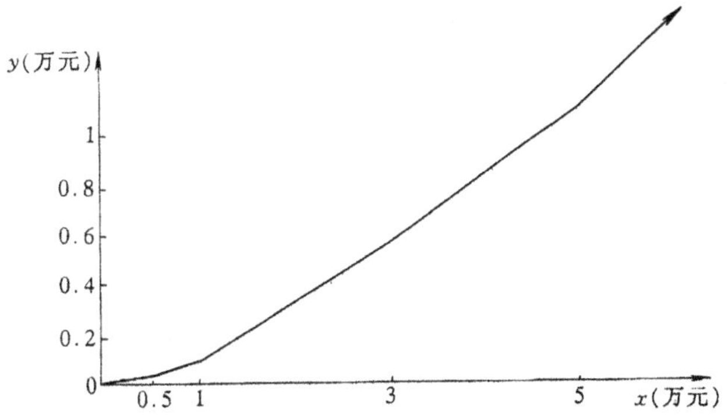

图 2.1

解 设 x (万元)表示全年应纳税所得额，y (万元)表示应交纳的税款，则根据表 2.1，我们可得函数 $y=y(x)$的表达式如下：

$$y=y(x)=\begin{cases}0.05x, & \text{当 } 0\leqslant x\leqslant 0.5,\\ 0.05\times 0.5+0.1(x-0.5), & \text{当 } 0.5<x\leqslant 1,\\ 0.05\times 0.5+0.1\times 0.5+0.2(x-1), & \text{当 } 1<x\leqslant 3,\\ 0.05\times 0.5+0.1\times 0.5+0.2\times 2+0.3(x-3), & \text{当 } 3<x\leqslant 5,\\ 0.05\times 0.5+0.1\times 0.5+0.2\times 2+0.3\times 2+0.35(x-5), & \text{当 } x>5.\end{cases}$$

简化得

$$y=y(x)=\begin{cases}0.05x, & \text{当 } 0\leqslant x\leqslant 0.5,\\ 0.1x-0.025, & \text{当 } 0.5<x\leqslant 1,\\ 0.2x-0.125, & \text{当 } 1<x\leqslant 3,\\ 0.3x-0.425, & \text{当 } 3<x\leqslant 5,\\ 0.35x-0.675, & \text{当 } x>5.\end{cases}$$

其图象如图 2.1 所示，它是由斜率各不相同的四条线段与一条射线组成的(注意,为节省作图占用的篇幅,表示应纳税所得额与应交纳税款的两根轴(x 轴与 y 轴)所取的单位并不一致，这在实际应用中是必须的).

例 3 取整函数 $[x]$.

在计算机上有一个重要的函数，称为取整函数，其定义为：对每个实数 x，令不超过 x 的最大整数为$[x]$，得到对应 $x\xrightarrow{[\,]}[x]$，$x\in\mathbf{R}$. 例如：$[1]=1$，$[1.325]=1$，$[0.3146]=0$，$[-1]=-1$，$[-1.352]=-2$. 值得注意的是，$[x]$不能理解为把 x 的小数部分删去，只保留其整数部分. 比如 -1.352 经取整得$[-1.352]=-2$，而不是 -1. 函数$[\,]$ 的图象形如梯子，如图 2.2 所示，它由无穷多条平行于 x 轴的单位长线段组成，但这些线段均不包括右端点(图中用“◦”表示).(这是为什么?)函数$[\,]$也可用下式表示之：

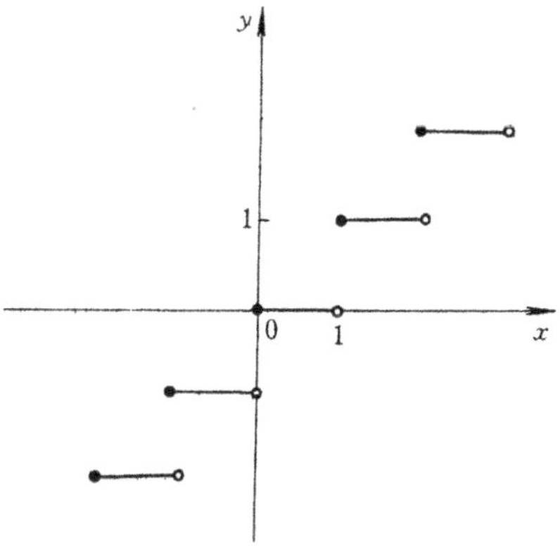

图 2.2

$$y=[x]=\begin{cases}\cdots \\ 2, & 2\leqslant x<3, \\ 1, & 1\leqslant x<2, \\ 0, & 0\leqslant x<1, \\ -1, & -1\leqslant x<0, \\ \cdots\end{cases}$$

像例 2 与例 3 中的函数,在定义域的不同部分用不同的代数式表示函数关系,这类函数称为分段函数.

二、由已知函数产生新的函数

运用不同的手段,我们可以从给定的一个或几个函数产生出一些新的函数.下面介绍几种常用的手段.

首先,如果两个函数有相同的定义域,就可通过加减乘或除得到新的函数,当然在做除法时须假定分母函数不会取 0 值.例如,设 $f(x)=x^2$, $g(x)=\sin x$, $D_f=D_g=\mathbf{R}$. 则有函数

$$(f+g)(x)=f(x)+g(x)=x^2+\sin x, x\in\mathbf{R},$$
$$(f-g)(x)=f(x)-g(x)=x^2-\sin x, x\in\mathbf{R},$$
$$(f\cdot g)(x)=f(x)\cdot g(x)=x^2\cdot\sin x, x\in\mathbf{R}.$$

又如 $h(x)=x^2+1, D_h=\mathbf{R}$,则有函数

$$\frac{f}{h}(x)=\frac{f(x)}{h(x)}=\frac{x^2}{x^2+1}, \qquad x\in\mathbf{R},$$
$$\frac{g}{h}(x)=\frac{g(x)}{h(x)}=\frac{\sin x}{x^2+1}, \qquad x\in\mathbf{R}.$$

其次是两个(或多于两个)函数的复合. 比如: $y=\sin^2 x$, 从自变量 x 到函数值 y 的计算过程是

$$x\xrightarrow{\sin}\sin x\xrightarrow{(\,)^2}\sin^2 x.$$

如果把 $\sin x$ 记作 u,即 $u=\sin x$,则 $y=u^2$.于是从 x 到 y 可以看成函数 $x\xrightarrow{\sin}u$ 与 $u\xrightarrow{(\,)^2}u^2$ "连接"起来,这种连接就称为函数 sin 与$(\,)^2$ 的复合,复合以后得到的新函数记作$(\,)^2\sin$,即 $x\xrightarrow{(\,)^2\sin}\sin^2 x$.一般来说,若

$$f:\begin{cases}X\to Y\\ x\to y\end{cases} 与 g:\begin{cases}Y\to Z\\ y\to z\end{cases}$$

是给定的两个函数,则 f 与 g 的复合是

$$gf:\begin{cases}X\to Z\\ x\to z\end{cases},$$

其中 $z=(gf)(x)=g[f(x)]$, $x\in X$, 若令 $y=f(x)$, 则 $z=g(y)$, 我们把 y 称为中间变量. 上述 sin 与 $(\,)^2$ 的复合中, $u=\sin x$ 就是中间变量. 但是, 并非任何两个函数都可以复合, 只有当第一个函数 f 的值域是第二个函数 g 的定义域的子集时, 才能复合, 否则当 f 的值域超出 D_g 时, 即 $R_f\not\subset D_g$, 此时用 g 作用于某个 f 值, 就将出现无法定义的情况. 例如 $u=f(x)=3x+2$, $g(u)=\lg u$. 这时 $R_f=\mathbf{R}$, $D_g=(0,+\infty)$, $R_f\not\subset D_g$, f 与 g 不能复

合．只有缩小 f 的定义域，对应地缩小了 f 的值域，才有可能将 f 与 g 复合．一般地，我们可先写出 $\lg(3x+2)$，然后考查怎样的 x 使 $\lg(3x+2)$ 有意义，于是得到 $x\in\left(-\frac{2}{3},+\infty\right)$．即若记

$$f:\begin{cases}\left(-\frac{2}{3},+\infty\right)\to(0,+\infty)\\ x\qquad\to 3x+2\end{cases},\quad g:\begin{cases}(0,+\infty)\to\mathbf{R}\\ u\to\lg u\end{cases},$$

则有复合函数

$$gf:\begin{cases}\left(-\frac{2}{3},+\infty\right)\to\mathbf{R}\\ x\to\lg(3x+2)\end{cases},$$

或简写成 $y=\lg(3x+2)$，$x\in\left(-\frac{2}{3}+\infty\right)$．

例 4 某人准备从美国去日本旅游，将 5 000 美元以 1/114.9 的比率换成日元．但因故没有去成，只好又将换成的日元以 117.6/1 的比率换回美元．如果首先以美元数 x 作自变量，日元数 y 作因变量，则美元换成日元的公式是 $y=f(x)=114.9x$．又以日元数 y 作自变量，美元数 z 为因变量，则日元换成美元的公式是 $z=g(y)=\frac{1}{117.6}y$．于是从拿出美元到收回美元的过程是

$$美元\xrightarrow{f}日元\xrightarrow{g}美元.$$

这是一个复合函数：$g[f(x)]=\frac{1}{117.6}(114.9x)\approx0.977x$．于是此人约损失了 $(1-0.977)\times5000=115$（美元）．

第三是从已知函数造出它的反函数，读者在中学已经碰到过．例如，记指数函数为

$$f:\begin{cases}\mathbf{R}\to(0,+\infty)\\ x\to10^x\end{cases},$$

这个函数的对应是一一的．确切地说，对 $D_f=\mathbf{R}$ 的每个值 x 唯一对应着 $R_f=(0,+\infty)$ 的一个值 $y=10^x$；同时，对 R_f 的每个值 y，也唯一地有一个 $x\in D_f$ 使得 $10^x=y$，记作 $x=\lg y$．于是如果把从 y 到 $x=\lg y$ 对应记作 g 的话，就得到一个新的函数

$$g:\begin{cases}(0,+\infty)\to\mathbf{R}\\ y\to\lg y\end{cases},$$

称为 f 的反函数．通常可把 g 记作 f^{-1}，而且按照历史的习惯，总是用 x 表示自变量，y 表示因变量，于是 $f(x)=10^x$，$x\in\mathbf{R}$ 的反函数可以写成

$$y=f^{-1}(x)=\lg x,\quad x\in(0,+\infty).$$

一般说来，若函数 $f:\begin{cases}X\to Y\\ x\to y\end{cases}$ 是一一对应，则反过来的对应记作

$$f^{-1}:\begin{cases}Y\to X\\ y\to x\end{cases},$$

称为 f 的反函数．显然 $D_f=R_{f^{-1}}$，$R_f=D_{f^{-1}}$，而且不难发现，若函数 f 有反函数 f^{-1}，则 f 也是 f^{-1} 的反函数，即 f 与 f^{-1} 是互逆的．我们可以说指数函数与同底的对数函数是互为反函数的．

三角函数的反函数是很有用的．先看 $y=\sin x$，其定义域是 $\mathbf{R}$，值域是 $[-1,1]$，但 $x\to\sin x$

这个对应不是一一的. 为造出反函数,须缩小其定义域,通常取为$\left[-\frac{\pi}{2},\frac{\pi}{2}\right]$,即考虑函数

$$f:\begin{cases}\left[-\frac{\pi}{2},\frac{\pi}{2}\right]\to[-1,1],\\ x\to\sin x\end{cases}$$

此时 f 为一一对应,可得反函数

$$f^{-1}:\begin{cases}[-1,1]\to\left[-\frac{\pi}{2},\frac{\pi}{2}\right],\\ x\to f^{-1}(x)\end{cases}$$

通常记 $f^{-1}=\arcsin$, 即 $\sin x$, $x\in\left[-\frac{\pi}{2},\frac{\pi}{2}\right]$, 反函数是 $\arcsin x$, $x\in[-1,1]$. 同理有 $\cos x$, $x\in[0,\pi]$, 反函数是 $\arccos x$, $x\in[-1,1]$; $\tan x$, $x\in\left(-\frac{\pi}{2},\frac{\pi}{2}\right)$, 反函数是 $\arctan x$, $x\in\mathbf{R}$; $\cot x$, $x\in(0,\pi)$,反函数是 $\operatorname{arccot} x$, $x\in\mathbf{R}$.

现在同一个平面直角坐标系里来画函数 $y=f(x)$及其反函数 $y=f^{-1}(x)$的图像,我们不难发现,它们关于直线 $y=x$ 是对称的. 例如图 2.3 中画出的 $y=2^x$ 与 $y=\log_2 x$ 的图像,它们关于直线 $y=x$ 对称.

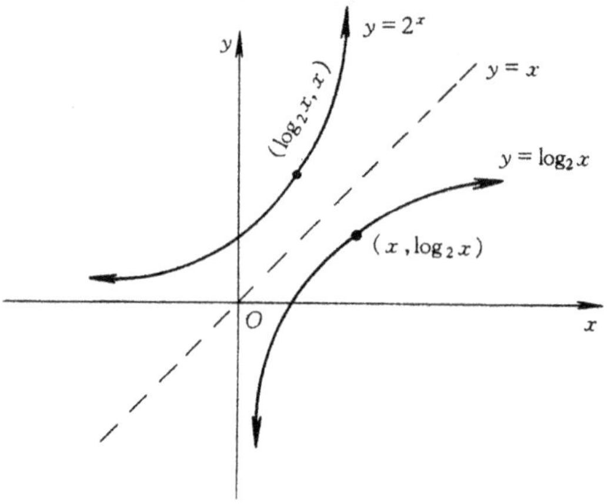

图 2.3

我们把常数函数(对定义域中每个元素 x,始终对应着同一个函数值 c,即 $y=c$, $x\in D_f$), 幂函数 x^μ, 指数函数 a^x ($a>0$, $a\neq1$), 对数函数 $\log_a x$ ($a>0$, $a\neq1$), 三角函数 $\sin x$, $\cos x$, $\tan x$, $\cot x$, $\sec x$, $\csc x$ 与反三角函数 $\arcsin x$, $\arccos x$, $\arctan x$, $\operatorname{arccot} x$, $\operatorname{arcsec} x$, $\operatorname{arccsc} x$ ($\operatorname{arcsec} x$ 与 $\operatorname{arccsc} x$ 的定义与 $\arcsin x$ 相仿,但不是我们学习的重点)统称为基本初等函数, 而由有限个基本初等函数经过有限次加减乘除运算与有限次复合得到的函数统称为初等函数. 例如,

$$y=\lg\sin x+\frac{\arcsin x}{\sqrt{x^2+5}}-4^x$$

是初等函数. 但要注意, 像例 2 与例 3 那样的分段函数不是初等函数.

三、函数的几种性态

1. 奇偶性

设函数 $f(x)$的定义域 D_f 关于原点对称, 即 $x\in D_f$, 蕴含 $-x\in D_f$, 且对任意 $x\in D_f$, $f(-x)=-f(x)$, 则 $f(x)$称为奇函数, 例如, $f(x)=x^3$, $f(x)=\sin x$. 若$f(x)$满足 $f(-x)=f(x)$, $x\in D_f$, 则 $f(x)$称为偶函数, 例如 $f(x)=x^2$, $f(x)=|x|$, $f(x)=\cos x$. 易见, 奇函数的图像关于原点对称, 偶函数的图像关于 y 轴对称.

2. 周期性

若对函数 $f(x)$来说, 有常数 T 使得

$$f(x+T)=f(x),x\in D_f,$$

则 $f(x)$称为周期函数，而满足上述等式的最小正数 T 称为$f(x)$的周期. 例如，$f(x)=\sin x$ 是周期为 2π 的周期函数.

3. 单调性

设函数 $f(x)$对区间$(a,b)\subset D_f$ 内任意两点 x_1，x_2，当 $x_1<x_2$ 时，$f(x_1)\leqslant f(x_2)$，则称 $f(x)$在(a,b)内单调增加(递增)；当 $x_1<x_2$ 时，$f(x_1)\geqslant f(x_2)$，则称 $f(x)$在(a,b)内单调减少(递减)；若当 $x_1<x_2$ 时 $f(x_1)<f(x_2)$(或 $f(x_1)>f(x_2)$)，则称 $f(x)$在(a,b)内严格递增(严格递减). 例如，$f(x)=x^2$ 在$(-\infty,0)$内严格递减，而在$(0,+\infty)$内严格递增. 由此可见，我们不能笼统地说一个函数递增或递减，必须说在哪个区间上递增或递减. 如果笼统地说一个函数递增或递减，那就意味着它在整个定义域上递增或递减.

4. 有界性

若对函数 $f(x)$，存在正数 M，使得$|f(x)|\leqslant M$，$x\in D_f$，则称 $f(x)$有界；否则 $f(x)$无界. 条件$|f(x)|\leqslant M\Leftrightarrow -M\leqslant f(x)\leqslant M$. 因此有界性的条件也可记作 $R_f\subset[-M, M]$. 例如 $f(x)=\sin x$ 是有界的，$R_f\subset[-1, 1]$. 有时我们也需讨论某个区间上函数的有界性，例如 $f(x)=\dfrac{1}{x}$在 $[1, +\infty)$ 上有界，但在$(0,+\infty)$上是无界的.

四、经济学的几个常见函数

1. 需求函数

市场对商品的需求依赖于商品的价格，一般说来，价格下降，需求增加，反之，价格上升，需求减少. 若 q 表示需求量，p 表示商品的单价，则 $q=\varphi(p)$称为需求函数. φ 的具体形式是多种多样的，比如 $q=a-bp$，$p\in\left[0, \dfrac{a}{b}\right]$，$(a>0,b>0)$就是比较简单的一种.

2. 供给函数

厂家向市场提供的商品量即供应量对于价格的依赖关系称为供给函数，它不同于需求函数. 当价格上升时，厂家愿意多提供商品，与消费者站在对立的立场上. 设供应量为 s，价格仍用 p 表示，则 $s=f(p)$为供给函数，比如 $s=c+dp$ $(c>0,d>0)$.

如果把需求函数与供给函数画在同一直角坐标系中(图 2.4)，它们图像的交点所对应的价格便是供求均衡价格，低于均衡价格时求大于供，反之则供大于求.

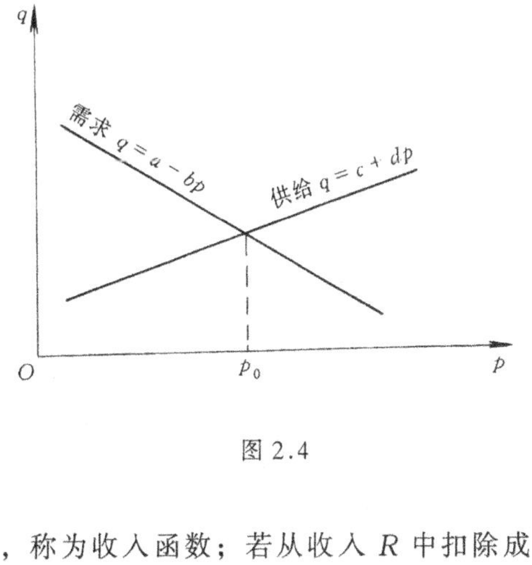

图 2.4

3. 成本函数

一般说来，生产成本包括固定成本(与产量无关的部分，例如房租、机器折旧、水、电等)与可变成本两部分. 若用 x 表示产量，C_0 表示固定成本，C 表示总成本，则有成本函数

$$C=C_0+ax\ (a>0,C_0>0),x\in[0,+\infty).$$

4. 收入函数与利润函数

设销售量是 x，单价是 p，则总收入是 $R=px$，称为收入函数；若从收入 R 中扣除成本，则得到利润，因此利润函数是(假定成本函数是 $C=C_0+ax$)

$$L = R - C = px - (C_0 + ax), x \in [0, +\infty],$$

这表示厂家在市场全部销售完产品的情况下生产 x 件产品所得的利润.

五、补充

在本节的最后这段里，向读者介绍几个有趣的例子，它们将有助于扩展对映射与函数概念的理解，并了解它们的广泛应用.

1. 多元函数

自然或社会事物变化的复杂性，反映出多种因素间的相互依赖关系，数学上表现出一个变量 z 依赖于两个或多个变量 $x, y, \cdots$，这样，因变量 z 就成为两个或多个自变量 $x, y, \cdots$ 的函数. 例如矩形面积 S 就依赖于长 x 与宽 y，即 $S = xy$. 这时自变量 x 与 y 彼此独立，且具有同等的地位. 我们就称 S 是 x 与 y 的二元函数. 一般地，二元函数记作 $z = f(x, y)$，类似地还有三元，四元，…等函数，统称为多元函数，其中的“元”就指自变量.

例 5 从例 3 的取整函数可得到一个有用的公式，用它可以计算公元任何一年的任何一天究竟是星期几. 假如要确定公元 x 年 y 月 z 日是星期几(n)，我们可按下述步骤进行计算：首先从 x 算 $\bar{x}$，算法是

$$\bar{x} = \begin{cases} x, & \text{当 } y \geqslant 3, \\ x - 1, & \text{当 } y < 3, \end{cases}$$

同时从 y 算出 $\bar{y}$，算法是

$$\bar{y} = \begin{cases} y - 2, & \text{当 } y \geqslant 3, \\ y + 10, & \text{当 } y < 3, \end{cases}$$

然后由公式

$$\textbf{2.1.2} \quad \omega = \bar{x} + \left[\frac{\bar{x}}{4}\right] - \left[\frac{\bar{x}}{100}\right] + \left[\frac{\bar{x}}{400}\right] + [2.59\bar{y}] + z$$

算出 ω，最后用 ω 除以 7，所得余数就是 n.

比如你要知道 1999 年 10 月 1 日是星期几，由 $y = 10 \geqslant 3$，得 $\bar{x} = x = 1999$，$\bar{y} = y - 2 = 8$，代入公式 2.1.2，得 $\omega = 2504$，$2504 \div 7 = 357 + \frac{5}{7}$，即知 1999 年 10 月 1 日是星期五.

你若有兴趣的话，试着分析一下从 x，y，z 到 n 的对应是如何构成的，这是一个三元函数，它的定义域(即 x, y, z 允许取值的集合)是什么？注意三个自变量 x，y，z 要规定一个次序，记作(x, y, z)，比如对 $x = 1999$，$y = 10$，$z = 1$，就应记作$(1999, 10, 1)$.

2. 数列

读者在中学已经认识数列，现在我们把数列解释成一种特殊的函数. 设数列 $\{u_n\}$，即

$$u_1, u_2, u_3, \cdots, u_n, \cdots,$$

令 $f(n) = u_n$，$n \in \mathbf{N}$，其中 $\mathbf{N}$ 是正整数集合. 于是得到函数

$$f: \begin{cases} \mathbf{N} \to \mathbf{R}, \\ n \to u_n. \end{cases}$$

换言之，数列 $\{u_n\}$ 可以理解为定义域 $\mathbf{N}$ 上的一个函数，当然作为数列而言，函数值 u_n 必须按照项数 n 的顺序排列起来.

例 6 菲波那契数列. 13 世纪意大利伟大的数学家列昂那多·菲波那契在 1202 年从兔子产崽问题发现了这个数列. 假如每对大兔子每个月生下一对小兔子，但每对兔子至少要在出

生一个月后才能下崽；同时假定兔子都不死亡，问一对兔子在一年内繁殖多少对大兔子？

开始有 1 对，即第 1 个月是 1 对，$u_1=1$；过了一个月还是 1 对大兔，但已生下 1 对小兔，$u_2=1$；过了两个月，就有了 2 对大兔，同时第 1 对大兔又生下 1 对小兔，$u_3=2$；三个月后，即第 4 个月，有 3 对大兔，同时前两对大兔又生下 2 对小兔，$u_4=3$；如此继续，我们可把这种繁殖情况列成下表：

表 2.2

月份数	1	2	3	4	5	6	7	8	9	10	11	12	…	$n-1$	n
大兔数	1	1	2	3	5	8	13	21	34	55	89	144	…	u_{n-1}	u_n
小兔数	0	1	1	2	3	5	8	13	21	34	55	89	…	u_{n-2}	u_{n-1}

从表 2.2 看到，第 n 个月的小兔数就是第 $n-1$ 个月的大兔数，而第 n 个月的大兔数等于第 $n-1$ 个月的大兔、小兔之总数，即 $u_n=u_{n-1}+u_{n-2}$. 现将大兔数按月份顺序排列，就得到菲波那契数列：

$$1,1,2,3,5,8,13,21,34,55,89,144,\cdots,$$

由此可见，一年内将繁殖成 144 对大兔，另有 89 对小兔．我们得到的 $u_n=u_{n-1}+u_{n-2}$称为递推公式，这里 $n=3,4,5,\cdots$，实际上，这个数列的通项也是可以写出来的，即

2.1.3 $$u_n=\frac{1}{\sqrt{5}}\left[\left(\frac{1+\sqrt{5}}{2}\right)^n-\left(\frac{1-\sqrt{5}}{2}\right)^n\right],\quad n\in\mathbf{N}.$$

这似乎有点使人感到十分惊奇！2.1.3 是个无理式，用它竟能算出一个正整数来！这正是数学的美妙之处．和菲波那契数列相联系的一个重要常数是$\dfrac{u_n}{u_{n+1}}\approx 0.618$，$n=4,5,6,\cdots$，这一点将在下节说明．

20 世纪 30 年代经济学家艾略特把菲波那契数列用于股票价格变化的技术分析，创立了著名的艾略特波动论，其要点简述如下

按考察时间的长短分为五个级别：

(1) 超级循环(约 50 年)：包括 1 个上坡(即股价上升)和 1 个下坡(股价下跌)，共 2 个坡；

(2) 循环(约 10 年)；包括 5 个上坡，3 个下坡，共 8 个坡，如图 2.5 所示．注意在 5 个上坡中第 2 与第 4 坡是上升中的调整坡(实际是下坡)．同样，3 个下坡中的第 2 坡是下跌中的调整坡，即上坡．

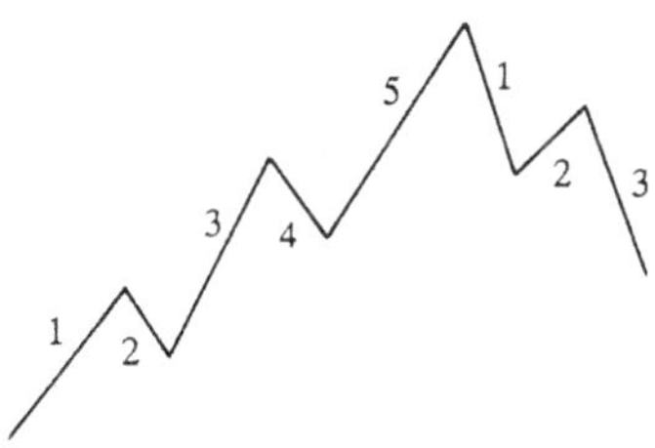

图 2.5　循环

图 2.6　基本波动

(3) 基本波动(约 1～4 年)：包括 21 个上坡和 13 个下坡，共 34 个坡(图 2.6)．

(4) 次级波动(约 6 个月)：包括 89 个上坡和 55 个下坡，共 144 个坡．

(5) 短期波动(约 6 周)：包括 377 个上坡与 233 个下坡，共 610 个坡.

只要把下坡数放在同级上坡数的前面，在上坡数后面再列出该级坡数总和，就能得到菲波那契数列的前 15 项.

当然艾略特理论的内容远不止这些，并且由于偶然因素(包括政治因素,人们的心理因素等)的复杂性，很难预测短期(比如 1 周内、甚至 1 天内)股价的变化. 但对于中长期的股价趋势，艾略特理论确是可以参考的有用工具.

3. 数理语言学. 当人们把对应解释作某种事物的转换时，应用于语言的研究，就创立了数理语言学.

一种语言总是由一些基本句子组成的集合，同时规定了一组转换关系(映射). 基本句子一般由名词和动词组成，然后这些转换关系把几个基本句子联在一起，就可造出复杂的句子.

例如 $S_1=$ “张光辉骑车”，$S_2=$ “王定芳骑车” 是两个基本句. 令 t_1 是用连词 “和” 把 S_1，S_2 联在一起，即

$$(S_1,S_2)\xrightarrow{t_1}S_3,S_3=t_1(S_1,S_2),$$

其中 $S_3=$ “张光辉骑车和王定芳骑车”，第一个 “骑车” 可以省略，用 t_2 表示这个省略，t_2：$S_3\to S_4$，$S_4=t_2(S_3)$，$S_4=$ “张光辉和王定芳骑车”. 最后再用一个转换 t_3 把 “到火车站” 加到 S_4 上，即得 $S_5=t_3(S_4)$，$S_5=$ “张光辉和王定芳骑车到火车站”. 这里三个转换 t_1，t_2，t_3 就是三个映射，它们的复合就构成了从 (S_1,S_2) 到 S_5 的转换，用图表示为

$$(S_1,S_2)\xrightarrow{t_1}S_3\xrightarrow{t_2}S_4\xrightarrow{t_3}S_5,$$

或写成 $S_5=t_3(t_2(t_1(S_1,S_2)))$.

习题 2.1

(一)

1. 求下列函数在各个指定点上的值：

(1) $f(x)=\dfrac{|x-4|}{x+2}$：$x=0$，4，-4，1，$\sqrt{2}$；

(2) $f(x)=[x^2]$：$x=0$，-1，1，2，0.25；

(3) $f(x)=[x]^2$：$x=0$，-1，1，2，0.25；

(4) $f(x)=\begin{cases}3x-2, & x\in[4,+\infty)\\ 3+x^2, & x\in(-\infty,4)\end{cases}$：$x=0$，1，4，$-1$，$-6$.

2. 作下列函数的图像：

(1) $y=\begin{cases}x+2, & x\in(-\infty,0),\\ 2^x, & x\in(0,+\infty);\end{cases}$ (2) $y=[x^2]$，$x\in[-2,2]$；

(3) $y=[x]^2,x\in[-2,2]$； (4) $y=\operatorname{sgn}x=\begin{cases}1, & x>0,\\ 0, & x=0,\\ -1, & x<0.\end{cases}$ $\operatorname{sgn}x$ 称为符号函数.

3. 求下列初等函数的定义域：

(1) $y=\sqrt{\dfrac{2+x}{x-1}}$； (2) $y=\dfrac{1}{\cos x-\sin x}$； (3) $y=\lg(\cos x)$； (4) $y=\arcsin\dfrac{x-2}{3}$.

4. 分析下列函数是如何通过基本初等函数的运算与复合构成的：

(1) $y=\lg(x+\sqrt{x^2+1})$；　　(2) $y=\sqrt{(2x+1)^3-\sin x}$；

(3) $y=[1+(\lg\tan x)^2]^3$；　　(4) $y=\sin\arccos\sqrt{x-1}$.

5. 判断下列函数是奇函数、偶函数还是非奇非偶函数：

(1) $f(x)=[x^2]$；　(2) $f(x)=[x]^2$；　(3) $f(x)=\dfrac{|x|}{x}$；

(4) $f(x)=\dfrac{3^x+3^{-x}}{2}$；　(5) $f(x)=\dfrac{10^x-10^{-x}}{2}$；　(6) $f(x)=\lg x$.

6. 判断下列函数是否周期函数，若是，求出其周期：

(1) $y=\sin\dfrac{x}{3}$；　(2) $y=\sin x+\cos x$；　(3) $y=x\sin 2x$；　(4) $y=\tan\dfrac{1}{x}$.

7. 判断下列函数的单调性：

(1) $y=3x-2$；　(2) $y=\left(\dfrac{1}{3}\right)^x$；　(3) $y=\log_{0.2}x$；　(4) $y=x^2+3$.

8. 设 $f(x)=\begin{cases}\sqrt{1-x^2}, & x\in[-1,1]\\ x^2-1, & x\in(-2,-1)\cup(1,2)\end{cases}$，试找一个尽可能小的有限区间使它包含 R_f. 对函数

$g(x)=\begin{cases}\sqrt{1-x^2}, & |x|\leqslant 1\\ x^2-1, & |x|>1\end{cases}$，这样的区间能找到吗？

9. 已知 50 克相当于 1.763 7 盎司，试求 x 盎司应重多少克，即写出从盎司换算成克的公式.

10. 求下列函数的反函数，并指出其定义域与值域：

(1) $y=x^3-1$；　　(2) $y=\dfrac{1-x}{1+x}$；

(3) $y=\lg(x^2-1)$，$x>1$；　　(4) $y=\arctan(x^3+1)$.

11. 设需求函数由 $p+q=1$ 给出，其中 p 是价格，q 是需求量.

(1) 求总收益 R 关于需求量 q 的函数 $R(q)$；(2) 若出售 $\dfrac{1}{3}$ 单位，则总收益应是多少？

12. 已知产品价格 p 与需求量 q 满足关系式 $3p+q=60$. 试求：

(1) 价格对于需求的函数 $p=p(q)$，并作图；

(2) 总收益函数 $R=R(q)$，并作图；

(3) $p(0)$，$p(1)$，$p(6)$，$R(1.5)$，$R(5.5)$，$R(7)$.

13. 某市场对棉花的需求函数由方程 $pq^{1.4}=0.11$ 给出. 求：

(1) 总收益函数 $R(q)$；

(2) $p(12)$，$p(15)$，$p(20)$，$R(10)$，$R(12)$，$R(15)$.

14. 某企业对一产品的销售策略是：购买不超过 20 公斤，每公斤价 10 元；购买量不超过 200 公斤时，超过 20 公斤部分，每公斤 7 元；购买超过 200 公斤的部分，每公斤 5 元. 试写出购买量为 x 公斤的费用函数 $C(x)$.

（二）

15. 求下列二元函数的指定函数值：

(1) $f(x,y)=\frac{xy}{x^2+y^2}$：$(x,y)=\left(\frac{v}{u},\ 1\right)$；

(2) $f(x,y)=|xy|+\frac{y}{x}$：$(x,y)=\left(-1,\ \frac{2}{3}\right)$；

(3) $f(x,y)=\lg(x-\sqrt{x^2-y^2})$：$(x,y)=(u+v,u-v)$；

(4) $f(x,y)=\sin^2 x+\cos^2 y$：$(x,y)=(uv,1)$．

16．用公式 2.1.2 预测 2000 年 1 月 1 日是星期几，并推算你的生日(出生那天)是星期几？

17．试分析例 5 中从年月日(x,y,z)到星期几(n)的函数构成．

18．研究菲波那契数列：

(1) 证明：除最初两项 u_1，u_2 外，每项被其前面第 2 项除(u_n/u_{n-2})，一定商 2 且余数等于其前面第 3 项(u_{n-3})；

(2) 证明：除最初 4 项外，每项与其前一项的比值近似于 1.618；

(3) 用数学归纳法证明公式 2.1.3．

19．令 S_1＝“父亲修理”，S_2＝“儿子修理”是两个基本句．

(1) 试用一个转换 t_1 导出句子“父亲修理这辆自行车”，记新句子为 S_3；

(2) 试用一个转换 t_2 由 S_3 导出句子 S_4：“这位父亲修理这辆自行车”；

(3) 如果 t_1 作用于 S_2，将导出什么句子？即 $t_1(S_2)=?$ 令得到的新句子为 S_5；

(4) 试确定转换 t_3，其作用是由 S_5 导出句子 S_6：“他的儿子修理这辆自行车”；

(5) 令 t_4 是在两个句子中间嵌入“或”的转换，试说明 $t_4(S_4,S_6)=S_7$ 的含义；

(6) 试确定转换 t_5，把“这位父亲修理这辆自行车或他的儿子修理这辆自行车”变成 S_8：“这位父亲或他的儿子修理这辆自行车”；

(7) 列出从 S_1，S_2 出发，最后导出 S_8 的所有转换．

20．将复杂句“张光辉和王定芳骑车到火车站”分解成两个基本句．即定义若干转换，它们的作用正好与构造这个复杂句时用的转换相反，称之为原转换的逆转换．

21．设 $f(\sin x)=3-\cos 2x$，试求 $f(x)$．这种包含未知函数的方程称为函数方程．

22．设 $f(x)$满足 $af(x)+bf\left(\frac{1}{x}\right)=cx$，其中 a，b，c 均为非零常数，且 $a\neq\pm b$．求函数 $f(x)$的表达式．

2.2 极限

早在我国春秋战国时期的哲学名著《庄子·天下篇》中记载着哲学家庄子的朋友惠施(约公元前 370～310 年)提出的一句名言：“一尺之棰，日取其半，万世不竭．”它体现了我国先人朴素的极限思想．本节就向读者介绍微积分的这个基础概念．

一、变量的极限

《庄子》中的话说，第 1 天截取 1 尺的 1/2，第 2 天截取剩余的 1/2，即 1/4，如此继续，若把每个截取的量依次写下来，就成等比数列

2.2.1 $\frac{1}{2}$，$\frac{1}{4}$，$\frac{1}{8}$，$\frac{1}{16}$，…，$\frac{1}{2^n}$，…，

其公比 $q=\frac{1}{2}$，显然此数列的通项$\frac{1}{2^n}$随项数 n 的增大而减小．当 n 无限增大时，通项$\frac{1}{2^n}$就无限地接近于 0，且又达不到 0．这样，n 永无止境地增大，同时$\frac{1}{2^n}$永无止镜地向 0 靠近，正如《庄子》所说："万世不竭．"

再考查函数 $y=\frac{1}{x}$，其定义域是$(-\infty,0)\cup(0,+\infty)$，下面列出 x 与 y 的三组数值，每组都包含无穷多对数，用"…"表示．

2.2.2 $\begin{cases} x=1,\ \frac{3}{2},\ 2,\ \frac{5}{2},\ 3,\ \frac{7}{2},\ 4,\ \cdots,\ x,\ \cdots \\ y=1,\ \frac{2}{3},\ \frac{1}{2},\ \frac{2}{5},\ \frac{1}{3},\ \frac{2}{7},\ \frac{1}{4},\ \cdots,\ \frac{1}{x},\ \cdots \end{cases}$

2.2.3 $\begin{cases} x=1,\ \frac{1}{2},\ \frac{1}{3},\ \frac{1}{4},\ \frac{1}{5},\ \frac{1}{6},\ \frac{1}{7},\ \cdots,\ x,\ \cdots \\ y=1,\ 2,\ 3,\ 4,\ 5,\ 6,\ 7,\ \cdots,\ \frac{1}{x},\ \cdots \end{cases}$

2.2.4 $\begin{cases} x=2,\ \frac{1}{2},\ \frac{4}{3},\ \frac{3}{4},\ \frac{6}{5},\ \frac{5}{6},\ \frac{8}{7},\ \cdots,\ x,\ \cdots \\ y=\frac{1}{2},\ 2,\ \frac{3}{4},\ \frac{4}{3},\ \frac{5}{6},\ \frac{6}{5},\ \frac{7}{8},\ \cdots,\ \frac{1}{x},\ \cdots \end{cases}$

在 2.2.1 与 2.2.2 中，自变量 n 或 x 顺次越来越大，永无止境，我们称 n 或 x 趋于无穷大，记作 $x\to\infty$(若要强调其值的符号,可记作 $x\to+\infty$)，此时对应的函数值越来越小，永无止境地向 0 靠近．例如 $x=10^5$ 时，$y=10^{-5}$；而当 $x>10^5$ 时，$y<10^{-5}$．这种情况我们就说 $x\to\infty$ 时 $y\to0$，或说 x 趋于无穷大时 y 的极限是 0，记作 $\lim\limits_{x\to\infty}y=0$，其中 lim 是英语单词 limit (极限)的缩写．

在 2.2.3 中，x 越来越小，无限地永无止境地向 0 靠近，但又不能达到 0，而 $y=\frac{1}{x}$则越来越大，同样永无止境．我们说 $x\to0$ 时，$y\to\infty$．在 2.2.4 中，x 越来越接近 1，但它时而大于 1，时而小于 1，总的趋势是向 1 靠近，按 $x=1+\frac{(-1)^{n+1}}{n}$ 的取法，也是达不到 1 的．同时 $y=\frac{1}{x}$ 也越来越接近 1，与 2.2.2 相仿，记作$\lim\limits_{x\to1}y-1$，称为 x 趋于 1 时 y 的极限是 1．

同一个函数 $y=\frac{1}{x}$在 2.2.2～2.2.4 中出现了三种不同的变化趋势，造成如此差别的根源在于自变量 x 的变化趋势不同．因此研究函数变化趋势时重要的是先把握自变量如何变化．

关于自变量 x 的变化过程，有下列六种不同的情况．

(1) $x\to+\infty$(包括 x 只取正整数的情况,此时即 $n\to\infty$)；

(2) $x\to-\infty$；

(3) $x\to\infty$(此时意味着$|x|\to\infty$)；

(4) $x\to a^+$(a 是固定常数,此时意味着 x 始终取大于a 的值而永无止境地向a 接近)；

(5) $x\to a^-$(意味着 $x<a$,同时趋于 a)；

(6) $x\to a$ (意味着 x 既可大于a 又可小于a 而趋于a)．

我们常说(6)是 x 从 a 的两侧趋于 a，而(4)或(5)分别说成 x 从右侧或左侧趋于 a. 此外，常数 a 可在函数的定义域中(如 2.2.4)，也可不在定义域中(如 2.2.3).

下面我们给出极限的一种直观描述，至于其精确的数学定义，将列在本节的“补充”段里，供有兴趣的读者参考.

设 $y=f(x)$ 是给定函数(也可以是数列)，如果自变量 x 在某个变化过程中变化时，函数 $y=f(x)$ 相应地变化而无限接近于常数 A，则称 A 为函数 $y=f(x)$ 在该变化过程中的极限，或说 y 收敛到 A（简称 y 的极限存在或收敛），记作 $\lim y=A$. 但为了表明自变量的变化过程，我们要在 lim 的下面注明这个过程，比如 2.2.2，就记作 $\lim\limits_{x\to\infty}\dfrac{1}{x}=0$，2.2.4 记作 $\lim\limits_{x\to 1}\dfrac{1}{x}=1$，2.2.1 记作 $\lim\limits_{n\to\infty}\dfrac{1}{2^n}=0$.

极限是 0 的变量称为无穷小量，2.2.1 与 2.2.2 都是无穷小量. 与此相反，我们称 2.2.3 这样的函数是无穷大量. 无穷小量与无穷大量互为倒数. 即在某个变化过程中，若函数 $f(x)$ 是无穷小量，则 $\dfrac{1}{f(x)}$ 是无穷大量，反之亦然. 当然 $\dfrac{1}{f(x)}$ 中要求 $f(x)\neq 0$.

对于 2.2.4，我们还需补充一点. 当 x 趋于 1，我们说的是永无止境地靠近 1，但这个 1 在 $y=\dfrac{1}{x}$ 的定义域内，也就是说可以有 $x=1$，而且 $\lim\limits_{x\to 1}\dfrac{1}{x}=1$ 恰恰是函数 $y=\dfrac{1}{x}$ 在 $x=1$ 的函数值，这种情况称为函数 $y=\dfrac{1}{x}$ 在 $x=1$ 连续.

一般来说，在函数 $y=f(x)$ 的定义域内，如果 $\lim\limits_{x\to x_0}f(x)=f(x_0)$，则称函数 $y=f(x)$ 在点 x_0 连续. 所有初等函数在它的定义域内是连续的，即在定义域内每一点都连续. 于是在计算极限时，这一性质为我们提供了极大的便利.

例 1 求 $\lim\limits_{x\to 2}\lg\sin\dfrac{\pi}{x}$.

解 因 $\lg\sin\dfrac{\pi}{x}$ 是初等函数，2 在它的定义域内，故这个极限值等于函数在 2 处的值，即 $\lim\limits_{x\to 2}\lg\sin\dfrac{\pi}{x}=\lg\sin\dfrac{\pi}{2}=0$.

例 2 在无论哪个变化过程中，常数函数 $y=c$ 的极限总是 c，即 $\lim c=c$.

例 3 从读者熟知的指数函数 $y=a^x$ 的图像(图 2.7)，我们有下列常用的极限.

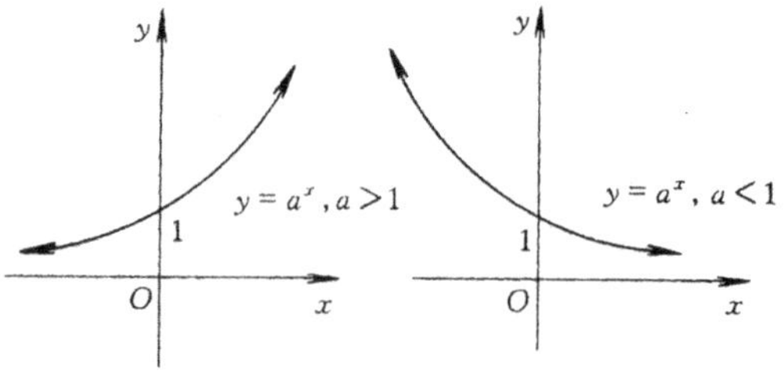

图 2.7

2.2.5 $\lim\limits_{x\to+\infty}a^x=\begin{cases}+\infty, & a>1,\\ 0, & 0<a<1.\end{cases}$

2.2.6 $\lim\limits_{n\to\infty}a^n=\begin{cases}\infty, & |a|>1,\\ 0, & |a|<1.\end{cases}$

其中 $\lim\limits_{x\to+\infty}a^x=+\infty\ (a>1)$ 意味着 $a>1$，$x\to+\infty$ 时 a^x 是无穷大量，极限不存在. 2.2.6 是数列的极限. 此外还有

2.2.7 $\lim\limits_{x\to-\infty}a^x=\begin{cases}0, & a>1,\\ +\infty, & 0<a<1.\end{cases}$

二、极限的基本性质

为了进行有效的极限计算，我们需要下列基本性质(假定 $f(x)$，$g(x)$ 的极限均存在)：

2.2.8 $\lim cf(x)=c\lim f(x)$，c 是常数；

2.2.9 $\lim[f(x)\pm g(x)]=\lim f(x)\pm\lim g(x)$；

2.2.10 $\lim[f(x)\cdot g(x)]=\lim f(x)\cdot\lim g(x)$；

2.2.11 $\lim\dfrac{f(x)}{g(x)}=\dfrac{\lim f(x)}{\lim g(x)}$，$\lim g(x)\neq 0$.

说明：上述公式中左端与右端应在自变量的同一个变化过程中．特别应注意 2.2.11 中，若 $\lim g(x)=0$，此公式失效．

例 4 求$\lim\limits_{x\to 1}\dfrac{x^2+2x-3}{x^2+x-2}$.

解 因分母的极限是 0，不能用公式 2.2.11 计算．但可以用约去无穷小因子的方法，即

$$\lim_{x\to 1}\frac{x^2+2x-3}{x^2+x-2}=\lim_{x\to 1}\frac{(x-1)(x+3)}{(x-1)(x+2)}=\lim_{x\to 1}\frac{x+3}{x+2}=\frac{1+3}{1+2}=\frac{4}{3}.$$

其中约去了无穷小因子 $x-1$.

例 5 求$\lim\limits_{x\to 1}\left(\dfrac{1}{1-x}-\dfrac{3}{1-x^3}\right)$.

解 因$\dfrac{1}{1-x}$与$\dfrac{3}{1-x^3}$都是无穷大量，不能用公式 2.2.9 计算，但我们有

$$\lim_{x\to 1}\left(\frac{1}{1-x}-\frac{3}{1-x^3}\right)=\lim_{x\to 1}\frac{(1+x+x^2)-3}{1-x^3}=\lim_{x\to 1}\frac{(x-1)+(x^2-1)}{(1-x)(1+x+x^2)}$$

$$=\lim_{x\to 1}\frac{-(1-x)(x+2)}{(1-x)(1+x+x^2)}=\lim_{x\to 1}\frac{-(x+2)}{1+x+x^2}=\frac{-(1+2)}{1+1+1^2}=-1.$$

例 6 求$\lim\limits_{x\to 4}\dfrac{\sqrt{x}-2}{x^2-5x+4}$.

解 当 $x\to 4$，分子$\sqrt{x}-2$ 与分母 x^2-5x+4 均为无穷小量，不能用 2.2.11 计算．我们应将分子有理化，然后再约去无穷小因子．即

$$\lim_{x\to 4}\frac{\sqrt{x}-2}{x^2-5x+4}=\lim_{x\to 4}\frac{(\sqrt{x}-2)(\sqrt{x}+2)}{(x^2-5x+4)(\sqrt{x}+2)}=\lim_{x\to 4}\frac{x-4}{(x-4)(x-1)(\sqrt{x}+2)}$$

$$=\lim_{x\to 4}\frac{1}{(x-1)(\sqrt{x}+2)}=\frac{1}{(4-1)(\sqrt{4}+2)}=\frac{1}{12}.$$

三、无穷小量的等价

考查例 4 与例 6，都是计算两个无穷小量的比值的极限，即计算 $\lim\dfrac{u}{v}$，其中 $\lim u=\lim v=0$．若应用 2.2.11 计算将得出 $\lim\dfrac{u}{v}=\dfrac{\lim u}{\lim v}=\dfrac{0}{0}$，毫无意义．因此不能用 2.2.11 来算这个极限，必须另辟途径．例 4 与例 6 实际使用了约去分子分母中的相同无穷小因子，从而变换成可使用 2.2.11 的形式．由于这类无穷小相比的极限十分普遍且极为重要，为此我们须进一步加以研究．

定义　设 u 与 v 是在自变量的同一变化过程中的两个无穷小量，如果 $\lim\dfrac{u}{v}=1$，则称 u 与 v 是该变化过程中的等价无穷小，记作 $u\sim v$.

例 7 因$\lim\limits_{x\to 0}\dfrac{2x^2+3x^4-5x^7}{2x^2-3x^3-8x^5}=\lim\limits_{x\to 0}\dfrac{2+3x^2-5x^5}{2-3x-8x^3}=\dfrac{2+3\times 0+5\times 0}{2-3\times 0-8\times 0}=1$，故 $x\to 0$ 时，

$(2x^2+3x^4-5x^7)\sim(2x^2-3x^3-8x^5)$.

注　在例 7 的计算中，读者容易发现，事实上，$x\to 0$ 时，$(2x^2+3x^4-5x^7)\sim 2x^2$，式中 $3x^4-5x^7$ 被略去了，原因是 $3x^4$ 与 $5x^7$ 的次数都比 x^2 高. 同样，分母 $(2x^2-3x^3-8x^5)\sim 2x^2$，于是，可作如下计算：

$$\lim_{x\to 0}\frac{2x^2+3x^4-5x^7}{2x^2-3x^3-8x^5}=\lim_{x\to 0}\frac{2x^2}{2x^2}=1.$$

从中得到启发，在计算极限时，某些无穷小因子可用等价的无穷小来代替，从而大大简化我们的计算.

2.2.12　定理　设 u，v 与 w 是在自变量的同一变化过程中的三个无穷小量，且 $w\sim v$，则有 $\lim\frac{u}{w}=\lim\frac{u}{v}$，及 $\lim\frac{w}{u}=\lim\frac{v}{u}$.

证　事实上，$\lim\frac{u}{w}=\lim\frac{u}{w}\cdot\lim\frac{w}{v}=\lim\left(\frac{u}{w}\cdot\frac{w}{v}\right)=\lim\frac{u}{v}$.

同理，$\lim\frac{w}{u}=\lim\frac{v}{u}$.

上述定理简言之：用与 w 等价的无穷小量 v 代替 w 来进行计算.

常用的等价无穷小有：当 $x\to 0$ 时，$x\sim\sin x\sim\tan x\sim\arcsin x\sim\arctan x$. 此处我们接连地写了四个“～”，这意味着无穷小的等价具有“传递性”，即若 $u\sim v$，$v\sim w$，则 $u\sim w$. 事实上，$\lim=\frac{u}{w}=\lim\left(\frac{u}{v}\cdot\frac{v}{w}\right)=\lim\frac{u}{v}\cdot\lim\frac{v}{w}=1$.

例 8　求 $\lim\limits_{x\to 0}\frac{\sin 3x}{\arctan 2x}$.

解　因 $x\to 0$，有 $2x\to 0$ 及 $3x\to 0$. 于是 $\sin 3x\sim 3x$，$\arctan 2x\sim 2x$，从而

$$\lim_{x\to 0}\frac{\sin 3x}{\arctan 2x}=\lim_{x\to 0}\frac{3x}{2x}=\frac{3}{2}.$$

特别应当注意的是，用等价无穷小代替来计算极限，固然具有极大的便利，但必须符合条件：一是被代替的无穷小必须处在乘法或除法中，若在加法或减法中就不能被代替；二是必须确是无穷小量，对非无穷小当然不能代替.

例如：求 $\lim\limits_{x\to 0}\frac{\tan x-\sin x}{x^3}$.

若　$\lim\limits_{x\to 0}\frac{\tan x-\sin x}{x^3}=\lim\limits_{x\to 0}\frac{x-x}{x^3}=0$（用 $\tan x\sim x,\sin x\sim x$），那就大错特错了. 事实上，这里无穷小量 $\tan x$（或 $\sin x$）与其他部分处于加减法运算中，正确的做法应是

$$\lim_{x\to 0}\frac{\tan x-\sin x}{x^3}=\lim_{x\to 0}\frac{\sin x\cdot\left(\frac{1}{\cos x}-1\right)}{x^3}=\lim_{x\to 0}\left(\frac{x}{x^3}\cdot\frac{1-\cos x}{\cos x}\right)$$

$$=\lim_{x\to 0}\frac{1}{\cos x}\cdot\lim_{x\to 0}\frac{2\sin^2\frac{x}{2}}{x^2}=1\cdot\lim_{x\to 0}\frac{2\cdot\left(\frac{x}{2}\right)^2}{x^2}=\frac{1}{2}.$$

此外，$x\to 0$ 时，$a_0x^k+a_1x^{k+1}+\cdots+a_nx^{k+n}\sim a_0x^k$，其中 $a_0\neq 0$. 换言之，$x\to 0$ 时，无常数项的多项式等价于次数最低的那一项. 正如例 7 后面的注所说的.

与无穷小的情况相仿，常要计算两个无穷大量之比的极限. 此时也不能用公式 2.2.11. 我们也可定义两个无穷大量等价的概念. 即若 u 与 v 是在自变量的同一变化过程中的无穷

大量，且 $\lim \frac{u}{v}=1$，则称 u 与 v 是等价的无穷大. 例如，当 $x\to\infty$ 时，$a_0+a_1x+\cdots+a_nx^n \sim a_nx^n$ $(a_n\neq 0)$，事实上，因极限 $\lim\limits_{x\to\infty}\frac{a_0}{a_nx^n}=0$，$\cdots\lim\limits_{x\to\infty}\frac{a_{n-1}x^{n-1}}{a_nx^n}=0$，$\lim\limits_{x\to\infty}\frac{a_nx^n}{a_nx^n}=1$，

$$\lim_{x\to\infty}\frac{a_0+a_1x+\cdots+a_nx^n}{a_nx^n}=\lim_{x\to\infty}\frac{a_0}{a_nx^n}+\cdots+\lim_{x\to\infty}\frac{a_{n-1}x^{n-1}}{a_nx^n}+\lim_{x\to\infty}\frac{a_nx^n}{a_nx^n}=0+1=1.$$

故 $x\to\infty$ 时，多项式与其最高次项等价.

例 9 求 $\lim\limits_{x\to\infty}\frac{3x^3-4x^2+2}{7x^3+5x^2+3x}$.

解 $\lim\limits_{x\to\infty}\frac{3x^3-4x^2+2}{7x^3+5x^2+3x}=\lim\limits_{x\to\infty}\frac{3x^3}{7x^3}=\frac{3}{7}$.

一般地有公式

2.2.13 $$\lim_{x\to\infty}\frac{a_0x^m+a_1x^{m-1}+\cdots+a_m}{b_0x^n+b_1x^{n-1}+\cdots+b_n}=\begin{cases}\frac{a_0}{b_0}, & \text{当 } m=n,\\ 0, & \text{当 } m<n,\\ \infty, & \text{当 } m>n,\end{cases}$$

其中 $a_0\neq 0$，$b_0\neq 0$.

事实上，$\lim\limits_{x\to\infty}\frac{a_0x^m+a_1x^{m-1}+\cdots+a_m}{b_0x^n+b_1x^{n-1}+\cdots+b_n}=\lim\limits_{x\to\infty}\frac{a_0x^m}{b_0x^n}$，当 $m=n$ 时，此极限为 $\frac{a_0}{b_0}$；当 $m<n$ 时，原式 $=\lim\limits_{x\to\infty}\frac{a_0}{b_0x^{n-m}}=\frac{a_0}{b_0}\lim\limits_{x\to\infty}\frac{1}{x^{n-m}}=\frac{a_0}{b_0}\cdot 0=0$；当 $m>n$ 时，则因 $\lim\limits_{x\to\infty}\frac{b_0x^n}{a_0x^m}=0$，故原式 $=\lim\limits_{x\to\infty}\frac{a_0x^m}{b_0x^n}=\infty$.

四、人口增长问题与数 e = 2.718 28…

设某城市在一次人口普查后统计得人口数是 A_0，如果根据过去若干年的数据分析知该城市人口年增长率为 r，则 1 年后的人口数是 $A_1=A_0(1+r)$，2 年后人口数是 $A_2=A_1(1+r)=A_0(1+r)^2$，…，k 年后的人口数是 $A_k=A_0(1+r)^k$.

实际上人口增长是连续不断的，如果为了较准确地估计出人口的变化，最好是考虑缩短计算人口变化的周期，比如说把 1 年改为 1 月，甚至 1 天等等. 如果改为 1 月，则月增长率为 $\frac{r}{12}$，而日增长率为 $\frac{r}{365}$ 等等. 现在把 1 年分为 n 期来计算，则每期人口增长率为 $\frac{r}{n}$，而 1 年后的人口总数应为 $A_0\left(1+\frac{r}{n}\right)^n$，当 n 越来越增大时，我们可以认为计算就越来越准确. 现令 $n\to\infty$，就需计算极限 $\lim\limits_{n\to\infty}A_0\left(1+\frac{r}{n}\right)^n$. 若用 x 代替 $\frac{r}{n}$，则 $\lim\limits_{n\to\infty}A_0\left(1+\frac{r}{n}\right)^n=\lim\limits_{n\to\infty}A_0[(1+x)^{\frac{1}{x}}]^r$，即归结到计算极限 $\lim\limits_{x\to\infty}(1+x)^{\frac{1}{x}}$，或 $\lim\limits_{t\to\infty}\left(1+\frac{1}{t}\right)^t$.

像 $(1+x)^{\frac{1}{x}}$ 这种增长率数学模型在自然科学与社会经济领域普遍存在，比如化学、物理、生物、心理学、社会学、经济学与金融商业等. 因此对它的研究具有普遍意义. 现在来考查这个极限. 从表 2.2 可以看到，对 x 的一些接近于 0 的数的 $(1+x)^{\frac{1}{x}}$ 的对应值. 当 $x\to 0$ 时，$(1+x)^{\frac{1}{x}}$ 无限地接近于一个常数 e = 2.718 28…，它是与 π 一样重要的一个无理数，称

为自然对数的底，换言之，以 e 作底数所取的对数 $\log_e y=\ln y$ 称为自然对数，它在高等数学及科学技术研究中具有特别的重要性.

表 2.2

$x\to$	$\longrightarrow$					0 $\longleftarrow$				
x	−0.5	−0.05	−0.01	−0.001	−0.000 1	0.001	0.01	0.05	0.5	1
$(1+x)^{\frac{1}{x}}$	4	2.789 5	2.732 0	2.719 6	2.718 4	2.716 9	2.704 8	2.653 3	2.25	2

现在把这个极限记作一个公式：

2.2.14 $\lim\limits_{x\to\infty}(1+x)^{\frac{1}{x}}=\lim\limits_{t\to\infty}\left(1+\frac{1}{t}\right)^t=\mathrm{e}.$

当然上式中 t 只取正整数时，即有公式

2.2.15 $\lim\limits_{n\to\infty}\left(1+\frac{1}{n}\right)^n=\mathrm{e}.$

从表 2.2 不难看出，$t\to+\infty$或 $t\to-\infty$时，将得到同一个极限，即

$$\lim_{t\to+\infty}\left(1+\frac{1}{t}\right)^t=\lim_{t\to-\infty}\left(1+\frac{1}{t}\right)^t=\mathrm{e}.$$

注　值得注意，读者切记要避免如下的计算错误：

$$\lim_{t\to\infty}\left(1+\frac{1}{t}\right)^t=\left[\lim_{t\to\infty}\left(1+\frac{1}{t}\right)\right]^{\lim\limits_{t\to\infty}t}=1.$$

因为此处极限 $\lim\limits_{t\to\infty}t$ 并不存在，$\left(1+\frac{1}{t}\right)^t$ 中的指数 t 更不是有限常数，上述计算是绝不允许的.

例 10　求 $\lim\limits_{n\to\infty}A_0\left(1+\frac{r}{n}\right)^n$.

解　$\lim\limits_{n\to\infty}A_0\left(1+\frac{r}{n}\right)^n=A_0\lim\limits_{n\to\infty}\left[\left(1+\frac{r}{n}\right)^{\frac{n}{r}}\right]^r=A_0\left[\lim\limits_{n\to\infty}\left(1+\frac{r}{n}\right)^{\frac{n}{r}}\right]^r=A_0\cdot\mathrm{e}^r.$

其中 r 是给定常数，应用幂函数 x^r 的连续性可以将 $\lim\limits_{n\to\infty}$ 移至方括号里面. 此外，在应用公式 2.2.14 计算极限时，要掌握底数 $1+x$ 是 1 加上一个无穷小量且指数 $\frac{1}{x}$ 是该无穷小量的倒数这一特点.

例 11　连续复利. 设有一笔贷款 A_0（本金），年利率为 r，求 k 年后的本利和. 如果计息期无限缩短，研究此时的本利和为多少？

解　k 年后的本利和 $A_k=A_0(1+r)^k$，这与前述的人口增长情况完全相同. 若计息改为 1 年分 n 期计算，则 k 年后的本利和成为 $A_0\left(1+\frac{r}{n}\right)^{nk}$. 计息期无限缩短，只要令 $n\to\infty$ 即可. 此时即得连续复利的本利和，为

$$\lim_{n\to\infty}A_0\left(1+\frac{r}{n}\right)^{nk}=A_0\lim_{n\to\infty}\left[\left(1+\frac{r}{n}\right)^{\frac{n}{r}}\right]^{kr}=A_0\cdot\mathrm{e}^{kr}.$$

最后，利用数 e，我们又得到两个重要的基本初等函数：指数函数 e^x 与自然对数函数 $\ln x=\log_e x$，还有等价于 $x\to0$ 的两个重要的无穷小量 e^x-1 与 $\ln(1+x)$. 我们综合如下：

2.2.16　当 $x\to0$ 时，

$x \sim \sin x \sim \tan x \sim \arcsin x \sim \arctan x \sim e^x - 1 \sim \ln(1+x)$.

例 12 求$\lim\limits_{x\to 0}\dfrac{\ln(1+2x)}{\tan 2x}$.

解 $\lim\limits_{x\to 0}\dfrac{\ln(1+2x)}{\tan 2x}=\lim\limits_{x\to 0}\dfrac{2x}{2x}=1$.

五、补充

1. 前面我们朴素地描述了$\lim\limits_{x\to a}f(x)=A$的含义，即当$x$无限地接近$a$时，$f(x)$无限地接近常数$A$. 历史上长期以来数学家们很不满意对极限的这种解释，希望从逻辑上给出严格的行之有效的定义. 这一工作最早由法国数学家柯西(1789～1857)得以完成，在此后的200年来，分析学有了这个坚实的理论基础，从而得到健全的令人满意的发展.

按照柯西的思想，我们首先把“x无限地接近a”转换成“$|x-a|$无限地接近0”，把“$f(x)$无限地接近常数A”转换成“$|f(x)-A|$无限地接近0”，前者说的是条件，后者说的是结果.“$|f(x)-A|$无限地接近0”这一结果被表达成“对无论怎样(小)的正数ε，总有$|f(x)-A|<\varepsilon$”，而条件“$|x-a|$无限地接近0”则被表达成“$|x-a|<\delta$，对充分小的正数δ”，但$x\to a$只是说x无限地永无止境地接近a，而不计较$x=a$，即把$x=a$排除在外，因此要叙述成“$0<|x-a|<\delta$，对充分小的正数δ”. 最后要把条件和结果用逻辑语言联接起来，这就成了柯西创立而其后200年来一直沿有的极限定义.

定义 设$f(x)$定义在x_0的邻近开区间$(x_1,x_0)\cup(x_0,x_2)$内，若对于任意正数ε，均存在正数δ使得当$0<|x-x_0|<\delta$时，恒有$|f(x)-A|<\varepsilon$，则称A为$x\to x_0$时函数$f(x)$的极限，记作$\lim\limits_{x\to x_0}f(x)=A$.

当然所取正数δ应该满足$\delta<x_0-x_1$，及$\delta<x_2-x_0$，而且δ依赖于ε，ε越小，δ就越小.

例 13 用分析定义证明$\lim\limits_{x\to 1}(2x-1)=1$.

证 对任意$\varepsilon>0$,我们要找正数δ,使得$0<|x-1|<\delta$时有$|(2x-1)-1|=|2(x-1)|=2|x-1|<\varepsilon$，不等式$2|x-1|<\varepsilon$等价于$|x-1|<\dfrac{\varepsilon}{2}$. 因此我们只要取正数$\delta=\dfrac{\varepsilon}{2}$，此时，$0<|x-1|<\delta$就蕴含$|(2x-1)-1|<2\delta=\varepsilon$. 这表明，对事先给定的任意正数$\varepsilon$，总可以找到满足定义要求的$\delta=\dfrac{\varepsilon}{2}$. 可见$\lim\limits_{x\to 1}(2x-1)=1$.

2. 我们最后来探究上节中尚未解决的与菲波那契数列相关的常数0.618的来历. 实际上就是计算极限$\lim\limits_{n\to\infty}\dfrac{u_n}{u_{n+1}}$，其中$u_n$是2.1.3中所述的菲波那契数列的通项，即$u_n=\dfrac{1}{\sqrt5}\left[\left(\dfrac{1+\sqrt5}{2}\right)^n-\left(\dfrac{1-\sqrt5}{2}\right)^n\right]$.

$$K=\lim_{n\to\infty}\frac{u_n}{u_{n+1}}=\lim_{n\to\infty}\frac{\frac{1}{\sqrt5}\left[\left(\frac{1+\sqrt5}{2}\right)^n-\left(\frac{1-\sqrt5}{2}\right)^n\right]}{\frac{1}{\sqrt5}\left[\left(\frac{1+\sqrt5}{2}\right)^{n+1}-\left(\frac{1-\sqrt5}{2}\right)^{n+1}\right]},$$

显然$\lim\limits_{n\to\infty}u_n=\infty$，因此上式分子与分母均为无穷大量，我们不能用2.2.11计算，但约去$\dfrac{1}{\sqrt5}\cdot\dfrac{1}{2^n}$后得

$$K=\lim_{n\to\infty}\frac{(1+\sqrt{5})^n-(1-\sqrt{5})^n}{\frac{1}{2}\cdot\left[(1+\sqrt{5})^{n+1}-(1-\sqrt{5})^{n+1}\right]}=2\cdot\lim_{n\to\infty}\frac{1-\left(\frac{1-\sqrt{5}}{1+\sqrt{5}}\right)^n}{(1+\sqrt{5})\left[1-\left(\frac{1-\sqrt{5}}{1+\sqrt{5}}\right)^{n+1}\right]}$$

$$=\frac{2}{1+\sqrt{5}}\cdot\lim_{n\to\infty}\frac{1-\left(\frac{1-\sqrt{5}}{1+\sqrt{5}}\right)^n}{1-\left(\frac{1-\sqrt{5}}{1+\sqrt{5}}\right)^{n+1}}=\frac{2}{1+\sqrt{5}}\cdot\frac{1-\lim\limits_{n\to\infty}\left(\frac{1-\sqrt{5}}{1+\sqrt{5}}\right)^n}{1-\lim\limits_{n\to\infty}\left(\frac{1-\sqrt{5}}{1+\sqrt{5}}\right)^{n+1}}=\frac{2}{1+\sqrt{5}}\cdot\frac{1-0}{1-0}=\frac{2}{1+\sqrt{5}}.$$

此处因$\left|\frac{1-\sqrt{5}}{1+\sqrt{5}}\right|<1$，应用2.2.6导致结果．而$\frac{2}{1+\sqrt{5}}\approx 0.618$，表明菲波那契数列中前项与后项的比值$\frac{u_n}{u_{n+1}}\approx 0.618$，$n$越大，$\frac{u_n}{u_{n+1}}$越接近0.618．读者不妨试算一下$n=4$，5，6时的这个比值．

0.618这个数(即$\frac{2}{1+\sqrt{5}}$)是个十分奇特的数，甚至可以说，它使你会感到十分吃惊，在数学的许多完全不同的问题中都出现了这同一个数，真所谓殊途同归．比如读者在平面几何中可能知道有个黄金分割或黄金比这个词，它是一种美学上最理想的矩形——黄金矩形的宽与长的比．这种矩形的画法是这样的(见图2.8)：先画一个正方形$ABCD$，找出底边AB的中点M，再以M为圆心，$\overline{MC}$为半径画弧，与底边AB的延长线交于一点P．则$\overline{AP}$就是黄金矩形的长，当然宽是$\overline{AD}$．于是有$\overline{AD}:\overline{AP}=\frac{2}{1+\sqrt{5}}$．按规定，我国国旗的矩形就是一个黄金矩形．

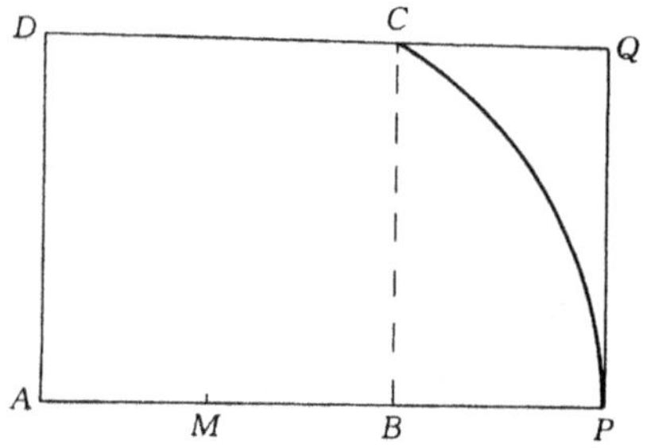

图2.8

习题2.2

(一)

1．下列数列哪些是无穷小量，哪些是无穷大量，哪些既不是无穷小量又不是无穷大量？

(1) $\left\{\frac{1}{2n}\right\}$；　(2) $\left\{(-1)^n\frac{1}{n^2}\right\}$；　(3) $\{(-1)^{n-1}(n^2-1)\}$；

(4) $\left\{\frac{n+(-1)^n}{n}\right\}$；　(5) $\left\{\frac{\sin n}{n}\right\}$；　(6) $\left\{n\sin\frac{1}{n}\right\}$；

(7) $\{\ln n\}$；　(8) $\left\{\left(\frac{\sqrt{5}}{2}\right)^n\right\}$．

2．求下列极限：

(1) $\lim\limits_{x\to 3}\frac{5x-2}{2x+4}$；　(2) $\lim\limits_{x\to\infty}\frac{3x^2-2x-5}{x^2+x-8}$；　(3) $\lim\limits_{x\to\infty}\frac{x^4-x^2+1}{x^3+x^2+x}$；

(4) $\lim\limits_{x\to 0}\frac{x^4-x^2+1}{x^3+x^2+x}$；　(5) $\lim\limits_{x\to 0}\frac{\sqrt{x+4}-2}{x}$；　(6) $\lim\limits_{x\to+\infty}\frac{3x^4-1}{\sqrt{x^8-x^4+5}}$；

(7) $\lim\limits_{x\to+\infty}(\sqrt{x^2+1}-\sqrt{x^2-1})$； (8) $\lim\limits_{x\to4}\dfrac{\sqrt{2x+1}-3}{\sqrt{x-2}-\sqrt{2}}$； (9) $\lim\limits_{x\to3}\dfrac{x^2-5x+6}{x^2-9}$；

(10) $\lim\limits_{x\to\infty}(\sqrt[3]{x+1}-\sqrt[3]{x})$.

3. 求下列极限：

(1) $\lim\limits_{x\to0}\dfrac{\arctan 2x}{\sin 5x}$； (2) $\lim\limits_{x\to0}\dfrac{\sin(\alpha x)}{\arcsin(\beta x)}(\beta\neq0)$； (3) $\lim\limits_{x\to0^+}\dfrac{x}{\sqrt{1-\cos x}}$；

(4) $\lim\limits_{t\to0}\dfrac{t+\sin t}{t-\sin t}$； (5) $\lim\limits_{x\to0}\dfrac{\sin x^2}{\tan x}$； (6) $\lim\limits_{x\to\pi}\dfrac{\sin x}{\pi-x}$；

(7) $\lim\limits_{x\to\frac{\pi}{3}}\dfrac{1-2\cos x}{\sin\left(x-\dfrac{\pi}{3}\right)}$； (8) $\lim\limits_{x\to0}\dfrac{\cos x}{x}$； (9) $\lim\limits_{x\to0}\dfrac{\sin x}{3x^2+2x}$；

(10) $\lim\limits_{x\to0}\dfrac{\tan x-\sin x}{\sin^3 x}$.

4. 求下列极限：

(1) $\lim\limits_{x\to\infty}\left(1-\dfrac{1}{x}\right)^{x+6}$； (2) $\lim\limits_{x\to\infty}\left(1+\dfrac{3}{x}\right)^{x-4}$；

(3) $\lim\limits_{x\to\infty}[x(\ln(x+1)-\ln x)]$； (4) $\lim\limits_{x\to\frac{\pi}{2}}(1+\cos x)^{3\sec x}$；

(5) $\lim\limits_{t\to\infty}\left(\dfrac{2t+3}{2t+1}\right)^{t+1}$； (6) $\lim\limits_{t\to0}(1+3\tan^2 t)^{\cot^2 t}$；

(7) $\lim\limits_{x\to0}(1+x^2)^{\cot^2 x}$； (8) $\lim\limits_{x\to0}\dfrac{\ln(1+3x\sin x)}{\tan x^2}$；

(9) $\lim\limits_{t\to0}\dfrac{\sin^2 3t}{\ln^2(1+2t)}$； (10) $\lim\limits_{x\to0}\dfrac{e^{2x}-1}{\ln(1-4x)}$；

(11) $\lim\limits_{x\to0}\dfrac{\sqrt{1+2x}-1}{\arctan 3x}$； (12) $\lim\limits_{x\to1}\dfrac{\ln(1+x-3x^2+2x^3)}{3x-4x^2+x^3}$.

5. 如果国民收入按 5% 的指数速率连续增长，即 n 年后国民收入将为 $R(n)=Y_0e^{0.05n}$，其中 Y_0 为初始值. 问多长时间后能翻一番？多长时间后翻两番？

6. 设某银行年利率 $r=7\%$，每年计算 12 次，存入本金 10 000 元.

(1) 求按复利计算 3 年后的本利和 A；

(2) 若按连续复利计算，3 年后的本利和应是多少？

7. 人口增长受到资源、环境等约束条件的制约，设其增长模型是 $P(t)=\dfrac{P_m}{1+c\cdot e^{-kt}}$，其中 $P(t)$是时刻 t 的人口数，P_m，c，k 均为正常数.

(1) 试求极限人口值，即 $\lim\limits_{t\to+\infty}P(t)$；

(2) 某国家人口增长模型中的常数 $P_m=275\times10^6$，$c=54$，$k=\dfrac{\ln 12}{100}$，t 的单位是年. 求 $t=0$，100 及 200 时该国的人口数.

8. 当某商品调价的通知下达后，有 10% 的市民听到此通知，2 小时后，25% 的市民知道这一消息. 假定消息按规律 $y(t)=\dfrac{1}{1+c\cdot e^{-kt}}$传播，其中 $y(t)$表示时刻 t 小时后知道这消息的人口比例，c 与 k 均为正常数.

(1) 求 $\lim\limits_{t\to+\infty}y(t)$，并对结果作出解释；

(2) 多少小时后有75%的市民知道这一消息.

9. 有45 000人口的某社区内，发生了流行性感冒，其传播规律是 $y(t)=\dfrac{45\,000}{1+B\cdot e^{-45\,000kt}}$，其中 $y(t)$是时刻 t(星期)后的患流感人数，B 与 k 是正常数. 已知流感刚发现时有200人患感冒，3星期后有2 800人患上感冒.

(1) 试确定常数 B 与 k；

(2) 问10星期后将有多少人患感冒？

(3) 如果流感无限期地发展下去，最终将有多少人患感冒？

10. 对下列函数 $f(x)$，求极限 $\lim\limits_{h\to 0}\dfrac{f(x+h)-f(x)}{h}$：

(1) $f(x)=\sqrt{x}$，$x>0$；　(2) $f(x)=x^3$；　(3) $f(x)=\sin x$；

(4) $f(x)=\ln x$，$x>0$；　(5) $f(x)=\cos x$；　(6) $f(x)=\dfrac{1}{x}$，$x\neq 0$.

(二)

11. 求下列幂指函数 $u(x)^{v(x)}$在指定点处的极限(提示：$u(x)^{v(x)}=e^{v(x)\ln u(x)}$，再利用指数函数 e^x 的连续性，即 $\lim\limits_{x\to a}u(x)^{v(x)}=e^{\lim\limits_{x\to a}v(x)\ln u(x)}$)：

(1) $\lim\limits_{x\to 1}x^{\frac{2}{x-1}}$；　(2) $\lim\limits_{x\to 0}(x+e^{2x})^{\frac{1}{x}}$；　(3) $\lim\limits_{x\to 0}(\cos x)^{\frac{1}{x^2}}$；　(4) $\lim\limits_{x\to\frac{\pi}{2}}(\sin^2 x)^{\tan x}$.

12. 已知 $\lim\limits_{x\to 1}\dfrac{x^2+bx+c}{x-1}=5$，求 b 与 c.

13. 设 $\lim\limits_{x\to+\infty}(\sqrt{x^2-x+1}-ax-b)=0$，求 a 与 b.

14. 若 $\lim\limits_{\substack{x\to\infty\\(x\to+\infty,x\to-\infty)}}f(x)=a$，则称直线 $y=a$ 为曲线 $y=f(x)$的水平渐近线. 求下列曲线的水平渐近线：

(1) $y=\dfrac{x}{\sqrt{x^2+1}}$；　(2) $y=\dfrac{8x-2x^2}{x^2-9}$；　(3) $y=\dfrac{2x+1}{x-3}$；

(4) $y=1-\dfrac{1}{x}$；　(5) $y=e^x$；　(6) $y=\arctan x$.

15. 若 $\lim\limits_{\substack{x\to a\\(x\to a^+,x\to a^-)}}f(x)=\infty$，则称 $x=a$ 为曲线 $y=f(x)$的铅垂渐近线. 求下列曲线的铅垂渐近线：

(1) $y=\dfrac{2x}{6x^2+11x-10}$；　(2) $y=\dfrac{4x^2}{\sqrt{x^2-2}}$；　(3) $y=\dfrac{x^2}{x-1}$；

(4) $y=\ln x$；　(5) $y=\dfrac{2x^2+2}{x}$；　(6) $y=\dfrac{x^2-4}{x+3}$.

2.3 导数与微分

一、曲线的切线与导数概念

我们知道，圆的切线定义为与圆相交于唯一点的直线，但对于一般曲线的切线，这种定义显然不妥. 例如图2.9中曲线在 P 点处的切线，除 P 点外还交曲线于 Q 点. 为了确切表达切线的含义，我们采用极限的思想．请看图 2.10 与 2.11．设 P 是连续曲线 $y=f(x)$ 上给定点，坐标是 $(x_0,f(x_0))$，在曲线上任取另一点 $Q(x,f(x))$，它既可在 P 点的右侧(例如 Q_1,Q_2)，此时 $x>x_0$；也可在 P 点的左侧(例如 Q_3，Q_4)，此时 $x<x_0$．连结直线 PQ_i，$i=1,2,\cdots$，称为曲线 $y=f(x)$ 的割线．当 $Q=Q_1,Q_2,\cdots$ 沿着曲线向 P 点移动(无限地接近 P 点)时，若割线 PQ 无限地趋近一个极限位置，则该极限位置自然成为曲线在 P 点处的切线．因此我们把切线定义为割线的极限，即切线 $PT=\lim\limits_{Q\to P}PQ$（$Q\to P$ 是沿曲线 $y=f(x)$ 移动的）．

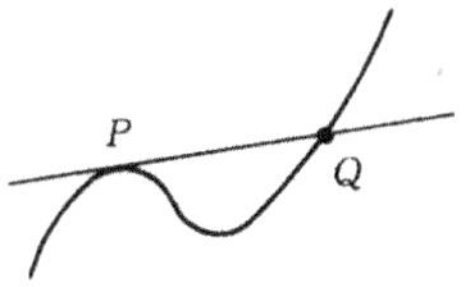

图 2.9

为了确定切线 PT 的位置，只需确定其斜率(因它已经通过给定点 P)．既然 PT 是 PQ 的极限，那么 PT 的斜率应是 PQ 的斜率的极限，其变化过程是 $Q\to P$，即 $x\to x_0$．现 PQ 的斜率是(见图 2.11) $\dfrac{BQ}{PB}=\dfrac{f(x)-f(x_0)}{x-x_0}$．以后我们把 $x-x_0$ 记作 Δx（Δ 读作 delta)，称为自变量 x 的改变量，Δx 可正可负，依 x 大于或小于 x_0 而定．我们还把 $f(x)-f(x_0)=y-y_0$ 记作 $\Delta f=\Delta y$，称为函数 y 的改变量．于是切线 PT 的斜率 $k=\tan\alpha=\lim\limits_{x\to x_0}\dfrac{f(x)-f(x_0)}{x-x_0}=\lim\limits_{x\to x_0}\dfrac{\Delta y}{\Delta x}$，其中 α 是切线与 x 轴的夹角(倾斜角，从 x 轴起按逆时针方向计算)，切线是否存在等价于此极限是否存在．

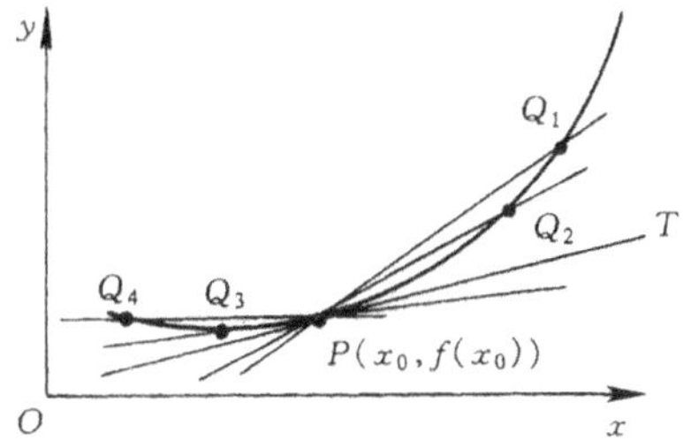

图 2.10

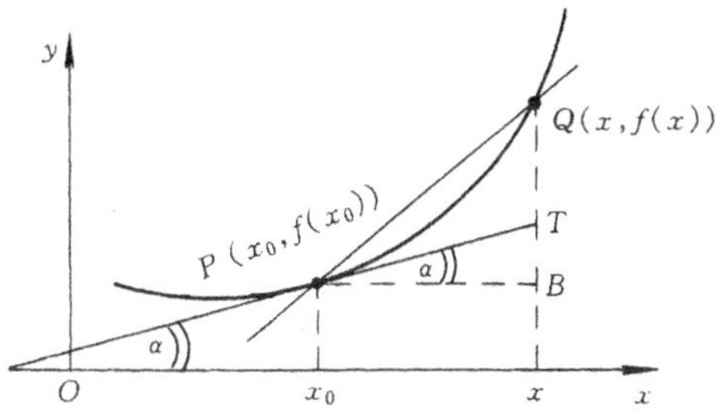

图 2.11

定义　设 $y=f(x)$ 定义在某区间 X 上，$x_0\in X$，对任一点 $x\in X$，$\Delta x=x-x_0$ 称为自变量 x 的改变量，对应地 $\Delta y=y-y_0=f(x)-f(x_0)$ 称为函数的对应改变量，比值 $\dfrac{\Delta y}{\Delta x}$ 称为函数的平均变化率，如果其极限 $\lim\limits_{\Delta x\to 0}\dfrac{\Delta y}{\Delta x}=\lim\limits_{x\to x_0}\dfrac{f(x)-f(x_0)}{x-x_0}$ 存在，则称 $y=f(x)$ 在 x_0 可导，该极限称为函数 $y=f(x)$ 在点 x_0 关于自变量 x 的导数(或瞬时变化率)，记此导数为

$$y'(x_0)=f'(x_0)=\lim_{\Delta x\to 0}\frac{\Delta y}{\Delta x}.$$

因 $\Delta x=x-x_0$，$x=x_0+\Delta x$，故上式又可写成

$$y'(x_0)=\lim_{\Delta x\to 0}\frac{f(x_0+\Delta x)-f(x_0)}{\Delta x}.$$

如果曲线 $y=f(x)$ 在点 $P(x_0,f(x_0))$ 的切线存在，即导数 $y'(x_0)$ 存在，则切线 PT 的方程就可写出：

2.3.1　$y-y_0=y'(x_0)(x-x_0)$.

下面是计算函数 $y=f(x_0)$关于 x 在x_0 的导数 $y'(x_0)$的步骤.

(1) 计算自变量 $x_0+\Delta x$ 的对应函数值$f(x_0+\Delta x)$;

(2) 将 $f(x_0+\Delta x)$减去 $f(x_0)$，差 $\Delta y=f(x_0+\Delta x)-f(x_0)$为函数的改变量;

(3) 计算函数的平均变化率，即比值$\dfrac{\Delta y}{\Delta x}=\dfrac{f(x_0+\Delta x)-f(x_0)}{\Delta x}$;

(4)最后求出导数，即极限 $y'(x_0)=\lim\limits_{\Delta x\to 0}\dfrac{\Delta y}{\Delta x}=\lim\limits_{\Delta x\to 0}\dfrac{f(x_0+\Delta x)-f(x_0)}{\Delta x}$.

例 1 求 $y=x^3$ 在 x_0 的导数 $y'(x_0)$及该曲线在点(2,8)处的切线方程.

解 $y(x_0+\Delta x)=(x_0+\Delta x)^3$，$\Delta y=(x_0+\Delta x)^3-x_0{}^3$，于是

$$y'(x_0)=\lim_{\Delta x\to 0}\frac{\Delta y}{\Delta x}=\lim_{\Delta x\to 0}\frac{(x_0+\Delta x)^3-x_0^3}{\Delta x}=\lim_{\Delta x\to 0}\frac{3x_0^2\cdot\Delta x+3x_0\cdot(\Delta x)^2+(\Delta x)^3}{\Delta x}$$

$$=\lim_{\Delta x\to 0}(3x_0^2+3x_0\cdot\Delta x+(\Delta x)^2)=3x_0^2.$$

将 $x_0=2$ 代入上式，得$y'(2)=3\times 2^2=12$，即所求切线的斜率为 12. 于是得切线方程 $y-8=12(x-2)$，即$12x-y-16=0$.

注 从例 1 看出，当 x_0 取不同值；就将得到不同的导数值，换句话说，$y'(x)$又成为一个新的函数，仍以 x 为自变量，称为函数 y 关于x 的导函数，定义中"在 x_0 处"这样的词语就不说了. 为简便起见，一般地 $y'(x)$就说成函数 y 的导数，连"函"字或"关于 x"都省略了. 例如我们说 $y=x^3$ 的导数是 $3x^2$，记作$(x^3)'=3x^2$.

由于导数是函数平均变化率$\dfrac{\Delta y}{\Delta x}$的极限，应用于各种具体函数，就会得到各种类型的瞬时变化率. 例如考虑物体运动路程关于时间 t 的函数$s=s(t)$，则$\dfrac{\Delta s}{\Delta t}=\dfrac{s(t_0+\Delta t)-s(t_0)}{\Delta t}$是运动的平均速度，其极限即 $s'(t_0)=\lim\limits_{\Delta t\to 0}\dfrac{\Delta s}{\Delta t}$就是运动的瞬时速度 $v(t_0)=s'(t_0)$，简称速度. 经济学中生产成本 C 关于产量 x 的函数 $C=C(x)$的平均变化率是$\dfrac{\Delta C}{\Delta x}=\dfrac{C(x_0+\Delta x)-C(x_0)}{\Delta x}$，其极限即 $C'(x_0)=\lim\limits_{\Delta x\to 0}\dfrac{\Delta C}{\Delta x}$就是成本函数的瞬时变化率，称为关于产量 x 的边际成本. 类似地可以定义边际利润、边际收益、边际需求等.

例 2 已知自由落体的运动方程为 $s=\dfrac{1}{2}gt^2$，其中 $g\approx 9.8\,(\mathrm{m/s^2})$是重力加速度常数，$t$ 与 s 分别以(s)与(m)作单位. 求：

(1) 落体在 t_0 到 $t_0+\Delta t$ 这段时间内的平均速度;

(2) 落体在 $t_0=2$s 到 $t_1=2.1$s 这段时间内的平均速度;

(3) 落体在 t_0 与 $t=2$s 时的瞬时速度.

解 (1) t_0 到 $t_0+\Delta t$ 这段时间内落体的行程为

$$\Delta s=\frac{1}{2}g(t_0+\Delta t)^2-\frac{1}{2}gt_0^2=\frac{1}{2}g[2t_0\Delta t+(\Delta t)^2],$$

因此平均速度为 $\bar{v}=\dfrac{\Delta s}{\Delta t}=\dfrac{1}{2}g(2t_0+\Delta t)$.

(2) $t_0=2$ 到 $t_1=2.1$s 的时间间隔是 $\Delta t=0.1$s，因此这段时间内的平均速度为

$$v=\frac{1}{2}g\cdot(2\times 2+0.1)=2.05g\approx 2.05\times 9.8=20.09\,(\mathrm{m/s}).$$

(3) 落体在 t_0 时的瞬时速度为

$$v(t_0)=\lim_{\Delta t\to 0}\bar{v}=\lim_{\Delta t\to 0}\frac{1}{2}g(2t_0+\Delta t)=gt_0.$$

在 $t=2\text{s}$ 时的瞬时速度为 $v(2)=g\times 2\approx 2\times 9.8=19.6\,(\text{m/s})$.

例 3 设某产品的总成本函数为 $C(x)=1\,100+\dfrac{x^2}{1\,200}$，其中 x 为产量数. 求：

(1) 生产 900 个单位时的总成本与平均成本；

(2) 生产 900 个单位到 1 000 个单位时的总成本的平均变化率；

(3) 生产 900 个单位时的边际成本.

解 (1) 生产 900 个单位时的总成本为 $C(900)=1\,100+\dfrac{900^2}{1\,200}=1\,775$.

平均成本 $\bar{C}(900)=\dfrac{C(900)}{900}=\dfrac{1\,775}{900}\approx 1.97$.

(2) 生产 900 个单位到 1 000 个单位时的总成本的平均变化率为

$$\frac{\Delta C}{\Delta x}=\frac{C(1\,000)-C(900)}{1\,000-900}\approx\frac{1\,933-1\,775}{100}=1.58.$$

(3) 生产 900 个单位时的边际成本是

$$C'(900)=\lim_{\Delta x\to 0}\frac{C(900+\Delta x)-C(900)}{\Delta x}$$

$$=\lim_{\Delta x\to 0}\frac{\left(1\,100+\dfrac{1}{1\,200}\times(900+\Delta x)^2\right)-\left(1\,100+\dfrac{1}{1\,200}\times 900^2\right)}{\Delta x}$$

$$=\lim_{\Delta x\to 0}\frac{2\times 900\cdot\Delta x+(\Delta x)^2}{1\,200\cdot\Delta x}=\lim_{\Delta x\to 0}\left(1.5+\frac{\Delta x}{1\,200}\right)=1.5.$$

二、微分概念

我们回到图 2.11，自变量 x 的改变量 $\Delta x=PB$，对应的函数改变量 $\Delta y=BQ$ 被切线 PT 分割成两部分：$\Delta y=BQ=BT+TQ$，其中 $BT=PB\cdot\tan\alpha$，令 $TQ=u$，得

2.3.2 $\Delta y=y'(x_0)\cdot\Delta x+u$,

现进一步考查 u 的变化，有 $\lim\limits_{\Delta x\to 0}u=\lim\limits_{\Delta x\to 0}\left(\dfrac{u}{\Delta x}\cdot\Delta x\right)$，且

$$\lim_{\Delta x\to 0}\frac{u}{\Delta x}=\lim_{\Delta x\to 0}\frac{\Delta y-y'(x_0)\cdot\Delta x}{\Delta x}=\lim_{\Delta x\to 0}\frac{\Delta y}{\Delta x}-y'(x_0)=0,$$

由此可见，当 $\Delta x\to 0$ 时，不仅 u 本身是无穷小量，而且它是无穷小量 Δx 的无穷小$\left(\dfrac{u}{\Delta x}\right)$倍数. 因此 u 趋于 0 的速度比 Δx 快得多，我们自然就可把 $y'(x_0)\cdot\Delta x$ 看作 Δy 的主要部分，在某种意义下将其误差 $u=\Delta y-y'(x_0)\cdot\Delta x$ 忽略不计，这将为计算函数的近似值带来极大的方便. 为此我们把 $y'(x_0)\cdot\Delta x$ 称为函数 $y=f(x)$ 在点 x_0 对应于改变量 Δx 的微分，记作

2.3.3 $\mathrm{d}y=y'(x_0)\cdot\Delta x$,

同时我们称函数 $y=f(x)$ 在 x_0 点可微. 显然 $y=f(x)$ 的微分依赖于函数 $y=f(x)$ 在 x_0 的导数与自变量改变量 Δx，一旦函数 y 及点 x_0 给定，则导数 $y'(x_0)$ 就被确定为常数，此时微分仅与 Δx 成正比，比例系数即为其导数 $y'(x_0)$. 而且由 2.3.2，$\Delta y\approx\mathrm{d}y$，即微分是函数改变量的一个近似值，由此得到计算函数值 $f(x_0+\Delta x)$ 的近似公式：

2.3.4 $f(x_0+\Delta x)\approx f(x_0)+f'(x_0)\cdot\Delta x$,
并且$|\Delta x|$越小，此近似公式越精确.

例 4 求$\sqrt[3]{1.02}$的近似值.

解 因$\sqrt[3]{1}=1$，我们取函数 $y=f(x)=\sqrt[3]{x}$，$x_0=1$ 及 $\Delta x=0.02$，于是由近似公式 2.3.4 得$\sqrt[3]{1.02}\approx\sqrt[3]{1}+f'(1)\times 0.02$，为求得所需近似值，须知道导数 $f'(1)$. 为此我们来求$(\sqrt[3]{x})'$. 当 $x\neq 0$ 时，按照导数定义有

$$(\sqrt[3]{x})'=\lim_{\Delta x\to 0}\frac{\sqrt[3]{x+\Delta x}-\sqrt[3]{x}}{\Delta x}=\lim_{\Delta x\to 0}\frac{(\sqrt[3]{x+\Delta x}-\sqrt[3]{x})(\sqrt[3]{(x+\Delta x)^2}+\sqrt[3]{x(x+\Delta x)}+\sqrt[3]{x^2})}{\Delta x\cdot(\sqrt[3]{(x+\Delta x)^2}+\sqrt[3]{x(x+\Delta x)}+\sqrt[3]{x^2})}$$

$$=\lim_{\Delta x\to 0}\frac{(x+\Delta x)-x}{\Delta x\cdot(\sqrt[3]{(x+\Delta x)^2}+\sqrt[3]{x(x+\Delta x)}+\sqrt[3]{x^2})}=\lim_{\Delta x\to 0}\frac{1}{\sqrt[3]{(x+\Delta x)^2}+\sqrt[3]{x(x+\Delta x)}+\sqrt[3]{x^2}}$$

$$=\frac{1}{3}\cdot\frac{1}{\sqrt[3]{x^2}}.$$

例 5 求函数 $y=x$ 的微分.

解 这里未提及 x_0 与改变量 Δx，意思是说，求函数 $y=x$ 在任意一点 x 对应于任意改变量 Δx 的微分. 现因 $y'=x'=\lim\limits_{\Delta x\to 0}\dfrac{(x+\Delta x)-x}{\Delta x}=1$，故得 $y=x$ 的微分为 $\mathrm{d}y=1\cdot\Delta x=\Delta x$，但 $y=x$，$\mathrm{d}y=\mathrm{d}x$，由此得 $\mathrm{d}x=\Delta x$. 这说明自变量 x 的改变量 Δx 可以说成变量 x 的微分，今后我们将说自变量的微分等于其改变量，从而一般函数 $y=f(x)$的微分又可写成 $\mathrm{d}f(x)=\mathrm{d}y=f'(x)\mathrm{d}x=y'\mathrm{d}x$，于是有

2.3.5 $y'=\dfrac{\mathrm{d}y}{\mathrm{d}x}$.

这说明函数的导数实际上是因变量 y 的微分对于自变量微分的商，导数也就有了两个新的记法：$\dfrac{\mathrm{d}y}{\mathrm{d}x}$与$\dfrac{\mathrm{d}f}{\mathrm{d}x}$.

综上所述，一个函数有导数与有微分事实上是同一件事，因而可导与可微(即有微分)也是同一件事，并且求导数与求微分可以看成同一种运算，它们具有完全相同的运算规律.

附带说明一下可微性与连续性的关系. 事实上，从 2.3.2 与 2.3.4，$f(x_0+\Delta x)=f(x_0)+f'(x_0)\cdot\Delta x+u$，可得$\lim\limits_{\Delta x\to 0}f(x_0+\Delta x)=f(x_0)$，表明函数在 x_0 连续，因此连续性是可微性的必要条件.

三、基本初等函数的导数与微分公式

在这一段里，我们列出常用的导数计算公式，它们的证明一概略去，有的可以在上节习题中看到，有的作为本节的习题，对于幂函数的导数公式$(x^\mu)'=\mu x^{\mu-1}$，在例 1 ($\mu=3$)，例 2 ($\mu=2$)，例 3 ($\mu=2$)，例 4 ($\mu=\dfrac{1}{3}$)与例 5 ($\mu=1$)中已见到若干特例，在这些公式中，读者要特别注意幂函数与指数函数的导数公式的差别，切不可混淆. 下面就是公式：

(1) $c'=0$，　　　$\mathrm{d}c=0$ (c 是常数)；

(2) $(x^\mu)'=\mu x^{\mu-1}$，　　　$\mathrm{d}(x^\mu)=\mu x^{\mu-1}\mathrm{d}x$　($\mu\in\mathbf{R}$)；

(3) $(\mathrm{e}^x)'=\mathrm{e}^x$，　　　$\mathrm{d}\mathrm{e}^x=\mathrm{e}^x\mathrm{d}x$；

(4) $(a^x)'=a^x\ln a$，　　　$\mathrm{d}a^x=a^x\ln a\cdot\mathrm{d}x$ ($0<a\neq 1$)；

(5) $(\ln x)'=\dfrac{1}{x}$，　　　$\mathrm{d}\ln x=\dfrac{1}{x}\mathrm{d}x$；

(6) $(\log_a x)' = \dfrac{1}{x\ln a}$,　　$\mathrm{d}\log_a x = \dfrac{\mathrm{d}x}{x\ln a}(0 < a \neq 1)$;

(7) $(\sin x)' = \cos x$,　　$\mathrm{d}\sin x = \cos x\,\mathrm{d}x$;

(8) $(\cos x)' = -\sin x$,　　$\mathrm{d}\cos x = -\sin x\,\mathrm{d}x$;

(9) $(\tan x)' = \sec^2 x$,　　$\mathrm{d}\tan x = \sec^2 x\,\mathrm{d}x$;

(10) $(\cot x)' = -\csc^2 x$,　　$\mathrm{d}\cot x = -\csc^2 x\,\mathrm{d}x$;

(11) $(\sec x)' = \sec x\tan x$,　　$\mathrm{d}\sec x = \sec x\tan x\,\mathrm{d}x$;

(12) $(\csc x)' = -\csc x\cot x$,　　$\mathrm{d}\csc x = -\csc x\cot x\,\mathrm{d}x$;

(13) $(\arcsin x)' = \dfrac{1}{\sqrt{1-x^2}}$,　　$\mathrm{d}\arcsin x = \dfrac{\mathrm{d}x}{\sqrt{1-x^2}}$;

(14) $(\arccos x)' = -\dfrac{1}{\sqrt{1-x^2}}$,　　$\mathrm{d}\arccos x = -\dfrac{\mathrm{d}x}{\sqrt{1-x^2}}$;

(15) $(\arctan x)' = \dfrac{1}{1+x^2}$,　　$\mathrm{d}\arctan x = \dfrac{\mathrm{d}x}{1+x^2}$;

(16) $(\mathrm{arccot}\, x)' = -\dfrac{1}{1+x^2}$,　　$\mathrm{d}\,\mathrm{arccot}\, x = -\dfrac{\mathrm{d}x}{1+x^2}$.

四、导数与微分的基本运算公式

设 $u=\varphi(x)$，$v=\Psi(x)$均可导，则有下列运算公式：

2.3.6　$(u \pm v)' = u' \pm v'$，$\mathrm{d}(u \pm v) = \mathrm{d}u \pm \mathrm{d}v$;

2.3.7　$(uv)' = u'v + uv'$，$\mathrm{d}uv = v\mathrm{d}u + u\mathrm{d}v$;

特别，对任意常数 c，有

2.3.8　$(cu)' = cu'$，$\mathrm{d}(cu) = c\mathrm{d}u$;

2.3.9　$\left(\dfrac{u}{v}\right)' = \dfrac{u'v - uv'}{v^2}$，$\mathrm{d}\left(\dfrac{u}{v}\right) = \dfrac{v\mathrm{d}u - u\mathrm{d}v}{v^2}$，其中 $v \neq 0$.

此外，若 $y=f(u)$，$u=\varphi(x)$形成复合函数 $y=[\varphi(x)]$，则有关于复合函数导数的极为重要的链锁法则，即

2.3.10　$y'_x = y'_u \cdot u'_x = f'(u)\cdot\varphi'(x)$，$\mathrm{d}y = \dfrac{\mathrm{d}y}{\mathrm{d}u}\cdot\mathrm{d}u$,

其中 x 是自变量，u 是中间变量，y 是因变量，为明确起见，我们又把导数$\dfrac{\mathrm{d}y}{\mathrm{d}x}$写成了 y'_x，以突出 y 关于 x 求导，$f'(u)$ 则是 y 关于 u 的导数，用微分的记号，链锁法则 $y'_x = f'(u)\cdot\varphi'(x)$可以写成更明确的形式，即$\dfrac{\mathrm{d}y}{\mathrm{d}x} = \dfrac{\mathrm{d}y}{\mathrm{d}u}\cdot\dfrac{\mathrm{d}u}{\mathrm{d}x}$，只要这里的 $\mathrm{d}u \neq 0$，此公式也就十分自然了.

下面我们给出公式 2.3.9 的证明，其它公式的证明均被略去. 事实上，假定 $v \neq 0$，据导数定义，

$$\left(\frac{u}{v}\right)' = \lim_{\Delta x\to 0}\frac{\dfrac{u(x+\Delta x)}{v(x+\Delta x)} - \dfrac{u(x)}{v(x)}}{\Delta x} = \lim_{\Delta x\to 0}\frac{u(x+\Delta x)\cdot v(x) - u(x)\cdot v(x+\Delta x)}{\Delta x\cdot v(x)\cdot v(x+\Delta x)}$$

$$= \lim_{\Delta x\to 0}\frac{[u(x+\Delta x)\cdot v(x) - u(x)\cdot v(x)] - [u(x)\cdot v(x+\Delta x) - u(x)\cdot v(x)]}{\Delta x\cdot v(x)\cdot v(x+\Delta x)}$$

$$= \lim_{\Delta x\to 0}\frac{\dfrac{[u(x+\Delta x) - u(x)]}{\Delta x}\cdot v(x) - u(x)\cdot\dfrac{[v(x+\Delta x) - v(x)]}{\Delta x}}{v(x)\cdot v(x+\Delta x)}$$

$$= \frac{\lim\limits_{\Delta x \to 0} \frac{u(x+\Delta x)-u(x)}{\Delta x} \cdot v(x) - u(x) \cdot \lim\limits_{\Delta x \to 0} \frac{v(x+\Delta x)-v(x)}{\Delta x}}{v(x) \cdot \lim\limits_{\Delta x \to 0} v(x+\Delta x)}$$

$$= \frac{u'(x) \cdot v(x) - u(x) \cdot v'(x)}{[(v(x)]^2},$$

其中分母 $\lim\limits_{\Delta x \to 0} v(x+\Delta x) = v(x)$ 是根据可微函数 $v(x)$ 的连续性导出的.

五、例题

例 6 求函数 $y=\frac{x^5}{3}-\frac{4}{x^4}$ 的导数.

解 $y'=\left(\frac{x^5}{3}\right)'-\left(\frac{4}{x^4}\right)'=\frac{1}{3}\cdot(x^5)'-4\cdot(x^{-4})'=\frac{1}{3}\cdot 5x^4-4\cdot(-4x^{-5})=\frac{5}{3}x^4+\frac{16}{x^5}.$

例 7 求函数 $y=(1+4x)(2x^2-3x^3)$ 的导数.

解一 先去括号，再计算导数，即

$$\begin{aligned} y' &= (2x^2-3x^3+8x^3-12x^4)' = (2x^2+5x^3-12x^4)' \\ &= 2\cdot(x^2)'+5\cdot(x^3)'-12\cdot(x^4)' = 2\times 2x+5\times 3x^2-12\times 4x^3 \\ &= 4x+15x^2-48x^3. \end{aligned}$$

解二 应用公式 2.3.7 计算，即

$$\begin{aligned} y' &= (1+4x)'\cdot(2x^2-3x^3)+(1+4x)\cdot(2x^2-3x^3)' \\ &= 4\cdot(2x^2-3x^3)+(1+4x)\cdot(2\times 2x-3\times 3x^2) \\ &= 8x^2-12x^3+4x-9x^2+16x^2-36x^3 = 4x+15x^2-48x^3. \end{aligned}$$

例 8 求 $y=\frac{e^x-e^{-x}}{e^x+e^{-x}}$ 的导数.

解 首先注意 e^{-x} 的指数 $-x$ 不是自变量 x，因此是中间变量 u，从而要用复合函数的链锁法则来求 e^{-x} 的导数，即

$$(e^{-x})' \xlongequal{u=-x} (e^u)'_u \cdot u'_x = e^u \cdot (-1) = -e^{-x}.$$

于是，

$$\begin{aligned} y' &= \frac{(e^x-e^{-x})'\cdot(e^x+e^{-x})-(e^x-e^{-x})\cdot(e^x+e^{-x})'}{(e^x+e^{-x})^2} \\ &= \frac{[(e^x)'-(e^{-x})']\cdot(e^x+e^{-x})-(e^x-e^{-x})\cdot[(e^x)'+(e^{-x})']}{(e^x+e^{-x})^2} \\ &= \frac{(e^x+e^{-x})(e^x+e^{-x})-(e^x-e^{-x})(e^x-e^{-x})}{(e^x+e^{-x})^2} \\ &= \frac{(e^{2x}+2+e^{-2x})-(e^{2x}-2+e^{-2x})}{(e^x+e^{-x})^2} = \frac{4}{(e^x+e^{-x})^2}. \end{aligned}$$

例 9 求 $y=\ln\sin x$ 的导数.

解 因 $\sin x$ 不是自变量 x，应作为中间变量：$u=\sin x$，于是

$$y' = (\ln u)'_u \cdot u'_x = \frac{1}{u}\cdot\cos x = \frac{\cos x}{\sin x} = \cot x.$$

例 10 求 $y=\arcsin(3x^2)$ 的导数.

解 令 $u=3x^2$，则

$$y' = (\arcsin u)'_x = (\arcsin u)'_u \cdot u'_x$$

$$= \frac{1}{\sqrt{1-u^2}} \times 3 \times 2x = \frac{6x}{\sqrt{1-9x^4}}.$$

注　在比较熟练地掌握了链锁法则以后，中间变量 u 可以不必写出来，但应做到心中有数，把中间变量印在自己的脑中，如上例：

$$y' = (\arcsin(3x^2))' = \frac{1}{\sqrt{1-(3x^2)^2}} \cdot (3x^2)' = \frac{6x}{\sqrt{1-9x^4}}.$$

例 11　一飞机在离地面 1 200m 的高空以 150m/s 的速度向探照灯 L 所在的城市直线飞行(图 2.12)，假定探照灯的强光能照到机身. 当飞机在地面上的正投影 A 离探照灯 600m 时，为使灯光不离开机身，探照灯应以什么样的速度转动？

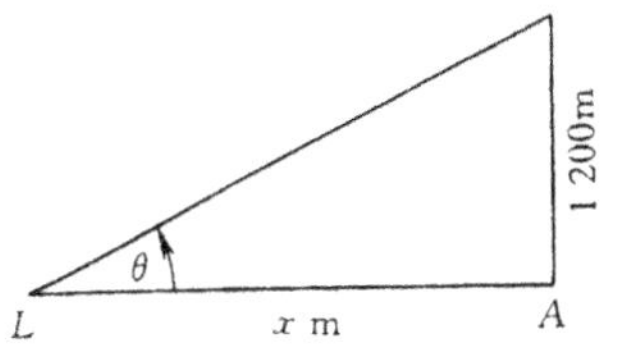

图 2.12

解　令时间 t 秒时飞机在地面上的正投影 A 离探照灯 L 的距离为 $x=x(t)$m，令探照灯射到机身的光线的仰角为 $\theta=\theta(t)$，于是 $\tan\theta=\frac{1\,200}{x}$. 已知 $\frac{dx}{dt}=-150$ (负号表示 x 随时间推移而减少，即飞机是朝着探照灯的方向飞行，离探照灯的距离越来越近)，我们要求 $\frac{d\theta}{dt}$. 这是一个相关变量的变化率问题，变量 x 与 θ 均为 t 的函数，已知其中一个变量 x 的变化率 $\frac{dx}{dt}$，要求另一变量 θ 的变化率 $\frac{d\theta}{dt}$. 为此对联系这两个变量的方程 $\tan\theta=\frac{1\,200}{x}$ 的两端同时求关于公共自变量 t 的导数，即

$$\frac{d\tan\theta}{dt} = \frac{d\left(\frac{1\,200}{x}\right)}{dt}, \text{或即} \quad \frac{d\tan\theta}{d\theta} \cdot \frac{d\theta}{dt} = \frac{d}{dx}\left(\frac{1\,200}{x}\right) \cdot \frac{dx}{dt}$$

得 $\sec^2\theta \cdot \frac{d\theta}{dt} = -\frac{1\,200}{x^2} \cdot \frac{dx}{dt}$，即 $\frac{d\theta}{dt} = -\frac{1\,200}{x^2} \cdot \cos^2\theta \cdot \frac{dx}{dt}$，这是当飞机投影离探照灯 xm 时探照灯转动的速度. 现在 $x=600$ (m)，而且此时 $\tan\theta=\frac{1\,200}{600}=2$，

$\cos^2\theta = \frac{1}{1+\tan^2\theta} = \frac{1}{1+4} = 0.2$，于是所求速度

$$\frac{d\theta}{dt} = -\frac{1\,200}{600^2} \times 0.2 \times (-150) = 0.1,$$

即此时探照灯应逆时针方向转动，转动速度是 0.1 rab/s.

例 12　某市场供应橘子的日需求量 x (千箱)满足需求方程 $px+105-20p-3x=0$，其中 p 元是每箱橘子的价格. 如果日需求量以每天 250 箱的速度减少，当日需求量是 5 千箱时，价格以每天多少元的速率变化.

解　这里 x 与 p 都是时间 t (天)的函数. 对需求方程求关于 t 的导数：

$$\frac{dp}{dt} \cdot x + p \cdot \frac{dx}{dt} - 20 \cdot \frac{dp}{dt} - 3 \cdot \frac{dx}{dt} = 0,$$

已知 $x=5$，$\frac{dx}{dt}=-0.25$，此时的 p 必须满足方程 $5p+105-20p-3\times5=0$，解得对应的 $p=6$. 于是，

$$5 \times \frac{dp}{dt} + 6 \times (-0.25) - 20 \times \frac{dp}{dt} - 3 \times (-0.25) = 0,$$

故得 $\frac{dp}{dt}=-0.05$. 因此橘子每箱价格以每天 0.05 元的速率减少.

六、补充

1．高阶导数

我们从例1后面的注中知道，函数 $y=f(x)$ 的导数 $f'(x)$ 还是自变量 x 的函数，于是还可以讨论 $y'=f'(x)$ 的导数问题．如果这个导数仍然存在，即有 $(y')'=(f'(x))'$，则我们把它记作 $y''=(y')'=f''(x)$，称为 $y=f(x)$ 的二阶导数，而原来的那个导数 $y'=f'(x)$ 称为 $f(x)$ 的一阶导数．例如，若物体运动方程是 $s=s(t)$，则 $s'(t)$ 是运动速度 $v(t)$，即 $v(t)=s'(t)$．进一步，速度 $v(t)$ 的瞬时变化率则称为运动的加速度，记作 $a(t)=v'(t)=s''(t)$．一般地，函数 $y=f(x)$ 的 n 阶导数定义为 y 的 $n-1$ 阶导数的导数，记作 $y^{(n)}=(y^{(n-1)})'$．如 $(e^x)^{(n)}=e^x$，$(a^x)^{(n)}=a^x\ln^n a$ 等．所有2阶、3阶、…、n 阶导数统称为高阶导数．

例 13 求 $y=\sin x$ 的 n 阶导数．

解 $y'=\cos x=\sin\left(x+\frac{\pi}{2}\right)$，$y''=\cos\left(x+\frac{\pi}{2}\right)=\sin\left(x+2\cdot\frac{\pi}{2}\right)$，…，我们不难用归纳法证明 $y^{(n)}=\sin\left(x+n\cdot\frac{\pi}{2}\right)$．

2．可微与连续的关系

我们在第二段末已提到可微函数一定连续，但反之不成立，即 $y=f(x)$ 在点 x_0 连续，但未必可导．例如，函数 $y=|x|$ 在 $x_0=0$ 是连续的，事实上，$\lim\limits_{\Delta x\to 0}|x|=0=y(0)$．但是，$y'(0)$ 却不存在，这是由于

$$\lim_{\Delta x\to 0^+}\frac{y(0+\Delta x)-y(0)}{\Delta x}=\lim_{\Delta x\to 0^+}\frac{\Delta x}{\Delta x}=1.$$

$$\lim_{\Delta x\to 0^-}\frac{y(0+\Delta x)-y(0)}{\Delta x}=\lim_{\Delta x\to 0^-}\frac{-\Delta x}{\Delta x}=-1.$$

可见极限 $\lim\limits_{\Delta x\to 0}\frac{y(0+\Delta x)-y(0)}{\Delta x}$ 不存在，从图2.13也可看到，曲线 $y=|x|=\begin{cases}x, & x\geqslant 0,\\ -x, & x<0,\end{cases}$ 在点(0,0)处没有切线，该点处曲线不光滑，而是尖的．再看下面的例子．

例 14 函数 $y=\sqrt[3]{x}$ 在点 $x_0=0$ 显然连续，但因 $\lim\limits_{\Delta x\to 0}\frac{\sqrt[3]{0+\Delta x}-\sqrt[3]{0}}{\Delta x}=\lim\limits_{\Delta x\to 0}\frac{\sqrt[3]{\Delta x}}{\Delta x}=\lim\limits_{\Delta x\to 0}\frac{1}{\sqrt[3]{(\Delta x)^2}}=\infty$，$y'(0)$ 不存在，事实上，曲线 $y=\sqrt[3]{x}$ 在(0,0)处的切线是 $x=0$，其斜率为无穷大(见图2.14)，曲线本身还是光滑的．

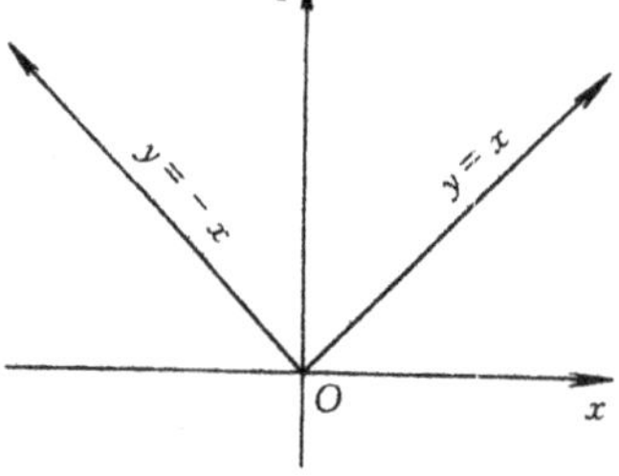

图 2.13

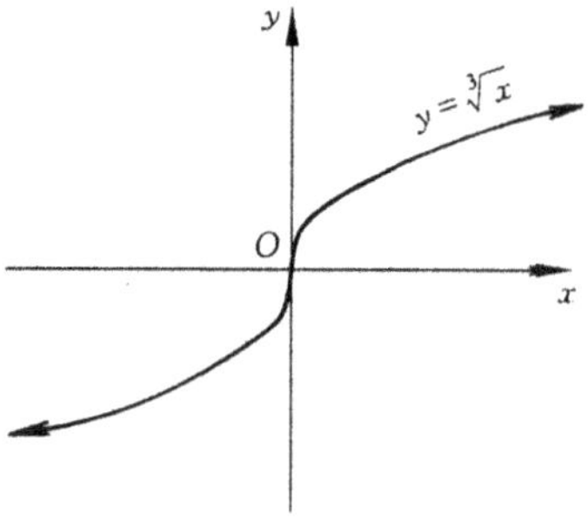

图 2.14

3. 函数的边际与弹性

经济学中函数的导数称为边际(见第一段). 例如研究市场上商品需求对价格变化的反应. 假如需求量 q 关于价格 p 的函数关系是 $q=q(p)$，那么 $\frac{dq}{dp}$ 表示需求 q 对价格 p 的边际. 称为关于价格的边际需求，其真正的经济意义是当价格为 p 时，价格再上涨一个单位所引起的需求量变化. 但是这种变化并不能反映需求变化的敏感性. 每斤鸡蛋涨价 1 元与每台电视机涨价 1 元所引起的需求变化显然大不相同. 因此有必要研究需求关于价格的相对变化率(边际是绝对变化率)，经济学上称为弹性. 先看一个简单的例子.

现考虑函数 $y=x^2$，当 x 从 4 增加到 5 时，相应地 y 从 16 增加到 25，即自变量 x 的改变量 $\Delta x=1$，对应的函数改变量 $\Delta y=9$；另一方面，

$$\frac{\Delta x}{x}=\frac{1}{4}=25\%,\qquad \frac{\Delta y}{y}=\frac{9}{16}=56.25\%,$$

即当 $x=4$ 时，x 增加 25%，则引起 y 增加 56.25%. 我们称 $\frac{\Delta x}{x}$ 与 $\frac{\Delta y}{y}$ 分别为自变量与函数的相对改变量. 如果考虑比值 $\frac{\Delta y}{y}\Big/\frac{\Delta x}{x}=\frac{56.25\%}{25\%}=2.25$，则它表示 $x=4$ 时，x 再增加 1%，y 相应地将增加 2.25%，这个百分数 2.25 就称为 x 从 4 到 5 时函数 $y=x^2$ 的平均相对变化率. 由此我们给出弹性的定义如下.

定义 设函数 $y=f(x)$ 在 x 处可导，函数的相对改变量 $\frac{\Delta y}{y}=\frac{f(x+\Delta x)-f(x)}{f(x)}$ 与自变量的相对改变量 $\frac{\Delta x}{x}$ 之比 $\frac{\Delta y}{y}\Big/\frac{\Delta x}{x}=\frac{x}{y}\cdot\frac{\Delta y}{\Delta x}$ 称为函数 $f(x)$ 在 x 到 $x+\Delta x$ 之间的平均弹性，$\Delta x\to 0$ 时其极限就称为函数 $y=f(x)$ 在 x 处的弹性，记作 $\eta_{y:x}$，即

$$\eta_{y:x}=\lim_{\Delta x\to 0}\left(\frac{x}{y}\cdot\frac{\Delta y}{\Delta x}\right)=\frac{x}{y}\cdot\frac{dy}{dx}=\frac{dy}{dx}\Big/\frac{y}{x},$$

也可表达为 $\eta_{y:x}=\frac{\text{边际函数}}{\text{平均函数}}$.

例 15 设商品的需求量 q 与价格 p 的关系为 $q(p)=1\,600\times 4^{-p}$.

(1) 求需求弹性 $\eta_{q:p}$，并说明其经济意义.

(2) 当 $p=10$ 元时，价格再上涨 1%，该商品的需求量将发生什么变化?

解 (1) $\eta_{q:p}=\frac{p}{q}\times\frac{dq}{dp}=\frac{p}{1\,600\times 4^{-p}}\times 1\,600\times 4^{-p}\times\ln 4\times(-1)=-p\ln 4\approx -1.39p$. 其经济意义是：当价格为 p 时，再上涨 1%，需求量将减少(负号意味着需求的变化与价格变化呈反向)$1.39p\%$.

(2) 当 $p=10$ 时，$\eta_{q:p}\approx -1.39\times 10=-13.9$，因此价格如果上涨 1%，则需求量将减少 13.9%. 反之，若价格下降 1%，则需求量将增加 13.9%.

注 在经济学界，弹性这个量都是指其绝对值.

4. 二元函数的导数

设 $z=f(x,y)$ 是两个自变量 x 与 y 的函数，x 与 y 的变化都会引起函数 z 的变化，在实际问题中有时需要考虑单个自变量的变化引起的函数变化，即将另一个自变量固定不变(看作常数)，比如 y 固定，此时函数就像一元函数一样了，而函数 z 关于 x 的导数就称为 z 关于 x 的偏导数，记作 $\left.\frac{\partial f}{\partial x}\right|_{(x,y)}$. 事实上按导数定义，应该是 $\left.\frac{\partial f}{\partial x}\right|_{(x,y)}=$

$$\lim_{\Delta x\to 0}\frac{f(x+\Delta x,y)-f(x,y)}{\Delta x}.$$

同理可定义二元函数 $z=f(x,y)$关于变量 y 的偏导数

$$\left.\frac{\partial f}{\partial y}\right|_{(x,y)}=\lim_{\Delta y\to 0}\frac{f(x,y+\Delta y)-f(x,y)}{\Delta x}.$$

有时简记$\frac{\partial f}{\partial x}=\left.\frac{\partial f}{\partial x}\right|_{(x,y)}$,$\frac{\partial f}{\partial y}=\left.\frac{\partial f}{\partial y}\right|_{(x,y)}$.

例 16 设 $f(x,y)=xy+x^2+y^3$，求$\frac{\partial f}{\partial x}$，$\frac{\partial f}{\partial y}$.

解 $\frac{\partial f}{\partial x}=y+2x$（把 y 看作常数后对 x 求导），$\frac{\partial f}{\partial x}=x+3y^2$（把 x 看作常数后对 y 求导）.

例 17 设 $z=e^x\sin y$，求$\frac{\partial z}{\partial x}$，$\frac{\partial z}{\partial y}$.

解 $\frac{\partial z}{\partial x}=e^x\sin y$，$\frac{\partial z}{\partial y}=e^x\cos y$.

习题 2.3

（一）

1．设 $f(x)$可微，试计算$\lim\limits_{h\to 0}\frac{f(x+2h)-f(x)}{h}$.

2．用导数定义证明公式(5)，(7)，(8)(见习题 2.2,10).

3．求下列函数的导数与微分：

（1） $y=\frac{x^2}{4}-\frac{3}{x^3}$；

（2） $y=(3x^2-4)(4x^3+x-1)$；

（3） $y=\frac{x^3+1}{x^3-1}$；

（4） $y=(2x^3-3x+7)^5$；

（5） $y=(x+1)\sin x-x\cos x$；

（6） $y=(x^2-1)^{\frac{3}{2}}(x^2-4)^{\frac{1}{2}}$；

（7） $y=x\cdot\tan\frac{1}{x}$；

（8） $y=2^{\frac{x}{\ln x}}$；

（9） $y=\ln\tan x$；

（10） $y=\cos\frac{\arcsin x}{2}$；

（11） $y=\frac{1}{2}\ln(1+e^{2x})-x+e^{-x}\arctan e^x$；

（12） $y=(1+x)\ln\left(1+x+\sqrt{2x+x^2}\right)-\sqrt{2x+x^2}$；

（13） $y=x\cdot 3^x+\ln\sqrt{\frac{2x-1}{x+1}}$；

（14） $y=\frac{x^2+1}{2}(\arctan x)^2-x\arctan x+\frac{1}{2}\ln(1+x^2)$；

（15） $y=\frac{\cos x}{e^x}-3(1+x^2)\arctan x$.

4．求下列函数在指定点处的导数 $y'(x_0)$与微分 dy：

（1） $y=\ln\cot x$，$x_0=\frac{\pi}{4}$；

（2） $y=\frac{2}{\sqrt[3]{x^2}}-\frac{1}{x\sqrt{x}}$，$x_0=1$；

（3） $y=x(x-1)(x-2)(x-3)$，$x_0=0$；

（4） $y=\sin\frac{1}{x}$，$x_0=\frac{1}{\pi}$；

(5) $y=\ln\sqrt{\dfrac{1-x}{\arccos x}}$，$x_0=0$；　　(6) $y=\dfrac{\ln x}{2-\ln x}$，$x_0=1$；

(7) $y=e^x+\ln x$，$x_0=3$；　　(8) $y=3^{\sin x}$，$x_0=\dfrac{\pi}{3}$；

(9) $y=\sec^2(e^{x^2+1})$，$x_0=0$；　　(10) $y=\dfrac{\sec^2 x}{1+x^2}$，$x_0=\dfrac{\pi}{4}$.

5. 写出下列曲线按指定要求的切线方程：

(1) $y=x-\dfrac{1}{x}$，切于曲线与 x 轴的交点；　　(2) $y=x^4-3$，过点$(1,-2)$；

(3) $y=x-e^x$，与 x 轴平行；　　(4) $y=\dfrac{x+9}{x+5}$，过原点；

(5) $y=\sin x$，切于点$(0,0)$，$(\pi,0)$或$\left(\dfrac{2}{3}\pi,\ \dfrac{\sqrt{3}}{2}\right)$.

6. 求总成本函数 $C(x)=9+\dfrac{x^2}{12}$在生产 $x=6$ 个单位产品时的边际成本.

7. 求收益函数(产品销售收得货款)$R(x)=150x-0.01x^2$ 在产量 $x=100$ 时的边际收益.

8. 试问：两个微分 $d\ln x$ 与 $d\sqrt{x}$的商 $\dfrac{d\ln x}{d\sqrt{x}}$ 应是什么？

9. 倒沙子形成的沙堆，形状是圆锥形的，且高总是底圆半径的 2 倍，沙堆体积增加的速度是 $0.2m^3/s$. 当沙堆高 2m 时，高度增加的速度是多少？

10. 两辆卡车行驶在彼此垂直的两条公路上，一辆从西向东行驶，速度是 90km/h，另一辆以 60km/h 的速度自北向南行驶. 当第一辆距公路交叉口 200m，第二辆距交叉口 150m 时，两卡车彼此靠近的速度是多少？

11. 求下列无理数的近似值(用公式 2.3.4,保留三位小数)：

(1) $\sqrt[6]{65}$；　　(2) $\ln 1.01$；　　(3) $e^{0.05}$；

(4) $\cos 60°23'$；　　(5) $\arctan 1.02$；　　(6) $\sin 29°$.

(二)

12. 证明：若 $y(x)=\begin{cases} x^2\sin\dfrac{1}{x}, & x\neq 0, \\ 0, & x=0, \end{cases}$则 $y'(x)$在 $x=0$ 不连续.

13. 求下列函数的 n 阶导数：

(1) $\cos x$；　　(2) $\ln x$；　　(3) x^m，$m\in\mathbf{N}$；　　(4) e^{3x}.

14. 二阶导数 $y''=\dfrac{d}{dx}\left(\dfrac{dy}{dx}\right)$也可写成 $y''=\dfrac{d^2y}{dx^2}$

设 $y=\dfrac{x}{2}(\sin\ln x-\cos\ln x)$，求$\left.\dfrac{d^2y}{dx^2}\right|_{x=1}$

15. 求下列函数的弹性 $\eta_{y:x}$：

(1) $y=c$；　(2) $y=ax$；　(3) $y=ax+b$；　(4) $y=ax^b$；　(5) $y=ae^{\lambda x}$.

16. 验证下列函数满足给定的关系式：

(1) $y=a\cos\ln x+b\sin\ln x$：$x^2y''+xy'+y=0$；　　(2) $y=e^x\sin x$：$y''-2y'+2y=0$；

(3) $y=\dfrac{x-3}{x+4}$：$2y'^2=(y-1)y''$；　　(4) $y=e^{\sqrt{x}}+e^{-\sqrt{x}}$：$xy''+\dfrac{1}{2}y'-\dfrac{1}{4}y=0$.

17. 当$|x|$很小时，证明下列近似公式：

(1) $\tan x \approx x$;　(2) $\sqrt{1+x} \approx 1+\frac{1}{2}x$;　(3) $e^x \approx 1+x$;　(4) $\arcsin x \approx x$.

18. 设 $A>0$，且 $|B|$ 与 A^n 相比是很小的，证明：

$$\sqrt[n]{A^n+B} \approx A+\frac{B}{nA^{n-1}}.$$

19. 求下列二元函数 $z=f(x,y)$ 关于 x，y 的偏导数：

(1) $z=\ln\sin(x-2y)$;　(2) $z=e^{xy}+yx^2$;　(3) $z=x^3y+y^3x$;

(4) $z=\arctan(x-y)$;　(5) $z=\left(\frac{1}{3}\right)^{\frac{y}{x}}$;　(6) $z=y^{\ln x}$.

2.4　函数的极值

导数反映了函数的变化率，从而能够反映函数的诸多变化性态，比如函数的增加与减少，函数的极大与极小值等. 本节应用导数这一有效工具来研究这些性态，它们是许多优化问题的理论基础.

一、函数的单调性

首先我们回顾函数单调性的定义(见 2.1). 若在函数 $y=f(x)$ 的定义区间 (a,b) 内，$x_1<x_2$ 蕴含 $f(x_1)<f(x_2)$，则称 $f(x)$ 在 (a,b) 内严格单调增加，用↑表之，如图 2.15 中所示. 与之相反，如果 $x_1<x_2$ 蕴含 $f(x_1)>f(x_2)$，则称 $f(x)$ 在 (a,b) 内严格单调减少，用↓表之，如图 2.16 所示. 图 2.15 中函数图象都是从左下向右上走向，而图 2.16 中则是从左上向右下走向(注意:我们约定曲线的走向是从左向右,可设想你是站在最左端,脸朝右边看,此时曲线如何走向).

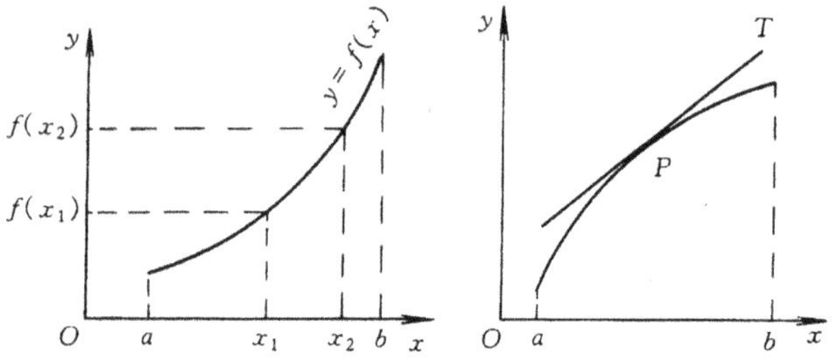

图 2.15

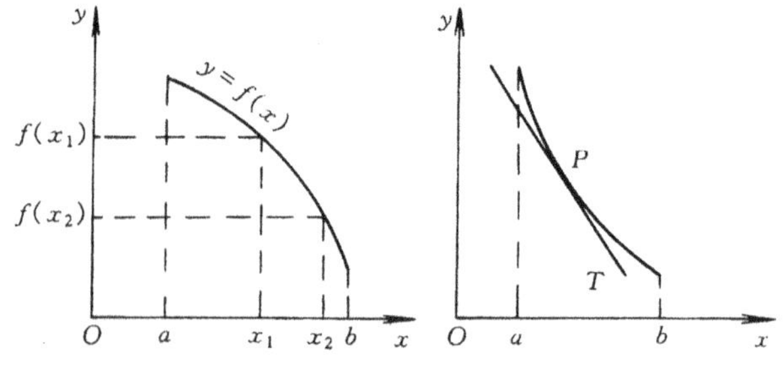

图 2.16

如进一步，在这些曲线段上画出各自的切线，切线的走向与曲线本身的走向基本一致. 当切线自左下走向右上时，斜率为正；当切线自左上走向右下，则斜率为负. 这种直观的解释使我们能够容易理解下述判断函数单调性的定理.

2.4.1　定理　设函数 $y=f(x)$ 在 $[a,b]$ 上连续，在 (a,b) 内可导，那么有

(1) 若在 (a,b) 内 $f'(x)>0$，则函数 $y=f(x)$ 在 $[a,b]$ 上严格单调增加，即↑；

(2) 若在 (a,b) 内 $f'(x)<0$，则函数 $y=f(x)$ 在 $[a,b]$ 上严格单调减少，即↓.

例 1　判定函数 $y=x^3-3x^2-9x+14$ 的单调区间.

解 该函数的定义域是$(-\infty,+\infty)$，因 $y'=3x^2-6x-9=3(x+1)(x-3)$，令 $y'=0$，得根 $x_1=-1$，$x_2=3$，它们把$(-\infty,+\infty)$分成三个互不相交的区间：$(-\infty,-1)$，$(-1,3)$，$(3,+\infty)$. 只要确定这三个区间导数的符号，即可根据2.4.1定理判断出这三个区间函数的单调性. 为使讨论简洁明了，我们作一表格如下：

表 2.3

x	$(-\infty,-1)$	-1	$(-1,3)$	3	$(3,+\infty)$
y'	+	0	−	0	+
y	↑	极大 $y(-1)=$	↓	极小 $y(3)$ =	↑

表中第一行是 x 所在各区间及分界点，第二行是对应的导数 y'的符号或值0，第三行即得对应区间内函数的单调性态.

今后我们把使导数为0的自变量值称为驻点，本例中有两个驻点：$x_1=-1$，$x_2=3$. 它们分别为$(-\infty,+\infty)$的两个分界点. 为确定各区间导数的符号，我们采用根轴法，便能迅速而准确地将适当的符号填入表的第二行中. 所谓根轴法，是将 y'所含各因式(本例中为 $x+1$ 与 $x-3$)的根，即驻点(本例中为 -1 与 3)自小至大按顺序标在数轴上(图2.17)，然后从右端起，自数轴的上方经最大根(本例中的3)画曲线至数轴下方，再向上方经相邻的那个根(本例中的 -1)画至轴的上方，依此方式画向最左端，于是即可得表内第二行应填的符号：曲线在轴的上方，对应区间内填"+"，反之填"−". 最后从表中第三行即得讨论结果. 本例中函数在区间$(-\infty,-1)$，$(3,+\infty)$上↑，在 $[-1,3]$ 上↓.

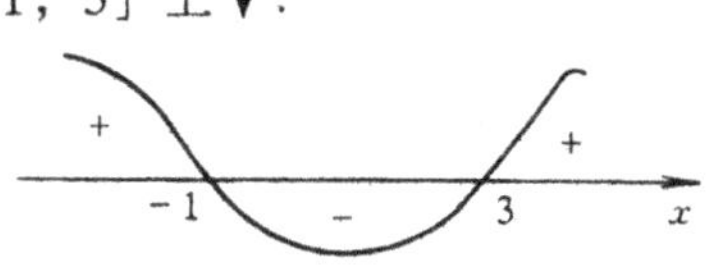

图 2.17

例 2 判定函数 $y=(3-x)^3\sqrt[3]{x^2}$的单调区间.

解 定义域是**R**. 现计算导数，有

$$y'=-3(x-3)^2\sqrt[3]{x^2}-(x-3)^3\cdot\frac{2}{3}\cdot\frac{1}{\sqrt[3]{x}}$$

$$=-\frac{(x-3)^2(9x+2x-6)}{3\cdot\sqrt[3]{x}}=-\frac{11}{3}\cdot\frac{(x-3)^2\left(x-\frac{6}{11}\right)}{\sqrt[3]{x}},$$

令 $y'=0$，得驻点$\frac{6}{11}$,3,另有$x=0$为导数不存在的点(事实上在 $x=0$ 处导数为∞,即在点(0,0)处曲线的切线垂直于 x 轴). 现这些点分定义域成4个区间，用根轴法画图(图2.18). 注意：因 y'包含2重因式$(x-3)^2$，单因式 $x-\frac{6}{11}$及$\sqrt[3]{x}$(分母中的因式$\sqrt[3]{x}$也应把它作为一个因式,它与分子的因式一样影响着 y'的符号)，但具有系数$-\frac{11}{3}$，故画曲线应从右端数轴下方画起，且因式 $x-3$ 是2重(偶数重)，曲线经过3仍走向轴的下方，而不能穿过轴. 现可按下表列出：

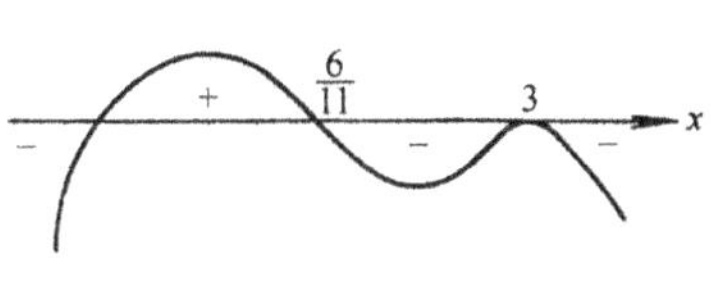

图 2.18

表 2.4

x	$(-\infty,0)$	0	$\left(0,\frac{6}{11}\right)$	$\frac{6}{11}$	$\left(\frac{6}{11},3\right)$	3	$(3,+\infty)$
y'	−	?	+	0	−	0	−
y	↓	极小 $y(0)$	↑	极大 $y\left(\frac{6}{11}\right)$	↓		↓

表中“?”表示该处导数不存在．因此函数在$(-\infty,0]$，$\left[\frac{6}{11},+\infty\right)$↓，而在$\left[0,\frac{6}{11}\right]$上↑．注意，区间$\left[\frac{6}{11},3\right]$与$[3,+\infty]$可并成$\left[\frac{6}{11},+\infty\right)$．

二、函数的极值

在讨论函数的单调性时，往往遇到这样的情况：函数先递增(即单调增加)，到某一点后又递减(单调减少)，如例1的$x=-1$的邻近；或者先递减，到某点后又递增，如例1的$x=3$的邻近．于是这种点成为函数单调性的转折点．在包含这种点的一个小区间内，该点函数值总是最大的或最小的．我们称这种函数值为极大值或极小值．

定义 设X是函数$y=f(x)$定义域内包含x_0的某个区间，

(1) 如果对任意$x\in X-\{x_0\}$，$f(x)<f(x_0)$，则称$f(x_0)$为$f(x)$的一个极大值，x_0称为极大(值)点；

(2) 如果对任意$x\in X-\{x_0\}$，$f(x)>f(x_0)$，则称$f(x_0)$为$f(x)$的一个极小值，x_0称为极小(值)点．

极大值与极小值统称为极值，极大值点与极小值点统称为极值点．应当注意的是，极大值与最大值，极小值与最小值，是完全不同的概念，极值是函数的局部性质，而最大值、最小值则是函数的整体性质．更明确地说，极大值不必是最大值，同样，极小值不必是最小值．比如图2.19中，函数$y=f(x)$定义在$[a,b]$上，$f(x_1)$是一个极小值，$f(x_2)$是一个极大值，而$f(x_1)>f(x_2)$，事实上，不难看出，$y=f(x)$在$[a,b]$上的最大值是$f(a)$，而最小值是$f(x_3)$．给定区间上函数的最大值只有一个，而极大值可能多于一个，甚至有许多个；对极小值与最小值也是如此．

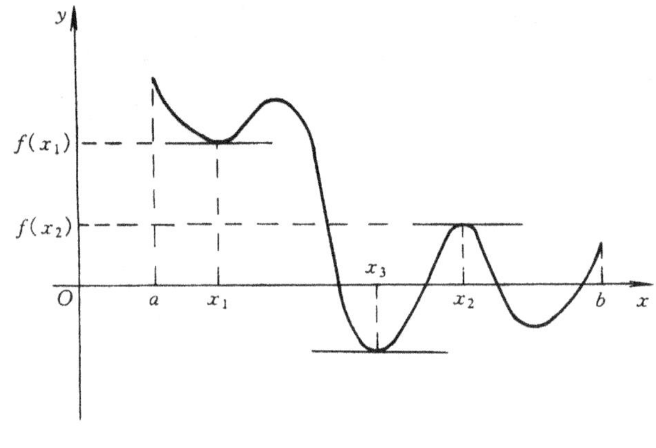

图2.19

从例1与例2我们看到，函数的极值点往往出现在两种情形：一是驻点(例1的$-1,3$与例2的$\frac{6}{11}$)，二是导数不存在的点(当然必须在定义域内，例如例2的0)．对于第一种情形，如果是极大值点，函数从↑转向↓，导数符号就从正转变为负，转折点处导数为0．对极小值点也类似．由此我们可得下列两定理(极值点的必要条件与充分条件)．

2.4.2 定理(极值的必要条件) 设函数$y=f(x)$在点x_0可导，且$f(x_0)$是极值，则$f'(x_0)=0$，即x_0是驻点．

2.4.3 定理(极值的充分条件) 设函数$y=f(x)$在包含x_0的某区间X内连续，而且在x_0的左右邻近均可导，即对任意$x\in X-\{x_0\}$，$f'(x)$存在．

(1) 若$x<x_0$时$f'(x)>0$，$x>x_0$时$f'(x)<0$，则$f(x_0)$是极大值；

(2) 若$x<x_0$时$f'(x)<0$，$x>x_0$时$f'(x)>0$，则$f(x_0)$是极小值；

(3) 若 $x \neq x_0$ 时 $f'(x)$均同号，则 $f(x_0)$不是极值.

根据2.4.2定理与2.4.3定理我们不难求得例1函数 $y = x^3 - 3x^2 - 9x + 14$ 有极大值 $y(-1) = (-1)^3 - 3 \times (-1)^2 - 9 \times (-1) + 14 = 19$ 及极小值 $y(3) = 3^3 - 3 \times 3^2 - 9 \times 3 + 14 = -13$.

注意，计算极值时应将极值点的值代入给定函数 y 的表达式 $x^3 - 3x^2 - 9x + 14$，决不能代入 y'的表达式 $3x^2 - 6x - 9$，否则计算结果总是0.

对于例2，也容易求得极小值 $y(0) = 0$ 与极大值 $y\left(\frac{6}{11}\right) = \left(3 - \frac{6}{11}\right)^3 \times \sqrt[3]{\left(\frac{6}{11}\right)^2} = \frac{19\,683}{14\,641} \times \sqrt[3]{396}$.

下面是求给定函数 $y = f(x)$极值的一般步骤：

(1) 计算导数 $y' = f'(x)$；

(2) 令 $y' = 0$，解出此方程的根，即为驻点；

(3) 列出导数不存在的点；

(4) 上述 (2) 与 (3) 中求出的点分定义域成若干区间；

(5) 仿照例1或例2列表，将 y'的符号填入分得的各区间，并标出对应区间内函数的单调性；

(6) 根据表中函数单调性的转折情况(即2.4.3定理的充分条件)，求出各极值.

三、函数的最大值与最小值

在实际问题中，往往需要求出函数的最大值或最小值，例如求最大利润，最小成本等等. 最大值与最小值是函数的整体性概念，其定义是不言自明的，即问题所考虑的函数在指定范围上最大或最小的那个函数值. 首先我们必须涉及一个基本出发点：闭区间上连续函数必达到最大值与最小值，即

2.4.4 定理 设函数 $y = f(x)$在 $[a, b]$ 上连续，则有点 $x_1, x_2 \in [a, b]$，使得

$$f(x_1) \leqslant f(x) \leqslant f(x_2), \text{对任意 } x \in [a, b].$$

其中 $f(x_1)$与 $f(x_2)$分别为 $y = f(x)$在 $[a, b]$ 上的最小值与最大值. 从图2.19我们已经看到，函数的最大值与最小值可能在那些单调性的转折点即极大点或极小点处达到，也可能在区间的端点处达到. 图2.19中 $f(x_3)$是最小值，x_3 是极小点，而 $f(a)$则是最大值. 由于这种点(极值点与区间端点)一般是有限个，于是只要把所有极值点与区间端点的函数值一一计算出来，其中的最大者与最小者即分别为函数的最大值与最小值. 简言之，求给定函数在给定区间上的最大值与最小值的一般步骤是：求出所有驻点与导数不存在的点，计算出这些点及区间端点的函数值，从中选出最大者与最小者，即得最大值与最小值.

例3 求函数 $f(x) = \sqrt[3]{2x - x^2}$在 $[-1, 4]$ 上的最大值与最小值.

解 首先求出函数的导数表达式

$$f'(x) = \frac{1}{3} \cdot \frac{2 - 2x}{\sqrt[3]{(2x - x^2)^2}} = \frac{2}{3} \cdot \frac{(1 - x)}{\sqrt[3]{x^2(2 - x)^2}},$$

令 $f'(x) = 0$，得驻点 $x_1 = 1$；又有 $x_2 = 0$ 及 $x_3 = 2$ 为导数不存在的点. 现计算 $f(1) = 1$，$f(0) = 0$，$f(2) = 0$，$f(-1) = -\sqrt[3]{3}$及 $f(4) = -2$. 因此 $f(1) = 1$ 是最大值，$f(4) = -2$ 是最小值.

我们还常会遇到函数在一个区间内只有一个极值点(比如一个驻点)，而且如果能够判定该极值是极大值(或极小值)，则它是所求的最大值(或最小值)．如图 2.20 所示，$f(x_0)$是 $f(x)$的一个极大值，也是 $f(x)$在 $[a,\ b]$ 上的最大值；换言之，不会出现图 2.21 那种情形，另有极值点 x_1，使得函数在 x_1 处还有一次转折，从而在别处达到最大值(图中是最大值 $f(x_2)$，$f(x_0)<f(x_2)$)．这种只有一个极值点的情况常在实际问题中出现．

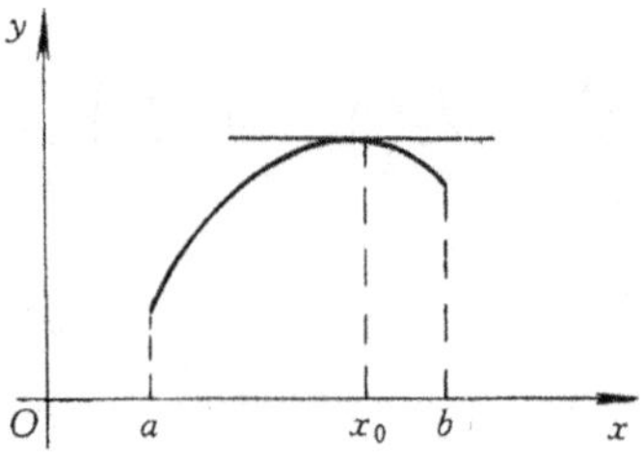

图 2.20

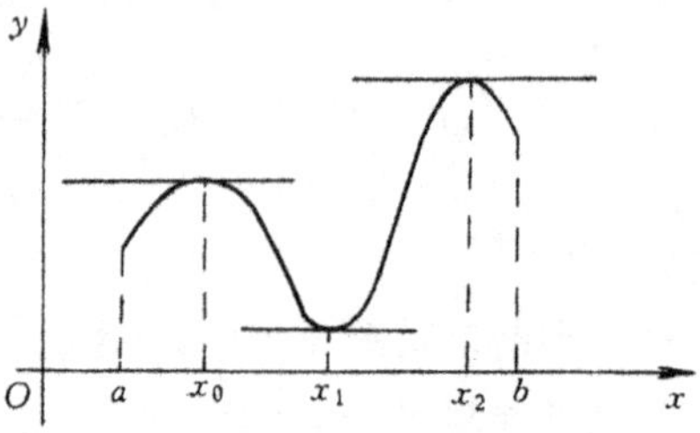

图 2.21

例 4 某厂每批生产 A 商品 x 台的费用为 $C(x)=5x+200$ (万元)，得到的收入为 $R(x)=10x-0.01x^2$ (万元)．问每批生产多少台，才能使利润最大？

解 利润等于收入减去费用，即

$L(x)=R(x)-C(x)=(10x-0.01x^2)-(5x+200)=5x-0.01x^2-200$，

$x\in[0,\ +\infty)$．令 $L'(x)=5-0.02x=0$，解得唯一驻点 $x_0=250$．易见 $x<250$ 时 $L'(x)>0$，$x>250$ 时 $L'(x)<0$，因此 $L(250)$是极大值，从而也是最大值．即每批生产 250 台时可获得最大利润 $L(250)=425$ 万元．

例 5 某产品一个生产周期内总产量为 a 吨，分若干批生产，每批需固定费用 1 000 元，每批生产直接消耗费用(不包括固定费用)与产品数量的立方成正比，比例系数为$\frac{1}{3}$．问每批生产多少吨时，总费用最省？

解 设每批生产 x 吨，x 作为自变量，总费用是 y，作为因变量，y 关于 x 的函数关系是 $y(x)=\frac{a}{x}\left(1\,000+\frac{1}{3}x^3\right)$，$0<x\leqslant a$．其中$\frac{a}{x}$是该生产周期内生产的批数，$1\,000+\frac{1}{3}x^3$ 是每批生产的费用．现 $y'(x)=a\left(\frac{1\,000}{x}+\frac{1}{3}x^2\right)'=\frac{2}{3}ax-\frac{1\,000}{x^2}a$，令 $y'(x)=0$，解得驻点 $x_0=\sqrt[3]{1\,500}=5\sqrt[3]{12}$．易见 $x<5\sqrt[3]{12}$ 时 $y'(x)<0$，$x>5\sqrt[3]{12}$时 $y'(x)>0$，因此，$y(5\sqrt[3]{12})$为最小值，即每批生产 $5\sqrt[3]{12}$吨时总费用最省．

四、补充

1．极值存在的第二充分条件．

根据 2.4.3 定理，若 x_0 是函数 $y=f(x)$的驻点，且 $f'(x)$在x_0 的邻近变号，则 $f(x_0)$是极值．这有两种情况．一种是 $f'(x)$在 x_0 的邻近单调增加，即当 $x<x_0$ 时 $f'(x)<0$，$f'(x_0)=0$，然后当 $x>x_0$ 时 $f'(x_0)>0$，简言之，$f'(x)$在 x_0 的邻近从负变到正，此时函数 $y=f(x)$相应地从单调减少转成单调增加，x_0 是转折点，即$f(x_0)$是个极小值．但 $f'(x)$的这种单调增加恰又反映出函数 $f'(x)$在 x_0 点的导数值即 $f(x)$在 x_0 点的二阶导数 $f''(x_0)$是正的．另一种与此相反，导数 $f'(x)$在 x_0 的邻近单调减少，从正经过 0 变到负，此时 $f(x_0)$是个极大值，相应地函数 $f'(x)$在 x_0 的导数 $f''(x_0)$是负的．这就导出极值存在的第二充分条件(我们把 2.4.3 定理称为极值存在的第一充分条件)，即下述定理．

2.4.5 定理(极值存在的第二充分条件)　设函数 $y=f(x)$在 x_0 具有二阶导数 $f''(x_0)$，且$f'(x_0)=0$，

(1) 若 $f''(x_0)<0$，则 $f(x_0)$是极大值；

(2) 若 $f''(x_0)>0$，则 $f(x_0)$是极小值．

例 6　求函数 $y=x^3-9x^2+15x+3$ 的极值．

解　因 $y'=3x^2-18x+15=3(x-1)(x-5)$，有驻点 $x_1=1$ 及 $x_2=5$，又因 $y''=6x-18$，$y''(1)=6\times1-18<0, y''(5)=6\times5-18>0$，故 $y(1)=1^3-9\times1^2+15\times1+3=10$ 是极大值，$y(5)=5^3-9\times5^2+15\times5+3=-22$ 是极小值．

例 7　库存管理问题．每个企业都有库存问题，库存必然占用一部分资金，但并非库存量越小越好．事实上库存量最小即没有库存，又必然影响生产经营．那么怎样来安排一个最合理的库存呢？一般必须达到下列三项目标：第一，库存量要尽可能少，以便降低库存保管费用与流动资金的占用量；第二，存货短缺机会少，减少因停工待料造成的损失；第三，订购(进货)次数要尽可能少，以便降低订购原材料所需的费用．

所谓库存管理问题就是要确定最优订货批量(每批购进的原材料数量)，称为经济批量，相应的订购次数称为经济批次，以便使库存管理的总费用(存储费与订购费之和)最少．为使问题简化，我们假定：(一)当库存量降为 0 时，可立刻得到补充；(二)库存的消耗是时间 t 的线性函数(即连续均匀的)．如图 2.22 所示，其中 q 是最大库存量．根据上述假定，平均库存量应为最大库存量 q 的一半．

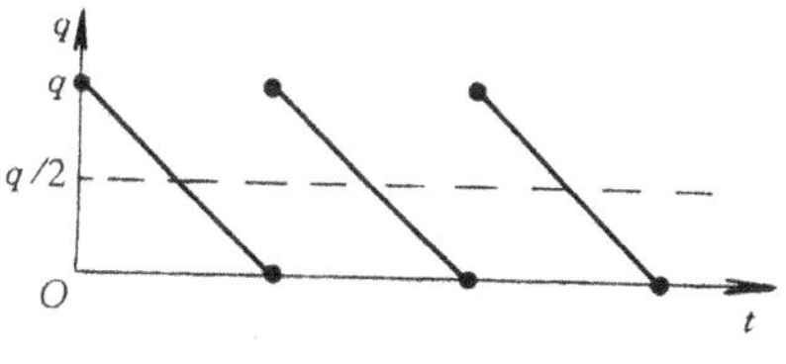

图 2.22

现在，若一个生产经营周期(比如一年)内对原材料需求总量为 S，每次订购费用为 a，每单位原材料一个生产经营周期的存储费为 h，我们来求经济批量及最小总费用．

解　设订购批量为 q，则一个周期订购次数(批次)为$\frac{S}{q}$，于是订购费用为 $a\cdot\frac{S}{q}$，而存储费为 $h\cdot\frac{q}{2}$．于是总费用为 $C(q)=a\cdot\frac{S}{q}+h\cdot\frac{q}{2}$，其导数$\frac{\mathrm{d}C}{\mathrm{d}q}=-\frac{aS}{q^2}+\frac{h}{2}$，令$\frac{\mathrm{d}C}{\mathrm{d}q}=0$，得 $q=\pm\sqrt{\frac{2aS}{h}}$，舍去负根，得唯一驻点 $q_0=\sqrt{\frac{2aS}{h}}$．又因二阶导数$\left.\frac{\mathrm{d}^2C}{\mathrm{d}q^2}\right|_{q=q_0}=\left.\frac{2aS}{q^3}\right|_{q=q_0}=\frac{2aS}{q_0^{\,3}}>0$，故 q_0 是极小值点．又因只有这一个极值点，它也就是函数 $C(q)$在定义区间$(0,+\infty)$上的最小值点．因此得经济批量 $q_0=\sqrt{\frac{2aS}{h}}$，此时最小总费用为 $C(q_0)=\frac{aS}{\sqrt{\frac{2aS}{h}}}+\frac{h}{2}\cdot\sqrt{\frac{2aS}{h}}=\sqrt{2aSh}$．

2．二元函数的极值

一元函数极值的研究完全可以推广到二元函数．我们把使二元函数 $z=f(x,y)$两个偏导数等于 0 的自变量(x,y)还叫做它的驻点．对给定的二元函数 $z=f(x,y)$，我们也是先求出两个偏导数：$\frac{\partial f}{\partial x}$与$\frac{\partial f}{\partial y}$，然后解二元的方程组

$$\begin{cases}\dfrac{\partial f}{\partial x}=0\\ \dfrac{\partial f}{\partial y}=0\end{cases},$$

其解即为 $z=f(x,y)$的驻点．一般实际问题中，求出的驻点往往就是函数达到极值的点，而驻点处对应的函数值，也就是函数的极值了．至于二元函数极值的详细讨论，我们就略去了．

习题 2.4

（一）

1．求下列函数的单调区间及极值：

（1）$y=(x-1)^2(x+3)^3$；（2）$y=x-\frac{3}{2}x^{\frac{2}{3}}$；（3）$y=(x-5)e^x$；

（4）$y=(x+1)^{10}e^{-x}$；（5）$y=\frac{\ln^2 x}{x}$；（6）$y=x+\frac{1}{x}$；

（7）$y=x-\sin x$；（8）$y=\arctan x-\frac{1}{2}\ln(1+x^2)$；（9）$y=2x-\ln(4x)^2$；

（10）$y=2e^x+e^{-x}$．

2．求下列函数在指定区间上的最大值与最小值：

（1）$y=x^2-4x+6$，$x\in[-3,10]$；（2）$y=|x^2-3x+2|$，$x\in[-10,10]$；

（3）$y=(x-1)\sqrt[3]{x^2}$，$x\in[-1,1]$；（4）$y=x^5-5x^4+5x^3+1$，$x\in[-1,2]$；

（5）$y=\frac{x-1}{x+1}$，$x\in[0,4]$；（6）$y=\sin 2x-x$，$x\in\left[-\frac{\pi}{2},\frac{\pi}{2}\right]$；

（7）$y=2\tan x-\tan^2 x$，$x\in\left[0,\frac{\pi}{3}\right]$；（8）$y=x+2\sqrt{x}$，$x\in[0,4]$；

（9）$y=-3x^4+6x^2-1$，$x\in[-2,2]$．

3．要制造容积为 V 的带盖圆桶，问圆的半径 r 与桶高 h 应如何确定，才能使所用材料最省．

4．在一鱼塘中放养鱼苗，放养尾数越多，每尾鱼的生长速度越慢．根据试验，一个季度内每尾鱼的增重 wg 与放养鱼尾数 n 有如下关系：$w=1\,200-0.3n$．若以鱼塘中全部鱼的增重总量为经济指标，求最优放养数及一个季度内增重总量(假定放养鱼尾数 n 是连续变量)．

5．设有一块边长为 a 的正方形铁皮，从四个角截去同样的小方块，使作成一个无盖的方盒子．问小方块边长为多少时才能使盒子容积最大？

6．生产某商品 x 单位的利润是 $L(x)=5\,000+x-0.000\,01x^2$（元），问生产多少个单位时可获利润最大，最大利润是多少？

7．某企业生产一产品，年产量 x（百台），总成本为 C（万元），其中固定成本为 2（万元），每生产 1（百台），成本增加 1（万元）．市场上每年可销售此商品 4（百台），其销售总收入 R 为 $R(x)=\begin{cases}4x-\frac{1}{2}x^2, & 0\leqslant x\leqslant 4,\\ 8, & x>4.\end{cases}$问每年生产多少台，能使总利润最大？

8. 某社区居民数限定为 30 000 人，人口的增长率与当时人口数及 30 000 减去此人口数之差均成正比. 试问：人口多少时人口增长率最大？

9. 某商品每周产量 x 件与每件价格 p 元满足需求方程：$10^6px = 10^9 - 2\times10^6x + 18\times10^3x^2 - 6x^3$，$x\geqslant100$. 生产每件产品的平均成本是 $\overline{C}(x) = \frac{1}{50}x - 24 + 11\times10^3x^{-1}$（元）. 为获得最大利润，每周的产量应为多少，其价格为多少？

10. 设生产 x 件产品时总成本为 $C(x) = x^2 + 20x + 700$（元），以每件 100 元的价格出售，能全部售完. 为获得最大利润，应生产多少件产品，最大利润是多少？

（二）

11. 对某物体的长度进行了 n 次测量，得到 n 个数据：x_1，x_2，…，x_n. 现要确定一个量 x，使得它与测得的所有数据之差的平方和最小，x 应是多少？

12. 某厂生产一商品，其年销售量为 100 万件，每批生产都需要增加准备费 1 000 元，而每件的年库存费为 0.05 元. 已知年销售是均匀的，且上一批销售完后，可立刻生产出下一批来(这样,商品的库存平均数为批量的一半). 问分几批生产，能使生产准备费及库存费之和最小.

13. 某公司年销售某商品 50 000 台，每次进货费用为 400 元，单价为 2 000 元，年保管费用率(等于每台一年存储费 ÷ 单价)为 2%. 求经济批量.

14. 某厂全年生产需用某材料 6 390 吨，每次订购费用为 600 元，每吨材料单价 600 元，库存保管费用率为 14.2%. 求：(1)经济批量;(2)经济批次;(3)最优进货周期;(4)最小总费用.

15. 某灯具店签订了一年内均衡地采购 30 000 套灯具的合同，向厂家每次采购的费用是 120 元，而储存每套灯具一年费用是 5 元，为使总费用最低，经济批量与经济批次应为多少？

16. 某汽车厂年产汽车 64 000 辆，每辆车需一个车壳，由冲压而成，每个车壳生产成品是 1 000 元，每次开工生产的模具安装与调整费等生产准备费为 2 000 元。存储费用每年每个车壳 16 元. 求经济批量与最小总费用(包括生产成品、生产准备费与存储费).

17. 某家具厂签订了一份一年内向家具市场均匀提供 3 000 套电脑桌的合同. 工厂每批生产需准备金 960 元，每套桌子全年储存费是 4 元. 为使储存费与生产准备金的总和最少，该厂每批应生产多少套桌子？

18. 某超市一个月内要均匀销售某种耐储存的食品 12 000 箱，每批进货需订购费 180 元，又每箱食品一个月内的储存费是 3 元. 问该超市每月应分几批订购该种食品，每批应订购多少箱，才能使总费用最少？

19. 设 q_1，q_2 分别为甲、乙两种商品的需求量，而它们的需求函数分别为 $q_1 = 8 - p_1 + 2p_2$，$q_2 = 10 + 2p_1 - 5p_2$，总成本函数为 $C(q_1, q_2) = 3q_1 + 2q_2$，其中 p_1，p_2 分别为甲、乙两商品的单价. 试问 p_1 与 p_2 取何值时可使利润最大？

2.5 不定积分

在数学研究的每个领域中，一种运算往往伴随着另一种与之相反的运算，称为其逆运算．例如加法的逆运算是减法，乘法的逆运算是除法，等等．前面我们已经学习了函数的求导或微分，现在来研究它们的逆运算．

一、原函数与不定积分

我们知道，函数 $\sin x$ 的导数是 $\cos x$ 即 $(\sin x)'=\cos x$．反过来，如果已知函数 $\cos x$，要求一个函数 $F(x)$，使得 $F'(x)=\cos x$，显然 $\sin x$ 就可以作为这样的 $F(x)$．这个 $\sin x$ 就称为 $\cos x$ 的一个原函数，意思是说，原来那个函数．

定义 设 $f(x)$ 定义在区间 (a,b) 内，若有函数 $F(x)$，$x\in(a,b)$，使得 $F'(x)=f(x)$，$x\in(a,b)$，则 $F(x)$ 称为 $f(x)$ 在 (a,b) 内的一个原函数，并称 $f(x)$ 为可积函数．

但值得注意的是，原函数 $F(x)$ 是很多的，换言之，可积函数的原函数不唯一．事实上，例如 $\sin x+1$，$\sin x-1$，…都是 $\cos x$ 的原函数，一般来说，形如 $\sin x+C$ 的函数都是 $\cos x$ 的原函数，其中 C 是任意常数．

定义 可积函数 $f(x)$ 的全部原函数称为 $f(x)$ 的不定积分，记作

$$\int f(x)\,\mathrm{d}x=\{F(x)\mid F'(x)=f(x)\}.$$

现设 $F(x)$ 是 $f(x)$ 的一个原函数，$F'(x)=f(x)$，则对任意常数 C，$[F(x)+C]'=F'(x)=f(x)$，故 $F(x)+C$ 仍是 $f(x)$ 的原函数．反之，若 $G(x)$ 也是 $f(x)$ 的原函数，$G'(x)=f(x)$，则 $[G(x)-F(x)]'=0$．我们不难想象，导数恒等于 0（即曲线上每点的切线总是平行于 x 轴）的函数必是常数函数，因此存在常数 C 使得 $G(x)-F(x)=C$ 即 $G(x)=F(x)+C$．由此可见，$f(x)$ 的原函数的全体是集合 $\{F(x)+C\mid C\in\mathbf{R}\}$，即

$$\int f(x)\,\mathrm{d}x=\{F(x)+C\mid C\in\mathbf{R}\}.$$

为书写简单起见，我们写 $\int f(x)\,\mathrm{d}x=F(x)+C\ (C\in\mathbf{R})$．于是，本来是全体原函数集合的 $\int f(x)\,\mathrm{d}x$ 就被处理成一个代数式一样，以后还要对它们进行加减运算等．式子 $\int f(x)\,\mathrm{d}x$ 中的 x 称为积分变量，$\int$ 为积分号，$f(x)$ 与 $f(x)\,\mathrm{d}x$ 分别称为被积函数与被积表达式，C 为积分常数。

又因 $f(x)\,\mathrm{d}x=F'(x)\,\mathrm{d}x=\mathrm{d}F(x)$，故有

2.5.1 $\int \mathrm{d}F(x)=F(x)+C$

即 $F(x)\xrightarrow{\text{微分 d}}\mathrm{d}F(x)=F'(x)\mathrm{d}x\xrightarrow{\text{积分}\int}\int\mathrm{d}F(x)=F(x)+C$.

与 2.5.1 相反的公式是

2.5.2 $\mathrm{d}\int\mathrm{d}F(x)=\mathrm{d}F(x)$ 或 $\left[\int f(x)\,\mathrm{d}x\right]'=f(x)$.

根据导数与原函数的互逆关系，每个导数公式就有一个对应的不定积分公式．下面是基本积分表（请对照 2.3 中的导数公式）：

(1) $\int 0\,\mathrm{d}x=C$； (2) $\int\frac{1}{x}\mathrm{d}x=\ln|x|+C$；

(3) $\int x^{\mu}\mathrm{d}x=\frac{1}{\mu+1}x^{\mu+1}+C\ (\mu\neq-1,x>0)$；

(4) $\int a^x \mathrm{d}x = \dfrac{a^x}{\ln a} + C$;　　(5) $\int \mathrm{e}^x \mathrm{d}x = \mathrm{e}^x + C$;

(6) $\int \cos x \mathrm{d}x = \sin x + C$;　　(7) $\int \sin x \mathrm{d}x = -\cos x + C$;

(8) $\int \sec^2 x \mathrm{d}x = \tan x + C$;　　(9) $\int \csc^2 x \mathrm{d}x = -\cot x + C$;

(10) $\int \sec x \tan x \mathrm{d}x = \sec x + C$;　　(11) $\int \csc x \cot x \mathrm{d}x = -\csc x + C$;

(12) $\int \dfrac{\mathrm{d}x}{\sqrt{1-x^2}} = \arcsin x + C$;　　(13) $\int \dfrac{\mathrm{d}x}{1+x^2} = \arctan x + C$.

需要说明的是公式(2),因$(\ln x)' = \dfrac{1}{x}$,本应得不定积分公式$\int \dfrac{1}{x}\mathrm{d}x = \ln x + C$,为何要加绝对值呢?原因是当 $x < 0$ 时公式$\int \dfrac{1}{x}\mathrm{d}x = \ln x + C$ 就没有意义了.事实上,我们有

$$(\ln|x|)' = \begin{cases} (\ln x)', x > 0 \\ (\ln(-x))', x < 0 \end{cases} = \begin{cases} \dfrac{1}{x}, x > 0 \\ \dfrac{1}{-x}(-x)', x < 0 \end{cases} = \dfrac{1}{x}, x \neq 0.$$

由此导出不定积分公式 (2).

今后,当我们要验证一个不定积分$\int f(x)\mathrm{d}x = F(x) + C$ 是否正确时,只要计算 $F(x)$ 的导数,如果 $F'(x) = f(x)$,则此不定积分是正确的,否则就不正确.今后我们常会碰到那样的情况,用不同的途径计算同一个不定积分,得到形式不同的结果,它们都是正确的.

二、不定积分的计算方法

仅靠上段列出的十三个基本积分公式是远不能解决一般积分问题的. 例如, 要求$\int x^3 \ln x \mathrm{d}x$, 你能很快说出一个原函数 $F(x)$, 使得 $F'(x) = x^3 \ln x$ 吗? 恐怕很难做到. 因此我们还要研究积分的方法. 首先有两个基本性质是有用的, 即对于可积函数 $f(x)$与 $g(x)$, 有

2.5.3 $\int [f(x) \pm g(x)]\mathrm{d}x = \int f(x)\mathrm{d}x \pm \int g(x)\mathrm{d}x$.

2.5.4 $\int kf(x)\mathrm{d}x = k\int f(x)\mathrm{d}x$, k 是非 0 常数 .

例 1 求 $\int \left(x^3 + 3^x + \dfrac{4}{x} + 5\sin x - 4\cos x\right)\mathrm{d}x$

解 $\int \left(x^3 + 3^x + \dfrac{4}{x} + 5\sin x - 4\cos x\right)\mathrm{d}x$

$= \int x^3\mathrm{d}x + \int 3^x\mathrm{d}x + \int \dfrac{4}{x}\mathrm{d}x + \int 5\sin x\mathrm{d}x - \int 4\cos x\mathrm{d}x$

$= \int x^3\mathrm{d}x + \int 3^x\mathrm{d}x + 4\int \dfrac{\mathrm{d}x}{x} + 5\int \sin x\mathrm{d}x - 4\int \cos x\mathrm{d}x$

$= \dfrac{1}{4}x^4 + \dfrac{3^x}{\ln 3} + 4\ln|x| - 5\cos x - 4\sin x + C$.

注意, 上例中包含五个基本积分, 每个积分都应含有一个任意常数, 这样就会出现五个任意常数, 既然每个常数都是任意的, 我们就可把这五个任意常数合并为一个任意常数 C. 今后我们就采用这样的办法: 在结束不定积分的计算之前, 换言之只要式中至少还有一个积

分号$\int$，我们就不必写出任意常数，而到最后，即不再保留积分号$\int$时，就应同步地把任意常数写出来．

例 2　求$\int(1+\sqrt{x})^3\mathrm{d}x$．

解　$\int(1+\sqrt{x})^3\mathrm{d}x=\int(1+3\sqrt{x}+3x+\sqrt{x^3})\mathrm{d}x$

$=\int\mathrm{d}x+3\int x^{\frac{1}{2}}\mathrm{d}x+3\int x\mathrm{d}x+\int x^{\frac{3}{2}}\mathrm{d}x$

$=x+3\cdot\frac{2}{3}x^{\frac{3}{2}}+3\cdot\frac{1}{2}x^2+\frac{2}{5}x^{\frac{5}{2}}+C$

$=x+2x^{\frac{3}{2}}+\frac{3}{2}x^2+\frac{2}{5}x^{\frac{5}{2}}+C.$

例 3　求$\int\frac{x^4}{1+x^2}\mathrm{d}x$

解　$\int\frac{x^4}{1+x^2}\mathrm{d}x=\int\left(\frac{x^4-1}{x^2+1}+\frac{1}{1+x^2}\right)\mathrm{d}x=\int\left(x^2-1+\frac{1}{1+x^2}\right)\mathrm{d}x$

$=\int x^2\mathrm{d}x-\int\mathrm{d}x+\int\frac{\mathrm{d}x}{1+x^2}=\frac{1}{3}x^3-x+\arctan x+C.$

例 4　求$\int\frac{\cos 2x}{\sin^2x\cos^2x}\mathrm{d}x$．

解　$\int\frac{\cos 2x}{\sin^2x\cos^2x}\mathrm{d}x=\int\frac{\cos^2x-\sin^2x}{\sin^2x\cos^2x}\mathrm{d}x=\int\left(\frac{1}{\sin^2x}-\frac{1}{\cos^2x}\right)\mathrm{d}x$

$=\int\frac{\mathrm{d}x}{\sin^2x}-\int\frac{\mathrm{d}x}{\cos^2x}=-\cot x-\tan x+C.$

例 5　求$\int\sin^2\frac{x}{2}\mathrm{d}x$．

解　$\int\sin^2\frac{x}{2}\mathrm{d}x=\int\frac{1-\cos x}{2}\mathrm{d}x=\frac{1}{2}\int(1-\cos x)\mathrm{d}x$

$=\frac{1}{2}\left[\int\mathrm{d}x-\int\cos x\mathrm{d}x\right]=\frac{1}{2}[x-\sin x]+C.$

对于像$\int x^3\ln x\mathrm{d}x$的积分，我们需要应用分部积分公式求之，此公式来源于求微分的公式2.3.7，即$\mathrm{d}(uv)=v\mathrm{d}u+u\mathrm{d}v$，在此式两端求积分，得$\int\mathrm{d}uv=\int v\mathrm{d}u+\int u\mathrm{d}v$，其左端可求积，得$uv$，然后移项，我们可得下述分部积分公式：

2.5.5　$\int u\mathrm{d}v=uv-\int v\mathrm{d}u.$

例 6　求$\int x^3\ln x\mathrm{d}x$．

解　$\int x^3\ln x\mathrm{d}x=\int\ln x\mathrm{d}\left(\frac{1}{4}x^4\right)$　　（凑微分 $x^3\mathrm{d}x=\mathrm{d}\left(\frac{1}{4}x^4\right)$）．

$\overset{2.5.5}{=\!=\!=}\frac{1}{4}x^4\cdot\ln x-\int\frac{1}{4}x^4\mathrm{d}\ln x$　　$\left(u=\ln x,\ v=\frac{1}{4}x^4\right)$

$=\frac{1}{4}x^4\ln x-\frac{1}{4}\int x^3\mathrm{d}x=\frac{1}{4}x^4\ln x-\frac{1}{16}x^4+C.$

注　应用一次分部积分公式2.5.5后，化为计算积分$\int\frac{1}{4}x^4\mathrm{d}\ln x=\frac{1}{4}\int x^3\mathrm{d}x$，此处将微分

$\mathrm{d}\ln x$ 算出，为$\frac{1}{x}\mathrm{d}x$. 我们不能再将分部积分公式2.5.5重复应用于$\int\frac{1}{4}x^4\mathrm{d}\ln x$（即把$\frac{1}{4}x^4$看作$u$，$\ln x$ 看作v），否则导致恶性循环，将得不到任何需要的结果，即$\int\frac{1}{4}x^4\mathrm{d}\ln x=\frac{1}{4}x^4\ln x-\int\ln x\mathrm{d}\left(\frac{1}{4}x^4\right)$，又回到题目$\int x^3\ln x\mathrm{d}x$.

例 7　求$\int x^2\sin x\mathrm{d}x$.

解　$\int x^2\sin x\mathrm{d}x=\int x^2\mathrm{d}(-\cos x)=-x^2\cos x-\int-\cos x\mathrm{d}(x^2)$

$=-x^2\cos x+\int 2x\cos x\mathrm{d}x=-x^2\cos x+2\int x\mathrm{d}(\sin x)$

$=-x^2\cos x+2\left[x\sin x-\int\sin x\mathrm{d}x\right]=-x^2\cos x+2x\sin x+2\cos x+C.$

注　此例重复应用了两次公式2.5.5，应用一次公式，使被积函数中的幂因子次数减少1. 试问：如果将原积分式化成$\int\sin x\mathrm{d}\left(\frac{1}{3}x^3\right)$，看看结果会怎样？由此你会悟出什么道理？

例 8　求$\int e^x\sin x\mathrm{d}x$.

解　$\int e^x\sin x\mathrm{d}x=\int\sin x\mathrm{d}(e^x)=e^x\sin x-\int e^x\mathrm{d}\sin x=e^x\sin x-\int e^x\cos x\mathrm{d}x$

$=e^x\sin x-\int\cos x\mathrm{d}(e^x)=e^x\sin x-\left[e^x\cos x-\int e^x\mathrm{d}\cos x\right]$

$=e^x(\sin x-\cos x)+\int-e^x\sin x\mathrm{d}x,$

其中未积分的部分是$\int e^x\sin x\mathrm{d}x$，恰好与题目一样，那么是否也出现恶性循环呢？事实并非如此，原因是$\int e^x\sin x\mathrm{d}x$ 在最后式子中带着一个负号，即$\int e^x\sin x\mathrm{d}x=e^x(\sin x-\cos x)-\int e^x\sin x\mathrm{d}x$，于是只要将其移项至左端，再除以2，我们即得

$$\int e^x\sin x\mathrm{d}x=\frac{1}{2}e^x(\sin x-\cos x)+C.$$

最后的任意常数C是必须补写出来的，这是因为到此已不再含有积分号$\int$了.

形如$\int\ln x\mathrm{d}x$ 这种类型的积分，尽管被积函数只有一个因子函数$\ln x$，无其他成分，不同于例6、例7与例8，但仍然要用公式2.5.5来处理，实际上可以认为$\ln x=1\cdot\ln x$，把$1\cdot\mathrm{d}x$凑成了微分$\mathrm{d}x$. 请看

例 9　求$\int\ln x\mathrm{d}x$.

解　$\int\ln x\mathrm{d}x\xlongequal{u=\ln x,\,v=x}x\ln x-\int x\mathrm{d}\ln x=x\ln x-\int x\cdot\frac{1}{x}\mathrm{d}x=x\ln x-x+C.$

对于积分$\int\arctan x\mathrm{d}x$，也有类似的处理，即

$$\int\arctan x\mathrm{d}x=x\arctan x-\int x\mathrm{d}(\arctan x)=x\arctan x-\int\frac{x}{1+x^2}\mathrm{d}x,$$

这里出现了积分$\int\frac{x\mathrm{d}x}{1+x^2}$，我们至今尚无有效的办法. 事实上，可将被积表达式的分子$x\mathrm{d}x$凑

成分母 $1+x^2$ 的微分，即 $\frac{1}{2}\mathrm{d}(1+x^2)$，然后将 $1+x^2$ 看成函数 u（尤如中间变量），于是问题就迎刃而解了．即

$$\int\frac{x\mathrm{d}x}{1+x^2}=\int\frac{\frac{1}{2}\mathrm{d}(1+x^2)}{1+x^2}=\frac{1}{2}\int\frac{\mathrm{d}(1+x^2)}{1+x^2}$$

$$\xlongequal{u=1+x^2}\frac{1}{2}\int\frac{\mathrm{d}u}{u}=\frac{1}{2}\ln|u|+C=\frac{1}{2}\ln(1+x^2)+C,$$

由此可得

$$\int\arctan x\mathrm{d}x=x\arctan x-\frac{1}{2}\ln(1+x^2)+C,$$

这种处理 $\int\frac{x\mathrm{d}x}{1+x^2}$ 的方法称为凑微分法．它是不定积分计算中常用的换元法的第一种．下面我们分别介绍这两种换元法．

第一种就是上面提到的凑微分法．假如要求的积分的被积表达式形如 $f[\varphi(x)]\varphi'(x)\mathrm{d}x$，将其中的一部分 $\varphi'(x)\mathrm{d}x$ 凑成微分 $\mathrm{d}\varphi(x)$，于是积分成为 $\int f[\varphi(x)]\mathrm{d}\varphi(x)\xlongequal{u=\varphi(x)}\int f(u)\mathrm{d}u$，如果 $\int f(u)\mathrm{d}u=F(u)+C$，则积分 $\int f[\varphi(x)]\varphi'(x)\mathrm{d}x=F[\varphi(x)]+C$．其基本思想是通过凑微分后使原积分简化（对变量 u 积分），求出简化后的积分，再将 u 换为原变量 x．我们可以写成下述公式：

2.5.6 $$\int f[\varphi(x)]\varphi'(x)\mathrm{d}x=\int f[\varphi(x)]\mathrm{d}\varphi(x)$$

$$\xlongequal{u=\varphi(x)}\int f(u)\mathrm{d}u=F(u)+C=F[\varphi(x)]+C.$$

公式 2.5.6 实质上是复合函数求导的链锁法则的逆过程．因为公式中 $F(u)$ 是 $f(u)$ 的一个原函数，即 $F'(u)=f(u)$，从而

$$[F(\varphi(x))]'_x=F'_u(u)\cdot u'_x=f(u)\cdot\varphi'(x)=f[\varphi(x)]\cdot\varphi'(x),$$

这就表明公式 2.5.6 的正确性．

例 10 求 $\int(ax+b)^m\mathrm{d}x, m\neq-1$．

解 $$\int(ax+b)^m\mathrm{d}x=\frac{1}{a}\int(ax+b)^m\mathrm{d}(ax+b)$$

$$\xlongequal{u=ax+b}\frac{1}{a}\int u^m\mathrm{d}u=\frac{1}{a(m+1)}u^{m+1}+C$$

$$=\frac{1}{a(m+1)}(ax+b)^{m+1}+C.$$

例 11 求 $\int x^2\mathrm{e}^{-x^3}\mathrm{d}x$．

解 $$\int x^2\mathrm{e}^{-x^3}\mathrm{d}x=\frac{1}{3}\int\mathrm{e}^{-x^3}\mathrm{d}(x^3)=-\frac{1}{3}\int\mathrm{e}^{-x^3}\mathrm{d}(-x^3)$$

$$\xlongequal{u=-x^3}-\frac{1}{3}\int\mathrm{e}^u\mathrm{d}u=-\frac{1}{3}\mathrm{e}^u+C=-\frac{1}{3}\mathrm{e}^{-x^3}+C.$$

例 12 求 $\int\tan x\mathrm{d}x$．

解 $$\int\tan x\mathrm{d}x=\int\frac{\sin x}{\cos x}\mathrm{d}x=-\int\frac{\mathrm{d}\cos x}{\cos x}$$

$$\xlongequal{u=\cos x}-\int\frac{du}{u}=-\ln|u|+C=-\ln|\cos x|+C.$$

注　与复合函数的求导一样，当我们熟练地掌握了凑微分法以后，中间变量 u 就可不必写出来，只要我们做到心中有数即可.

例 13　求 $\int\frac{dx}{x^2+a^2},(a\neq 0)$.

解　$$\frac{dx}{x^2+a^2}=\frac{1}{a^2}\int\frac{dx}{1+\left(\frac{x}{a}\right)^2}=\frac{1}{a}\int\frac{d\left(\frac{x}{a}\right)}{1+\left(\frac{x}{a}\right)^2}=\frac{1}{a}\arctan\frac{x}{a}+C.$$

例 14　求 $\int\frac{dx}{\sqrt{a^2-x^2}}$,　$(a>0)$.

解　$$\int\frac{dx}{\sqrt{a^2-x^2}}=\int\frac{dx}{a\sqrt{1-\left(\frac{x}{a}\right)^2}}=\int\frac{d\left(\frac{x}{a}\right)}{\sqrt{1-\left(\frac{x}{a}\right)^2}}=\arcsin\frac{x}{a}+C.$$

例 15　求 $\int\sec x\,dx$.

解　$$\int\sec x\,dx=\int\frac{\cos x}{\cos^2 x}dx=\int\frac{d\sin x}{1-\sin^2 x}$$

$$\xlongequal{u=\sin x}\int\frac{du}{1-u^2}=\frac{1}{2}\int\left(\frac{1}{1-u}+\frac{1}{1+u}\right)du$$

$$=\frac{1}{2}\left[\int\frac{du}{1-u}+\int\frac{du}{1+u}\right]=\frac{1}{2}\left[-\int\frac{d(1-u)}{1-u}+\int\frac{d(1+u)}{1+u}\right]$$

$$=-\frac{1}{2}\ln|1-u|+\frac{1}{2}\ln|1+u|+C=\frac{1}{2}\ln\left|\frac{1+u}{1-u}\right|+C$$

$$=\frac{1}{2}\ln\left|\frac{1+\sin x}{1-\sin x}\right|+C=\frac{1}{2}\ln\left|\frac{(1+\sin x)^2}{1-\sin^2 x}\right|+C$$

$$=\frac{1}{2}\ln\left|\frac{1+2\sin x+\sin^2 x}{\cos^2 x}\right|+C=\frac{1}{2}\ln\left|\sec^2 x+2\sec x\tan x+\tan^2 x\right|+C$$

$$=\frac{1}{2}\ln\left|\sec x+\tan x\right|^2+C=\ln\left|\sec x+\tan x\right|+C.$$

例 16　求 $\int\csc x\,dx$.

解　$$\int\csc x\,dx=-\int\sec\left(x+\frac{\pi}{2}\right)dx$$

$$=-\int\sec\left(x+\frac{\pi}{2}\right)d\left(x+\frac{\pi}{2}\right)=-\ln\left|\sec\left(x+\frac{\pi}{2}\right)+\tan\left(x+\frac{\pi}{2}\right)\right|+C$$

$$=-\ln|\csc x+\cot x|+C=\ln\left|\frac{1}{\csc x+\cot x}\right|+C$$

$$=\ln\left|\frac{\csc x-\cot x}{\csc^2 x-\cot^2 x}\right|+C=\ln|\csc x-\cot x|+C.$$

第二种换元法的换元过程与第一种的恰好相反,不是用 u 代替 $\varphi(x)$,而是用 $x=\varphi(t)$ 作换元,即用 $\varphi(t)$ 来代替 x.这种换元法适合于那样的积分,被积表达式 $f(x)dx$ 经过换元 $x=\varphi(t)$ 后,积分成为 $\int f[\varphi(t)]\varphi'(t)dt$,被积表达式似乎更复杂,但并非如此,倒恰恰化简成以 t 为积分变量的可积表达式.这种情况经常出现在被积函数中含有无理式的不定积分中.我们把它表述成下面的公式:

2.5.7 $\int f(x)\,\mathrm{d}x \xlongequal{x=\varphi(t)} \int f[\varphi(t)]\varphi'(t)\,\mathrm{d}t = F(t)+C = F[\varphi^{-1}(x)]+C.$

例 17 求$\int \frac{\mathrm{d}x}{1+\sqrt{x}}$.

解 被积函数中含有无理式$\sqrt{x}$,为使其转换成有理式,作代换 $t=\sqrt{x}$,即 $x=t^2$,公式中的 $\varphi(t)=t^2$.现 $\mathrm{d}x=2t\mathrm{d}t$,于是

$$\int \frac{\mathrm{d}x}{1+\sqrt{x}} = \int \frac{2t\mathrm{d}t}{1+t} = 2\int \frac{t+1-1}{1+t}\mathrm{d}x = 2\int\left[1-\frac{1}{1+t}\right]\mathrm{d}t = 2\int \mathrm{d}t - 2\int \frac{\mathrm{d}(1+t)}{1+t}$$

$$= 2t - 2\ln|1+t| + C = 2\sqrt{x} - 2\ln(1+\sqrt{x}) + C.$$

例 18 求$\int \sqrt{a^2-x^2}\mathrm{d}x$,$(a>0)$.

解 因 $a^2-x^2=a^2\left[1-\left(\frac{x}{a}\right)^2\right]$,为使被积的无理式化成易积分的有理式,作三角函数代换$\frac{x}{a}=\sin t$,即令 $x=a\sin t$,于是 $\mathrm{d}x=a\cos t\mathrm{d}t$,得

$$\int \sqrt{a^2-x^2}\mathrm{d}x = \int a\cdot\cos t\cdot a\cos t\mathrm{d}t = a^2\int \frac{1+\cos 2t}{2}\mathrm{d}t = \frac{a^2}{2}\left[\int \mathrm{d}t + \int \cos 2t\mathrm{d}t\right]$$

$$= \frac{a^2}{2}\left[t+\frac{1}{2}\sin 2t\right]+C.$$

为使变量 t 还原成原变量 x,必须找出 t 对于 x 的关系,即 $t=\arcsin\frac{x}{a}$,再将其代入上式右端,这就需要进行若干三角函数的转换.下面介绍一种图解法,便于记忆,而且比较快捷,尤如图 2.23 所示.从图中易得 $\cos t=\frac{\sqrt{a^2-x^2}}{a}$,于是有

$$\int \sqrt{a^2-x^2}\mathrm{d}x = \frac{a^2}{2}\left[t+\frac{1}{2}\cdot\sin 2t\right]+C$$

$$= \frac{a^2}{2}\left[\arcsin\frac{x}{a}+\sin t\cos t\right]+C$$

$$= \frac{a^2}{2}\left[\arcsin\frac{x}{a}+\frac{x}{a}\cdot\frac{\sqrt{a^2-x^2}}{a}\right]+C$$

$$= \frac{a^2}{2}\arcsin\frac{x}{a}+\frac{x}{2}\sqrt{a^2-x^2}+C.$$

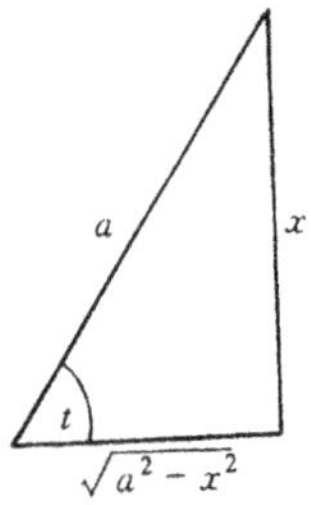

图 2.23

例 19 求$\int \frac{\mathrm{d}x}{\sqrt{x^2-a^2}}$,$(a>0)$.

解 令 $x=a\sec t$,则 $\mathrm{d}x=a\sec t\tan t\mathrm{d}t$,于是

$$\int \frac{\mathrm{d}x}{\sqrt{x^2-a^2}} = \int \frac{a\sec t\tan t\mathrm{d}t}{\sqrt{a^2(\sec^2 t-1)}}$$

$$= \int \frac{\sec t\tan t\mathrm{d}t}{\tan t} = \int \sec t\mathrm{d}t = \ln\left|\sec t+\tan t\right|+C_1.$$

根据图 2.24,得

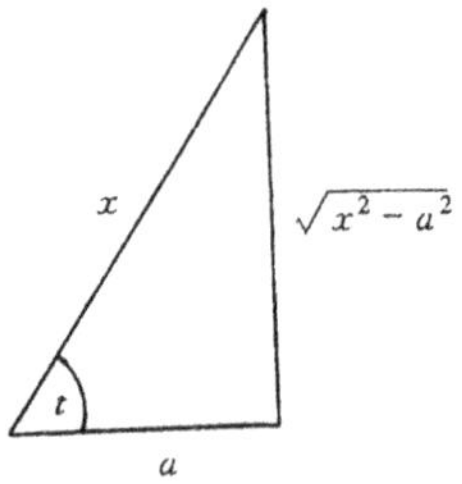

图 2.24

$$\int \frac{\mathrm{d}x}{\sqrt{x^2-a^2}} = \ln\left|\frac{x}{a}+\frac{\sqrt{x^2-a^2}}{a}\right|+C_1$$

$$= \ln\left|x+\sqrt{x^2-a^2}\right|+(C_1-\ln a)$$

$$= \ln\left|x+\sqrt{x^2-a^2}\right| + C\text{，其中 } C = C_1 - \ln a.$$

例 20 求 $\displaystyle\int\frac{\mathrm{d}x}{\sqrt{x^2+a^2}}\quad(a>0)$.

解 令 $x = a\tan t$，则 $\mathrm{d}x = a\sec^2 t\mathrm{d}t$，于是有

$$\int\frac{\mathrm{d}x}{\sqrt{x^2+a^2}} = \int\frac{a\sec^2 t\mathrm{d}t}{a\sqrt{\tan^2 t+1}} = \int\frac{\sec^2 t\mathrm{d}t}{\sec t} = \int\sec t\mathrm{d}t = \ln\left|\sec t+\tan t\right| + C_1,$$

由图 2.25，得 $\sec t = \dfrac{\sqrt{x^2+a^2}}{a}$，故有

$$\int\frac{\mathrm{d}x}{\sqrt{x^2+a^2}} = \ln\left|\frac{\sqrt{x^2+a^2}}{a}+\frac{x}{a}\right| + C_1$$

$$= \ln\left|x+\sqrt{x^2+a^2}\right| + C_1 - \ln a$$

$$= \ln\left|x+\sqrt{x^2+a^2}\right| + C\text{，其中 } C = C_1 - \ln a.$$

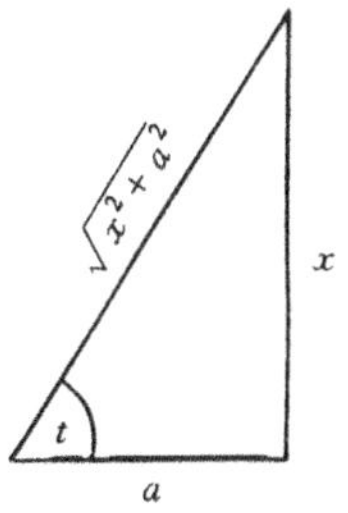

图 2.25

综合例 18、19 与 20 可知，对于分别含有根式 $\sqrt{a^2-x^2}$，$\sqrt{x^2-a^2}$ 与 $\sqrt{x^2+a^2}$ 的被积函数的积分，一般可分别采用变量代换 $x=a\sin t$，$x=a\sec t$ 与 $x=a\tan t$，将被积函数化为 t 的有理式，从而即可完成积分.

三、积分表

应用本节第一段列出的 13 个基本积分公式以及第二段中介绍的各种计算方法，我们将能够计算一系列的常见函数的积分，但终究还是只能处理一部分相对简单的函数的积分. 有许多很复杂的积分，一方面演算时技巧性很强，另一方面计算工作相当复杂. 为了提高工作效率，人们早已制定出各种常见函数的积分表，即现成的积分公式，它们是第一段中 13 个公式的补充，在许多数学手册中可以查到它们. 如果我们手中有这种数学手册，那么何乐而不为呢！例如要求积分 $\displaystyle\int\frac{\mathrm{d}x}{\sqrt{3x^2-x+4}}$，我们从积分表中查得积分

$$\int\frac{\mathrm{d}x}{\sqrt{ax^2+bx+c}} = \frac{1}{\sqrt{a}}\ln\left|2ax+b+2\sqrt{a}\cdot\sqrt{ax^2+bx+c}\right| + C\ (a>0),$$

于是将 $a=3$，$b=-1$，$c=4$ 代入即得

$$\int\frac{\mathrm{d}x}{\sqrt{3x^2-x+4}} = \frac{1}{\sqrt{3}}\ln\left|6x-1+2\sqrt{3}\cdot\sqrt{3x^2-x+4}\right| + C.$$

四、应用举例

由于函数的导数就是它的瞬时变化率，从而如果已知函数的瞬时变化率，就可以应用积分来求出原来那个函数. 例如已知曲线的斜率求原曲线的方程，已知物体运动速度求运动方程，已知经济学中的边际函数求原函数等等.

例 21 求通过点(2,5)，切线斜率为 $2x$ 的曲线.

解 设所求曲线的方程是 $y=f(x)$，因其切线斜率为 $2x$，即 $f'(x)=2x$；又因曲线通过点(2,5)，即满足 $f(2)=5$，或写成

$$\begin{cases} y' = 2x, \\ y\big|_{x=2} = 5. \end{cases}$$

方程 $y|_{x=2}=5$ 称为初始条件．现解这个问题．首先对 $y'=2x \Leftrightarrow \mathrm{d}y=2x\mathrm{d}x$ 进行积分，即得

$$y=\int \mathrm{d}y=\int 2x\mathrm{d}x=x^2+C,$$

其中包含任意常数 C．为确定此常数 C 的数值，必须将初始条件 $y\Big|_{x=2}=5$ 代入，即 $2^2+C=5$，由此得出 $C=1$．故所求曲线应为 $y=x^2+1$．

例 22 已知物体在时刻 t 的运动速度 $v(t)=t^2$，且 $t=1$ 时物体的路程 $s(1)=2$．试求该物体的运动方程 $s(t)$．

解 根据题意，仿照例 21，我们可将问题列成

$$\begin{cases}\dfrac{\mathrm{d}s}{\mathrm{d}t}=t^2,\\ s(1)=2.\end{cases}$$

于是解出 $s(t)=\int \mathrm{d}s=\int t^2\mathrm{d}t=\frac{1}{3}t^3+C$，代入初始条件 $s(1)=2$，得 $\frac{1}{3}\times 1^3+C=2$，因此 $C=\frac{5}{3}$．于是有运动方程 $s(t)=\frac{1}{3}t^3+\frac{5}{3}$．

例 23 生产某产品 x 个单位的成本 G 为产量 x 的函数 $G(x)$，已知边际成本函数为 $8+\frac{24}{\sqrt{x}}$，固定成本为 10 000 元．试求总成本函数 $G(x)$．

解 边际成本即成本函数的导数，因此 $G'(x)=8+\frac{24}{\sqrt{x}}$，又固定成本为 $G(0)=10\ 000$．列成问题

$$\begin{cases}\dfrac{\mathrm{d}G}{\mathrm{d}x}=8+\dfrac{24}{\sqrt{x}},\\ G|_{x=0}=10\ 000.\end{cases}$$

解得 $G(x)=\int \mathrm{d}G(x)=\int\left(8+\frac{24}{\sqrt{x}}\right)\mathrm{d}x=8x+24\times 2\sqrt{x}+C$，再代入初始条件，得 $C=10\ 000$．于是有

$$G(x)=8x+48\sqrt{x}+10\ 000.$$

习题 2.5

（一）

1．求下列简单函数的不定积分：

(1) $\int(3x^4+\cos x-6\sqrt{x})\mathrm{d}x$；　(2) $\int\frac{\sqrt{x}-x+x^3\mathrm{e}^3}{x^3}\mathrm{d}x$；　(3) $\int\frac{2x^2}{1+x^2}\mathrm{d}x$；

(4) $\int\frac{2+4x^2}{x^2(1+x^2)}\mathrm{d}x$；　(5) $\int(3^x+5^x)^2\mathrm{d}x$；　(6) $\int\frac{\cos 2x}{\sin x-\cos x}\mathrm{d}x$；

(7) $\int\frac{\mathrm{d}x}{\sin^2 x\cos^2 x}$；　(8) $\int\frac{\sqrt{1+x^2}}{1-x^4}\mathrm{d}x$；　(9) $\int\cot^2 x\mathrm{d}x$；

(10) $\int\frac{\mathrm{e}^{2x}-1}{\mathrm{e}^x+1}\mathrm{d}x$；　(11) $\int(\sqrt{x}+1)(x-\sqrt{x}-1)\mathrm{d}x$．

2. 用分部积分法求下列不定积分：

(1) $\int x^2\ln x\,dx$； (2) $\int \frac{\ln x\,dx}{x^3}$； (3) $\int x^3e^x\,dx$； (4) $\int x^3\cos x\,dx$；

(5) $\int x\sec^2 x\,dx$； (6) $\int e^x\cos x\,dx$； (7) $\int x\tan^2 x\,dx$； (8) $\int \sec^2 x\,dx$.

3. 用换元法求下列不定积分：

(1) $\int \sin 3x\,dx$； (2) $\int e^{-3x+2}\,dx$； (3) $\int \frac{dx}{5x+1}$；

(4) $\int \frac{\ln^3 x}{x}\,dx$； (5) $\int \frac{\sin\ln x}{x}\,dx$； (6) $\int a^{\sin x}\cos x\,dx$；

(7) $\int \frac{e^{\frac{1}{x}}}{x^2}\,dx$； (8) $\int \frac{dx}{4+9x^2}$； (9) $\int \frac{dx}{\sqrt{16-25x^2}}$；

(10) $\int \frac{dx}{x^2+2x+2}$； (11) $\int \frac{dx}{(x+2)\sqrt{x+1}}$； (12) $\int \frac{dx}{\sqrt{x}-1}$；

(13) $\int \frac{x+1}{\sqrt{1-x^2}}\,dx$； (14) $\int \frac{dx}{x^2\sqrt{1+x^2}}$； (15) $\int \frac{dx}{x\sqrt{a^2-x^2}}, (a>0)$.

4. 用适当方法求下列不定积分：

(1) $\int \arcsin x\,dx$； (2) $\int \ln(1+x^2)\,dx$； (3) $\int x^2e^{-x}\,dx$；

(4) $\int \arctan\sqrt{x}\,dx$； (5) $\int \frac{\arcsin\sqrt{x}}{\sqrt{1-x}}\,dx$； (6) $\int \ln(x+\sqrt{1+x^2})\,dx$；

(7) $\int \frac{e^x\,dx}{\sqrt{1-e^{2x}}}$； (8) $\int \frac{\sin 2x\,dx}{\sqrt{1+\sin^2 x}}$； (9) $\int \sin 3x\cos x\,dx$；

(10) $\int x\sin^2\frac{x}{2}\,dx$.

5. 设某曲线的切线斜率为$\frac{1}{x}-\frac{1}{2-x}$，且经过点(1,0)，求该曲线方程.

6. 已知物体在时刻 t 的运动速度为 t^3+1,且当 $t=0$ 时 $s=0$.求该物体的运动方程 $s=s(t)$.

7. 已知边际收益函数为 $R'(x)=100-0.01x$，其中 x 是产量. 求收益函数(注意 $R(0)=0$).

8. 设 $C(x)$为生产某产品 x 件的总成本函数，已知固定成本是 300(元)，边际成本函数为 $C'(x)=3x+5$，求总成本函数 $C(x)$.

9. 已知某产品产量的变化率为 $f(t)=50t+200$，其中 t 为时间. 求此产品在 t 时刻的产量 $p(t)$，已知 $p(0)=0$.

10. 某湖污染的增长速度为 $A'(t)=\frac{3(\sqrt[4]{t}+3)^2}{4\sqrt[4]{t^3}}$，式中 t 是时间，以年为单位，总污染量 $A(t)$是以适当的单位来度量的. 如果时间 $t=0$ 时，污染总量是 27 单位，求 16 年后污染的总量.

(二)

11. 证明下列积分递推公式：

(1) $\int x^m e^x\,dx = x^m e^x - m\int x^{m-1}e^x\,dx, m\in\mathbf{N}$；

(2)$\int \cos^m x \mathrm{d}x = \dfrac{\sin x \cos^{m-1} x}{m} + \dfrac{m-1}{m}\int \cos^{m-2} x \mathrm{d}x, m = 2,3,4,\cdots$;

(3)$\int (\ln x)^m \mathrm{d}x = x(\ln x)^m - m\int (\ln x)^{m-1} \mathrm{d}x, m \in \mathbf{N}$.

12. 已知物体在 t 时刻的运动加速度是 $a(t) = t^2 + 1$，且 $v(0) = 1$，$s(0) = 0$. 试求该物体的运动方程 $s = s(t)$.

13. 已知 $f'(x^2) = \dfrac{1}{x}$ 试求 $f(x)$.

14. 已知 $f'(\sin^2 x) = \cos^2 x$，试求 $f(x)$.

15. 证明公式2.5.7.

2.6 定积分

一、定积分的基本概念

定积分是积分学中与不定积分相伴的重要概念，我们在这里给出它的直观描述. 先从两个实际问题开始.

问题一 设变速直线运动的物体速度是 $v(t)$，要求该物体从时刻 t_1 到 t_2 经过的路程.

设该物体的运动方程是 $s = s(t)$，尽管我们暂时还不知道它是什么，只知道它的导数 $s'(t) = v(t)$. 仿照2.5的例22，为确定 $s(t)$，还需一个初始条件，比如设 $s(t_0) = s_0$，于是可列出问题

$$\begin{cases} \dfrac{\mathrm{d}s}{\mathrm{d}t} = v(t), \\ s(t_0) = s_0. \end{cases}$$

应用不定积分，从方程 $\dfrac{\mathrm{d}s}{\mathrm{d}t} = v(t)$ 解出原函数后，再代之初始条件 $s(t_0) = s_0$，就可完全确定运动方程 $s = s(t)$. 现在，从时刻 t_1 到时刻 t_2 物体经过的路程应是 $s(t_2) - s(t_1)$，如图2.26所示.

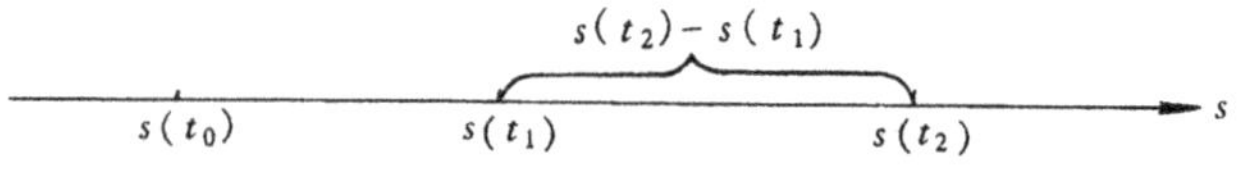

图 2.26

由此可见，我们的问题实质上仍然是不定积分问题，换言之，从已知函数 $v(t)$ 求一原函数 $F(t)$，而 $s(t) = F(t) + C$，常数 C 由初始条件 $s(t_0) = s_0$ 确定，然后计算

$$s(t_2) - s(t_1) = [F(t_2) + C] - [F(t_1) + C] = F(t_2) - F(t_1),$$

我们发现，积分常数 C 在最后一步的计算中已被消去了，即得 $s(t_2) - s(t_1) = F(t_2) - F(t_1)$，其中 $F(t)$ 只是 $v(t) = \dfrac{\mathrm{d}s}{\mathrm{d}t}$ 的任意一个原函数，不必恰是那个 $s(t)$.

问题二 已知某产品总产量的变化率为 $\dfrac{\mathrm{d}q}{\mathrm{d}t} = f(t)$，求从时刻 t_1 到时刻 t_2 这段时间内的总产量.

总产量是时间 t 的函数 $q = q(t)$，我们暂且不知，只知道其导数 $\dfrac{\mathrm{d}q}{\mathrm{d}t} = f(t)$，现要计算 $q(t_2) - q(t_1)$. 与问题一类似，只要从 $\dfrac{\mathrm{d}q}{\mathrm{d}t} = f(t)$ 求出其原函数 $q(t) = F(t) + C$，常数 C 由某初始条件确定，比如一般有 $q(0) = 0$. 于是有

$$q(t_2)-q(t_1)=[F(t_2)+C]-[F(t_1)+C]=F(t_2)-F(t_1),$$

同样，常数 C 被消去了.

在自然科学、工程技术及社会经济领域里，这类问题具有普遍意义.现在我们从数学的意义上加以抽象，抛开它们的具体物理意义或经济意义.一般说来，我们若要计算一个变量 $F(x)$ 当自变量 x 从 a 变到 b 时产生的变化总量，即 $F(b)-F(a)$，但 $F(x)$ 事先并不知道，只知道其导数 $\frac{\mathrm{d}F}{\mathrm{d}x}=f(x)$.为此我们先求出 $f(x)$ 的一个原函数，再将自变量 b 与 a 分别代入，最后算出两函数值之差.显然这是不定积分的实际应用.历史的本来面目恰恰相反，由于生产实践的需要，计算形如 $F(b)-F(a)$ 这样的量，然后导致研究不定积分 $\int\frac{\mathrm{d}F}{\mathrm{d}x}\mathrm{d}x$.综上所述，我们可以给出下面的定义.

定义 设 $f(x)$ 是区间 $[a, b]$ 上的连续函数，$F(x)$ 是 $f(x)$ 的一个原函数，则称

2.6.1 $\int_a^b f(x)\,\mathrm{d}x=F(x)\Big|_a^b=F(b)-F(a)$

为 $f(x)$ 在 $[a,b]$ 上的定积分.

从理论上可以证明每个连续函数一定有原函数，因此上述定义是有意义的.求定积分作为一种运算，它比不定积分多计算了两个函数值及其差，因此本质上并无多大差别，形式的记号也是大同小异，在定积分中仅仅多了两个数 a 与 b，我们把它们分别称为定积分的下限与上限.至于其他术语：$\int$，x，$f(x)$，$f(x)\,\mathrm{d}x$ 与不定积分一样，仍分别称为积分号，积分变量，被积函数与被积表达式.此外，记号 $F(x)\Big|_a^b$ 只是用来表示差数 $F(b)-F(a)$.

在 2.6.1 中，我们最后算出的是一个数，不再含有任何变量，因此左端积分中的变量 x 采用什么字母表示，那是无关紧要的，也就是说，定积分与积分变量的选取无关：

2.6.2 $\int_a^b f(x)\,\mathrm{d}x=\int_a^b f(t)\,\mathrm{d}t=\cdots.$

此外，在 2.6.1 中，$F'(x)=f(x)$，应用微分的记号，$f(x)\mathrm{d}x=F'(x)\mathrm{d}x=\mathrm{d}F(x)$，于是 2.6.1 的另一形式是

2.6.3 $\int_a^b \mathrm{d}F(x)=F(b)-F(a).$

通过与不定积分的性质 $\int\mathrm{d}F(x)=F(x)+C$ 相比较，我们就能掌握不定积分与定积分的相互联系与差别.

对于本节开头的问题一与问题二，现在可用定积分表示为

$$s(t_2)-s(t_1)=\int_{t_1}^{t_2}v(t)\,\mathrm{d}t;$$

$$g(t_2)-g(t_1)=\int_{t_1}^{t_2}\frac{\mathrm{d}g(t)}{\mathrm{d}t}\mathrm{d}t.$$

二、定积分的几何意义

我们从两个方面来解释定积分的几何意义.首先用函数的图象来解释 2.6.1 式.设 $f(x)$ 是区间 $[a, b]$ 上的连续函数，$F(x)$ 是 $f(x)$ 的一个原函数，即 $F'(x)=f(x)$，$x\in(a,b)$.我们不妨设 $y=F(x)$ 的图像如图 2.27 所示.将区间 $[a, b]$ 分割成

n（不必等分，图 2.27 中 $n=3$）个小区间：

$$a=x_0<x_1<x_2<\cdots<x_n=b.$$

于是，

$$F(b)-F(a)=[F(x_n)-F(x_{n-1})]+[F(x_{n-1})-F(x_{n-2})]$$

$$+\cdots+[F(x_2)-F(x_1)]+[F(x_1)-F(x_0)]=\sum_{i=1}^{n}[F(x_i)-F(x_{i-1})],$$

现记差数 $\Delta F_i=F(x_i)-F(x_{i-1})$，这是函数 $F(x)$ 当自变量 x 从 x_{i-1} 变到 x_i 时的对应改变量，可用微分近似（图 2.27 中 $Q_iM_i\approx Q_iT_i$，$M_{i-1}T_i$ 是点 M_{i-1} 处曲线的切线），即

$$\Delta F_i\approx(\mathrm{d}F)_i=F'(x_{i-1})\cdot\Delta x_i=F'(x_{i-1})\cdot(x_i-x_{i-1}).$$

于是总量 $F(b)-F(a)$ 是局部量 $\Delta F_i\approx(\mathrm{d}F)$ 的积累，当每个 $\Delta x_i=x_i-x_{i-1}\to 0$（此时显然必须 $n\to\infty$）时，近似的积累 $\sum_{i=1}^{n}(\mathrm{d}F_i)$ 就趋于总量 $F(b)-F(a)$，此极限

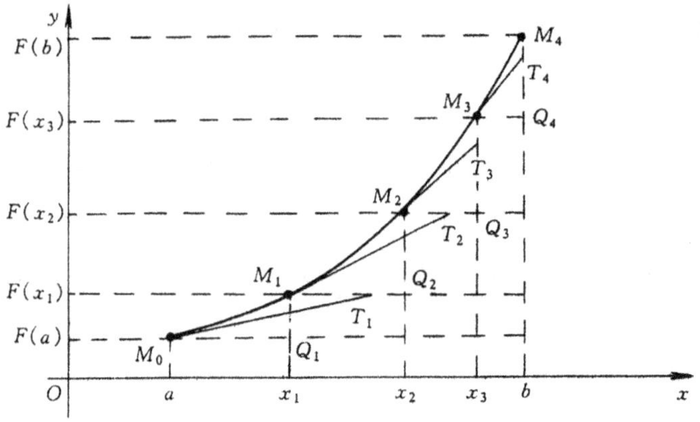

图 2.27

2.6.4 $$\lim_{\substack{\Delta x_i\to 0\\ i=1,\cdots,n}}\sum_{i=1}^{n}(\mathrm{d}F)_i=\lim_{\substack{\Delta x_i\to 0\\ i=1,\cdots,n}}\sum_{i=1}^{n}F'(x_{i-1})\Delta x_i=\lim_{\substack{\Delta x_i\to 0\\ i=1,\cdots,n}}\sum_{i=1}^{n}f(x_{i-1})\Delta x_i$$

就是定积分 $\int_a^b\mathrm{d}F(x)=\int_a^b F'(x)\,\mathrm{d}x=\int_a^b f(x)\,\mathrm{d}x$，换言之，连续函数 $f(x)$ 在区间 $[a,b]$ 上的定积分是形如 2.6.4 那样的极限．由于 $\Delta x_i\to 0$，$f(x)$ 的连续性，使我们可把式中 $f(x_{i-1})$ 用 $f(\xi_i)$ 来代替，其中 ξ_i 是 x_{i-1} 与 x_i 之间的任何数，于是得到

2.6.5 $$\int_a^b f(x)\,\mathrm{d}x=\lim_{\substack{\Delta x\to 0\\ i=1,\cdots,n}}\sum_{i=1}^{n}f(\xi_i)\Delta x_i.$$

其次，我们用 2.6.5 式解释定积分 $\int_a^b f(x)\,\mathrm{d}x$ 在几何上是一块适当图形的面积．我们称直角坐标平面上由直线 $x=a$，$x=b$，x 轴及曲线 $y=f(x)$ 围成的平面图形 D（不妨设 $f(x)\geqslant 0$，$x\in[a,b]$，见图 2.28）为曲边梯形．D 的面积记为 S．为求 S，我们分割区域 D，即在区间 $[a,b]$ 内插入任意的分点：$a=x_0<x_1<\cdots<x_{n-1}<x_n=b$，在每个小区间 $[x_{i-1},x_i]$ 上

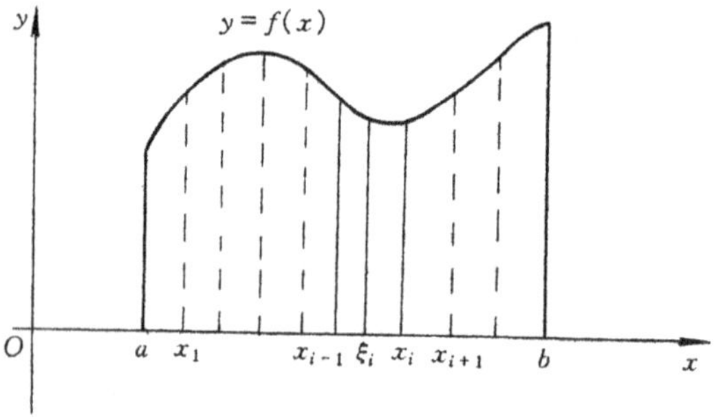

图 2.28

任取一点 ξ_i，用底为 $\Delta x_i = x_i - x_{i-1}$，高为 $f(\xi_i)$ 的矩形面积来近似由 $x = x_{i-1}, x = x_i$，x 轴与 $y = f(x)$ 围成的小曲边梯形的面积，于是 $S \approx \sum_{i=1}^{n} f(\xi_i)\Delta x_i$，然后令每个 $\Delta x_i \to 0$，所得极限形如 2.6.5 的右端，由此得 $S = \lim\limits_{\substack{\Delta x_i \to 0 \\ i=1,\cdots,n}} \sum_{i=1}^{n} f(\xi_i)\Delta x_i$ 从而 $S = \int_a^b f(x)\,dx$. 这就说明：若 $f(x)$ 是定义在区间 $[a,b]$ 上的连续函数，且 $f(x) \geqslant 0, x \in [a,b]$，则 $f(x)$ 在区间 $[a,b]$ 上的定积分 $\int_a^b f(x)\,dx$ 就是直线 $x = a, x = b$，x 轴与曲线 $y = f(x)$ 围成的曲边梯形的面积.

三、定积分的基本性质与计算方法

首先要掌握定积分的基本性质，它们的大部分与不定积分的性质相似. 设 $f(x)$ 与 $g(x)$ 都是可积函数.

2.6.6 $\int_b^a f(x)\,dx = -\int_a^b f(x)\,dx$.

证 设 $F(x)$ 是 $f(x)$ 的一个原函数，则

$\int_b^a f(x)\,dx = F(x)\Big|_b^a = F(a) - F(b)$，但 $\int_a^b f(x)\,dx = F(x)\Big|_a^b = F(b) - F(a)$，

故得 2.6.6.

2.6.7 $\int_a^b 0 \cdot dx = 0$.

根据定积分的几何意义，这是显然的. 同理有

2.6.8 $\int_a^b dx = b - a$.

2.6.9 $\int_a^b [f(x) \pm g(x)]dx = \int_a^b f(x)\,dx \pm \int_a^b g(x)\,dx$.

2.6.10 $\int_a^b kf(x)\,dx = k\int_a^b f(x)\,dx$，$k$ 是任意常数.

2.6.11 $\int_a^b f(x)\,dx = \int_a^c f(x)\,dx + \int_c^b f(x)\,dx$，对任意 c.

2.6.8,2.6.9 及 2.6.10 也不难根据定义或 2.6.5 证明之. 下面说明 2.6.11 的正确性.

设 $F(x)$ 是 $f(x)$ 的一个原函数，则

$$\begin{aligned}\int_a^c f(x)\,dx + \int_c^b f(x)\,dx &= [F(c) - F(a)] + [F(b) - F(c)] \\ &= F(b) - F(a) = \int_a^b f(x)\,dx.\end{aligned}$$

值得注意的是，2.6.11 式中的 c 是任意的，只要能使 $f(x)$ 在相应的各区间可积，甚至 c 可以在区间 $[a, b]$ 的外部，即 $c<a$ 或 $c>b$. 我们称 2.6.11 为定积分的可加性.

例 1 求 $\int_0^\pi \sin x\,dx$.

解 $\int_0^\pi \sin x\,dx = (-\cos x)\Big|_0^\pi = (-\cos\pi) - (-\cos 0) = 1 + 1 = 2$.

例 2 求$\int_{-1}^{2}|x|\mathrm{d}x$.

解 $\int_{-1}^{2}|x|\mathrm{d}x=\int_{-1}^{0}|x|\mathrm{d}x+\int_{0}^{2}|x|\mathrm{d}x=\int_{-1}^{0}-x\mathrm{d}x+\int_{0}^{2}x\mathrm{d}x$

$$=-\frac{1}{2}x^2\Big|_{-1}^{0}+\frac{1}{2}x^2\Big|_{0}^{2}$$

$$=\left[0-\left(-\frac{1}{2}\times(-1)^2\right)\right]+\left[\frac{1}{2}\times 2^2-0\right]=\frac{1}{2}+2=\frac{5}{2}.$$

例 3 求$\int_{0}^{\frac{1}{2}}(x^7+\sin x+4^x)\mathrm{d}x$.

解 $\int_{0}^{\frac{1}{2}}(x^7+\sin x+4^x)\mathrm{d}x=\int_{0}^{\frac{1}{2}}x^7\mathrm{d}x+\int_{0}^{\frac{1}{2}}\sin x\mathrm{d}x+\int_{0}^{\frac{1}{2}}4^x\mathrm{d}x$

$$=\frac{1}{8}x^8\Big|_{0}^{\frac{1}{2}}+(-\cos x)\Big|_{0}^{\frac{1}{2}}+\frac{4^x}{\ln 4}\Big|_{0}^{\frac{1}{2}}=\frac{1}{8}\times\frac{1}{2^8}+\left[-\cos\frac{1}{2}-(-1)\right]+\frac{1}{\ln 4}(4^{\frac{1}{2}}-1)$$

$$=\frac{1}{2\,048}+1-\cos\frac{1}{2}+\frac{1}{\ln 4}.$$

除了上述基本性质,定积分的计算还沿用不定积分的分部积分法与换元法.首先,分部积分公式是完全相同的,即

2.6.12 $\int_{a}^{b}u(x)\mathrm{d}v(x)=u(x)v(x)\Big|_{a}^{b}-\int_{a}^{b}v(x)\mathrm{d}u(x)$.

例 4 求$\int_{0}^{1}x^2\mathrm{e}^x\mathrm{d}x$.

解 设 $u(x)=x^2, v(x)=\mathrm{e}^x, \mathrm{d}v(x)=\mathrm{e}^x\mathrm{d}x$,则

$$\int_{0}^{1}x^2\mathrm{e}^x\mathrm{d}x=\int_{0}^{1}x^2\mathrm{d}\mathrm{e}^x=x^2\mathrm{e}^x\Big|_{0}^{1}-\int_{0}^{1}\mathrm{e}^x\mathrm{d}(x^2)=\mathrm{e}-\int_{0}^{1}2x\mathrm{e}^x\mathrm{d}x=\mathrm{e}-2\int_{0}^{1}x\mathrm{d}\mathrm{e}^x$$

$$=\mathrm{e}-2\left[x\mathrm{e}^x\Big|_{0}^{1}-\int_{0}^{1}\mathrm{e}^x\mathrm{d}x\right]=\mathrm{e}-2\left[\mathrm{e}-\mathrm{e}^x\Big|_{0}^{1}\right]=\mathrm{e}-2\mathrm{e}+2(\mathrm{e}^1-\mathrm{e}^0)=\mathrm{e}-2.$$

此例的计算中用了两次分部积分公式.

其次,关于定积分的换元方法,我们叙述成下面的定理.

2.6.13 定理 设函数 $f(x)$在区间 $[a, b]$ 上连续,函数 $x=\varphi(t)$在区间 $[\alpha, \beta]$ 上有连续的导数 $\varphi'(t)$,且当 t 从α 变到β 时,$\varphi(t)$从 $\varphi(\alpha)=a$ 单调地变到$\varphi(\beta)=b$,则有

2.6.14 $\int_{a}^{b}f(x)\mathrm{d}x=\int_{\alpha}^{\beta}f[\varphi(t)]\varphi'(t)\mathrm{d}t$.

证 其实,2.6.14 与 2.5.6 的证明基本相同. 设 $F(x)$是 $f(x)$的一个原函数,则

$$\int_{a}^{b}f(x)\mathrm{d}x=F(x)\Big|_{a}^{b}=F(b)-F(a).$$

不定积分

$$\int f[\varphi(t)]\varphi'(t)\mathrm{d}t=\int f[\varphi(t)]\mathrm{d}\varphi(t)\overset{x=\varphi(t)}{=\!=\!=}\int f(x)\mathrm{d}x=F(x)+C=F[\varphi(t)]+C,$$

于是定积分

$$\int_{\alpha}^{\beta} f[\varphi(t)]\varphi'(t)\mathrm{d}t = [F[\varphi(t)] + C]\Big|_{\alpha}^{\beta} = F[\varphi(\beta)] - F[\varphi(\alpha)] = F(b) - F(a).$$

这就证明了 2.6.14 的正确性.

细心的读者可能已经注意到，不定积分的换元公式，我们写出了两个：2.5.6 与 2.5.7，它们是彼此相逆的. 到了定积分这儿，却只写出一个公式 2.6.14. 那么不定积分与定积分的换元究竟区别在哪里?

事实上，主要的差别就在于公式的后半段. 无论是 2.5.6 还是 2.5.7，在计算的后半段都需将新变量(2.5.6 中的 u 或 2.5.7 中的 t)换回原变量 x ($u=\varphi(x)$或 $t=\varphi^{-1}(x)$)，在 2.6.14 中却无此必要了. 请看

例 5 上节的例 17 中,计算不定积分$\int \frac{\mathrm{d}x}{1+\sqrt{x}}$时,作了代换 $t=\sqrt{x}$,于是

$$\int \frac{\mathrm{d}x}{1+\sqrt{x}} = \int \frac{2t\mathrm{d}t}{1+t} = 2t - 2\ln|1+t| + C,$$

然后须将 t 换回$\sqrt{x}$，从而得

$$\int \frac{\mathrm{d}x}{1+\sqrt{x}} = 2\sqrt{x} - 2\ln(1+\sqrt{x}) + C.$$

现计算定积分$\int_1^2 \frac{\mathrm{d}x}{1+\sqrt{x}}$,作同样的代换 $t=\sqrt{x}$,但此时积分的上下限应对应地更改,即原积分变量 x 从 1 变到 2,对应地,t 则从 1 变到$\sqrt{2}$,于是应得

$$\begin{aligned}\int_1^2 \frac{\mathrm{d}x}{1+\sqrt{x}} &= \int_1^{\sqrt{2}} \frac{2t\mathrm{d}t}{1+t} = [2t - 2\ln|1+t|]\Big|_1^{\sqrt{2}} \\ &= [2\sqrt{2} - 2\ln(1+\sqrt{2})] - [2\times 1 - 2\ln(1+1)] \\ &= 2\sqrt{2} - 2 + 2\ln 2 - 2\ln(1+\sqrt{2}).\end{aligned}$$

此处原函数 $2t-2\ln|1+t|$的变量 t 就不必换成$\sqrt{x}$，而只要将新的上下限$\sqrt{2}$及 1 代入即可.

例 6 求$\int_0^{\sqrt{a}} x\mathrm{e}^{x^2}\mathrm{d}x$.

解 $\int_0^{\sqrt{a}} x\mathrm{e}^{x^2}\mathrm{d}x = \frac{1}{2}\int_0^{\sqrt{a}} \mathrm{e}^{x^2}\mathrm{d}(x^2) = \frac{1}{2}\mathrm{e}^{x^2}\Big|_0^{\sqrt{a}} = \frac{1}{2}\mathrm{e}^a - \frac{1}{2}.$

此处我们凑了微分 $\mathrm{d}(x^2)$，但上下限$\sqrt{a}$与 0 并未被换掉，原因是积分变量 x 未被换掉. 如果引进变量 $u=x^2$，即

$$\int_0^{\sqrt{a}} x\mathrm{e}^{x^2}\mathrm{d}x = \frac{1}{2}\int_0^a \mathrm{e}^u\mathrm{d}u = \frac{1}{2}\mathrm{e}^u\Big|_0^a = \frac{1}{2}\mathrm{e}^a - \frac{1}{2},$$

此处上下限被换成了 a 与 0，原因是积分变量 x 已被更换成 u.

此例表明，用换元法计算定积分时，上下限是否改变，要看被积函数(表达式)中变量是否有实质性的改变. 如果没有实质性的变更，那么上下限就应保持不改，否则应作对应的变更.

四、定积分的应用

根据定积分的定义,解决实际问题的关键是掌握微元素法,其基本点是:若要计算某个量 $q(t)$ 当自变量 t 从a 变到b 时的变化总量$q(b)-q(a)$(尽管 $q(t)$ 是未知函数),只要能写

出表达式 $dq(t)$，它是自变量 t 作微小变化 Δt 时函数 $q(t)$ 的相当的局部改变量，今后称 $dq(t)$ 为 $q(t)$ 的微元素. 然后用 $dq(t)$ 对变量 t 在区间 $[a,b]$ 上作定积分，即 $q(b)-q(a)=\int_a^b dq(t)$.

首先我们应用于平面图形面积的计算. 一种是由直线 $x=a$，$x=b\ (a<b)$ 与曲线 $y=f(x)$，$y=g(x)(f(x)\leqslant g(x))$ 围成的图形(图 2.29)，此图形也可用两个不等式刻画：

$$f(x)\leqslant y\leqslant g(x),\ a\leqslant x\leqslant b.$$

图 2.29 中用阴影线表示了该图形的一个微元素 $dS(x)$（S 表示面积，x 是自变量），其表达式是

$$[g(x)-f(x)]dx,$$

其中 $g(x)-f(x)$ 相当于高，$dx=\Delta x$ 是宽，于是该图形的面积可用下述公式计算：

2.6.15 $S=\int_a^b[g(x)-f(x)]dx.$

另一种图形是由直线 $y=c$，$y=d\ (c<d)$ 与曲线 $x=\varphi(y)$，$x=\psi(y)(\varphi(y)\leqslant\psi(y))$ 围成的，也可用不等式组 $\varphi(y)\leqslant x\leqslant\psi(y)$，$c\leqslant y\leqslant d$ 来刻画，如图 2.30 所示. 那么这种图形的面积计算公式是

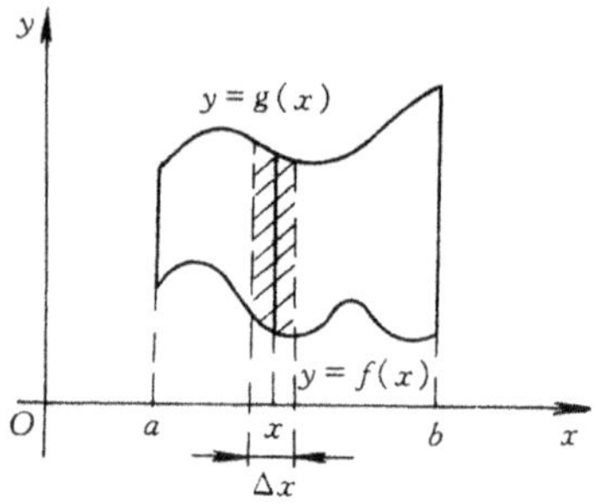

图 2.29

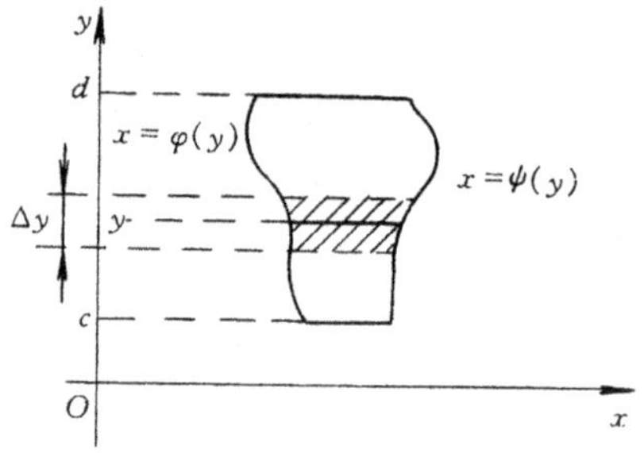

图 2.30

2.6.16 $S=\int_c^d[\psi(y)-\varphi(y)]dy.$

例 7 求椭圆 $\frac{x^2}{a^2}+\frac{y^2}{b^2}\leqslant 1$ 的面积.

解 根据图 2.31 所示，图形关于 x 轴及 y 轴均对称，因此整个椭圆的面积 S 是第一象限部分面积的四倍，而第一象限部分可用不等式组

$0\leqslant y\leqslant\frac{b}{a}\sqrt{a^2-x^2}$，$0\leqslant x\leqslant a$ 来刻画. 于是

$$S=4\int_0^a\left[\frac{b}{a}\sqrt{a^2-x^2}-0\right]dx=\frac{4b}{a}\int_0^a\sqrt{a^2-x^2}dx$$

$$\xlongequal{2.5,\text{例 }18}\frac{4b}{a}\left[\frac{a^2}{2}\cdot\arcsin\frac{x}{a}+\frac{x}{2}\sqrt{a^2-x^2}\right]_0^a$$

$$=\frac{4b}{a}\left[\frac{a^2}{2}\cdot\arcsin 1+\frac{a}{2}\cdot 0-0\right]=\frac{4b}{a}\cdot\frac{a^2}{2}\cdot\frac{\pi}{2}=\pi ab.$$

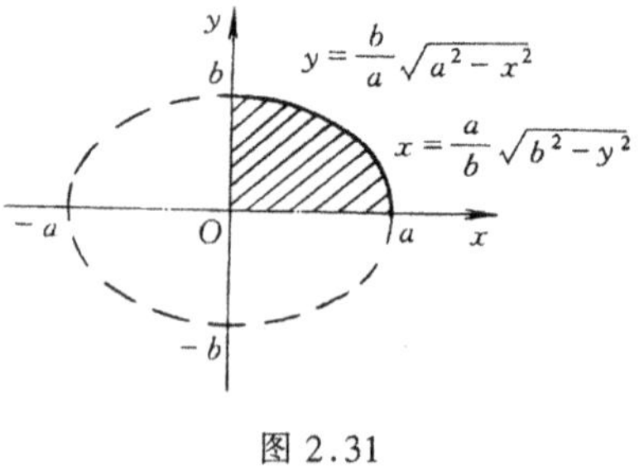

图 2.31

在上述计算过程中 $\Big]_0^a$ 代替了 $\Big]\Big|_0^a$，为方便起见，今后常省略方括号旁的竖线.

例 7 的一个特殊情况是 $a=b$ 时，即得到半径 a 的圆面积是 πa^2，这是读者所熟知的.

例 8 求曲线 $y=\sqrt{x}$，$y=-\sin x$ 及 $x=\pi$ 围成的图形面积.

解 一般计算图形面积时应先画出图形，并求出图形边界曲线彼此相交的交点坐标，由此来确定该图形的不等式组. 本例图形如图 2.32 所示，可用不等式组 $\begin{cases}-\sin s\leqslant y\leqslant\sqrt{x}\\ 0\leqslant x\leqslant\pi\end{cases}$ 刻画，于是其面积

$$S=\int_0^\pi[\sqrt{x}-(-\sin x)]\mathrm{d}x=\int_0^\pi\sqrt{x}\,\mathrm{d}x+\int_0^\pi\sin x\,\mathrm{d}x$$
$$=\frac{2}{3}x^{\frac{3}{2}}\Big|_0^\pi+(-\cos x)\Big|_0^\pi$$
$$=\frac{2}{3}\pi\sqrt{\pi}+(-(-1))-(-1)$$
$$=\frac{2}{3}\pi\sqrt{\pi}+2.$$

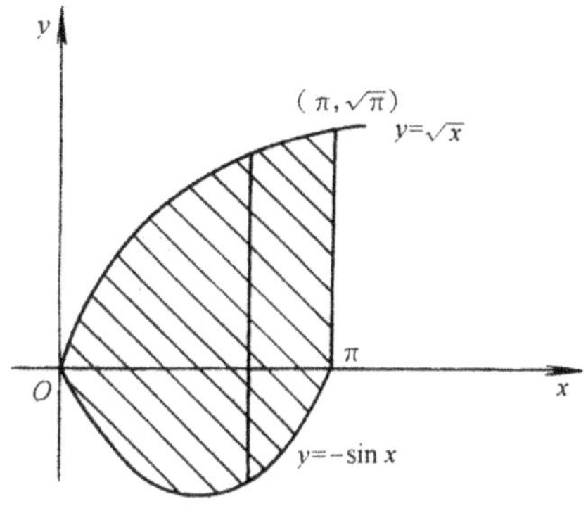

图 2.32

例 9 求由曲线 $x=y^2$ 与 $x=y+2$ 围成的图形面积.

解 画出图形(见图2.33)，曲线 $x=y^2$ 与 $x=y+2$ 的交点是方程组 $\begin{cases}x=y^2\\ x=y+2\end{cases}$ 的解，不难解得两交点 $(4,2)$ 与 $(1,-1)$. 于是得刻画图形的不等式组 $\begin{cases}y^2\leqslant x\leqslant y+2\\ -1\leqslant y\leqslant 2\end{cases}$. 因此该图形的面积是

$$S=\int_{-1}^2[(y+2)-y^2]\mathrm{d}y=2\int_{-1}^2\mathrm{d}y+\int_{-1}^2(y-y^2)\,\mathrm{d}y$$
$$=2\times(2-(-1))+\left(\frac{1}{2}y^2-\frac{1}{3}y^3\right)\Big|_{-1}^2=6+\left(\frac{1}{2}\times2^2-\frac{1}{3}\times2^3\right)-\left(\frac{1}{2}+\frac{1}{3}\right)$$
$$=6+\left(-\frac{2}{3}\right)-\frac{5}{6}=\frac{9}{2}.$$

注意，若改用公式 2.6.15 来计算例 9，则需将图形用直线 $x=1$ 分割成两部分(图 2.34)，于是需用下述两个不等式组来刻画图形：

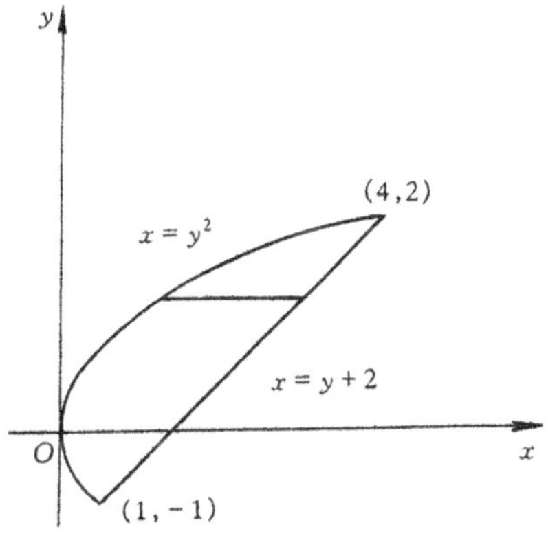

图 2.33

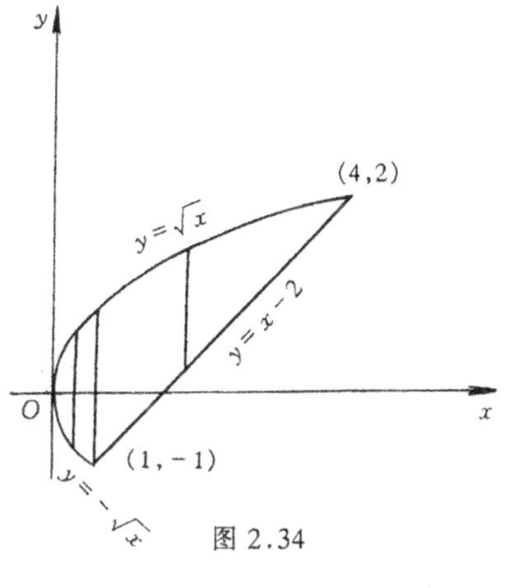

图 2.34

$$D_1:\begin{cases}-\sqrt{x}\leqslant y\leqslant\sqrt{x}\\ 0\leqslant x\leqslant 1\end{cases},D_2:\begin{cases}x-2\leqslant y\leqslant\sqrt{x}\\ 1\leqslant x\leqslant 4\end{cases},$$

于是面积为

$$\begin{aligned}S&=S_1+S_2=\int_0^1[\sqrt{x}-(-\sqrt{x})]\mathrm{d}x+\int_1^4[\sqrt{x}-(x-2)]\mathrm{d}x\\&=2\times\frac{2}{3}x^{\frac{3}{2}}\Big|_0^1+\left[\frac{2}{3}x^{\frac{3}{2}}-\frac{1}{2}x^2\right]_1^4+2\times(4-1)\\&=\frac{4}{3}+\left[\frac{2}{3}\times 2^3-\frac{1}{2}\times 4^2\right]-\left[\frac{2}{3}-\frac{1}{2}\right]+6=\frac{9}{2}.\end{aligned}$$

下面我们将定积分应用于某些社会经济问题.

例 10 根据马尔萨斯人口理论，全球人口数 $p(t)$按指数律增长，即人口增长率为 $\frac{\mathrm{d}p(t)}{\mathrm{d}t}=k\mathrm{e}^{a(t-t_0)}$，其中 t_0 是计算的起始时间，k 与 a 均为常数. 假如 $t_0=1\ 961$，$a=0.02$，$k=6.12\times10^7$，并已知 1961 年全球人口数是 30.6 亿. 试计算 1991 年并预测 2001 年的全球人口数 $p(1991)$，$p(2001)$.

解 已知 $p(t_0)=3.06\times10^9$，时间 t 时人口数为 $p(t)$. 则

$$p(t)-p(t_0)=\int_{t_0}^{t}\frac{\mathrm{d}p(x)}{\mathrm{d}x}\mathrm{d}x=\int_{t_0}^{t}k\mathrm{e}^{a(x-t_0)}\mathrm{d}x=\frac{k}{a}\mathrm{e}^{a(x-t_0)}\Big|_{t_0}^{t}=\frac{k}{a}\mathrm{e}^{a(t-t_0)}-\frac{k}{a}.$$

故 $p(t)=\frac{k}{a}\mathrm{e}^{a(t-t_0)}-\frac{k}{a}+p(t_0)=3.06\times10^9\times\mathrm{e}^{0.02(t-t_0)}$.

于是 1991 年与 2001 年全球人口总数分别为

$$p(1991)=3.06\times10^9\times\mathrm{e}^{0.02(1991-1961)}=3.06\times10^9\mathrm{e}^{0.6}\approx5.58\times10^9,$$

$$p(2001)=3.06\times10^9\times\mathrm{e}^{0.8}\approx6.81\times10^9.$$

例 11 已知生产某种商品 x 件时的边际收入为$\frac{\mathrm{d}R}{\mathrm{d}t}=100-\frac{x}{20}$(元/件). 试求生产此种商品 1 000 件时的总收入及从 1 000 件到 2 000 件所增加的收入，并求这两种情况下的平均收入(每件产品的收入).

解 总收入函数为 $R(x)=R(x)-R(0)=\frac{1}{20}\int_0^x\frac{\mathrm{d}R}{\mathrm{d}t}\mathrm{d}t$,注意 $R(0)=0$. 于是

$$\begin{aligned}R(x)&=\int_0^x\left(100-\frac{t}{20}\right)\mathrm{d}t=\int_0^x100\mathrm{d}t-\frac{1}{20}\int_0^x t\mathrm{d}t\\&=100x-\frac{1}{20}\times\frac{1}{2}t^2\Big|_0^x=100x-\frac{1}{40}x^2,\end{aligned}$$

故有 $R(1\ 000)=100\times1\ 000-\frac{1}{40}\times1\ 000^2=75\ 000$ (元).

$R(2\ 000)-R(1\ 000)=100\times2\ 000-\frac{1}{40}\times2\ 000^2-75\ 000=25\ 000$ (元).

因此生产 1 000 件时的总收入是 75 000 元,而从生产 1 000 件到 2 000 件所增加的收入是 25 000 元. 注意后者也可用定积分$\int_{1\ 000}^{2\ 000}\left(100-\frac{x}{20}\right)\mathrm{d}x$ 来计算.

两种情况的平均收入分别为

$$\bar{R}_{1\,000} = \frac{R(1\,000)}{1\,000} = \frac{75\,000}{1\,000} = 75\,(\text{元/件}),$$

$$\bar{R}_{(1\,000,2\,000)} = \frac{R(2\,000) - R(1\,000)}{2\,000 - 1\,000} = \frac{25\,000}{1\,000} = 25\,(\text{元/件}).$$

例 12 已知某商品生产 x 件时的边际成本是 $\frac{dC(x)}{dx} = 2 + 0.4x$（元/件），固定成本为 20 元．求总成本函数 $C(x)$．

解 已知固定成本为 20，即 $C(0) = 20$．于是

$$C(x) - C(0) = \int_0^x \frac{dC(t)}{dt}dt = \int_0^x (2 + 0.4t)\,dt = \int_0^x 2dt + 0.4\int_0^x t\,dt$$

$$= 2 \times (x - 0) + 0.4 \times \frac{1}{2}t^2\Big|_0^x = 2x + 0.2x^2.$$

由此得总成本函数 $C(x) = 2x + 0.2x^2 + C(0)$，即 $C(x) = 20 + 2x + 0.2x^2$．

注意，在例 10，11，12 的定积分计算中，为了避免与上限字母的混淆，我们将积分变量改用了不同于上限字母的另一个字母．

五、补充

1．应用定积分的换元法，我们可以得到某些有用的结果．

若 $f(x)$ 是定义在关于原点对称的区间 $[-a, a]$ 上的可积偶函数，则我们有

2.6.17 $\int_{-a}^{a} f(x)\,dx = 2\int_0^a f(x)\,dx.$

事实上，应用定积分的可加性

$$\int_{-a}^{a} f(x)\,dx = \int_{-a}^{0} f(x)\,dx + \int_0^a f(x)\,dx \xlongequal{x=-t} \int_a^0 -f(-t)\,dt + \int_0^a f(x)\,dx$$

$$= \int_0^a f(t)\,dt + \int_0^a f(x)\,dx = 2\int_0^a f(x)\,dx$$

对于可积的奇函数 $f(x)$，则有

2.6.18 $\int_{-a}^{a} f(x)\,dx = 0.$

证明是与 2.6.17 的证明相似的，留作习题．2.6.17 与 2.6.18 有着明显的几何意义，它们分别在图 2.35 与 2.36 中体现出来了．偶函数的图像关于 y 轴对称，而奇数函数的图像关于原点对称．特别是对于奇函数，如图 2.36 中所示，曲线 $y = f(x)$ 与 x 轴，$x = -a$，$x = a$ 围成的图形被分成关于原点对称的两部分，作为面积，它们相等，但作为定积分，$\int_{-a}^{0} f(x)\,dx$ 与 $\int_0^a f(x)\,dx$ 异号，换言之，$\int_{-a}^{0} f(x)\,dx$ 与 $\int_0^a f(x)\,dx$ 绝对值相等，符号相反，因此它们的和为 0．

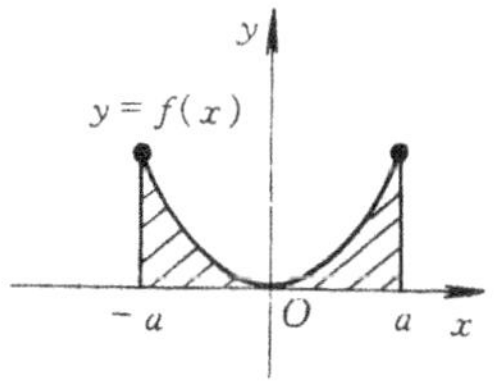

图 2.35

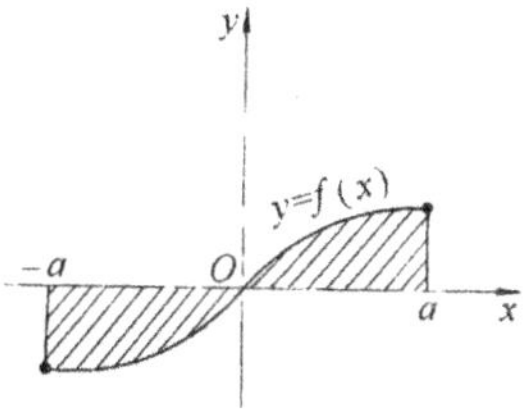

图 2.36

2．定积分的应用十分广泛，我们在前面介绍的只是很少的一点．下面再介绍某些旋转体的体积计算．

首先考虑由曲线 $y = f(x)$，直线 $x = a$，$x = b$，x 轴围成的曲边梯形绕 x 轴旋转一周的旋转体(图 2.37)．设该旋转

体体积为 V_x. 我们用垂直于 x 轴的平面在 x 与 $x+\Delta x$ 处截此旋转体，截下一个薄片，把它看作一个很扁的圆柱体，其高为 Δx，底圆半径是 $f(x)$，于是其体积是 $dV=\pi[f(x)]^2\Delta x$，由此我们有公式

2.6.19 $V_x=\pi\int_a^b f^2(x)\,\mathrm{d}x$.

其次，由曲线 $x=\varphi(y)$与直线 $y=c$，$y=d$，y 轴围成的曲边梯形绕 y 轴旋转一周的旋转体体积为

2.6.20 $V_y=\pi\int_c^d \varphi^2(y)\,\mathrm{d}y$.(见图 2.38).

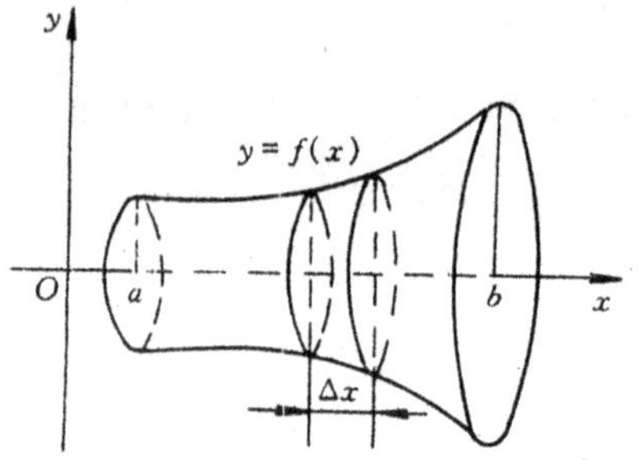

图 2.37

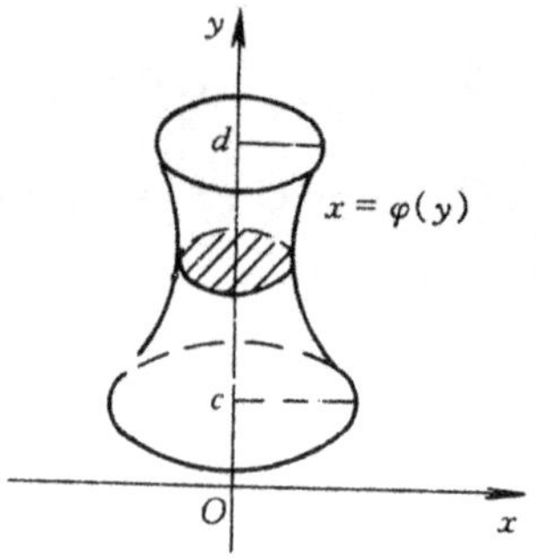

图 2.38

例 13 求椭圆$\frac{x^2}{a^2}+\frac{y^2}{b^2}\leqslant 1$ 绕 x 轴及 y 轴旋转的旋转体积 V_x 与 V_y.

解 由图形的对称性，我们有

$$V_x=2\pi\int_0^a\left(\frac{b}{a}\sqrt{a^2-x^2}\right)^2\mathrm{d}x=2\pi\cdot\frac{b^2}{a^2}\int_0^a(a^2-x^2)\,\mathrm{d}x$$

$$=2\pi\cdot\frac{b^2}{a^2}\left[a^2\int_0^a\mathrm{d}x-\int_0^a x^2\mathrm{d}x\right]=\frac{2\pi b^2}{a^2}\left[a^2\cdot a-\frac{1}{3}x^3\Big|_0^a\right]$$

$$=\frac{2\pi b^2}{a^2}\left(a^3-\frac{1}{3}a^3\right)=\frac{4}{3}\pi ab^2,$$

同理(或根据 x 与 y, a 与 b 的对称地位)，得 $V_y=\frac{4}{3}\pi a^2 b$.

特别，当 $a=b$ 时，即成为圆旋转出来的球体，体积是$\frac{4}{3}\pi a^3$，这就是计算半径为 a 的球体积公式.

习题 2.6

(一)

1. 计算下列定积分：

(1)$\int_1^3 x^4\mathrm{d}x$； (2)$\int_0^a(3x^2-x+1)\,\mathrm{d}x$； (3)$\int_1^2\left(x^2+\frac{1}{x^4}\right)\mathrm{d}x$；

(4)$\int_4^9 x(\sqrt{x}+1)\,\mathrm{d}x$； (5)$\int_1^{\sqrt{3}}\frac{\mathrm{d}x}{1+x^2}$； (6)$\int_{-\frac{1}{2}}^{\frac{1}{2}}\frac{\mathrm{d}x}{\sqrt{1-x^2}}$；

(7)$\int_a^b(x-a)(x-b)\,\mathrm{d}x$； (8)$\int_0^2|1-x|\,\mathrm{d}x$； (9)$\int_1^{\sqrt{e}}\frac{1}{x}\mathrm{d}x$；

(10) $\int_0^1 \frac{dx}{\sqrt{2gx}}$ (g 为常数).

2. 用分部积分法求下列定积分:

(1) $\int_0^{\pi} x\sin x dx$; (2) $\int_1^{e} x\ln x dx$; (3) $\int_0^{\frac{\pi}{2}} e^x\cos x dx$; (4) $\int_{e^{-1}}^{e} |\ln x| dx$.

3. 用换元法计算下列定积分:

(1) $\int_{-2}^{-1} \frac{dx}{(11+5x)^3}$; (2) $\int_2^{-13} \frac{dx}{\sqrt[3]{(3-x)^4}}$; (3) $\int_0^{\frac{\pi}{2}} \cos^5 x\sin 2x dx$;

(4) $\int_0^1 (e^x-1)^4 e^x dx$; (5) $\int_1^{e} \frac{1+\ln x}{x} dx$; (6) $\int_0^1 \frac{dx}{e^x+e^{-x}}$;

(7) $\int_{-2}^{0} \frac{dx}{x^2+2x+2}$; (8) $\int_1^3 \frac{dx}{x+x^2}$; (9) $\int_0^a x^2\sqrt{a^2-x^2} dx, (a>0)$;

(10) $\int_0^1 \frac{x^{\frac{3}{2}} dx}{1+x}$; (11) $\int_{-1}^{1} \frac{x dx}{\sqrt{5-4x}}$; (12) $\int_0^1 \sqrt{4-x^2} dx$;

(13) $\int_1^{\sqrt{3}} \frac{dx}{x\sqrt{x^2+1}}$; (14) $\int_1^2 \frac{\sqrt{x^2-1}}{x} dx$; (15) $\int_1^{e^3} \frac{dx}{x\sqrt{1+\ln x}}$;

(16) $\int_{\frac{1}{\pi}}^{\frac{2}{\pi}} \frac{\sin\frac{1}{x}}{x^2} dx$; (17) $\int_0^2 \frac{dx}{\sqrt{x+1}+\sqrt{(x+1)^3}}$;

(18) $\int_{-2}^{-1} \frac{dx}{x\sqrt{x^2-1}}$.

4. 计算下列定积分:

(1) $\int_0^{e-1} \ln(x+1) dx$; (2) $\int_0^1 x\arctan x dx$; (3) $\int_0^{\ln 2} xe^{-x} dx$; (4) $\int_{\frac{\pi}{4}}^{\frac{\pi}{3}} \frac{x dx}{\sin^2 x}$;

(5) $\int_0^3 x(1+x^2)^{\frac{1}{5}} dx$; (6) $\int_{\frac{\pi}{8}}^{\frac{\pi}{6}} \frac{dx}{\cos^2 2x}$; (7) $\int_{-\frac{\pi}{2}}^{\frac{\pi}{2}} \sqrt{\cos x-\cos^3 x} dx$.

5. 求下列平面图形的面积:

(1) 由曲线 $y=x^2-4x+5$, x 轴与直线 $x=3$, $x=5$ 围成的图形;

(2) 由曲线 $y=\ln x$, y 轴与直线 $y=\ln a$, $y=\ln b$ $(b>a>0)$所围成的图形;

(3) 由 $y=x^3$ 与直线 $y=2x$ 围成的图形;

(4) 由 $y=3-2x-x^2$ 与横轴围成的图形;

(5) 由曲线 $y=e^x$, $y=e^{-x}$与直线 $x=1$ 围成的图形;

(6) 由曲线 $y^2=4(x+1)$与 $y^2=4(1-x)$围成的图形;

(7) 由曲线 $y=x^2$ 与直线 $y=x$, $y=2x$ 围成的图形;

(8) 由 $y=-x^2+4x-3$ 及其在点$(0,-3)$和点$(3,0)$处的切线围成的图形.

6. 设某物体作变速直线运动, 其速度为 $v(t)=3t^2-2$ (m/s), 其中 t (s)为时间. 试求该物体从 $t=3$ (s)到 $t=9$ (s)间经过的路程.

7. 已知某产品产量的变化率为 $f(t)=at-b$, 其中 t 为时间, a 与 b 为常数, 试求在时间区间 [2, 4] 内该产品的产量.

8. 已知某产品生产 x 件时的边际收益为$\frac{\mathrm{d}R}{\mathrm{d}x}=200-\frac{x}{100}$，$x\geqslant 0$.

(1) 求生产了 100 件时的总收益；

(2) 若已生产了 100 件，求再生产 100 件时能增加多少收益.

9. 某产品的总成本 C (万元)的边际成本是$\frac{\mathrm{d}C}{\mathrm{d}x}=1$，总收益 R (万元)的边际收益是产量 x (百台)的函数$\frac{\mathrm{d}R}{\mathrm{d}x}=5-x$.

(1) 求产量多少时，总利润 $L=R-C$ 最大?

(2) 从利润最大的产量再生产 100 台，总利润发生怎样的变化?

10. 生产某产品的边际费用是$\frac{\mathrm{d}F}{\mathrm{d}x}=x^2-4x+50$ (元/件)，其中 x 为产量. 已知生产 3 件时的总费用为 181 元. 试写出总费用函数 $F(x)$的表达式.

(二)

11. 设 $f(x)$ 是$[-a,a]$上的可积奇函数,证明:$\int_{-a}^{a} f(x)\,\mathrm{d}x=0$.

12. 令 $F(x)=\int_0^x f(t)\,\mathrm{d}t$,其中 $f(x)$ 是可积函数.证明:$\frac{\mathrm{d}F}{\mathrm{d}x}=f(x)$(提示:设 $\phi(x)$ 是 $f(x)$ 的一个原函数).

13. 令 $F(x)=\int_x^0 f(t)\,\mathrm{d}t$,其中 $f(x)$ 是可积函数,证明:$\frac{\mathrm{d}F}{\mathrm{d}x}=-f(x)$.

14. 求下列平面图形绕 x 轴旋转产生的旋转体体积:

(1) 曲线 $y=\sqrt{x}$ 与直线 $x=1, x=4, y=0$ 围成的图形;

(2) 曲线 $y=x^3$ 与直线 $x=2, y=0$ 围成的图形;

(3) 由不等式组$\begin{cases}0\leqslant y\leqslant \sin x\\ 0\leqslant x\leqslant \frac{\pi}{2}\end{cases}$确定的图形;

(4) 圆 $x^2+y^2=1$ 与曲线 $y^2=\frac{3}{2}x$ 围成的两块图形中较小的那块;

(5) 曲线 $y=x^2$ 与 $x=y^2$ 围成的图形.

2.7 广义积分与无穷级数

本节处理两个有联系的问题.假如我们计算定积分

$$\int_1^2\frac{1}{x^2}\mathrm{d}x=-\frac{1}{x}\bigg|_1^2=\frac{1}{1}-\frac{1}{2},\int_2^3\frac{1}{x^2}\mathrm{d}x=-\frac{1}{x}\bigg|_2^3=\frac{1}{2}-\frac{1}{3},$$

依此类推,$\int_n^{n+1}\frac{1}{x^2}\mathrm{d}x=-\frac{1}{x}\bigg|_n^{n+1}=\frac{1}{n}-\frac{1}{n+1}$.

现在把这些积分加起来,得

2.7.1 $$\int_1^{n+1}\frac{1}{x^2}\mathrm{d}x=\left(1-\frac{1}{2}\right)+\left(\frac{1}{2}-\frac{1}{3}\right)+\cdots+\left(\frac{1}{n}-\frac{1}{n+1}\right).$$

其中左端表示区间 $[1, n+1]$ 上曲线 $y=\frac{1}{x^2}$下的曲边梯形的面积(图 2.39).

进一步，让 n 越来越大，即令 $n\to+\infty$. 这时 2.7.1 的左端成为无穷区间 $[1, +\infty)$ 上曲线 $y=\dfrac{1}{x^2}$下的曲边梯形面积. 这种具有无穷长底边的曲边梯形面积，或者说，在无穷区间上函数的定积分不同于前面学过的定积分. 在以前，积分区间都是有限的. 现在这种“反常”意义下的定积分在科学技术领域也十分重要，在今后将要学习的数理统计中就会碰到. 同时，当 $n\to+\infty$时，2.7.1 的右端的项数成为无穷多项，即

$$\left(1-\frac{1}{2}\right)+\left(\frac{1}{2}-\frac{1}{3}\right)+\cdots+\left(\frac{1}{n}-\frac{1}{n+1}\right)+\cdots.$$

这种无穷多个数相加显然又不同于有限个数求和. 这种无穷个数的求和问题称为无穷级数，简称级数.

一、无穷区间上的积分

既然我们把$\int_1^{n+1}\dfrac{1}{x^2}\mathrm{d}x$ 在 $n\to+\infty$ 时理解为区间$[1, +\infty)$上曲线 $y=\dfrac{1}{x^2}$下的曲边梯形面积,于是自然地就可用$\int_1^{+\infty}\dfrac{1}{x^2}\mathrm{d}x$来表示它,这种积分称为无穷区间$[1,+\infty)$上函数$\dfrac{1}{x^2}$的广义积分,以区别于通常的有限区间上的定积分.

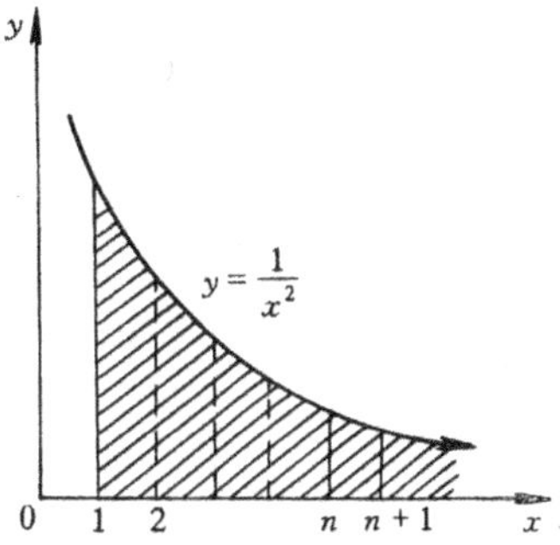

图 2.39

定义 设函数 $f(x)$ 在区间$[a, +\infty)$上连续,则极限$\lim\limits_{b\to+\infty}\int_a^b f(x)\,\mathrm{d}x$ 称为$f(x)$在$[a, +\infty)$上的广义 积分,记作

2.7.2 $$\int_a^{+\infty}f(x)\,\mathrm{d}x=\lim_{b\to+\infty}\int_a^b f(x)\,\mathrm{d}x.$$

若上述极限存在,则称广义积分$\int_a^{+\infty}f(x)\,\mathrm{d}x$ 存在或收敛;此极限的值为广义积分的值;若极限不存在,则称广义积分$\int_a^{+\infty}f(x)\,\mathrm{d}x$ 不存在或发散.

从定义可知,只要 $f(x)$ 在$[a, +\infty)$上连续,我们总可写出广义积分$\int_a^{+\infty}f(x)\,\mathrm{d}x$. 至于它是否是一个有限数,那就视其存在与否了.

例 1 求广义积分$\int_1^{+\infty}\dfrac{1}{x^2}\mathrm{d}x$

解 $$\int_1^{+\infty}\frac{1}{x^2}\mathrm{d}x=\lim_{b\to+\infty}\int_1^b\frac{1}{x^2}\mathrm{d}x=\lim_{b\to+\infty}\left(-\frac{1}{x}\right)\Bigg|_1^b=\lim_{b\to+\infty}\left(1-\frac{1}{b}\right)=1.$$

因此广义积分$\int_1^{+\infty}\dfrac{1}{x^2}\mathrm{d}x$ 收敛,其值为 1.

考查给定广义积分$\int_a^{+\infty}f(x)\,\mathrm{d}x$ 时，首先计算通常定积分$\int_a^b f(x)\,\mathrm{d}x$，然后计算极限$\lim\limits_{b\to+\infty}\int_a^b f(x)\,\mathrm{d}x$,若极限存在,则广义积分$\int_a^{+\infty}f(x)\,\mathrm{d}x$ 收敛,其值等于此极限. 若极限不存在,则广义积分$\int_a^{+\infty}f(x)\,\mathrm{d}x$ 发散,无值可言.

类似地,我们还可定义另外两种广义积分

2.7.3 $\int_{-\infty}^{b} f(x)\,dx = \lim_{a\to-\infty}\int_{a}^{b} f(x)\,dx$,

以及

2.7.4 $\int_{-\infty}^{+\infty} f(x)\,dx = \int_{-\infty}^{c} f(x)\,dx + \int_{c}^{+\infty} f(x)\,dx$.

其中 2.7.4 是用两个广义积分 $\int_{-\infty}^{c} f(x)\,dx$ 与 $\int_{c}^{+\infty} f(x)\,dx$ 之和来定义广义积分 $\int_{-\infty}^{+\infty} f(x)\,dx$ 的，且 c 是任意选择的常数，比如可取 $c=0$. 只有在两个广义积分 $\int_{-\infty}^{c} f(x)\,dx$ 与 $\int_{c}^{+\infty} f(x)\,dx$ 都收敛时，$\int_{-\infty}^{+\infty} f(x)\,dx$ 才收敛，否则，只要 $\int_{-\infty}^{c} f(x)\,dx$ 与 $\int_{c}^{+\infty} f(x)\,dx$ 中有一个发散，则 $\int_{-\infty}^{+\infty} f(x)\,dx$ 就是发散的.

例 2 求 $\int_{1}^{+\infty}\frac{1}{x}dx$.

解 $\int_{1}^{+\infty}\frac{1}{x}dx = \lim_{b\to+\infty}\int_{1}^{b}\frac{1}{x}dx = \lim_{b\to+\infty}\ln x\Big|_{1}^{b} = \lim_{b\to+\infty}\ln b = +\infty$.

因此广义积分 $\int_{1}^{+\infty}\frac{1}{x}dx$ 是发散的.

例 3 求 $\int_{-\infty}^{+\infty}\frac{dx}{1+x^2}$.

解

$$\int_{-\infty}^{+\infty}\frac{dx}{1+x^2} = \int_{-\infty}^{0}\frac{dx}{1+x^2} + \int_{0}^{+\infty}\frac{dx}{1+x^2}$$

$$= \lim_{a\to+\infty}\int_{a}^{0}\frac{dx}{1+x^2} + \lim_{b\to+\infty}\int_{0}^{b}\frac{dx}{1+x^2} = \lim_{a\to-\infty}\arctan x\Big|_{a}^{0} + \lim_{b\to+\infty}\arctan x\Big|_{0}^{b}$$

$$= \lim_{a\to-\infty}(-\arctan a) + \lim_{b\to+\infty}\arctan b = \frac{\pi}{2}+\frac{\pi}{2} = \pi.$$

有时为书写简便而省略极限记号，比如例 3 中把

$\int_{-\infty}^{0}\frac{dx}{1+x^2} = \lim_{a\to-\infty}\int_{a}^{0}\frac{dx}{1+x^2} = \lim_{a\to-\infty}\arctan x\Big|_{a}^{0}$ 简写作 $\arctan x\Big|_{-\infty}^{0}$，于是例 3 的计算可简写成

$$\int_{-\infty}^{+\infty}\frac{dx}{1+x^2} = \int_{-\infty}^{0}\frac{dx}{1+x^2} + \int_{0}^{+\infty}\frac{dx}{1+x^2}$$

$$= \arctan x\Big|_{-\infty}^{0} + \arctan x\Big|_{0}^{+\infty} = -\left(-\frac{\pi}{2}\right)+\frac{\pi}{2} = \pi.$$

甚至还可简写成

$$\int_{-\infty}^{+\infty}\frac{dx}{1+x^2} = \arctan x\Big|_{-\infty}^{+\infty} = \frac{\pi}{2}-\left(-\frac{\pi}{2}\right) = \pi.$$

在这里 $\arctan x\Big|_{0}^{+\infty}$ 应理解成极限 $\lim_{b\to+\infty}(\arctan b - 0)$.

例 4 求广义积分 $\int_{0}^{+\infty} xe^{-x^2}dx$.

解 $\int_{0}^{+\infty} xe^{-x^2}dx = \int_{0}^{+\infty} -\frac{1}{2}e^{-x^2}d(-x^2) = -\frac{1}{2}\int_{0}^{+\infty}d(e^{-x^2})$

$$= -\frac{1}{2}e^{-x^2}\Big|_{0}^{+\infty} = -\frac{1}{2}(0-1) = \frac{1}{2}.$$

这里省略了取极限的记号，实际上 $\mathrm{e}^{-x^2}\Big|_0^{+\infty}$ 包含着一个极限 $\lim\limits_{b\to+\infty}\mathrm{e}^{-b^2}$.

二、数项级数

本节开头提到了无穷多个数相加的问题，现在仿照广义积分对它进行一般性的讨论.

我们知道等比数列 a_0，a_0q，…，a_0q^{n-1}，…的前 n 项的和是

$$a_0+a_0q+\cdots+a_0q^{n-1}=\frac{a_0(1-q^n)}{1-q},$$

当 n 越来越大永无止境地变化时，这个和数 $\frac{a_0(1-q^n)}{1-q}$ 就要取极限. 但当 $|q|\geqslant1$ 时，这个极限不存在；只有在 $|q|<1$ 时，$\lim\limits_{n\to\infty}\frac{a_0(1-q^n)}{1-q}=\frac{a_0}{1-q}$. 因此无穷多个数相加，不总是得到有限数的. 设

2.7.5 u_1，u_2，…，u_n，…

是给定数列，我们把式子

2.7.6 $u_1+u_2+\cdots+u_n+\cdots$

称为无穷级数，简称级数，u_1 与 u_n 分别称为它的首项与一般项. 今后我们常把 2.7.6 缩写成 $\sum\limits_{k=1}^{\infty}u_k$，它是有限和 $\sum\limits_{k=1}^{n}u_k=u_1+u_2+\cdots+u_n$ 缩写形式的推广. 我们先讨论 u_n 都是数的级数，称为数项级数.

前述等比数列求和即得等比级数 $\sum\limits_{n=0}^{\infty}a_0q^n$，它也可以写成 $\sum\limits_{n=1}^{\infty}a_0q^{n-1}$. 它的求和过程分为两步，与广义积分相仿. 即先求出有限的前 n 项之和，记作 $S_n=a_0+a_0q+\cdots+a_0q^{n-1}=\sum\limits_{k=0}^{n-1}a_0q^k=\frac{a_{(}1-q^n)}{1-q}$，然后再求其极限 $\lim\limits_{n\to\infty}S_n$.

定义 设 $S_n=\sum\limits_{k=1}^{n}u_k$ 是级数 $\sum\limits_{k=1}^{\infty}u_k$ 的前 n 项部分和，如果极限 $\lim\limits_{n\to\infty}S_n=S$ 存在，则称级数 2.7.6 收敛，其和为 S；如果极限 $\lim\limits_{n\to\infty}S_n$ 不存在，则称级数 2.7.6 发散.

例 5 等比级数

2.7.7 $$\sum_{n=0}^{\infty}a_0q^n=\begin{cases}\dfrac{a_0}{1-q}, & |q|<1,\\ \text{发散}, & |q|\geqslant1.\end{cases}$$

例 6 把循环小数 $0.\dot{3}\dot{1}=0.313131\cdots$ 化成分数.

解 $0.\dot{3}\dot{1}=0.31+0.0031+\cdots=31\times(10^{-2}+10^{-4}+\cdots)$

$$=31\times\frac{10^{-2}}{1-10^{-2}}=\frac{31}{99}.$$

等比级数的求和还被应用于处理一类重要的经济问题——贴现问题.

假如你想通过分期付款方式买一套住房，每年交一次款 20 000 元，分 10 年付清. 第 1 笔付 $x_1=20\,000$（元），为支付第 2 笔款，你在银行存入 x_2 元，假定银行年利率为 r，则一年后可得本利和 $x_2(1+r)$，用它支付第 2 笔款 20 000 元，即 $x_2(1+r)=20\,000$，$x_2=$

$\frac{20\ 000}{1+r}$. 依此类推(假定银行年利率都是 r,不分存期长短), 于是为支付第 k 笔款($k-1$ 年后), 目前需存入 $x_k=\frac{20\ 000}{(1+r)^{k+1}}$. 这个过程就称为贴现. 把每笔款所需本金 x_k 相加, 即可得分期付款所需现有资金的总量, 称为收－支流量的贴现现值(PDV). 现在买房所需贴现现值是

$$PDV = x_1 + x_2 + \cdots + x_{10} = 20\ 000 + \frac{20\ 000}{1+r} + \cdots + \frac{20\ 000}{(1+r)^9}.$$

这种贴现分析也可用于存本取息的债券价格计算. 比如某种债券规定每年最后一天可得利息 100 元(存本取息), 那么这个收益流(假定此债券持有者将无限期地按存本取息方式获得利息)的 PDV 为(根据公式 2.7.7):

$$P^B = \frac{100}{1+r} + \frac{100}{(1+r)^2} + \cdots + \frac{100}{(1+r)^k} + \cdots = \frac{100}{1+r} \cdot \frac{1}{1-\frac{1}{1+r}} = \frac{100}{r},$$

这就是永久性债券价格的计算公式, 其中 r 是银行的年利率.

级数与积分一样可以做加减法以及与常数的乘法, 其公式是

2.7.8 $\sum_{n=1}^{\infty} u_n \pm \sum_{n=1}^{\infty} v_n = \sum_{n=1}^{\infty} (u_n \pm v_n)$,

2.7.9 $\sum_{n=1}^{\infty} cu_n = c\sum_{n=1}^{\infty} u_n$, c 是非零常数.

这两个公式意味着, 只要左端的级数收敛, 则右端级数也收敛, 且公式成立.

例 7 求级数$\left(\frac{1}{2}+\frac{1}{3}\right)+\left(\frac{1}{2^2}+\frac{1}{3^2}\right)+\left(\frac{1}{2^3}+\frac{1}{3^3}\right)+\cdots$.

解 因级数

$$\frac{1}{2}+\frac{1}{2^2}+\frac{1}{2^3}+\cdots=\frac{\frac{1}{2}}{1-\frac{1}{2}}=1, \frac{1}{3}+\frac{1}{3^2}+\frac{1}{3^3}+\cdots=\frac{\frac{1}{3}}{1-\frac{1}{3}}=\frac{1}{2},$$

故

$$\begin{aligned}&\left(\frac{1}{2}+\frac{1}{3}\right)+\left(\frac{1}{2^2}+\frac{1}{3^2}\right)+\left(\frac{1}{2^3}+\frac{1}{3^3}\right)+\cdots \\ &=\left(\frac{1}{2}+\frac{1}{2^2}+\frac{1}{2^3}+\cdots\right)+\left(\frac{1}{3}+\frac{1}{3^2}+\frac{1}{3^3}+\cdots\right)=1+\frac{1}{2}=\frac{3}{2}.\end{aligned}$$

三、幂级数

现把等比级数 $\sum_{n=0}^{\infty} a_0 q^n$ 中的公比 q 写成 x,即 $\sum_{n=0}^{\infty} a_0 x^n$. 换言之,我们把公比 $q=x$ 看成一个变量,那么,当 $x\in(-1,1)$ 时,$\sum_{n=0}^{\infty} a_0 x^n$ 收敛到和$\frac{a_0}{1-x}$;而当 $x\in(-\infty,-1]\cup[1,+\infty]$ 时,$\sum_{n=0}^{\infty} a_0 x^n$ 发散.这种以幂函数为一般项的级数称为幂级数.

定义 形如

2.7.10 $a_0 + a_1x + a_2x^2 + \cdots + a_nx^n + \cdots = \sum_{n=0}^{\infty} a_nx^n$

的级数称为幂级数.

事实上幂级数是多项式 $a_0 + a_1x + \cdots + a_nx^n$ 的一种推广.

从等比级数可知,对不同的 x,幂级数是否收敛,情况是不同的.我们把使级数 2.7.10 收敛的 x 的全体称为幂级数 $\sum_{n=0}^{\infty} a_nx^n$ 的收敛域.于是幂级数 $\sum_{n=0}^{\infty} a_0x^n$ 的收敛域是开区间 $(-1, 1)$.其实任何幂级数 2.7.10 的收敛域都是一个以原点为中心的两边对称的区间,其形状有下列五种情况:$(-a,a)$,$(-a,a]$,$[-a,a)$,$[-a,a]$,$(-\infty,+\infty)$.除了等比级数 $\sum_{n=0}^{\infty} a_0x^n$ 这样的幂级数以外,还有一个重要的幂级数

2.7.11 $1 + x + \frac{1}{2!}x^2 + \cdots + \frac{1}{n!}x^n + \cdots = \sum_{n=0}^{\infty} \frac{x^n}{n!}$,

其中 $n! = 1\cdot2\cdot3\cdots\cdots n$ 称为 n 的阶乘,且约定 $0! = 1$.幂级数 2.7.11 的收敛域是 $(-\infty, +\infty)$,且其和就是重要的指数函数 e^x,因此我们有公式

2.7.12 $\sum_{n=0}^{\infty} \frac{x^n}{n!} = e^x, x \in (-\infty, +\infty)$.

从公式 2.7.12 或 2.7.7 的左端计算出右端,称为级数求和;反过来,我们把函数 e^x 写成级数 2.7.11,又称为把函数 e^x 展开成幂级数.这是同一个问题的正反两个方面.

例 8 将函数 e^{2x} 展开成幂级数.

解 只要将 $2x$ 代入公式 2.7.12 即可,我们有

$$e^{2x} = \sum_{n=0}^{\infty} \frac{(2x)^n}{n!} = \sum_{n=0}^{\infty} \frac{2^nx^n}{n!}, x \in (-\infty, +\infty).$$

如果在公式 2.7.12 中令 $x=1$,则得

2.7.13 $e = 1 + \frac{1}{1!} + \frac{1}{2!} + \cdots + \frac{1}{n!} + \cdots$.

利用 2.7.13 我们就可以求出 e 这个无理数的近似值,你要准确到几位小数,就可达到所要求的精确度.例如,若要计算 e 的近似值,准确到六位小数,那么只要取 $n=9$,即

$$e \approx 1 + \frac{1}{1!} + \frac{1}{2!} + \cdots + \frac{1}{9!} \approx 2.718\,282.$$

这就为我们提供了计算无理数 e 的又一种方法.

例 9 将函数 $\frac{1}{3-x}$ 展开成幂级数.

解 因 $\frac{1}{1-q} = \sum_{n=0}^{\infty} q^n$, $|q| < 1$.据此,我们有

$$\frac{1}{3-x} = \frac{1}{3} \cdot \frac{1}{1-\frac{x}{3}} = \frac{1}{3} \cdot \sum_{n=0}^{\infty} \left(\frac{x}{3}\right)^n = \sum_{n=0}^{\infty} \frac{1}{3^{n+1}} x^n,$$

其收敛域是 $\left|\frac{x}{3}\right| < 1$,即 $x \in (-3,3)$.

四、补充

除了无穷区间上的广义积分以外,还有一类广义积分,积分区间是有限的,但被积函数是

无界的,称为无界函数的广义积分.比如,$\int_0^1 \frac{dx}{\sqrt{1-x^2}}$ 这样的积分,被积函数仅在区间[0,1) 上连续,在区间的右端点1没有定义,事实上 $\lim\limits_{x\to1^-}\frac{1}{\sqrt{1-x^2}}=+\infty$. 因此被积函数在右端点1的邻近是无界的.按通常的定积分就没有意义了.但我们知道函数 $\frac{1}{\sqrt{1-x^2}}$ 有一个原函数是 $\arcsin x$,形式上按通常定积分计算公式,$\arcsin x\Big|_0^1=\frac{\pi}{2}$,这是个有限数.因此我们自然就可把本来无意义的积分 $\int_0^1 \frac{dx}{\sqrt{1-x^2}}$ 理解为有限值 $\frac{\pi}{2}$.事实上我们将按下述方式来处理.

定义 设函数 $f(x)$ 在区间 $[a,b)$ 上连续,且 $\lim\limits_{x\to b^-}f(x)=\infty$,则极限 $\lim\limits_{b_1\to b^-}\int_a^{b_1}f(x)\,dx$ 称为函数 $f(x)$ 在区间 $[a,b]$ 上的广义积分,记作

2.7.14 $$\int_a^b f(x)\,dx=\lim_{b_1\to b^-}\int_a^{b_1}f(x)\,dx.$$

若上述极限存在,则称此广义积分存在或收敛,否则称此广义积分不存在或发散.

从图2.40我们可以看到无界函数 $f(x)$ 的广义积分,与无穷区间上广义积分类似(看图2.39),先截去无界的那部分,即区间 $[b_1,b]$ 上的那部分.然后把剩余的有限部分 $[a,b_1]$ 上积分 $\int_a^{b_1}f(x)\,dx$ 计算出来,再令 $b_1\to b^-$ 取极限.因此,我们有

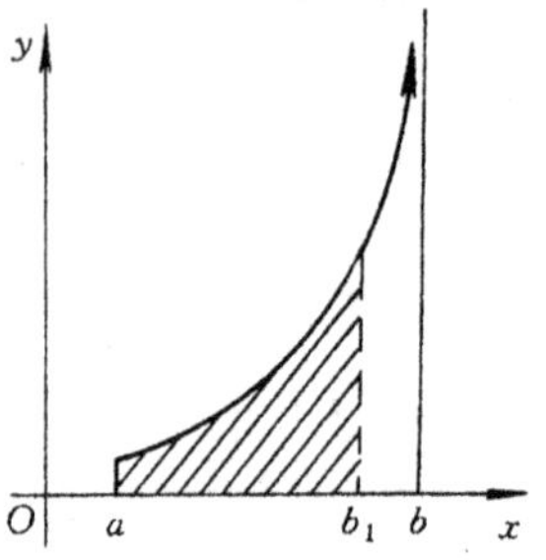

图2.40

例10 $$\int_0^1\frac{dx}{\sqrt{1-x^2}}=\lim_{b\to1^-}\int_0^b\frac{dx}{\sqrt{1-x^2}}=\lim_{b\to1^-}\arcsin x\Big|_0^b$$
$$=\lim_{b\to1^-}\arcsin b=\arcsin 1=\frac{\pi}{2}.$$

而且,与无穷区间上广义积分一样,在计算时我们往往省略极限记号,比如例10可简写成
$$\int_0^1\frac{dx}{\sqrt{1-x^2}}=\arcsin x\Big|_0^1=\frac{\pi}{2}.$$
看起来它与通常的定积分没有任何差异,但我们应该心中有数,它是含有极限意义的.

此外,我们还有两种无界函数的广义积分.

定义 设函数 $f(x)$ 在 $(a,b]$ 上连续,且 $\lim\limits_{x\to a^+}f(x)=\infty$,则极限 $\lim\limits_{a_1\to a^+}\int_{a_1}^b f(x)\,dx$ 称为函数 $f(x)$ 在区间 $[a,b]$ 上的广义积分,记作

2.7.15 $$\int_a^b f(x)\,dx=\lim_{a_1\to a^+}\int_{a_1}^b f(x)\,dx.$$

若此极限存在,则称广义积分存在或收敛,否则称此广义积分不存在或发散.

定义 设函数 $f(x)$ 在 (a,b) 内连续,且 $\lim\limits_{x\to a^+}f(x)=\infty$,$\lim\limits_{x\to b^-}f(x)=\infty$,则对任何常数 $c\in(a,b)$.

2.7.16 $$\int_a^b f(x)\,dx=\int_a^c f(x)\,dx+\int_c^b f(x)\,dx$$

称为函数 $f(x)$ 在$[a,b]$上的广义积分，当 2.7.16 的右端两个广义积分都收敛时，称广义积分 $\int_a^b f(x)\mathrm{d}x$ 收敛，否则称 $\int_a^b f(x)\mathrm{d}x$ 发散.

例 11 讨论积分 $\int_{-1}^{1}\frac{1}{x^2}\mathrm{d}x$ 的敛散性.

解 因函数 $\frac{1}{x^2}$ 在 $x=0$ 无定义，这是广义积分. 我们有

$$\int_{-1}^{1}\frac{\mathrm{d}x}{x^2}=\int_{-1}^{0}\frac{\mathrm{d}x}{x^2}+\int_{0}^{1}\frac{\mathrm{d}x}{x^2}=\left(-\frac{1}{x}\right)\Bigg|_{-1}^{0}+\left(-\frac{1}{x}\right)\Bigg|_{0}^{1}.$$

于是由 $\lim\limits_{x\to0^+}\left(-\frac{1}{x}\right)$ 及 $\lim\limits_{x\to0^-}\left(-\frac{1}{x}\right)$ 都不存在，知广义积分 $\int_{-1}^{1}\frac{\mathrm{d}x}{x^2}$ 是发散的.

注 例 11 不能用下述方法计算，千万注意!

$$\int_{-1}^{1}\frac{\mathrm{d}x}{x^2}=\left(-\frac{1}{x}\right)\Bigg|_{-1}^{1}=(-1)-\left(-\frac{1}{-1}\right)=-2.$$

习题 2.7

(一)

1. 求下列广义积分：

(1) $\int_1^{+\infty}\frac{1}{\sqrt{x}}\mathrm{d}x$； (2) $\int_0^{+\infty}x\mathrm{e}^{-x}\mathrm{d}x$； (3) $\int_2^{+\infty}\frac{1}{x(\ln x)^2}\mathrm{d}x$； (4) $\int_0^{+\infty}\mathrm{e}^{-\sqrt{x}}\mathrm{d}x$；

(5) $\int_2^{+\infty}\frac{\mathrm{d}x}{x^2+x-2}$.

2. 把下列循环小数表示成分数：

(1) $0.0\dot{1}3\dot{4}$； (2) $3.\dot{5}6\dot{2}$； (3) $2.4\dot{7}\dot{5}$； (4) $1.03\dot{1}\dot{3}$；

(5) $4.00\dot{2}\dot{3}$； (6) $5.\dot{1}0\dot{6}$.

3. 求下列各数列所有项之和：

(1) $\frac{1}{1\times2}$，$\frac{1}{2\times3}$，$\frac{1}{3\times4}$，$\frac{1}{4\times5}$，…； (2) $\frac{1}{1\times3}$，$\frac{1}{3\times5}$，$\frac{1}{5\times7}$，$\frac{1}{7\times9}$，…；

(3) $-\frac{3}{4}+\frac{3^2}{4^2}-\frac{3^3}{4^3}+\frac{3^4}{4^4}-\cdots$.

4. 将贴现问题作如下推广：设有一笔资金用于永久性投资，年利率 r，1 年后可得收入 b_1，…，k 年后可得收入 b_k，则这笔资金的贴现值为

$$P^B=\frac{b_1}{1+r}+\frac{b^2}{(1+r)^2}+\cdots+\frac{b_k}{(1+r)^k}+\cdots,$$

(1) 若每年收入 b_k 为常数 b，求出 P^B；

(2) 若每年收入均匀增加，即 $b_k=a+bk$，求 P^B；

(3) 若年收入以常数增长率 k 递增：$b_k=b(1+k)^k$，此时发生什么情况，试讨论之.

5. 证明：对任何公差 $d\neq0$，等差级数 $a_0+(a_0+d)+(a_2+2d)+\cdots+(a_0+nd)+\cdots$ 是发散的.

6. 将下列函数展开成幂级数 $\sum\limits_{n=0}^{\infty}a_nx^n$：

(1) $\mathrm{e}^{\lambda x}$，λ 是一个常数； (2) $(1+x)\mathrm{e}^x$； (3) a^x；

(4) $\frac{1}{4-x^2}$;　　(5) $\frac{2}{x^2-8x+15}$;　　(6) e^{-x^2}.

（二）

7. 求下列广义积分：

(1) $\int_0^1 \frac{dx}{\sqrt{1-x}}$;　　(2) $\int_1^2 \frac{dx}{(x-1)^k}, k>0$;　　(3) $\int_1^e \frac{dx}{x\ln x}$;

(4) $\int_{-1}^1 \frac{dx}{\sqrt{x^3}}$;　　(5) $\int_0^1 \frac{\arcsin x}{\sqrt{1-x^2}}dx$.

2.8 微分方程

一、基本概念

积分问题实质上是微分的逆运算，它有两种基本形式：不定积分与定积分. 不定积分是已知某个函数的导数 $f(x)$，反过来求原来的那个函数. 如果我们把那个未知函数叫做 $y(x)$，那么 $y'(x)=f(x)$，或者有

问题一 已知

2.8.1 $\frac{dy}{dx}=f(x)$.

求未知函数 $y=y(x)$.

2.8.1 又等价于

2.8.2 $dy=f(x)dx$.

运用不定积分 $\int f(x)dx$ 即可求得问题一的解，当然解有无穷多个. 这里我们发现，不定积分 $\int f(x)dx$ 是被积表达式 $f(x)dx$ 前多写了个积分号 $\int$，于是我们把积分的过程可以理解为等式 2.8.2 的两端同时写上积分号 $\int$，或者说对 2.8.2 的两端进行积分，即

2.8.3 $\int dy=\int f(x)dx$.

2.8.3 的左端应得 $y+C$，C 是任意常数. 如果把此常数 C 移至 2.8.3 的右端，与 $\int f(x)dx$ 积分后出现的常数合并，则从 2.8.3 可得 $y=\int f(x)dx$. 这就是问题一的解了，其中 $\int f(x)dx$ 是 $f(x)$ 的全体原函数.

例 1 设某曲线的切线斜率为 $2x$，求此曲线的方程.

解 设所求曲线方程为 $y=y(x)$，由题意，它应满足方程 $y'=2x$，即 $dy=2xdx$. 两端求积分，得 $y=x^2+C$，C 是任意常数. 即所求曲线的方程是 $y=x^2+C$，有无穷多条曲线.

问题二 已知 2.8.1，且 $y(x_0)=y_0$，求未知函数 $y=y(x)$.

与问题一相比，未知函数 $y=y(x)$ 满足的条件多了一个

2.8.4 $y(x_0)=y_0$.

我们称之为未知函数 $y=y(x)$ 满足的初始条件，把条件 2.8.1 与 2.8.4 写成联立的形式，即得

2.8.5 $\begin{cases}\dfrac{dy}{dx}=f(x),\\ y(x_0)=y_0.\end{cases}$

初始条件 $y(x_0)=y_0$ 有时写成 $y\Big|_{x=x_0}=y_0$，于是 2.8.5 也可写成

2.8.6 $\begin{cases}dy=f(x)\,dx,\\ y\Big|_{x=x_0}=y_0.\end{cases}$

问题 2.8.6 的求解与 2.8.2 相比，只要多满足一个初始条件，因此从 2.8.2 积分得 $y=\int f(x)dx$，比如 $y=F(x)+C$，再将 2.8.4 代入，可确定其中常数 C，即 $C=y(x_0)-F(x_0)=y_0-F(x_0)$，于是得 2.8.6 的解是 $y=F(x)+y(x_0)-F(x_0)$，或 $y-y_0=F(x)-F(x_0)$. 此式又可写成定积分的形式：

$$\int_{y_0}^{y}dy=\int_{x_0}^{x}f(x)dx.$$

因此 2.8.6 的求解，实质上是个定积分问题，且其解是唯一的.

例 2 某曲线的切线斜率为 $2x$，且通过点 (1, 1)，求此曲线方程.

解 与例 1 一样，所求曲线 $y=y(x)$ 应满足

$$\begin{cases}y'=2x,\\ y(1)=1.\end{cases}$$

也可写成

2.8.7 $\begin{cases}dy=2x\,dx,\\ y\Big|_{x=1}=1.\end{cases}$

现对 $dy=2xdx$ 积分得 $y=x^2+C$，代入 $y(1)=1$，又得 $C=y(1)-1^2=1-1=0$. 于是得所求的唯一曲线为 $y=x^2$.

我们把例 1 与例 2 的解曲线分别画在图 2.41 与图 2.42 中.

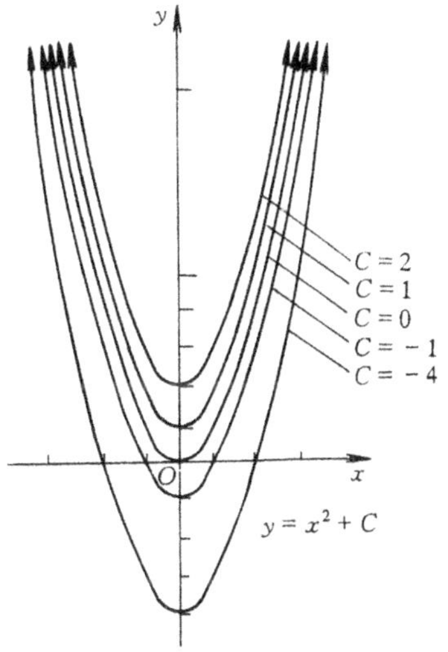

图 2.41

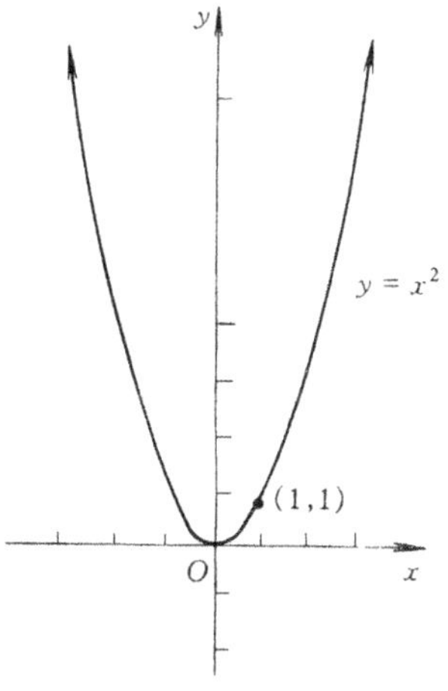

图 2.42

等式 2.8.1 或 2.8.2 中含有未知函数 $y(x)$ 的导数或微分，这种等式称为微分方程. 这类问题在科学技术领域里十分普遍，即使在人文与社会科学里也有广泛的应用. 本节向读者介绍这方面的一些最基本的知识和方法.

定义 含有未知函数的导数或微分的方程称为微分方程. 如果把某个函数及其导数（或微分）代入微分方程，能使方程成为恒等式，这个函数就称为微分方程的解.

微分方程的解有两种不同的形式，一种是解中含有任意常数，这样的解称为微分方程的通解；另一种是解中不含有任意常数，称为特解. 通常可按照问题所给的条件确定通解中任意常数的待定值. 例如 $y=x^2+C$ 是微分方程 2.8.7 的通解，当然也是方程 $y'=2x$ 的通解，而 $y=x^2$ 是 2.8.7 的特解. 它们的差别正如图 2.41 与图 2.42 所显示的那样，通解的图像是无穷多条平移后彼此可互相重合的曲线，而特解的图像则是其中特定的一条曲线，这些曲线统称为对应微分方程的积分曲线.

二、可分离变量的微分方程

如果微分方程能表达成

2.8.8 $$\frac{\mathrm{d}y}{\mathrm{d}x}=f(x)g(y)$$

或

2.8.9 $$M_1(x)M_2(y)\mathrm{d}x+N_1(x)N_2(y)\mathrm{d}y=0,$$

其中 $f(x)$，$g(y)$，$M_1(x)$，$N_1(x)$，$M_2(y)$，$N_2(y)$ 都是在所考虑的范围内的已知连续函数，则称 2.8.8 与 2.8.9 为可分离变量的微分方程. 现在来求它们的通解.

设 $g(y)\neq 0$，则 2.8.8 可变形成 $\frac{\mathrm{d}y}{g(y)}=f(x)\mathrm{d}x$，然后对其两端积分得

$$\int\frac{\mathrm{d}y}{g(y)}=\int f(x)\mathrm{d}x,$$

由此可求出 2.8.8 的通解. 至于 2.8.9 是类似的，先变形成 $\frac{M_1(x)}{N_1(x)}\mathrm{d}x+\frac{N_2(y)}{M_2(y)}\mathrm{d}y=0$ 然后积分，即

$$\int\frac{M_1(x)}{N_1(x)}\mathrm{d}x+\int\frac{N_2(y)}{M_2(y)}\mathrm{d}y=0,$$

也可求出 2.8.9 的通解.

例 3 求微分方程 $\frac{\mathrm{d}y}{\mathrm{d}x}=\frac{x}{y}$ 满足初始条件 $y\big|_{x=0}=1$ 的特解.

解 问题可写成

2.8.10 $$\begin{cases}\dfrac{\mathrm{d}y}{\mathrm{d}x}=\dfrac{x}{y}\\ y\big|_{x=0}=1.\end{cases}$$

将所给方程分离变量：$y\mathrm{d}y=x\mathrm{d}x$，两边积分得 $\int y\mathrm{d}y=\int x\mathrm{d}x$，故得 $\frac{1}{2}y^2=\frac{1}{2}x^2+C$ 或得通解 $y=\pm\sqrt{x^2+2C}$，以 $x=0,y=1$ 代入此通解，可得 $C=\frac{1}{2}$，且根号前须取“+”，于是得所求特解为 $y=\sqrt{x^2+1}$.

例 4 求微分方程$\frac{dy}{dx}=2xy$的通解.

解 将方程分离变量，即$\frac{dy}{y}=2x dx$，两边积分$\int\frac{dy}{y}=\int 2x dx$，得$\ln|y|=x^2+C_1$.从而有$|y|=e^{x^2+C_1}=e^{C_1}\cdot e^{x^2}$，令$C=\pm e^{C_1}$，于是得所求通解$y=Ce^{x^2}$.

以后为了运算简单起见，可把$\ln|y|$写成$\ln y$，只要记住出现的常数C可正可负即可.

三、增长模型

在自然科学与社会科学各个领域，有一类及其广泛而重要的数量增长模型，此类问题的解决有赖于微分方程. 我们先来看一个具体的实例.

例 5 某城镇人口的增长速度与当时人口数成正比. 若在1950年人口数是50 000，到1980年已有75 000人. 请你预测一下2010年时该城镇将有多少人口？

解 令t表示从1950年开始计算的年数，即1950年时$t=0$，1951年时$t=1$，如此等等. 现令$y=y(t)$是在t年达到的人口数. 于是表2.5列出了已知数据.

表 2.5

t	0	30	60
y	50 000	75 000	y_{60}

其中y_{60}为2010年将要达到的预测人口数. 根据题意，人口增长速度$\frac{dy}{dt}$与人口数$y(t)$成正比，设比例系数是k（显然k是正的常数）. 于是$y(t)$应满足微分方程$\frac{dy}{dt}=ky$，且$y(0)=50\,000$，$y(30)=75\,000$. 因此问题是求出微分方程

2.8.11
$$\begin{cases}\frac{dy}{dt}=ky\\ y(0)=50\,000\\ y(30)=75\,000\end{cases}$$

的特解，再计算$y(60)$. 2.8.11中出现两个条件$y(0)=50\,000$与$y(30)=75\,000$，是由于比例系数k还是待定的.

现在对方程$\frac{dy}{dt}=ky$分离变量，$\frac{dy}{y}=k dt$，积分得$\ln y=kt+C_1$，于是方程的通解是$y=Ce^{kt}$，其中$C=e^{C_1}$. 将条件$y(0)=50\,000$与$y(30)=75\,000$代入通解，有$50\,000=C$及$75\,000=Ce^{30k}$，由此得$C=50\,000$及$k=\frac{1}{30}\ln\frac{3}{2}$. 于是2.8.11的特解是$y=50\,000\cdot e^{\frac{t}{30}\ln\frac{3}{2}}$，或$y=50\,000\cdot\left(\frac{3}{2}\right)^{\frac{t}{30}}$. 最后计算出$y(60)=50\,000\cdot\left(\frac{3}{2}\right)^{\frac{60}{30}}=112\,500$. 因此我们可预测该城镇2010年将达到人口112 500人.

这类增长或衰退的一般模型及其解答表述在下面定理中.

2.8.12 定理 设某个量y是时间t的连续函数，且对所有$t\geqslant 0$，$y(t)>0$，又y关于t的变化率$\frac{dy}{dt}$与y成正比，比例系数是常数k，还假定$y(0)=y_0$，则有

2.8.13 $y=y_0e^{kt}$.

证 事实上这是微分方程

2.8.14 $\begin{cases} \dfrac{\mathrm{d}y}{\mathrm{d}t} = ky, \\ y(0) = y_0, \end{cases}$

的求解问题．应用分离变量，如同例 5 那样，容易求出 2.8.14 的特解是 2.8.13.

注意，比例系数 k 可正可负，当 $k>0$ 时，如例 5 那样，是个增长模型；反之，当 $k<0$ 时，则成负增长（衰退）模型．函数 2.8.13 的这两种情况如图 2.43 与图 2.44 所示．其中 $k>0$ 时，极限 $\lim\limits_{t\to+\infty} y_0\mathrm{e}^{kt} = +\infty$．在例 5 中，$k=\dfrac{1}{30}\ln\dfrac{3}{2}>0$，则随着时间的推移，该城镇人口数将越来越多，永无止境．这就向人们敲起了警钟，必须对人口加以适当的控制，否则听之任之，就会形成不可收拾的局面．当 $k<0$ 时，则极限 $\lim\limits_{t\to+\infty} y_0\mathrm{e}^{kt}=0$，无论 y_0 有多大，随着时间的推移，总数 $y_0\mathrm{e}^{kt}$ 将越来越小，且迅速递减趋于 0，这是衰退的规律.

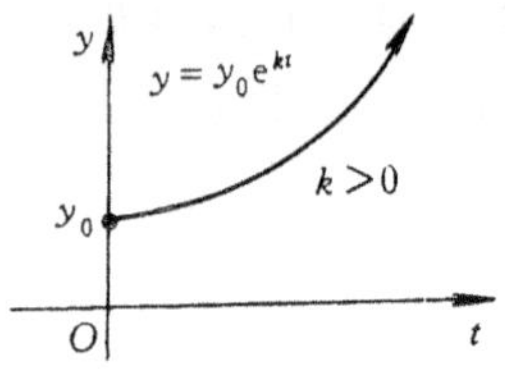

图 2.43

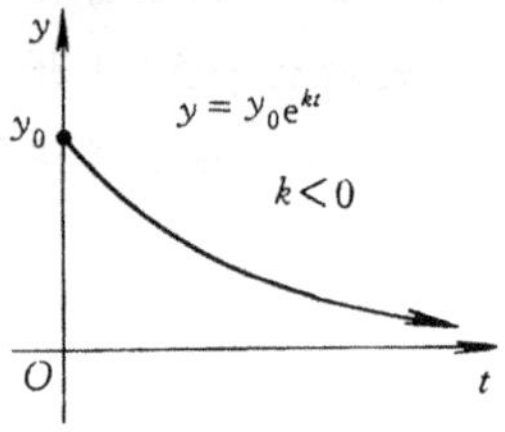

图 2.44

除了 2.8.12 定理中描述的增长（或衰退）模型以外，还有许多问题归结为有界增长（或衰退）模型.

例 6 一位学生要用 3 个小时的时间准备参加一项记忆力测试，共有 60 件事实需要记忆．根据心理学研究知道，一个人能够记忆一组事实的速度与剩下未记忆的事实数目成正比．换言之，未记的事实越多，或者他头脑中已记忆的事实越少，那么当时他记忆的速度越快．于是，如果该学生在开始后 t 分钟时已记忆 $y = y(t)$ 件事，此时记忆速度为 $\dfrac{\mathrm{d}y}{\mathrm{d}t} = k(60-y)$，其中 k 是正的常数，且对所有 $t\in[0,180]$，$y\leqslant 60$．假定该学生开始时记忆的数为 $y(0)=0$，在前 20 分钟内记住了 15 件事．试问：(*a*) 前 1 小时内；(*b*) 整个 3 小时内，他能记忆多少件事实?

解 我们先求微分方程

2.8.15 $\begin{cases} \dfrac{\mathrm{d}y}{\mathrm{d}t} = k(60-y) \\ y(0) = 0 \\ y(20) = 15 \end{cases}$

的特解 $y = y(t)$,然后算出 $y(60)$ 及 $y(180)$.

对方程 2.8.15 分离变量成：$\dfrac{\mathrm{d}y}{60-y} = k\mathrm{d}t$，积分得 $-\ln(60-y) = kt + C_1$，或 $60-y=\mathrm{e}^{-C_1-kt}$，令 $C=\mathrm{e}^{-C_1}$，解得

2.8.16 $y=60-C\mathrm{e}^{-kt}$.

将条件 $y(0) = 0$ 及 $y(20) = 15$ 代入 2.8.16，可得 $C=60$，及 $k=\dfrac{1}{20}\ln\dfrac{4}{3}$．因此 2.8.15 的特解是 $y=60-60\mathrm{e}^{-\frac{t}{20}\ln\frac{4}{3}}$，或

2.8.17 $y = 60 - 60\left(\frac{3}{4}\right)^{\frac{t}{20}}$.

现在有 $y(60) = 60 - 60 \times \left(\frac{3}{4}\right)^3 \approx 34.7$；及 $y(180) = 60 - 60 \times \left(\frac{3}{4}\right)^9 \approx 55.5$.

例 6 也是个增长模型，但它又与 2.8.12 定理叙述的模型有所区别：有关量 $y(t)$ 的增长速度$\frac{dy}{dt}$与当时该量 y 离某一固定正数 A 的差数成正比，即满足微分方程

2.8.18 $\frac{dy}{dt} = k(A - y)$,

其中比例系数 k 是正的常数，且对所有 $t \geqslant 0$，$y < A$．按例 6 的解法，方程 2.8.18 的通解是 $A - y = Be^{-kt}$，即

2.8.19 $y = A - Be^{-kt}$.

从极限 $\lim\limits_{t \to +\infty} y(t) = \lim\limits_{t \to +\infty}(A - Be^{-kt}) = A - B\lim\limits_{t \to +\infty} e^{-kt} = A - B \cdot 0 = A$ 可以看出，该量 $y(t)$ 随时间 t 的推移，将越来越大且趋近于正常数 A，但又永远小于 A．函数 $y = y(t)$ 的图像如图 2.45 所示，称为学习曲线．这个曲线的意义是：若将 $y(t)$ 理解为一个人胜任某种工作的能力，刚开始一段时间内，通过学习和工作经验的积累，他的工作能力提高得比较快，但到一定程度以后，提高的速度就放慢了，而且这种能力总不能超过某个水平，例如运动员水平的提高就与此相仿．图 2.45 中直线 $y = A$ 称为学习曲线的渐近线，它体现出能力的极限．

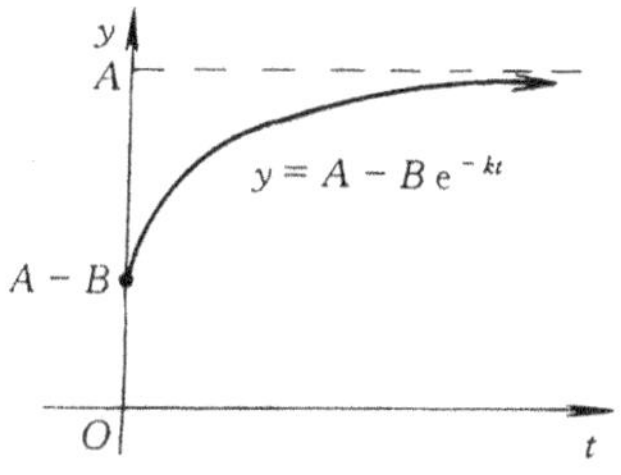

图 2.45

例 7 （碳年龄测定法）．美国加利福尼亚大学教授利比（Willard Libby）因发明了考古发掘物年龄的精确测定法，获得了 1860 年度诺贝尔化学奖．利比教授的基本原理是：每种生物有机体组织由两类碳组成，一类是放射性碳-14（通常用 ^{14}C 表示），另一类是稳定碳-12（记作 ^{12}C），^{14}C 与 ^{12}C 的含量之比近乎常数，有机体死亡以后，^{14}C 的含量按自然蜕变律减少，即减少的速度与当时 ^{14}C 的含量成正比．如果测定出一块木炭中 ^{14}C 的含量是活性树木含量的 15%，且 ^{14}C 的半衰期（其定义为给定数量的放射性物质经蜕变减少一半所需时间）约是 5 600 年，那么我们就可推算出形成木炭的那棵树的死亡年代．

事实上，设时间 t 以年为单位，树木死亡后 t 年时 ^{14}C 的含量为 $y(t)$，根据 2.8.12 定理的结论我们有 $y = y_0 e^{kt}$，其中 $y_0 = y(0)$ 是活性树木 ^{14}C 的含量，k 是待定的比例系数．现根据题设条件，

$$\begin{cases} \frac{1}{2} y_0 = y_0 e^{5\,600k}, \\ \frac{15}{100} y_0 = y_0 e^{kt}. \end{cases}$$

由上式约去 y_0，再消去 k：$5\,600k = \ln\frac{1}{2}$ 及 $kt = \ln\frac{15}{100}$，得

$$t = 5\,600 \cdot \frac{\ln\frac{15}{100}}{\ln\frac{1}{2}} = 5\,600 \cdot \frac{\ln \cdot \frac{100}{15}}{\ln 2} \approx 15\,327.$$

因此我们测定出树木死亡距今大约有 15 327 年．

四、补充

1. 一般微分方程要比前面介绍的复杂得多，它们包含的未知函数的导数的阶数往往大于1，也即包含着未知函数的高阶导数. 例如质量 m 的物体受地球引力（重力）作用自由下落，则物体下落的距离 s 随时间 t 变化的规律 $s=s(t)$ 应满足微分方程

2.8.20 $\frac{d^2 s}{dt^2}=g$,

其中 g 是重力加速度常数. 我们称 2.8.20 为二阶微分方程，以突出未知函数导数是二阶的. 一般地，若方程中包含的未知函数导数的最高阶数是 n，则称它为 n 阶微分方程. 现对 2.8.20 积分，得 $\frac{ds}{dt}=gt+C_1$，这还不够，再积分一次得 $s=\frac{1}{2}gt^2+C_1t+C_2$，出现了彼此独立的两个任意常数 C_1 与 C_2. 一般地，n 阶微分方程通过 n 次积分将得到含有 n 个彼此独立的任意常数的解，称为通解. 为确定这 n 个常数，需要 n 个初始条件，由它们确定了 n 个常数的特定值后的解称为特解.

2. 线性微分方程. 形如

2.8.21 $y'+p(x)y=q(x)$

的方程称为线性微分方程，其中 $p(x)$ 与 $q(x)$ 是已知连续函数，$q(x)$ 称为方程的自由项. 当 $q(x)=0$ 时，2.8.21 成为

2.8.22 $y'+p(x)y=0$,

称为线性齐次方程，否则称为线性非齐次方程.

为求出 2.8.21 的通解，我们采用常数变易法. 先求解 2.8.21 对应的齐次方程 2.8.22. 易见 2.8.22 是可分离变量的方程，我们将它改写成 $\frac{dy}{dx}+p(x)y=0$，即可分离变量为

$$\frac{dy}{y}=-p(x)dx,$$

两边积分得

$$\ln y=-\int p(x)dx+C_1.$$

于是得 2.8.22 的通解为 $y=Ce^{-\int p(x)dx}$，其中 $C=\pm e^{C_1}$ 是任意常数.

现在来求线性非齐次方程 2.8.21 的通解. 所谓常数变易法，就是假定 2.8.21 的通解是

2.8.23 $y=C(x)e^{-\int p(x)dx}$,

其中 $C(x)$ 是待定的函数，我们将会看到，这样的假定是合理的，而且确实由此可求出 2.8.21 的通解来. 既然 2.8.23 是 2.8.21 的解，将它代入 2.8.21 应成为恒等式，即

$$[C(x)e^{-\int p(x)dx}]'+p(x)C(x)e^{-\int p(x)dx}=q(x),$$

或

$$C'(x)e^{-\int p(x)dx}+C(x)\cdot e^{-\int p(x)dx}\cdot\left[-\int p(x)dx\right]'+p(x)C(x)e^{-\int p(x)dx}=q(x),$$

由此得

$$C'(x)e^{-\int p(x)dx}=q(x),$$

即

$$dC(x)=q(x)e^{\int p(x)dx}dx,$$

于是有

$$C(x)=\int q(x)e^{\int p(x)dx}dx+C_2,$$

其中 C_2 是任意常数，写出来是为显明起见. 最后我们得 2.8.21 的通解是

2.8.24 $$y=e^{-\int p(x)dx}\left[\int q(x)e^{\int p(x)dx}dx+C_2\right].$$

我们可以把 2.8.24 看作线性非齐次方程 2.8.21 的通解公式，但我们并不希望读者下功夫记住这个公式，只希望能够掌握常数变易法的求解方法.

例 8 求微分方程 $y'+2xy=2xe^{-x^2}$ 的通解.

解 对应齐次方程是 $\frac{dy}{dx}+2xy=0$，分离变量为 $\frac{dy}{y}=-2xdx$，两边积分得 $\ln y=-x^2+C_1$，或 $y=Ce^{-x^2}$，C 为任意常数，这是对应齐次方程的通解. 然后应用常数变易法，即设原方程的通解为 $y=C(x)e^{-x^2}$，代入原方程使其成为恒等式：

$$C'(x)\cdot e^{-x^2}+C(x)\cdot e^{-x^2}\cdot(-x^2)'+2x\cdot C(x)e^{-x^2}=2xe^{-x^2},$$

约去 e^{-x^2}，化简可得

$$C'(x)=2x\Leftrightarrow dC(x)=2xdx,$$

积分上式得 $C(x)=x^2+C_2$，于是原方程的通解是

$$y=(x^2+C_2)e^{-x^2},C_2\text{ 是任意常数}.$$

例 9 求方程 $\begin{cases}\frac{dy}{dx}=y+\cos x\\ y\Big|_{x=0}=0\end{cases}$ 的特解.

解 先求对应齐次方程 $\frac{dy}{dx}=y$ 的通解：将其分离变量为 $\frac{dy}{y}=dx$，积分得 $\ln y=x+C_1$，或 $y=C_2e^x$，其中 $C_2=\pm e^{C_1}$.

其次，设原方程的通解为 $y=C_2(x)e^x$，代入原方程：

$$C'_2(x)e^x+C_2(x)e^x=C_2(x)e^x+\cos x,$$

化简得 $C'_2(x)=e^{-x}\cos x$，积分可得

$$C_2(x)=\frac{1}{2}e^{-x}(\sin x-\cos x)+C,$$

由此得原方程的通解为

$$y=Ce^x+\frac{1}{2}(\sin x-\cos x),$$

再代入初始条件 $y\Big|_{x=0}=0$，可得 $C=\frac{1}{2}$. 于是得所求的原方程特解

$$y=\frac{1}{2}(e^x+\sin x-\cos x).$$

3. 火箭如何飞出地球.

在地面附近任何物体均受地球引力的作用而自由下落，其加速度称为重力加速度，等于 $g\approx 9.8m/s^2$. 根据力学原理，物体离地球较远时，地球对其产生的引力即重力与物体至地

球中心的距离平方成反比．如果我们在地面以初速度 v_0 铅直向上发射火箭，那么火箭将遵循怎样的规律运动？

设火箭质量为 m，我们知道地球半径是 $R=6\ 371$ 公里，并假定空气阻力可以忽略不计．现在取 Ox 轴如图 2.46 所示，原点在地心．令火箭在 P 点处的重力为 F_x，则

$$\frac{F_x}{-mg}=\frac{R^2}{x^2}\Leftrightarrow F_x=-\frac{mgR^2}{x^2},$$

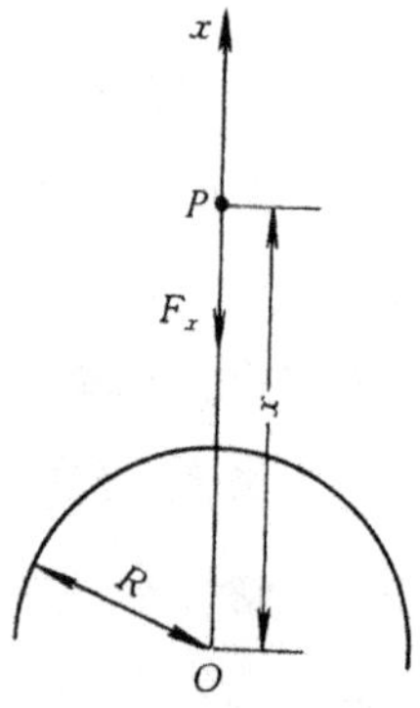

图 2.46

其中负号表示力的方向与 x 轴正向相反．现火箭在时刻 t 的速度与加速度分别是 $v(t)=\frac{\mathrm{d}x}{\mathrm{d}t}$ 与 $a(t)=\frac{\mathrm{d}v}{\mathrm{d}t}$．根据牛顿定律，$F_x=ma$，于是

$$m\frac{\mathrm{d}v}{\mathrm{d}t}=-\frac{mgR^2}{x^2},$$

约去 m，并用 $v\mathrm{d}t=\mathrm{d}x$ 遍乘上式两端，得

$$v\mathrm{d}v=-\frac{gR^2\mathrm{d}x}{x^2},$$

对上式积分，得
$$\frac{1}{2}v^2=\frac{gR^2}{x}+C,$$

将初始条件 $x(0)=R$，$v(0)=v_0$ 代入，则得 $C=\frac{1}{2}v_0^2-gR$．于是

$$\frac{1}{2}v_2=\frac{gR^2}{x}+\frac{1}{2}v_0^2-gR,$$

即可解得

$$\textbf{2.8.25}\qquad v=\frac{\mathrm{d}x}{\mathrm{d}t}=\sqrt{v_0^2+\frac{2gR^2}{x}-2gR}$$

对此式再积分，即得

$$t=\int_R^x\frac{\mathrm{d}x}{\sqrt{v_0^2+\frac{2gR^2}{x}-2gR}},$$

这就是火箭运动应满足的规律．

在 2.8.25 式中令 $v=0$，即得火箭上升的高度为

$$x=\frac{2gR^2}{2gR-v_0^2},$$

这表明，当 $v_0=\sqrt{2gR}$ 时，$x\to+\infty$（此时速度为零）．由此可见：$v_0<\sqrt{2gR}$ 时，火箭将最终返回地面；$v_0>\sqrt{2gR}$ 时，火箭将飞至无穷远，即飞出地球．速度

$$v_{es}=\sqrt{2gR}=\sqrt{2\times9.8\times10^{-3}\times6\ 371}\approx11.2(\mathrm{km/s})$$

称为第二宇宙速度．

习题 2.8

1．验证下列函数是所给微分方程的解，并指出是通解还是特解：

(1) $y=Cx^{-3},xy'+3y=0$；　　(2) $x^2-xy+y^2=C,(x-2y)y'=2x-y$；

(3) $y = x + Ce^y, (x - y + 1)y' = 1$;　　(4) $x^2 + y^2 = 25, \frac{dx}{y} + \frac{dy}{x} = 0$.

2. 求下列微分方程的通解：

(1) $(1 + y^2)dx - (1 + x^2)dy = 0$;　　(2) $(1 - x)dy = (1 + y)dx$;

(3) $xydx + \sqrt{1 - x^2}dy = 0$;　　(4) $(xy^2 + x)dx + (y - x^2y)dy = 0$;

(5) $x^2ydx = (1 - y^2 + x^2 - x^2y^2)dy$;　　(6) $\frac{dy}{dx} = \sqrt{\frac{1 - y^2}{1 - x^2}}$.

3. 求下列微分方程的特解：

(1) $\begin{cases} y' = e^{2x-y}, \\ y\Big|_{x=0} = 0; \end{cases}$　　(2) $\begin{cases} \sin x\cos y dx = \cos x \sin y dy, \\ y\Big|_{x=0} = \frac{\pi}{4}; \end{cases}$

(3) $\begin{cases} (y + 3)dx + \cot x dy = 0, \\ y\Big|_{x=0} = 1; \end{cases}$　　(4) $\begin{cases} y\ln x dx = x\ln y dy, \\ y\Big|_{x=1} = 1; \end{cases}$

(5) $\begin{cases} y' = 3y^{\frac{2}{3}}, \\ y\Big|_{x=1} = 27; \end{cases}$　　(6) $\begin{cases} xy' + y = 3, \\ y\Big|_{x=1} = 0. \end{cases}$

4. 某城镇 1940 年人口为 40 000，1980 年为 60 000. 已知人口的自然增长率与人口数成正比. 试预测：到什么时候该城镇人口将达到 80 000?

5. 欧洲某城镇 1975 年人口为 50 000，到 1985 年为 44 000，人口的减少速度与人口数成正比，试推测 1995 年人口应为多少?

6. 一辆汽车每年折旧一次，折旧的速度与当时的价值成正比. 设它在 1994 年 1 月 1 日购买，1995 年 1 月 1 日与 1996 年 1 月 1 日的价值分别为 70 000 元与 58 000 元. 那么到 2000 年 1 月 1 日该汽车将值多少?

7. 某生态保护区内一种野生动物数量在冬季的减少速率与当时数量成正比. 在冬季第一天，11 月 15 日有 2 400 只；30 天以后减少到 2 000 只. 试问：整个冬季结束（按 90 天计算）时，还存活多少只?

8. 某新工人在一工种岗位上工作，最高定额是每天生产 80 个. 从上岗工作开始 t 天后的产量是 $y(t)$，如果他的日产量变化率与 $80 - y$ 成正比. 开始上岗时他一天能生产 20 个，到第 10 个工作日生产了 50 个. (1) 该工人在第 30 个工作日能生产多少个? (2) 证明：在第 60 个工作日他生产的数量恰好比定额 80 个差 1 个.

9. 某学生学习外语需记忆 50 个单词，他记忆的速度与剩余未记忆的单词量成正比. 假定他开始时一个单词也没有记，而在前 50 分钟内记住了 20 个. (1) 一个小时内他记住了多少? (2) 二个小时内呢? (3) 多少时间后他需记忆的单词只剩一个?

（二）

10. 指出下列各微分方程的阶数，并指出是否是线性、齐次的：

(1) $\frac{d^2x}{dy^2} + xy = 0$;　　(2) $t(x')^2 - 2tx' + t = 0$;

(3) $\frac{d^2y}{dx^2} + 2x + \left(\frac{dy}{dx}\right)^2 = 0$;　　(4) $y^{(5)} - 2y^{(3)} + y' + 2y = 0$;

(5) $\frac{d^4 s}{dt^4} + s = s^4$;　　(6) $x(y')^2 - 2yy' + x = 0$.

11. 验证下列函数是所给微分方程的解，并指出是通解还是特解：

(1) $y = C_1 x + C_2 x^2, \frac{d^2 y}{dx^2} - \frac{2}{x} \cdot \frac{dy}{dx} + \frac{2y}{x^2} = 0$;

(2) $y = C_1 e^{ax} ++ C_2 e^{-ax}, y'' - a^2 y = 0$;

(3) $y = C_1 \cos\omega x + C_2 \sin\omega x, \frac{d^2 y}{dx^2} + \omega^2 y = 0$;

(4) $y = \ln(xy), (xy - x)y'' + xy'^2 + yy' - 2y' = 0$;

(5) $y = 3\sin x - 4\cos x, y'' + y = 0$;

(6) $y = xe^x, y'' - 2y' + y = 0$.

12. 验证下列函数是所给方程的通解，然后求出满足给定初始条件的特解：

(1) $y = Cx + \frac{1}{C}, x\left(\frac{dy}{dx}\right)^2 - y\frac{dy}{dx} + 1 = 0, y\Big|_{x=0} = 2$;

(2) $y = (C_1 + C_2 x)e^{-x}, y'' + 2y' + y = 0, y\Big|_{x=0} = 4, y'\Big|_{x=0} = -2$.

13. 求下列各方程的通解：

(1) $\frac{dy}{dx} = \frac{y}{y - x}$;　　(2) $(x + 1)y' - 2y = (x + 1)^4$;

(3) $y' - \frac{2y}{x} = x^2 \sin 3x$;　　(4) $y' + 3y = e^{-2x}$;

(5) $(2x - y^2)dy - ydx = 0$.

14. 求下列方程满足指定初始条件的特解：

(1) $\begin{cases} y' - y = \cos x \\ y\Big|_{x=0} = 0 \end{cases}$;　　(2) $\begin{cases} \frac{dx}{dt} - 4x = e^{3t} \\ x\Big|_{t=0} = 0 \end{cases}$;

(3) $\begin{cases} \frac{dy}{dx} + y\tan x = \sec x \\ y\Big|_{x=\pi} = -1 \end{cases}$;　　(4) $\begin{cases} \frac{dy}{dx} + \frac{y}{x} = \frac{\sin x}{x} \\ y\Big|_{x=\frac{\pi}{2}} = 1 \end{cases}$.

15. 设某商品的市场价格 $p = p(t)$ 随时间 t 变动，需求与供给函数分别为 $Q_d = b - ap$，$Q_s = -d + cp$（a，b，c，d 均为正的常数）. 又设价格 p 随时间 t 的变化率与超额需求 $Q_d - Q_s$ 成正比，求价格函数 $p = p(t)$（设 $p(0) = p_0$），并讨论 $t \to +\infty$ 时函数的变化趋势，做出解释.

2.9　附录　微积分的发展简史

理论来源于实践，特别是生产实践与科学实验的实践，数学作为研究自然与社会现象的有力工具也不例外. 微积分正是由于 17 世纪科学技术的发展需要而产生与发展起来的，它是 17 世纪自然科学中最重大的发现之一，它开创了数学发展的新纪元，同时对整个自然科学产生了无可估量的影响.

事实上，从16世纪开始，欧洲的资本主义幼芽已开始茁壮成长，工业正从工场手工业阶段逐渐进入机器大生产阶段，由于生产的发展和产业的革命，航海、造船、军事技术、热能、水利技术和天文研究等迅速发展，向自然科学提出了一系列亟待解决的问题，其中包括了大量的数学问题．例如：

（1）由距离和时间的关系，求物体在任意时刻的瞬时速度和加速度以及它们的反问题：由物体的加速度和时间的关系，求物体的速度和距离．

（2）确定运动物体在其轨道上任一点处的运动方向，由此而提出的求曲线的切线问题．

（3）实际中普遍存在的求函数的最大值、最小值问题．

（4）求曲线的长度，曲线围成的图形面积、曲面围成的立体体积，以及求物体的质量和重心位置．

正是为了解决这些实践中产生的问题，17世纪的数学家终于发明了微积分．一般认为，英国数学家牛顿（Issac Newton，1642～1727）与德国数学家莱布尼兹（G.W.Leibniz，1646～1716）几乎同时独立地发明了微积分．牛顿于1665年创立了微积分，但过了20年才出版．结果，莱布尼兹比牛顿早几年发表了他自己创立的微积分．也正是莱布尼兹设计使用了优越的微积分记号，其中包括把微分运算与积分运算联系在一起的记号．

尽管牛顿和莱布尼兹被誉为微积分的创立人，但他们的前辈也作出过不可磨灭的贡献，实际上正是这些前辈为他们提供了必要的基础和准备．

纵观历史，微积分创立的过程中，最早出现的不是微分法而是积分法，而且他们的思想基础是极限．说到极限概念，我们伟大祖国的古代科学家有过重要的贡献．最早出现在公元前三百年左右，著名的我国古代哲学著作《庄子》一书的《天下篇》里就记载着庄子的朋友惠施的话：“……至大无外，谓之大一；至小无内，谓之小一．……飞鸟之景，未尝动也镞失之疾，而有不行不止之时．”把这段话翻译成现代语言，意思是说：“至大是没有边界的，这叫做无穷大；至小是没有内部的，这叫做无穷小．飞鸟在任何一个确定的时刻，只能占据空间的一个特定位置．因此，在这一瞬间它就静止在这个位置上，无所谓运动．如果箭在一瞬间占有两个不同的位置，这只箭一定在运动着．如果在一段时间内飞箭占有同一位置，这时既不能说它是静止的，又不能说它在运动着．”由此可见，立论者当时对“无穷”已有了一定程度的认识．本章2.2中提到过惠施的另一段话：“一尺之棰，日取其半，万世不竭”，更清楚地表现了我们祖先朴素的极限思想．

到了魏晋时期，我国数学家已经开始把极限概念用于近似计算．刘徽在约公元263年为《九章算术》所作的注释中，提出了“割圆术”，用于计算圆周率 π．他从圆的内接正六边形开始，每次把边数加倍，屡次应用勾股定理，求出正12边形、正24边形，……的每边长．边数越多，多边形周长与圆周长越接近．刘徽指出：“割之弥细，所失弥少．割之又割，以至不可割，则与圆周合体而无所失矣．”意思是说：割得越细，正多边形周长与圆周长之差也就越小，最后与圆周重合，便没有误差了．应当指出，1700多年前的刘徽不可能对极限概念有完整的认识．他的话前一半是对的，后一半则不确切，因为永远没有“不可割”的时候，也永远不会“与圆周合体而无所失”．尽管如此，刘徽的这一创见，仍是我国古代数学的伟大成就之一．刘徽的割圆术，后来又被南北朝时期著名天文学与数学家祖冲之（429～500）所发展．祖冲之应用割圆术，算出 $3.1415926<\pi<3.1415927$，使圆周率 π 精确到小数点后第六位．这一记录保持了将近一千年，直到15世纪才被阿拉伯数学家al-Kashi所

打破，这是一项世界闻名的杰出科学成就.

在西方，这一领域中的先人，最早要数希腊的阿基米德（Archimedes，公元前 287～前 212 年）了. 他使用包含极限思想的“穷竭法”求由圆周和抛物线围成的图形面积，他的方法和本章 2.6.5 式体现的定积分思想十分相似. 后来斯蒂文（Simon Stevin，1548～1620）用一种类似于积分计算的方法确定水对垂直坝体的压力. 不过应用积分思想对求面积、体积和曲线长度进行系统全面研究的就应推德国著名天文学家开普勒（Johannes Kepler，1571～1630）了. 他提出行星运动的三大定律，为以后牛顿发现万有引力定律奠定了基础. 开普勒在研究行星运动时使用了类似微积分的计算方法. 据说，由于开普勒怀疑啤酒商的酒桶有误，他产生了对体积问题的浓厚兴趣，在 1615 年他发表了论文《木桶的形状及其体积问题的研究》，集中研究了旋转体体积的问题，其基本思想是“以直代曲”，与我国古代的割圆术相仿. 但开普勒的求积法不足之处是没有提出通用的计算方法，他强调不同的曲边图形应该用不同的直边图形去近似，这不利于积分法的广泛应用.

1635 年，意大利著名科学家伽里略（Galileo Galilei，1564～1642）的学生卡瓦列里（Bonaventura Cavalieri，1598～1647）在《不可分连续量的几何学》一书中，把源出于经院哲学的“不可分量”观念应用于求积问题，其方法的精髓是“面由条数不定的等距离的平行线构成，体由等距离的平行平面所构成”，这些平行线段和平行平面就是卡瓦列里心目中的“不可分量”. 虽然他克服了开普勒求积法中的缺点，但是他的方法也有明显的不足. 因为按照不可分量方法，图形的面积或体积分别是由比它低一维的几何元素的总和来确定的，但是“总和”指的是什么？为什么从低一维的几何元素的总和就能得出高一维的几何元素？这些问题当时他并没有明确解决.

与卡瓦列里同时代的著名数学家费尔马（Pierre de Fermat，1601～1665）也提出了一个求积方法. 例如，为求 $y=x^q$ 从 0 至 a 一段曲线下横轴上的面积，费尔马在横轴上选取分点 a，αa，$\alpha^2 a$，…（其中比例常数 α：$0<\alpha<1$），然后在这些点上作垂直于横轴的直线，把整个图形分成无数窄长的长条，每个长条图形看作矩形. 这些矩形面积之和构成一个几何级数. 这个级数之和在长条的宽度无限缩小时，就得到了所求的面积（参看 2.6.5 式）. 很明显，费尔马几乎采用了近代定积分求面积的全过程，所差的只是未抽象出积分这个概念，也没有得到计算这类问题较一般的方法.

英国数学家华利斯（John Wallis，1616～1703）是在牛顿和莱布尼兹以前，把分析方法引入微积分中工作做得最多的一个. 他的求积法的主要著作是《无限算术》一书. 在这部著作中，他把卡瓦列利开创并由费尔马发展的不可分量法，用数学语言确切地给以描述，使几何中的极限方法以解析的形式出现在数学中，这不仅开辟了用级数表示函数的道路，而且把算术从有限推向了无限，从而真正地跨入了微积分的领域. 此外，1656 年华利斯通过对微分三角形的观察分析，提出了现代意义下弧微分的概念和计算公式：$\mathrm{d}s=\sqrt{\mathrm{d}x^2+\mathrm{d}y^2}$. 只是由于华利斯没有找到合适的级数将这个根式展开，因此未能最终给出弧长的计算方法.

到了 17 世纪 60 年代，经过许多数学家的努力工作，求积法越来越完善，应用也越来越广泛. 于是，进一步认识这种方法的意义，并建立起相应的一门学科的条件已经成熟了. 但是，要建立起一套系统的数学理论，还必须解决以下三个问题：

（1）澄清概念，特别是建立变化率的概念.

（2）提炼方法，把解决各种具体问题的方法加以提炼，创立具有普遍意义的真正微积分方法.

(3) 解析法，把几何形式的概念和方法转换成解析形式，得到更适用的形式. 完成这三项开拓性工作的就是牛顿和莱布尼兹.

牛顿对微积分问题的研究开始于 1665 年，他对微积分的研究大致可分三个阶段：第一阶段是静态的无穷小量方法，象费尔马那样把变量看作是无穷小元素的集合；第二阶段是变量流动生成法，认为变量是由点、线或面的连续运动产生的，因此他把变量称为“流”，变量的变化率称为“流数”；第三阶段是牛顿称之为最初比和最后比的方法，这种方法又是牛顿对第一阶段无穷小量方法的彻底否定.

1667 年牛顿完成了他的第一篇微积分论文：《运用无穷多次方程的分析学》，正式发表于 1711 年. 这篇论文是牛顿第一阶段工作的具体体现. 在这篇文章中他总结了前人各种求积方法. 给出了求一个变量对另一个变量的瞬时变化率的普遍方法，而且还证明了：求积运算是求变化率的逆过程. 这就揭示了微积分的基本性质，即得到现在成为微积分学基本定理的牛顿－莱布尼兹公式. 这篇文章是牛顿创立微积分的标志. 但其中还有不少含混的地方.

牛顿第二阶段的工作，主要体现在 1671 年的《流数法和无穷级数》中，在这篇论文中牛顿主要解决了两个问题：

(1) 已知变量的关系 $y=f(x)$，求它们流数比 $\dot{y}/\dot{x}$（牛顿用 $\dot{y}$ 表示 y 的流数）；

(2) 已知一个含流数的方程，求变量之间的关系，这是问题 (1) 的逆问题，相当于求积分或解微分方程.

当时牛顿把微积分叫作流数法，并明确指出流数法的普遍意义：流数法“不仅可以用来作出任何曲线的切线，而且还可以用来处理其他关于曲度（即曲率)、面积、曲线的长度、重心等深奥的问题”. 这个认识远远超过了费尔马等所有的前期微积分学者.

牛顿微积分工作的第三阶段，主要体现在他的《曲线求积数》中，这篇文章写于 1676 年（却在 1704 年才发表). 在这篇文章中，牛顿对微积分的创立又有较大的贡献：导数的概念已被明确提出，而且把研究对象由两个变量构成的方程，转向关于一个变量的函数；引入了最初比（即函数的改变量对于自变量改变量之比）和最后比（即改变量消失之后的比）的概念. 为了求“最后比”而让改变量消失（其实是取极限之意思，但牛顿当时还不明确)，由此得到一系列的求导公式和求导法则，奠定了微分学的基础.

牛顿的主要著作《自然哲学的数学原理》(Principia Mathematica Philosophiae Naturalis) (1687) 总结了他本人多年研究微积分的成果. 特别是进一步明确了最后比的含义. 然而由于当时牛顿对微积分的基础——极限理论还不十分清楚，所以有些定理的叙述还不太严格，有些概念还不十分确切. 这就引起当时人们较多的怀疑甚至责难.

与牛顿各自独立地完成微积分创立工作的另一位数学家是德国的莱布尼兹，他博学多才，除数学外，在哲学、法学、历史学、语言学、地质学、逻辑学以及物理学等许多学科都具有杰出的地位. 莱布尼兹对微积分的研究是他出任外交官在巴黎居住期间 (1672～1676) 开始的，他同提出数学归纳法的巴斯卡 (B.Pascal，1623～1662) 所在的修道院的神父阿诺尔德 (A.Arnauld，1612～1694) 以及留在巴黎的荷兰物理学家惠更斯 (Christian Huygens，1629～1695) 等有交往，学习了笛卡儿 (R.Descartes，1596～1650) 和巴斯卡的成果.

如果说牛顿研究微积分是从运动学的角度出发的话，那么莱布尼兹则主要是从几何学的角度去开展研究工作的. 他在总结前人研究成果的基础上，把微积分从几何形式中抽象出来应用于一般的函数．莱布尼兹还是创造符号的大师，现在的微积分所使用的许多符号（例如微分 dy，dx 及导数 $\frac{dy}{dx}$，积分 $\int$ 等）都是他当时创立的．科学的微积分符号的使用，对微积分理论的发展是至关重要的．正是由于莱布尼兹善于科学地运用符号，所以在他 1684 年发表的关于微分法和积分法的一系列论文中，就正确地建立了函数求导的和、差、积、商的四则运算公式以及复合函数、对数函数和指数函数的微分法则，并与牛顿各自独立地创立了微积分的基本定理．虽然他比牛顿研究微积分的开始时间晚，但在完成微积分的创建工作这一点上，莱布尼兹的功绩可以与牛顿相提并论，说他们都是微积分的奠基人是当之无愧的．莱布尼兹创立的微积分学后来为伯努里（Bernoulli）一家和欧拉（L.Euler，1707～1783）等数学家继承，发展成为后来的解析学．

历史上任何一门新学科的建立，不可能一创立就完美无瑕．17 世纪牛顿和莱布尼兹虽然完成了微积分的创立工作，但由于他们对极限概念还十分模糊，所以在微积分的基本理论上存在着明显的不严密性的缺陷，在逻辑上也有漏洞，以至于遭受到各方面的非议．但是，数学家们并没有就此止步，在牛顿、莱布尼兹之后，数学家们一方面继续完善微积分的运算体系和推广它的应用，一方面澄清它的基本概念并建立它的科学体系．18 世纪，微积分在以下几个方面取得了较大发展；

（1）明确了函数的一般定义，建立了多元函数的概念，区分了显函数与隐函数、单值函数与多值函数的概念．

（2）建立了各类函数的积分公式，换元积分法已得到广泛应用．

（3）发展了多元函数的微分法，建立了偏导数理论以及重积分的计算方法．

这一时期正是由于微积分的发展，才推动了整个数学的发展，也带动了微积分的其他分支，如无穷级数、微分方程、变分法等学科的发展．

关于微积分的基础——极限论，在 18 世纪数学家们也进行了一场相当广泛而又十分激烈的争论．当时，虽然问题没有解决，但积累了丰富的材料．到 19 世纪，经过法国的柯西（A.L.Cauchy，1789～1857）和德国的维尔斯特拉斯（K.Weierstrass，1815～1897）等人的工作，给出了极限、收敛概念的精确定义，确立了以极限论为基础的数学分析体系之后，才使微积分克服了逻辑上的困难，并使之建立在严格的理论基础之上．另外，在 19 世纪 70 年代狄德金（J.W.R.Dedekind，1831～1916）实数理论的建立，以及 80 年代康托（G.Cantor，1848～1918）集合论的建立，才彻底完成了微积分理论的奠基工作，并使微积分真正成为一门具有完整科学体系的学科．

第三章　概率统计

本章我们所要讨论的主要内容包括：随机事件的概率，概率的一些运算公式，随机变量及其分布，随机变量的一些数字特征以及一些最常用的数理统计方法与基本原理，如参数估计，抽样检验，假设检验，方差分析，回归分析等.

3.1　随机事件及其运算

一、随机试验

在客观世界中，存在着两类不同的现象. 一类是确定性现象，即在一定的条件下，必然要出现某一种结果的现象. 例如，在标准大气压下，水加热到100°C，必然沸腾；导体通电后，必然发热等等都是确定性现象. 另一类是随机性现象，即在一定条件下，可能结果不止一个而事先无法确定的现象. 例如，抛一枚硬币，其结果可能是正面向上，也有可能反面向上，每次抛掷之前无法确定其结果是什么；一袋中装有红、白两种颜色的球，从袋中任取一球，其颜色有可能是红色的，也有可能是白色的，在每次取球之前无法确定其颜色等等，都是随机性现象. 随机现象的内在规律一般可在相同条件下通过大量重复试验而获得. 这一现象广泛地存在于客观世界的各个领域. 概率统计就是研究随机现象数学规律的一个数学分支.

在概率统计中，我们把对随机现象的一次观测称为一次随机试验，简称试验. 概率论中所研究的试验具有如下特点：

(1) 可以在相同的条件下重复进行；

(2) 每次试验的结果具有多种可能性，并且能事先明确试验的所有可能结果；

(3) 每次试验之前不能确定该次试验将出现哪一种结果.

一次试验结果的不确定性，表现了随机现象的偶然性的一面，而在大量重复试验的条件下显现出来的统计规律性，表现了它的必然性一面，这就是随机现象的二重性——偶然性和统计必然性之间的辩证关系. 随机现象的二重性充分说明，随机现象是可以认识的. 研究随机现象是为了掌握随机现象的统计规律性，使之为社会主义现代化建设事业服务.

二、随机事件

1. 基本事件和样本空间

定义　在随机试验中，可能出现或可能不出现的结果称为随机事件，简称为事件，常用大写字母 A、B、C 等表示.

在一定条件下，必然发生的事件，称为必然事件，记为 Ω；在一定条件下，必然不发生的事件，称为不可能事件，记为 $\varnothing$.

我们把随机试验的每一可能出现的直接结果即不可能再分解的事件称为基本事件，记为 ω. 基本事件的全体所组成的集合称为基本事件组. 因此，基本事件组作为一个事件，它是必然事件，仍记为 Ω. 从几何意义看，随机试验的每一个基本事件也叫做样本点，基本事件组也称为样本空间，故样本空间与基本事件组有着一一对应关系，记为 $\Omega=\{\omega_1,\omega_2,\cdots,\omega_n\}$.

例如，抛一枚骰子的试验 E 中，观察其出现点数，“1 点”，“2 点”，“3 点”，“4 点”，“5 点”，“6 点”都是基本事件，“偶数点”，“点数大于 3”等都是事件，但不是基本事件，“点数小于 7”是必然事件，“点数大于 6”是不可能的事件. 在此试验中，$\Omega=\{1,2,3,4,5,6\}$.

2. 事件间的关系

设随机试验 E 的样本空间为 Ω，而 A，B，$A_k(k=1,2,\cdots)$是 E 的事件.

(1) 包含与相等. 若事件 A 发生必然导致事件 B 发生，则称事件 B 包含事件 A，记为 $B\supset A$ 或 $A\subset B$，特别地规定：$\varnothing\subset A$，且 $A\subset\Omega$.

若 $A\subset B$ 且 $B\subset A$，则称事件 A 与 B 相等，记为 $A=B$.

(2) 事件的和(或并). 事件 A 与事件 B 至少有一个发生所构成的事件称为事件 A 与 B 的和事件，也称为事件的并，记为 $A+B$.

一般地，推广到 n 个事件，事件 A_1，A_2，$\cdots$，A_n 中至少有一个发生所构成的事件称为 A_1，A_2，$\cdots$，A_n 这 n 个事件的和事件(或并),记为

$$A_1+A_2+\cdots+A_n=\sum_{i=1}^{n}A_i.$$

(3) 事件的积(或交). 事件 A 与事件 B 同时发生所构成的事件称为事件 A 与事件 B 的积事件，也称为事件的交，记为 AB.

一般地，推广到 n 个事件，事件 A_1，A_2，$\cdots$，A_n 同时发生构成的事件称为 A_1，A_2，$\cdots$，A_n 这 n 个事件的积事件(或交)，记为

$$A_1A_2\cdots A_n=\prod_{i=1}^{n}A_i.$$

(4) 事件的差. 若事件 A 发生，而事件 B 不发生所构成的事件，称为事件 A 与事件 B 的差，记为 $A-B$.

(5) 互不相容(互斥)事件. 若事件 A 与事件 B 的积是不可能事件，即 $AB=\varnothing$，则称 A 与 B 两事件互斥，或称为互不相容事件.

一般地，若 n 个事件 A_1，A_2，$\cdots$，A_n 中任意两个事件都互斥，那么称这 n 个事件是两两互斥的，记为 $A_iA_j=\varnothing(i\neq j)$.

显然，随机试验 E 中的基本事件是两两互斥的.

(6) 对立(互补)事件. 若事件 A 与事件 B 的和事件是必然事件，即 $A+B=\Omega$，并且事件 A 与 B 的积事件是不可能事件，即 $AB=\varnothing$，则称事件 A 与 B 是对立事件，或称为互补事件，记为 $\bar{A}=B$ 或 $\bar{B}=A$.

显然，事件 A 的补事件 $\bar{A}$ 就是从必然事件 Ω 中减去事件 A 的差事件，即 $\bar{A}=\Omega-A$.

由以上定义，显然可知，两个互为对立的事件一定是互斥的，反之不一定成立.

(7) 完备事件组. 若事件 A_1，A_2，$\cdots$，A_n 为两两互不相容的事件，并且 $A_1+A_2+\cdots+A_n=\Omega$，则称 A_1，A_2，$\cdots$，A_n 构成一个完备事件组.

事件间的关系可用图 3.1 表示.

3. 事件运算的性质

设 A，B，C 是同一随机试验的事件，那么满足下列性质：

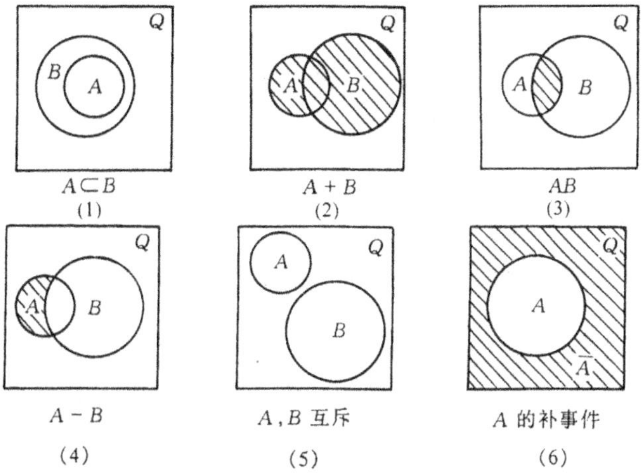

图 3.1

(1) 交换律　$A+B=B+A$，　$AB=BA$；

(2) 结合律　$(A+B)+C=A+(B+C)$；　$(AB)C=A(BC)$；

(3) 分配律　$A(B+C)=AB+AC$；　$A+BC=(A+B)(A+C)$；

(4) 摩根律(对偶律)　$\overline{A+B}=\bar{A}\bar{B}$；　$\overline{AB}=\bar{A}+\bar{B}$；

(5) 吸收律　$AB+A=A$；　$(A+B)A=A$；

(6) 对立律　$A+\bar{A}=\Omega$；　$A\bar{A}=\varnothing$.

例 1　掷一颗骰子的试验 E，观测出现的点数：事件 A 表示“偶数点”，事件 B 表示“小于 4 的奇数点”，事件 C 表示“大于 2 的点数”，用集合的列举表示法表示下列事件：Ω，A，B，C，$A+B$，$B-C$，BC，$\bar{A}B$，$\bar{A}+C$.

解　根据题意知

$\Omega=\{1,\ 2,\ 3,\ 4,\ 5,\ 6\}$，　$A=\{2,\ 4,\ 6\}$，　$B=\{1,\ 3\}$，

$C=\{3,\ 4,\ 5,\ 6\}$，　$A+B=\{1,\ 2,\ 3,\ 4,\ 6\}$，　$B-C=\{1\}$，

$BC=\{3\}$，　$\bar{A}B=\{1,\ 3\}$，　$\bar{A}+C=\{1,\ 3,\ 4,\ 5,\ 6\}$.

例 2　随机地抽取三件产品. 设 A 表示“三件产品中至少有一件是废品”，B 表示“三件中至少有两件是废品”，C 表示“三件都是正品”，问 $\bar{A}$，$\bar{B}$，$A+C$，AC，$A-B$ 各表示什么事件？

解　$\bar{A}=$“三件都是正品”$=C$；　$\bar{B}=$“三件产品中至多有一件废品”；

$A+C=\Omega$　(必然事件)；　$AC=\varnothing$　(不可能事件)；

$A-B=$“三件中恰有一件废品”.

例 3　从一批产品中每次取出一个产品进行不放回试验(即每次取出的产品不再放回. 若每次将取出的产品再放回，则称为有放回的试验)，事件 A_i 表示第 i 次取到合格品($i=1,2,3$). 试用事件的运算符号表示下列事件：(1)三次都取到了合格品；(2)三次中至少有一次取到合格品；(3)三次中恰有两次取到合格品；(4)三次中最多有一次取到合格品.

解　(1) 三次都取到合格品:$A_1A_2A_3$；

(2) 三次中至少有一次取到合格品:$A_1+A_2+A_3$；

(3) 三次中恰有两次取到合格品:$A_1A_2\bar{A}_3+A_1\bar{A}_2A_3+\bar{A}_1A_2A_3$；

(4) 三次中至多有一次取到合格品：$A_1\bar{A}_2\bar{A}_3+\bar{A}_1A_2\bar{A}_3+\bar{A}_1\bar{A}_2A_3+\bar{A}_1\bar{A}_2\bar{A}_3$.

习题 3.1

（一）

1. 下面随机现象各包含几个基本事件：

(1) 掷一颗骰子出现的点数；

(2) 将 a，b 两只球随机地放到编号为Ⅰ、Ⅱ、Ⅲ的三只盒子中去，第一个盒子中至少有一个球；

(3) 同时掷三颗骰子，出现的点数之和；

(4) 从五人中推选二人出席会议.

2. 同时掷两颗骰子，x、y 分别表示出现第一、二颗骰子的点数，设事件 A 表示“两颗骰子出现点数之和为偶数”，B 表示“点数之差为零”，C 为“点数之积不超过 20”，用样本点集合表示事件 $B-A$；$B\bar{C}$；$A+C$；$B+\bar{C}$；AB.

3. 若 A、B、C、D 是四个事件，试用这四个事件表示下列事件：

(1) 这四个事件至少发生一个；　　(2) 这四个事件恰好发生两个；

(3) A，B 都发生而 C，D 都不发生；　　(4) 这四个事件都不发生；

(5) 四个事件至多发生一个.

4. 一批产品中有正品也有次品，从中随机抽取三件，设 A 表示“抽出的第一件是正品”，B 表示“抽出的第二件是正品”，C 表示“抽出的第三件是正品”，试用 A，B，C 表示下列事件：

(1) 只有第一件是正品；　　(2) 第一，二件是正品，第三件是次品；

(3) 三件都是正品；　　(4) 至少有一件是正品；

(5) 至少有二件是正品；　　(6) 恰有一件为正品；

(7) 恰有二件为正品；　　(8) 正品不多于二件.

5. 在某班级中任选一学生，设 A 表示“选出的是男同学”，B 表示“选出的是运动员”，C 表示“选出的是不喜欢唱歌的同学”，问：

(1) $A\bar{B}C$，$A\bar{B}\bar{C}$ 各表示什么意义？

(2) $\bar{C}\subset B$，$A\bar{B}\subset\bar{C}$ 各表示什么意义？

(3) 在什么条件下 $ABC=A$？

(4) 若 $\bar{A}=B$，问是否意味着这个班级的所有男生都不是运动员？

6. 指出下列等式哪些成立？哪些不成立？

(1) $A+B=A\bar{B}+B$；　　(2) $\overline{A+BC}=\bar{A}\bar{B}\bar{C}$；

(3) $A+B=\bar{A}B$；　　(4) $\overline{AB}=\bar{A}\bar{B}$；

(5) $\overline{A+B+C}=\bar{A}+\bar{B}+\bar{C}$；　　(6) $\overline{A+B+C}=\bar{A}\bar{B}\bar{C}$.

（二）

7. 证明下列等式成立：

(1) $\overline{\bar{A}\cdot\bar{B}}=A+B$；　　(2) $\overline{\bar{A}+\bar{B}}=AB$；

(3) $\overline{A_1+A_2+\cdots+A_n}=\bar{A}_1\bar{A}_2\cdots\bar{A}_n$.

8. 一个靶子由 10 个同心圆组成，其半径各为 $r_k(k=1,2,\cdots,10)$，且 $r_1<r_2<\cdots<r_{10}$.

设 A_k 表示“命中于半径为 r_k 的圆内”，试问下列事件各表示什么？

(1) $A=\sum_{k=1}^{6}A_k$；　(2) $B=\sum_{k=5}^{10}A_k$；　(3) $C=\prod_{k=1}^{10}A_k$.

9. 试将 $A+B+C$ 表示为互不相容事件的和.

3.2 概率的定义

一、概率的统计定义

随机事件在一定条件下出现与否具有偶然性，但随机事件还具有其规律性的一面，它可以通过多次重复试验观测到.

在大量重复试验中，观测事件 A 出现的次数. 如果 n 次试验中 A 出现了 m 次，则称比值 $\frac{m}{n}$ 为 n 次试验中事件 A 出现的频率，记为 $f_n(A)$，即 $f_n(A)=\frac{m}{n}$.

频率具有如下性质：

设随机试验 E 的样本空间为 Ω，而 A 和 B 为 E 中的两个事件，则有

(1) $0\leqslant f_n(A)\leqslant 1$；　(2) $f_n(\Omega)=1$；

(3) 若 A，B 互斥，即 $AB=\varnothing$，则 $f_n(A+B)=f_n(A)+f_n(B)$，

若 A_1，A_2，…，A_n 是 E 中两两互斥事件，即 $A_iA_j=\varnothing$ $(i\neq j)$，则有

$$f_n(A_1+A_2+\cdots+A_n)=f_n(A_1)+f_n(A_2)+\cdots+f_n(A_n).$$

频率具有稳定性，它揭示出了随机现象中的规律性即统计规律性.

频率的稳定性揭示出一个随机事件出现的可能性有一定的大小. 频率稳定在较大数值时，表明随机事件出现的可能性大；频率稳定在较小数值时，表明随机事件出现的可能性小. 当 n 充分大时，频率所稳定的这个常数是随机事件出现可能性大小的一个客观度量，这个常数称为随机事件的频率，这种概率叫做统计概率. 由定义可知，概率作为频率的稳定值，应具有频率的三条性质，因此概率的任何定义，都要满足频率的三条基本性质，为此我们给出概率的另一种定义.

二、概率的定义及其性质

定义 设 E 是随机试验，Ω 是它的样本空间，对于 E 的每一事件 A 赋予一实数，记为 $P(A)$，称为事件 A 的概率. 若它满足下列条件：

(1) 对于每一事件 A 有

3.2.1 $0\leqslant P(A)\leqslant 1$　（非负性）；

(2) $P(\Omega)=1$　（规范性）；

(3) 对于两两互不相容的事件 $A_k(k=1,2,\cdots)$ 有：

3.2.2 $P(A_1+A_2+\cdots+A_n)=P(A_1)+P(A_2)+\cdots+P(A_n)$　（有限可加性）；

3.2.3 $P(A_1+A_2+\cdots+A_n+\cdots)=P(A_1)+P(A_2)+\cdots+P(A_n)+\cdots$　（可列可加性）.

由概率的定义可以推出概率的一些性质：

性质 1 设 $\bar{A}$ 是 A 的对立事件，则

3.2.4 $P(A)=1-P(\bar{A})$.

由于 $A+\bar{A}=\Omega$，$A\bar{A}=\varnothing$，由概率的可加性可知，$P(\Omega)=P(A)+P(\bar{A})$，而 $P(\Omega)=$

1，即可得$P(A)=1-P(\bar{A})$.

性质2 $P(\varnothing)=0$.

在公式3.2.4中令$A=\varnothing$，$\bar{A}=\Omega$即可，$P(\varnothing)=1-P(\Omega)=0$.

性质3 设A，B为二事件，则

3.2.5 $P(A+B)=P(A)+P(B)-P(AB)$.

由于$A+B=A+(B-A),B=AB+(B-A)$，而且$A(B-A)=\varnothing,(AB)(B-A)=\varnothing$，由概率的可加性可以得到

$$P(A+B)=P(A)+P(B-A),P(B)=P(AB)+P(B-A).$$

由上述二式即可得到公式3.2.5.

公式3.2.5可以推广到n个事件的情形：

3.2.6 $$P(A_1+A_2+A_3)=P(A_1)+P(A_2)+P(A_3)-P(A_1A_2)-P(A_1A_3)-P(A_2A_3)+P(A_1A_2A_3).$$

3.2.7 $$P(A_1+A_2+\cdots+A_n)=\sum_{i=1}^{n}P(A_i)-\sum_{i<j=2}^{n}P(A_iA_j)+\sum_{i<j<k=3}^{n}P(A_iA_jA_k)+\cdots+(-1)^{n-1}P(A_1A_2\cdots A_n).$$

性质4 设A，B为二事件，若$A\subset B$，则$P(A)\leqslant P(B)$.

因为$B=A+(B-A)$，其中$A(B-A)=\varnothing$.

由概率的可加性可知

$$P(B)=P(A)+P(B-A).$$

再由概率的非负性可知：$P(B-A)\geqslant 0$，

因此$P(A)\leqslant P(B)$.

性质5 若$A\subset B$，则

3.2.8 $P(B-A)=P(B)-P(A)$.

根据性质4的证明过程即可得公式3.2.8.

三、古典概率

通过重复试验观察事件的频率，不仅能了解概率的实际含义，同时也可以作为求概率近似值的一个具体方法．现讨论一类特殊的随机试验，它的特征是：

(1) 试验结果的个数即基本事件的全体是有限的．

$$\Omega=\{\omega_1,\omega_2,\cdots,\omega_n\};$$

(2) 每一个基本事件出现的可能性相等．这时，就称所讨论的问题是等可能的．

在等可能的问题中，我们有下面的概率计算公式：

若试验E的总的基本事件个数为n，事件A由其中m个基本事件组成，那么事件A的概率为：

3.2.9 $$P(A)=\frac{m}{n}=\frac{A\text{ 中所包含的基本事件数}}{\text{试验}E\text{ 中的基本事件的总数}}.$$

这种概率称为古典概率，或称先验概率，它把计算事件A的概率$P(A)$的问题，化为计算事件A中包含的基本事件的个数m与基本事件的总数n的比值．

例1 作试验E："将一枚均匀的硬币掷三次"，观察正、反面出现的情况．

(1) 写出 E 的样本空间；

(2) 设事件 A_1 为“恰有一次出现正面”，求$P(A_1)$；

(3) 设事件 A_2 为“至少有一次出现正面”，求$P(A_2)$.

解 设 H 表示出现正面，T 表示出现反面，

(1) E 的样本空间是

$\Omega=\{(H,H,H),(H,H,T),(H,T,H),(H,T,T),(T,H,H),(T,H,T),(T,T,H),(T,T,T)\}$.

(2) $A_1=\{(H,T,T),(T,H,T),(T,T,H)\}$，此时 $n=8$，$m=3$，故有

$$P(A_1)=\frac{m}{n}=\frac{3}{8}.$$

(3) $A_2=\{(H,H,H),(H,H,T),(H,T,H),(T,H,H),(H,T,T),(T,H,T),(T,T,H)\}$,此时 $n=8$，$m=7$，故有

$$P(A_2)=\frac{m}{n}=\frac{7}{8}.$$

$P(A_2)$亦可以用下面的方法求解：

事件 $\bar{A}_2=\{(T,T,T)\},P(\bar{A}_2)=\frac{1}{8}$,

所以
$$P(A_2)=1-P(\bar{A}_2)=\frac{7}{8}.$$

例 2 袋中装有 4 个红球，2 个白球，从中任取 2 个球，计算取出 2 个球都是红球的概率.

解 设 A 表示“从袋中取出 2 个球都是红球”的事件.

试验的基本事件总数 $n=C_{4+2}^2$，事件 A 所包含的基本事件个数 $m=C_4^2$，由公式 3.2.9 有：

$$P(A)=\frac{m}{n}=\frac{C_4^2}{C_6^2}=\frac{2}{5}.$$

例 3 展览会工作人员将 8 只手表排成一排放入橱窗内，已知其中 3 只是同一表厂生产的，求此 3 只表恰排在一起的概率.

解 设事件 A 表示“某厂生产的 3 只表恰排在一起”.

在此试验中，8 只表的每一种排列构成一个基本事件，故基本事件总数 $n=P_8^8$.

当某厂 3 只表排在一起，把其当作 1 只表与其余 5 只表一起当作 6 只表进行排列，种数为 P_6^6，而放在一起的 3 只表又有左、中、右之分，为三元素的全排列，种数为 P_3^3. A 所包含的基本事件个数 $m=P_6^6\cdot P_3^3$，所以

$$P(A)=\frac{m}{n}=\frac{P_6^6\cdot P_3^3}{P_8^8}=\frac{3}{28}.$$

例 4 袋中有 6 只球，其中 4 只白球，2 只红球，从袋中任取球二次，每次取 1 只. 考虑两种情况:(一)有放回方式抽样；(二)不放回方式抽样. 试在上述两种情况下，求：

(1) 取到 2 只球都是白球的概率；

(2) 取到 2 只球的颜色相同的概率；

(3) 取到 2 只球至少有 1 只是白球的概率.

解 设 A、B、C 分别表示“取得的 2 只球都是白球”、“取到 2 只球都是红球”、“取到

2 只球至少有 1 只白球”的事件，则 $A+B$ 表示“取到 2 只球的颜色相同”事件.

(一) 有放回抽样.

试验的基本事件的总数 $n=6\times6=36$，事件 A 包含的基本事件的个数为 $4\times4=16$，事件 B 包含的基本事件的个数为 $2\times2=4$.

$\therefore \quad P(A)=\dfrac{m}{n}=\dfrac{16}{36}=\dfrac{4}{9}$； $\quad P(B)=\dfrac{m}{n}=\dfrac{4}{36}=\dfrac{1}{9}$；

由于 $AB=\phi$，因此 $P(A+B)=P(A)+P(B)=\dfrac{5}{9}$； $\quad P(C)=P(\bar{B})=1-P(B)=\dfrac{8}{9}$.

(二) 不放回抽样.

试验的基本事件的总数 $n=6\times5=30$，事件 A 包含基本事件的个数为：$4\times3=12$，事件 B 包含基本事件的个数为：$2\times1=2$.

$\therefore \quad P(A)=\dfrac{m}{n}=\dfrac{12}{30}=\dfrac{2}{5}$； $\quad P(B)=\dfrac{m}{n}=\dfrac{2}{30}=\dfrac{1}{15}$；

$P(A+B)=P(A)+P(B)=\dfrac{2}{5}+\dfrac{1}{15}=\dfrac{7}{15}$； $\quad P(C)=P(\bar{B})=1-P(B)=\dfrac{14}{15}$.

四、补充

我们所描述的古典概率的定义，具有局限性，因为古典概率中的基本事件数只能是有限个且为等可能的，下面介绍一种基本事件数为无限的几何概率.

设平面上有一区域 G(见图 3.2)，区域 g 包含在区域 G 中，现随机地向区域 G 内投掷一点 M，假设点 M 必落在 G 中，且点 M 落在 G 内任何位置都是等可能的，即落在区域 G 的任何部分内的概率只与此部分的面积成正比，而与其位置和形状无关. 这时点 M 落在区域 g 内的概率，由于区域 G 内的点有无穷多个，不能用公式 3.2.9 来计算，因而我们定义此概率为 g 的面积 S_g 与 G 的面积 S_G 之比，即

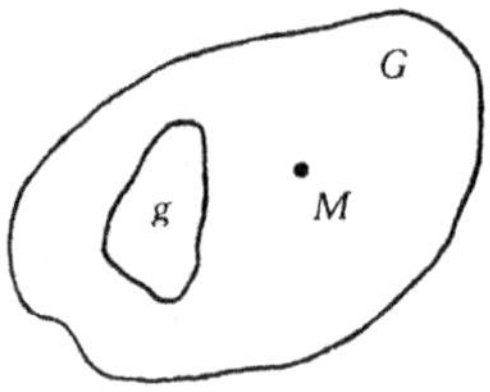

图 3.2

3.2.10 $\quad P(A)=\dfrac{g\text{ 的面积}}{G\text{ 的面积}}=\dfrac{S_g}{S_G}$.

一般地，设随机试验具有无穷多个彼此互斥的等可能的结果，且可用某种度量(如线段的长度，平面图形的面积，立体图形的体积等)来表示其总和，设为 M_G；事件 A 所包含的基本事件数也可用同样的度量来表示，设为 M_g，则事件 A 的概率为

3.2.11 $\quad P(A)=\dfrac{M_g}{M_G}$.

例 5 设电台每小时报时一次，某人打开收音机，想听电台报时，问他等待的时间小于一刻钟的概率是多少？

解 由于电台每小时报时一次，可以认为这个人打开收音机时，时针处于两次报时之间，且处于区间 [0, 60] 上任一点的可能性是一样.

设 A 表示事件“等待的时间小于一刻钟”.

$\therefore \quad P(A)=\dfrac{15}{60}=\dfrac{1}{4}$.

例 6 甲、乙两人相约于 8 时至 9 时在某地会面. 先到的人应等候另一人 10 分钟，过时方可离去，假定他们在 8 时到 9 时之间的任一时刻到达预定地点的可能性相等，试求甲、

乙两人能会面的概率.

解 设 x、y 分别表示甲、乙两人到达预定地点的时刻，则 $0\leqslant x\leqslant 60$，$0\leqslant y\leqslant 60$，此外，甲、乙两人能会面的充要条件是 $|x-y|\leqslant 10$.

我们把 x、y 表示为平面上一点的坐标 (x,y)，则所有基本事件可以用边长为 60 的正方形内的点表示出来，设 A 表示"甲、乙两人能会面"，则 A 所包含的基本事件可用正方形内介于两直线 $x-y=\pm 10$ 之间的区域(见图 3.3 的阴影部分)内的点表示出来，故所求概率为

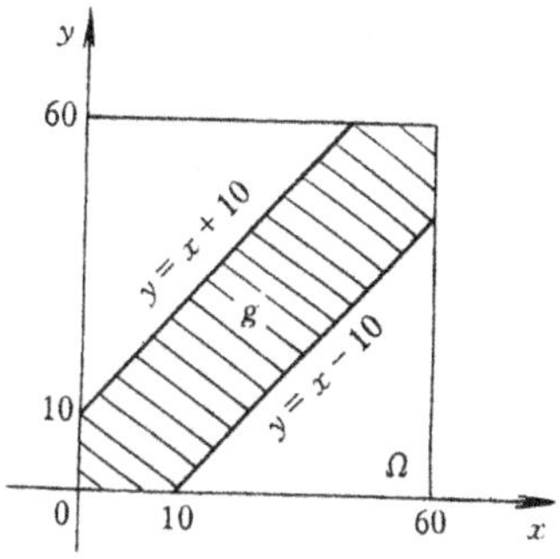

图 3.3

$$P(A)=\frac{60^2-50^2}{60^2}=\frac{11}{36},$$

故甲，乙两人能会面的概率为 $\frac{11}{36}$.

由几何概率的定义，不难看出，几何概率具有如下性质：

(1) 对于任何事件，$0\leqslant P(A)\leqslant 1$；

(2) $P(\Omega)=1$；

(3) 若 A_1，A_2，…，A_n，…为两两互斥事件，则

$$P(\sum_i A_i)=\sum_i P(A_i).$$

习题 3.2

(一)

1. 一个宿舍中有 6 名同学，问这 6 名同学的生日都不相同的概率是多少(设一年为 365 天)?

2. 一套文集包括第 1 至 4 卷共 4 本，按任意顺序放到书架上去，问各卷自左向右或自右向左恰成 1，2，3，4 的顺序的概率是多少?

3. 从写有 a，b，c，d，e 的五张卡片中，任取二张，求取出的两张卡片的字母恰为按顺序相邻排列的概率.

4. 甲袋中有白球 3 只，红球 7 只，黑球 15 只. 乙袋中有白球 10 只，红球 6 只，黑球 9 只. 现从两袋中各取一球，试求两球颜色相同的概率.

5. 从一副扑克牌中任意抽取 3 张，求抽出的牌中至少有两张花色相同的概率.

6. 在 6 副同型号的手套中任取 4 只，求恰有 1 双配套的概率.

7. 一幢 10 层楼中的一架电梯在底层上了 7 位乘客，电梯在每层都停，乘客从第二层开始离开电梯，设每位乘客在各层离开的可能性是相等的，求没有两位乘客在同一层离开的概率.

8. 从 1，2，3，…，9 这九个数字中，任取两个数字，求：(1)两数和为偶数的概率；(2)两数和为奇数的概率.

9. 袋中装有 1，2，…，N 号球各 1 个，采用：(1)有放回；(2)无放回方式抽球，试求在第 k 次抽球时首次抽到 1 号球的概率.

(二)

10. 从数 1，2，…，N 中任取两个数，求所取两个数之和为偶数的概率.

11. 将三只球随机地放入四只盒子，问盒子中球的最大个数分别为1，2，3的概率各为多少？

12. 一批产品共 N 件，其中有 M 件次品. 现从中随机抽取 n 次，每次抽一件，采用：(1)有放回地抽样；(2)无放回地抽样. 试求在上述两种抽样的方式下 n 次中恰有 k 次是次品的概率.

13. 甲、乙两只轮船驶向一个不能同时停泊两只船的码头停泊，它们在一昼夜内到达码头的时刻是等可能的，如果甲船停泊的时间为1h，乙船停泊的时间为2h，求两只船中任何一只都不需等候码头空出的概率.

3.3 条件概率及全概率公式

一、条件概率

我们先看一个例子. 掷一颗骰子，观察其点数，令 A 表示“点数小于4”，则 $P(A)=\frac{1}{2}$. 如果已知事件 B 表示“出现偶数点”，且 B 已发生，这时只剩下三种可能，即“2点”，“4点”或“6点”. 从而在 B 已发生的条件下，A 发生的概率为 $P(A|B)=\frac{1}{3}$，注意 $P(B)=\frac{1}{2}$，$P(AB)=\frac{1}{6}$，此时有

$$P(A \mid B)=\frac{P(AB)}{P(B)} \neq P(A).$$

定义 设 A、B 是随机试验 E 的二个事件，且 $P(B)>0$，则称

3.3.1 $P(A|B)=\dfrac{P(AB)}{P(B)}$

为事件 B 发生条件下事件 A 发生的条件概率.

可以验证，条件概率也是一种概率，它符合概率的三个条件.

例1 全年级100名学生中，有男生(以事件 A 表示)80人，女生20人；来自北京的(以事件 B 表示)有20人，其中男生12人，女生8人；免修英语的(用事件 C 表示)40人中有32名男生，8名女生. 试写出 $P(A),P(B),P(B|A),P(A|B),P(AB),P(C),P(C|A),P(\bar{A}|\bar{B}),P(AC)$.

解 根据题意有

$$P(A)=\frac{80}{100}=0.8; \qquad P(B)=\frac{20}{100}=0.2;$$

$$P(B|A)=\frac{P(AB)}{P(A)}=\frac{12}{80}=0.15; \qquad P(A|B)=\frac{P(AB)}{P(B)}=\frac{12}{20}=0.6;$$

$$P(AB)=\frac{12}{100}=0.12; \qquad P(C)=\frac{40}{100}=0.4;$$

$$P(C|A)=\frac{P(AC)}{P(A)}=\frac{32}{80}=0.4; \qquad P(\bar{A}|\bar{B})=\frac{P(\bar{A}\bar{B})}{P(\bar{B})}=\frac{12}{80}=0.15;$$

$$P(AC)=\frac{32}{100}=0.32.$$

二、概率的乘法定理

由公式3.3.1，当 $P(B)>0$ 时，则有

3.3.2 $P(AB)=P(A|B)P(B)$.

公式 3.3.2 称为概率的乘法公式，同样地，概率的乘法公式还有另一种形式：若$P(A)>0$，

3.3.3 $P(AB)=P(B|A)P(A)$.

相应地，对于三个事件 A_1，A_2，A_3，则其相应乘法公式为

3.3.4 $P(A_1A_2A_3)=P(A_1)P(A_2|A_1)P(A_3|A_1A_2)$.

例 2 设在一盒子中装有 4 个黑球和 6 个白球，取球两次，一次取一个，取后不放回，问两次都取到白球的概率是多少?

解 设 $A=$ "第一次取到白球"，$B=$ "第二次取到白球"，

$$\because \quad P(A)=\frac{6}{10}, \quad P(B|A)=\frac{5}{9},$$

因此 $$P(AB)=P(B|A)P(A)=\frac{6}{10}\times\frac{5}{9}=\frac{1}{3}.$$

三、全概率公式

3.3.5 定理(全概率定理) 如果事件$A_1,A_2,\cdots,A_n$ 构成一个完备事件组，且$P(A_i)>0,(i=1,2,\cdots,n)$. 则对任一事件 B，有

3.3.6 $P(B)=\sum\limits_{i=1}^{n}P(A_i)\,P(B|A_i)$.

公式 3.3.6 称为全概率公式.

证明 $A_1,A_2,\cdots,A_n$ 是一个完备事件组，$A_i(i=1,2,\cdots,n)$是两两互斥的，且$P(A_i)>0$，从而$A_iB(i=1,2,\cdots,n)$也两两互斥(见图 3.4)于是

$$B=B\sum_{i=1}^{n}A_i=\sum_{i=1}^{n}A_iB.$$

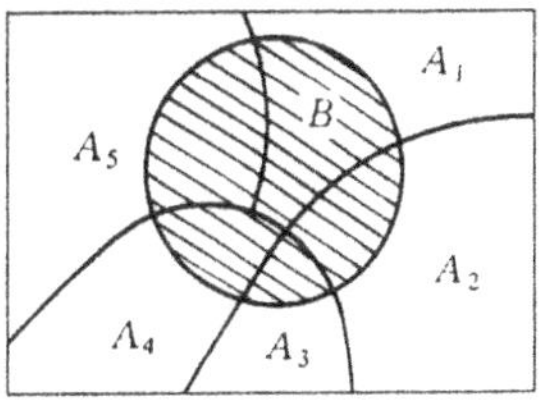

图 3.4 ($n=5$)

由概率的可加性及乘法得到

$$\begin{aligned}P(B)&=P(\sum_{i=1}^{n}A_iB)\\&=\sum_{i=1}^{n}P(A_iB)\\&=\sum_{i=1}^{n}P(B|A_i)P(A_i).\end{aligned}$$

全概率公式应用较广，其基本思路是将一个较复杂的事件分解成若干个较简单且两两互斥事件的和，即要找一个完备事件组，然后利用乘法定理及加法定理来计算.

例 3 播种时用的一等小麦种子中混有 2.5% 的二等种子，1% 的三等种子，已知用一等、二等、三等种子长出的麦穗含 50 颗以上麦粒的概率分别是 0.6，0.2，0.05. 求这批种子所结麦穗含有 50 颗以上麦粒的概率.

解 设 $B=$ "任取一粒麦种，其所结麦穗含有 50 颗以上麦粒".

$A_i=$ "任取一粒麦种恰为第 i 等麦种"，$i=1$，2，3.

则所求概率为$P(B)$.

因为 A_1，A_2，A_3，构成一完备事件组，

$$B=B(A_1+A_2+A_3)=A_1B+A_2B+A_3B$$

由全概率公式 3.3.6 有

$$P(B)=P(A_1B+A_2B+A_3B)$$
$$=P(A_1)P(B|A_1)+P(A_2)P(B|A_2)+P(A_3)P(B|A_3).$$

由于$P(A_2)=0.025$，$P(A_3)=0.01$ 及 $\bar{A}_1=A_2+A_3$，

$\therefore P(A_1)=1-P(\bar{A}_1)=1-(P(A_2)+P(A_3))=0.965.$

又 $\because P(B|A_1)=0.6, P(B|A_2)=0.2, P(B|A_3)=0.05,$

故 $$P(B)=0.965\times0.6+0.025\times0.2+0.01\times0.05=0.5845.$$

例 4 某厂有甲、乙、丙三个车间生产同一种产品，其产量分别占总产量的 25%，35%，40%. 各自的废品率为 5%，4%，2%，今从总产品中任取一件，求所取出的产品为废品的概率.

解 设$A_1=$“所取产品为甲车间生产的”；$A_2=$“所取产品为乙车间生产的”；

$A_3=$“所取产品为丙车间生产的”；$B=$“所取产品为废品”.

则$A_i(i=1,2,3)$构成一个完备事件组，且

$P(A_1)=0.25$，　$P(A_2)=0.35$，　$P(A_3)=0.4$，

$P(B|A_1)=0.05$，　$P(B|A_2)=0.04$，　$P(B|A_3)=0.02$.

由全概率公式有

$$P(B)=\sum_{i=1}^{3}P(A_i)P(B|A_i)$$
$$=0.25\times0.05+0.35\times0.04+0.4\times0.02=0.0345.$$

四、两个事件的独立性

由前面的讨论我们可以知道，一般事件 B 的发生对 A 发生的概率是有影响的，此时，$P(A|B)\neq P(A)$，但当$P(A|B)=P(A)$，即 B 的发生对 A 发生的概率没有影响，此时即说事件 A 独立于事件B.

定义 设 A，B 是试验E 的两个事件，若有

3.3.7 $P(AB)=P(A)P(B)$,

则称事件 A 与B 为相互独立的事件.

公式 3.3.7 是概率乘法定理的特殊形式.

3.3.8 定理 设 A，B 是试验E 的两个事件，且有$P(B)>0$，则 A 与B 相互独立的充分必要条件为：

3.3.9 $P(B|A)=P(B)$.

在实际问题中，往往是通过对问题性质的分析来判断事件间是否独立.

例 5 甲、乙两人同时射击某一目标. 设甲击中目标的概率为 0.8，乙击中目标的概率为 0.5. 求目标被击中的概率.

解 设$A=$“甲击中目标”，$B=$“乙击中目标”，$C=$“目标被击中”，

则 $C=A+B$.

由于甲、乙射击是相互独立的，故 A 与B 是相互独立的.

$$P(C)=P(A+B)=P(A)+P(B)-P(AB)$$
$$=P(A)+P(B)-P(A)P(B)$$
$$=0.8+0.5-0.8\times0.5=0.9.$$

例 6 试证 A，B 相互独立与以下每一条件等价：

(1)A 与$\bar{B}$ 独立；(2)$\bar{A}$ 与B 独立；(3)$\bar{A}$ 与$\bar{B}$ 独立.

证 我们在这里只证由 A 和B 相互独立推导(1)、(2)、(3)成立，反之情形，请同学们作为课后练习做一下.

若 A 与B 相互独立，则$P(AB)=P(A)P(B)$.

(1) $$P(A\bar{B})=P(A-AB)=P(A)-P(AB)=P(A)-P(A)P(B)$$
$$=(1-P(B))P(A)=P(A)P(\bar{B}),$$

故 A 与$\bar{B}$ 相互独立.

(2) $$P(\bar{A}B)=P(B-AB)=P(B)-P(AB)=P(B)-P(A)P(B)$$
$$=(1-P(A))P(B)=P(\bar{A})P(B),$$

故 $\bar{A}$ 与B 相互独立.

(3) $$P(\bar{A}\bar{B})=P(\overline{A+B})=1-P(A+B)=1-P(A)-P(B)+P(AB)$$
$$=1-P(A)-P(B)+P(A)P(B)=(1-P(A))-(1-P(A))P(B)$$
$$=(1-P(A))(1-P(B))=P(\bar{A})P(\bar{B}),$$

故 $\bar{A}$ 与$\bar{B}$ 相互独立.

五、多个事件的独立性

定义 若三个事件 A，B，C 满足下列条件：

3.3.10 (1) $P(AB)=P(A)P(B)$,

(2) $P(BC)=P(B)P(C)$,

(3) $P(AC)=P(A)P(C)$,

3.3.11 (4) $P(ABC)=P(A)P(B)P(C)$,

则称 A，B，C 为相互独立的事件.

只满足条件 3.3.10 的三个事件 A，B，C 称为两两相互独立的事件.

例 7 袋中装有四个大小相同的球，其中红球、白球、黑球各一个，另一个是涂有红、白、黑三种颜色的球.

设$A=$ “任取一球其上涂有红色”；

$B=$ “任取一球其上涂有白色”；

$C=$ “任取一球其上涂有黑色”.

则 $P(A)=\frac{1}{2}$, $P(B)=\frac{1}{2}$, $P(C)=\frac{1}{2}$,

$P(AB)=\frac{1}{4}$, $P(AC)=\frac{1}{4}$, $P(BC)=\frac{1}{4}$,

$P(ABC)=\frac{1}{4}$.

显然 $P(AB)=P(A)P(B)$, $P(BC)=P(B)P(C)$,

$P(AC)=P(A)P(C)$,

但是 $P(ABC)\neq P(A)P(B)P(C)$.

因此上式说明 A，B，C 是两两相互独立的，但三个事件不是相互独立的.

上述例子说明定义中的 4 个条件缺一不可，由满足 3.3.10 并不能推出 3.3.11.

例 8 一个人看管三台机床，设在任一时刻这三台机床正常工作（即不需人照看）的概率分别为0.9，0.8，0.85. 求在任一时刻(1)三台机床都正常工作的概率；(2)三台机床中至少有一台正常工作的概率.

解 三台机床工作正常与否是相互独立的.

A_i 表示“第 i 台机床工作正常”，$i=1, 2, 3$.

则 $P(A_1)=0.9, \quad P(A_2)=0.8, \quad P(A_3)=0.85.$

(1) 三台机床都正常工作的频率为

$$P(A_1A_2A_3) = P(A_1)P(A_2)P(A_3) = 0.9\times0.8\times0.85 = 0.612.$$

(2) 三台机床中至少有一台正常工作概率为

$$\begin{aligned} P(A_1+A_2+A_3) &= 1-P(\overline{A_1+A_2+A_3}) \\ &= 1-P(\bar{A}_1\bar{A}_2\bar{A}_3) \\ &= 1-P(\bar{A}_1)P(\bar{A}_2)P(\bar{A}_3) \\ &= 1-0.1\times0.2\times0.15 = 0.997 \end{aligned}$$

六、补充

1. 贝努里概型

只有两种结果 A 与 $\bar{A}$ 的试验，就称为贝努里(Bernoulli)试验.

如果在相同的条件下独立地作 n 次贝努里试验(即各次试验的结果互不影响)，事件 A 在每次试验中发生的概率保持不变，这时称这种试验为 n 重贝努里试验.

3.3.12 定理(贝努里定理) 设贝努里试验中事件 A 发生的概率为 $p(0<p<1)$，则在 n 重贝努里试验中事件 A 恰发生 m 次的概率为：

3.3.13 $P_n(m) = C_n^m p^m(1-p)^{n-m}, (m=0,1,2,\cdots,n).$

例 9 一条自动生产线上产品的一级品率为 0.6，现在检查了 10 件，求至少有 2 件一级品的概率.

解 设 $A=$ “10 件中至少有 2 件一级品”.

每一件产品可能是一级品也可能不是一级品，各个产品是否为一级品是相互独立的(其中 $p=0.6$).

因为
$$\begin{aligned} P(A) &= \sum_{k=2}^{10} P_{10}(k) = 1-P_{10}(0)-P_{10}(1) \\ &= 1-0.4^{10}-C_{10}^1\times0.6\times0.4^9 = 0.998. \end{aligned}$$

2. 贝叶斯公式

贝叶斯公式是借助于条件概率及全概率公式而导出的一个重要公式.

3.3.14 定理(贝叶斯定理) 若 $A_1, A_2, \cdots, A_n$ 构成完备事件组，且 $P(A_i)>0$，则对任一事件 B ($P(B)>0$)有

3.3.15
$$P(A_k|B) = \frac{P(A_k)P(B|A_k)}{\sum_{i=1}^{n} P(A_i)P(B|A_i)}.$$

公式 3.3.15 称为贝叶斯公式.

证 因为 $A_1, A_2, \cdots, A_n$ 构成完备事件组，由乘法公式及概率公式得

$$P(A_k|B) = \frac{P(A_kB)}{P(B)} = \frac{P(A_k)P(B|A_k)}{\sum_{i=1}^{n} P(A_i)P(B|A_i)}.$$

贝叶斯公式通常用在下列问题中：已知事件 B 当且仅当 n 个两两互斥的事件 A_1，A_2，…，A_n 之一发生时发生，即 A_1，A_2，…，A_n 为 B 发生的原因，现在 B 已经发生了，反过来要讨论 A_1，A_2，…，A_n 中哪一个是导致 B 发生的真正“原因”.

例 10 假定某工厂甲、乙、丙三个车间生产同一种螺丝，产量依次占全厂的 45%，35% 和 20%，如果各车间的次品率依次为 4%，2% 和 5%. 现从待出厂产品中检查出 1 个次品，试判断它是由甲车间生产的概率.

解 设 B 表示“产品为次品”，A_1，A_2，A_3 分别表示“产品为甲、乙、丙车间生产的”. 显然，A_1，A_2，A_3 构成一个完备事件组. 依题意有

$P(A_1)=0.45, P(A_2)=0.35, P(A_3)=0.2,$

$P(B|A_1)=0.04, P(B|A_2)=0.02, P(B|A_3)=0.05.$

由贝叶斯公式有

$$P(A_1|B)=\frac{P(A_1)P(B|A_1)}{\sum_{i=1}^{3}P(A_i)P(B|A_i)}=\frac{0.45\times0.04}{0.45\times0.04+0.35\times0.02+0.2\times0.05}=0.514.$$

例 11 某人来开会. 他乘火车来的概率是 $\frac{3}{10}$，乘船、汽车、飞机来的概率分别为 $\frac{1}{5}$，$\frac{1}{10}$ 及 $\frac{2}{5}$. 如果他乘火车来，迟到的概率是 $\frac{1}{4}$；如果乘船或汽车，那么迟到的概率分别为 $\frac{1}{3}$ 及 $\frac{1}{12}$；如果乘飞机便不会迟到. 结果他迟到了. 试问：在此条件下，他是乘火车来的概率为多少？

解 设事件 A 表示“开会迟到”，H_1，H_2，H_3，H_4 分别表示“乘火车”、“乘船”、“乘汽车”、“乘飞机”这四个事件. 于是所求概率是

$$P(H_1|A)=\frac{P(H_1)P(A|H_1)}{\sum_{i=1}^{4}P(H_i)P(A|H_i)}=\frac{\frac{3}{10}\times\frac{1}{4}}{\frac{3}{10}\times\frac{1}{4}+\frac{1}{5}\times\frac{1}{3}+\frac{1}{10}\times\frac{1}{12}+\frac{2}{5}\times0}=\frac{1}{2}.$$

类似地，可以求得在 $\bar{A}$（不迟到）发生的条件下，乘火车来的概率

$$P(H_1|\bar{A})=\frac{9}{34}.$$

习题 3.3

（一）

1. 袋中装有 8 只红球，2 只黑球，每次从中任取一球，不返回地连续取两次，求下列事件的概率：

(1) 取出的两只球都是红球； (2) 取出的两只球都是黑球；

(3) 取出的两只球一只是红球，一只是黑球； (4) 第二次取出的是红球.

2. 设事件 A 与 B 互斥，$P(A)=p$，$P(B)=q$，求$P(A+B)$，$P(\bar{A}+B)$，$P(A+\bar{B})$，$P(\bar{A}B)$，$P(A\bar{B})$，$P(\bar{A}\bar{B})$，$P(AB)$.

3. 甲袋中有 5 只白球，7 只红球，乙袋中有 4 只白球，2 只红球．从两个袋子中任取一袋，然后从所取到的袋子中任取一球，求取到白球的概率．

4. 在一批电子元件中，甲类占 80%，乙类占 12%，丙类占 8%，这三类元件的使用寿命能达到指定要求的概率依次为 0.9，0.8，0.7．现任取一个元件，求使用寿命能达到指定要求的概率．

5. 甲袋中有 4 个白球，6 个黑球；乙袋中有 5 个白球，4 个黑球．现从甲袋中任取 3 个球放入乙袋中，然后再从乙袋中任取一球，求取得的是白球的概率．

6. 加工某一零件共需要 4 道工序，设第一、二、三、四道工序的次品率分别为 2%、3%、5%、3%．假定各道工序的加工互不影响，求加工出零件的次品率是多少？

7. 某人过去射击的成绩是每射 5 次总有 4 次命中目标，根据这一成绩，求

(1) 射击 3 次皆中目标的概率；

(2) 射击 3 次有且只有 2 次命中目标的概率；

(3) 射击 3 次至少有 2 次命中目标的概率．

8. 三人独立破译某种密码，他们能破译的概率分别为$\frac{1}{3}$，$\frac{1}{4}$，$\frac{1}{5}$，求能将密码破译的概率．

9. 用一门大炮对某目标进行三次独立射击，第一、二、三次的命中率分别为 0.4、0.5、0.7，若命中此目标一、二、三弹，该目标被摧毁的概率分别为 0.2、0.6 和 0.8，试求此目标被摧毁的概率．

10. 一大楼装有 5 个同类型的供水设备，调查表明在任一时刻 t 每个设备被使用的概率为 0.1，问在同一时刻：

(1) 恰有 2 个设备被使用的概率是多少？　(2) 至少有 3 个设备被使用的概率是多少？

(3) 至多有 3 个设备被使用的概率是多少？　(4) 至少有 1 个设备被使用的概率是多少？

（二）

11. 10 个考签中有 4 个难签，三人参加抽签(无放回地)，每人抽一签，甲先，乙次，丙最后抽取，证明三人抽到难签的概率相同．

12. 为了防止意外，在矿内同时设有两种报警系统 A 和 B，每种系统单独使用时，其有效的概率，系统 A 为 0.92，系统 B 为 0.93，在 A 失灵的条件下，B 有效的概率为 0.85．求

(1) 发生意外时，这两个报警系统至少有一个有效的概率；

(2) B 失灵的条件下，A 有效的概率．

13. 12 个乒乓球中有 9 个新的，3 个旧的，第一次比赛时取出 3 个，用完后放回；第二次比赛又取出 3 个，求第二次取到的 3 个球中有 2 个新球的概率．

14. 某领导有 7 个顾问，每一顾问提供正确意见的概率是 0.6，现为某事可行与否分别征求各顾问的意见，并根据多数人的意见作出决定，问作出正确决定的概率是多少？

15. H_1，H_2，H_3 都是研究股票的理论，在某一群人当中，相信这三种理论的概率分别为$P(H_1)=\frac{1}{2}$，$P(H_2)=\frac{1}{3}$，$P(H_3)=\frac{1}{6}$．现在 H_1，H_2，H_3 这三种理论分别对股票市场作

如下预测：

理　论	股　票　行　情		
	A：上涨	B：不变	C：下跌
H_1	$\frac{1}{5}$	$\frac{3}{5}$	$\frac{1}{5}$
H_2	$\frac{1}{5}$	$\frac{1}{5}$	$\frac{3}{5}$
H_3	$\frac{4}{5}$	$\frac{1}{10}$	$\frac{1}{10}$

如果股票行情实际上是上涨了，问按上涨而得利者中，相信这三种理论的人比例情况如何？

3.4　随机变量及其分布

在前几节中，介绍了随机事件及其概率，我们可以看到许多随机事件都可以用数量来标识．例如：某一段时间内车间正在工作着的车床数目，掷骰子出现的点数等．对于那些没有采取数量标识的事件，也可以给它们用数量来标识．例如：掷硬币，“出现正面”记为1，“出现反面”记为0；生产的产品是“优质品”记为2，是“次品”记为1，是“废品”记为0等．这样，对于试验的结果就都可以用数量来描述了．

由此可见，对随机试验样本空间 Ω 中的样本点 ω，都可以使其与某个实数 ξ 相对应，ξ 是依 ω 变化而变化的实数，记 $\xi=\xi(\omega)$，$\xi(\omega)$是定义在 Ω 上的一个单值实函数．

定义　设 E 是一随机试验，它的样本空间是 $\Omega=\{\omega\}$，如果对于每一个 $\omega\in\Omega$，有实数 $\xi(\omega)$和它相对应，这样就得到一个定义在 Ω 上的单值实函数$\xi(\omega)$，称$\xi(\omega)$为随机变量．

随机变量一般用 ξ，η，ζ 或X，Y，Z 等表示．

例 1　对某产品进行检验，有合格与不合格两种可能结果，若令

$$\xi=\begin{cases}1, & \text{当检验到的产品为合格品；}\\ 0, & \text{当检验到的产品为不合格品．}\end{cases}$$

则 ξ 是一个随机变量．

例 2　统计某一段时间内候车室的旅客的数目．用 η 表示统计结果，则 η 是一个随机变量，它可能取到$[0,M]$内的任一自然数．M 为候车室的最大容量．

例 3　测试某个灯泡的使用寿命．用 ξ 表示试验结果，则 ξ 是一个随机变量，它可能取到$(0,+\infty)$间的任一数字．用“$\xi=x$”表示“灯泡寿命为 x 小时”的事件．

最常见的随机变量有两大类，即离散型随机变量和连续型随机变量．

一、离散型随机变量的分布

定义　如果随机变量的全部取值为有限个或可列个(即取值个数与自然数 N 一一对应)，则称它为离散型随机变量．

如例 1、例 2 中的随机变量就是离散型随机变量．

定义　设 ξ 是一个离散型随机变量，它的所有可能取值为$x_i(i=1,2,\cdots)$．若 ξ 取这些值的概率为：

3.4.1　$P(\xi=x_i)=p_i\qquad(i=1,2,\cdots)$，

则称 3.4.1 式为离散型随机变量的概率分布(或概率函数)，简称分布．

称概率函数的表格形式

ξ	x_1	x_2	…	x_n	…
$P(\xi=x_i)$	p_1	p_2	…	p_n	…

为离散型随机变量的概率分布列.

由概率定义知，p_k 满足如下性质：

3.4.2 (1) $p_k\geqslant 0$, $(k=1, 2, \cdots)$;

3.4.3 (2) $\sum\limits_k p_k = 1$.

例 4 已知随机变量 ξ 的概率分布是

$$P(\xi = k) = \frac{C}{2^k} \qquad (k = 1,2,3).$$

求常数 C 的值.

解 由 $P(\xi = k) \geqslant 0$ 知 $C \geqslant 0$,又由 $\sum\limits_{k=1}^{3} P(\xi = k) = 1$,知

$$\sum_{k=1}^{3} P(\xi = k) = \sum_{k=1}^{3} \frac{C}{2^k} = 1,\text{即}\quad C\sum_{k=1}^{3} \frac{1}{2^k} = 1,\text{得到}\quad C = \frac{8}{7}.$$

例 5 某种产品共 10 件，其中有次品 3 件，现从中任取 3 件，求取出的 3 件产品中次品数 X 的概率分布.

解 X 的所有可能取值为 0，1，2，3. 按照题意有

$$P(X = 0) = \frac{C_7^3}{C_{10}^3} = \frac{7}{24}; \qquad P(X = 1) = \frac{C_7^2 \cdot C_3^1}{C_{10}^3} = \frac{21}{40};$$

$$P(X = 2) = \frac{C_7^1 \cdot C_3^2}{C_{10}^3} = \frac{7}{40}; \qquad P(X = 3) = \frac{C_3^3}{C_{10}^3} = \frac{1}{120}.$$

因此，X 的概率分布为：$P(X = k) = \dfrac{C_7^{3-k} \cdot C_3^k}{C_{10}^3}, k = 0,1,2,3.$

二、随机变量的分布函数

定义 若 ξ 是一个随机变量(可以是离散型的，也可以是非离散型的)，x 是任意实数，则函数

3.4.4 $F(x)=P(\xi\leqslant x)\quad(-\infty<x<+\infty)$

称为随机变量 ξ 的分布函数.

$F(x)$，即事件“$\xi\leqslant x$”的概率是 x 的一个实函数. 分布函数这种既是概率又是普通函数的双重属性，使我们得以使用数学分析的方法研究概率问题.

由定义可知，对任意实数 $a<b$ 有

3.4.5 $P(a<\xi\leqslant b)=F(b)-F(a)$.

分析函数具有如下基本性质：

(1) 对任意的 $x\in(-\infty, +\infty)$,

3.4.6 $0\leqslant F(x)\leqslant 1$;

(2) 单调不减性，即对任意 $x_1<x_2$ 有

3.4.7 $F(x_1)\leqslant F(x_2)$;

(3) $F(-\infty)=\lim\limits_{x\to-\infty}F(x)=0$,

3.4.8 $F(+\infty)=\lim\limits_{x\to+\infty}F(x)=1$;

(4) 右连续，即

3.4.9 $F(x)=F(x+0)=\lim\limits_{\Delta x\to 0^+}F(x+\Delta x)$.

三、离散型随机变量的分布函数

设离散型随机变量 ξ 取值为 x_1，x_2，…，x_n，…其概率分布为 $P(\xi=x_i)=p_i(i=1,2,\cdots)$，则由分布函数定义可知

3.4.10 $F(x)=P(\xi\leqslant x)=\sum\limits_{x_k\leqslant x}P(\xi=x_k)$.

显然，离散型随机变量的分布函数是一个分段跳跃函数，其图形是阶梯曲线，它在 ξ 的每一可能取值 x_k 处跳跃上升一级，其跳跃的高度恰为 ξ 取值 x_k 的概率 p_k.

例 6 设袋中装有标号分别为 0，1，1，2，2，2 的六个球，从中任取一个球，求取到球的标号数 ξ 的分布函数，并画出函数图像.

解 ξ 的可能取值是 0，1，2，由定义

$$F(x)=P(\xi\leqslant x).$$

(1) 当 $x<0$ 时，“$\xi\leqslant x$” $=\varnothing$，有 $F(x)=0$；

(2) 当 $0\leqslant x<1$ 时，$F(x)=P(\xi\leqslant x)=P(\xi=0)=\dfrac{1}{6}$；

(3) 当 $1\leqslant x<2$ 时，$F(x)=P(\xi\leqslant x)=P(\xi=0)+P(\xi=1)=\dfrac{1}{6}+\dfrac{2}{6}=\dfrac{1}{2}$；

(4) 当 $x\geqslant 2$ 时，“$\xi\leqslant x$” $=\Omega$，有 $F(x)=1$.

因此，$F(x)=\begin{cases}0, & x<0;\\ \dfrac{1}{6}, & 0\leqslant x<1;\\ \dfrac{1}{2}, & 1\leqslant x<2;\\ 1, & x\geqslant 2.\end{cases}$

其图像如图 3.5.

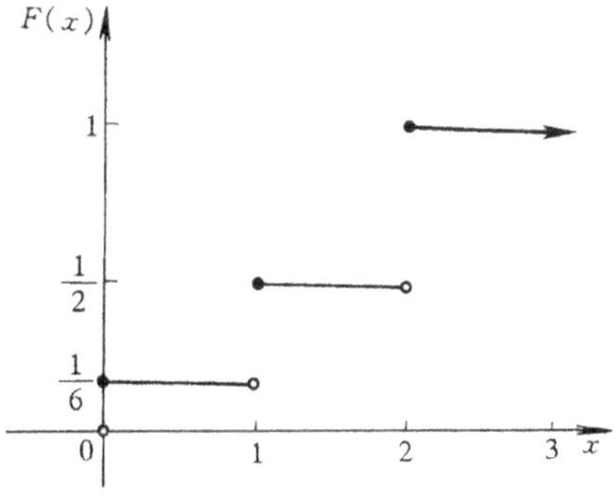

图 3.5

四、连续型随机变量

定义 设 $F(x)$ 是随机变量 ξ 的分布函数，若存在可积函数 $p(x)\geqslant 0$，使对任意的 x 有

3.4.11 $F(x)=\int_{-\infty}^{x}p(t)\mathrm{d}t$,

则称 ξ 为连续型随机变量，并且称 $p(x)$ 为 ξ 的概率分布密度函数，简称密度函数.

可以证明，连续型随机变量的分布函数是一连续函数.

由微积分学中有关知识可知，分布函数值即为图 3.6 中阴影部分的面积.

由分布函数的性质可以得到密度函数的基本性质：

3.4.12 (1) $p(x)\geqslant 0$；

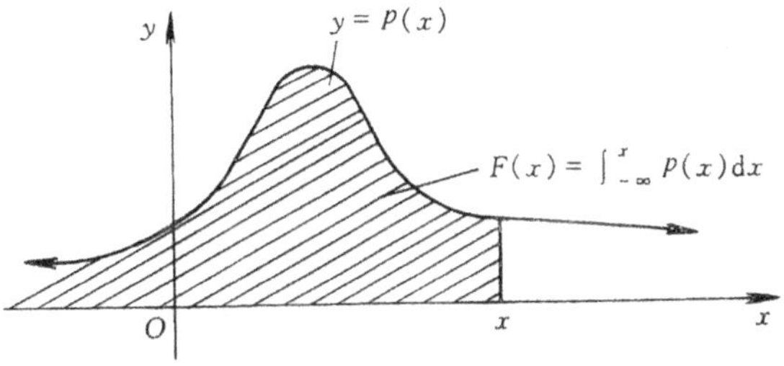

图 3.6

3.4.13 (2) $\int_{-\infty}^{+\infty} p(x)\mathrm{d}x = 1$;

(3) 对任意的 $a,b(a<b)$有

3.4.14 $P(a < \xi \leqslant b) = F(b) - F(a) = \int_a^b p(x)\mathrm{d}x$;

3.4.15 (4) $P(\xi = a) = 0$.

此性质表明，连续型随机变量取任一定值 a 的概率为 0，这点与离散型随机变量不同. 同时表明，一个事件的概率等于 0，这事件并不一定是不可能事件；同样地，一个事件的概率等于 1，这事件也不一定是必然事件.

由性质 4 可知：

$$P(a < \xi \leqslant b) = P(a \leqslant \xi \leqslant b) = P(a \leqslant \xi < b) = \int_a^b p(x)\mathrm{d}x.$$

(5) 若$p(x)$在 x 处连续，则$F'(x) = p(x)$.

连续型随机变量的分布函数$F(x)$的图形是位于直线 $y=0$ 及 $y=1$ 之间的、单调上升的连续曲线.

例 7 已知连续型随机变量 X 的概率密度函数为

$$f(x) = A\mathrm{e}^{-|x|}(-\infty < x < +\infty).$$

求：(1)系数 A；(2)随机变量 X 落在区间(0,1)的概率；(3)随机变量 X 的分布函数.

解 (1) 因为 $\int_{-\infty}^{+\infty} f(x)\mathrm{d}x = \int_{-\infty}^{+\infty} A\mathrm{e}^{-|x|}\mathrm{d}x = 1$,

即

$$A\int_{-\infty}^{+\infty} \mathrm{e}^{-|x|}\mathrm{d}x = 1,$$

$$A(\int_{-\infty}^{0} \mathrm{e}^{x}\mathrm{d}x + \int_{0}^{+\infty} \mathrm{e}^{-x}\mathrm{d}x) = 1$$

$\therefore$ $A = \frac{1}{2}$，且有$f(x) = \frac{1}{2}\mathrm{e}^{-|x|}$ $(-\infty < x < +\infty)$.

(2)
$$\begin{aligned} P(0 < X < 1) &= \int_0^1 f(x)\mathrm{d}x \\ &= \int_0^1 \frac{1}{2}\mathrm{e}^{-|x|}\mathrm{d}x = \frac{1}{2}\int_0^1 \mathrm{e}^{-x}\mathrm{d}x = \frac{1}{2}(1 - \mathrm{e}^{-1}). \end{aligned}$$

(3) 随机变量 X 的分布函数为：

$$F(x) = \int_{-\infty}^{x} \frac{1}{2}\mathrm{e}^{-|t|}\mathrm{d}t.$$

当 $x \leqslant 0$ 时 $F(x) = \int_{-\infty}^{x} \frac{1}{2}\mathrm{e}^{t}\mathrm{d}t = \frac{1}{2}\mathrm{e}^{x}$;

当 $x > 0$ 时
$$\begin{aligned} F(x) &= \int_{-\infty}^{x} \frac{1}{2}\mathrm{e}^{-|t|}\mathrm{d}t = \frac{1}{2}\int_{-\infty}^{0} \mathrm{e}^{t}\mathrm{d}t + \frac{1}{2}\int_{0}^{x} \mathrm{e}^{-t}\mathrm{d}t \\ &= \frac{1}{2}[1 + (1 - \mathrm{e}^{-x})] = 1 - \frac{1}{2}\mathrm{e}^{-x}. \end{aligned}$$

因此
$$F(x) = \begin{cases} \frac{1}{2}\mathrm{e}^{x}, & x \leqslant 0; \\ 1 - \frac{1}{2}\mathrm{e}^{-x}, & x > 0. \end{cases}$$

例 8 连续型随机变量 X 的分布函数为

$$F(x)=\begin{cases}A+Be^{-\frac{x^2}{2}}, x>0;\\ 0 \qquad, x\leqslant 0.\end{cases}$$

求：(1)系数 A 和 B；(2)概率密度函数 $f(x)$；(3) X 落在区间(1,2)之间的概率.

解 (1) 因为 $\lim\limits_{x\to+\infty}F(x)=1$，依题意有 $\lim\limits_{x\to+\infty}(A+Be^{-\frac{x^2}{2}})=1$，因此可得 $A=1$.

又因为 $\lim\limits_{x\to 0^-}F(x)=\lim\limits_{x\to 0^+}F(x)=A+B$，而 $\lim\limits_{x\to 0^-}F(x)=0$，$\therefore$ $A+B=0$.

因此 $B=-A=-1$. 即

$$F(x)=\begin{cases}1-e^{-\frac{x^2}{2}}, x>0;\\ 0 \qquad, x\leqslant 0.\end{cases}$$

(2) 对 $F(x)$ 求导，得到 X 的概率密度函数为

$$F'(x)=f(x)=\begin{cases}xe^{-\frac{x^2}{2}}, x>0;\\ 0 \qquad, x\leqslant 0.\end{cases}$$

(3) X 落在区间(1,2)的概率为

$$P(1<x<2)=\int_1^2 xe^{-\frac{x^2}{2}}dx=F(2)-F(1)$$

$$=(1-e^{-\frac{2^2}{2}})-(1-e^{-\frac{1}{2}})=e^{-\frac{1}{2}}-e^{-2}.$$

五、几种常见的分布

1. 常见的离散型随机变量的概率分布.

(1) (0－1)分布或两点分布.

定义 若随机变量 ξ 的概率分布为:

3.4.16 $P(\xi=1)=p, P(\xi=0)=1-p=q$，其中 $0<p<1$，

则称随机变量 ξ 服从两点分布[或(0－1)分布]，记为：$\xi\sim(0-1)$.

例 9 掷一骰子，观察其点数，令

$$\xi=\begin{cases}1, \text{出现的点数大于 }2,\\ 0, \text{出现的点数不大于 }2.\end{cases}$$

则有 $P(\xi=1)=\dfrac{2}{3}, P(\xi=0)=\dfrac{1}{3}$. 故随机变量 ξ 服从两点分布.

(2) 二项分布.

定义 若随机变量 ξ 的分布为

3.4.17 $P(\xi=k)=C_n^k p^k(1-p)^{n-k}$ $\quad(k=0, 1, 2, \cdots, n)$

(其中 $0<p<1$)，则称随机变量 ξ 服从以 n，p 为参数的二项分布，记为：$\xi\sim B(n,p)$.

显然，两点分布就是二项分布在 $n=1$ 时的特殊情况.

例 10 若一年中 60 岁以下的成年人死亡的概率为 0.005，现有 2 000 人参加某种人寿保险，试求：未来一年中这些被保险人中有 10 人死亡的概率和死亡人数不超过 15 人的概率.

解 每个被保险人一年中死亡与否是贝努里试验. 这时，我们面对一个 2 000 重的贝努里试验，设未来一年被保险人中死亡人数为 ξ，则 $\xi\sim B(2\,000, 0.005)$，所以所求概率为

$$P(\xi=10)=C_{2\,000}^{10}0.005^{10}\times 0.995^{1\,990};$$

$$P(\xi \leqslant 15)=\sum_{k=0}^{15} C_{2\,000}^{k} 0.005^{k} \times 0.995^{2\,000-k}.$$

此时，数值计算较繁，我们以后解决.

（3）Poisson 分布（泊松分布）.

定义 若随机变量 ξ 的分布为：

3.4.18 $P(\xi=k)=\dfrac{\lambda^{k}}{k!}e^{-\lambda} \quad (k=0,1,2,\cdots)$

（其中 $\lambda>0$ 为常数），则称 ξ 服从参数为 λ 的泊松分布，记为 $\xi \sim P(\lambda)$.

前面我们讨论了二项分布，但在实际中常因 n 很大，计算起来很困难，下面的泊松定理解决了当 n 很大而 p 很小时二项分布的近似计算问题.

3.4.19 定理（泊松定理） 设随机变量 $\xi_n \sim B(n, p_n)$，即

$$P(\xi_n=k)=C_n^k p_n^k (1-p_n)^{n-k} \qquad (k=0,1,2,\cdots,n).$$

若 $\lim\limits_{n \to +\infty} n p_n=\lambda$ （$\lambda>0$ 为常数），则

$$\lim_{n \to +\infty} C_n^k p_n^k (1-p_n)^{n-k}=\frac{\lambda^k}{k!}e^{-\lambda}.$$

在应用中，当 n 比较大而 p 相当小（一般当 $n \geqslant 10$，$p \leqslant 0.1$）时，我们常采用下面的近似公式：

$$C_n^k p^k (1-p)^{n-k} \approx \frac{\lambda^k}{k!}e^{-\lambda} \qquad (\lambda=np).$$

泊松分布的方便之处是有现成的分布表可查（见附表 1），这样就可以简化计算. 在例 10 中

$$P(\xi=10)=C_{2\,000}^{10} 0.005^{10} \times 0.995^{1\,990} \approx \frac{\lambda^{10}}{10!}e^{-\lambda},$$

$$P(\xi \leqslant 15)=\sum_{k=0}^{15} C_{2\,000}^{k} 0.005^{k} \times 0.995^{2\,000-k} \approx \sum_{k=0}^{15} \frac{\lambda^k}{k!}e^{-\lambda},$$

其中 $\lambda=np=2\,000 \times 0.005=10$，查 $\lambda=10$ 的泊松分布表，得

$$P(\xi=10)=P(\xi \leqslant 10)-P(\xi \leqslant 9)=0.583\,0-0.457\,9=0.125\,1;$$

$$P(\xi \leqslant 15)=0.951\,3.$$

泊松分布的重要意义不仅仅是能作为二项分布的近似，事实上，客观世界中有很多随机变量本身就是服从泊松分布的. 例如，在一段时间里，电话交换台收到的呼唤数；公共汽车站到来的乘客数；某操作系统发生故障的次数等都是服从泊松分布的.

2. 常见的连续型随机变量的分布.

（1）均匀分布.

定义 若随机变量 ξ 的分布密度为：

3.4.20 $p(x)=\begin{cases} \dfrac{1}{b-a}, & a \leqslant x \leqslant b, \\ 0, & \text{其他}. \end{cases}$

则称 ξ 服从 $[a, b]$ 上的均匀分布，记为 $\xi \sim U[a, b]$.

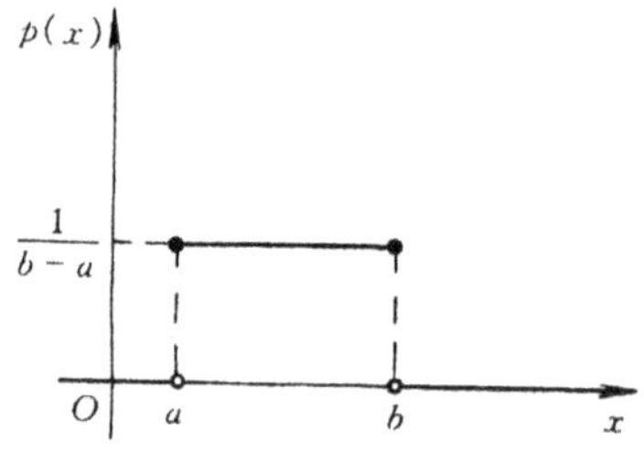

图 3.7

均匀分布的密度函数如图 3.7 所示.

不难求出，其分布函数为

3.4.21 $F(x)=\begin{cases} 0, & x<a, \\ \dfrac{x-a}{b-a}, & a\leqslant x\leqslant b, \\ 1, & x>b. \end{cases}$

其图形如图 3.8 所示.

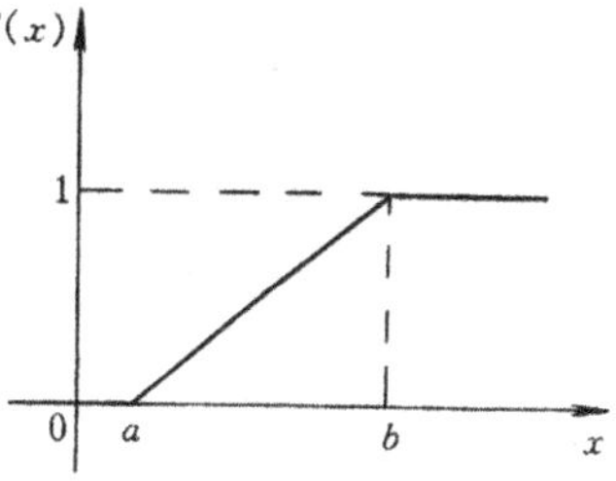

图 3.8

若 ξ 在$[a,b]$上服从均匀分布，那么对于任意满足 $a\leqslant c<d\leqslant b$ 的 c，d 有 $P(c<\xi<d)=\int_c^d p(x)\mathrm{d}x=\dfrac{d-c}{b-a}$.

即 ξ 取值于$[a,b]$中任一小区间的概率与该小区间的长度成正比，而与小区间的位置无关.

在数值计算中，由四舍五入而引起的误差；在每隔一定时间有一辆公共汽车通过的汽车站上乘客的候车时间等常被假设为服从均匀分布.

(2) 正态分布.

正态分布是概率论中最重要的一种分布，它在客观世界中有着广泛的应用.

定义 如果随机变量 ξ 的分布密度函数为：

3.4.22 $p(x)=\dfrac{1}{\sqrt{2\pi}\sigma}\mathrm{e}^{-\frac{(x-\mu)^2}{2\sigma^2}}\quad(-\infty<x<+\infty)$

(其中 μ，σ 均为常数，且 $\sigma>0$)，则称 ξ 服从以 μ，σ 为参数的正态分布，记为 $\xi\sim N(\mu,\sigma^2)$，正态分布的密度曲线如图 3.9 所示.

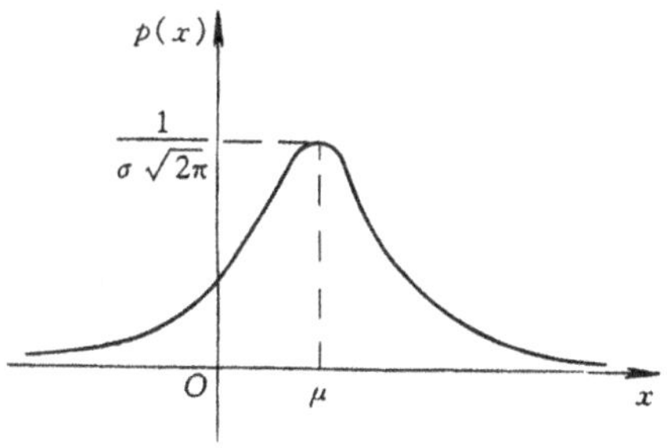

图 3.9

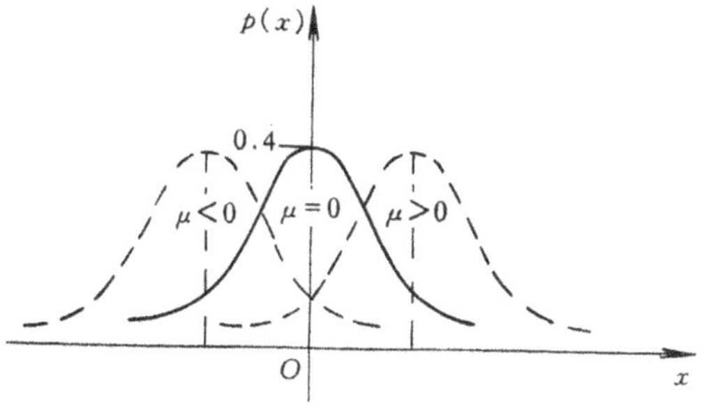

图 3.10

利用微积分知识，我们可以得到如下结果：正态分布的密度函数的图形是关于直线 $x=\mu$ 对称的；在 $x=\mu$ 处达到最大值$\dfrac{1}{\sqrt{2\pi}\sigma}$；当 $x\to\pm\infty$时，曲线以 x 轴为渐近线.

若固定 σ 而 μ 变化时，则密度曲线的形状不变，它沿着 x 轴方向平行移动(见图 3-10)；若固定 μ 而 σ 变化时，则密度曲线的位置不变，而其形状将改变. 当 σ 大时曲线平缓，当 σ 小时曲线陡峭(见图 3.11).

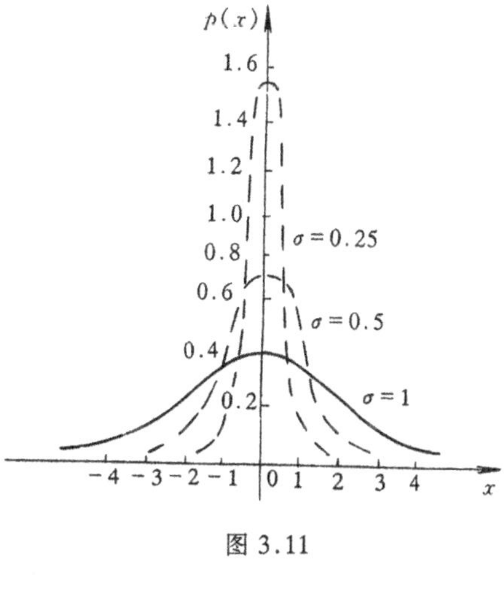

图 3.11

特别地，当 $\mu=0$，$\sigma=1$ 时，称其为标准正态分布，其密度函数为

3.4.23 $\varphi(x)=\frac{1}{\sqrt{2\pi}\sigma}e^{-\frac{x^2}{2}} \quad (-\infty<x<+\infty)$,

它的密度曲线如图 3.12 所示.

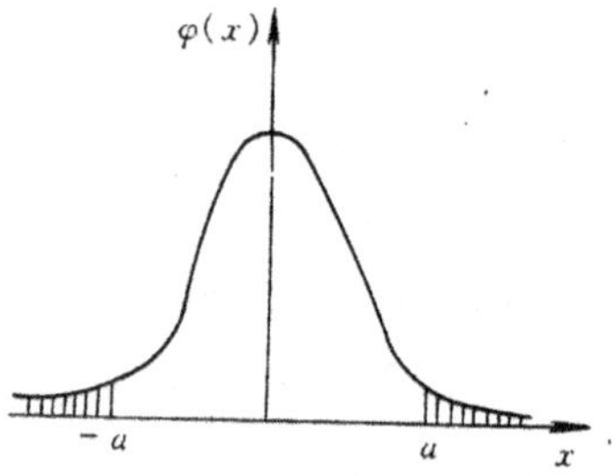

图 3.12

标准正态分布的分布函数为

3.4.24 $\Phi(x)=\int_{-\infty}^{x}\varphi(x)dx=\frac{1}{\sqrt{2\pi}\sigma}\int_{-\infty}^{x}e^{-\frac{x^2}{2}}dx$.

由$\varphi(x)$的对称性及分布函数的定义，对 $a>0$ 有

3.4.25 $\Phi(0)=0.5$,

3.4.26 $\Phi(-a)=1-\Phi(a)$,

3.4.27 $P(|\xi|>a)=2\Phi(-a)=2(1-\Phi(a))$,

3.4.28 $P(|\xi|<a)=2\Phi(a)-1$.

人们已经编制了标准正态分布$N(0,1)$的分布函数的数值表(见附表 2). 一般正态分布$\xi\sim N(\mu,\sigma^2)$的分布函数$F(x)$，可以经过变换 $\eta=\frac{\xi-\mu}{\sigma}$化为标准正态分布，即 $\eta\sim N(0,1)$，然后再利用书后附表查值即可.

3.4.29 $F(x)=\Phi(\frac{x-\mu}{\sigma})$

例 11 设 $\xi\sim N(1,4)$,求 $P(0<\xi<1.6)$及 $P(|\xi|\leqslant 4.2)$.

解 由公式 3.4.29 知

$$\begin{aligned}P(0<\xi<1.6)&=F(1.6)-F(0)=\Phi(\frac{1.6-1}{2})-\Phi(\frac{0-1}{2})\\&=\Phi(0.3)-\Phi(-0.5)\\&=0.617\,9-0.308\,5=0.309\,4,\end{aligned}$$

$$\begin{aligned}P(|\xi|\leqslant 4.2)&=F(4.2)-F(-4.2)=\Phi(\frac{4.2-1}{2})-\Phi(\frac{-4.2-1}{2})\\&=\Phi(1.6)-\Phi(-2.6)\\&=0.945\,2-0.004\,7=0.940\,5.\end{aligned}$$

六、补充

1. 超几何分布

定义 若随机变量 ξ 的分布为

3.4.30 $P(\xi=k)=\frac{C_M^k C_{N-M}^{n-k}}{C_N^n} \quad (k=0,1,2,\cdots,s)$

其中 $1\leqslant M\leqslant N, 1\leqslant n\leqslant N$, $s=\min\{M,n\}$,则称随机变量 ξ 服从参数为 (n,M,N) 的超几何分布,记为$\xi\sim H(n,M,N)$.

例 12 设一批同类产品共 N 个，其中有 M 个次品. 现从中任意取出 n 个产品进行检查，则这 n 个产品中所含次品数ξ 的分布为

$$P(\xi=k)=\frac{C_M^k C_{N-M}^{n-k}}{C_N^n} \quad (k=0,1,2,\cdots,s) \qquad s=\min\{M,n\}.$$

所以 n 个产品中的次品数ξ 服从超几何分布.

注意，这里取 n 个产品时，采用的是不放回抽样方式，因此每次抽取时，废品率都不一样；若采用的是有放回的抽样方式，则每次抽取时，废品率都一样，此时 n 个产品中废

品数ξ服从以n，$\frac{M}{N}$为参数的二项分布：

$$P(\xi=k)=C_n^k\left(\frac{M}{N}\right)^k\left(1-\frac{M}{N}\right)^{n-k}.$$

因此两种抽样方式所得概率不同．但是当产品总数N很大而抽样数n又不大时，采用有放回抽样与无放回抽样，每次抽得废品的概率相差不大．可以证明，当$N\to\infty$，$\frac{M}{N}\to p$时，有

$$\frac{C_M^k C_{N-M}^{n-k}}{C_N^n}\to C_n^k p^k(1-p)^{n-k}.$$

因此当N很大而n相对于N又较小时(一般只要$\frac{n}{N}\leqslant 0.1$即可)，可用二项分布近似代替超几何分布即

3.4.31 $$\frac{C_M^k C_{N-M}^{n-k}}{C_N^n}\approx C_n^k p^k(1-p)^{n-k} \qquad \left(\text{其中 } p=\frac{M}{N}\right).$$

例 13 一大批种子，其发芽率为 90%，今从中任取 10 粒，求播种后，(1)恰有 8 粒发芽的概率；(2)不少于 8 粒发芽的概率．

解 因为 10 粒种子是从一大批种子中抽取出来的，这是一个N很大，n相对于N很小的超几何分布问题，可以用二项分布来近似超几何分布．此时$n=10$，$p=0.9$，$k=8$.

(1) $P(\xi=8)\approx C_{10}^8\times 0.9^8\times 0.1^2=0.194.$

(2) $P(\xi\geqslant 8)\approx \sum_{k=8}^{10} C_{10}^k 0.9^k\times 0.1^{10-k}=0.194+0.387+0.349=0.93.$

2．随机变量函数的分布．

在实际应用中，有一些随机变量，它们的分布很难直接求得，(如滚珠体积的测量值)，但是与它们有关系的另一些随机变量，其分布却是容易知道的(如滚珠直径的测量值)．因此，要研究随机变量之间的关系，由已知的随机变量的分布求出与之有关的另一个随机变量的分布．

(1) 离散型随机变量函数的分布．

例 14 设ξ的分布列为：

ξ	0	1	2	3
$P(\xi=x_i)$	$\frac{1}{4}$	$\frac{1}{2}$	$\frac{1}{8}$	$\frac{1}{8}$

求 $\eta=2\xi+1$ 的分布．

解 显然η的全部可能取值为 1，3，5，7，且

$$P(\eta=1)=P(\xi=0)=\frac{1}{4};\quad P(\eta=3)=P(\xi=1)=\frac{1}{2};$$

$$P(\eta=5)=P(\xi=2)=\frac{1}{8};\quad P(\eta=7)=P(\xi=3)=\frac{1}{8}.$$

即η的分布列为：

η	1	3	5	7
$P(\eta=y_i)$	$\frac{1}{4}$	$\frac{1}{2}$	$\frac{1}{8}$	$\frac{1}{8}$

例 15 设 ξ 的分布列为：

ξ	-1	0	1	2
$P(\xi=x_i)$	$\frac{1}{4}$	$\frac{1}{4}$	$\frac{1}{4}$	$\frac{1}{4}$

求 $\eta=\xi^2$ 的分布列.

解 η 的可能取值为 0，1，4.

$$P(\eta=0)=P(\xi=0)=\frac{1}{4};P(\eta=1)=P(\xi=1)+P(\xi=-1)=\frac{1}{4}+\frac{1}{4}=\frac{1}{2};$$

$$P(\eta=4)=P(\xi=2)=\frac{1}{4}.$$

即 η 的分布列为：

η	0	1	4
$P(\eta=y_i)$	$\frac{1}{4}$	$\frac{1}{2}$	$\frac{1}{4}$

（2）连续型随机变量函数的分布.

例 16 已知 ξ 的概率密度为$\varphi_\xi(x)$，$\eta=4\xi-1$，求 η 的概率密度$\varphi_\eta(x)$.

解 根据题意，有

$$\begin{aligned}F_\eta(x)&=P(\eta\leqslant x)=P(4\xi-1\leqslant x)\\&=P(\xi\leqslant\frac{1}{4}(1+x))=F_\xi(\frac{x+1}{4}).\end{aligned}$$

$F_\xi(x)$ 为 ξ 的分布函数，上式两边对 x 求导，有

$$\varphi_\eta(x)=\varphi_\xi(\frac{x+1}{4})\times\frac{1}{4}.$$

例 17 设连续型随机变量 ξ 的分布函数为$F_\xi(x)$，求 $\eta=\xi^2$ 的概率密度函数.

解 当 $x\leqslant 0$ 时，$F_\eta(x)=P(\xi^2\leqslant x)=0$；

当 $x>0$ 时，
$$\begin{aligned}F_\eta(x)&=P(\xi^2\leqslant x)=P(-\sqrt{x}\leqslant\xi\leqslant\sqrt{x})\\&=P(-\sqrt{x}<\xi\leqslant\sqrt{x})+P(\xi=-\sqrt{x})\\&=F_\xi(\sqrt{x})-F_\xi(-\sqrt{x})+P(\xi=-\sqrt{x}).\end{aligned}$$

因为 ξ 是连续型随机变量，$P(\xi=-\sqrt{x})=0$.

因此 $\eta=\xi^2$ 的概率密度函数为：

$$\varphi_\eta(x)=\begin{cases}\dfrac{\varphi_\xi(\sqrt{x})+\varphi_\xi(-\sqrt{x})}{2\sqrt{x}}, & x>0,\\ 0, & x\leqslant 0.\end{cases}$$

习题 3.4

（一）

1. 一个袋子中装有 5 个红球，3 个白球，现每次从中任取一个查看其颜色，直到找到所有 5 个红球为止，求所需抽取的次数 X 的概率分布.

2. 设 X 服从泊松分布，且已知$P(X=1)=P(X=3)$，求$P(X=4)$.

3. 对某一目标进行射击，直到击中为止. 设每次射击命中率为 p，求击中目标所用次数 ξ 的概率分布，并验证该分布满足概率分布的性质.

4. 设 ξ 的概率分布为：

$$P(\xi=k)=\frac{c}{2+k}, k=0,1,2,3.$$

求 c 值及下列概率：(1)$P(\xi=3)$；(2)$P(\xi<3)$；(3)$P(\xi=2$ 或 $\xi=3)$.

5. 设离散型随机变量 ξ 的分布函数为：

$$F(x)=\begin{cases}0, & x<0,\\ \frac{1}{12}, & 0\leqslant x<1,\\ \frac{1}{4}, & 1\leqslant x<2,\\ \frac{1}{3}, & 2\leqslant x<3,\\ \frac{7}{12}, & 3\leqslant x<4,\\ 1, & x\geqslant 4.\end{cases}$$

求 $P(\xi=1)$；$P(\frac{1}{2}<\xi\leqslant 2)$；$P(1\leqslant\xi\leqslant 3)$；$P(4<\xi<5)$.

6. 设随机变量 ξ 的分布函数为：

$$F(x)=\begin{cases}0, & x<0,\\ Ax^2, & 0\leqslant x<1,\\ 1, & x\geqslant 1.\end{cases}$$

求(1)常数 A；(2)ξ 落在区间$(0.3,0.7)$内的概率；(3)ξ 的分布密度函数.

7. 设 ξ 是服从$[-a,a]$上均匀分布的随机变量，其中 $a>0$，分别确定满足下面关系的正数 a：

(1) $P(\xi>1)=\frac{1}{3}$；　　(2) $P(|\xi|>1)=P(|\xi|<1)$.

8. 设随机变量 ξ 的分布密度函数为：

$$p(x)=\begin{cases}\lambda e^{-\lambda x}, & x\geqslant 0,\\ 0, & x<0,\end{cases}\quad(\lambda>0).$$

(1) 求 $P(\xi\leqslant\frac{1}{\lambda})$；(2)求常数 c，使 $P(\xi>c)=\frac{1}{2}$.

9. 设产品寿命（单位为小时）的分布密度函数为

$$p(x)=\begin{cases}\frac{A}{x^2}, & 1\,000\leqslant x\leqslant 2\,000,\\ 0, & \text{其他}.\end{cases}$$

求：(1)$A=$？(2)产品寿命超过 1 500 小时的概率；(3)某设备上装有三个这样的产品，当三个产品均失效时，则设备不能正常工作；当恰有二个产品失效时，设备正常工作的概率为 20%；当恰有一个产品失效时，设备正常工作的概率为 80%；当三件产品均有效时，设备正常工作的概率为 1. 计算设备累积工作 1 500 小时后，仍能正常工作的概率.

10. 若 $\xi\sim N(10,4)$，求 $P(10<\xi<13)$，$P(\xi>13)$，$P(|\xi-10|<2)$.

11．若上题中已知$P(|\xi-10|<c)=0.95$，$P(\xi<d)=0.0668$,求 c，d 的值.

（二）

12．一个合订本共100页，平均每页上有两个印刷错误，假定每页上印刷错误的数目服从泊松分布，计算该合订本中各页的印刷错误都不超过4个的概率.

13．设有编号为1至5的纪念章5枚，从中同时任取3枚，设 η 表示取出的3枚中的最大号码，试写出 η 的概率分布表.

14．设一只鸡生蛋的个数 X 服从参数为λ 的泊松分布，这只鸡所生的蛋能孵化的概率为 $p(0<p<1)$，如果各蛋能否孵化是相互独立的，试求这只鸡所生的蛋中有 k 个能孵化的概率.

15．已知 ξ 的概率分布为：

ξ	-2	-1	0	1
$P(\xi=x_i)$	$\frac{1}{6}$	$\frac{1}{3}$	$\frac{1}{6}$	$\frac{1}{3}$

求：(1)$\xi+1$；(2)$2\xi-2$；(3)$2\xi^2+1$ 的概率分布列.

16．设随机变量 $\xi\sim N(0,1)$，求：(1)$\eta=e^{\xi}$ 的概率分布密度函数；(2)$\eta=2\xi^2+1$ 的概率分布密度函数.

3.5 随机变量的数字特征

随机变量的分布是对随机变量统计规律的全面描述. 但在实际中求随机变量的分布函数比较难，而且在很多情况下，并不需要全面考察随机变量的变化情况，而只要知道其某些特征即可. 为此我们将介绍能够反映随机变量取值的集中性和分散性的数字特征：数学期望和方差.

一、随机变量的数学期望

1．离散型随机变量的数学期望.

对于随机变量，我们想要定义一个数，使它能够体现出随机变量的“平均取值”. 下面我们先看一个例子.

在一盒子中装有 n 张卡片，这 n 张卡片上分别标有1，2，…，n，现随机地从盒中抽取一张卡片，记下数字后再放回，则卡片上的数字 ξ 是一个随机变量，若共进行了 N 次试验，出现数字1，2，…，n 的次数分别为 μ_1，μ_2，…，μ_n（$\mu_1+\mu_2+\cdots+\mu_n=N$），则 N 次试验出现的数字总和为 $\sum\limits_{k=1}^{n}k\mu_k$，每次取得数字的算术平均值为：

3.5.1 $$\frac{1}{N}\sum_{k=1}^{n}k\mu_k=\sum_{k=1}^{n}k\frac{\mu_k}{N}=\sum_{k=1}^{n}kf(k),$$

其中$f(k)=\frac{\mu_k}{N}$是N次试验中ξ取得k值的频率.当 N 充分大时,事件“$\xi=k$”发生的频率$\frac{\mu_k}{N}$与对应的概率 P_k 很接近,算术平均数$\sum\limits_{k=1}^{n}k\frac{\mu_k}{N}=\sum\limits_{k=1}^{n}kf(k)\approx\sum\limits_{k=1}^{n}kp_k$.因此,$\sum\limits_{k=1}^{n}kp_k$能够体现出随机变量 ξ 的“平均取值”.

定义 设离散型随机变量 ξ 的概率分布为

$$P(\xi=x_k)=p_k \qquad (k=1,2,\cdots),$$

如果级数 $\sum\limits_{k=1}^{\infty}|x_k|p_k$ 收敛,则称 $\sum\limits_{k=1}^{\infty}x_kp_k$ 为 ξ 的数学期望(或均值),记为 $E\xi$,即

3.5.2 $E\xi=\sum\limits_{k=1}^{\infty}x_kp_k$.

当级数 $\sum\limits_{k=1}^{\infty}|x_k|p_k$ 不收敛时,则称 ξ 的数学期望不存在.

例 1 一批产品中有一、二、三等品和等外品及废品 5 种,相应的概率分别为 0.7、0.1、0.1、0.06 及 0.04,若一个产品的产值分别为 6 元、5.4 元、5 元、4 元及 0 元,求一个产品的平均产值.

解 一个产品的产值 ξ 是一随机变量,它的概率分布律如下表:

ξ	6.0	5.4	5.0	4.0	0
p	0.7	0.1	0.1	0.06	0.04

因此 $E\xi=6\times0.7+5.4\times0.1+5\times0.1+4\times0.06+0\times0.04=5.48$ (元).

2. 连续型随机变量的数学期望.

定义 设连续型随机变量 ξ 的概率分布密度函数为 $p(x)$,若积分 $\int_{-\infty}^{+\infty}|x|p(x)\mathrm{d}x$ 收敛,则称 $\int_{-\infty}^{+\infty}xp(x)\mathrm{d}x$ 为 ξ 的数学期望,记为 $E\xi$,即

3.5.3 $E\xi=\int_{-\infty}^{+\infty}xp(x)\mathrm{d}x$.

若 $\int_{-\infty}^{+\infty}|x|p(x)\mathrm{d}x$ 不收敛,则称 ξ 的数学期望不存在.

例 2 已知随机变量 ξ 的密度函数为

$$p(x)=\begin{cases}6x(1-x), & 0<x<1,\\ 0, & \text{其他}.\end{cases}$$

求 $E\xi$.

解 $E\xi=\int_{-\infty}^{+\infty}xp(x)\mathrm{d}x=\int_0^1x\cdot6x\cdot(1-x)\mathrm{d}x$

$$=\int_0^1(6x^2-6x^3)\mathrm{d}x=\left(2x^3-\frac{3}{2}x^4\right)\Big|_0^1=\frac{1}{2}.$$

3. 几种重要随机变量的数学期望.

(1) 两点分布.

设 $\xi\sim(0-1)$,其概率分布为

$P(\xi=1)=p$, $P(\xi=0)=1-p=q$ $\quad(0<p<1)$,则

3.5.4 $E\xi=1\times p+0\times(1-p)=p$.

(2) 二项分布.

设 $\xi\sim B(n,p)$,其概率分布为

$P(\xi=k)=\mathrm{C}_n^kp^k(1-p)^{n-k} \quad (k=0,1,2,\cdots,n) \quad (0<p<1)$,

则 $$E\xi = \sum_{k=0}^{n} kP(\xi = k) = \sum_{k=0}^{n} k C_n^k p^k (1-p)^{n-k}$$
$$= np\sum_{k=1}^{n} C_{n-1}^{k-1} p^{k-1}(1-p)^{n-k} = np\sum_{i=0}^{n-1} C_{n-1}^{i} p^{i}(1-p)^{(n-1)-i}$$
$$= np(p + (1-p))^{n-1} = np.$$

3.5.5 $E\xi = np$.

(3) 均匀分布.

设 $\xi \sim U[a,b]$，$(a<b)$它的概率密度函数为

$$p(x) = \begin{cases} \dfrac{1}{b-a}, a \leqslant x \leqslant b \\ 0 \quad ,\text{其他}, \end{cases}$$

则 $$E\xi = \int_{-\infty}^{+\infty} xp(x)\mathrm{d}x = \int_a^b x\frac{1}{b-a}\mathrm{d}x = \frac{1}{2}(a+b).$$

3.5.6 $E\xi = \dfrac{1}{2}(a+b)$.

即数学期望位于区间的中点.

(4) 正态分布

设 $\xi \sim N(\mu,\sigma^2)$，它的概率密度函数为

$$p(x) = \frac{1}{\sqrt{2\pi}\sigma}e^{-\frac{1}{2\sigma^2}(x-\mu)^2} \qquad (\sigma > 0, -\infty < \mu < +\infty),$$

则 $$E\xi = \int_{-\infty}^{+\infty} xp(x)\mathrm{d}x = \int_{-\infty}^{+\infty} x\frac{1}{\sqrt{2\pi}\sigma}e^{-\frac{1}{2\sigma^2}(x-\mu)^2}\mathrm{d}x .$$

令 $\dfrac{x-\mu}{\sigma} = t$ 得

$$E\xi = \frac{1}{\sqrt{2\pi}}\int_{-\infty}^{+\infty}(\sigma t + \mu)e^{-\frac{t^2}{2}}\mathrm{d}t = \mu\int_{-\infty}^{+\infty}\frac{1}{\sqrt{2\pi}}e^{-\frac{t^2}{2}}\mathrm{d}t + \frac{\sigma}{\sqrt{2\pi}}\int_{-\infty}^{+\infty}te^{-\frac{t^2}{2}}\mathrm{d}t$$
$$= \mu \times 1 + \frac{\sigma}{\sqrt{2\pi}} \times 0 = \mu,$$

3.5.7 $E\xi = \mu$.

4. 数学期望的基本性质

性质 1 $E(c) = c$;

性质 2 $E(a\xi) = aE(\xi)$;

性质 3 $E(a+\xi) = E(\xi) + a$;

性质 4 $E(a\xi + b) = aE(\xi) + b$;

性质 5 $E(\xi + \eta) = E(\xi) + E(\eta)$;

性质 6 若 ξ，η 相互独立，则$E(\xi \cdot \eta) = E(\xi) \cdot E(\eta)$.

其中 c，a，b 为常数.

例 3 设随机变量 X 的概率分布为

$$P(X=k) = \frac{1}{5}, k = 1,2,3,4,5.$$

求$E(X)$，$E(3X+2)$.

解 $\because P(X=k)=\frac{1}{5}, k=1,2,3,4,5.$

$\therefore E(X)=1\times\frac{1}{5}+2\times\frac{1}{5}+3\times\frac{1}{5}+4\times\frac{1}{5}+5\times\frac{1}{5}=3.$

$$E(3X+2)=3E(X)+2=11.$$

例 4 设随机变量 X 的密度函数为

$$f(x)=\begin{cases}1+x, & -1\leqslant x<0,\\ 1-x, & 0\leqslant x\leqslant 1,\\ 0, & \text{其他}.\end{cases}$$

求 $E(X)$, $E(2X-1)$.

解 $E(X)=\int_{-\infty}^{+\infty}xf(x)\mathrm{d}x=\int_{-1}^{0}x(1+x)\mathrm{d}x+\int_{0}^{1}x(1-x)\mathrm{d}x=-\frac{1}{6}+\frac{1}{6}=0.$

$E(2X-1)=2E(X)-1=-1.$

二、随机变量的方差

1. 方差的概念.

前面我们讲了数学期望，它在一定意义下表示了这个随机变量的平均值. 当一个随机变量取值时，取到的值有的比 $E\xi$ 大，有的比 $E\xi$ 小，即总是在 $E\xi$ 的周围取值. 但是在 $E\xi$ 周围取值的情况也有不同，有的随机变量取的值密集在它的数学期望周围，有的则比较分散. 为了区别这些不同的情况，需要定义一个刻画随机变量取值分散程度的数，即方差的概念.

定义 设随机变量 ξ，若 $E(\xi-E\xi)^2$ 存在，则称它为随机变量 ξ 的方差，记为 $D\xi$，即

3.5.8 $D\xi=E(\xi-E\xi)^2$，而 $\sqrt{D\xi}$ 称为 ξ 的标准差或均方差.

若 ξ 是离散型随机变量，并且 $P(\xi=x_k)=p_k \quad (k=1,2,\cdots)$，则

3.5.9 $D\xi=\sum_{k}(x_k-E\xi)^2p_k.$

若 ξ 是连续型随机变量，其概率密度函数为 $p(x)$，则

3.5.10 $D\xi=\int_{-\infty}^{+\infty}(x-E\xi)^2p(x)\mathrm{d}x.$

显然随机变量的方差总是一个非负数，它描述了随机变量对于其数学期望的离散程度. 当随机变量的可能值密集在数学期望的附近时，方差较小；反之，方差较大.

对于随机变量的方差的计算，有如下简化公式：

3.5.11 $D\xi=E(\xi-E\xi)^2=E(\xi^2-2\xi E\xi+(E\xi)^2)=E\xi^2-(E\xi)^2$

例 5 在掷一颗骰子的试验中，设 ξ 为掷出的点数，求 $D\xi$.

解 因为 $P(\xi=i)=\frac{1}{6}, \quad (i=1,2,3,4,5,6).$

故 $$E\xi=1\times\frac{1}{6}+2\times\frac{1}{6}+3\times\frac{1}{6}+4\times\frac{1}{6}+5\times\frac{1}{6}+6\times\frac{1}{6}=\frac{7}{2},$$

$$E\xi^2=1^2\times\frac{1}{6}+2^2\times\frac{1}{6}+3^2\times\frac{1}{6}+4^2\times\frac{1}{6}+5^2\times\frac{1}{6}+6^2\times\frac{1}{6}=\frac{91}{6},$$

因此 $$D\xi=E\xi^2-(E\xi)^2=\frac{91}{6}-\frac{49}{4}=\frac{35}{12}.$$

例 6 设连续型随机变量 X 的概率密度函数为

$$p(x)=\begin{cases}Ax+B, & 1\leqslant x\leqslant 2,\\ 0, & \text{其他},\end{cases}$$

且 $E(X)=\frac{19}{12}$，求$D(X)$(其中A，B为待定系数).

解 由 $\int_{-\infty}^{+\infty}p(x)\mathrm{d}x=1$ 可知

$$\int_{-\infty}^{+\infty}p(x)\mathrm{d}x=\int_{1}^{2}(Ax+B)\mathrm{d}x=1.$$

因而 $\frac{3}{2}A+B=1$.

又 $E(X)=\int_{-\infty}^{+\infty}xp(x)\mathrm{d}x=\int_{1}^{2}(Ax^2+Bx)\mathrm{d}x=\frac{7}{3}A+\frac{3}{2}B$.

而已知 $E(X)=\frac{19}{12}$，因此$\frac{7}{3}A+\frac{3}{2}B=\frac{19}{12}$. 故由

$$\begin{cases}\frac{3}{2}A+B=1,\\ \frac{7}{3}A+\frac{3}{2}B=\frac{19}{12},\end{cases}\text{解得}\begin{cases}A=1,\\ B=-\frac{1}{2}.\end{cases}$$

所以 $p(x)=\begin{cases}x-\frac{1}{2}, & 1\leqslant x\leqslant 2,\\ 0, & \text{其他}.\end{cases}$

$$E(X^2)=\int_{-\infty}^{+\infty}x^2p(x)\mathrm{d}x=\int_{1}^{2}x^2(x-\frac{1}{2})\mathrm{d}x=(\frac{1}{4}x^4-\frac{1}{6}x^3)\Big|_1^2=\frac{31}{12},$$

$$D(X)=E(X^2)-[E(X)]^2=\frac{31}{12}-(\frac{19}{12})^2=\frac{11}{144}.$$

2. 几个重要随机变量的方差.

(1) 两点分布.

设 $\xi\sim(0-1)$，其概率分布为

$$P(\xi=1)=p,\qquad P(\xi=0)=1-p=q\qquad(0<p<1),$$

$$E\xi=p,\qquad E\xi^2=1^2\times p+0^2\times(1-p)=p,\text{故}$$

3.5.12 $D\xi=E\xi^2-(E\xi)^2=p-p^2=pq$.

(2) 二项分布.

设 $\xi\sim B(n,p)$，其概率分布为

$$P(\xi=k)=\mathrm{C}_n^kp^k(1-p)^{n-k}\qquad(k=0,1,2,\cdots,n)\qquad(0<p<1),$$

$$E\xi=np,$$

$$E\xi^2=\sum_{k=0}^{n}k^2\mathrm{C}_n^kp^k(1-p)^{n-k}=\sum_{k=1}^{n}npk\mathrm{C}_{n-1}^{k-1}p^{k-1}(1-p)^{n-k}$$

$$=np\sum_{k=1}^{n}(k-1)\mathrm{C}_{n-1}^{k-1}p^{k-1}(1-p)^{n-k}+np\sum_{k=1}^{n}\mathrm{C}_{n-1}^{k-1}p^{k}(1-p)^{n-k}$$

$$=np(n-1)p+np,\text{故}$$

3.5.13 $D\xi=E\xi^2-(E\xi)^2=np(1-p)$

(3) 均匀分布

设 $\xi \sim U[a,b]$，$(a<b)$它的概率密度函数为

$$p(x)=\begin{cases}\dfrac{1}{b-a}, & a\leqslant x\leqslant b,\\ 0, & \text{其他},\end{cases}$$

$$E\xi=\frac{1}{2}(a+b).$$

$$E\xi^2=\int_{-\infty}^{+\infty}x^2p(x)\mathrm{d}x=\int_a^b x^2\frac{1}{b-a}\mathrm{d}x=\frac{1}{3}(a^2+ab+b^2),\text{故}$$

3.5.14 $D\xi=E\xi^2-(E\xi)^2=\dfrac{1}{12}(a-b)^2.$

(4) 正态分布

设 $\xi \sim N(\mu,\sigma^2)$，它的概率密度函数为

$$p(x)=\frac{1}{\sqrt{2\pi}\sigma}\mathrm{e}^{-\frac{1}{2\sigma^2}(x-\mu)^2}\qquad(\sigma>0,\quad -\infty<\mu<+\infty),E\xi=\mu.$$

$$D\xi=\int_{-\infty}^{+\infty}(x-\mu)^2p(x)\mathrm{d}x=\int_{-\infty}^{+\infty}(x-\mu)^2\frac{1}{\sqrt{2\pi}\sigma}\mathrm{e}^{-\frac{1}{2\sigma^2}(x-\mu)^2}\mathrm{d}x$$

$$=\int_{-\infty}^{+\infty}t^2\frac{\sigma^2}{\sqrt{2\pi}}\mathrm{e}^{-\frac{1}{2}t^2}\mathrm{d}t\ \xlongequal{\text{令 } t=\frac{x-\mu}{\sigma}}\ \frac{\sigma^2}{\sqrt{2\pi}}\left(-t\mathrm{e}^{-\frac{t^2}{2}}\right)\Big|_{-\infty}^{+\infty}+\frac{\sigma^2}{\sqrt{2\pi}}\int_{-\infty}^{+\infty}\mathrm{e}^{-\frac{1}{2}t^2}\mathrm{d}t=\sigma^2,\text{故}$$

3.5.15 $D\xi=\sigma^2.$

3. 方差的基本性质.

性质 1 $D(c)=0$;

性质 2 $D(c\xi)=c^2D(\xi)$；特别地，当 $c=-1$ 时，$D(-\xi)=D(\xi)$;

性质 3 $D(\xi+c)=D(\xi)$;

性质 4 $D(k\xi+c)=k^2D(\xi)$;

性质 5 若 ξ，η 相互独立，则 $D(\xi+\eta)=D(\xi)+D(\eta)$.

其中 c，k 为常数.

三、补充

1. 随机变量函数的数学期望.

3.5.16 定理 设 η 是随机变量 ξ 的函数，$\eta=g(\xi)$，($g(x)$是连续的实函数).

(1) ξ 是离散型随机变量，它的概率分布为

$$p_k=P(\xi=x_k)\qquad(k=1,2,\cdots).$$

若 $\sum\limits_{k=1}^{\infty}|g(x_k)|p_k$ 收敛，则有

3.5.17 $E\eta=Eg(\xi)=\sum\limits_{k=1}^{\infty}g(x_k)p_k.$

(2) ξ 是连续型随机变量，其密度函数为 $p(x)$，且 $\int_{-\infty}^{+\infty}|g(x)|p(x)\mathrm{d}x$ 收敛，则有

3.5.18 $E\eta=Eg(\xi)=\int_{-\infty}^{+\infty}g(x)p(x)\mathrm{d}x.$

例 7 假定国际市场每年对我国某种商品的需求量 X 是一个随机变量(单位：t)，它服从[2 000，4 000]上的均匀分布. 已知每出售 1t 该商品，就可以赚得外汇 3 万美元，但若

销售不出，则每吨需仓储费用1万美元，那么，外贸部门每年应组织多少货源，才能使收益最大？

解 设 y 为组织货源的数量，则收益 Y 为

$$Y = H(X) = \begin{cases} 3y, & 当 X \geqslant y 时, \\ 3X - (y - X), & 当 X < y 时, \end{cases}$$

故
$$EY = \int_{-\infty}^{+\infty} H(x)p(x)\mathrm{d}x = \int_{2000}^{4000} \frac{H(x)}{2\,000}\mathrm{d}x$$
$$= \frac{1}{2\,000}\int_{2000}^{y}(4x - y)\mathrm{d}x + \frac{1}{2\,000}\int_{y}^{4000} 3y\mathrm{d}x = \frac{1}{1\,000}(-y^2 + 7\,000y - 4\times 10^6).$$

此时当 $y = 3\,500$ 时 EY 达到最大，因此组织 3 500t 这种商品是最好的决策.

2. 配对问题的数学期望.

例8 有 N 封内容各不相同的信随机放入 N 个写有不同收信人的信封中去，X 是信内容和信封配对的个数，求 X 的数学期望.

解 设 $X_i = \begin{cases} 1, & 第 i 封信配对, \\ 0, & 否则, \end{cases}$

则
$$X = \sum_{i=1}^{N} X_i,\quad EX_i = P(X_i = 1) = \frac{1}{N},\quad EX = \sum_{i=1}^{N} EX_i = N\cdot\frac{1}{N} = 1.$$

习题 3.5

（一）

1. 某种产品共10件，其中有次品3件，现从中任取3件，求取出的3件产品中次品数 X 的数学期望和方差.

2. 一批零件中有9个合格品与3个废品，在安装机器时，从这批零件中任取1个，如取出的是废品就不再放回. 求在取得合格品之前，已经取出的废品数的数学期望和方差.

3. 假定每人生日在各月份机会是同样的，求3个人中生日在第1个季度的平均人数.

4. 设随机变量 X 的概率分布为

X	1	2	3	4
$P(X = x_i)$	$\frac{1}{8}$	$\frac{1}{4}$	$\frac{1}{2}$	$\frac{1}{8}$

求 EX，$E(X^2)$，$E\,(X+2)^2$.

5. 设 X 的概率分布密度函数为

$$f(x) = \begin{cases} \frac{2}{\pi}\cos^2 x, & |x| \leqslant \frac{\pi}{2}, \\ 0, & |x| > \frac{\pi}{2}. \end{cases}$$

求 X 的数学期望和方差.

6. 随机变量 X 的概率密度函数为

$$p(x) = \begin{cases} Ax^2(x-2)^2, & 0 \leqslant x \leqslant 2, \\ 0, & 其他. \end{cases}$$

求 X 的数学期望和方差.

7. 连续型随机变量 ξ 的概率分布密度函数为

$$p(x)=\begin{cases}kx^a, 0<x<1, \\ 0, 其他.\end{cases} \quad (k, a>0)$$

又知 $E\xi=0.75$，求 k 和 a 的值.

8. 某人的一串钥匙有 n 把，其中只有一把能打开自己的门，他随机地试用这些钥匙，试求将门打开所需的试开次数的数学期望和方差. 假定(1)每次把试过的钥匙分开，(2)每次试过的钥匙又放回去.

（二）

9. 设随机变量 ξ 具有分布

$$P(\xi=k)=\frac{1}{2^k}, k=1,2,\cdots.$$

求 $E\xi$，$E\xi^2$，$D\xi$.

10. 据统计，一位 40 岁的健康(一般体检未发现病症)者，在 5 年之内活着或自杀死亡的概率为 $p(0<p<1, p$ 为已知)，在 5 年内非自杀死亡的概率为 $1-p$. 保险公司办 5 年人寿保险，参加者需交保险费 a 元(a 已知)，若 5 年之内非自杀死亡，公司赔偿 b 元($b>a$). b 应如何定才能使公司可望获益?

11. 将 n 只球放入 M 个盒子中去，设每只球放入各个盒子是等可能的，求有球的盒子数 X 的数学期望.

12. 随机变量 ξ 的概率分布为

ξ	0	1	2
$P(\xi=x_i)$	0.4	0.1	0.5

又设 $\eta=3\xi+1$，求 $E\eta$，$D\eta$.

13. 设随机变量 ξ 的分布函数为

$$p(x)=\begin{cases}e^{-x}, x\geqslant 0, \\ 0, x<0,\end{cases}$$

又设 $\eta=2\xi+1$，求 $E\eta$，$D\eta$.

3.6 抽样分布

数理统计是一个应用极广的数学分支，它以概率论为理论基础，以试验和观测结果为依据对随机现象的统计性作出种种合理的估计和推断.

由于在大量的重复试验下，任何随机现象都会呈现出其确定的统计规律性，而实际中允许的试验又总是有限的，所以从全部研究对象中抽取由一部分个体组成的局部，并通过这个局部的特性去推断总体的特性，便成了数理统计的重要任务之一.

一、总体与样本

在数理统计中被研究对象的全体称为总体，组成总体的每个单位称为个体. 例如，在人口普查中，全部人口就是总体，而其中每一个人就是一个个体；研究某城市中学生的身高分布情况，此时该城市全体中学生的身高是一个总体，而每个中学生的身高则是一个个体.

从个体数目多少来看，总体又有有限总体和无限总体之分.

在实际应用中，人们所关心的不是总体中每个个体的具体性能，而是它的某一数量指标，如中学生的身高. 对于一个确定的由数量指标构成的总体来说，由于每个个体的取值是不同的，从总体中任取一个个体，其取值是不能预先确定的，所以总体的任何一个数量指标都是一个随机变量. 因此，通常用随机变量 X 表示总体，而把第 i 个个体的指标记为 X_i，其具体的取值记为 x_i.

从总体 X 中抽取出若干个个体$X_i(i=1,2,\cdots,n)$而成的集体，称为样本(或子样)，记作$(X_1,\cdots,X_n)$，样本中所含个体的个数 n 称为样本容量. 每个抽中的个体 X_i 称为样本点，其具体的取值 x_i 称为样本观测值.

二、简单随机样本

由于我们要从样本来推断总体的分布并进行各种分析，因此要求样本能够很好地反映总体的特征.

如果从总体 X 中进行独立的重复试验或观察所得容量为 n 的样本$(X_1,X_2,\cdots,X_n)$满足下面的两个条件：

(1) x_i $(i=1,2,\cdots,n)$与 X 有相同的分布函数$F(x)$，

(2) $X_1,X_2,\cdots,X_n$ 相互独立，

那么我们把样本$(X_1,X_2,\cdots,X_n)$称为简单随机样本.

三、统计数据的整理与统计图

在实际工作中，我们首先接触到的是原始数据，而大量的原始数据又是十分宝贵的，因为它们反映了总体内各个个体所具有的数据特征，包含着表现总体数量特征的有用信息. 所以原始数据可以作为统计分析的基础，但是，原始数据的特点是离散的，它们以零星、杂乱的形式出现，因而原始数据本身并不能深刻地揭示事物或现象的本质，只有对原始数据进行科学的整理，使其条理化和系统化，并在此基础上作进一步的统计分析，原始数据中所包含的数量特征和规律性才能够显示出来. 对原始数据的整理包括作统计分组以及制表、作图等步骤.

我们通过一个具体的例子来说明对原始数据的整理过程.

例 1 考察某班学生数学考试成绩 ξ，现取 50 名学生其成绩如表 3.1.

表 3.1

88	83	55	90	70	65	49	97	79	78
85	81	61	69	93	68	62	72	44	87
81	47	79	74	54	48	69	90	73	75
91	89	85	37	60	83	80	65	86	73
60	74	78	53	72	77	65	82	91	77

由于数据很多，要对这些数据进行分组. 分组时，一般采用等区间分组，区间长度称为组距，为使分组数据的统计图、表能反映出分布的趋势，分组多少应与样本容量相适应，以突出样本分布的特点，并以冲淡样本的随机波动为原则. 要决定组数与组距，首先得求出全

距，即将上述数据中最大值减去最小值．这 50 个数据的全距为 $97-37=60$（分），如果一组数据来自正态分布的总体，即总体的数据围绕某一中心值波动，两边大体平衡，那么组数的确定有如下计算公式：

$$k=1.87(n-1)^{2/5}$$

其中 k 就是要求的组数，n 为样本容量．若 $n=50$ 则 $k=9$（组）．此计算公式在 n 很大的情况下较适用，当 n 较小且分布为非正态下应视实际情况来确定组数．现在全距为 60（分），若按 9 来分组，则组距为 $\frac{60}{9}\approx 6.7$（分）．但是为了计算方便，组距一般只选取 2，3，5，10，20 等数值．所以我们以 10 分为组距，即将上述数据分为 30～40，40～50，50～60，60～70，70～80，80～90，90～100 共七组，分组后，我们可以得到表 3.2 所示的频数分布表（每组不包括上限），其中组中值等于组中两端的平均数．

表 3.2

分组编号	1	2	3	4	5	6	7
组限	30～40	40～50	50～60	60～70	70～80	80～90	90～100
组中值	35	45	55	65	75	85	95
组频数 m	1	4	3	10	14	12	6

根据表 3.2，可以画出频数直方图，见图 3.13

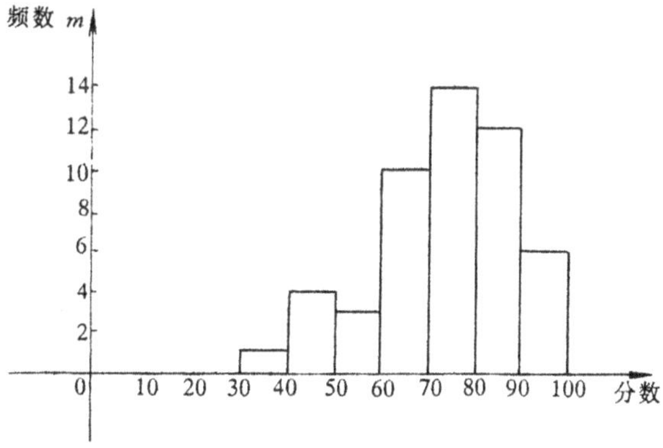

图 3.13

组频率是组频数除以观察数据的个数（即样本容量 n）所得的比值．频率直方图与频数直方图形式相同，只是把频数直方图中纵坐标的单位缩小为原单位长的 $\frac{1}{n}$．累积频率是将相应一些组频率累加起来的和．把例 1 数据列成表 3.3，根据表 3.3 画出频率及累积频率直方图（见图 3.14（一）及图 3.15（二））．

表 3.3

分组编号	1	2	3	4	5	6	7
组限	30～40	40～50	50～60	60～70	70～80	80～90	90～100
组中值	35	45	55	65	75	85	95
组频数	1	4	3	10	14	12	6
组频率（%）	2	8	6	20	28	24	12
累积频率（%）	2	10	16	36	64	88	100

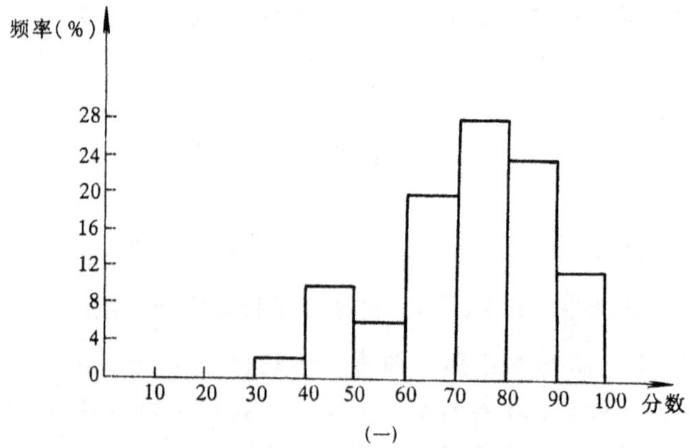

图 3.14

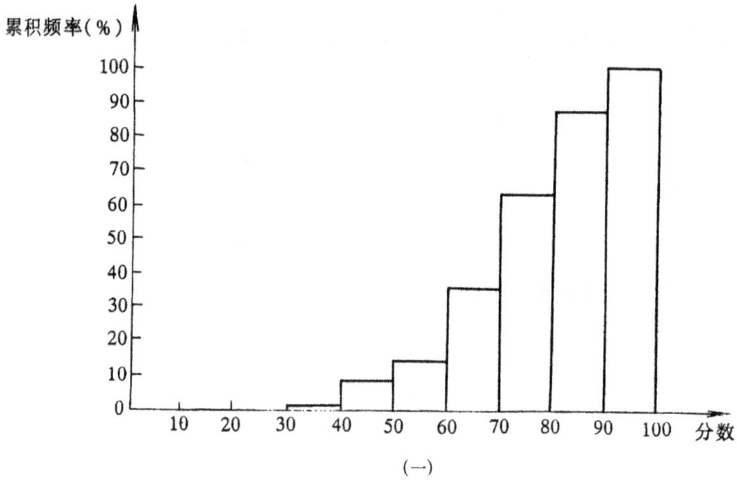

图 3.15

将频率直方图和累积频率直方图稍作修改，得到修正后的频率直方图(见图 3.14(二))及修正后的累积频率直方图(见图 3.15(二))其更为简便明了，它在设计工作中有着更广泛的应用.

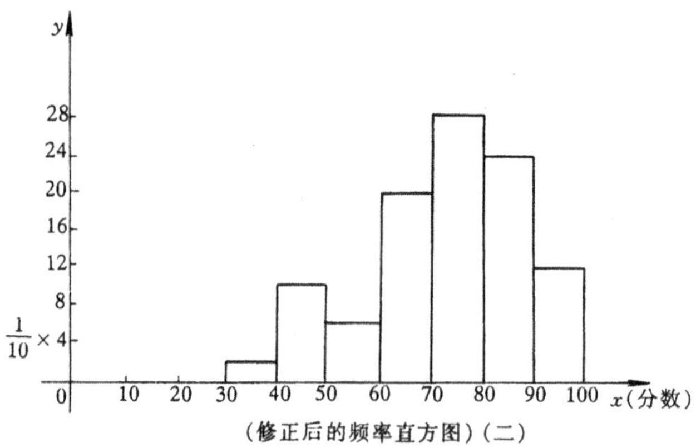

(修正后的频率直方图)(二)

图 3.14

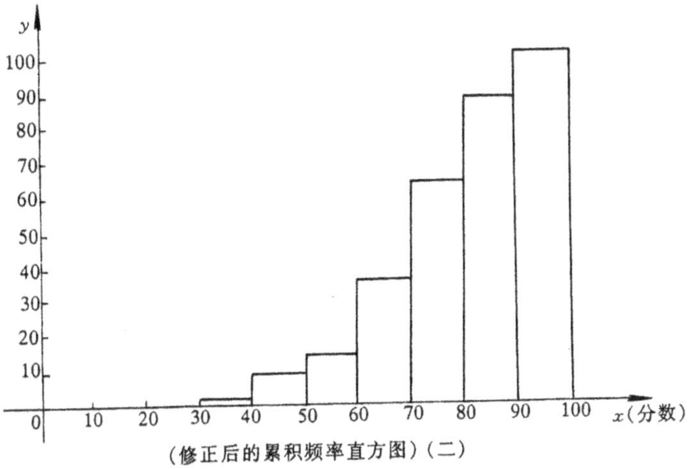

图 3.15

在修正后的频率直方图中，第 i 个长方形的高度应为相应频率$\frac{m_i}{n}$的 k 倍，k 是组距的倒数，而每个长方形的底都等于组距，在例 1 中组距为 10，$k=\frac{1}{10}$，每个长方形面积表示分数落在相应区间内的频率．这样的频率直方图就能大致地描述出 ξ 的概率分布情况，而每个长方形面积正好近似等于分数值取在这一区间的概率．

四、统计量

定义　由样本$(X_1,X_2,\cdots,X_n)$所确定的函数$f(X_1,X_2,\cdots,X_n)$称为统计量．

显然，统计量不仅是一个随机变量，而且还不含有未知参数．

样本是总体的代表和反映，也是统计推断的依据．我们要把样本中应关心的事物和信息集中起来，针对不同的问题构造出不同的统计量，再根据统计量的分布去对总体进行统计推断．

例如，设(X_1,X_2,X_3)是由服从正态分布$N(\mu,\sigma^2)$的总体 X 中抽取的一个容量为 3 的样本，其中 μ、σ 是未知参数，因此$\frac{1}{3}(X_1+X_2+X_3)-\mu$，$\frac{1}{\sigma}(X_1+X_2+X_3)$都不是统计量，而 X_1+X_2+5，$X_1^2+X_2^2$ 都是统计量．

定义　若$(X_1,X_2,\cdots,X_n)$是总体 X 中的一个样本，则统计量

3.6.1　$$\bar{X}=\frac{1}{n}\sum_{i=1}^{n}X_i$$

称为样本均值；统计量

3.6.2　$$S^2=\frac{1}{n-1}\sum_{i=1}^{n}(X_i-\bar{X})^2$$

称为样本方差．称 S 为样本标准差．

若$(x_1,x_2,\cdots,x_n)$是样本$(X_1,X_2,\cdots,X_n)$的一组观测值，则 $\bar{x}=\frac{1}{n}\sum_{i=1}^{n}x_i$ 与 $s^2=\frac{1}{n-1}\sum_{i=1}^{n}(x_i-\bar{x})^2$ 分别为样本平均值 $\bar{X}$ 与样本方差 S^2 的观测值．

五、几个统计中常用的分布

为了对总体 X 进行统计推断，就要研究统计量$f(X_1,X_2,\cdots,X_n)$的概率分布问题，这

就涉及到统计中常用的分布．在概率论中，已经介绍了一些常用的分布，在这里我们就不加证明地介绍几个与正态分布有关的分布．

1．χ^2 分布．

定义 设 X_1，X_2，…，X_n 是相互独立的随机变量且均服从标准正态分布$N(0,1)$，则随机变量 $\chi^2 = X_1^2 + X_2^2 + \cdots + X_n^2$ 称为服从自由度 n 的 χ^2 分布，记为$\chi^2 \sim \chi^2(n)$．

自由度是指随机变量中所含独立随机变量的个数 n．

χ^2 分布的概率密度函数为

$$p(x) = \begin{cases} \dfrac{1}{2^{\frac{n}{2}}\Gamma(\frac{n}{2})} x^{\frac{n}{2}-1}\mathrm{e}^{-\frac{x}{2}}, & x > 0 \\ 0 & , x \leqslant 0, \end{cases}$$

其中 $\Gamma(\alpha) = \int_0^{+\infty} x^{\alpha-1}\mathrm{e}^{-x}\mathrm{d}x$ 是微积分中的 Γ－函数．

对给定的$\alpha(0<\alpha<1)$和 n，称满足等式$P(\chi^2 \geqslant \chi_\alpha^2(n)) = \alpha$ 的 $\chi_\alpha^2(n)$ 为 χ^2 分布的临界值（见图3.16）．对于不同的 α 和 n，临界值$\chi_\alpha^2(n)$的值，可由附表查得．

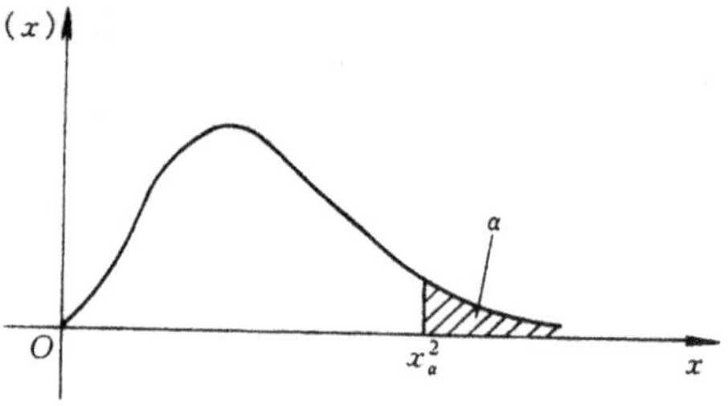

图 3.16 $(n \geqslant 2)$

2．t 分布．

定义 设 $X \sim N(0,1)$，$Y \sim \chi^2(n)$，且 X 与 Y 独立，则称随机变量 $T = \dfrac{X}{\sqrt{Y/n}}$服从自由度为 n 的 t 分布，记为$T \sim t(n)$．

t 分布的概率密度函数为

$$p(x) = \frac{\Gamma(\frac{n+1}{2})}{\sqrt{n\pi}\Gamma(\frac{n}{2})}(1 + \frac{x^2}{n})^{-\frac{n+1}{2}}, \ -\infty < x < +\infty$$

对给定的$\alpha(0<\alpha<1)$和 n，称满足等式$P(T \geqslant t_\alpha(n)) = \alpha$ 的$t_\alpha(n)$为 t 分布的临界值（见图 3.17）．对于不同的 α 和 n，临界值$t_\alpha(n)$的值，可由附表查得．

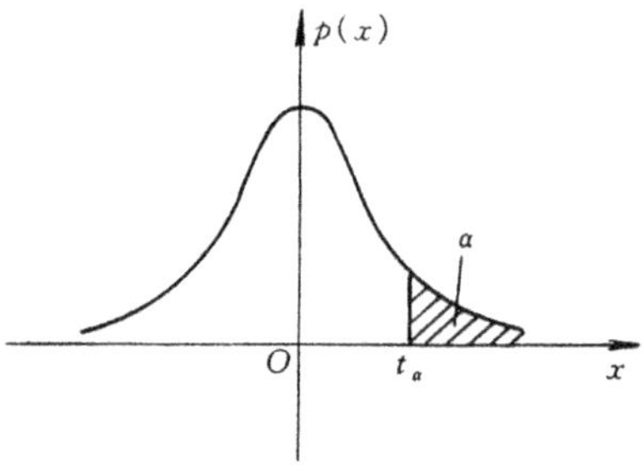

图 3.17

3．F 分布．

定义 设 $X \sim \chi^2(n_1)$，$Y \sim \chi^2(n_2)$，且 X 与 Y 相互独立，则称随机变量 $F = \dfrac{X/n_1}{Y/n_2}$服从第一自由度为 n_1（分子 X 的自由度）和第二自由度为 n_2（分母 Y 的自由度）的 F 分布，记为$F \sim F(n_1, n_2)$．

F 分布的概率密度函数为

$$p(x) = \begin{cases} \dfrac{\Gamma(\frac{n_1+n_2}{2})}{\Gamma(\frac{n_1}{2})\Gamma(\frac{n_2}{2})}(\frac{n_1}{n_2})(\frac{n_1}{n_2}x)^{\frac{n_1}{2}-1}(1 + \frac{n_1}{n_2}x)^{-\frac{n_1+n_2}{2}}, & x > 0, \\ 0 & , x \leqslant 0. \end{cases}$$

对给定的$\alpha(0<\alpha<1)$及 n_1，n_2，称满足等式 $P(F \geqslant F_\alpha(n_1,n_2))=\alpha$ 的$F_\alpha(n_1,n_2)$为 F 分布的临界值(见图 3.18). 对于不同的 α 及n_1，n_2，临界值$F_\alpha(n_1,n_2)$的值，可由附表查得.

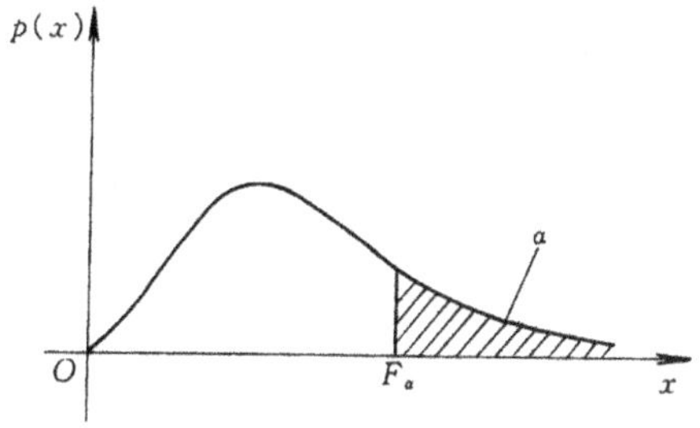

图 3.18

六、抽样分布

统计量的分布是进行统计推断的依据，在数理统计中我们把统计量的分布称为抽样分布. 下面介绍在统计推断中常用的几个统计量的分布.

3.6.3 定理 若总体$X \sim N(\mu,\sigma^2)$,且$(X_1,X_2,\cdots,X_n)$是 X 中容量为n 的样本，样本均值 $\bar{X}=\frac{1}{n}\sum_{i=1}^{n}X_i$,样本方差 $S^2=\frac{1}{n-1}\sum_{i=1}^{n}(X_i-\bar{X})^2$, 则

3.6.4 $\bar{X} \sim N(\mu,\frac{\sigma^2}{n})$;

3.6.5 $\chi^2=\frac{(n-1)S^2}{\sigma^2} \sim \chi^2(n-1)$.

3.6.6 推论 若 $X \sim N(\mu,\sigma^2)$，$(X_1,X_2,\cdots,X_n)$为总体 X 的样本，且 $\bar{X}$ 为样本均值，则统计量

3.6.7 $U=\frac{\bar{X}-\mu}{\sigma/\sqrt{n}} \sim N(0,1)$.

3.6.8 推论 若$X \sim N(\mu_1,\sigma_1^2)$，$Y \sim N(\mu_2,\sigma_2^2)$,且 X 与 Y 相互独立，$(X_1,X_2,\cdots,X_{n1})$与$(Y_1,Y_2,\cdots,Y_{n2})$分别为 X 与 Y 的样本，则统计量

3.6.9 $\bar{X}-\bar{Y} \sim N(\mu_1-\mu_2,\frac{\sigma_1^2}{n_1}+\frac{\sigma_2^2}{n_2})$.

3.6.10 定理(中心极限定理) 设 X 具有有限的期望$EX=\mu$，有限的方差 $DX=\sigma^2$，当样本容量 n 充分大时，X 近似地服从正态分布$N(\mu,\sigma^2)$.

3.6.11 定理 若 $X \sim N(\mu,\sigma^2)$，$(X_1,X_2,\cdots,X_n)$为总体 X 的样本，$\bar{X}$ 与 S^2 分别是样本均值与样本方差，则统计量

3.6.12 $T=\frac{\bar{X}-\mu}{S/\sqrt{n}} \sim t(n-1)$.

例 2 学生某科成绩 X 服从$N(80,100)$，现抽取 $n=25$ 的一个样本，试问：

(1) 样本平均成绩大于 84 分的概率是多少？

(2) 平均成绩在 78～82 分之间的概率是多少？

解 (1)$X \sim N(80,100)$，$n=25$. 由 3.6.4 知

$$\bar{X} \sim N(\mu,\frac{\sigma^2}{n}),\text{即} \quad \bar{X} \sim N(80,4).$$

$\therefore P(\bar{X}>84)=P(\frac{\bar{X}-80}{2}>2)=1-\Phi(2)=1-0.977\,25=0.022\,75$.

(2) $P(78<\bar{X}<82)=P(-1<\frac{\bar{X}-80}{2}<1)=\Phi(1)-\Phi(-1)=2\Phi(1)-1=0.682\,7$.

例 3 设 $X \sim N(150,20^2)$，$Y \sim N(125,25^2)$，从 X、Y 中各抽取一个容量为 5 的样本，其样本平均值为 $\bar{X}$、$\bar{Y}$，试求 $\bar{X}-\bar{Y} \leqslant 0$ 的概率.

解 已知 $\mu_1=150$，$\mu_2=125$，$\sigma_1=20$，$\sigma_2=25$，$n_1=n_2=5$.

由 3.6.9 可知：

$$\bar{X}-\bar{Y}\sim N(\mu_1-\mu_2,\frac{\sigma_1^2}{n_1}+\frac{\sigma_2^2}{n_2}),\text{即}\quad \bar{X}-\bar{Y}\sim N(150-125,\frac{20^2}{5}+\frac{25^2}{5})=N(25,205)$$

$$\therefore\quad P(\bar{X}-\bar{Y}\leqslant 0)=P(\frac{(\bar{X}-\bar{Y})-25}{\sqrt{205}}\leqslant\frac{-25}{\sqrt{205}})=\Phi(-\frac{25}{\sqrt{205}})=1-\Phi(1.746)$$
$$=1-0.959\,6=0.040\,4.$$

七、补充

1. 相关系数

定义 设$(X_1,X_2,\cdots,X_n)$为来自总体 X 的一个样本，$(Y_1,Y_2,\cdots,Y_n)$为来自总体 Y 的一个样本. $\bar{X}=\frac{1}{n}\sum_{i=1}^{n}X_i,\bar{Y}=\frac{1}{n}\sum_{i=1}^{n}Y_i$，则

3.6.13 $$r_{xy}=\frac{\sum_{i=1}^{n}(X_i-\bar{X})(Y_i-\bar{Y})}{\sqrt{\sum_{i=1}^{n}(X_i-\bar{X})^2\cdot\sum_{i=1}^{n}(Y_i-\bar{Y})^2}}$$

称为样本 X，Y 的相关系数.

2. 顺序统计量

定义 设$(X_1,X_2,\cdots,X_n)$是简单随机样本，按其大小顺序排列为

3.6.14 $X_{(1)}\leqslant X_{(2)}\leqslant\cdots\leqslant X_{(n)}$，

则称 3.6.14 为样本的顺序统计量.

3.6.15 $$X_{\frac{1}{2}}=\begin{cases}X_{(m+1)}, & \text{当 } n=2m+1 \text{ 时},\\ \frac{1}{2}(X_{(m)}+X_{(m+1)}), & \text{当 } n=2m \text{ 时},\end{cases}$$

为样本的中位数.

3. 来自非正态总体的两个样本平均值之差的分布

设$(X_1,X_2,\cdots,X_{n_1})$来自总体 X，$EX=\mu_1$，$DX=\sigma_1^2$. $(Y_1,Y_2,\cdots,Y_{n_2})$来自总体 Y，$EY=\mu_2$，$DY=\sigma_2^2$. 当 n 充分大时($n\geqslant 30$)，则

3.6.16 $$Z=\frac{\bar{X}-\bar{Y}-(\mu_1-\mu_2)}{\sqrt{\frac{\sigma_1^2}{n_1}+\frac{\sigma_2^2}{n_2}}}$$

近似服从$N(0,1)$.

例 4 一个市场分析员研究顾客在两个不同类型的商店中所花费的时间. 他在每个商店各观察了 75 名顾客，发现顾客在商店 A 所花费的平均时间为 55min，顾客在商店 B 所花费的平均时间为 49min. 假定每个总体的标准差均是 15min，你能说这两个商店的顾客平均花费时间不同吗？

解 设X 表示顾客在A 商店所花费的时间，Y 表示顾客在B 商店所花费的时间.

由已知：$\mu_1=55$，$\mu_2=49$，$\sigma_1^2=\sigma_2^2=15^2$，$n_1=n_2=75$.

由公式 3.6.16 可知

$$Z = \frac{\bar{X} - \bar{Y} - (\mu_1 - \mu_2)}{\sqrt{\frac{\sigma_1^2}{n_1} + \frac{\sigma_2^2}{n_2}}} \quad 近似服从 N(0,1).$$

$$\therefore \quad P(\bar{X} - \bar{Y} \leqslant 0) = P\left(\frac{\bar{X} - \bar{Y} - (\mu_1 - \mu_2)}{\sqrt{\frac{\sigma_1^2}{n_1} + \frac{\sigma_2^2}{n_2}}} \leqslant \frac{-(\mu_1 - \mu_2)}{\sqrt{\frac{\sigma_1^2}{n_1} + \frac{\sigma_2^2}{n_2}}}\right)$$

$$= \Phi\left(-\frac{55 - 49}{\sqrt{\frac{15^2}{75} + \frac{15^2}{75}}}\right) = \Phi(-2.449)$$

$$= 1 - \Phi(2.449) = 0.007\,1.$$

因此可以说顾客在这两个商店平均花费时间是不同的.

习题 3.6

（一）

1. 观察新生女婴儿的体重 ξ（它是一个连续型随机变量），取 20 名按出生顺序测得体重如下表(单位：g)：

3 100，3 120，3 280，2 560，2 940，2 840，3 400，3 420，3 400，3 500，
3 740，2 820，3 100，2 820，3 880，2 500，3 400，3 500，3 000，3 400

按区间 [2 450，2 750)，[2 750，3 050)，…，[3 650，3 950) 将其分组，列出分组数据的统计表，画出频率直方图.

2. 测得 20 个毛坯重量(单位：g)，列成下表

毛坯重量	185	187	192	195	200	202	205	206
频　数	1	1	1	1	1	2	1	1
毛坯重量	207	208	210	214	215	216	218	217
频　数	2	1	1	1	2	1	2	1

将其按区间[183.5,192.5),…,[219.5,228.5)分成 5 组，列出分组统计表，并画出频率直方图.

3. 设 $X \sim N(\mu, \sigma^2)$，且 σ^2 已知，$(X_1, X_2, \cdots, X_n)$ 是 X 的一个容量为 n 的样本，指出 $X_1 + X_2 + \cdots + X_n - \mu$，$\sum_{i=1}^{n} \frac{X_i}{\sigma}$，$\sum_{i=1}^{n} \frac{(X_i - \mu)^2}{\sigma^2}$，$\max_i \{X_i\}$ 中哪些是统计量，哪些不是统计量？为什么？

4. 从 $X \sim N(63, 49)$ 中随机抽取容量为 $n = 9$ 的样本，求样本均值 $\bar{X}$ 小于 60 的概率.

5. 车间的某种工具，平均使用时间 $\mu = 41.5$(h)，标准差为 $\sigma = 2.5$(h)，现从保管室中随机取出 50 个，试估计这 50 个工具的平均使用时间在 40.5 到 42h 之间的概率.

6. 某类钢丝的抗拉强度服从正态分布，平均值为 100，标准差为 5.48.

(1) 求容量为 100 的样本均值的数学期望与标准差；

(2) 从总体中抽出 16 个数据作简单样本，求这一样本的均值介于 99.8 到 100.9 之间的概率有多大？

7. 在一个长时期内，职业介绍所发现一个职业申请人接受一项才能测验(所有申请人都要经过此项测验)所需要的平均时间为 24.5min，标准差为 45min.

(1) 今从这个总体中选取容量为 81 的简单随机样本，求该样本均值的数学期望和方差；

(2) 在(1)的样本中，其均值大于 25min 的概率有多大?

3.7 参数估计

一、估计量

数理统计的基本问题之一是怎样从样本中所获得的信息来推断总体的统计规律性. 对于某些现象，我们常可以通过实践或理论上的推导来断定总体 X 的概率分布的类型，但其分布的某些参数未知. 用来估计总体的参数或分布性质的统计量称为估计量. 对参数的估计称为参数估计.

参数估计分为点估计和区间估计两种.

1. 点估计

定义 设 θ 是总体 X 的待估计的参数，$\hat{\theta}=f(X_1,X_2,\cdots,X_n)$是样本$(X_1,X_2,\cdots,X_n)$的一个统计量，如果用 $\hat{\theta}$ 来估计 θ，则称 $\hat{\theta}$ 为 θ 的一个估计量. 这种用统计量 $\hat{\theta}$ 去作未知参数 θ 的估计量的估计，称为参数的点估计.

点估计是运用样本数据来计算 1 个单一的估计值，以此来估计总体参数值. 点估计不能给出误差范围的大小，这种误差，在估计中是必然发生的. 点估计也没有给出估计的可靠程度，这种可靠程度是完善的估计中所要求的.

常用的建立估计量的方法有两种：矩估计法与极大似然估计法 (见后).

2. 区间估计

定义 设 θ 是总体 X 的一个待估计的参数，$\hat{\theta}_1$，$\hat{\theta}_2$ 分别是两个统计量，且满足

3.7.1 $P(\hat{\theta}_1 < \theta < \hat{\theta}_2) = 1-\alpha$,

则称区间$(\hat{\theta}_1,\hat{\theta}_2)$是 θ 的区间估计，$1-\alpha$ 是置信度，即估计的可靠性或可信度. 所以$(\hat{\theta}_1,\hat{\theta}_2)$又称为 θ 的 $1-\alpha$ 置信度下的置信区间. 而 α 是事先给定的一个小正数，它是指参数估计不准的概率(假设检验中称 α 为检验水平),一般 $\alpha=5\%$ 或 $\alpha=1\%$.

区间估计是对总体参数作估计时给出总体参数所落入的范围，它期望所估计的参数的真值能落在一个区间上限和下限范围之内，并给出一个可靠程度指标，即用一定概率来保证总体参数落在给定的区间之内.

3. 估计量的优劣标准

人们总是希望估计量能代替真实参数，并能正确评价估计量. 根据不同的要求，评价估计量可以有各种各样的标准. 下面介绍两种最常用的标准.

(1) 无偏估计

定义 若 $\hat{\theta}$ 是总体 X 的参数 θ 的一个点估计，且$E(\hat{\theta})=\theta$，称 $\hat{\theta}$ 是 θ 的无偏估计量.

由定义我们可以得到如下结论：

从总体 X 中取一样本$(X_1,X_2,\cdots,X_n)$，$EX=\mu$，$DX=\sigma^2$，则样本平均值 $\overline{X}$ 及样本方差 S^2 分别是 μ 和 σ^2 的无偏估计.

(2) 有效估计

定义 若 $\hat{\theta}_1$，$\hat{\theta}_2$ 都是 θ 的无偏估计量，且 $D(\hat{\theta}_1) \leqslant D(\hat{\theta}_2)$，则称 $\hat{\theta}_1$ 是比 $\hat{\theta}_2$ 有效的估计量．若在 θ 的一切无偏估计量中，$\hat{\theta}$ 的方差达到最小，则 $\hat{\theta}$ 称为 θ 的有效估计量．

二、矩估计法与极大似然估计法

1．矩估计法

矩估计法是求估计量的最古老的方法．用样本的平均值 $\bar{X}$ 去估计总体的数学期望 EX，用样本的统计量 $S_n^2 = \frac{1}{n}\sum_{i=1}^{n}(X_i - \bar{X})^2$ 去估计总体的方差 DX．即

3.7.2 $\hat{\mu} = E\hat{X} = \bar{X} = \frac{1}{n}\sum_{i=1}^{n} X_i,$

3.7.3 $\hat{\sigma}^2 = D\hat{X} = S_n^2 = \frac{1}{n}\sum_{i=1}^{n}(X_i - \bar{X})^2.$

例 1 某灯泡厂从某天生产的一批灯泡中任取 10 个进行寿命试验，得到数据(以小时计)如下：1 050，1 100，1 080，1 120，1 200，1 250，1 040，1 130，1 300，1 200，用矩估计法估计这批灯泡的平均寿命及均方差．

解 设这批灯泡寿命为 X，则其平均寿命为 EX，均方差为 $\sqrt{DX}$．

由公式 3.7.2 及 3.7.3 有

$$\begin{aligned} E\hat{X} &= \bar{X} \\ &= \frac{1}{10}(1\,050 + 1\,100 + 1\,080 + 1\,120 + 1\,200 + 1\,250 + 1\,040 + 1\,130 + 1\,300 + 1\,200) \\ &= 1\,147 \end{aligned}$$

$$\begin{aligned} S_n^2 = \frac{1}{10}[&(1\,050 - 1\,147)^2 + (1\,100 - 1\,147)^2 + (1\,080 - 1\,147)^2 + \\ &(1\,120 - 1\,147)^2 + (1\,200 - 1\,147)^2 + (1\,250 - 1\,147)^2 + (1\,040 - 1\,147)^2 + \\ &(1\,130 - 1\,147)^2 + (1\,300 - 1\,147)^2 + (1\,200 - 1\,147)^2] = 6\,821. \end{aligned}$$

故 $$D\hat{X} = S_n^2 = 6\,821 \qquad \sqrt{D\hat{X}} = 82.59$$

2．极大似然估计法

极大似然估计法的直观想法是：如果设甲箱中有 99 个白球，1 个黑球，乙箱中有 1 个白球，99 个黑球．现随机取出一箱，再从中随机取出一球，结果是黑球，这时我们自然更多地相信这个黑球是取自乙箱的．因此极大似然法就是要选取这样的数值作为参数的估计值，使所选取的样本在被选的总体中出现的可能性为最大．

设总体 X 的密度函数为 $p(x;\theta_1,\theta_2,\cdots,\theta_k)$，其中 θ_1，θ_2，…，θ_k 是未知参数，$(X_1, X_2,\cdots,X_n)$ 是来自总体 X 的样本，称

3.7.4 $L(x_1,\cdots,x_n;\theta_1,\cdots,\theta_k) = \prod_{i=1}^{n} p(x_i;\theta_1,\cdots,\theta_k)$

为 θ_1，θ_2，…，θ_k 的似然函数．其中 x_1，…，x_n 为样本观测值．

若有 $\hat{\theta}_1$，…，$\hat{\theta}_k$ 使得

3.7.5 $L(x_1,\cdots,x_n;\hat{\theta}_1,\cdots,\hat{\theta}_k) = \max\limits_{\theta_1,\cdots,\theta_k} L(x_1,\cdots,x_n;\theta_1,\cdots,\theta_k)$

成立，则称 $\hat{\theta}_j = \hat{\theta}_j$ $(x_1, \cdots, x_n)$ 为 θ_j 的极大似然估计量$(j=1, \cdots, k)$．

特别地，当 $k=1$ 时，3.7.4 为

$$L(x_1,\cdots,x_n;\theta)=\prod_{i=1}^{n}P(x_i;\theta),$$

3.7.5 为：$L(x_1,\cdots,x_n;\hat{\theta})=\max_{\theta}L(x_1,\cdots,x_n;\theta)$.

根据函数极值的原理，要求 $\hat{\theta}$ 使得 3.7.5 成立，只要令

3.7.6 $\dfrac{dL(\theta)}{d\theta}=0$,

解之，所得解 $\hat{\theta}$ 为极大似然估计量，3.7.6 称为似然方程.

又由于 $L(\theta)$ 与 $\ln L(\theta)=\sum\limits_{i=1}^{n}\ln p(x_i;\theta)$ 的极值点相同，所以根据情况，也可以求出

3.7.7 $\dfrac{d\ln L(\theta)}{d\theta}=0$

的解 $\hat{\theta}$ 作为极大似然估计量.

若总体 X 为离散型随机变量，其概率分布为

$$P(X=x)=p(x;\theta_1,\cdots,\theta_k).$$

其中 θ_1，…，θ_k 为未知参数，同样可以写出似然函数 3.7.4 及似然方程 3.7.6.

例 2 已知总体 X 服从泊松分布

$$P(X=x)=\frac{\lambda^x}{x!}e^{-\lambda}\qquad(\lambda>0,x=0,1,\cdots),$$

$(x_1,\cdots,x_n)$是从总体 X 中抽取的一个样本的观测值，试求参数 λ 的极大似然估计.

解 参数 λ 的似然函数为

$$L(\lambda)=\prod_{i=1}^{n}p(X=x_i)=\prod_{i=1}^{n}\frac{\lambda^{x_i}}{x_i!}e^{-\lambda},$$

两边取对数：$\ln L(\lambda)=-n\lambda+\ln\lambda\cdot\sum\limits_{i=1}^{n}x_i-\sum\limits_{i=1}^{n}\ln(x_i!)$.

上式对 λ 求导，并令其为 0，即

$$\frac{d\ln L(\lambda)}{d\lambda}=-n+\frac{1}{\lambda}\sum_{i=1}^{n}x_i=0,\text{从而得}$$

$$\hat{\lambda}=\frac{1}{n}\sum_{i=1}^{n}x_i=\bar{x}.$$

即样本均值是参数 λ 的极大似然估计.

例 3 设总体 X 服从正态分布$N(\mu,\sigma^2)$，试求 μ 及σ^2 的极大似然估计量.

解 μ，σ 的似然函数为

$$L(\mu,\sigma)=\prod_{i=1}^{n}\frac{1}{\sqrt{2\pi}\sigma}e^{-\frac{(x_i-\mu)^2}{2\sigma^2}}=\frac{1}{(\sqrt{2\pi}\sigma)^n}e^{-\frac{1}{2\sigma^2}\sum\limits_{i=1}^{n}(x_i-\mu)^2},$$

似然方程组为

$$\begin{cases}\dfrac{\partial\ln L(\mu,\sigma)}{\partial\mu}=\dfrac{1}{\sigma^2}\sum\limits_{i=1}^{n}(x_i-\mu)=0,\\[2ex]\dfrac{\partial\ln L(\mu,\sigma)}{\partial\sigma}=-\dfrac{n}{\sigma}+\dfrac{1}{\sigma^3}\sum\limits_{i=1}^{n}(x_i-\mu)^2=0,\end{cases}$$

解之得

$$\hat{\mu}=\frac{1}{n}\sum_{i=1}^{n}x_i=\bar{x},\hat{\sigma}^2=\frac{1}{n}\sum_{i=1}^{n}(x_i-\bar{x})^2=S_n^2.$$

因此 $\bar{x}$ 及 S_n^2 分别是μ 及σ^2 的极大似然估计量.

三、正态总体均值的区间估计

点估计是以样本数据为根据，估计总体参数的1个单一的数值，它存在着一定的抽样误差. 因此，对参数进行估计时，我们得出点估计值后，还要进一步确定抽样误差，即根据估计量的分布，在一定的可靠程度下，指出被估计的总体参数所在的可能取值范围.

1. 单个总体均值的区间设计

设总体$X\sim N(\mu,\sigma^2)$，$(X_1,X_2,\cdots,X_n)$为总体的一个样本，求μ的$1-\alpha$置信区间，分两种情况讨论：

(1) σ^2已知，x_1，…，x_n为一组样本观测数据，$\bar{X}=\frac{1}{n}\sum_{k=1}^{n}X_k$是$\mu$的估计量，且由公式3.6.7知$U=\frac{\bar{X}-\mu}{\sigma/\sqrt{n}}\sim N(0,1)$.

取
$$P(|\frac{\bar{X}-\mu}{\sigma/\sqrt{n}}|\geq U_{\frac{\alpha}{2}})=\alpha,$$

3.7.8 $P(-U_{\frac{\alpha}{2}}<\frac{\bar{X}-\mu}{\sigma/\sqrt{n}}<U_{\frac{\alpha}{2}})=1-\alpha.$

由不等式
$$-U_{\frac{\alpha}{2}}<\frac{\bar{X}-\mu}{\sigma/\sqrt{n}}<U_{\frac{\alpha}{2}},$$

推得
$$\bar{X}-U_{\frac{\alpha}{2}}\frac{\sigma}{\sqrt{n}}<\mu<\bar{X}+U_{\frac{\alpha}{2}}\frac{\alpha}{\sqrt{n}}.$$

根据一组样本数据观测值x_1，…，x_n，可得一个具体的关于μ的$1-\alpha$置信区间：

3.7.9 $(\bar{x}-U_{\frac{\alpha}{2}}\frac{\sigma}{\sqrt{n}},\bar{x}+U_{\frac{\alpha}{2}}\frac{\sigma}{\sqrt{n}}).$

(2) σ^2未知时，上述置信区间半径是未知的，可用样本方差S^2代替σ^2，由3.6.12知
$$T=\frac{\bar{X}-\mu}{S/\sqrt{n}}\sim t(n-1),$$
且$t(n-1)$不依赖于μ，由此可得

3.7.10 $P(-t_{\frac{\alpha}{2}}(n-1)<\frac{\bar{X}-\mu}{S/\sqrt{n}}<t_{\frac{\alpha}{2}}(n-1))=1-\alpha.$

因此μ的$1-\alpha$置信区间为
$$(\bar{X}-t_{\frac{\alpha}{2}}(n-1)\frac{S}{\sqrt{n}},\bar{X}+t_{\frac{\alpha}{2}}(n-1)\frac{S}{\sqrt{n}}).$$

根据一组样本观测值，可得一个具体的置信区间为

3.7.11 $(\bar{x}-t_{\frac{\alpha}{2}}(n-1)\frac{S}{\sqrt{n}},\bar{x}+t_{\frac{\alpha}{2}}(n-1)\frac{S}{\sqrt{n}}).$

例4 一饮料机器所装饮料量X服从正态分布，其标准差为15ml. 今取36杯饮料为随机样本，得每杯的平均含量为250ml. 求该机器所装饮料之每杯平均含量μ的95%置信区间.

解 由已知得

$n=36$，$\sigma=15$，$\bar{x}=250$，$\alpha=0.05$.

由于$X\sim N(\mu,15^2)$,可推得$\bar{X}\sim N(\mu,\frac{15^2}{36})$. 又由3.7.8有
$$P(-U_{\frac{\alpha}{2}}<\frac{\bar{X}-\mu}{\sigma/\sqrt{n}}<U_{\frac{\alpha}{2}})=1-\alpha,$$

$$\therefore \qquad \Phi(U_{\frac{\alpha}{2}}) - \Phi(-U_{\frac{\alpha}{2}}) = 0.95,$$

即

$$\Phi(U_{\frac{\alpha}{2}}) = 0.975.$$

查表得：$U_{\frac{\alpha}{2}}=1.96$，由 3.7.9 知：$\mu$ 的 95% 的置信区间为

$$(250 - 1.96 \times \frac{15}{\sqrt{36}}, 250 + 1.96 \times \frac{15}{\sqrt{36}}) = (245.1, 254.9).$$

例 5 随机取某牌香烟 8 支，某尼古丁平均含量为 3.6mg，样本标准差为 0.9mg. 试求此牌香烟真正尼古丁含量 μ 的 95% 的置信区间(假设尼古丁含量服从正态分布).

解 样本容量 $n=8$

$$\therefore \quad T = \frac{(\bar{X} - \mu)\sqrt{8}}{S} \sim t(8-1).$$

由 $1-\alpha=95\%$，可查表得 $t_{0.025}7=2.36$，又

$$S=0.9, \quad \bar{x}=3.6.$$

由 3.7.11 知：μ 的 95% 的置信区间为

$$(3.6-2.36\times\frac{0.9}{\sqrt{8}}, \quad 3.6+2.36\times\frac{0.9}{\sqrt{8}})=(2.85, \quad 4.35).$$

2. 两个正态总体均值差的区间估计

在实际中经常遇到对比的问题. 例如，两批原材料所生产的产品，不同班组生产的产品等，需要比较它们之间的质量的高低，或者要分析它们的质量差异有多大. 由于产品的质量特性指标为随机变量，并且生产条件的改变只影响均值，对方差影响不大. 所以要比较两批产品质量好坏，最优策略是比较它们的平均质量，于是问题归结为

设两批产品质量特性为 X 与 Y，且 $X\sim N(\mu_1,\sigma_1^2), Y\sim N(\mu_2,\sigma_2^2), (X_1,X_2,\cdots,X_{n_1})$ 为 X 的样本，$(Y_1,Y_2,\cdots,Y_{n_2})$ 为 Y 的样本，并且两组样本相互独立，求 $\mu_1-\mu_2$ 的 $1-\alpha$ 置信区间.

记 $\bar{X} = \frac{1}{n_1}\sum_{k=1}^{n_1} X_k, \bar{Y} = \frac{1}{n_2}\sum_{k=1}^{n_2} Y_k,$

$$S_1^2 = \frac{1}{n_1-1}\sum_{k=1}^{n_1}(X_k - \bar{X})^2, S_2^2 = \frac{1}{n_2-1}\sum_{k=1}^{n_2}(Y_k - \bar{Y})^2.$$

又知：$\bar{X} \sim N(\mu_1, \frac{\sigma_1^2}{n_1}), \bar{Y} \sim N(\mu_2, \frac{\sigma_2^2}{n_2}), \quad \bar{X} - \bar{Y} \sim N(\mu_1 - \mu_2, \frac{\sigma_1^2}{n_1} + \frac{\sigma_2^2}{n_2}).$

特别地，当 $\sigma_1^2=\sigma_2^2=\sigma^2$ 时，$\bar{X} - \bar{Y} \sim N(\mu_1 - \mu_2, (\frac{1}{n_1} + \frac{1}{n_2})\sigma^2).$

(1) 设 σ_1^2，σ_2^2 已知，且 $\sigma_1^2\neq\sigma_2^2$. 由于

3.7.12 $$\frac{\bar{X} - \bar{Y} - (\mu_1 - \mu_2)}{\sqrt{\frac{\sigma_1^2}{n_1} + \frac{\sigma_2^2}{n_2}}} \sim N(0,1),$$

对于给定的置信度 $1-\alpha$ 可得

3.7.13 $$P(-U_{\frac{\alpha}{2}} < \frac{\bar{X} - \bar{Y} - (\mu_1 - \mu_2)}{\sqrt{\frac{\sigma_1^2}{n_1} + \frac{\sigma_2^2}{n_2}}} < U_{\frac{\alpha}{2}}) = 1 - \alpha,$$

3.7.14

$$P\{(\bar{X}-\bar{Y})-U_{\frac{\alpha}{2}}\sqrt{\frac{\sigma_1^2}{n_1}+\frac{\sigma_2^2}{n_2}}<\mu_1-\mu_2<(\bar{X}-\bar{Y})+U_{\frac{\alpha}{2}}\sqrt{\frac{\sigma_1^2}{n_1}+\frac{\sigma_2^2}{n_2}}\}=1-\alpha.$$

根据样本观测数据 x_1，x_2，…，x_{n_1}，y_1，y_2，…，y_{n_2} 可计算 $\bar{x}$，$\bar{y}$ 代入 3.7.14，即可得 $\mu_1-\mu_2$ 的 $1-\alpha$ 置信区间为

3.7.15 $$\left((\bar{x}-\bar{y})-U_{\frac{\alpha}{2}}\sqrt{\frac{\sigma_1^2}{n_1}+\frac{\sigma_2^2}{n_2}},(\bar{x}-\bar{y})+U_{\frac{\alpha}{2}}\sqrt{\frac{\sigma_1^2}{n_1}+\frac{\sigma_2^2}{n_2}}\right).$$

特别地，当 $\sigma_1^2=\sigma_2^2=\sigma^2$ 时，3.7.15 成为

3.7.16 $$\left((\bar{x}-\bar{y})-U_{\frac{\alpha}{2}}\sqrt{\frac{1}{n_1}+\frac{1}{n_2}},(\bar{x}-\bar{y})+U_{\frac{\alpha}{2}}\sqrt{\frac{1}{n_1}+\frac{1}{n_2}}\sigma\right).$$

(2) 设 $\sigma_1^2=\sigma_2^2$，且 σ_1^2，σ_2^2 均未知. 此时

$$T=\frac{(\bar{X}-\bar{Y})-(\mu_1-\mu_2)}{\sqrt{\frac{(n_1-1)S_1^2+(n_2-1)S_2^2}{n_1+n_2-2}}\sqrt{\frac{1}{n_1}+\frac{1}{n_2}}}\sim t(n_1+n_2-2).$$

对于给定的置信度 $1-\alpha$，通过查表可得

$$P(|T|<t_{\frac{\alpha}{2}}(n_1+n_2-2))=1-\alpha,$$

因此 $\mu_1-\mu_2$ 的 $1-\alpha$ 置信区间为

3.7.17 $$\left((\bar{X}-\bar{Y})-t_{\frac{\alpha}{2}}(n_1+n_2-2)S_w,(\bar{X}-\bar{Y})+t_{\frac{\alpha}{2}}(n_1+n_2-2)S_w\right),$$

其中 $$S_w=\sqrt{\frac{(n_1-1)S_1^2+(n_2-1)S_2^2}{n_1+n_2-2}}\sqrt{\frac{1}{n_1}+\frac{1}{n_2}}.$$

当 $\sigma_1^2\neq\sigma_2^2$，且 σ_1^2，σ_2^2 均未知时，由中心极限定理可知，当 n_1，n_2 都充分大时($n_1\geqslant 30,n_2\geqslant 30$)，

$$Z=\frac{(\bar{X}-\bar{Y})-(\mu_1-\mu_2)}{\sqrt{\frac{S_1^2}{n_1}+\frac{S_2^2}{n_2}}}\text{ 的分布近似于 }N(0,1).$$

此时我们可以借助于 Z 的极限分布，求出近似的 $\mu_1-\mu_2$ 的 $1-\alpha$ 置信区间

3.7.18 $$P\{(\bar{X}-\bar{Y})-U_{\frac{\alpha}{2}}\sqrt{\frac{S_1^2}{n_1}+\frac{S_2^2}{n_2}}<\mu_1-\mu_2<(\bar{X}-\bar{Y})+U_{\frac{\alpha}{2}}\sqrt{\frac{S_1^2}{n_1}+\frac{S_2^2}{n_2}}\}=1-\alpha.$$

因此 $\mu_1-\mu_2$ 的 $1-\alpha$ 置信区间近似为

3.7.19 $$\left((\bar{x}-\bar{y})-U_{\frac{\alpha}{2}}\sqrt{\frac{S_1^2}{n_1}+\frac{S_2^2}{n_2}},(\bar{x}-\bar{y})+U_{\frac{\alpha}{2}}\sqrt{\frac{S_1^2}{n_1}+\frac{S_2^2}{n_2}}\right).$$

例 6 为了比较甲、乙两批灯泡寿命，从甲批产品中随机抽取 5 只，测得平均寿命、样本标准差分别为 $\bar{x}=1\,000$ (h)，$S_x=28$ (h)；从乙批产品中随机抽取 7 只，测得平均寿命、样本标准差分别为 $\bar{y}=980$ (h)，$S_y=32$ (h). 并且根据长期经验可知，二总体都是正态分布，方差相等，求二总体均值差 $\mu_x-\mu_y$ 的 99% 的置信区间.

解 由于两产品各自随机抽取，所以可以认为两组样本独立.

又知两总体方差相等，由 3.7.17 计算

$n_1+n_2-2=10, 1-\alpha=99\%, t_{0.005}(10)=3.1693$,

$S_w=\sqrt{\dfrac{4\times 28^2+6\times 32^2}{10}}\sqrt{\dfrac{1}{5}+\dfrac{1}{7}}=17.837, \bar{x}-\bar{y}=1\,000-980=20.$

$\therefore\quad \mu_x-\mu_y$ 的 99% 的置信区间为

$\left((\bar{x}-\bar{y})-t_{0.005}(10)S_w, (\bar{x}-\bar{y})+t_{0.005}(10)S_w\right)$

$=(-36.53, 76.53).$

结果表明：我们有 99% 的把握断定，若甲批灯泡质量好，平均寿命也不会多于 76.5h，若乙批灯泡质量好，平均寿命不会多于 36.5h，但无法肯定哪些灯泡质量好.

例 7 一家银行负责人想知道储户存入两家银行的钱数，他从每家银行各抽了一个由 25 户构成的样本．银行 A 与 B 的样本均值分别为 450 元和 325 元，假定两个总体服从方差分别为 $\sigma_A^2=750$，$\sigma_B^2=850$ 的正态分布，求：(1)两家银行总体均值之差 $\mu_A-\mu_B$ 的 95% 的置信区间；(2)两家银行总体均值之差 $\mu_A-\mu_B$ 的 99% 的置信区间.

解 由于两批用户是各自随机抽取的，所以可以认为两组样本独立.

又已知总体方差 $\sigma_A^2=750$，$\sigma_B^2=850$.

由 3.7.15 计算：$\bar{x}=450$，$\bar{y}=325$，$n_1=25$，$n_2=25$.

(1) 当 $1-\alpha=95\%$ 时，

$$P\left(-U_{\frac{\alpha}{2}}<\frac{\bar{X}-\bar{Y}-(\mu_1-\mu_2)}{\sqrt{\dfrac{\sigma_1^2}{n_1}+\dfrac{\sigma_2^2}{n_2}}}<U_{\frac{\alpha}{2}}\right)=1-\alpha=95\%,$$

即 $\quad\Phi(U_{\frac{\alpha}{2}})-\Phi(-U_{\frac{\alpha}{2}})=0.95.$

得 $\quad\Phi(U_{\frac{\alpha}{2}})=0.975.$ 因此 $\quad U_{\frac{\alpha}{2}}=1.96.$

所以 $\mu_A-\mu_B$ 的 95% 的置信区间为

$$\left(450-325-1.96\sqrt{\frac{750}{25}+\frac{850}{25}}, 450-325+1.96\sqrt{\frac{750}{25}+\frac{850}{25}}\right)=(109.32, 140.68).$$

(2) 当 $1-\alpha=99\%$ 时，

$\Phi(U_{\frac{\alpha}{2}})=0.995$，$\therefore U_{\frac{\alpha}{2}}=2.58.$

因此 $\mu_A-\mu_B$ 的 99% 的置信区间为

$$\left(450-325-2.58\sqrt{\frac{750}{25}+\frac{850}{25}}, 450-325+2.58\sqrt{\frac{750}{25}+\frac{850}{25}}\right)=(104.36, 145.64).$$

四、非正态总体均值的区间估计

1．方差 σ^2 已知.

设$(X_1, X_2, \cdots, X_n)$为总体 X 的一个样本，$EX=\mu<\infty$，$DX=\sigma^2<\infty$，X 不是正态分布，当 n 充分大($n\geqslant 30$)时，由中心极限定理可知

$\dfrac{\bar{X}-\mu}{\sigma/\sqrt{n}}$ 近似服从 $N(0, 1)$.

所以 $\quad P\left(-U_{\frac{\alpha}{2}}<\dfrac{\bar{X}-\mu}{\sigma/\sqrt{n}}<U_{\frac{\alpha}{2}}\right)=1-\alpha$，即 μ 在 $1-\alpha$ 置信度下的置信区间近似为

3.7.20 $\quad\left(\bar{X}-U_{\frac{\alpha}{2}}\dfrac{\sigma}{\sqrt{n}}, \bar{X}+U_{\frac{\alpha}{2}}\dfrac{\sigma}{\sqrt{n}}\right).$

2. 方差 σ^2 未知.

设$(X_1,X_2,\cdots,X_n)$为总体 X 的一个样本，X 是非正态总体，当 σ^2 未知时，用样本方差 S^2 代替 σ^2，当 n 充分大($n\geqslant 30$)时，由中心极限定理可知

$$\frac{\bar{X}-\mu}{S/\sqrt{n}}\text{近似服从}N(0,1).$$

即 $P(-U_{\frac{\alpha}{2}}<\frac{\bar{X}-\mu}{S/\sqrt{n}}<U_{\frac{\alpha}{2}})=1-\alpha$. 故 μ 在 $1-\alpha$ 置信度下的置信区间近似为

3.7.21 $(\bar{X}-U_{\frac{\alpha}{2}}\frac{S}{\sqrt{n}},\bar{X}+U_{\frac{\alpha}{2}}\frac{S}{\sqrt{n}})$.

例 8 取 50 个大学生为随机样本，其平均身高为 174.5cm，样本标准差为 6.9cm. 求所有大学生平均身高的 95%的置信区间.

解 设总体为 X，X 是非正态分布，且 σ^2 未知，利用公式 3.7.21 计算

$n=50$（大样本），$\bar{x}=174.5$，$S=6.9$，置信度 $1-\alpha=95\%$.

$$\therefore\quad P(-U_{\frac{\alpha}{2}}<\frac{\bar{X}-\mu}{S/\sqrt{n}}<U_{\frac{\alpha}{2}})=1-\alpha=0.95,$$

即 $\Phi(U_{\frac{\alpha}{2}})=0.975$，得 $U_{\frac{\alpha}{2}}=1.96$.

所以，大学生的平均身高 μ 的 95%的置信区间为

$$(\bar{x}-U_{\frac{\alpha}{2}}\frac{S}{\sqrt{n}},\ \bar{x}+U_{\frac{\alpha}{2}}\frac{S}{\sqrt{n}})=(174.5-1.96\times\frac{6.9}{\sqrt{50}},\ 174.5+1.96\times\frac{6.9}{\sqrt{50}})$$

$$=(172.59,\ 176.41).$$

综合上面的讨论，我们可以给出下面总体参数的置信区间表(见表 3.4).

表 3.4

总　体	被估参数	条件	$(1-\alpha)$ 置信限
$N(\mu,\sigma^2)$	μ	σ^2 已知	$\bar{x}\pm U_{\frac{\alpha}{2}}\frac{\sigma}{\sqrt{n}}$
		σ^2 未知	$\bar{x}\pm t_{\frac{\alpha}{2}}(n-1)\frac{S}{\sqrt{n}}$
$N(\mu_1,\sigma_1^2)$ $N(\mu_2,\sigma_2^2)$	$\mu_1-\mu_2$	σ_1^2，σ_2^2 已知	$(\bar{x}-\bar{y})\pm U_{\frac{\alpha}{2}}\sqrt{\frac{\sigma_1^2}{n_1}+\frac{\sigma_2^2}{n_2}}$
		σ_1^2，σ_2^2 未知　$\sigma_1^2=\sigma_2^2$	$(\bar{x}-\bar{y})\pm t_{\frac{\alpha}{2}}(n_1+n_2-2)\cdot\sqrt{\frac{(n_1-1)S_1^2+(n_2-1)S_2^2}{n_1+n_2-2}}\cdot\sqrt{\frac{1}{n_1}+\frac{1}{n_2}}$
		σ_1^2，σ_2^2 未知　$\sigma_1^2\neq\sigma_2^2$　$n_1,n_2\geqslant 30$	$(\bar{x}-\bar{y})\pm U_{\frac{\alpha}{2}}\sqrt{\frac{S_1^2}{n_1}+\frac{S_2^2}{n_2}}$（近似）
一般总体	EX	$n\geqslant 30\sigma^2$ 已知	$\bar{x}\pm U_{\frac{\alpha}{2}}\frac{\sigma}{\sqrt{n}}$（近似）
		$n\geqslant 30\sigma^2$ 未知	$\bar{x}\pm U_{\frac{\alpha}{2}}\frac{S}{\sqrt{n}}$（近似）

五、补充

1. 单个正态总体方差的区间估计

设$(X_1, X_2, \cdots, X_n)$是总体 $X \sim N(\mu, \sigma^2)$的一个样本，μ，σ^2 未知，为了确定方差 σ^2 的置信区间，我们可以用样本方差 S^2 去作总体方差 σ^2 的估计，由 3.6.5 知

$$\chi^2 = \frac{(n-1)S^2}{\sigma^2} \sim \chi^2(n-1).$$

因此对于给定的置信度 $1-\alpha$，查表得临界值：$\chi^2_{1-\frac{\alpha}{2}}(n-1), \chi^2_{\frac{\alpha}{2}}(n-1)$,使得：

3.7.22 $$P\left(\chi^2_{1-\frac{\alpha}{2}}(n-1) < \frac{(n-1)S^2}{\sigma^2} < \chi^2_{\frac{\alpha}{2}}(n-1)\right) = 1-\alpha.$$

因此 σ^2 的置信度为 $1-\alpha$ 的置信区间由下式确定：

$$P\left(\frac{(n-1)S^2}{\chi^2_{\frac{\alpha}{2}}(n-1)} < \sigma^2 < \frac{(n-1)S^2}{\chi^2_{1-\frac{\alpha}{2}}(n-1)}\right) = 1-\alpha,$$

即置信区间为

3.7.23 $$\left(\frac{(n-1)S^2}{\chi^2_{\frac{\alpha}{2}}(n-1)}, \frac{(n-1)S^2}{\chi^2_{1-\frac{\alpha}{2}}(n-1)}\right).$$

在查表确定$\chi^2_{\frac{\alpha}{2}}(n-1), \chi^2_{1-\frac{\alpha}{2}}(n-1)$时,表中给出的是 χ^2 分布临界值$P(\chi^2(n) > \chi^2_\alpha(n)) = \alpha$. 因此，取

$$P(\chi^2 \leqslant \chi^2_{1-\frac{\alpha}{2}}(n-1)) = P(\chi^2 \geqslant \chi^2_{\frac{\alpha}{2}}(n-1)) = \frac{\alpha}{2},$$

$$\therefore \quad P(\chi^2 \geqslant \chi^2_{1-\frac{\alpha}{2}}(n-1)) = 1 - \frac{\alpha}{2}.$$

例 9 设某厂生产的砖的抗断强度服从正态分布，在一批砖中，随机抽测 6 块，得抗断强度(单位：kg/cm^2)32.56，29.66，31.64，30.00，31.87，31.03. 试求该厂砖的抗断强度的方差 σ^2 的置信度为 95%的置信区间.

解 由置信度 $1-\alpha=95\%$ 知 $\alpha=0.05$，$n=6$.

用公式 3.7.23 计算，得

$$\bar{x} = \frac{1}{6}(32.56 + 29.66 + 31.64 + 30.00 + 31.87 + 31.03) = 31.13,$$

$$S^2 = \frac{1}{5}[(32.56-31.13)^2 + (29.66-31.13)^2 + (31.64-31.13)^2 + (30-31.13)^2 + (31.87-31.13)^2 + (31.03-31.13)^2] = 1.26.$$

又 $\because P\left(\chi^2 \geqslant \chi^2_{1-\frac{\alpha}{2}}(n-1)\right) = 1-\frac{\alpha}{2} = 0.975$，$\therefore \chi^2_{0.975}(5) = 0.831$.

又 $\because P\left(\chi^2 \geqslant \chi^2_{\frac{\alpha}{2}}(n-1)\right) = \frac{\alpha}{2} = 0.025$，$\therefore \chi^2_{0.025}(5) = 12.833$.

因此 σ^2 的置信度为 95%的置信区间为

$$\left(\frac{5 \times 1.26}{12 \times 833}, \frac{5 \times 1.26}{0.831}\right) = (0.491, 7.581).$$

因此，砖的抗断强度的方差 σ^2 的置信度为 95%的置信区间为(0.491,7.581).

2. 估计总体参数时样本数的确定

我们在对总体某一参数进行估计时，以下两个问题必须明确：

(1) 要求什么样的精度？即我们所希望估计值与真值的接近程度，或我们所构造的置信区间有多宽？即选定d(误差限)，使$|\hat{\theta}-\theta|<d$.

(2) 要求有多大的可靠性即置信度.

综合以上两点，即先规定精度 d 与置信度 $1-\alpha$ 使

3.7.24 $P(|\hat{\theta}-\theta|<d)=1-\alpha$,即

3.7.25 $P(\hat{\theta}-d<\theta<\hat{\theta}+d)=1-\alpha$.

由此来确定样本数 n. 例如，在方差 σ^2 已知的正态总体情形，对照公式

$$P(\bar{X}-U_{\frac{\alpha}{2}}\frac{\sigma}{\sqrt{n}}<\mu<\bar{X}+U_{\frac{\alpha}{2}}\frac{\sigma}{\sqrt{n}})=1-\alpha,$$

可知：$d=U_{\frac{\alpha}{2}}\frac{\sigma}{\sqrt{n}}$. 从而得到样本数 n.

3.7.26 $n=\dfrac{(U_{\frac{\alpha}{2}})^2\sigma^2}{d^2}$.

例 10 一家广告公司想估计某类商品去年花的平均广告费有多少？经验表明，商店的广告费用支出服从正态分布，且 $\sigma^2=18\times10^5$，如果置信度为95%，并使估计值与真值偏差不超过500元，问这家广告公司应取多少商店作为样本进行调查估计.

解 此时 $d=500$，由公式3.7.26知

$$n=\frac{(U_{\frac{\alpha}{2}})^2\sigma^2}{d^2}=\frac{1.96^2\times18\times10^5}{500^2}\approx28,$$

即至少应选28家商店作为样本进行调查.

习题 3.7

(一)

1. 某工厂生产滚珠，从某日生产的产品中随机抽取9个，测得直径(单位:mm)如下：

14.6, 14.7, 15.1, 14.9, 15.0, 14.8, 15.1, 15.2, 14.8.

用矩估计法估计该日生产的滚珠的平均直径和均方差.

2. 设电话总机在某段时间内接到呼唤的次数服从参数为 λ 未知的泊松分布. 现收集了42个数据如下：

接到呼唤的次数	0	1	2	3	4	5
出现的频率	7	10	12	8	3	2

试用极大似然法求出未知参数 λ 的估计值.

3. 设总体 ξ 的分布密度函数为

$$\varphi(x,\theta)=\begin{cases}\theta e^{-\theta x}, x\geqslant0,\\ 0 \quad, x<0,\end{cases}\qquad(\theta>0)$$

现从 ξ 中抽取一个样本$(X_1,X_2,\cdots,X_n)$. 试用极大似然估计法估计 θ.

4. 设(X_1,X_2)是从总体$N(\mu,1)$，(μ 未知)抽得的一个样本.

(1) 证明估计量

$$\hat{\mu}_1 = \frac{2}{3}X_1 + \frac{1}{3}X_2, \hat{\mu}_2 = \frac{1}{4}X_1 + \frac{3}{4}X_2, \hat{\mu}_3 = \frac{1}{2}X_1 + \frac{1}{2}X_2$$

都是 μ 的无偏估计；

(2) 比较哪个估计量最有效？

5. 某种袋装食品的重量服从正态分布 $N(\mu,\sigma^2)$，某一天随机地抽取 9 袋检验，重量(单位：g)为

510，485，505，505，490，495，520，515，490.

(1) 若已知总体方差 $\sigma^2=8.6^2$，求 μ 的置信度为 90% 的置信区间；

(2) 若总体方差未知，求 μ 的置信度为 95% 的置信区间.

6. 为了估计在报纸上做一次广告的平均费用，抽出了 20 家报社作随机样本，样本的均值和标准差分别为 575 (元)和 120(元)，假定广告费用近似服从正态分布，求总体均值的 95% 的置信区间.

7. 从某一班中随机抽取了 16 名女生进行调查. 她们平均每个星期花费 13 元吃零食，样本标准差为 3 元，求此班所有女生每个星期平均花费在吃零食上的钱数的 95% 的置信区间(假设服从正态分布).

8. 一家轮胎工厂在检查轮胎质量时抽取了 400 条轮胎作试验，其检查结果这些轮胎的平均行驶里程是 20 000km，样本标准差为 6 000km. 试求这家工厂的轮胎的平均行驶里程的置信区间，可靠度为 95%.

9. 为了估计参加业务训练的效果，某公司抽了 50 名参加过训练的职工进行水平测验，结果是平均得分为 4.5，样本方差为 1.8；抽了 60 名未参加过训练的职工进行水平测验，其平均得分为 3.75，样本方差为 2.1. 试求两个总体均值之差的 95% 的置信区间(设两个总体均值服从正态分布).

(二)

10. 有两种灯泡，一种用 A 型灯丝，另一种用 B 型灯丝，随机地抽取这两种灯泡各 10 只做试验，它们的寿命(h)为

A 型灯丝：1 293，1 380，1 614，1 497，1 340，
1 643，1 466，1 627，1 387，1 711.

B 型灯丝：1 061，1 065，1 092，1 017，1 021，
1 138，1 143，1 094，1 270，1 028.

设两种灯泡寿命总体均为正态分布且方差相等. 求这两个总体平均寿命之差 $\mu_1-\mu_2$ 的置信度为 95% 的置信区间.

11. 在第 7 题中，以 95% 的置信度推断该班女生每星期花费在吃零食上的钱数的方差的置信区间.

12. 一家公司想估计其产品的平均抗拉强度，并想以 95% 的置信度使估计值在真值附近 20kg/cm^2 的范围内，根据以往的经验可以取 $\sigma^2=4\ 900$，该公司应取多少个样品作试验.

3.8 假设检验

统计推断的另一类重要问题是参数的假设检验，它是根据样本的信息来判断总体分布是

否具有指定的特征，在管理方面有时称之为古典决策. 在质量管理中经常要用到它，例如检验新产品的质量是否有显著提高；又如利用各种控制图判断工序是否出现异常现象等.

在数理统计中，我们把需要用样本去判断正确与否的命题称为一个假设，根据研究目的提出的假设称为原假设，记为 H_0；而其对立面假设称为备择假设(或对立假设)，记为 H_1.

提出了“假设”之后，就要用适当的统计方法来决定是否接受假设，这叫做假设检验，或称统计假设检验. 一般说来，我们并不能证明一个统计假设是正确的，或是错误的，只能说，如果样本数据所提供的信息使我们相信假设时，我们就不要拒绝它，否则就要拒绝它.

一、假设检验的基本思想和方法

1. 假设检验的基本思想和步骤

首先，举例说明参数假设检验的基本思想.

例 1 某厂为了提高产品电池的寿命进行了工艺改革. 从生产的一大批产品中随机抽取 10 只，测得其样本均值 $\bar{x}=204.8$ (h)，已知旧工艺条件下的电池寿命 $X\sim N(200,5^2)$，试问新产品的寿命与旧产品的寿命是否一致.

解 一般说来，工艺条件变化只影响均值而对方差影响不大. 因此，可以认为新产品寿命 $X'\sim N(\mu,5^2)$，μ 是未知的，$\mu=200$ 是否成立也是未知的. 我们已知 μ 的估计值 $\bar{x}=204.8$，$\bar{x}>200$，能否说 $\mu>200$ 呢? 不能. 因为 $\bar{X}$ 是随机变量，若再抽 10 个产品，其平均寿命可能小于 200，随机变量与常数之间不能比大小. 那么如何利用样本信息对假设 $\mu=200$ 或 $\mu\neq200$ 作出推断呢?

如果原假设 $\mu=200$ 成立，那么 $X\sim N(200,5^2)$，从而有

$$\bar{X}=\frac{1}{10}\sum_{k=1}^{10}X_k\sim N(200,\frac{25}{10}).$$

统计量 $U=\dfrac{\bar{X}-200}{5/\sqrt{10}}\sim N(0,1)$，对于给定的 $\alpha=0.05$，

$$P(|\frac{\bar{X}-200}{5/\sqrt{10}}|\leqslant U_{\frac{\alpha}{2}})=1-\alpha=0.95,$$

或

$$P(|\frac{\bar{X}-200}{5/\sqrt{10}}|>U_{\frac{\alpha}{2}})=0.05.$$

为保证服从标准正态分布的统计量 U 落在 $[-U_{\frac{\alpha}{2}},U_{\frac{\alpha}{2}}]$ 区域内的概率为 95%，因此 $U_{\frac{\alpha}{2}}=1.96$.

由于 $\bar{X}$ 的观测值 $\bar{x}=204.8$，因此统计量 U 的观测值 u_0 满足

$$u_0=|\frac{204.8-200}{5/\sqrt{10}}|=3.036>1.96=U_{\frac{\alpha}{2}}.$$

而由前可知：$P(|\dfrac{\bar{X}-200}{5/\sqrt{10}}|>U_{\frac{\alpha}{2}})=0.05$ 是一个小概率事件. 这就意味着，若原假设 H_0：$\mu=200$ 成立，那么由抽出的样本观测值计算出的统计量 u_0 大于 1.96 的可能性只有 5%，而现在在一次抽样中，竟发生了这种情形，这是不合理的，产生这种不合理的根源在于假设 H_0：$\mu=200$ 不合理，因此拒绝 H_0，而接受 H_1：$\mu\neq200$.

参数的假设检验就是先对总体参数作出先验假设，然后用样本信息按照一定的法则来判断先验假设是否合理，以此决定接受假设或拒绝假设. 对于什么算“概率很小”，在检验之

前都事先指定，比如5%，1%等．一般记作α，α是一个事先指定的小的正数，称为显著性水平或检验水平．

假设检验的一般步骤为：

（1）根据问题的需要作出原假设H_0：$\theta=A$（其中θ为总体的参数或数字特征），将其对立面作为对立假设H_1；

（2）找出与θ有关的统计量；

（3）由统计量的分布及显著性水平α确定拒绝接受H_0的区域G，使得$P(G)=\alpha$(如例1中$P(|U|>U_{\frac{\alpha}{2}}=\alpha)$；

（4）由样本观测值$(x_1,x_2,\cdots,x_n)$作出统计推断，把实际得到的样本值代入统计量中算出实际统计量之值，看实际统计量之值是否落在拒绝域中，以决定拒绝或不拒绝原假设H_0．

2．双侧检验与单侧检验

根据问题的要求不同，假设检验又有双侧检验与单侧检验之分．

（1）若假设检验的模型为

3.8.1　H_0：$\theta=\theta_0$，H_1：$\theta\neq\theta_0$，

则称该检验为双侧检验．

对于模型3.8.1，若总体X为连续型变量且选定的统计量的密度函数为$p(x)$，则该检验的拒绝域在密度曲线的两端，见图3.19中阴影部分．

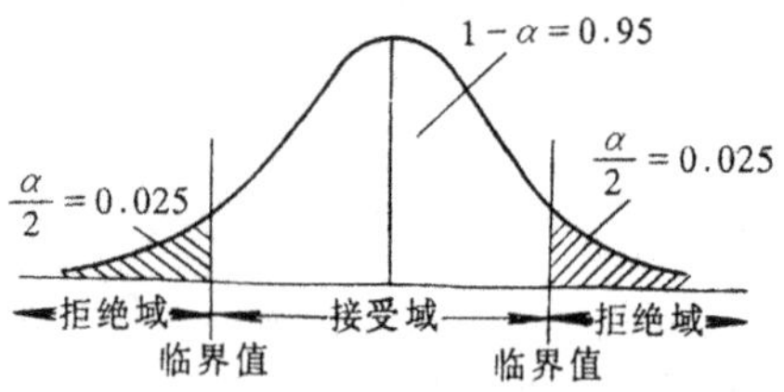

图3.19

（2）若假设检验的模型为

3.8.2　H_0：$\theta\leqslant\theta_0$，H_1：$\theta>\theta_0$，或

3.8.3　H_0：$\theta\geqslant\theta_0$，H_1：$\theta<\theta_0$，

则称这种检验为单侧检验．若总体X为连续型变量且其所选统计量的密度函数为$p(x)$，则3.8.2的拒绝域如图3.20阴影部分所示；3.8.3的拒绝域如图3.21阴影部分所示．

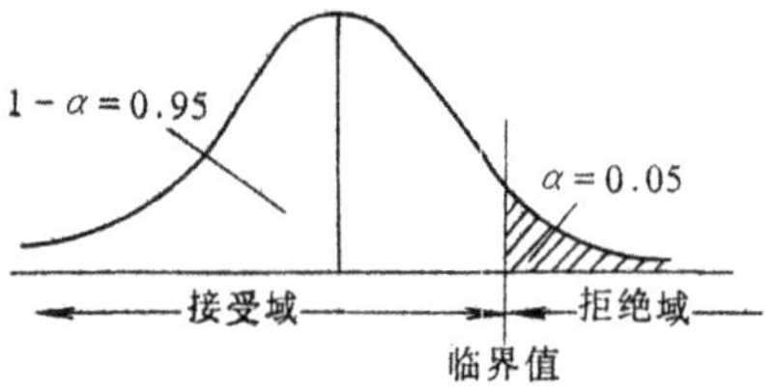

图3.20

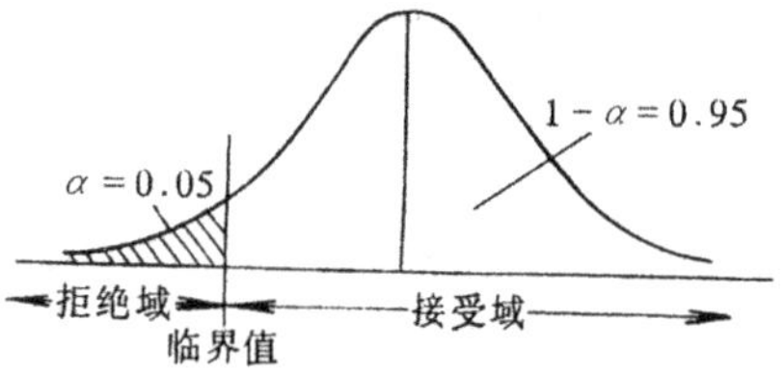

图3.21

（3）数学上可以证明，当总体X为正态分布时，模型3.8.2与模型：

H_0：$\theta=\theta_0$，H_1：$\theta>\theta_0$有相同的拒绝域．

模型3.8.3与模型：

H_0：$\theta=\theta_0$，H_1：$\theta<\theta_0$有相同的拒绝域．

3．假设检验的两类错误

假设检验时可能会犯两类错误，当H_0成立时，由于样本的随机性，结果拒绝了H_0，犯了“弃真”错误，又称为第一类错误，其概率为α(即假设检验的显著性水平)；当H_0不成立时，也因样本的随机性，结果接受了H_0，犯了“存伪”错误，又称为第二类错误，其概率为β．

二、单个正态总体均值的检验

1. 总体方差 σ^2 已知(U 检验法)

U 检验法是用服从正态分布的统计量，去检验总体均值的方法.

设$(X_1,X_2,\cdots,X_n)$是来自正态总体的一简单随机样本，其总体服从$N(\mu,\sigma^2)$分布，则统计量

$$U=\frac{\bar{X}-\mu}{\sigma/\sqrt{n}}\sim N(0,1).$$

如果给定一个常数 μ_0，根据不同的问题可以作出不同的假设.

(1) 问题：μ 是否等于μ_0，所以有假设：

3.8.4 H_0：$\mu=\mu_0$，H_1：$\mu\neq\mu_0$ (双侧)；

(2) 问题：μ 是否不大于μ_0，所以有假设：

3.8.5 H_0：$\mu=\mu_0$，H_1：$\mu>\mu_0$ (单侧)；

(3) 问题：μ 是否不小于μ_0，所以有假设：

3.8.6 H_0：$\mu=\mu_0$，H_1：$\mu<\mu_0$ (单侧).

当 H_0 成立时，

$$U=\frac{\bar{X}-\mu_0}{\sigma/\sqrt{n}}\sim N(0,1).$$

由 3.8.4 双侧检验定出小概率事件

3.8.7 $P(|U|>U_{\frac{\alpha}{2}})=\alpha$；

由 3.8.5 单侧检验可以定出小概率事件

3.8.8 $P(U>U_\alpha)=\alpha$；

由 3.8.6 单侧检验可以定出小概率事件

3.8.9 $P(U<-U_\alpha)=\alpha$.

由样本观测数据$(x_1,x_2,\cdots,x_n)$算出 u_0，可采用下面两种方法判定：

(1) 在 3.8.7 中，当$|u_0|>U_{\frac{\alpha}{2}}$时，拒绝 H_0，否则不拒绝 H_0；在 3.8.8 中，当 $u_0>U_\alpha$ 时，拒绝 H_0，否则不拒绝 H_0；在 3.8.9 中，当 $u_0<-U_\alpha$ 时，拒绝 H_0，否则不拒绝 H_0.

(2) 由 u_0 计算概率 p.

在 3.8.7 中，计算$P(|U|>|u_0|)=p$，当 $p\leqslant\alpha$ 时，拒绝 H_0，当 $p>\alpha$ 时，不拒绝 H_0；

在 3.8.8 中，计算$P(|U|>|u_0|)=p$ ，当 $p\leqslant\alpha$ 时，拒绝 H_0，当 $p>\alpha$ 时，不拒绝 H_0；

在 3.8.9 中，计算$P(U<-|u_0|)=p$ ，当 $p\leqslant\alpha$ 时，拒绝 H_0，当 $p>\alpha$ 时，不拒绝 H_0.

例 2 某大学一年级新生中女生的身高服从正态分布，平均身高为 162.5cm，标准差为 6.9cm，假如 50 个女生所组成的随机样本的平均高度为 165.2cm，则在 $\alpha=0.05$ 的水平上，是否有理由相信总体的平均身高有改变.

解 设新女生的身高为 X.

根据题意，有假设：

$$H_0:\mu = 162.5, H_1:\mu \neq 162.5.$$

当 H_0 成立时，$U=\frac{\bar{X}-\mu}{\sigma/\sqrt{n}}=\frac{\bar{X}-162.5}{6.9/\sqrt{50}}\sim N(0,1)$.

$\alpha=0.05$，$U_{\frac{\alpha}{2}}=U_{0.025}=1.96$.

根据样本观测数据：$\bar{x}=165.2$，

$$\therefore \quad |u_0| = \left|\frac{165.2-162.5}{6.9/\sqrt{50}}\right| = 2.77 > U_{0.025} = 1.96,$$

故在 $\alpha=0.05$ 水平上拒绝 H_0，即有95%把握相信总体的平均身高有改变.

例 3 一家小礼品函购公司不管邮件的重量如何，均按统一的价格收邮费. 这是基于几年前的一项研究决定的. 这项研究表明，邮件的平均重量是17.5g，标准差是3.6g，管理部门认为目前邮费亏损的原因是邮件平均重量在增加，应改变原有统一收费标准，为此随机抽了100件邮件进行计算得：$\bar{x}=18.4$g，问根据这个抽样数据应如何决策($\alpha=0.05$)?

解 设邮件的重量为 X，样本容量 $n=100$，$EX=17.5$，$DX=3.6^2$.

由中心极限定理，$\bar{X}\sim N(\mu,\frac{\sigma^2}{n})$.

根据题意，作假设

$$H_0:\mu = 17.5, H_1:\mu > 17.5.$$

当 H_0 成立时，统计量

$$U = \frac{\bar{X}-17.5}{\sigma/\sqrt{n}} = \frac{\bar{X}-17.5}{3.6/\sqrt{100}} \sim N(0,1),$$

此时 $\alpha=0.05$，由3.8.8查表，

$P(U > U_\alpha) = 0.05$，即 $1-\Phi(U_\alpha) = 0.05$，$\Phi(U_\alpha) = 0.95$，$\therefore\ U_\alpha = 1.645$.

根据样本数据 $\bar{x}=18.4$，

$$\therefore \quad |u_0| = \left|\frac{18.4-17.5}{3.6/\sqrt{100}}\right| = 2.5 > U_{0.05} = 1.645.$$

故在 $\alpha=0.05$ 水平上拒绝 H_0，即有95%的把握判定邮件平均重量在增加，应考虑改变原有统一收费标准.

2. 总体方差 σ^2 未知(t 检验法)

t 检验法是用服从 t 分布的统计量，去检验总体均值的方法.

当方差未知时，用样本标准差 S 代替总体标准差 σ，即

$$T = \frac{\bar{X}-\mu}{S/\sqrt{n}} \sim t(n-1).$$

如果给定一个常数 μ_0，根据不同的问题可以作出不同的假设(同 U 检验法). BFQ】

当 H_0 成立时

$$T = \frac{\bar{X}-\mu_0}{S/\sqrt{n}} \sim t(n-1).$$

由3.8.4双侧检验定出小概率事件

3.8.10 $P(|T| > t_{\frac{\alpha}{2}}) = \alpha$;

由3.8.5单侧检验定出小概率事件

3.8.11 $P(T > t_{\alpha}) = \alpha$;

由 3.8.6 单侧检验定出小概率事件

3.8.12 $P(T < -t_{\alpha}) = \alpha$.

判定方法与 U 检验法的判定方法一样,只是在这里要查 t 分布表.

例 4 某糖厂用自动打包机包糖,每包重量服从正态分布,其标准重量 $\mu_0 = 100$ 斤,某日开工后测得 9 包重量如下:99.3,98.7,100.5,101.2,98.3,99.7,99.5,102.1,100.5,问这一天打包机工作是否在常($\alpha = 0.05$)?

解 设每包糖的重量为X,$X \sim N(\mu, \sigma^2)$,σ^2 未知.

作假设 H_0: $\mu = 100$, H_1: $\mu \neq 100$.

当 H_0 成立时,统计量

$$T = \frac{\bar{X} - \mu}{S/\sqrt{n}} \sim t(n-1),$$

即

$$T = \frac{\bar{X} - 100}{S/\sqrt{n}} \sim t(n-1).$$

由公式 3.8.10, $\alpha = 0.05$, $n = 9$,

$P(|T| > t_{\frac{\alpha}{2}}) = 0.05$, 查表得:

$$t_{\frac{\alpha}{2}} = t_{0.025}(9-1) = 2.306.$$

$$\bar{x} = \frac{1}{9}(99.3 + 98.7 + 100.5 + 101.2 + 98.3 + 99.7 + 99.5 + 102.1 + 100.5) = 99.978,$$

$$S^2 = \frac{1}{8}[(99.3 - 99.978)^2 + (98.7 - 99.978)^2 + (100.5 - 99.978)^2 + (101.2 - 99.978)^2 + (98.3 - 99.978)^2 + (99.7 - 99.978)^2 + (99.5 - 99.978)^2 + (102.1 - 99.978)^2 + (100.5 - 99.978)^2] = 1.469,$$

$$t_0 = \left|\frac{99.978 - 100}{\sqrt{1.469}/\sqrt{9}}\right| = 0.054 < t_{0.025} = 2.306.$$

故应接受 H_0, 即有 95% 的把握认为这一天打包机的工作完全正常.

例 5 已知罐头蕃茄汁中,维生素C(V_c)含量服从正态分布. 按照规定, V_c 的平均含量不得少于 21mg. 现从一批罐头中抽取 17 个,算得 V_c 含量的平均值 $\bar{x} = 23$, $S^2 = 3.98^2$, 问这批罐头 V_c 的含量是否合格?($\alpha = 0.01$)?

解 设罐头中 V_c 的含量$X \sim N(\mu, \sigma^2)$,σ^2 未知.

设 H_0: $\mu \geqslant 21$, H_1: $\mu < 21$.

该假设与下列假设有相同的拒绝域

H_0: $\mu = 21$, H_1: $\mu < 21$.

$\because \sigma^2$ 未知, 当 H_0 成立时, 统计量

$$T = \frac{\bar{X} - \mu}{S/\sqrt{n}} \sim t(n-1).$$

即 $$T = \frac{\bar{X} - 21}{S/\sqrt{n}} \sim t(n-1).$$

由公式 3.8.12, $\alpha = 0.01$, $n = 17$,

$P(T < -t_{\alpha}) = \alpha$, 查表得: $t_{0.01}(17-1) = 2.583\,5$.

而 $t_0=\dfrac{\bar{x}-21}{S/\sqrt{n}}=\dfrac{23-21}{3.98/\sqrt{17}}=2.072>-t_{0.01}(16)=-2.583\,5.$

因此应该接受 H_0 而拒绝 H_1，即认为该批罐头是合格的.

综合上面所述内容，我们给出表 3.5.

表 3.5

<table>
<tr><td>H_0</td><td>$\mu=\mu_0$</td><td>$\mu\leqslant\mu_0$</td><td>$\mu\geqslant\mu_0$</td></tr>
<tr><td>统计量及实现值</td><td colspan="3">当 σ^2 已知时，$U=\dfrac{\sqrt{n}(\bar{X}-\mu)}{\sigma}$
当 H_0 成立时，$U\sim N(0,1)$，$u_0=\dfrac{\sqrt{n}(\bar{x}-\mu_0)}{\sigma}$;
当 σ^2 未知时，$T=\dfrac{\sqrt{n}(\bar{X}-\mu)}{S}$，$S^2=\dfrac{1}{n-1}\sum\limits_{i=1}^{n}(X_i-\bar{X})^2$
当 H_0 成立时，$T\sim t(n-1)$，$t_0=\dfrac{\sqrt{n}(\bar{x}-\mu_0)}{S}$</td></tr>
<tr><td>拒绝域</td><td>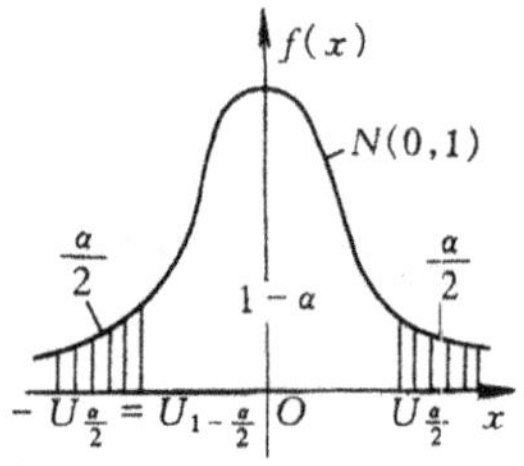

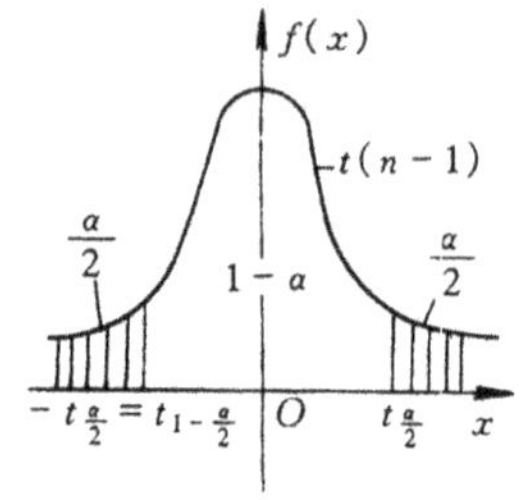
</td><td>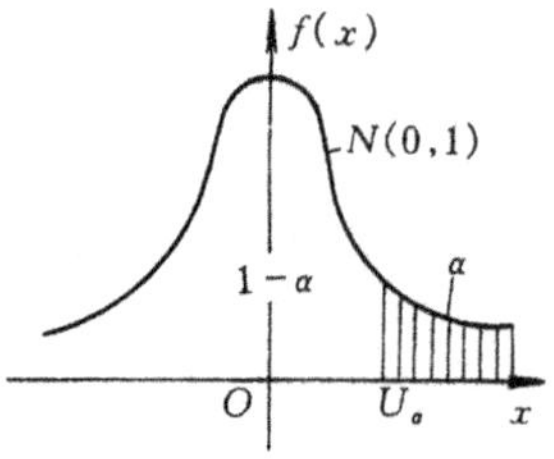

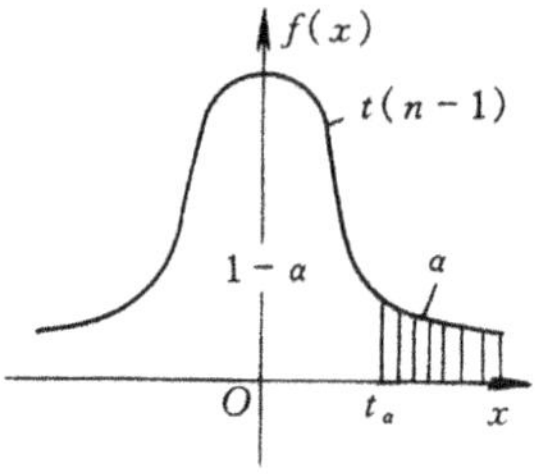
</td><td>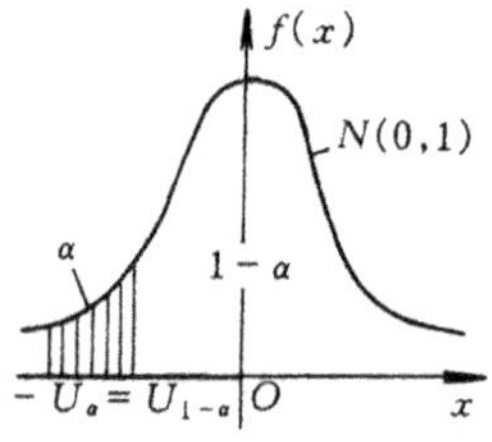

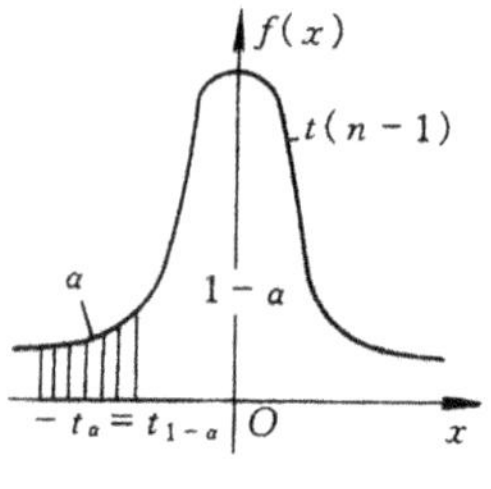
</td></tr>
<tr><td>判定</td><td>$|u_0|\leqslant U_{\frac{\alpha}{2}}$ ($|t_0|\leqslant t_{\frac{\alpha}{2}}$) 接受 H_0，在 α 水平上认为 μ 与 μ_0 无显著差异；若 $|u_0|>U_{\frac{\alpha}{2}}$ ($|t_0|>t_{\frac{\alpha}{2}}$)，拒绝 H_0，有 $1-\alpha$ 把握判定 μ 与 μ_0 有显著差异.</td><td>若 $u_0\leqslant U_\alpha$ ($t_0\leqslant t_\alpha$) 接受 H_0，在 α 水平上认为 μ 不显著大于 μ_0；若 $u_0>U_\alpha$ ($t_0>t_\alpha$)，拒绝 H_0，有 $1-\alpha$ 把握判定 μ 显著大于 μ_0.</td><td>若 $u_0\geqslant U_{1-\alpha}=-U_\alpha$ ($t_0\geqslant t_{1-\alpha}=-t_\alpha$)，接受 H_0，在 α 水平上认为 μ 不显著小于 μ_0；若 $u_0<-U_\alpha$ ($t_0<-t_\alpha$)拒绝 H_0，有 $1-\alpha$ 把握判定 μ 显著小于 μ_0.</td></tr>
</table>

三、两个正态总体均值之差的检验

比较两种新工艺的好坏，两个人工作质量的好坏，两个车间的产品质量的高低，在一定条件下归结为比较两个正态分布均值 μ_1 与 μ_2 的大小.

根据问题的提法，有如下假设：

(1) H_0：$\mu_1-\mu_2=0$ ($\mu_1=\mu_2$)，H_1：$\mu_1-\mu_2\neq 0$；

(2) H_0：$\mu_1-\mu_2=0$，H_1：$\mu_1-\mu_2>0$；

(3) H_0：$\mu_1-\mu_2=0$，H_1：$\mu_1-\mu_2<0$.

1. 两个正态总体的方差已知

设两个总体 $X\sim N(\mu_1,\sigma_1^2)$，$Y\sim N(\mu_2,\sigma_2^2)$ 相互独立，$(X_1,X_2,\cdots,X_{n_1})$ 与 $(Y_1,Y_2,\cdots,Y_{n_2})$ 是分别来自 X 与 Y 的两个样本.

统计量为

3.8.13 $$U=\frac{\bar{X}-\bar{Y}-(\mu_1-\mu_2)}{\sqrt{\dfrac{\sigma_1^2}{n_1}+\dfrac{\sigma_2^2}{n_2}}}.$$

当 H_0 成立时

$$U=\frac{\bar{X}-\bar{Y}}{\sqrt{\dfrac{\sigma_1^2}{n_1}+\dfrac{\sigma_2^2}{n_2}}}\sim N(0,1),$$

拒绝域的求法与判定方法同 U 检验法.

例 6 某公司从甲、乙两个灯泡厂购买同类型灯泡，设甲厂灯泡寿命 $X\sim N(\mu_1,80^2)$，乙厂灯泡寿命 $Y\sim N(\mu_2,90^2)$，为了确定其质量，分别抽取 $n_1=50$，$n_2=40$ 两组灯泡进行测量，分别算得 $\bar{x}=1\ 282$ (h)，$\bar{y}=1\ 208$ (h)，能否判定两厂的灯泡寿命是否存在差别($\alpha=0.05$)？

解 根据题意，要检验假设

H_0：$\mu_1=\mu_2$，H_1：$\mu_1\neq\mu_2$.

由于方差 σ_1^2 和 σ_2^2 已知，故在 H_0 成立的条件下，统计量：

$$U=\frac{\bar{X}-\bar{Y}}{\sqrt{\dfrac{\sigma_1^2}{n_1}+\dfrac{\sigma_2^2}{n_2}}}\sim N(0,1).$$

由 $\alpha=0.05$ 查表得：$U_{\frac{\alpha}{2}}=U_{0.025}=1.96$.

$$n_1=50,n_2=40,\sigma_1^2=80^2,\sigma_2^2=90^2,\bar{x}=1\ 282,\bar{y}=1\ 208.$$

$$\therefore\quad |u_0|=\left|\frac{1\ 282-1\ 208}{\sqrt{\dfrac{80^2}{50}+\dfrac{90^2}{40}}}\right|=4.07>U_{0.025}=1.96.$$

故应拒绝 H_0 而接受 H_1，即认为两厂灯泡的寿命存在差别.

2. 两个正态总体方差未知但相等

统计量为

3.8.14 $$T=\frac{(\bar{X}-\bar{Y})-(\mu_1-\mu_2)}{S_w\sqrt{\dfrac{1}{n_1}+\dfrac{1}{n_2}}}\sim t(n_1+n_2-2),$$

其中 $$S_w=\sqrt{\frac{(n_1-1)S_1^2+(n_2-1)S_2^2}{n_1+n_2-2}}.$$

当 H_0 成立时，
$$T=\frac{\bar{X}-\bar{Y}}{S_w\sqrt{\frac{1}{n_1}+\frac{1}{n_2}}}\sim t(n_1+n_2-2).$$
拒绝域的求法及判别方法同 t 检验法.

例 7 为研究物理实验是否有助于学生对物理课的了解，允许学生可选读 3 学分无实验之物理课程或选读 4 学分有实验之物理课. 在有实验之物理课中，11 名学生的平均分数为 85 分，标准差为 4.7 分，而在无实验之物理课中，17 名学生的平均分数及标准差为 79 分及 6.1 分，则我们是否可说在 $\alpha=0.01$ 显著水平下，选读无实验之物理课与选读有实验之物理课的平均分数有显著差异(假设两总体分布近似正态分布且方差相等)?

解 两个正态总体方差未知但相等.

由题意，作如下假设检验

H_0: $\mu_1=\mu_2$, H_1: $\mu_1\neq\mu_2$.

选用统计量：
$$T=\frac{(\bar{X}-\bar{Y})-(\mu_1-\mu_2)}{S_w\sqrt{\frac{1}{n_1}+\frac{1}{n_2}}},S_w=\sqrt{\frac{(n_1-1)S_1^2+(n_2-1)S_2^2}{n_1+n_2-2}}.$$
当 H_0 成立时，
$$T\sim t(n_1+n_2-2).$$
对于给定 $\alpha=0.01$，$n_1=11$，$n_2=17$，$n_1+n_2-2=26$，
$$t_{\frac{\alpha}{2}}(n_1+n_2-2)=t_{0.005}(26)=2.779,$$
$$\bar{x}_1=85,\bar{x}_2=79,S_1=4.7,S_2=6.1,$$
$$S_w=\sqrt{\frac{(n_1-1)S_1^2+(n_2-1)S_2^2}{n_1+n_2-2}}=\sqrt{\frac{(11-1)4.7^2+(17-1)6.1^2}{11+17-2}}=5.6,$$
$$|t_0|=\left|\frac{85-79}{5.6\sqrt{\frac{1}{11}+\frac{1}{17}}}\right|=2.769<t_{\frac{\alpha}{2}}(n_1+n_2-2)=2.779.$$
故在 $\alpha=0.01$ 水平上接受 H_0，即有 99% 把握判定选读无实验之物理课与选读有实验之物理课的平均分数无显著差异.

综合上述内容，我们给出表 3.6.

表 3.6

<table>
<tr><th>H_0</th><th>$\mu_x=\mu_y$</th><th>$\mu_x\leqslant\mu_y$</th><th>$\mu_x\geqslant\mu_y$</th></tr>
<tr><td>统计量及实现值</td><td colspan="3">当 σ_x^2,σ_y^2 已知时，$u=\frac{\bar{X}-\bar{Y}-(\mu_x-\mu_y)}{\sqrt{\sigma_1^2/n_1+\sigma_2^2/n_2}}$
当 H_0 成立时，$u\sim N(0,1)$，$u_0=\frac{\bar{x}-\bar{y}}{\sqrt{\sigma_1^2/n_1+\sigma_2^2/n_2}}$
当 $\sigma_x^2=\sigma_y^2$ 且未知时，$T=\frac{\bar{X}-\bar{Y}-(\mu_x-\mu_y)}{S_w\sqrt{\frac{1}{n_1}+\frac{1}{n_2}}}$，$S_w=\sqrt{\frac{(n_1-1)S_1^2+(n_2-1)S_2^2}{n_1+n_2-2}}$
当 H_0 成立时，$T\sim t(n_1+n_2-2)$，$t_0=\frac{\bar{x}-\bar{y}}{S_w\sqrt{\frac{1}{n_1}+\frac{1}{n_2}}}$</td></tr>
</table>

（续表）

H_0	$\mu_x=\mu_y$	$\mu_x\leqslant\mu_y$	$\mu_x\geqslant\mu_y$
拒绝域	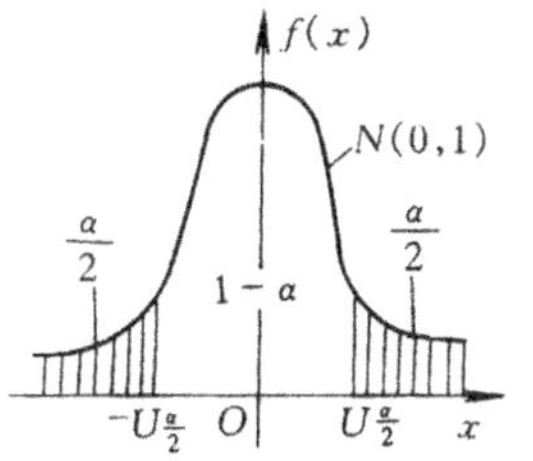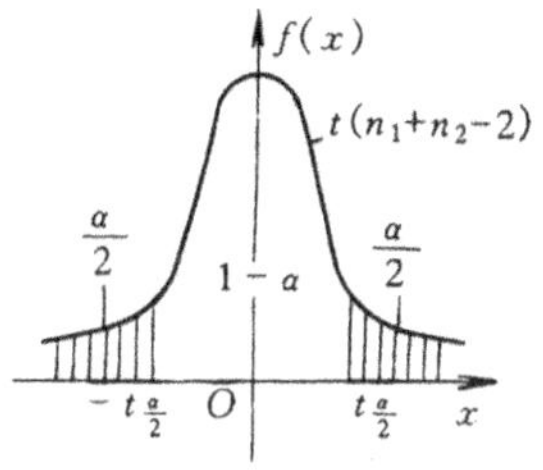	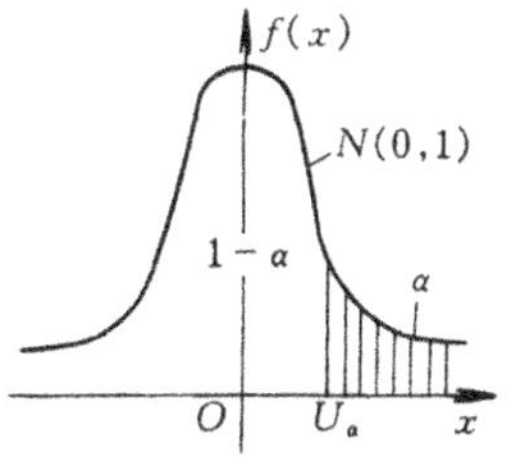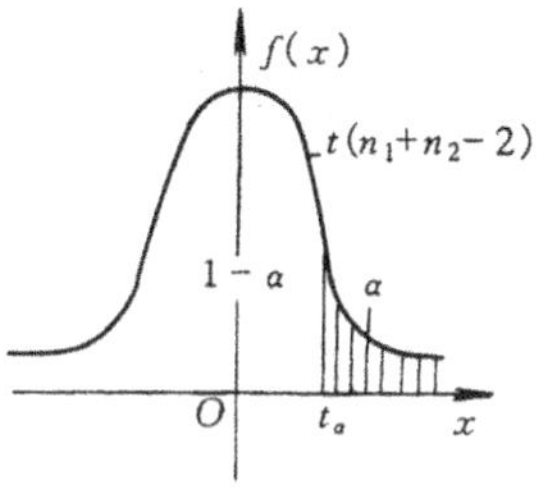	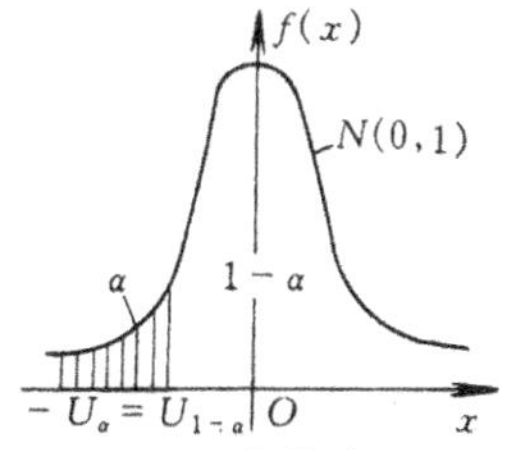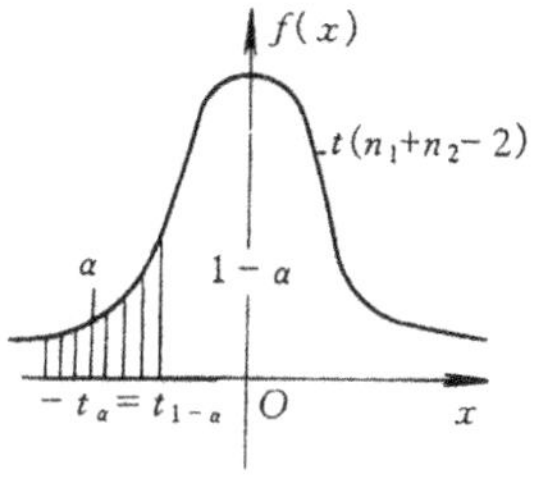
判定	$\lvert u_0\rvert\leqslant U_{\frac{\alpha}{2}}$（$\lvert t_0\rvert\leqslant t_{\frac{\alpha}{2}}$）接受 H_0，在 α 水平上，μ_x 与 μ_y 无显著差异；若 $\lvert u_0\rvert > U_{\frac{\alpha}{2}}$（$\lvert t_0\rvert > t_{\frac{\alpha}{2}}$），拒绝 H_0，有 $1-\alpha$ 把握判定 μ_x 与 μ_y 有显著差异.	若 $u_0\leqslant U_\alpha$（$t_0\leqslant t_\alpha$）接受 H_0，在 α 水平上，μ_x 不显著大于 μ_y；若 $u_0>U_\alpha$（$t_0>t_\alpha$）拒绝 H_0，有 $1-\alpha$ 把握判定 μ_x 显著大于 μ_y.	若 $u_0\geqslant U_{1-\alpha}=-U_\alpha$（$t_0\geqslant t_{1-\alpha}=-t_\alpha$），接受 H_0，在 α 水平上 μ_x 不显著小于 μ_y；若 $u_0<-U_\alpha$（$t_0<-t_\alpha$）拒绝 H_0，有 $1-\alpha$ 把握判定 μ_x 显著小于 μ_y.

四、两个非正态总体均值之差的检验

当样本取自非正态总体时，只要样本容量充分大($n\geqslant30$)，由中心极限定理可知

3.8.15 $U=\dfrac{\overline{X}-\overline{Y}-(\mu_1-\mu_2)}{\sqrt{\dfrac{\sigma_1^2}{n_1}+\dfrac{\sigma_2^2}{n_2}}}$ 近似服从 $N(0,1)$.

当 σ_1^2，σ_2^2 未知时，

$$U=\frac{\overline{X}-\overline{Y}-(\mu_1-\mu_2)}{\sqrt{\dfrac{S_1^2}{n_1}+\dfrac{S_2^2}{n_2}}}\quad 近似服从\ N(0,1).$$

例 8 某调查公司从 A 类家庭中随机访问 100 户，了解到每周看电视的平均时间是 18.5h，标准差为 10h；从 B 类家庭中随机访问了 75 户，其每周看电视的平均时间为 27.25h，标准差为 14h. 能否得出 A 类家庭平均看电视的时间比 B 类家庭少($\alpha=0.05$)？

解 根据题意，作检验假设

H_0：$\mu_A=\mu_B$，H_1：$\mu_A<\mu_B$.

当 H_0 成立时，$U=\dfrac{\overline{X}-\overline{Y}}{\sqrt{\dfrac{S_1^2}{n_1}+\dfrac{S_2^2}{n_2}}}$ 近似服从 $N(0,1)$.

由已知 $\alpha=0.05$，

$$P(U < -U_\alpha) = \alpha.$$

$$\therefore \quad \Phi(-U_\alpha) = 0.05, \Phi(U_{0.05}) = 0.95.$$

因此单侧临界值：$U_{0.05} = 1.645$.

根据样本观测值：$\bar{x} = 18.5, \bar{y} = 27.25, S_1^2 = 10^2, S_2^2 = 14^2, n_1 = 100, n_2 = 75$.

$$\therefore \quad u_0 = \frac{18.5 - 27.25}{\sqrt{\frac{10^2}{100} + \frac{14^2}{75}}} = -4.6 < -U_{0.05} = -1.645.$$

因此拒绝 H_0，即 A 类家庭平均看电视的时间比 B 类家庭少.

五、补充

1. 单个正态总体方差的检验(χ^2 检验法)

χ^2 检验法是利用 χ^2 统计量，去检验总体方差的一种统计检验方法.

设总体 $X \sim N(\mu, \sigma^2)$，$(X_1, X_2, \cdots, X_n)$为来自总体 X 的一个简单随机样本，则统计量

$$\chi^2 = \frac{(n-1)S^2}{\sigma^2} \sim \chi^2(n-1).$$

如果给定一个常数 σ_0^2，根据不同的问题可以作出不同的假设.

(1) 问题：σ^2 是否等于 σ_0^2，所以有假设

3.8.16 H_0：$\sigma^2 = \sigma_0^2$，H_1：$\sigma^2 \neq \sigma_0^2$ (双侧)；

(2) 问题：σ^2 是否不大于 σ_0^2，所以有假设

3.8.17 H_0：$\sigma^2 = \sigma_0^2$，H_1：$\sigma^2 > \sigma_0^2$ (单侧)；

(3) 问题：σ^2 是否不小于 σ_0^2，所以有假设

3.8.18 H_0：$\sigma^2 = \sigma_0^2$，H_1：$\sigma^2 < \sigma_0^2$ (单侧).

当 H_0 成立时，

$$\chi^2 = \frac{(n-1)S^2}{\sigma_0^2} \sim \chi^2(n-1).$$

由 3.8.16 双侧检验定出小概率事件

$$P(\chi^2_{1-\frac{\alpha}{2}}(n-1) < \chi^2 < \chi^2_{\frac{\alpha}{2}}(n-1)) = 1 - \alpha, \text{即}$$

3.8.19 $P(\chi^2 > \chi^2_{\frac{\alpha}{2}}(n-1)) = P(\chi^2 < \chi^2_{1-\frac{\alpha}{2}}(n-1)) = \frac{\alpha}{2}$；

由 3.8.17 单侧检验可定出小概率事件

3.8.20 $P(\chi^2 > \chi^2_\alpha(n-1)) = \alpha$；

由 3.8.18 单侧检验可定出小概率事件

3.8.21 $P(\chi^2 < \chi^2_{1-\alpha}(n-1)) = \alpha$.

由样本观测数据$(x_1, x_2, \cdots, x_n)$，算出 χ_0^2，
判定方法与 U 检验法的判定方法一样，只是在这里要查 χ^2 分布表.

例 9 某厂铸件强度X(单位：kg/mm^2)根据长期经验可知服从$N(52.8, 0.54)$，为了提高产量降低成本进行了工艺改革，希望质量保持不变，或者有所提高，今抽查测试了 9 件产品，强度值如下：51.9，53.0，52.7，54.1，53.2，52.3，52.5，51.1，54.7. 试研究铸件方差 σ^2 :(1)是否发生了变化？(2)是否比以前减少了？(设 $\alpha = 0.05$).

解 设新产品强度$X \sim N(\mu, \sigma^2)$.

(1) H_0: $\sigma^2 = 0.54$, H_1: $\sigma^2 \neq 0.54$.

则统计量
$$\chi^2 = \frac{(n-1)S^2}{\sigma^2} \sim \chi^2(n-1).$$

当 H_0 成立时，
$$\chi^2 = \frac{(n-1)S^2}{0.54} \sim \chi^2(n-1).$$

对于给定的显著性水平 $\alpha = 0.05$，$n = 9$，
$$\chi^2_{\frac{\alpha}{2}}(n-1) = \chi^2_{0.025}(8) = 17.535,$$
$$\chi^2_{1-\frac{\alpha}{2}}(n-1) = \chi^2_{0.975}(8) = 2.18.$$

因而拒绝域为:$(-\infty, 2.18) \cup (17.535, +\infty)$.

根据样本观测数据：
$$8S^2 = \sum_{i=1}^{9}(x_i - \bar{x})^2 = \sum_{i=1}^{9} x_i^2 - \frac{1}{9}(\sum_{i=1}^{9} x_i)^2 = 25\,131.79 - 25\,122.25 = 9.45,$$
$$\therefore \quad \chi_0^2 = \frac{8S^2}{\sigma_0^2} = \frac{9.54}{0.54} = 17.67 > 17.535.$$

因而拒绝 H_0，即新铸件强度方差与以前显著不同，这种判断的把握性为 95%.

(2) H_0: $\sigma^2 \leqslant 0.54$, H_1: $\sigma^2 > 0.54$.

对于给定的显著性水平 $\alpha = 0.05$，$n = 9$，$\chi^2_\alpha(n-1) = \chi^2_{0.05}(8) = 15.507$.

而由 (1) 已算出 $\chi_0^2 = 17.67 > \chi^2_{0.05}(8) = 15.507$,

因此拒绝 H_0，从而新铸件强度的方差显著大于原铸件强度的方差，这种判断的可靠性为 95%.

2. 两个正态总体方差的检验(F 检验法)

比较两种设备，两种原材料，两种工艺或两个生产者所生产的同类产品的稳定性的差异，比较两个地区同种作物产量的稳定性的差异等等，在一定条件下归结为比较两个正态分布的方差的大小.

与两个正态总体均值之差的检验的方法相同，我们有如下假设：

(1) H_0: $\sigma_1^2 - \sigma_2^2 = 0$, H_1: $\sigma_1^2 - \sigma_2^2 \neq 0$;

(2) H_0: $\sigma_1^2 - \sigma_2^2 = 0$, H_1: $\sigma_1^2 - \sigma_2^2 > 0$;

(3) H_0: $\sigma_1^2 - \sigma_2^2 = 0$, H_1: $\sigma_1^2 - \sigma_2^2 < 0$.

设两个总体$X \sim N(\mu_1, \sigma_1^2)$, $Y \sim N(\mu_2, \sigma_2^2)$相互独立，$(X_1, X_2, \cdots, X_{n_1})$及$(Y_1, Y_2, \cdots, Y_{n_2})$分别是来自 X 与 Y 的两个样本.

$$S_1^2 = \frac{1}{n_1 - 1}\sum_{i=1}^{n_1}(X_i - \bar{X})^2, S_2^2 = \frac{1}{n_2 - 1}\sum_{i=1}^{n_2}(Y_i - \bar{Y})^2.$$

统计量
$$F = \frac{S_1^2/\sigma_1^2}{S_2^2/\sigma_2^2} \sim F(n_1 - 1, n_2 - 1).$$

当 H_0 成立时，则统计量

3.8.22 $$F = \frac{S_1^2}{S_2^2} \sim F(n_1 - 1, n_2 - 1).$$

拒绝域的求法与判定方法同前.

例 10 用两种设计方案进行装配发动机的试验. 各记录了装配 10 台发动机的时间数据如下:

	1	2	3	4	5	6	7	8	9	10
A	83	79	72	85	70	76	78	81	75	82
B	68	76	81	73	66	70	73	76	80	71

试检验两种装配方案的装配时间的方差有无显著差异(根据经验装配一台的时间近似服从正态分布)($\alpha=0.05$)?

解 设方案 A 装配一台发动机所需时间 X, 设方案 B 装配一台发动机所需时间 Y.

$X \sim N(\mu_1,\sigma_1^2), Y \sim N(\mu_2,\sigma_2^2)$,

$H_0:\sigma_1^2-\sigma_2^2=0, H_1:\sigma_1^2-\sigma_2^2\neq 0$.

当 H_0 成立时, $F=\dfrac{S_1^2}{S_2^2}\sim F(n_1-1,n_2-1)$.

对于给定显著性水平 $\alpha=0.05$, $n_1=10$, $n_2=10$, 查表得

$$F_{0.025}(9,9)=4.03, F_{0.975}(9,9)=\frac{1}{F_{0.025}(9,9)}=\frac{1}{4.03}.$$

根据样本观测数据:

$$S_1^2=23.656, S_2^2=24.044,$$

计算 $F_0=\dfrac{S_1^2}{S_2^2}=\dfrac{23.656}{24.044}=0.984$, 有

$$F_{0.975}(9,9)<F_0<F_{0.025}(9,9),$$

故不拒绝 H_0, 接受 H_0, 即在 $\alpha=0.05$ 水平上 σ_1^2 与 σ_2^2 无显著差异.

习题 3.8

(一)

1. 已知某炼铁厂铁水含碳量服从正态分布 $N(4.55,0.108^2)$, 现在测定了 9 炉铁水, 其平均含碳量为 4.484. 如果估计方差没有变化, 可否认为现在生产之铁水平均含碳量仍为 4.55($\alpha=0.05$)?

2. 某机床厂原来加工的轴椭圆度的平均值为 0.085mm, 标准差为 0.025mm, 现进行技术改革后, 在产品中选取 200 个轴进行检验, 测得椭圆度的平均值为 0.083mm, 若假定标准差不变, 试在 $\alpha=0.05$ 下检验该厂生产是否正常.

3. 一种元件, 要求其使用寿命不得低于1 000(h), 现在从一批这种元件中随机抽取 25 件, 测得其寿命平均值为950(h), 已知该种元件寿命服从标准差 $\sigma=100$(h)的正态分布, 试在显著水平 $\alpha=0.05$ 下确定这批元件是否合格.

4. 正常人的脉搏平均为 72 次/分, 现某医生测得 10 例某慢性病患者的脉搏(次/分)如下:

54, 67, 68, 78, 70, 66, 67, 70, 65, 69.

问在 $\alpha=0.05$ 水平下, 此病患者和正常人的脉搏有无显著性差异(已知患者的脉搏服从正态

分布)?

5. 甲、乙两种工艺方法生产同一种产品，产品的某性能指标分别服从正态分布：$X \sim N(\mu_1, 0.21^2)$，$Y \sim N(\mu_2, 0.25^2)$，这两种方法生产同一种产品所测得的该指标的9对数如下：

甲工艺：0.20　0.30　0.40　0.50　0.60　0.70　0.80　0.90　1.00；

乙工艺：0.10　0.21　0.52　0.32　0.78　0.59　0.68　0.77　0.87.

试问：根据数据，能否说明两种工艺对产品的该性能指标有显著影响($\alpha = 0.05$)?

6. 某学校从两个班的学生中随机选取样本，研究完成某课后作业所需要的平均时间. 甲班抽10名学生，其平均时间 $\bar{x} = 26.1$，方差 $S_1^2 = 144$，乙班抽8名学生，其平均时间 $\bar{y} = 17.6$，方差 $S_2^2 = 110$. 设 $\alpha = 0.05$，能否说明乙班完成的时间比甲班短(假定完成课后作业所需时间服从正态分布)?

7. 从两处煤矿各抽样数次，分析其含灰率(%)如下：

甲：24.3　20.8　23.7　21.3　17.4

乙：18.2　16.9　20.2　16.7

假定各煤矿含灰率都服从正态分布，且方差相等，在 $\alpha = 0.05$ 下能否认为甲煤矿的含灰率大于乙煤矿的含灰率?

8. 由居民Ⅰ区抽100户组成样本，其在目前的房子中平均居住的时间是 $\bar{x} = 35$ 个月，方差 $S_1^2 = 900$，在居民Ⅱ区抽120户组成样本，其平均居住的时间是 $\bar{y} = 49$ 个月，方差 $S_2^2 = 1\,000$，在 $\alpha = 0.05$ 水平下，是否可以判定Ⅰ区居民平均居住时间比Ⅱ区短?

(二)

9. 某牌香烟的尼古丁含量服从正态分布，且 $\sigma^2 = 1.3$. 假如从一批此牌香烟中随机抽取8支，$S = 1.8$，在 $\alpha = 0.05$ 的显著水平下，能否认为该批此牌香烟的方差为 $\sigma^2 = 1.3$?

10. 某种导线，要求其电阻的标准差为0.005 (Ω). 今在生产的一批导线中取样品9根，测得 $S = 0.007$ (Ω),设总体服从正态分布. 问在水平 $\alpha = 0.05$ 下能否认为这批导线的标准差显著地偏大?

11. 研究比较男人与女人完成某成品所需时间. 经验显示男、女所需的时间都服从正态分布，现随机抽取11个男人，$S_1 = 6.1$；抽取14个女人，$S_2 = 5.3$. 试在 $\alpha = 0.01$ 的显著水平下判定男人所需时间的方差是否比女人大.

12. 某一橡胶配方中，原用氧化锌5g，现减少为1g，分别对两种配方作一批试验，测得橡胶伸长率为：

原配方(氧化锌5g)：

540　533　525　520　545　531　541　529　534

新配方(氧化锌1g)；

565　577　580　575　556　542　560　532　570　561

若两种配方伸长率均服从正态分布，问它们的标准差有无显著性差异($\alpha = 0.05$)?

3.9　方差分析

在生产过程中，影响产品质量或产品产量的因素往往是很多的，每一个因素的变化都会对产品的质量和产量产生影响，其中有些因素影响大一些，有些因素影响小一些．为了能够达到高产、优质、低消耗，就需要搞清哪些因素影响显著，哪些因素影响不显著，哪些因素之间存在着有利的或不利的交互作用，以便将显著因素控制到使产量和质量达到最高的水平上，将那些不显著因素控制到消耗人力、物力、时间最少的水平上．方差分析就是解决这些问题的一种有效方法．

方差分析是通过试验，以观察某一种或多种因素的变化，对试验结果的观测数值是否具有显著影响，从而选取最优生产方案的一种数理统计方法．

本节介绍单因素和双因素方差分析．

一、单因素方差分析

1．单因素等重复试验方差分析的意义和统计假设

影响事物的因素是多方面的，假如我们仅考虑其中某一因素，而让其他因素保持不变，这样的试验叫做单因素试验．根据试验因素的变化所分的等级或组别，通常称为变异因素的“水平”．对各个水平可进行一定次数的重复试验，每个水平下的重复试验，称为一个“处理”．

如果把试验的变异因素 A 分成 m 个水平，每个水平都进行相等的 n 次重复试验，以 x_{ij} $(i=1,2,\cdots,m,j=1,2,\cdots,n)$ 表示第 i 水平下进行第 j 次试验结果的观测值，可列成计算表的形式如表 3.7．

表 3.7　　单因素试验计算表

试验序号	变异因素 A 的水平						总和
	A_1	A_2	$\cdots$	A_i	$\cdots$	A_m	
1	x_{11}	x_{21}	$\cdots$	x_{i1}	$\cdots$	x_{m1}	
2	x_{12}	x_{22}	$\cdots$	x_{i2}	$\cdots$	x_{m2}	
$\vdots$	$\vdots$	$\vdots$	$\vdots$ $\vdots$	$\vdots$	$\vdots$ $\vdots$	$\vdots$	
j	x_{1j}	x_{2j}	$\cdots$	x_{ij}	$\cdots$	x_{mj}	
$\vdots$	$\vdots$	$\vdots$		$\vdots$		$\vdots$	
n	x_{1n}	x_{2n}	$\cdots$	x_{in}	$\cdots$	x_{mn}	
合计	T_1	T_2	$\cdots$	T_i	$\cdots$	T_m	T
平均数	$\bar{x}_1$	$\bar{x}_2$	$\cdots$	$\bar{x}_i$	$\cdots$	$\bar{x}_m$	$\bar{x}$

其中
$$T_i = \sum_{j=1}^{n} x_{ij}, \quad \bar{x}_i = \frac{1}{n}\sum_{j=1}^{n} x_{ij} = \frac{1}{n}T_i .$$

总共进行了 mn 次试验，令 $N=mn$，用 T 表示 mn 个观测值的总和，即
$$T = \sum_{i=1}^{m} T_i = \sum_{i=1}^{m}\sum_{j=1}^{n} x_{ij} .$$

用 $\bar{x}$ 表示 N 个观测值的总平均数，即
$$\bar{x} = \frac{1}{m}\sum_{i=1}^{m}\bar{x}_i = \frac{1}{mn}\sum_{i=1}^{m}\sum_{j=1}^{n} x_{ij} = \frac{1}{mn}T .$$

在表 3.7 中，每列的各观测值，是在完全相同的条件下取得的，应为来自同一总体的随机变量，故同列各观测值之间的差异，只能视为随机误差．如果变异因素的各个水平对各列

观测值的变异没有影响，各列观测值均可视为来自同一总体，则各列的平均数应基本相等，若有差异，也是随机误差. 反之，如果变异因素各水平对各列观测值的变异有影响，则各列观测值就是来自不同的总体，各列平均数间的明显差异，就不能认为是由试验的随机因素作用所产生的随机误差了，而是有系统误差存在.

因此如果表 3.7 中的 m 个列分别代表从 m 个独立的总体中抽出的容量为 n 的随机样本，这 m 个独立的总体分别具有平均数$\mu_i(i=1,2,\cdots,m)$及相同方差 σ^2 的正态分布，则我们可提出下面的统计假设:

$$H_0:\mu_1=\mu_2=\cdots=\mu_m=\mu.$$

假设 H_0 成立，各列的样本均来自同一正态总体. 反之为各样本不是来自同一总体. 采用一定的显著性水平 α 来检验这个统计假设，以接受 H_0 或拒绝 H_0，即用方差分析方法.

2. 单因素等重复试验的方差分析的方法

所有观测值对总体平均数的差数的平方和称为总离差平方和，用 Q 表示. 则

$$\begin{aligned}Q &= \sum_{i=1}^{m}\sum_{j=1}^{n}(x_{ij}-\bar{x})^2=\sum_{i=1}^{m}\sum_{j=1}^{n}(x_{ij}-\bar{x}_i+\bar{x}_i-\bar{x})^2\\ &= \sum_{i=1}^{m}\sum_{j=1}^{n}(x_{ij}-\bar{x}_i)^2+\sum_{i=1}^{m}\sum_{j=1}^{n}(\bar{x}_i-\bar{x})^2+2\sum_{i=1}^{m}\sum_{j=1}^{n}(x_{ij}-\bar{x}_i)(\bar{x}_i-\bar{x}),\end{aligned}$$

$$\begin{aligned}\because\quad \sum_{i=1}^{m}\sum_{j=1}^{n}(x_{ij}-\bar{x}_i)(\bar{x}_i-\bar{x}) &= \sum_{i=1}^{m}(\bar{x}_i-\bar{x})\sum_{j=1}^{n}(x_{ij}-\bar{x}_i)\\ &= \sum_{i=1}^{m}(\bar{x}_i-\bar{x})(n\bar{x}_i-n\bar{x}_i)=0,\end{aligned}$$

又 $$\sum_{i=1}^{m}\sum_{j=1}^{n}(\bar{x}_i-\bar{x})^2=n\sum_{i=1}^{m}(\bar{x}_i-\bar{x})^2,\text{故}$$

3.9.1 $$\begin{aligned}Q &= \sum_{i=1}^{m}\sum_{j=1}^{n}(x_{ij}-\bar{x})^2\\ &= n\sum_{i=1}^{m}(\bar{x}_i-\bar{x})^2+\sum_{i=1}^{m}\sum_{j=1}^{n}(x_{ij}-\bar{x}_i)^2\\ &= Q_A+Q_e,\end{aligned}$$

其中

3.9.2 $$Q_A=n\sum_{i=1}^{m}(\bar{x}_i-\bar{x})^2,$$

3.9.3 $$Q_e=\sum_{i=1}^{m}\sum_{j=1}^{n}(x_{ij}-\bar{x}_i)^2.$$

这样就把总离差平方和 Q 分成两部分，第一部分 Q_A 表示各组平均值 $\bar{x}_i$ 对总平均值 $\bar{x}$ 的偏差平方和，称为组间离差平方和；Q_e 表示各个观测值 x_{ij} 对本组平均值 $\bar{x}_i$ 的偏差平方和，称为组内离差平方和.

各离差平方和的简便算法如下:

3.9.4 $$\begin{aligned}Q_A &= n\sum_{i=1}^{m}(\bar{x}_i-\bar{x})^2\\ &= n\sum_{i=1}^{m}\bar{x}_i^2-mn\bar{x}^2=\frac{1}{n}\sum_{i=1}^{m}T_i^2-\frac{1}{mn}T^2,\end{aligned}$$

3.9.5 $Q_e = \sum_{i=1}^{m}\sum_{j=1}^{n}(x_{ij} - \bar{x}_i)^2$

$$= \sum_{i=1}^{m}\sum_{j=1}^{n}x_{ij}^2 - n\sum_{i=1}^{m}\bar{x}_i^2 = \sum_{i=1}^{m}\sum_{j=1}^{n}x_{ij}^2 - \frac{1}{n}\sum_{i=1}^{m}T_i^2,$$

3.9.6 $Q = \sum_{i=1}^{m}\sum_{j=1}^{n}(x_{ij} - \bar{x})^2 = Q_A + Q_e = \sum_{i=1}^{m}\sum_{j=1}^{n}x_{ij}^2 - \frac{1}{mn}T^2.$

组间平方和 Q_A 反映了各组样本之间的差异程度，即由变异因素 A 的水平不同所引起的系统误差；组内平方和 Q_e 则反映了试验过程中各种随机因素所引起的试验误差.

在数学上可以证明：

$$\frac{Q}{\sigma^2} = \frac{\sum_{i=1}^{m}\sum_{j=1}^{n}(x_{ij} - \bar{x})^2}{\sigma^2} \sim \chi^2(N-1), \frac{Q_A}{\sigma^2} = \frac{\sum_{i=1}^{m}(\bar{x}_i - \bar{x})^2}{\sigma^2/n} \sim \chi^2(m-1),$$

$$\frac{Q_e}{\sigma^2} = \frac{1}{\sigma^2}\sum_{i=1}^{m}\sum_{j=1}^{n}(x_{ij} - \bar{x}_i)^2 \sim \chi^2(m(n-1)).$$

可以证明$\frac{Q_A}{\sigma^2}$与$\frac{Q_e}{\sigma^2}$相互独立，因此统计量：

3.9.7 $F = \frac{Q_A/\sigma^2(m-1)}{Q_e/\sigma^2 m(n-1)} = \frac{\frac{n}{m-1}\sum_{i=1}^{m}(\bar{x}_i - \bar{x})^2}{\frac{1}{m(n-1)}\sum_{i=1}^{m}\sum_{j=1}^{n}(x_{ij} - \bar{x}_i)^2} \sim F(m-1, m(n-1)).$

如果 $F > F_\alpha(m-1, m(n-1))$，则应该拒绝假设 H_0；当$F \leqslant F_\alpha(m-1, m(n-1))$时，接受假设 H_0.

上面的分析的结果可以列成表 3.8 的形式，此表称为单因素方差分析表.

表 3.8　　单因素方差分析表

方差来源	离差平方和	自由度	均方	F 值	临界值
组间	$Q_A = n\sum_{i=1}^{m}(\bar{x}_i - \bar{x})^2$	$m-1$	$S_A^2 = \frac{Q_A}{m-1}$	$F = \frac{\frac{Q_A}{m-1}}{\frac{Q_e}{m(n-1)}}$	$F_\alpha(k_1, k_2)$ $k_1 = m-1$ $k_2 = m(n-1)$
组内	$Q_e = \sum_{i=1}^{m}\sum_{j=1}^{n}(x_{ij} - \bar{x}_i)^2$	$m(n-1)$	$S_e^2 = \frac{Q_e}{m(n-1)}$		
总和	$Q = \sum_{i=1}^{m}\sum_{j=1}^{n}(x_{ij} - \bar{x})^2$	$mn-1$			

例 1　研究某种大型机械的新闻广告的效果：

广告 A_1：强调运输的方便性；

广告 A_2：强调燃料节省的经济性；

广告 A_3：强调噪音低的优良性.

在广告广泛宣传后，按寄回的广告上的订购数计算，一年 4 个季度的销售量为：

季度 \ 广告	A_1	A_2	A_3
1	163	184	206
2	176	198	191

（续表）

季度 \ 广告	A_1	A_2	A_3
3	170	179	218
4	185	190	224

试分析由于广告内容的不同对销售是否有影响.

解 根据题意，作假设

H_0：$\mu_1=\mu_2=\mu_3=\mu$，$m=3$，$n=4$.

根据观测数据列出下列计算表.

季度 \ 广告	A_1	A_2	A_3	$\sum$
1	163	184	206	
2	176	198	191	
3	170	179	218	
4	185	190	224	
$\sum$	694	751	839	2 284
$(\sum)^2$	481 636	564 001	703 921	1 749 558
$\sum{}^2$	120 670	141 201	176 617	438 488

$$Q=\sum_{i=1}^{m}\sum_{j=1}^{n}(x_{ij}-\bar{x})^2=\sum_{i=1}^{3}\sum_{j=1}^{4}x_{ij}^2-\frac{1}{12}T^2=438\ 488-\frac{1}{12}(2\ 284)^2=3\ 766.67,$$

$$Q_A=n\sum_{i=1}^{m}(\bar{x}_i-\bar{x})^2=\frac{1}{n}\sum_{i=1}^{m}T_i^2-\frac{1}{mn}T^2=\frac{1}{4}\sum_{i=1}^{3}T_i^2-\frac{1}{12}T^2$$

$$=\frac{1}{4}\times 1\ 749\ 558-\frac{1}{12}(2\ 284)^2=2\ 668.17,$$

$$Q_e=Q-Q_A=1\ 098.5,$$

$$Q_e=\sum_{i=1}^{m}\sum_{j=1}^{n}(x_{ij}-\bar{x}_i)^2=\sum_{i=1}^{m}\sum_{j=1}^{n}x_{ij}^2-\frac{1}{n}\sum_{i=1}^{m}T_i^2=\sum_{i=1}^{3}\sum_{j=1}^{4}x_{ij}^2-\frac{1}{4}\sum_{i=1}^{3}T_i^2$$

$$=438\ 488-\frac{1}{4}\times 1\ 749\ 558=1\ 098.5.$$

写出下面的方差分析表：

方差来源	离差平方和	自由度	均方	F 值	临界值
组间	2 668.17	2	1 334.09	10.93	$F_{0.01}(2,9)=8.02$ $F_{0.05}(2,9)=4.26$
组内	1 098.5	9	122.06		
总和	3 766.67	11			

$F > F_{0.01}(2,9)(F > F_{0.05}(2,9))$，因此，由于广告内容不同，对销售量影响很大.

不同的广告引起的销售量的估计：

$$\hat{\mu}_{A_1} = \frac{1}{4}\times 694 = 173.5,\ \hat{\mu}_{A_2} = \frac{1}{4}\times 751 = 187.75,\ \hat{\mu}_{A_3} = \frac{1}{4}\times 839 = 209.75.$$

由此可以看出广告 A_3 引起的销售量最多，今后应多宣传噪音低的优良性，对多销售有利，同时今后应进一步进行工艺改革，降低噪音.

例 2 一批同一种原料织成的布，用不同的印染工艺处理，然后进行缩水率试验. 假设采用 5 种不同的工艺，每种工艺处理 4 块布样，测得缩水率的百分数如下表. 若布的缩水率服从正态分布，不同工艺处理的布的缩水率方差相等，试考察不同工艺对布的缩水率有无明显影响($\alpha = 0.05$)?

因素 批号	A_1	A_2	A_3	A_4	A_5
1	4.3	6.1	4.3	6.5	9.5
2	7.8	7.3	8.7	8.3	8.8
3	3.2	4.2	7.2	8.6	11.4
4	6.5	4.1	10.1	8.2	7.8

解 根据题意，我们可以作假设

H_0：$\mu_1 = \mu_2 = \mu_3 = \mu_4 = \mu_5 = \mu$.

在进行方差计算时，常常要进行大量计算. 为简化计算和减少误差，常将观测值 x_{ij} 加上或减去一个常数，有时还要再乘以一个常数，使得变换后的数据比较简单，便于计算. 这样做原则上不会影响方差分析的结果. 但对计算却很方便.

据此，我们先将每一观测数据减去 7.4，再除以 0.1，列出下列计算表：

因素 批号	A_1	A_2	A_3	A_4	A_5	$\sum$
1	−31	−13	−31	−9	21	
2	4	−1	13	9	14	
3	−42	−32	−2	12	40	
4	−9	−33	27	8	4	
$\sum$	−78	−79	7	20	79	−51
$(\sum)^2$	6 084	6 241	49	400	6 241	19 015
$\sum^2$	2 822	2 283	1 863	370	2 253	9 591

$m = 5, n = 4.$

$$Q = \sum_{i=1}^{5}\sum_{j=1}^{4} x_{ij}^2 - \frac{1}{20}T^2 = 9\ 591 - \frac{1}{20}\times(-51)^2 = 9\ 460.95,$$

$$Q_A = \frac{1}{4}\sum_{i=1}^{5} T_i^2 - \frac{1}{20}T^2 = \frac{1}{4}\times 19\ 015 - \frac{1}{20}\times(-51)^2 = 4\ 623.7,$$

$$Q_e = Q - Q_A = 4\ 837.25.$$

写出下面方差分析表：

方差来源	离差平方和	自由度	均方	F 值	临界值
组间(不同工艺)	4 623.7	4	1 155.93	3.58	$F_{0.05}$ (4, 15) = 3.06
组内(随机误差)	4 837.25	15	322.48		
总和	9 460.95	19			

由于$F > F_{0.05}(4,15)$，因此可以认为不同工艺对布的缩水率有较明显的影响.

二、双因素方差分析

双因素试验，就是对两个变异因素各分若干个水平，互相交错地进行一次全面试验. 对试验进行方差分析的要求是，检验两个变异因素或其中任意一个因素，对试验结果有无显著影响. 作为检验目标的统计假设 H_0：两个因素对试验结果均无影响.

设 A，B 表示两个变异因素，A 有 s 个水平，B 有 r 个水平，$x_{ij}(i=1,2,\cdots,s;j=1,2,\cdots,r)$为 A_i 与 B_j 交错下试验的观测值，列表如下：

表 3.9　　双因素试验的计算表

因素 A / 因素 B	A_1	A_2	…	A_i	…	A_s	行和数	行平均数
B_1	x_{11}	x_{21}	…	x_{i1}	…	x_{s1}	$T_{\cdot 1}$	$\bar{x}_{\cdot 1}$
B_2	x_{12}	x_{22}	…	x_{i2}	…	x_{s2}	$T_{\cdot 2}$	$\bar{x}_{\cdot 2}$
⋮	⋮	⋮	⋮	⋮	⋮	⋮	⋮	⋮
B_j	x_{1j}	x_{2j}	…	x_{ij}	…	x_{sj}	$T_{\cdot j}$	$\bar{x}_{\cdot j}$
⋮	⋮	⋮	⋮	⋮	⋮	⋮	⋮	⋮
B_r	x_{1r}	x_{2r}	…	x_{ir}	…	x_{sr}	$T_{\cdot r}$	$\bar{x}_{\cdot r}$
列和数	$T_{1\cdot}$	$T_{2\cdot}$	…	$T_{i\cdot}$	…	$T_{s\cdot}$	T	
列平均数	$\bar{x}_{1\cdot}$	$\bar{x}_{2\cdot}$	…	$\bar{x}_{i\cdot}$	…	$\bar{x}_{s\cdot}$		$\bar{x}$

其中
$$T_{i\cdot} = \sum_{j=1}^{r} x_{ij}, T_{\cdot j} = \sum_{i=1}^{s} x_{ij}, \bar{x}_{i\cdot} = \frac{1}{r}T_{i\cdot}, \bar{x}_{\cdot j} = \frac{1}{s}T_{\cdot j},$$
$$T = \sum_{i=1}^{s} T_{i\cdot} = \sum_{j=1}^{r} T_{\cdot j} = \sum_{i=1}^{s}\sum_{j=1}^{r} x_{ij},$$
$$\bar{x} = \frac{1}{s}\sum_{i=1}^{s}\bar{x}_{i\cdot} = \frac{1}{r}\sum_{j=1}^{r}\bar{x}_{\cdot j} = \frac{1}{sr}\sum_{i=1}^{s}\sum_{j=1}^{r} x_{ij} = \frac{1}{sr}T.$$

所有各观测值 x_{ij}对总平均数$\bar{x}$ 的离差平方和Q，可分解为 Q_e、Q_A、Q_B 三个部分：

$$\begin{aligned} Q &= \sum_{i=1}^{s}\sum_{j=1}^{r}(x_{ij} - \bar{x})^2 \\ &= \sum_{i=1}^{s}\sum_{j=1}^{r}[(x_{ij} - \bar{x}_{i\cdot} - \bar{x}_{\cdot j} + \bar{x}) + (\bar{x}_{i\cdot} - \bar{x}) + (\bar{x}_{\cdot j} - \bar{x})]^2 \\ &= \sum_{i=1}^{s}\sum_{j=1}^{r}(x_{ij} - \bar{x}_{i\cdot} - \bar{x}_{\cdot j} + \bar{x})^2 + \sum_{i=1}^{s}\sum_{j=1}^{r}(\bar{x}_{i\cdot} - \bar{x})^2 + \sum_{i=1}^{s}\sum_{j=1}^{r}(\bar{x}_{\cdot j} - \bar{x})^2 \end{aligned}$$

$$= \sum_{i=1}^{s}\sum_{j=1}^{r}(x_{ij} - \bar{x}_{i\cdot} - \bar{x}_{\cdot j} + \bar{x})^2 + r\sum_{i=1}^{s}(\bar{x}_{i\cdot} - \bar{x})^2 + s\sum_{j=1}^{r}(\bar{x}_{\cdot j} - \bar{x})^2,$$

上式展开式中的三个二倍乘积项均为 0. 记

3.9.8 $Q_e = \sum_{i=1}^{s}\sum_{j=1}^{r}(x_{ij} - \bar{x}_{i\cdot} - \bar{x}_{\cdot j} + \bar{x})^2,$

3.9.9 $Q_A = r\sum_{i=1}^{s}(\bar{x}_{i\cdot} - \bar{x})^2,$

3.9.10 $Q_B = s\sum_{j=1}^{r}(\bar{x}_{\cdot j} - \bar{x})^2,$

3.9.11 $Q = Q_e + Q_A + Q_B,$

3.9.12 $Q = \sum_{i=1}^{s}\sum_{j=1}^{r}(x_{ij} - \bar{x})^2 = \sum_{i=1}^{s}\sum_{j=1}^{r}x_{ij}^2 - \frac{1}{sr}T^2,$

3.9.13 $Q_A = r\sum_{i=1}^{s}(\bar{x}_{i\cdot} - \bar{x})^2 = \frac{1}{r}\sum_{i=1}^{s}T_{i\cdot}^2 - \frac{1}{sr}T^2,$

3.9.14 $Q_B = s\sum_{j=1}^{r}(\bar{x}_{\cdot j} - \bar{x})^2 = \frac{1}{s}\sum_{j=1}^{r}T_{\cdot j}^2 - \frac{1}{sr}T^2,$

3.9.15 $Q_e = Q - Q_A - Q_B = \sum_{i=1}^{s}\sum_{j=1}^{r}(x_{ij} - \bar{x}_{i\cdot} - \bar{x}_{\cdot j} + \bar{x})^2$

$$= \sum_{i=1}^{s}\sum_{j=1}^{r}x_{ij}^2 - \frac{1}{r}\sum_{i=1}^{s}T_{i\cdot}^2 - \frac{1}{s}\sum_{j=1}^{r}T_{\cdot j}^2 + \frac{1}{sr}T^2.$$

Q 的自由度为：$sr - 1$，

Q_A 的自由度为：$s - 1$，

Q_B 的自由度为：$r - 1$，

Q_e 的自由度为：$sr - 1 - (s - 1) - (r - 1) = (s - 1)(r - 1)$.

同单因素方差分析相同，可列出下列双因素方差分析表(见表 3.10).

表 3.10　　双因素方差分析表

方差来源	离差平方和	自由度	均方	F 值	临界值
因素 A	$Q_A = r\sum_{i=1}^{s}(\bar{x}_{i\cdot} - \bar{x})^2$	$s-1$	$S_A^2 = \frac{Q_A}{S-1}$	$F_A = \frac{S_A^2}{S_e^2}$	$F_\alpha(s-1,k)$ $k=(s-1)(r-1)$
因素 B	$Q_B = s\sum_{j=1}^{r}(\bar{x}_{\cdot j} - \bar{x})^2$	$r-1$	$S_B^2 = \frac{Q_B}{r-1}$	$F_B = \frac{S_B^2}{S_e^2}$	$F_\alpha(r-1,k)$ $k=(s-1)(r-1)$
试验误差	$Q_e = \sum_{i=1}^{s}\sum_{j=1}^{r}(x_{ij} - x_{i\cdot} - x_{\cdot j} - \bar{x})^2$	$(s-1)\cdot(r-1)$	$S_e^2 = \frac{Q_e}{(s-1)(r-1)}$		
总和	$Q = \sum_{i=1}^{S}\sum_{j=1}^{r}(x_{ij} - \bar{x})^2$	$sr-1$			

检验因素 A 对试验结果有无显著影响，查表得临界值 $F_\alpha(s-1,(s-1)(r-1))$，若 $F_A > F_\alpha(s-1,(s-1)(r-1))$，就认为因素 A 对试验结果有显著影响，否则，就认为没有影响. 同样可以检验因素 B 对试验结果有无显著影响，查表得临界值 $F_\alpha(r-1,(s-1)(r-1))$，若 $F_B > F_\alpha(r-1,(s-1)(r-1))$，就认为因素 B 有显著影响，否则，就认为没有影

响.

例 3 将土质基本相同的一块耕地等分为 5 个地块，每个地块又等分成 4 个小块，有 4 个品种的小麦，在每一地块内随机地分种在 4 小块上，每一小块种同样多种子的任一种小麦，今测得收获量如下表：

地块 A \ 品种 B	A_1	A_2	A_3	A_4	A_5
B_1	32.3	34.0	34.7	36.0	35.5
B_2	33.2	33.6	36.8	34.3	36.1
B_3	30.8	34.4	32.3	35.8	32.8
B_4	29.5	26.2	28.1	28.5	29.4

试以显著性水平 $\alpha=0.05$，判断地块和品种各对小麦收获量有无显著影响.

解 以地块为因素 A，分 5 个水平，$s=5$，以品种为因素 B，分 4 个水平，$r=4$，为计算简便，每一收获量都减去 32，列出下表.

A \ B	A_1	A_2	A_3	A_4	A_5	$\sum=T_{\cdot j}$	$(\sum)^2$	$\sum^2$
B_1	0.3	2.0	2.7	4.0	3.5	12.5	156.25	39.63
B_2	1.2	1.6	4.8	2.3	4.1	14	196	49.14
B_3	−1.2	2.4	0.3	3.8	0.8	6.1	37.21	22.37
B_4	−2.5	−5.8	−3.9	−3.5	−2.6	−18.3	334.89	74.11
$\sum=T_{i}$	−2.2	0.2	3.9	6.6	5.8	14.3	724.35	
$(\sum)^2$	4.84	0.04	15.21	43.56	33.64	97.29		
$\sum^2$	9.22	45.96	45.63	47.98	36.46			185.25

根据上表计算值，代入公式 3.9.12 到 3.9.15 得

$$Q=\sum_{i=1}^{5}\sum_{j=1}^{4}x_{ij}^2-\frac{1}{sr}T^2=185.25-\frac{1}{20}(14.3)^2=175.026,$$

$$Q_A=\frac{1}{r}\sum_{i=1}^{5}T_{i\cdot}^2-\frac{1}{sr}T^2=\frac{1}{4}\times 97.29-\frac{1}{20}(14.3)^2=14.098,$$

$$Q_B=\frac{1}{s}\sum_{j=1}^{4}T_{\cdot j}^2-\frac{1}{sr}T^2=\frac{1}{5}\times 724.35-\frac{1}{20}(14.3)^2=134.646,$$

$$Q_e=Q-Q_A-Q_B=26.282.$$

列出下面的方差分析表：

方差来源	离差平方和	自由度	均方	F 值	临界值
因素 A	$Q_A=14.098$	4	$S_A^2=3.525$	$F_A=1.61$	$F_{0.05}(4,12)=3.26$
因素 B	$Q_B=134.646$	3	$S_B^2=44.88$	$F_B=20.493$	$F_{0.05}(3,12)=3.49$
试验误差	$Q_e=26.282$	12	$S_e^2=2.19$		
总和	$Q=175.026$	19			

$F_A < F_{0.05}(4,12)$ 表明地块的不同对小麦收获量没有显著影响.

$F_B > F_{0.05}(3,12)$ 表明品种的不同对小麦收获量有显著影响.

三、补充

1. 单因素不等重复试验的方差分析

所谓不等重复试验就是在变异因素 A 的各个水平下重复试验次数不等.

单因素不等重复试验的方差分析程序和方法与前面等重复的相同，仅离差平方和的计算略有不同.

设 n_i 为变异因素 A 第 i 水平下的重复试验次数，$n_1+n_2+\cdots+n_m=N$. 于是

3.9.16
$$Q=\sum_{i=1}^{m}\sum_{j=1}^{n_i}(x_{ij}-\bar{x})^2=\sum_{i=1}^{m}\sum_{j=1}^{n_i}[(x_{ij}-\bar{x}_i)+(\bar{x}_i-\bar{x})]^2$$
$$=\sum_{i=1}^{m}\sum_{j=1}^{n_i}(x_{ij}-\bar{x}_i)^2+\sum_{i=1}^{m}n_i(\bar{x}_i-\bar{x})^2.$$

第一项称为组内离差平方和，第二项称为组间的离差平方和.

3.9.17
$$Q_A=\sum_{i=1}^{m}n_i(\bar{x}_i-\bar{x})^2=\sum_{i=1}^{m}n_i(\bar{x}_i^2-2\bar{x}\bar{x}_i+\bar{x}^2)$$
$$=\sum_{i=1}^{m}n_i\bar{x}_i^2-N\bar{x}^2=\sum_{i=1}^{m}\frac{T_i^2}{n_i}-\frac{1}{N}T^2,$$

3.9.18
$$Q_e=\sum_{i=1}^{m}\sum_{j=1}^{n_i}(x_{ij}-\bar{x}_i)^2=\sum_{i=1}^{m}\sum_{j=1}^{n_i}(x_{ij}^2-2x_{ij}\bar{x}_i+\bar{x}_i^2)$$
$$=\sum_{i=1}^{m}\sum_{j=1}^{n_i}x_{ij}^2-\sum_{i=1}^{m}n_i\bar{x}_i^2=\sum_{i=1}^{m}\sum_{j=1}^{n_i}x_{ij}^2-\sum_{i=1}^{m}\frac{1}{n_i}T_i^2,$$

写出方差分析表（如表 3.11）.

表 3.11　　单因素不等重复试验方差分析表

方差来源	离差平方和	自由度	均方	F 值	临界值
组间	$Q_A=\sum_{i=1}^{m}n_i(\bar{x}_i-\bar{x})^2$	$m-1$	$S_A^2=\frac{Q_A}{m-1}$	$F=\frac{S_A^2}{S_e^2}$	$F_\alpha(k_1,k_2)$ $k_1=m-1$ $k_2=N-m$
组内	$Q_e=\sum_{i=1}^{m}\sum_{j=1}^{n_i}(x_{ij}-\bar{x}_i)^2$	$N-m$	$S_e^2=\frac{Q_e}{N-m}$		
总和	$Q=\sum_{i=1}^{m}\sum_{j=1}^{n_i}(x_{ij}-\bar{x})^2$	$N-1$			

对于给定的显著性水平 α 的临界值 F_α，比较 F 与 F_α 的大小，即可作出是否显著的结论.

例 4　甲、乙、丙三位教师分别担任 3 组高等数学考试评分，其成绩记录如下：

甲：73　89　82　43　80　73　66　60　45　93　36　77

乙：88　78　48　91　51　85　74　77　31　78　62　76　96　80　56

丙：68　79　56　91　71　71　87　41　59　68　53　79　15

试问 3 位教师评分是否有显著差异($\alpha=0.01$)?

解　根据题意，我们可以作假设

H_0：$\mu_1=\mu_2=\mu_3=\mu$.

$m=3$，$n_1=12$，$n_2=15$，$n_3=13$，$N=40$.

$$\bar{x}_1=\frac{1}{12}(73+89+\cdots+36+77)=68.08,$$

$$\bar{x}_2=\frac{1}{15}(88+78+\cdots+80+56)=71.4,$$

$$\bar{x}_3=\frac{1}{13}(68+79+\cdots+79+15)=64.46,$$

$$T_1=817, T_2=1\ 071, T_3=838,$$

$$T=2\ 726, \bar{x}=\frac{1}{N}T=68.15.$$

$$Q_A=\sum_{i=1}^{3}\frac{T_i^2}{n_i}-\frac{1}{N}T^2=\frac{1}{12}\times 817^2+\frac{1}{15}\times 1\ 071^2+\frac{1}{13}\times 838^2-\frac{1}{40}\times 2\ 726^2=335.35,$$

$$Q_e=\sum_{i=1}^{3}\sum_{j=1}^{n_i}x_{ij}^2-\sum_{i=1}^{3}\frac{T_i^2}{n_i}=59\ 407+81\ 061+58\ 994-186\ 112.25=13\ 349.75.$$

写出下面方差分析表：

方差来源	离差平方和	自由度	均方	F 值	临界值
组间	335.35	2	167.675	0.465	$F_{0.01}(2,37)$ 介于 5.18 和 5.39 之间
组内	13 349.75	37	360.804		
总和	13 685.1	39			

$F<F_\alpha$，接受 H_0，即三位教师评分没有显著差异.

2. 重复试验的双因素方差分析

如果要考察两个变异因素 A，B 之间是否存在交互作用的影响，只凭一次试验是分析不出来的，至少需重复试验 2 次以上，方能分析有无交互作用. 为了便于说明这种分析方法，对各个条件交互下的重复试验取相等的试验次数.

在前面所讲的双因素试验的观测数据表中，假定各交互条件下均重复试验 t 次，在因素 A_i 和 B_j 交互作用下第 k 次试验的观测值 $A_{ijk}(k=1,2,\cdots,t)$，所有需要计算的指标如下：

同交互下各观测值的和：$T_{ij\cdot}=\sum_{k=1}^{t}x_{ijk}$，

同交互下各观测值的平均数：$\overline{x_{ij\cdot}}=\frac{1}{t}T_{ij\cdot}$，

同列的和：$T_{i\cdot\cdot}=\sum_{j=1}^{r}T_{ij\cdot}=\sum_{j=1}^{r}\sum_{k=1}^{t}x_{ijk}$，

同行的和：$T_{\cdot j\cdot}=\sum_{i=1}^{s}T_{ij\cdot}=\sum_{i=1}^{s}\sum_{k=1}^{t}x_{ijk}$，

总和：$T=\sum_{i=1}^{s}T_{i\cdot\cdot}=\sum_{j=1}^{r}T_{\cdot j\cdot}=\sum_{i=1}^{s}\sum_{j=1}^{r}\sum_{k=1}^{t}x_{ijk}$，

总试验次数：$N=srt$，

列平均数：$\overline{x_{i\cdot\cdot}}=\frac{1}{rt}T_{i\cdot\cdot}=\frac{1}{rt}\sum_{j=1}^{r}\sum_{k=1}^{t}x_{ijk}$，

行平均数：$\overline{x_{\cdot j\cdot}}=\frac{1}{st}T_{\cdot j\cdot}=\frac{1}{st}\sum_{i=1}^{s}\sum_{k=1}^{t}x_{ijk}$，

总平均数：$\bar{x} = \frac{T}{N} = \frac{1}{N}\sum_{i=1}^{s}\sum_{j=1}^{r}\sum_{k=1}^{t} x_{ijk}$.

因此总离差平方和为：

$$Q = \sum_{i=1}^{s}\sum_{j=1}^{r}\sum_{k=1}^{t}(x_{ijk} - \bar{x})^2$$

$$= \sum_{i=1}^{s}\sum_{j=1}^{r}\sum_{k=1}^{t}[(x_{ijk} - \overline{x_{ij\cdot}}) + (\overline{x_{ij\cdot}} - \overline{x_{i\cdot\cdot}} - \overline{x_{\cdot j\cdot}} + \bar{x}) + (\overline{x_{i\cdot\cdot}} - \bar{x}) + (\overline{x_{\cdot j\cdot}} - \bar{x})]^2$$

$$= \sum_{i=1}^{s}\sum_{j=1}^{r}\sum_{k=1}^{t}(x_{ijk} - \overline{x_{ij\cdot}})^2 + t\sum_{i=1}^{s}\sum_{j=1}^{r}(\overline{x_{ij\cdot}} - \overline{x_{i\cdot\cdot}} - \bar{x}_{\cdot j\cdot} + \bar{x})^2 + rt\sum_{i=1}^{s}(\overline{x_{i\cdot\cdot}} - \bar{x})^2 +$$

$$st\sum_{j=1}^{r}(\overline{x_{\cdot j\cdot}} - \bar{x})^2,$$

上式中所有二倍乘积项均为0.

其中第一项为误差的离差平方和 Q_e，第三项为列间离差平方和 Q_A，第四项为行间离差平方和 Q_B，而第二项则为交互作用的离差平方和，用 Q_{AB}表示，由此可得下式

$$Q = Q_e + Q_A + Q_B + Q_{AB}.$$

各离差平方和的简便算法如下：

3.9.19 $Q = \sum_{i=1}^{s}\sum_{j=1}^{r}\sum_{k=1}^{t} {x_{ijk}}^2 - \frac{1}{N}T^2,$

3.9.20 $Q_A = \frac{1}{rt}\sum_{i=1}^{s} T_{i\cdot\cdot}^2 - \frac{1}{N}T^2,$

3.9.21 $Q_B = \frac{1}{st}\sum_{j=1}^{r} T_{\cdot j\cdot}^2 - \frac{1}{N}T^2,$

3.9.22 $Q_{AB} = \frac{1}{t}\sum_{i=1}^{s}\sum_{j=1}^{r} T_{ij\cdot}^2 - \frac{1}{rt}\sum_{i=1}^{s} T_{i\cdot\cdot}^2 - \frac{1}{st}\sum_{j=1}^{r} T_{\cdot j\cdot}^2 + \frac{1}{N}T^2,$

3.9.23 $Q_e = \sum_{i=1}^{s}\sum_{j=1}^{r}\sum_{k=1}^{t} x_{ijk}^2 - \frac{1}{t}\sum_{i=1}^{s}\sum_{j=1}^{r} T_{ij\cdot}^2.$

各个离差平方和的自由度分别为

Q 的自由度为：$N-1 = srt-1$,

Q_A 的自由度为：$s-1$,

Q_B 的自由度为：$r-1$,

Q_{AB}的自由度为：$(s-1)(r-1)$,

Q_e 的自由度为：$sr(t-1)$.

因此有下面的方差分析表(见表3.12)：

表3.12　双因素有交互作用的方差分析表

来源	离差平方和	自由度	均方	F值	F临界值
因素A	$Q_A = rt\sum_{i=1}^{s}(\bar{x}_{i\cdot\cdot} - \bar{x})^2$	$s-1$	$S_A^2 = \frac{Q_A}{s-1}$	$F_A = \frac{S_A^2}{S_e^2}$	$F_\alpha(s-1, k_1)$
因素B	$Q_B = st\sum_{j=1}^{r}(\bar{x}_{\cdot j\cdot} - \bar{x})^2$	$r-1$	$S_B^2 = \frac{Q_B}{r-1}$	$F_B = \frac{S_B^2}{S_e^2}$	$F_\alpha(r-1, k_1)$

（续表）

来源	离差平方和	自由度	均方	F 值	F 临界值
交互作用	$Q_{AB}=t\sum_{i=1}^{s}\sum_{j=1}^{r}(\bar{x}_{ij\cdot}-\bar{x}_{i\cdot\cdot}-\bar{x}_{\cdot j\cdot}+\bar{x})^2$	$(s-1)(r-1)$	$S_{AB}^2=\frac{Q_{AB}}{(s-1)(r-1)}$	$F_{AB}=\frac{S_{AB}^2}{S_e^2}$	$F_\alpha(k_0,k_1)$
试验误差	$Q_e=\sum_{i=1}^{s}\sum_{j=1}^{r}\sum_{k=1}^{t}(x_{ijk}-\bar{x}_{ij\cdot})^2$	$sr(t-1)$	$S_e^2=\frac{Q_e}{sr(t-1)}$		$k_0=(s-1)(r-1)$ $k_1=sr(t-1)$
总和	$Q=\sum_{i=1}^{s}\sum_{j=1}^{r}\sum_{k=1}^{t}(x_{ijk}-\bar{x})^2$	$srt-1$			

检验因素 A 对试验是否有显著影响，查表得临界值$F_\alpha(s-1,sr(t-1))$，若$F_A>F_\alpha(s-1,sr(t-1))$，就认为因素 A 有显著影响，否则就认为没有影响．同样可以检验因素 B 对试验结果有无显著影响，查表得临界值$F_\alpha(r-1,sr(t-1))$与 F_B 比较即可判断．若检验 A 与 B 是否有交互作用，查表得临界值$F_\alpha((s-1)(r-1),sr(t-1))$，与 F_{AB}比较即可判断．

例 5 在合成反应中，为了解三个“水平”的反应温度与三种催化剂的交错作用对合成物的产出量是否有显著影响而做的试验(在同一条件下重复试验 2 次)，得到下列数据，试以 5%的显著性水平作出统计推断．

反应温度 A \ 催化剂 B	A_1	A_2	A_3
B_1	71，70	78，80	80，78
B_2	75，76	81，79	86，90
B_3	67，65	79，77	78，76

解 为了计算简便，作数据变换 $\hat{x}_{ijk}=x_{ijk}-77$ 得到下表．

A \ B	A_1	A_2	A_3	$T_{\cdot j\cdot}$	$T_{\cdot j\cdot}^2$
B_1	−6，−7	1，3	3，1	−5	25
B_2	−2，−1	4，2	9，13	25	625
B_3	−10，−12	2，0	1，−1	−20	400
$T_{i\cdot\cdot}$	−38	12	26	0	1 050
$T_{i\cdot\cdot}^2$	1 444	144	676	2 264	

作 $\hat{x}_{ijk}^2$表如下：

A \ B	A_1	A_2	A_3	$\sum_{i=1}^{3}\sum_{k=1}^{2}\hat{x}_{ijk}^2$
B_1	36，49	1，9	9，1	105
B_2	4，1	16，4	81，169	275
B_3	100，144	4，0	1，1	250
$\sum_{j=1}^{3}\sum_{k=1}^{2}\hat{x}_{ijk}^2$	334	34	262	630

作 $\hat{x}_{ijk}$表栏内之两个重复试验之和 $T_{ij\cdot}$表及 $T_{ij\cdot}^2$表

B \ A	A_1	A_2	A_3	$\sum_{i=1}^{3} T_{ij\cdot}$	$\sum_{i=1}^{3} T_{ij\cdot}^2$
B_1	-13	4	4	-5	201
B_2	-3	6	22	25	529
B_3	-22	2	0	-20	488
$\sum_{j=1}^{3} T_{ij\cdot}$	-38	12	26	0	1 218
$\sum_{j=1}^{3} T_{ij\cdot}^2$	662	56	500	1 218	

由公式 3.9.19～3.9.23 知：$s=3$，$r=3$，$t=2$.

$$Q_A = \frac{1}{2\times 3}\sum_{i=1}^{3} T_{i\cdot\cdot}^2 - \frac{1}{3\times 3\times 2}T^2 = \frac{1}{6}\times 2\,264 - \frac{1}{18}\times 0 = 377.33;$$

$$Q_B = \frac{1}{3\times 2}\sum_{j=1}^{3} T_{\cdot j\cdot}^2 - \frac{1}{3\times 3\times 2}T^2 = \frac{1}{6}\times 1\,050 - \frac{1}{18}\times 0 = 175;$$

$$Q_e = \sum_{i=1}^{3}\sum_{j=1}^{3}\sum_{k=1}^{2} x_{ijk}^2 - \frac{1}{2}\sum_{i=1}^{3}\sum_{j=1}^{3} T_{ij\cdot}^2 = 630 - \frac{1}{2}\times 1\,218 = 21;$$

$$Q_{AB} = \frac{1}{2}\sum_{i=1}^{3}\sum_{j=1}^{3} T_{ij\cdot}^2 - \frac{1}{3\times 2}\sum_{i=1}^{3} T_{i\cdot\cdot}^2 - \frac{1}{3\times 2}\sum_{j=1}^{3} T_{\cdot j\cdot}^2 + \frac{1}{3\times 3\times 2}T^2$$

$$= \frac{1}{2}\times 1\,218 - \frac{1}{6}\times 2\,264 - \frac{1}{6}\times 1\,050 + \frac{1}{18}\times 0 = 56.667;$$

$$Q = Q_A + Q_B + Q_{AB} + Q_e = 629.997.$$

写出下面的方差分析表.

来源	离差平方和	自由度	均方	F 值	F 临界值
因素 A	377.33	2	188.67	80.97	$F_{0.05}(2,9)=4.26$
因素 B	175	2	87.5	37.55	$F_{0.05}(2,9)=4.26$
相互作用	56.667	4	14.17	6.08	$F_{0.05}(4,9)=3.63$
试验误差	21	9	2.33		
总和	629.997	17			

显然 $F_A > F(2,9)$，$F_B > F(2,9)$，$F_{AB} > F(4,9)$. 可以看出，在给定的显著性水平下，反应温度，不同的催化剂以及二者的交互作用对合成物的产出量均有显著影响，其中前二因素呈高度显著.

习题 3.9

(一)

1. 今有某种型号的电池三批，它们分别为 A，B，C 三个工厂所生产. 为评比其质量，各随机抽取 5 只电池为样品，经试验其寿命（单位：h）如下：

A	40	48	38	42	45
B	26	34	30	28	32
C	39	40	43	50	50

试在显著性水平 $\alpha=0.05$ 下检验电池的平均寿命有无显著的差异?

2. 将年龄、品种相同的小猪 20 只，随机分为 4 组，每组 5 只，以 4 种不同的饲料分别随机饲养一组，饲养一定时期之后，观测得每只小猪平均每日增长的重量(单位：斤)如下表，试以 1% 的显著性水平判断 4 种饲料对小猪的增重有无显著影响.

小猪编号	饲料			
	A	B	C	D
1	1.40	1.31	1.40	1.96
2	1.79	1.30	1.47	1.77
3	1.27	1.21	1.37	1.61
4	1.74	1.08	1.15	1.95
5	1.26	1.45	1.22	1.88

3. 粮食加工厂试验 5 种储藏方法，检验它们对粮食含水率是否有显著影响. 在储藏前这些粮食的含水率几乎没有差别，储藏后含水率如下表，问不同的储藏方法对含水率的影响是否有明显差异($\alpha=0.05$)?

含水率(%)		试验序号				
		1	2	3	4	5
因素(储藏方式)	A_1	7.3	8.3	7.6	8.4	8.3
	A_2	5.4	7.4	7.1		
	A_3	8.1	6.4			
	A_4	7.9	9.5	10.0		
	A_5	7.1				

4. 设 4 个工人操作机器 A_1、A_2、A_3 各一天，其日产量如下表，问是否真正存在机器或工人之间的差别($\alpha=0.05$)?

工人 \ 机器	A_1	A_2	A_3
B_1	50	53	52
B_2	47	54	42
B_3	47	57	41
B_4	53	58	48

5. 为了考察蒸馏水中的 pH 值和硫酸铜溶液浓度对化验血清中白蛋白与球蛋白的影响，用同一种血清，在不同的 pH 值(分 4 个水平)和不同的硫酸铜溶液浓度(分 3 个水平)配比下各做试验一次，记录白蛋白与球蛋白之比如下表，对此表资料应如何分析？得出什么结论($\alpha=0.05$)?

浓度 \ pH值	$A_1=5.4$	$A_2=5.6$	$A_3=5.7$	$A_4=5.8$
$B_1=0.04$	3.5	2.6	2.0	1.4
$B_2=0.08$	2.3	2.0	1.5	0.8
$B_3=0.10$	2.0	1.9	1.2	0.3

3.10 线性回归分析

在客观世界中，经常会遇到一些相互依赖、相互制约的变量，它们之间有着一定的关系，这种关系在量上主要有两种类型：一类是确定性关系，也就是我们所熟悉的函数关系，其特点就是给定自变量的值，能确定因变量的对应值．另一类是非确定性关系，其特点是给定自变量的值，不能确定因变量的值．例如身高和体重之间的关系，一般来说，人高一些，体重就大一些，但同样高度的人体重往往不尽相同等等．有些变量既存在着密切的关系，但又不能由一个(或一组)变量的值来确定另一个变量的值，在数理统计中，我们把这类变量之间的非确定性的关系称之为统计关系或相关关系．回归分析就是研究这类关系的统计方法．

由一个或一组非随机变量来估计或预测某一个随机变量的观测值时，所建立的数学模型及所进行的统计分析称为回归分析．因此，回归分析是研究随机变量与非随机变量之间的数量关系的一种数学方法．如果所建立的模型是线性的就称为线性回归分析．线性回归分析不仅告诉我们怎样建立变量间的数学表达式，即经验公式，而且还利用概率统计知识进行分析讨论，判断出所建立的经验公式的有效性，从而可以进行预测或估计．

按变量个数的多少，回归分析有一元回归分析与多元回归分析之分，而多元回归分析的原理与一元回归分析的原理类似，因此本节重点介绍一元线性回归．

一、一元线性回归方程

设相关的两个变量为 x 与 y，且 x 是可以控制或可以观测的变量(普通变量)，y 是随机变量，我们来讨论 x 与 y 间关系．

1．一元线性回归的数学模型

例 1　某种合成纤维的强度与其拉伸倍数之间有一定关系，表 3.13 是实测 24 个纤维样品的强度 y 与相应的拉伸倍数 x 的数据记录．试求出它们之间的关系．

从表 3.13 中可以看出，y 有随着 x 增加而增加的趋势，但它们之间的关系又是不确定的．为了研究 x 与 y 之间的内在联系，我们以 x 为横坐标，以 y 为纵坐标，在直角坐标系中将表 3.13 中的 24 对数据 $(x_i, y_i), (i=1,2,\cdots,24)$ 描成散点图．

表 3.13

编　号	拉伸倍数 X	强　度　Y	编　号	拉伸倍数 X	强　度　Y
1	1.9	1.4	13	5.0	5.5
2	2.0	1.3	14	5.2	5.0
3	2.1	1.8	15	6.0	5.5
4	2.5	2.5	16	6.3	6.4
5	2.7	2.8	17	6.5	6.0
6	2.7	2.5	18	7.1	5.3
7	3.5	3.0	19	8.0	6.5
8	3.5	2.7	20	8.0	7.0
9	4.0	4.0	21	8.9	8.5
10	4.0	3.5	22	9.0	8.0
11	4.5	4.2	23	9.5	8.1
12	4.6	3.5	24	10.0	8.1

如图 3.22 所示，这些点大致分布在一条直线的附近，变量 x 和 y 之间的关系基本上可看作是线性的. 但这些点与直线还有一定的偏离，这是因为除了因素 x 以外，还有许多其它随机因素在影响着 y，使 y 与直线产生了误差 ε，因此，y 与 x 应满足下列关系：

3.10.1 $y = a + bx + \varepsilon$

其中 a，b 是两个未知参数，ε 是一个变量，在一般情况下，总假设 ε 满足下列条件：

(1) 对自变量 x 的任一给定值，ε 均为随机变量，并且服从同一正态分布 $N(0,\sigma^2)$；

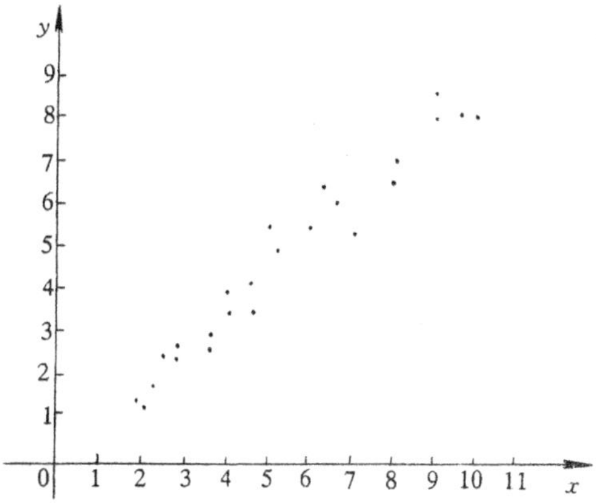

图 3.22

(2) 对自变量 x 的任意 n 个给定值 x_1，x_2，…，x_n，相应的随机变量 ε_1，ε_2，…，ε_n 相互独立.

我们只讨论自变量 x 是一般变量的情形，即它是可以精确测量或可以严格控制的变量，于是变量 y_i 就是服从正态分布 $N(a+bx_i,\sigma^2)$ 的随机变量.

称关系式 3.10.1 为 y 对 x 的一元线性回归的数学模型.

3.10.2 $\hat{y} = a + bx$

称为 y 对 x 的回归直线或回归直线方程，其中 a 称为常数项，b 称为回归系数.

2. 未知参数的最小二乘估计

如果变量 y 对 x 的回归方程的形式为 $y = a + bx$，又如何根据样本数据去寻求未知参数 a 与 b 的估计值 $\hat{a}$ 和 $\hat{b}$，而使直线 $y = \hat{a} + \hat{b}x$ 与所有的散点 (x_i, y_i) $(i = 1,2,\cdots,n)$ 拟合得最好.

对任一给定的 x_i，由 3.10.2 可得 y 的估计值为

3.10.3 $\hat{y}_i = a + bx_i$

这些回归值同实际观测值 y_i 之间的离差(或随机误差)为

3.10.4 $\varepsilon_i = y_i - \hat{y}_i = y_i - a - bx_i$

于是，离差平方和

3.10.5 $$Q = \sum_{i=1}^{n} \varepsilon_i^2 = \sum_{i=1}^{n} (y_i - (a + bx_i))^2$$

定量地描述了直线 $\hat{y} = a + bx$ 与所有散点的拟合程度. Q 的值随着 a 和 b 的不同而变化，它是 a 和 b 的二元函数，要找一条与这几个散点拟合最好的直线，就是找出使得 Q 达到最小值的 $\hat{a}$ 和 $\hat{b}$，分别称它们为 a 和 b 的最小二乘估计. $\hat{a}$ 和 $\hat{b}$ 可以利用微积分中的极值求法求之：

3.10.6 $$\begin{cases} \dfrac{\partial Q}{\partial a} = -2\sum_{i=1}^{n}(y_i - (a + bx_i)) = 0, \\ \dfrac{\partial Q}{\partial b} = -2\sum_{i=1}^{n}(y_i - (a + bx_i))x_i = 0. \end{cases}$$

经整理后可得方程组：

3.10.7 $\begin{cases} na + \sum_{i=1}^{n} x_i b = \sum_{i=1}^{n} y_i, \\ \sum_{i=1}^{n} x_i a + \sum_{i=1}^{n} x_i^2 b = \sum_{i=1}^{n} x_i y_i. \end{cases}$

解方程组 3.10.7 得到 a，b 的估计值 $\hat{a}$ 和 $\hat{b}$：

3.10.8 $\begin{cases} \hat{a} = \bar{y} - \hat{b}\bar{x}, \\ \hat{b} = L_{xy}/L_{xx}, \end{cases}$

其中 $L_{xx} = \sum_{i=1}^{n}(x_i - \bar{x})^2 = \sum_{i=1}^{n} x_i^2 - n\bar{x}^2, L_{xy} = \sum_{i=1}^{n}(x_i - \bar{x})(y_i - \bar{y}) = \sum_{i=1}^{n} x_i y_i - n\bar{x}\bar{y}$，

另记 $$L_{yy} = \sum_{i=1}^{n}(y_i - \bar{y})^2 = \sum_{i=1}^{n} y_i^2 - n\bar{y}^2.$$

可以证明，$\hat{a}$，$\hat{b}$ 确能使离差平方和 Q 达到最小.

于是所求的回归直线方程为

3.10.9 $\hat{y} = \hat{a} + \hat{b}x$.

下面具体计算例 1 中的回归直线方程.

表 3.14 回归直线方程的计算步骤（Ⅰ）

编号	x	y	x^2	y^2	xy
1	1.9	1.4	3.61	1.96	2.66
2	2.0	1.3	4.00	1.69	2.60
3	2.1	1.8	4.41	3.24	3.78
4	2.5	2.5	6.25	6.25	6.25
5	2.7	2.8	7.29	7.84	7.56
6	2.7	2.5	7.29	6.25	6.75
7	3.5	3.0	12.25	9.00	10.50
8	3.5	2.7	12.25	7.29	9.45
9	4.0	4.0	16.00	16.00	16.00
10	4.0	3.5	16.00	12.25	14.00
11	4.5	4.2	20.25	17.64	18.90
12	4.6	3.5	21.16	12.25	16.10
13	5.0	5.5	25.00	30.25	27.5
14	5.2	5.0	27.04	25.00	26.00
15	6.0	5.5	36.00	30.25	33.00
16	6.3	6.4	39.69	40.96	40.32
17	6.5	6.0	42.25	36.00	39.00
18	7.1	5.3	50.41	28.09	37.63
19	8.0	6.5	64.00	42.25	52.00
20	8.0	7.0	64.00	49.00	56.00
21	8.9	8.5	79.21	72.25	75.65
22	9.0	8.0	81.00	64.00	72.00
23	9.5	8.1	90.25	65.61	76.95
24	10.0	8.1	100.0	65.61	81.00
$\sum$	127.5	113.1	829.61	650.93	731.6

所以所求回归直线方程为

$$\hat{y} = 0.149 + 0.859x.$$

在计算回归直线方程时，并不需要 L_{yy}的值，但在进一步分析中经常要用到，因此顺便计算出来.

回归分析时，一般计算量较大．为了减少计算量，可以进行适当的变量替换，基本替换办法如下：

可令：$x'_i = d_1(x_i - c_1)$，$y'_i = d_2(y_i - c_2)$，其中 c_1，c_2，d_1，d_2 为适当常数.

则
$$\bar{x} = c_1 + \frac{1}{d_1}\bar{x}', \bar{y} = c_2 + \frac{1}{d_2}\bar{y}',$$

$$L_{xx} = \frac{1}{d_1^2}L_{x'x'}, L_{yy} = \frac{1}{d_2^2}L_{y'y'}, L_{xy} = \frac{1}{d_1 d_2}L_{x'y'}.$$

表 3.15　回归直线方程的计算步骤(Ⅱ)

$$\sum_{i=1}^{24} x_i = 127.5, \sum_{i=1}^{24} y_i = 113.1, n = 24,$$

$$\bar{x} = 5.31, \bar{y} = 4.71,$$

$$\sum_{i=1}^{24} x_i^2 = 829.61, \sum_{i=1}^{24} y_i^2 = 650.93, \sum_{i=1}^{24} x_i y_i = 731.6,$$

$$L_{xx} = \sum_{i=1}^{24} x_i^2 - n\bar{x}^2 = 152.9,$$

$$L_{xy} = \sum_{i=1}^{24} x_i y_i - n \cdot \bar{x} \cdot \bar{y} = 131.36,$$

$$L_{yy} = \sum_{i=1}^{24} y_i^2 - n\bar{y}^2 = 118.51,$$

$$\hat{b} = \frac{L_{xy}}{L_{xx}} = \frac{131.36}{152.9} = 0.859,$$

$$\hat{a} = 4.71 - 0.859 \times 5.31 = 0.149.$$

例 2　炼钢是一个氧化脱碳的过程，钢液含碳量的多少直接影响到冶炼时间的长短，下表列出了某平炉 20 炉的熔毕碳(即全部炉料熔化完毕时钢液的含碳量，单位是 0.01%)与精炼时间(从熔毕至出钢所需时间，单位是分)的冶炼记录．试对此进行回归分析.

编号	熔毕碳 X	精炼时间 y	编号	熔毕碳 X	精炼时间 y
1	180	200	11	141	135
2	104	100	12	144	160
3	134	135	13	190	190
4	141	125	14	190	210
5	204	235	15	161	145
6	150	170	16	165	195
7	121	125	17	154	150
8	151	135	18	116	100
9	147	155	19	123	110
10	145	165	20	151	180

解 为了计算方便，令

$$x' = x - 150, y' = \frac{1}{5}(y - 160)$$

所以所求回归直线方程为：

$$\hat{y} = -44.3 + 1.33x.$$

二、一元线性回归效果的显著性检验

在确定出回归直线以后，常常还需要对回归效果的好坏进行检验．这个检验通常包括两个方面：一是评价回归方程对样本数据的代表性的拟合优度检验；二是评价方程对总体的代表性的所谓线性关系的显著性检验，检验 x 与 y 是否具有线性关系，以及它们之间的密切程度，这就是回归直线方程的效果检验所要解决的问题．

检验的方法有两种：一种为 F 比检验法；另一种为相关系数检验法，此种方法放在后面的补充中介绍．

F 比检验法：为了检验回归方程对样本数据 $(x_i, y_i)(i = 1, 2, \cdots, n)$ 的拟合优度，我们把变量 y 的总的离差平方和 $L_{yy} = \sum_{i=1}^{n}(y_i - \bar{y})^2$ 予以分解．

$$y_i - \bar{y} = (y_i - \hat{y}_i) + (\hat{y}_i - \bar{y})^2,$$

将上式的两边平方并求和，则有

$$\begin{aligned} L_{yy} &= \sum_{i=1}^{n}(y_i - \bar{y})^2 = \sum_{i=1}^{n}[(y_i - \hat{y}_i) + (\hat{y}_i - \bar{y})]^2 \\ &= \sum_{i=1}^{n}(y_i - \hat{y}_i)^2 + \sum_{i=1}^{n}(\hat{y}_i - \bar{y})^2 + 2\sum_{i=1}^{n}(y_i - \hat{y}_i)(\hat{y}_i - \bar{y}), \end{aligned}$$

回归方程计算步骤（Ⅰ）

编号	x'	y'	x'^2	y'^2	$x'y'$
1	30	8	900	64	240
2	-46	-12	2 116	144	552
3	-16	-5	256	25	80
4	-9	-7	81	49	63
5	54	15	2 916	225	810
6	0	2	0	4	0
7	-29	-7	841	49	203
8	1	-5	1	25	-5
9	-3	-1	9	1	3
10	-5	1	25	1	-5
11	-9	-5	81	25	45
12	-6	0	36	0	0
13	40	6	1 600	36	240
14	40	10	1 600	100	400
15	11	-3	121	9	-33
16	15	7	225	49	105

（续表）

编号	x'	y'	x'^2	y'^2	$x'y'$
17	4	-2	16	4	-8
18	-34	-12	1 156	144	408
19	-27	-10	729	100	270
20	1	4	1	16	4
$\sum$	12	-16	12 710	1 070	3 372

回归方程计算步骤（Ⅱ）

$$\sum_{i=1}^{20} x'_i = 12, \sum_{i=1}^{20} y'_i = -16, n = 20,$$

$$\bar{x}' = 0.6, \bar{y}' = -0.8,$$

$$\sum_{i=1}^{20} x'^2_i = 12\ 710, \sum_{i=1}^{20} y'^2_i = 1\ 070, \sum_{i=1}^{20} x'_i y'_i = 3\ 372,$$

$$\frac{1}{n}(\sum_{i=1}^{20} x'_i)^2 = 7.2, \frac{1}{n}(\sum_{i=1}^{20} y'_i)^2 = 12.8, \frac{1}{n}(\sum_{i=1}^{20} x'_i)(\sum_{i=1}^{20} y'_i) = -9.6,$$

$$L_{x'x'} = 12\ 702.8, L_{y'y'} = 1\ 057.2, L_{x'y'} = 3\ 381.6,$$

$$\bar{x} = 150 + \bar{x}' = 150.6, \bar{y} = 160 + 5\bar{y}' = 156,$$

$$L_{xx} = L_{x'x'} = 12\ 702.8, L_{yy} = 5^2 L_{y'y'} = 26\ 430,$$

$$L_{xy} = 5L_{x'y'} = 16\ 908,$$

$$\hat{b} = \frac{L_{xy}}{L_{xx}} = \frac{16\ 908}{12\ 702.8} = 1.33,$$

$$\hat{a} = \bar{y} - \hat{b}\bar{x} = 156 - 1.33 \times 150.6 = -44.3.$$

而 $\sum_{i=1}^{n}(y_i - \hat{y}_i)(\hat{y}_i - \bar{y}) = \sum_{i=1}^{n}(y_i - \hat{a} - \hat{b}x_i)(\hat{a} + \hat{b}x_i - \bar{y})$.

将 $\hat{a} = \bar{y} - \hat{b}\bar{x}$ 代入得

$$\begin{aligned}\sum_{i=1}^{n}(y_i - \hat{y}_i)(\hat{y}_i - \bar{y}) &= \sum_{i=1}^{n}[(y_i - \bar{y}) - \hat{b}(x_i - \bar{x})][\hat{b}(x_i - \bar{x})] \\ &= \hat{b}\sum_{i=1}^{n}[(y_i - \bar{y})(x_i - \bar{x}) - \hat{b}(x_i - \bar{x})^2] \\ &= \hat{b}(L_{xy} - \hat{b}L_{xx}) = 0,\end{aligned}$$

3.10.10 $L_{yy} = \sum_{i=1}^{n}(y_i - \hat{y}_i)^2 + \sum_{i=1}^{n}(\hat{y}_i - \bar{y})^2$.

在 3.10.10 中，$\sum_{i=1}^{n}(\hat{y}_i - \bar{y})^2$ 是回归值 $\hat{y}_i$ 与其平均值 $\bar{y}$ 的离差平方和，而 $\hat{y}_i = \hat{a} + \hat{b}x_i$，可以把 $\hat{y}_i - \bar{y}$ 看成是由于 x 的变化而引起的 y 值变化，因此称 $\sum_{i=1}^{n}(\hat{y}_i - \bar{y})^2$ 为回归平方和，记为 U；而 $\sum_{i=1}^{n}(y_i - \hat{y}_i)^2$ 反映的是观测值与回归值之间的离差的平方和，它表示除 x 对 y 的线性影响之外的一切因素引起的 y 值的变化，称之为误差平方和或残差平方和，记为 Q，因此

3.10.11 $L_{yy}=U+Q$，记为

$$S_{总}=U+Q,$$

$$U=\sum_{i=1}^{n}(\hat{y}_i-\bar{y})^2=\sum_{i=1}^{n}[(\hat{a}+\hat{b}x_i)-(\hat{a}+\hat{b}\bar{x})]^2=\hat{b}^2\sum_{i=1}^{n}(x_i-\bar{x})^2=\hat{b}^2L_{xx}=\hat{b}L_{xy}$$,故

3.10.12 $Q=L_{yy}-U=L_{yy}-\hat{b}L_{xy}$.

若在 $y=a+bx+\varepsilon$ 中 $b=0$，则说明 x 的变化对 y 没有影响，这时回归方程 $\hat{y}=\hat{a}+\hat{b}x$ 就不能近似地描述变量 x 与 y 之间的关系，因此为了判断 x 与 y 之间是否存在线性关系，只需检验假设：

3.10.13 H_0：$b=0$，H_1：$b\neq0$.

在数学上我们可以证明：在 H_0 为真的条件下，统计量

3.10.14 $F=\dfrac{U}{Q/(n-1)}\sim F(1,n-2)$.

所以对于给定的显著性水平 α，若 $F>F_\alpha(1,n-2)$时，则拒绝 H_0 而接受 H_1，即认为 x 与 y 线性关系显著；否则认为 x 与 y 的线性关系不显著或根本不存在线性关系，回归方程没有什么实用价值．

例 3 试用 F 比检验法来检验例 1 中回归直线方程的效果（$\alpha=0.05$）.

解 根据题意，需检验的假设为

$$H_0:b=0,H_1:b\neq0.$$

列如下方差分析表：$n=24$.

来源	平方和	自由度	均方	F 值	F 临界值
回归	$U=\hat{b}L_{xy}=112.84$	1	$\frac{U}{1}=112.84$	$F=\frac{U(n-2)}{Q}=437.83$	$F_{0.05}(1,22)=4.3$ $F>F_{0.05}$
残差	$Q=L_{yy}-U=5.67$	$n-2=22$	$\frac{Q}{n-2}=0.258$		
总计	$S_{总}=L_{yy}=118.51$	23			

因此拒绝 H_0，接受 H_1，即 x 与 y 之间有显著的线性关系．

例 4 用切削机床进行金属加工时，为了适当地调整机床，应该测定刀具的磨损程度．在一定时间(如每隔一小时)测量刀具的厚度，测得结果列下表中，试求刀具厚度关于切削时间的线性回归方程，并检验回归方程的显著性($\alpha=0.05$).

时间 x_i(h)	刀具厚度 y_i(mm)	时间 x_i(h)	刀具厚度 y_i(mm)
0	30.0	9	26.8
1	29.1	10	26.5
2	28.4	11	26.3
3	28.1	12	26.1
4	28.0	13	25.7
5	27.7	14	25.3
6	27.5	15	24.8
7	27.2	16	24.0
8	27.0		

解 根据表中数据，列出下列计算表.

回归直线方程的计算步骤(Ⅰ)

i	x_i	y_i	x_i^2	y_i^2	x_iy_i
1	0	30	0	900	0
2	1	29.1	1	846.81	29.1
3	2	28.4	4	806.56	56.8
4	3	28.1	9	789.61	84.3
5	4	28.0	16	784	112
6	5	27.7	25	767.29	138.5
7	6	27.5	36	756.25	165
8	7	27.2	49	739.84	190.4
9	8	27.0	64	729	216
10	9	26.8	81	718.24	241.2
11	10	26.5	100	702.25	265
12	11	26.3	121	691.69	289.3
13	12	26.1	144	681.21	313.2
14	13	25.7	169	660.49	334.1
15	14	25.3	196	640.09	354.2
16	15	24.8	225	615.04	372
17	16	24.0	256	576	384
$\sum$	136	458.5	1 496	12 404.37	3 545.1

$$\bar{x} = \frac{1}{17}\sum_{i=1}^{17} x_i = \frac{1}{17} \times 136 = 8, \bar{y} = \frac{1}{17}\sum_{i=1}^{17} y_i = \frac{1}{17} \times 458.5 = 26.97,$$

$$L_{xx} = \sum_{i=1}^{17} x_i^2 - \frac{1}{17}(\sum_{i=1}^{17} x_i)^2 = 1\ 496 - \frac{1}{17} \times 136^2 = 408,$$

$$L_{xy} = \sum_{i=1}^{17} x_iy_i - \frac{1}{17}(\sum_{i=1}^{17} x_i)(\sum_{i=1}^{17} y_i) = 3\ 545.1 - \frac{1}{17} \times 136 \times 458.5 = -122.9,$$

$$L_{yy} = \sum_{i=1}^{17} y_i^2 - \frac{1}{17}(\sum_{i=1}^{17} y_i)^2 = 12\ 404.37 - \frac{1}{17} \times 458.5^2 = 38.36.$$

$$\therefore\quad \hat{b} = \frac{L_{xy}}{L_{xx}} = \frac{-122.9}{408} = -0.301, \hat{a} = \bar{y} - \hat{b}\bar{x} = 26.97 - (-0.301) \times 8 = 29.38.$$

因此线性回归方程为

$$\hat{y} = 29.38 - 0.301x.$$

下面检验时间 x_i 与刀具厚度 y_i 之间是否具有线性关系.

根据题意，假设

H_0: $b=0$, H_1: $b\neq0$, $n=17$,

$U=\hat{b}L_{xy}=(-0.301)\times(-122.9)=36.99$,

$Q=L_{yy}-U=38.36-36.99=1.37$.

$$\therefore\quad F=\frac{U(n-2)}{Q}=\frac{36.99\times15}{1.37}=405,$$

$F_\alpha(1,n-2)=F_{0.05}(1,15)=4.54$,

$F>F_\alpha(1,n-2)$,

故拒绝 H_0，接受 H_1，由 F 比检验法可知，x 与 y 之间的线性关系是显著的，且它们之间

的关系为

$$\hat{y} = 29.38 - 0.301x.$$

三、一元线性回归的预测和控制

1. 预测问题

若 x 与 y 之间有显著的线性关系，那么由它的一组观测值$(x_i, y_i)(i=1,2,\cdots,n)$所得到的回归方程 $\hat{y}=a+bx$ 大致反映了 x 与 y 之间的变化规律．但是，由于 x 与 y 之间不是确定性的关系，对于 x 的一个值 x_0，利用回归方程不能得到 y 的相应真值 y_0，而只能得到 y 的一个估计值

$$\hat{y}_0 = a + bx_0,$$

这样，我们就会提出问题：若用 $\hat{y}_0$ 来作 y_0 的估计值，那么它的可靠度有多大？为此，就需要我们对 y_0 作区间估计，即给定一个置信度 α，要寻找出 y_0 的置信区间(预测区间)，这就是预测问题．

对于 $x=x_0$，$y_0=a+bx_0+\varepsilon_0$，

$$\varepsilon_0 \sim N(0,\sigma^2).$$

在数学上可以证明：若 ε_0，ε_1，$\cdots$，ε_n 相互独立且都服从$N(0,\sigma^2)$,则 y_0，y_1，$\cdots$，y_n 是一组相互独立的服从正态分布的随机变量，且随机变量

3.10.15 $$T = \frac{y_0 - \hat{y}_0}{S\sqrt{1 + \frac{1}{n} + \frac{(x_0 - \bar{x})^2}{L_{xx}}}} \sim t(n-2),$$

其中 $S = \sqrt{\frac{Q}{n-2}} = \sqrt{\frac{1}{n-2}(L_{yy} - \hat{b}L_{xy})}.$

因此，对于给定的显著性水平 α，y_0 的 $1-\alpha$ 置信区间(预测区间)为

3.10.16 $(\hat{y}_0 - \delta(x_0), \hat{y}_0 + \delta(x_0))$,

其中 $\delta(x_0) = t_{\frac{\alpha}{2}}(n-2)S\sqrt{1 + \frac{1}{n} + \frac{(x_0 - \bar{x})^2}{L_{xx}}}.$

显然预测区间是 x_0 的函数，若 x_0 与 $\bar{x}$ 越接近，预测区间越短，预测精度越高；反之，预测精度就越差．

在实际问题中，当 n 很大且 x_0 接近 $\bar{x}$ 时，便有

$\sqrt{1+\frac{1}{n}+\frac{(x_0-\bar{x})^2}{L_{xx}}}\approx 1$ 且 $t_{\frac{\alpha}{2}}\approx U_{\frac{\alpha}{2}}$.

因此，y_0 的置信度为 $1-\alpha$ 的预测区间为

3.10.17 $(\hat{y}_0 - SU_{\frac{\alpha}{2}}, \hat{y}_0 + SU_{\frac{\alpha}{2}})$.

但有时，在 n 不大并且要求精度不高时，也常用正态分布去求 y_0 的近似预测区间．

例 5 在例 2 中求 $x_0=100$ 时，在 $\alpha=0.05$ 下，y_0 的预测区间．

解 由例 2 知，回归方程为

$\hat{y} = -44.3 + 1.33x, n = 20,$

$t_{\frac{\alpha}{2}}(n-2) = t_{\frac{\alpha}{2}}(18) = 2.100\,9,$

$$S = \sqrt{\frac{1}{n-2}(L_{yy} - \hat{b}L_{xy})} = \sqrt{\frac{1}{18}(26\,430 - 1.33 \times 16\,908)} = 14.799,$$

$$\sqrt{1+\frac{1}{n}+\frac{(x_0-\bar{x})^2}{L_{xx}}}=\sqrt{1+\frac{1}{20}+\frac{(100-150.6)^2}{12\,702.8}}=1.119,$$

$$\hat{y}_0=-44.3+1.33x_0=88.7.$$

由公式 3.10.16，y_0 的预测区间为

$$(88.7-2.100\,9\times 14.799\times 1.119, 88.7+2.100\,9\times 14.799\times 1.119)$$
$$=(53.91, 123.49).$$

2. 控制问题

控制问题是预测问题的反问题，其问题的提法为：如果要使 y 的观测值 y_i（$i=1,2,\cdots,n$）落在指定的区间$(\tilde{y}_1, \tilde{y}_2)$内，应把 x 控制在什么范围之内？

由 3.10.16 知，y 的 $1-\alpha$ 的置信区间为$(\hat{y}-\delta(x), \hat{y}+\delta(x))$. 因此，问题是在 $1-\alpha$ 的置信度下，当 y 的取值区间为$(\tilde{y}_1, \tilde{y}_2)$时，要求 x 的控制区间$(\tilde{x}_1, \tilde{x}_2)$. 这只要求方程组

3.10.18 $$\begin{cases}\tilde{y}_1=\hat{a}+\hat{b}x_1-\delta(x_1)\\ \tilde{y}_2=\hat{a}+\hat{b}x_2+\delta(x_2)\end{cases}$$

的解，其直观意义如图 3.23 所示.

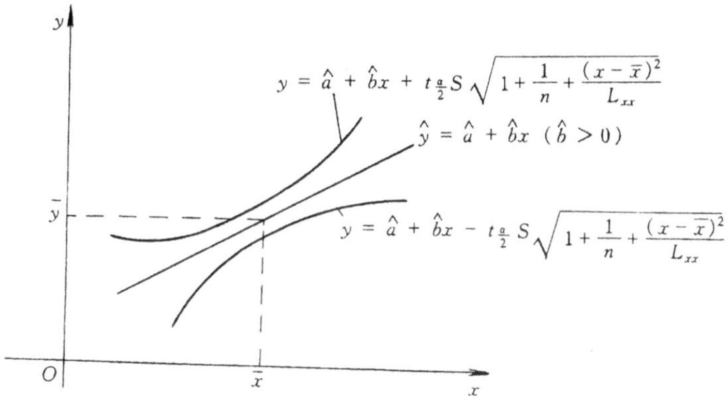

图 3.23

当样本容量 n 较大时，由 3.10.17 知，要求控制区间$(\tilde{x}_1, \tilde{x}_2)$，只须求方程组

3.10.19 $$\begin{cases}\tilde{y}_1=\hat{a}+\hat{b}x_1-SU_{\frac{\alpha}{2}}\\ \tilde{y}_2=\hat{a}+\hat{b}x_2+SU_{\frac{\alpha}{2}}\end{cases}$$

的解，其直观意义如图 3.24 所示.

若已经从 3.10.18 或 3.10.19 式中求出了 x_1 与 x_2，则当 $b>0$ 时控制区间$(\tilde{x}_1, \tilde{x}_2)=(x_1, x_2)$；当 $b<0$ 时，控制区间$(\tilde{x}_1, \tilde{x}_2)=(x_2, x_1)$.

显然为了实现控制，在应用公式 3.10.18 时，必须满足 $\tilde{y}_2-\tilde{y}_1>\delta(x_1)+\delta(x_2)$；在应用公式 3.10.19 时必须满足 $y_2-y_1>2SU_{\frac{\alpha}{2}}$. 否则，便会失去控制意义.

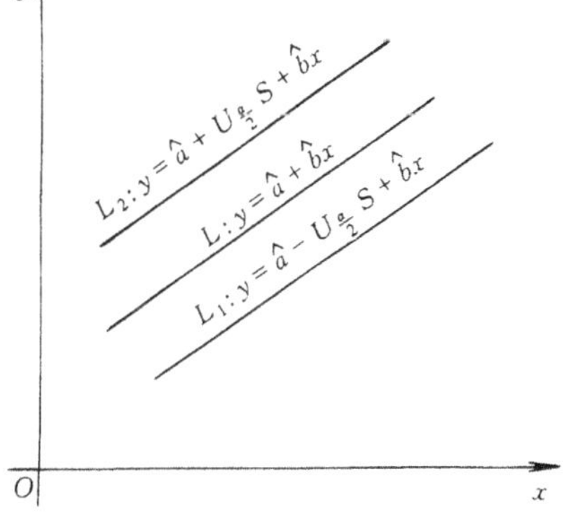

图 3.24

例 6 在例 2 中，要使冶炼时间在 115 分到 185 分钟之间，钢液含碳量应控制在多少范围之间（$\alpha=0.05$）？

解 由例 2 可知，其回归方程为

$\hat{y}=-44.3+1.33x$，$n=20$.

为简化计算，我们用 3.10.19 去求解.

$S=14.799$，$U_{\frac{\alpha}{2}}=1.96$.

由公式 3.10.19 可知

$$\begin{cases}115=-44.3+1.33x_1-14.799\times1.96,\\185=-44.3+1.33x_2+14.799\times1.96,\end{cases}$$

解之：

$$x_1=(115+44.3+14.799\times1.96)/1.33=141.58,$$
$$x_2=(185+44.3-14.799\times1.96)/1.33=150.6.$$

即钢液含碳量应控制在 1.42%与 1.51%之间.

四、补充

1. 一元线性回归效果的显著性检验的相关系数检验法

为了检验假设 H_0：$b=0$，也可以用相关系数检验法. 若令

3.10.20 $r=\dfrac{L_{xy}}{\sqrt{L_{xx}L_{yy}}}$,

则
$$Q=L_{yy}(1-r^2).$$

不难看出，由于 $Q\geqslant0$，$L_{yy}\geqslant0$，故 $1-r^2\geqslant0$ 即 $0\leqslant|r|\leqslant1$，$|r|$越接近 1，Q 越小，回归方程对样本数据的拟合程度越好；反之，$|r|$越接近 0，Q 越大，回归方程对样本数据的拟合程度越差.

显然 3.10.20 中所定义的 r 即为我们在 3.6 中所给出的相关系数.

下面利用散点图具体说明，当 r 取各种不同数值时，散点分布的情形，见图 3.25. 具体说明如下：

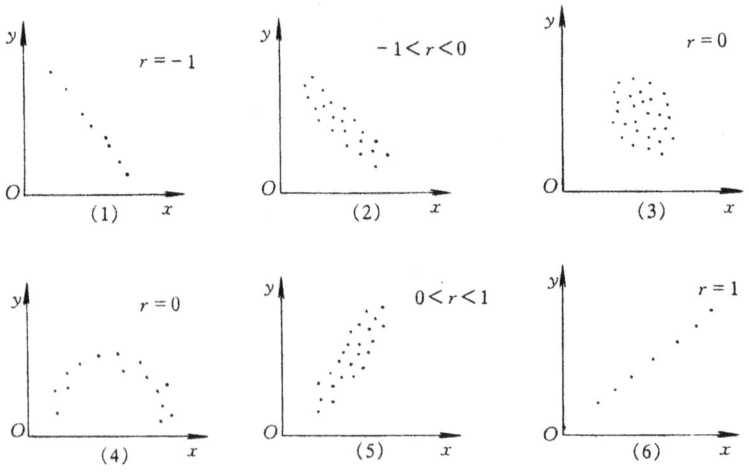

图 3.25

(1) 当 $r=0$ 时，$L_{xy}=0$，因此 $\hat{b}=0$，回归直线平行于 x 轴，说明 y 的取值与 x 无关. 注意，此时，x 与 y 可能存在其他非线性关系.

(2) 当$|r|=1$时，$Q=0$，从而 $y=\hat{y}$，这时所有的点都在回归直线上，此时 x 与 y 存

在确定的线性函数关系，称 x 与 y 完全线性相关.

(3) 当 $0<|r|<1$ 时，x 与 y 存在一定的线性关系. r 与 L_{xy} 同号，故 $r>0$ 时，$\hat{b}>0$，称 x 与 y 正相关；$r<0$ 时 $\hat{b}<0$，称 x 与 y 负相关.

当 $0<|r|<1$ 时，x 与 y 线性相关，但只有当 r 的绝对值大到一定程度时，才能认为 x 与 y 线性关系密切，此时，我们认为相关系数是显著的，所求的回归直线方程才有意义，否则无意义. $|r|$ 究竟大到什么程度时，才算 x 与 y 的线性关系为密切的呢？可查相关系数临界值表.

对于给定的显著性水平 α，由样本观测值计算相关系数 r，若 $|r|\geqslant r_\alpha(n-2)$，则认为相关系数是显著的，即线性关系显著，否则不显著.

例 7 试用相关系数检验例 1 中回归直线方程的效果($\alpha=0.05$).

解 根据题意，要检验的假设为

H_0：$b=0$，H_1：$b\neq 0$.

由公式 3.10.20 知

$$r=\frac{L_{xy}}{\sqrt{L_{xx}L_{yy}}}=\frac{131.36}{\sqrt{152.9\times 118.51}}=0.976,$$

又 $n=24$，查表得

$$0.380\,9<r_\alpha(n-2)=r_{0.05}(22)<0.422\,7,$$

$$|r|=0.976>r_{0.05}(22),$$

所以拒绝 H_0，接受 H_1，即 x 与 y 之间的线性关系是显著的.

2. 二元线性回归方程的建立

在实际问题中，影响一个事物的因素往往不止一个，要揭示这些变量之间的数量关系，就要运用多元回归分析. 在这里我们只对二元线性回归做一些简单的介绍.

与一元线性回归分析类似，二元线性回归的回归方程为

3.10.21 $\hat{y}=\hat{a}+\hat{b}_1x_1+\hat{b}_2x_2$,

其中 $\hat{a}$，$\hat{b}_1$，$\hat{b}_2$ 可以应用最小二乘法原理求得. 由下面的方程组可以求出 $\hat{b}_1$，$\hat{b}_2$：

3.10.22 $\begin{cases}L_{11}b_1+L_{12}b_2=L_{1y},\\ L_{21}b_1+L_{22}b_2=L_{2y},\end{cases}$ 其中：

3.10.23
$$\begin{cases}L_{11}=\sum\limits_{i=1}^{n}(x_{1i}-\bar{x}_1)^2,\\ L_{22}=\sum\limits_{i=1}^{n}(x_{2i}-\bar{x}_2)^2,\\ L_{12}=L_{21}=\sum\limits_{i=1}^{n}(x_{1i}-\bar{x}_1)(x_{2i}-\bar{x}_2),\\ L_{1y}=\sum\limits_{i=1}^{n}(x_{1i}-\bar{x}_1)(y_i-\bar{y}),\\ L_{2y}=\sum\limits_{i=1}^{n}(x_{2i}-\bar{x}_2)(y_i-\bar{y}),\\ L_{yy}=\sum\limits_{i=1}^{n}(y_i-\bar{y})^2.\end{cases}$$

式中　x_{1i}：第一个变量第 i 次观测值，

x_{2i}：第二个变量第 i 次观测值，

y_i：变量 y 的第 i 次观测值，

$$\bar{x}_1 = \frac{1}{n}\sum_{i=1}^{n} x_{1i}, \bar{x}_2 = \frac{1}{n}\sum_{i=1}^{n} x_{2i}, \bar{y} = \frac{1}{n}\sum_{i=1}^{n} y_i.$$

3.10.24　$\hat{a} = \bar{y} - \hat{b}_1\bar{x}_1 - \hat{b}_2\bar{x}_2.$

根据观测数据，由公式 3.10.22 及 3.10.24 可以求出 $\hat{a}$，$\hat{b}_1$，$\hat{b}_2$，代入 3.10.21，就可以得到二元线性回归方程，从而揭示出变量 y 与变量 x_1，x_2 之间的数量关系.

3. 二元线性回归方程的显著性检验

用上述方法得到二元线性回归方程 3.10.21 后还需要判定 y 与 x_1，x_2 是否具有线性相关的关系.

若它们之间没有线性关系，则 b_1，b_2 均为 0，因此要判断 y 与 x_1，x_2 是否具有线性关系，实质上就是要我们检验假设：

H_0：$b_1 = b_2 = 0$，H_1：b_1，b_2 不全为 0.

因此，把 y 的总离差平方和 L_{yy} 分解：

3.10.25
$$\begin{aligned} L_{yy} &= \sum_{i=1}^{n}(y_i - \bar{y})^2 = \sum_{i=1}^{n}[(y_i - \hat{y}_i) + (\hat{y}_i - \bar{y})]^2 \\ &= \sum_{i=1}^{n}(y_i - \hat{y}_i)^2 + \sum_{i=1}^{n}(\hat{y}_i - \bar{y})^2 \\ &= Q + U. \end{aligned}$$

3.10.26
$$\begin{aligned} U &= \sum_{i=1}^{n}(\hat{y}_i - \bar{y})^2 \\ &= \hat{b}_1\Big(\hat{b}_1\sum_{i=1}^{n}(x_{1i} - \bar{x}_1)^2 + \hat{b}_2\sum_{i=1}^{n}(x_{1i} - \bar{x}_1)(x_{2i} - \bar{x}_2)\Big) + \\ &\quad \hat{b}_2\Big(\hat{b}_1\sum_{i=1}^{n}(x_{1i} - \bar{x}_1)(x_{2i} - \bar{x}_2) + \hat{b}_2\sum_{i=1}^{n}(x_{2i} - \bar{x}_2)^2\Big) \\ &= \sum_{i=1}^{n}[\hat{b}_1(x_{1i} - \bar{x}_1) + \hat{b}_2(x_{2i} - \bar{x}_2)]^2 \\ &= \hat{b}_1 L_{1y} + \hat{b}_2 L_{2y}. \end{aligned}$$

因此

3.10.27　$Q = L_{yy} - U = L_{yy} - \hat{b}_1 L_{1y} - \hat{b}_2 L_{2y}.$

显然，U 即为回归平方和，它反映了 x_1，x_2 对 y 的线性影响的大小；Q 即为残差平方和，它反映了除 x_1，x_2 的线性影响以外的其它因素对 y 的影响的大小.

数学上可证明，当假设 H_0 为真时，统计量

3.10.28　$F = \dfrac{U/2}{Q/(n-3)} \sim F(2, n-3)$

因此，在给定的显著性水平 α 时，若 $F > F_\alpha(2, n-3)$，则拒绝 H_0 而接受 H_1，y 与 x_1，x_2 确有线性关系；若 $F \leqslant F_\alpha(2, n-3)$ 则接受 H_0 而拒绝 H_1，y 与 x_1，x_2 之间不存在线性关系.

例 8　设有一个工厂会计部门在估计每月管理费 y 时，用工人的劳动日数 x_1 与机器的

开工台数 x_2 作自变量，现将当年10个月的数据搜集如下表，试估计 y 对 x_1 与 x_2 的回归方程，并检验回归方程的显著性($\alpha=0.05$).

月份	劳动日数 x_1	机器开工台数 x_2	管理费用 y
1	45	16	29
2	42	14	24
3	44	15	27
4	45	13	25
5	43	13	26
6	46	14	28
7	44	16	30
8	45	16	28
9	44	15	28
10	43	15	27

解 设所求回归方程为 $\hat{y}=\hat{a}+\hat{b}_1x_1+\hat{b}_2x_2$.

根据样本的观测数据，可以得到下表

序号	x_{1i}	x_{2i}	y_i	x_{1i}^2	x_{2i}^2	$x_{1i}x_{2i}$	$x_{1i}y_i$	$x_{2i}y_i$	y_i^2
1	45	16	29	2 025	256	720	1 305	464	841
2	42	14	24	1 764	196	588	1 008	336	576
3	44	15	27	1 936	225	660	1 188	405	729
4	45	13	25	2 025	169	585	1 125	325	625
5	43	13	26	1 849	169	559	1 118	338	676
6	46	14	28	2 116	196	644	1 288	392	784
7	44	16	30	1 936	256	704	1 320	480	900
8	45	16	28	2 025	256	720	1 260	448	784
9	44	15	28	1 936	225	660	1 232	420	784
10	43	15	27	1 849	225	645	1 161	405	729
$\sum$	441	147	272	19 461	2 173	6 485	12 005	4 013	7 428

于是得到

$$\bar{x}_1=\frac{1}{n}\sum_{i=1}^{n}x_{1i}=\frac{1}{10}\times 441=44.1,$$

$$\bar{x}_2=\frac{1}{n}\sum_{i=1}^{n}x_{2i}=\frac{1}{10}\times 147=14.7,$$

$$\bar{y}=\frac{1}{n}\sum_{i=1}^{n}y_i=\frac{1}{10}\times 272=27.2,$$

$$L_{11}=\sum_{i=1}^{n}(x_{1i}-\bar{x}_1)^2=\sum_{i=1}^{n}x_{1i}^2-\frac{1}{n}(\sum_{i=1}^{n}x_{1i})^2=19\ 461-\frac{1}{10}(441)^2=12.9,$$

$$L_{22}=\sum_{i=1}^{n}(x_{2i}-\bar{x}_2)^2=\sum_{i=1}^{n}x_{2i}^2-\frac{1}{n}(\sum_{i=1}^{n}x_{2i})^2=2\ 173-\frac{1}{10}(147)^2=12.1,$$

$$L_{12}=\sum_{i=1}^{n}(x_{1i}-\bar{x}_1)(x_{2i}-\bar{x}_2)=\sum_{i=1}^{n}x_{1i}x_{2i}-\frac{1}{n}(\sum_{i=1}^{n}x_{1i})(\sum_{i=1}^{n}x_{2i})$$

$$=6\ 485-\frac{1}{10}\times 441\times 147=2.3,$$

$$L_{1y}=\sum_{i=1}^{n}(x_{1i}-\bar{x}_1)(y_i-\bar{y})=\sum_{i=1}^{n}x_{1i}y_i-\frac{1}{n}\Big(\sum_{i=1}^{n}x_{1i}\Big)\Big(\sum_{i=1}^{n}y_i\Big)$$

$$=12\ 005-\frac{1}{10}\times 441\times 272=9.8,$$

$$L_{2y}=\sum_{i=1}^{n}(x_{2i}-\bar{x}_2)(y_i-\bar{y})=\sum_{i=1}^{n}x_{2i}y_i-\frac{1}{n}\Big(\sum_{i=1}^{n}x_{2i}\Big)\Big(\sum_{i=1}^{n}y_i\Big)$$

$$=4\ 013-\frac{1}{10}\times 147\times 272=14.6,$$

$$L_{yy}=\sum_{i=1}^{n}(y_i-\bar{y})^2=\sum_{i=1}^{n}y_i^2-\frac{1}{n}\Big(\sum_{i=1}^{n}y_i\Big)^2$$

$$=7\ 428-\frac{1}{10}(272)^2=29.6.$$

由公式 3.10.22 及 3.10.24 知

$$\begin{cases}12.9b_1+2.3b_2=9.8,\\2.3b_1+12.1b_2=14.6,\end{cases}$$

解方程组得：$\hat{b}_1=0.564$，$\hat{b}_2=1.099$，

$$\hat{a}=\bar{y}-\hat{b}_1\bar{x}_1-\hat{b}_2\bar{x}_2=27.2-0.564\times 44.1-1.099\times 14.7=-13.83.$$

故所求回归方程为

$$y=-13.83+0.564x_1+1.099x_2.$$

下面我们来检验回归方程的显著性.

根据题意，需要检验的假设为

H_0：$b_1=b_2=0$，H_1：b_1，b_2 不全为 0.

根据前面的计算：

$$U=\hat{b}_1L_{1y}+\hat{b}_2L_{2y}=0.564\times 9.8+1.099\times 14.6=21.57,$$

$$Q=L_{yy}-U=29.6-21.57=8.03,$$

$$n=10,F_{0.05}(2,7)=4.74,$$

$$F=\frac{U/2}{Q/7}=\frac{21.57\times 7}{8.03\times 2}=9.4>F_{0.05}(2,7).$$

因此拒绝 H_0 而接受 H_1，即可认为 x_1，x_2 与 y 有显著性的线性关系.

习题 3.10

（一）

1. 工厂废品 x 与成本 y（单位：元/t）的相关关系资料如下：

废品率 x_i	成本 y_i	废品率 x_i	成本 y_i
1.5	168	1.7	178
1.6	172	1.9	184
1.5	170	1.8	184
1.7	174	1.9	188
1.6	175	1.9	190
1.8	180	1.7	180

求 x 与 y 之间的线性回归方程并作图.

2. 有人认为，企业的利润水平和它的研究费用间存在近似的线性关系，下表所列资料能否证实这种论断($\alpha=0.05$).

研究费用	10	10	8	8	8	12	12	12	11	11
利润(万元)	100	150	200	180	250	300	280	310	320	300

3. 拖拉机拉杆的曳力 F 与拖拉机的速度 V 有关，测得如下有关数据：

V_i	F_i	V_i	F_i
0.9	425	3.6	540
1.3	420	4.1	590
2.0	480	5.2	610
2.7	495	5.5	690
3.4	530	6.0	680

检验拖拉机拉杆的曳力 F 与拖拉机的速度 V 之间是否存在显著的线性关系，如果存在，求 F 对 V 的线性回归方程($\alpha=0.05$).

4. 对来往的车辆进行研究，每隔 5 分钟获得下列的观察数据：

稠密度(车辆数/Km)	速度(Km/h)
43	27
55	23.8
40	30.7
52	24
39	34.8
33	41.4
50	27
33	40.4
44	31.7
21	51.2

根据以上资料，判断车速与稠密度之间是否有显著的线性关系($\alpha=0.05$).

5. 为了研究小麦某种害虫的生长规律，测得害虫从产卵块到孵化成幼虫的天数 N 以及孵化期内每日平均温度的算术平均数 T (如下表)：

编号	1	2	3	4	5	6	7	8
平均气温 T	11.8	14.7	15.4	16.5	17.1	18.3	19.8	20.3
孵化期 N	30.4	15.0	13.8	12.7	10.7	7.5	6.8	5.7

试求 N 对 T 的回归方程. 如果在四月中旬发现虫卵，而月中旬平均气温在 14°C 左右，试预测害虫孵化成幼虫的天数($\alpha=0.05$).

6. 设 y 为正态变量，对 x，y 有下列观测值：

x_i	-2.0	0.6	1.4	1.3	0.1	-1.6	-1.7	-1.8	-1.1	0.7
y_i	-6.1	-0.5	7.2	6.9	-0.2	-2.1	-3.9	-7.5	-2.1	3.8

(1) 求 y 对 x 的回归直线；

(2) 检验线性关系的显著性($\alpha=0.05$)；

(3) 当 $x=0.5$ 时，求 y 的 95% 的预测范围；

(4) 若要求 $|y|<4$，x 应控制在什么范围.

(二)

7. 一册书的成本费 y 与印刷的册数 x 有关，其统计结果如下：

x_i(千册)	y_i(元)	x_i(千册)	y_i(元)
1	10.15	20	1.62
2	5.52	30	1.41
3	4.08	50	1.30
4	2.85	100	1.21
5	2.11	200	1.15

试检验成本费 y 与印刷册数的倒数 $\frac{1}{x}$ 之间是否存在显著的线性相关关系，如果存在，求 y 对 x 的回归方程($\alpha=0.05$).

8. 为研究某种商品用冷冻机的温度 x_1 和贮存容积 x_2 与冷冻机功能的使用率 y(千瓦小时)的关系，进行为期两周的试验，结果如下：

i	1	2	3	4	5	6	7	8	9
x_{1i}(°C)	-10	0	10	-10	0	10	-10	0	10
x_{2i}(%)	-10	-10	-10	0	0	0	10	10	10
y_i	235	183	177	261	203	110	284	187	167

(表中数据的正(负)号，表示比常温高(低)或比通常贮存容积多(少)的数量或百分比).

(1) 求 y 对 x_1 与 x_2 的回归方程；

(2) H_{0i}：$b_i=0$ ($i=1,2$)是否成立？这个结论意味着什么？

3.11 附录 概率论与数理统计发展简史

在本节中，我们将简略地回顾一下概率论与数理统计的发展史，包括发展过程中所经历的一些大事，以及对这门学科的创立和发展有特别重大影响的那些学者的贡献.

17 世纪，正当研究必然性事件的数理关系获得较大发展的时候，一个研究偶然事件数量关系的数学分支开始出现，这就是概率论.

早在 16 世纪，赌博中的偶然性现象就开始引起人们的注意. 数学家卡丹诺(Cardano)首先觉察到，赌博输赢虽然是偶然的，但较大的赌博次数会呈现一定的规律性，卡丹诺为此还写了一本《论赌博》的小册子，书中计算了掷两颗或三颗骰子时，在一切可能的方法中有多少方法得到某一点数. 据说，曾与卡丹诺在三次方程发明权上发生争论的塔尔塔里亚，也曾做过类似的实验.

促使概率论产生的强大动力来自社会实践，首先是保险事业. 文艺复兴后，随着航海事业的发展，意大利开始出现海上保险业务. 16 世纪末，在欧洲不少国家已把保险业务扩大到其它工商业上，保险的对象都是偶然性事件. 为了保证保险公司赢利，又使参加保险的人愿意参加保险，就需要根据对大量偶然现象规律性的分析，去创立保险的一般理论. 于是，一种专门适用于分析偶然现象的数学工具也就成为十分必要的了.

不过，作为数学科学之一的概率论，其基础并不是在上述实际问题的材料上形成的. 因为这些问题的大量随机现象，常被许多错综复杂的因素所干扰，使它难以呈现“自然的随机状态”. 因此必须从简单的材料来研究随机现象的规律性. 这种材料就是所谓的“随机博奕”. 在近代概率论创立之前，人们正是通过对这种随机博奕现象的分析，注意到了它的一些特性，比如“多次实验中的频率稳定性”等，然后经加工提炼而形成了概率论.

荷兰数学家、物理学家惠更斯(Huygens)于 1657 年发表了关于概率论的早期著作《论赌博中的计算》. 在此期间，法国的费尔马(Fermat)与帕斯卡(Pascal)也在互相通信中探讨了随机博奕现象中所出现的概率论的基本定律和法则. 惠更斯等人的工作建立了概率和数学期望等主要概念，找出了它们的基本性质和演算方法，从而塑造了概率论的雏形.

18 世纪是概率论的正式形成和发展时期. 1713 年，贝努利(Bernoulli)的名著《推想的艺术》发表. 在这部著作中，贝努利明确提出了概率论最重要的定律之一——“大数定律”，并且给出了证明，这使以往建立在经验之上的频率稳定性推测理论化了，从此概率论从对特殊问题的求解，发展到了一般的理论概括.

继贝努利之后，法国数学家棣谟佛(Abraham de Moiver)于 1718 年发表了《机遇原理》. 书中提出了概率乘法法则，以及“正态分布”和“正态分布律”的概念，为概率论的“中心极限定理”的建立奠定了基础.

1706 年法国数学家蒲丰(Comte de Buffon)的《偶然性的算术试验》完成，他把概率和几何结合起来，开始了几何概率的研究，他提出的“蒲丰问题”就是采取概率的方法来求圆周率 π 的尝试.

通过贝努利和棣谟佛的努力，使数学方法有效地应用于概率研究之中，这就把概率论的特殊发展同数学的一般发展联系起来，使概率论一开始就成为数学的一个分支.

概率论问世不久，就在应用方面发挥了重要的作用. 牛痘在欧洲大规模接种之后，曾因副作用引起争议. 这时贝努利的侄子丹尼尔·贝努利(Daniel Bernoulli)根据大量的统计资料，作出了种牛痘能延长人类平均寿命三年的结论，消除了一些人的恐惧和怀疑；欧拉(Euler)将概率论应用于人口统计和保险，写出了《关于死亡率和人口增长问题的研究》，《关于孤儿保险》等文章；泊松(Poisson)又将概率应用于射击的各种问题的研究，提出了《打靶概率研究报告》. 总之，概率论在 18 世纪确立后，就充分地反映了其广泛的实践意义.

19 世纪概率论朝着建立完整的理论体系和更广泛的应用方向发展．其中为之作出较大贡献的有：法国数学家拉普拉斯(Laplace)，德国数学家高斯(Gauss)，英国物理学家、数学家麦克斯韦(Maxwell)，美国数学家、物理学家吉布斯(Gibbs)等．概率论的广泛应用，使它在 18 和 19 两个世纪成为热门学科，几乎所有的科学领域，包括神学等社会科学都企图借助于概率论去解决问题，这在一定程度上造成了“滥用”的情况，因此到 19 世纪后半期时，人们不得不重新对概率进行检查，为它奠定牢固的逻辑基础，使它成为一门强有力的学科．

1917 年苏联科学家伯恩斯坦首先给出了概率论的公理体系．1933 年柯尔莫哥洛夫又以更完整的形式提出了概率论的公理结构，从此，更现代意义上的完整的概率论臻于完成．

相对于其它许多数学分支而言，数理统计是一个比较年轻的数学分支．多数人认为它的形成是在 20 世纪 40 年代克拉美(H. Cramer)的著作《统计学的数学方法》问世之时，它使得 1945 年以前的 25 年间英、美统计学家在统计学方面的工作与法、俄数学家在概率论方面的工作结合起来，从而形成数理统计这门学科．它是以对随机现象观测所取得的资料为出发点，以概率论为基础来研究随机现象的一门学科，它有很多分支，但其基本内容为采集样本和统计推断两大部分．发展到今天的现代数理统计学，又经历了各种历史变迁．

统计的早期开端大约是在公元前 1 世纪初的人口普查计算中，这是统计性质的工作，但还不能算作是现代意义下的统计学．到了 18 世纪，统计才开始向一门独立的学科发展，用于描述表征一个状态的条件的一些特征，这是由于受到概率论的影响．

高斯从描述天文观测的误差而引进正态分布，并使用最小二乘法作为估计方法，是近代数理统计学发展初期的重大事件，18 世纪到 19 世纪初期的这些贡献，对社会发展有很大的影响．例如，用正态分布描述观测数据后来被广泛地用到生物学中，其应用是如此普遍，以至在上世纪相当长的时期内，包括高尔顿(Galton) 在内的一些学者，认为这个分布可用于描述几乎是一切常见的数据．直到现在，有关正态分布的统计方法，仍占据着常用统计方法中很重要的一部分．最小二乘法方面的工作，在本世纪初以来，又经过了一些学者的发展，如今成了数理统计学中的主要方法．

从高斯到本世纪初这一段时间，统计学理论发展不快，但仍有若干工作对后世产生了很大的影响．其中，如贝叶斯(Bayes)在 1763 年发表的《论有关机遇问题的求解》，提出了进行统计推断的方法论方面的一种见解，在这个时期中逐步发展成统计学中的贝叶斯学派(如今，这个学派的影响愈来愈大)．现在我们所理解的统计推断程序，最早的是贝叶斯方法，高斯和拉普拉斯应用贝叶斯定理讨论了参数的估计法，那时使用的符号和术语，至今仍然沿用．再如前面提到的高尔顿在回归方面的先驱性工作，也是这个时期中的主要发展，他在遗传研究中为了弄清父子两辈特征的相关关系，揭示了统计方法在生物学研究中的应用，他引进回归直线、相关系数的概念，创始了回归分析．

数理统计学发展史上极重要的一个时期是从上世纪末到二次大战结束．现在，多数人倾向于把现代数理统计学的起点和达到成熟定为这个时期的始末．这确是数理统计学蓬勃发展的一个时期，许多重要的基本观点、方法，统计学中主要的分支学科，都是在这个时期建立和发展起来的．以费歇尔(R. A. Fisher)和皮尔逊(K. Pearson)为首的英国统计学派，在这个时期起了主导作用，特别是费歇尔．

继高尔顿之后，皮尔逊进一步发展了回归与相关的理论，成功地创建了生物统计学，并得到了“总体”的概念，1891 年之后，皮尔逊潜心研究区分物种时用的数据的分布理论，提出了“概率”和“相关”的概念．接着，又提出标准差、正态曲线、平均变差、均方根误差等一系列数理统计基本术语．皮尔逊致力于大样本理论的研究，他发现不少生物学方面的数据有显著的偏态，不适合用正态分布去刻画，为此，他提出了后来以他的名字命名的分布族，为估计这个分布族中的参数，他提出了“矩法”．为考察实际数据与这族分布的拟合分布优劣问题，他引进了著名的“χ^2 检验法”，并在理论上研究了其性质．这个检验法是假设检验最早、最典型的方法，他在理论分布完全给定的情况下求出了检验统计量的极限分布．1901 年，他创办了《生物统计学》，使数理统计有了自己的阵地，这是 20 世纪初叶数学的重大收获之一．

1908 年皮尔逊的学生戈赛特(Gosset)发现了 Z 的精确分布，创始了“精确样本理论”．他署名“Student”在《生物统计学》上发表文章，改进了皮尔逊的方法．他的发现不仅不再依靠近似计算，而且能用所谓小样本来进行统计推断，并使统计学的对象由集团现象转变为随机现象．现在“Student 分布”已成为数理统计学中的常用工具，“Student 氏”也是一个常见的术语．

英国实验遗传学家兼统计学家费歇尔，是将数理统计作为一门数学学科的奠基者，他开创的试验设计法，凭借随机化的手段成功地把概率模型带进了实验领域，并建立了方差分析法来分析这种模型．费歇尔的试验设计，既把实践带入理论的视野内，又促进了实践的进展，从而大量地节省了人力、物力，试验设计这个主题，后来为众多数学家所发展．费歇尔还引进了显著性检验的概念，成为假设检验理论的先驱．他考察了估计的精度与样本所具有的信息之间的关系而得到信息量概念，他对测量数据中的信息，压缩数据而不损失信息，以及对一个模型的参数估计等贡献了完善的理论概念，他把一致性、有效性和充分性作为参数估计量应具备的基本性质．同时还在 1912 年提出了极大似然法，这是应用上最广的一种估计方法．他在 20 年代的工作，奠定了参数估计的理论基础．关于 χ^2 检验，费歇尔 1924 年解决了理论分布包含有限个参数情况，基于此方法的列表检验，在应用上有重要意义．费歇尔在一般的统计思想方面也作出过重要的贡献，他提出的“信任推断法”，在统计学界引起了相当大的兴趣和争论，费歇尔给出了许多现代统计学的基础概念，思考方法十分直观，他造就了一个学派，在纯粹数学和应用数学方面都建树卓越．

这个时期作出重要贡献的统计学家中，还应当提到奈曼(J. Neyman)和皮尔逊(E. Pearson)．他们在从 1928 年开始的一系列重要工作中，发展了假设检验的系统理论．奈曼－皮尔逊假设检验理论提出和精确化了一些重要概念．该理论对后世也产生了巨大影响，它是现今统计教科书中不可缺少的一个组成部分，奈曼还创立了系统的置信区间估计理论，早在奈曼工作之前，区间估计就已是一种常用形式，奈曼从 1934 年开始的一系列工作，把区间估计理论置于柯尔莫哥洛夫概率论公理体系的基础之上，因而奠定了严格的理论基础，而且他还把求区间估计的问题表达为一种数学上的最优解问题，这个理论与奈曼－皮尔逊假设检验理论，对于数理统计形成为一门严格的数学分支起了重大作用．

以费歇尔为代表人物的英国成为数理统计研究的中心时，美国在二战中发展亦快，有三个统计研究组在投弹问题上进行了 9 项研究，其中最有成效的哥伦比亚大学研究小组在理论和实践上都有重大建树，而最为著名的是首先系统地研究了“序贯分析”，它被称为“30 年来最有威力”的统计思想．“序贯分析”系统理论的创始人是著名统计学家沃德(A. Wald)．他是原籍罗马尼亚的英国统计学家，他于 1943 年系统发展了早在 20 年代就受到注意的序贯分析法．沃德在统计方法中引进的“停止规则”的数学描述，是序贯分析的概念基础，并已证明是现代概率论与数理统计学中最富于成果的概念之一．

从二战后到现在，是统计学发展的第三个时期，这是一个在前一段发展的基础上，随着生产和科技的普遍进步，而使这个学科得到飞速发展的一个时期，同时，也出现了不少有待解决的大问题．这一时期的发展可总结如下：

一是在应用上愈来愈广泛，统计学的发展一开始就是应实际的要求，并与实际密切结合的．在二战前，已在生物、农业、医学、社会、经济等方面有不少应用，在工业和科技方面也有一些应用，而后一方面在战后得到了特别引人注目的进展．例如，归纳到“统计质量管理”名目下的众多的统计方法，在大规模工业生产中的应用取得了很大的成功，目前已被认为是不可缺少的．统计学应用的广泛性，也可以从下述情况得到印证：统计学已成为高等学校中许多专业必修的内容；统计学专业的毕业生的人数，以及从事统计学的应用、教学和研究工作的人数的大幅度增长；有关统计学的著作和期刊杂志的数量的显著增长．

二是统计学理论也取得重大进展．理论上的成就，综合起来大致有两个主要方面：一个方面与沃德所提出的“统计决策理论”有关，另一方面就是大样本理论．

沃德是本世纪中对统计学面貌的改观有重大影响的少数几个统计学家之一．1950 年，他发表了题为《统计决策函数》的著作，正式提出了“统计决策理论”．沃德本来的想法，是要把统计学的各分支都统一在“人与大自然的博奕”这个模式下，以便作出统一处理．不过，往后的发展表明，他最初的设想并未取得很大的成功，但却有着两方面的重要影响：一是沃德把统计推断的后果与经济上的得失联系起来，这使统计方法更直接用到经济性决策的领域；二是沃德理论中所引进的许多概念和问题的新提法，丰富了以往的统计理论．

贝叶斯统计学派的基本思想，源出于英国学者贝叶斯的一项工作，发表于他去世后的 1763 年，后世的学者把它发展为一整套关于统计推断的系统理论．信奉这种理论的统计学者，就组成了贝叶斯学派．这个理论在两个方面与传统理论(即基于概率的频率解释的那个理论)有根本的区别：一是否定概率的频率解释，这涉及与此有关的大量统计概念，而提倡给概率以“主观上的相信程度”这样的解释；二是“先验分布”的使用，先验分布被理解为在抽样前对推断对象的知识的概括．按照贝叶斯学派的观点，样本的作用在于且仅在于对先验分布作修改，而过渡到“后验分布”——其中综合了先验分布中的信息与样本中包含的信息．近几十年来其信奉者愈来愈多，二者之间的争论，是战后时期统计学的一个重要特点．在这种争论中，提出了不少问题促使人们进行研究，其中有的是很根本性的．贝叶斯学派与沃德统计决策理论的联系在于：这二者的结合，产生了“贝叶斯决策理论”，它构成了统计决策理论在实际应用上的主要内容．

三是电子计算机的应用对统计学的影响．这主要在以下几个方面．首先，一些需要大量计算的统计方法，过去因计算工具不行而无法使用，有了计算机，这一切都不成问题．在战后，统计学应用愈来愈广泛，这在相当程度上要归功于计算机，特别是对高维数据的情况．

计算机的使用对统计学另一方面的影响是：按传统数理统计学理论，一个统计方法效果如何，甚至一个统计方法如何付诸实施，都有赖于决定某些统计量的分布，而这常常是极困难的．有了计算机，就提供了一个新的途径：模拟．为了把一个统计方法与其它方法比较，可以选择若干组在应用上有代表性的条件，在这些条件下，通过模拟去比较两个方法的性能如何，然后作出综合分析，这避开了理论上难以解决的难题，有极大的实用意义．

第四章　逻辑

在中学有关集合与简易逻辑知识的基础上，我们在本章介绍逻辑代数的入门知识以及形式逻辑的某些基本概念及其应用.

4.1　概念与命题

一、概念

这里所说的“概念”是指逻辑学中的一个术语. 所谓概念是思维的最小单位，是人们最基本的认识对象，是反映思维对象本质属性的思维形式. 每个概念都具有内涵与外延两个特征，内涵是概念所反映的对象的本质属性，而外延则是概念所反映的全部对象的集合.

例 1　“杀人犯”这个概念，其内涵是“非法剥夺他人生命的人”，而外延则是“所有非法剥夺他人生命的人的集合”. 如果用 S 表示这个集合，那么“x 是杀人犯”这句话就可简单表示为 $x\in S$.

由此可见，大家在中学学过的集合知识完全可以套到概念上来. 我们仍用大写英文字母同时表示一个概念或它的外延. 例如，$S=$“杀人犯”，或 $S=$“所有杀人犯的集合”.

下面根据两集合间的各种关系列出两概念间的种种关系.

(1) 重合. 若概念 A 与 B 的外延相同，则称 A 与 B 是重合(同一)的. 例如“法院”与“审判机关”是重合概念.

(2) 从属. 若概念 A 的外延是概念 B 的外延的真子集，则称 A 是 B 的种概念，B 是 A 的属概念，并称 A 从属于 B. 例如 $A=$贪污犯，$B=$罪犯，则贪污犯是罪犯的种概念，罪犯是贪污犯的属概念，两者是从属关系.

(3) 交叉. 若概念 A 与 B 的外延有一部分重合，则称它们是交叉的. 用集合的语言来说，是 $A\cap B\neq\varnothing$($\varnothing$ 表示空集)，但又 $A\neq B$. 例如：大学生与男人这两个概念是交叉的，它们重合的部分是男大学生.

(4) 对立. 若概念 A 与 B 都是概念 Ω(Ω 表示全集)的种概念，而且 A 与 B 互相排斥，Ω 中除 A 与 B 外还有其他概念，这时称 A 与 B 是对立概念. 用集合的话说，即若 $A\cap B=\varnothing$，且 $\Omega-(A\cup B)\neq\varnothing$(见图 4.1)，则 A 与 B 是对立概念. 例如，大学生与小学生都是学生的种概念，它们本身彼此排斥，没有重合的部分. 另一方面，除了大学生与小学生外，还有中学生等，因此它们是对立概念.

(5) 矛盾. 与对立关系有所区别的是矛盾关系，这时两个概念 A 与 B 的外延互相排斥，而且它们外延的并是共同属概念 Ω 外延的全部. 换言之，非此即彼，不能有其他的选择. 用集合表示的话，是 $A\cap B=\varnothing$，且 $A\cup B=\Omega$ 如图 4.2 所示. 例如：有罪与无罪是一对矛盾概念. 要区分一对概念是对立的还是矛盾的，关键看此二者之外是否还有同属的第三者.

例如开区间与闭区间同属区间这个概念，但除此二者之外，还有半开半闭的区间，因此开区间与闭区间是一对对立概念，但不是矛盾概念.

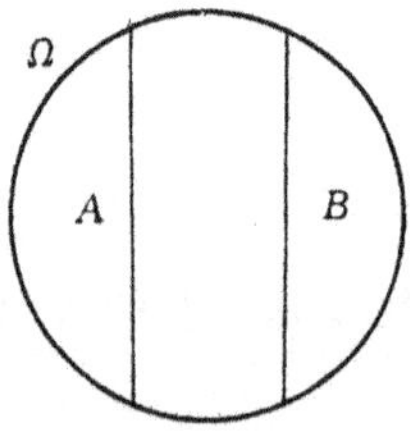

图 4.1

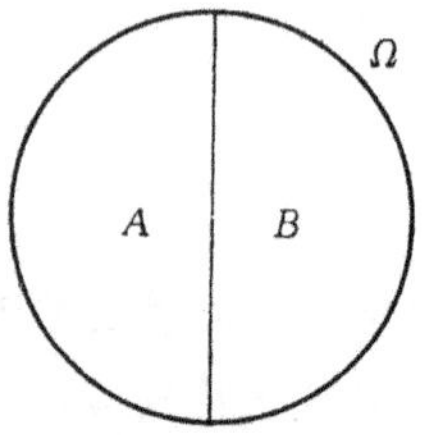

图 4.2

在形式逻辑中，用来揭示概念内涵的方法或语句称为定义. 每个定义由被定义项、定义项与定义联项三部分构成.

例 2 三边相等的三角形 称为 等边三角形

(2) (3) (1)

其中(1)“等边三角形”是被定义项,(2)“三边相等的三角形”是定义项,(3)“称为”是定义联项. 定义联项的作用是将被定义项与定义项联结起来.

当然，定义的形式可以不同，例 2 也可以叙述成“等边三角形是三边相等的三角形”，这样，被定义项放在前面，而定义项则放在最后了，定义联项换成了“是”. 在数学中有时某些定义要比例 2 这种形式复杂得多. 比如函数的导数，一个函数在一个区间上的定积分等等，读者不妨去分析一下，这两个概念定义中的定义项、被定义项与定义联项是什么.

我们再来分析一下例 2，定义项(2)中的“三角形”事实上是被定义项等边三角形的属概念，其前面的形容词“三边相等的”表明它是三角形中那种特殊的具有三边相等这一特征的三角形. 我们称“三边相等”为种差. 因此定义项又是由属概念加上种差来构成. 于是我们可以把例 2 进一步分析表示为

三边相等的三角形 称为 等边三角形

(2) (3) (1)

种差 属概念

(5) (4)

例 3 温度计 是 用于测量温度的仪器

(1) (3) (2)

(5) (4)

其中(1)、(2)与(3)分别是被定义项，定义项与定义联项，而(4)与(5)分别是属概念与种差.

二、命题

形式逻辑与逻辑代数中最基本的研究对象是命题，它有真假的区别. 因此，命题是可以判断真假(对错)意义的一句陈述，它是反映思维对象情况的思维形态. 思维对象是指人脑思考的客观对象，包括具体事物和现象、事物发展过程、思维和语言现象等.

例如“北京是中国的首都”与“天津是中国最大的城市”都是命题，前者是真的，后者是假的. 一般说来，汉语中纯粹的疑问句、感叹句、祈使句都不是命题. 疑问句只提出问

题，对事物无所肯定或否定；祈使句提出请求或发出命令，无所谓对错；感叹句只表达感情，既无陈述，又无真假.

例 4 指出下列句子中哪些是命题?

(1) 什么是走私?

(2) 这个人是走私分子.

(3) 请大家坐下!

(4) 好极了!

解 (2) 可以判断真假，是命题. 而(1),(3),(4)都不是命题，它们分别是疑问句、祈使句和感叹句，无所判断.

但应当注意，某些感叹句除了表达感情以外，还对思维对象有所陈述，此时也是命题. 例如“杀人分尸多么残忍哪!”表面是感叹句，表达了一种感情，但同时又有所陈述：“杀人分尸残忍”，因此它还是命题. 另外，有的疑问句带有反问的成分，虽是问句，却对思维对象有所陈述. 例如“我国难道有可以不遵守法律的特殊公民吗?”这反问句中陈述了“我国有没有不遵守法律的特殊公民”这件事，可以判断真假，因此还是命题. 不过，我们将不研究这类命题. 换言之，我们研究的是“可以判断真假意义的陈述”这样的命题，均以陈述句形式出现.

前面介绍的“定义”，容易看出，每个定义都是命题. 例 2 与例 3 都是命题，但反过来，命题不必是定义. 定义要求被定义项与定义项的外延是重合的. 例如：极限概念是我们学习的内容. 这是命题，但不能把它当作极限的定义. 又如：张三偷了李四的一块手表. 这是命题，显然不能作为定义.

为了从数学上研究命题，我们给每个命题联系上真假值. 如果命题P(我们也用大写英文字母表示命题)是真的，就说它的真值是 1，甚至简写成 $P=1$. 相反，如果命题 Q 是假的(不成立),就说它的真值是 0，简记作 $Q=0$，有时也用 1 与 0 分别表示抽象的真命题与假命题.

三、命题的基本运算

我们日常交谈、写文章，涉及成千上万的命题，有的简单，有的复杂. 例 4 的(2)是简单命题，其中不出现任何逻辑的联接词，所谓联接词是指“或”、“与”等.

例 5 北京是中国的首都，且天津是中国最大的城市. 这个命题实际上是“北京是中国的首都”与“天津是中国最大的城市”两个命题用逻辑联接词“且(与)”联接而成的，这样的命题称为复合命题. 由几个简单命题产生复合命题，要用联接词联接，在数学上表现为命题的逻辑运算. 下面介绍逻辑代数研究的基本逻辑运算.

1. 逻辑加

用联接词“或”把基本命题联接起来构成复合命题的方法，称为逻辑加.

例 6 设 A = 上课时老师对我提问题，B = 上课时老师对小王提问题. 用“或”把这两个命题联接就成了：上课时老师对我提问题或上课时老师对小王提问题，也可缩写成“上课时老师对我或小王提问题”. 我们用逻辑符号 $\vee$ 来表示这种逻辑加运算：$A\vee B$ = 上课时老师对我或小王提问题，读作“A 或 B”. 事实上 $\vee$ 对应于集合的并运算 $\cup$.

例 7 设 P = “$x\in A$”, Q = “$x\in B$”,其中 A 与 B 都是集合. 则

$$P\vee Q=\text{“}x\in A \text{ 或 } x\in B\text{”}=\text{“}x\in A\cup B\text{”}.$$

从例 6 与例 7 可以看到，两个命题中只要有一个是真的，那么它们的逻辑加就是真的．这如同第三章研究的概率一样，事件 A 与事件 B，只要有一个发生，那么事件 A 或 B 就发生．我们把这些命题的真假情况集中表示在一个表中，这种表称为真值表，见表 4.1.

表 4.1

P	Q	$P \vee Q$
0	0	0
0	1	1
1	0	1
1	1	1

例如，$P=0$，$Q=0$，即两个命题都假时，它们的逻辑加 $P \vee Q$ 是假的，$0+0=0$．其余三种情况是 $0+1=1$，$1+0=1$，$1+1=1$．这里的“+”只是真值的逻辑加，与我们算术中的 $1+1=2$ 是不同的．

2．逻辑乘

用逻辑联接词“与”把基本命题联接起来构成复合命题的方法，称为逻辑乘．

例 8　设 A = 上课时老师对我提问题，B = 上课时老师对小王提问题．用“与”把这两个命题联接成复合命题：上课时老师对我与小王都提问题．我们用逻辑符号 $\wedge$ 来表示这种逻辑乘运算：$A \wedge B$ = 上课时老师对我与小王提问题，读作“A 与 B”，事实上 $\wedge$ 对应于集合的交运算 $\cap$．

例 9　设 P = “$x \in A$”，Q = “$x \in B$”，其中 A 与 B 都是集合．则

$$P \wedge Q = \text{“}x \in A \text{ 与 } x \in B\text{”} = \text{“}x \in A \cap B\text{”}.$$

从例 8 与例 9 可以看到，两个命题中只有两个命题都是真的，才有逻辑乘是真的．这同概率中，“事件 A 与事件 B 同时发生”时才有“事件 A 与 B 发生”类似．这种逻辑乘的真值表可见表 4.2.

表 4.2

P	Q	$P \wedge Q$
0	0	0
0	1	0
1	0	0
1	1	1

表 4.2 中四种情况写出来就是：$0 \times 0=0$，$0 \times 1=0$，$1 \times 0=0$，$1 \times 1=1$.

3．逻辑非

与集合中的求补运算相对应，关于命题，可以用联接词“非”联接起来，称为逻辑非，实际上就是命题的否定．

例 10　设 A = 天津是中国最大的城市．用非同它联接，成了非 A = 天津不是中国最大的城市．非 A 是 A 的否定．我们用逻辑符号 $\neg$ 表示，即非 $A = \neg A$，读作“非 A”.

例 11　设 P = “$x \in A$”，则 $\neg P$ = “$x \notin A$”.

逻辑非的真值表见表 4.3.

表 4.3

P	$\neg P$
0	1
1	0

上面介绍了三种基本逻辑运算，实现逻辑运算的电路称为逻辑电路，与三种运算相应的基本逻辑电路是“或”门、“与”门和“非”门，统称为“门电路”，有兴趣的读者可在本节的补充段中找到.

四、补充

在电子计算机里实现三种基本逻辑运算的逻辑电路分别是：

1. 或门电路实现逻辑加. 见图 4.3. 其原理是：当开关(P 或 Q)接通时，表示该状态的值为 1，断开时值为 0，灯 C 亮时值为 1，不亮时为 0. 开关 P、Q 中只要有一个接通或两个都接通，灯 C 就亮. 只有 P、Q 都断开时灯 C 才不亮. 其各种取值状态恰与表 4.1 中相同(灯 C 代表 $P \vee Q$).

2. 与门电路实现逻辑乘. 见图 4.4. 只有开关 P 和 Q 都接通时灯 C 才会亮，否则灯 C 不亮. 其各种取值状态与表 4.2 相同.

3. 非门电路实现逻辑非. 它如图 4.5 所示. 当开关往上合，灯 C_1 就亮，此时灯 C_2 不亮；开关往下合时，灯 C_2 亮，而灯 C_1 不亮. 上开关是 P，下开关是 $\neg P$. 各种状态表示的值如表 4.3 所示.

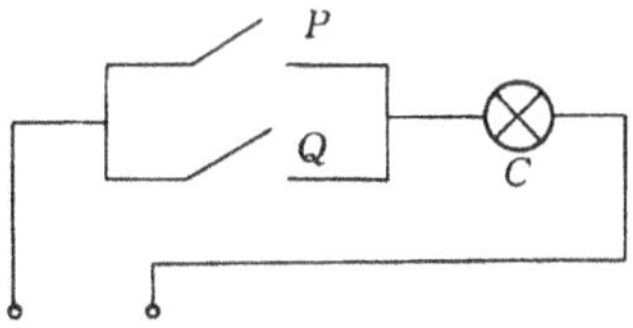

图 4.3

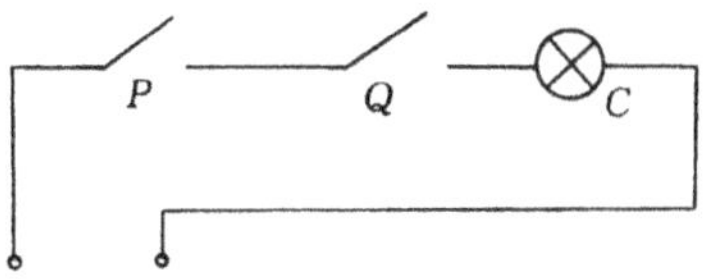

图 4.4

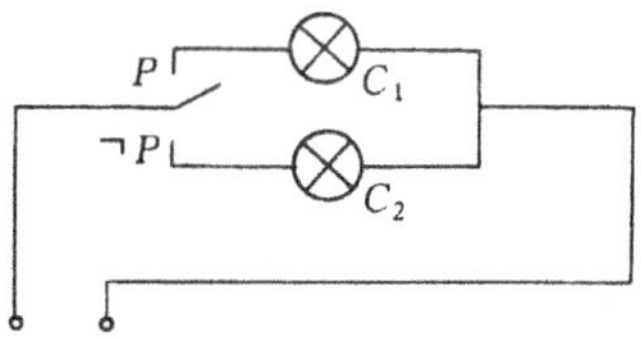

图 4.5

习题 4.1

1. 运用文氏(Venn)图，即如同图 4.1 与 4.2 那样的图，表示下列各概念间的关系：

(1) 法学、经济学、语言学、逻辑学、天文学、地质学、生物学、自然科学、社会科学、科学；

(2) 青年、学生、大学生、女学生、教师、共青团员、共产党员；

(3) 合法权利、言论自由、集会自由、出版自由、选举权、名誉权；

(4) 三角形、梯形、平行四边形、四边形、正方形、六边形、圆形.

2. 根据定义规则指出下列命题中哪些可以作为定义.

(1) 生产关系是最基本的社会关系；

(2) 律师是司法干部；

(3) 量刑是法院依法对犯罪分子判处适当刑罚的一种审判活动；

(4) 法人是经国家认可的一种团体组织；

(5) 罪犯是危害社会、触及刑律应判刑的人；

(6) 人与人之间由于婚姻、血缘或收养而发生的关系称为亲属.

3. 仿照例3那样分析下列定义的结构.

(1) 含有未知函数及其导数的等式称为微分方程;

(2) 犯罪的主体是达到一定年龄、有责任能力、实施犯罪的自然人;

(3) 边际成本是总成本函数关于产量的导数;

(4) 命题是可以判断真假意义的陈述;

(5) 在某一变化过程中,以零为极限的变量称为无穷小量.

4. 指出下列句子中哪些是命题?哪些不是:

(1) 张光辉比王定芳大3岁;

(2) 纽约是英国的城市;

(3) 带鱼吃人;

(4) 犯罪必然违法;

(5) 我们必须保护学生的合法权益;

(6) 森林是我国的重要资源;

(7) 请开灯!

(8) 不要随地吐痰!

(9) 什么是共同犯罪?

(10) 啊,火!

5. 用逻辑加与逻辑乘对下列各对命题进行运算,写出结果的命题.

(1) 上海比北京大,北京比上海大;

(2) 某甲是案件 A 的主犯,某乙是案件 A 的从犯;

(3) 昨天下雨了,今天没有下雨;

(4) 矩阵 A 的秩是3,矩阵 B 的秩大于3;

(5) 直线 l 在平面 π 上,平面 π 与射线 l_1 相交.

6. 写出下列命题的逻辑非.

(1)"贪污行为合法"是假的;

(2) 不等式 $|x|>|x-1|$ 的解集是区间 $[0, 3]$;

(3) 函数 $y=\ln(x+3)$ 是微分方程 $y'+xy-x^2+3=0$ 的解;

(4)"封建的世袭制度必然长期存在"是不可能的;

(5) 这套住宅不允许出租.

7. 设基本命题:$P=$ 向红爱好数学,$Q=$ 向红爱好文学,$R=$ 向红是三好学生. 试用语句叙述下列复合命题:

(1) $P\vee Q$;(2) $(\neg P)\wedge Q$;(3) $P\wedge Q\wedge(\neg R)$;(4) $(P\wedge Q)\vee R$.

8. 设 $P=$ 小王看电视,$Q=$ 小王学英语,$R=$ 小王玩电脑,试写出下列各命题的表达式:

(1) 小王看电视、学英语但不玩电脑;

(2) 小王玩电脑、同时看电视或学英语;

(3) 小王看电视不玩电脑,或学英语;

(4) 小王看电视,或者不玩电脑而学英语.

4.2 逻辑运算的基本定理

一、集合运算的基本法则

我们知道算术的加减乘除四则运算遵循一些基本法则，诸如交换律、结合律与分配律等. 集合的并、交、补运算似乎有些像算术的加、乘与差，我们可以想象，它们也应遵循某些规律. 事实上，它们也有所谓交换、结合、分配等法则，但要注意，有些法则与算术运算有本质的差别. 我们把这些法则汇集成下述定理.

定理 4.2.1 设 A、B、C 是任意集合，Ω 与 $\varnothing$ 分别是全集与空集，则下列运算法则成立：

(1) 交换律：$A\cup B=B\cup A, A\cap B=B\cap A$；

(2) 结合律：$(A\cup B)\cup C=A\cup(B\cup C), (A\cap B)\cap C=A\cap(B\cap C)$；

(3) 分配律：$(A\cap B)\cup C=(A\cup C)\cap(B\cup C)$,

$(A\cup B)\cap C=(A\cap C)\cup(B\cap C)$；

(4) 摩根律（Morgan 律）：$\overline{A\cup B}=\overline{A}\cap\overline{B}, \overline{A\cap B}=\overline{A}\cup\overline{B}$；

(5) 重叠律：$A\cup A=A, A\cap A=A$；

(6) 吸收律：$(A\cap B)\cup A=A, (A\cup B)\cap A=A$；

(7) $A\cup\varnothing=A$，$A\cap\Omega=A$；

(8) $A\cup\Omega=\Omega$，$A\cap\varnothing=\varnothing$；

证 我们只给出分配律第一式的证明，而且用文氏(Venn)图来作图示(见图 4.6). 所有其余各式请读者模仿完成，并用文氏图说明.

"$x\in(A\cap B)\cup C$"$\Leftrightarrow$"$x\in A\cap B$"或"$x\in C$"$\Leftrightarrow$"$x\in A$ 且 $x\in B$"或"$x\in C$"$\Leftrightarrow$"$x\in A$ 或 $x\in C$"且"$x\in B$ 或 $x\in C$"$\Leftrightarrow$"$x\in A\cup C$"且"$x\in B\cup C$"$\Leftrightarrow$"$x\in(A\cup C)\cap(B\cup C)$".

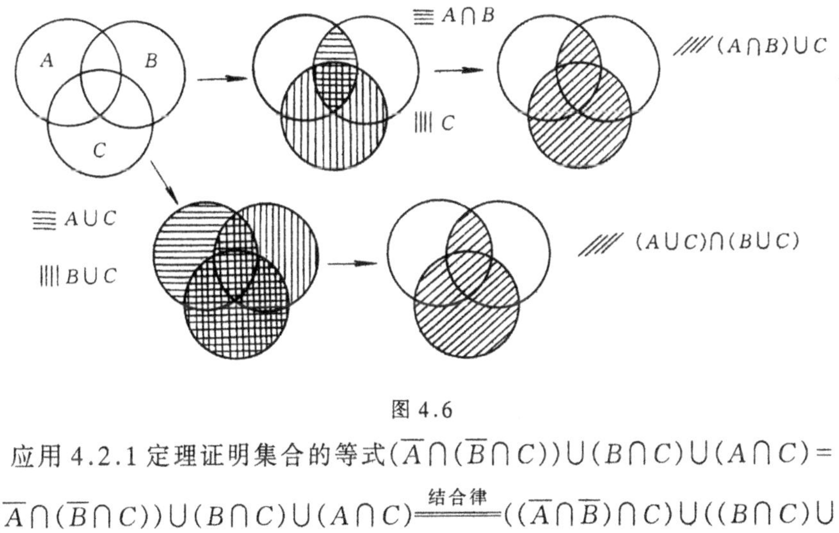

图 4.6

例 1 应用 4.2.1 定理证明集合的等式$(\overline{A}\cap(\overline{B}\cap C))\cup(B\cap C)\cup(A\cap C)=C$.

证 $(\overline{A}\cap(\overline{B}\cap C))\cup(B\cap C)\cup(A\cap C)\xlongequal{\text{结合律}}((\overline{A}\cap\overline{B})\cap C)\cup((B\cap C)\cup(A\cap C))$

$\xlongequal{\text{摩根律}}(\overline{A\cup B}\cap C)((B\cap C)\cup(A\cap C))\xlongequal{\text{分配律}}(\overline{A\cup B}\cap C)\cup((B\cup A)\cap C)$

$$\xrightarrow{\text{分配律}}(\overline{\overline{A}\cup\overline{B}}\cup(B\cup A))\cap C\xrightarrow{\text{交换律}}(\overline{\overline{A}\cup\overline{B}}\cup(A\cup B))\cap C=\Omega\cap C=C.$$

细心的读者可能会发现，4.2.1定理中的八条定律，每一条都包含两个公式. 进一步观察还会发现，每一对公式中，只要把其中一个公式所包含的$\cup$改成$\cap$，同时把$\cap$改成$\cup$，或把 Ω 改成$\varnothing$，同时把 $\varnothing$ 改成Ω，就得到了一个公式. 这种有趣的规则称为对偶规则. 有了这个规则，你只须记住4.2.1定理叙述的八个定律中的各一条，也就能记住了另外的八条对偶的公式. 例如，你记住了摩根律$\overline{A\cup B}=\overline{A}\cap\overline{B}$，把左端的$\cup$改为$\cap$，右端的$\cap$改为$\cup$，就成了另一个摩根律$\overline{A\cap B}=\overline{A}\cup\overline{B}$.

例 2 $A\cap(B\cup\overline{C})$的对偶式是$A\cup(B\cap\overline{C})$；

$(A\cap\overline{B})\cup(A\cap C)$的对偶式是$(A\cup\overline{B})\cap(A\cup C)$；

$\overline{\overline{A}\cup\overline{B}\cup\overline{C}}$的对偶式是$\overline{\overline{A}\cap\overline{B}\cap\overline{C}}$.

二、逻辑运算的基本法则

在逻辑代数中,三种基本的逻辑运算：$\vee$，$\wedge$，$\neg$ 与集合的三种基本运算$\cup$,$\cap$,$^{-}$ 完全相仿,同样遵循若干基本定律,可以说完全是4.2.1定理的翻版,现介绍如下.

4.2.2. 定理 设 P,Q,R 是任意命题,则下列运算法则成立：

(1) 交换律：$P\vee Q=Q\vee P$，$P\wedge Q=Q\wedge P$；

(2) 结合律：$(P\vee Q)\vee R=P\vee(Q\vee R)$,$(P\wedge Q)\wedge R=P\wedge(Q\wedge R)$；

(3) 分配律：$(P\wedge Q)\vee R=(P\vee R)\wedge(Q\vee R)$,$(P\vee Q)\wedge R=(P\wedge R)\vee(Q\wedge R)$；

(4) 摩根律：$\neg(P\vee Q)=\neg P\wedge\neg Q$,$\neg(P\wedge Q)=\neg P\vee\neg Q$；

(5) 重叠律：$P\vee P=P$，$P\wedge P=P$；

(6) 吸收律：$(P\wedge Q)\vee P=P$,$(P\vee Q)\wedge P=P$；

(7) $P\vee 0=P$，$P\wedge 1=P$；

(8) $P\vee 1=1$，$P\wedge 0=0$.

证 在逻辑代数里，往往可以用真值表来证明一个关于命题运算的公式，即把公式两边包含的命题真假情况全部列举出来，如同表4.1至表4.3所列的 P 与 Q 取0或1的情况，然后对应地把公式两边的复合命题应取的值列举出来，做出两个表，即所谓真值表. 如果公式两边的复合命题的真值表完全相同，则该公式就是正确的，同时我们把公式两边的复合命题称为相等的命题. 下面我们仅对分配律的第1式给以证明，其余各式请读者自行验证.

从表4.4与表4.5看到,$(P\wedge Q)\vee R$ 与$(P\vee R)\wedge(Q\vee R)$的真值情况完全相同，因此它们是相等的命题，即有分配律的第1式.

由4.2.2定理看到，在逻辑代数里，对偶法则仍然成立，只是应把集合 Ω 与 $\varnothing$ 的对偶改成恒真命题1与恒假命题0的对偶.

现在可以应用4.2.2定理将较复杂的命题进行化简.

例 3 证明：$(A\vee B)\wedge(A\vee\neg B)=A$.

证 $(A\vee B)\wedge(A\vee\neg B)=A\vee(B\wedge\neg B)=A\vee 0=A$.

例 4 证明：$\neg A\vee\neg(A\wedge B)\vee\neg(A\vee B)=\neg A\vee\neg B$.

证 $\neg A\vee\neg(A\wedge B)\vee\neg(A\vee B)=\neg A\vee(\neg A\vee\neg B)\vee(\neg A\wedge\neg B)$

$=(\neg A\vee\neg A)\vee\neg B\vee(\neg A\wedge\neg B)=\neg A\vee\neg B\vee(\neg A\wedge\neg B)$

$= \neg A \vee (\neg B \vee (\neg A \wedge \neg B)) = \neg A \vee \neg B$.

表 4.4

P	Q	R	$P\wedge Q$	$(P\wedge Q)\vee R$
0	0	0	0	0
0	0	1	0	1
0	1	0	0	0
0	1	1	0	1
1	0	0	0	0
1	0	1	0	1
1	1	0	1	1
1	1	1	1	1

表 4.5

P	Q	R	$P\vee R$	$Q\vee R$	$(P\vee R)\wedge(Q\vee R)$
0	0	0	0	0	0
0	0	1	1	1	1
0	1	0	0	1	0
0	1	1	1	1	1
1	0	0	1	0	0
1	0	1	1	1	1
1	1	0	1	1	1
1	1	1	1	1	1

三、命题的蕴含与等价

直到现在，我们看到了命题的三种基本运算：$\vee$，$\wedge$与$\neg$，它们也可以看成是在简单命题之间插进的逻辑联接词：或、与、非．但在实际问题中，往往还需要另外两种十分重要的逻辑联接词：若…，则…以及当且仅当．

例 5 如果他犯了罪，我们就应依法追究他的刑事责任．

这里包含了两个命题：他犯了罪；我们应依法追究他的刑事责任．前者是条件，后者是结论，两个命题间用“如果…，就…”联接起来这马上使我们联想到中学学过的“若 P 则 Q”这类复合命题．

我们把“若 P 则 Q”这类复合命题称为命题的蕴含，即“命题 P 蕴含 Q”，同时把 P 与 Q 产生“若 P 则 Q”的过程称为蕴含运算，而且简记作 $P\to Q$．我们知道，这里的 P 与 Q 分别称为命题 $P\to Q$ 的条件与结论．我们就把“$P\to Q$”读作“P 蕴含 Q”．

命题蕴含的真值表见表 4.6，换言之，命题“若 P 则 Q”是假的当且仅当 P 是真的，而且 Q 是假的．

表 4.6

P	Q	$P\to Q$
0	0	1
0	1	1
1	0	0
1	1	1

例 6 P：$f(x)$是可微的；Q：$f(x)$是连续的．$P\to Q$：若 $f(x)$是可微的，则$f(x)$是

连续的.

其中 P 与 Q 都是真命题时，$P \to Q$ 是真的.

当 $P=1$，$Q=0$ 时，即 $f(x)$ 是可微函数，而又不是连续函数，显然 $P \to Q$ 是假的.

最后，当 $P=0$ 时，即 $f(x)$ 不是可微函数，此时无论 $f(x)$ 是否连续，都不必用 P 去蕴含 Q，因此 $P \to Q$ 还是真的.

事实上，利用真值表，我们可以把命题的蕴含转换为另一种更便于计算与研究的相等复合命题. 前面我们已经说过，由相同的几个命题产生的复合命题，如果真值完全相同，它们就是相等命题.

表 4.7

P	Q	$\neg P$	$\neg P \vee Q$
0	0	1	1
0	1	1	1
1	0	0	0
1	1	0	1

表 4.7 中第 1、2、4 列分别与表 4.6 中第 1、2、3 三列中的数完全相同，说明只要 P 与 Q 取同样的真值，$P \to Q$ 与 $\neg P \vee Q$ 的真值也就相同，从而 $P \to Q$ 与 $\neg P \vee Q$ 就是相等命题. 今后在作命题的演算时，就可将它们视为相同的：

4.2.3 $P \to Q = \neg P \vee Q$.

例 7 **证明**：$P \to (Q \vee R) = (P \to Q) \vee (P \to R)$.

证 $P \to (Q \vee R) = \neg P \vee (Q \vee R) = (\neg P \vee Q) \vee (\neg P \vee R) = (P \to Q) \vee (P \to R)$.

两个命题 P 和 Q，如果同时有 $P \to Q$ 及 $Q \to P$，即所谓 P 当且仅当 Q，那么我们就称 P 和 Q 等价，记作 $P \leftrightarrow Q$. 即

4.2.4 $P \leftrightarrow Q = (P \to Q) \wedge (Q \to P)$.

根据 4.2.4，我们很容易列出复合命题 $P \leftrightarrow Q$ 的真值表：表 4.8.

表 4.8

P	Q	$P \to Q$	$Q \to P$	$(P \to Q) \wedge (Q \to P)$	$P \leftrightarrow Q$
0	0	1	1	1	1
0	1	1	0	0	0
1	0	0	1	0	0
1	1	1	1	1	1

注意. 两个命题等价与两个命题相等是完全不同的概念，前者是两个命题间的两个蕴含关系，而后者是指由几个相同的简单命题复合成真值完全相同的两个复合命题.

例 8 **证明**：$P \leftrightarrow Q = (\neg P \wedge \neg Q) \vee (P \wedge Q)$.

证 $P \leftrightarrow Q = (P \to Q) \wedge (Q \to P) = (\neg P \vee Q) \wedge (\neg Q \vee P)$

$= (\neg P \wedge \neg Q) \vee (\neg P \wedge P) \vee (Q \wedge \neg Q) \vee (Q \wedge P) = (\neg P \wedge \neg Q) \vee (P \wedge Q)$.

现在，我们已经有了五种逻辑联接词，也可以把它们看成五种逻辑运算，有时它们在同一个逻辑式中出现，关于它们运算的先后顺序，除了加括号以外，规定按下列优先级别进行：

$\leftrightarrow$，$\to$，$\wedge$，$\vee$，$\neg$.

即其中左边的比右边的作用范围大.

例如逻辑式 $P \wedge Q \vee R \to Q \wedge \neg S \vee R$ 就意味着 $((P \wedge (Q \vee R)) \to (Q \wedge ((\neg S) \vee R)))$. 并且我们规定最外层括号与 $(\neg P)$ 的括号可以省略，于是逻辑式 $P \wedge Q \vee R \to Q \wedge \neg S \vee R$ 实际上是 $(P \wedge (Q \vee R)) \to (Q \wedge ((\neg S) \vee R))$.

例 9 P：这是盗窃案；Q：有赃物，根据命题的演算，有 $P \to Q = \neg (P \wedge \neg Q)$. 前者是说：如果这是盗窃案，那么就会有赃物，后者是说：这是盗窃案而没有赃物，这不可能. 从两个命题的相等可知，两句话具有同等的意义.

由于 4.2.3 与 4.2.4，我们可以说，命题的蕴含与等价这两种运算都可以由基本逻辑运算：加、乘、非来实现.

现在我们把由有限个命题通过有限次基本逻辑运算产生的复合命题称为逻辑函数. 其中的命题都是逻辑变量.

例如，$F = P \vee Q \wedge R \to Q \wedge \neg S \vee R$ 就是一个逻辑函数，其中包括 P，Q，R，S，四个逻辑变量. 逻辑函数是逻辑代数的主要研究对象. 但是我们还应特别注意逻辑代数与我们熟悉的普通代数(就像读者在中学学过的)的区别，这些区别主要有以下几点：

(1) 从变量上看，在普通代数中，变量的取值根据问题的实际需要，可以取各种各样的数，甚至可以取任意实数或复数. 但逻辑变量，即命题只能取 0 或 1 两个值，不能取别的值，而且这 0 与 1 之间不分大小，只是两个不同的抽象符号.

(2) 从运算方法上看，逻辑代数中只有三种基本运算：逻辑加、逻辑乘与逻辑非，不再有其他运算，不像普通代数中有减法、除法等，逻辑代数中也不定义乘方、开方运算.

(3) 从基本运算定律上看，尽管两者都有交换律、结合律与分配律，但分配律中，逻辑代数还有一个加对乘的分配律，这不同于普通代数，在普通代数中，$(a \cdot b) + c \neq (a + c) \cdot (b + c)$. 此外，逻辑代数中还有一些特殊的定律，我们这里不再细述了.

习题 4.2

1. 用逻辑推理的方法证明 4.2.1 定理中的(2)与(4),并用文氏图加以说明.

2. 用真值表证明 4.2.2 定理中未被证明的各定律.

3. 写出下列各逻辑函数的对偶式：

(1) $(P \vee Q) \wedge (\neg P \vee R) \wedge (R \vee S \wedge T) \vee P$;

(2) $\neg(\neg(P \wedge \neg Q) \wedge (R \wedge \neg S) \wedge T \wedge \neg(P \wedge Q))$;

(3) $P \wedge (\neg Q \vee (R \wedge \neg S \vee \neg T \wedge Q) \wedge R)$;

(4) $P \wedge \neg Q \vee Q \wedge \neg R \vee R \wedge (\neg P \vee S)$.

4. 运用真值表证明下列各等式：

(1) $(P \wedge \neg Q) \vee (\neg P \wedge Q) = (\neg P \vee \neg Q) \wedge (P \vee Q)$;

(2) $P \to (Q \wedge R) = (P \to Q) \wedge (P \to R)$;

(3) $P \to (Q \to P) = \neg P \to (P \to Q)$.

5. 证明下列各等式：

(1) $(\neg P \wedge (\neg Q \wedge R)) \vee (Q \wedge R) \vee (P \wedge R) = R$;

(2) $(P \to Q) \wedge (R \to Q) = (P \vee R) \to Q$;

(3) $P\wedge(P\vee Q)\wedge(\neg P\vee S)\wedge(\neg Q\vee S)\wedge(P\vee R\vee T\vee W)=P\wedge S$；

(4) $\neg((\neg Q\wedge R)\vee R)=\neg R$；

(5) $\neg P\vee\neg((P\wedge Q)\vee\neg Q)=\neg P$；

(6) $P\to((P\to Q)\wedge\neg(\neg Q\vee\neg P))=\neg P\vee Q$.

6. 设命题 P 和 Q 的真值为1，命题 R 和 S 的真值为0，试确定下列各逻辑函数的真值：

(1) $(P\wedge(Q\to R))\to S$；

(2) $((P\to Q)\wedge P\wedge\neg Q)\wedge(R\to S)$；

(3) $(P\wedge(Q\wedge R))\vee\neg((P\vee Q)\wedge(R\vee S))$；

(4) $(P\vee(Q\to(R\wedge\neg P)))\leftrightarrow(Q\vee\neg S)$.

4.3 三段论法点滴

一、三段论法的概述

由一个或几个已知命题(它们被称为前提)推出另一个新命题(被称为结论)的思维形式称为推理. 我们希望能够从正确的前提出发推出正确的结论来. 推理的形式是多种多样的，本节将简要介绍常用的一种推理形式——三段论法. 先看这种推理的两个实例：

例 1 P：任何人都是要死的，

Q：张伟祥是人，

$\therefore R$：张伟祥是要死的.

例 2 P：杀害林平的罪犯是个电工，

Q：秦光英是电工，

$\therefore R$：秦光英是杀害林平的罪犯.

我们假定上述两例中的两个前提 P 与 Q 都是真命题，结论呢？例 1 的结论正确，但例 2 的结论却不必真. 事实上，这样的推理

$$P\wedge Q\to R$$

存在着两个问题：

(1) 即使例 1 的推理是正确的，但按前节所述命题蕴含：P 与 Q 蕴含 R，这也未必总是对的. 事实上根据命题的演算规则，从表 4.6 可以看到：当 $P\wedge Q$ 的真值是1(即 P 与 Q 都真)，而 R 的真值是 0 时，$P\wedge Q\to R$ 的真值将为 0，因此 $P\wedge Q\to R$ 并不是恒真命题，于是用 $P\wedge Q\to R$ 来描述形如

$$\begin{array}{c}P\\ Q\\ \hline \therefore R\end{array}$$

这样的三段论推理就不妥了. 其实根本原因在于 R 独立于 P 与 Q 之外，换言之，R 并未与 P，Q 产生直接的联系.

(2) 从例 2 的推理，容易看出结论并不正确，从两个正确的前提 P 与 Q，却没有得到正确的结论，问题出在哪里呢？

我们先来处理问题(1)，至于问题(2)，留在下段处理.

为了解决第一个问题，我们必须引进量词的概念.

定义 词语“对任意 x”称为全称量词，记作 $\forall x$；词语“存在一个 x”称为存在量

词，记作$\exists x$. 含有全称量词的命题称为全称命题，含有存在量词的命题称为特称命题. 它们又可分为全称肯定、全称否定与特称肯定、特称否定四种.

例 1 中的命题 P 现在可以换一种方式表述. 首先用 $H(x)$表示命题“x 是人”，$M(x)$表示“x 是要死的”，于是命题“若 x 是人，则 x 是要死的”就应表达为:$H(x)\to M(x)$. 进一步，例 1 的 P 现在就写成

$$P:\forall x(H(x)\to M(x)),(\text{全称肯定命题}).$$

当然，例 1 中的 Q 与 R 分别成了

$$Q:\ H(\text{张伟祥}),$$

$$R:\ M(\text{张伟祥}).$$

而例 1 的推理就可以重新写成：

$$\begin{array}{l} P:\ \forall x(H(x)\to M(x)),\\ \underline{Q:\ H\ (\text{张伟祥}),}\\ \therefore R:\ M\ (\text{张伟祥}). \end{array}$$

这就是一个正确的三段论法推理.

关于全称量词$\forall$与存在量词$\exists$，在前三章中我们并不少见. 再看几个例子.

例 3 令$H(c)$:c 是实数;$M(c)$:c 的导数为 0. 则正确的三段论推理如下：

$$\begin{array}{l} P:\ \forall c(H(c)\to M(c)),(\text{全称肯定命题})\\ \underline{Q:H(a),}\\ \therefore R:M(a). \end{array}$$

例 4 函数$f(x)$在区间 $[a,\ b]$ 上有界被定义为：

若存在正数 M 使得对任意$x\in[a,b]$,$|f(x)|\leqslant M$,则称 $f(x)$在$[a,b]$上有界.

现在我们可以把它写成：

若$\exists M>0$,使$\forall x\in[a,b]$,有$|f(x)|\leqslant M$,则称 $f(x)$在$[a,b]$上有界.

量词往往用于命题之中，而命题又需要研究其否定，于是量词的否定就十分必要了.

全称量词$\forall$的否定是$\exists$，而存在量词$\exists$的否定则是$\forall$. 但这样说，意义很模糊，只有在命题之中才能看清其含义.

例 5 $P:\ \forall c(H(c)\to M(c))$,其否定是

$$\neg\ P:\ \exists c\ (\neg\ (H\ (c)\ \to M\ (c))).$$

其中 P 是全称肯定命题，而其否定$\neg\ P$ 则是特称否定命题. 例如：

P：对任意实数 c，c 的导数是 0，

$\neg P$：存在一个实数 c，c 的导数不是 0.

例 6 “$f(x)$在$[a,b]$上无界”是对“$f(x)$在 $[a,\ b]$ 上有界”的否定. 现在我们用量词来表达，就成为：

若对$\forall M>0$,$\exists x\in[a,b]$使$|f(x)|>M$,则称 $f(x)$在$[a,b]$上无界.

现在我们回到一般的三段论法推理，以例 1 来说明.

三段论法的每个推理由三个命题组成：P，Q，R. 前两个 P 与Q 是前提，第三个命题 R 是结论. 每个命题各有自己的主项(主语)与谓项(谓语),主项与谓项都是概念，三个命题中共出现三个不同的概念，不能多也不能少. 结论中的主项称为小项，谓项称为大项，前提中出现两次而在结论中不出现的概念称为中项. 大、中、小项分别用 p、m、s 表示. 包含大项 p 的前提称为大前提，包含小项 s 的前提称为小前提. 例 1 中的大、中、小项分别是

$p=$ 死，$m=$ 人，$s=$ 张伟祥．

第一个命题 P 是大前提，第二个命题 Q 是小前提，其推理形式是

$$\begin{array}{l} m——p(P), \\ \underline{s——m(Q),} \\ \therefore s——p(R). \end{array}$$

例 7 所有的解放军战士是爱国的，

高大成是解放军战士，

∴高大成是爱国的．

其中爱国是大项，解放军战士是中项，高大成则是小项．第一句是大前提，第二句是小前提，第三句是结论．

二、三段论法的推理规则

现在我们来解决上段中提出的问题(2)，即例 2 反映出来的问题．例 2 的 P 与 Q 两个前提都正确，却没有得到正确的结论，其根本原因是它违背了三段论法推理应遵循的规则．下面介绍这些规则的主要内容．

规则(1) 中项在前提中至少要周延一次，即中项的整个外延必须被断定过．因为中项在大、小前提中起着关键的中介作用，只有通过这个中介，才能使大、小项联系起来．只有中项在前提中周延了，才能确定大、小项间的关系．如果中项在前提中不周延，即其整个外延未涉及，那么大项只和中项的部分外延发生关系；如果在小前提中也不周延，那么小项也只和中项的部分外延发生关系．于是大、小项的关系就很不确定，可能一致，也可能只是部分地一致，甚至全然无关．这样也就不能必然地推出结论．那么如何判定中项是否周延了？一个简便的办法是：全称命题的主项或者否定命题的谓项都是周延的，其余情况均不周延．

例 1 的中项是"人"，第一个前提 P 断定了"所有的人都是要死的"，这里"所有的人"就是"人"的整个外延，在 P 中被断定"要死"，这个中项被周延了．

再看下例．

例 8 在 a 点连续的函数一定在 a 点有极限，

函数 $f(x)$ 在 a 点有极限，

∴ $f(x)$ 在 a 点连续．

在这个三段论法推理中，"在 a 点有极限"是中项，因为它在两个前提中都出现，但这个中项在两个前提中都未被周延，它是肯定命题的两个命题的谓项．因此，例 8 的推理违背了规则(1)，它是无效推理．推理的有效与无效要看结论是否确实从前提推出．

规则(2) 前提中不周延的概念在结论中也不得周延．

例 9 在 $[a,b]$ 上连续的函数是在 $[a,b]$ 上可积的，

在 $[a,b]$ 上可积的函数在 $[a,b]$ 上有界，

∴ $[a,b]$ 上有界的函数在 $[a,b]$ 上连续．

在这个三段论推理中，规则(1)是符合的(为什么?)，但违背规则(2)．事实上，结论中"$[a,b]$ 上有界的函数"是全称命题的主项，被周延了，但它在小前提中是全称肯定命题的谓项，未被周延，这就违背了规则(2)，因此例 9 的推理是无效的．

规则(3) 从两个否定前提不能推得结论．

例 10 受刑法惩罚的行为不是合法行为，

抢劫不是合法行为，

∴？

这里的两个前提都是否定判断，因此根据规则(3)，不能推得任何别的结论.

规则(4) 结论是否定判断当且仅当一个前提是否定判断.

例 11 所有直角三角形都含有一个直角，

ΔABC 不是直角三角形，

∴ΔABC 不含有直角.

这里小前提与结论都是否定判断，这个推理符合规则(4)，也符合规则(1)，但违背了规则(2). 事实上，前提中未被周延的概念“直角”在结论中周延了. 因此这个推理仍是无效的(尽管结论正确).

规则(5) 如果两个前提都是特称命题，即含有存在量词，那么就不能推得结论.

两个前提都是特称命题，共有三种不同情况：a）两个都是特称肯定；b）两个都是特称否定；c）一个是特称肯定，另一个是特称否定. 无论哪一种情况，都不能推出结论.

例 12 有的罪犯是贪污犯，(特称肯定)

有的罪犯是盗窃犯，(特称肯定)

∴？

这里得不出什么新的结论来，如果有结论，就必然违反规则(5)，推理将是无效的.

例 13 有的罪犯不是贪污犯，(特称否定)

有的罪犯不是盗窃犯，(特称否定)

∴？

例 14 有的罪犯是贪污犯， (特称肯定)

有的罪犯不是盗窃犯. (特称否定)

∴？

例 15 有的罪犯不是贪污犯，(特称否定)

有的罪犯是盗窃犯， (特称肯定)

∴？

事实上，例 12 的中项是罪犯，在两个前提中都是特称肯定的主项. 未被周延，因此违反了规则(1)，当然就不能推得结论. 例 13 违反了规则(3)，两个前提均为否定判断. 至于例 14 与例 15，两个前提中恰有一个否定，根据规则(4)，如有结论的话，必是否定的，又因它们的中项还都是罪犯，于是结论只可能是“贪污犯不是盗窃犯”或“盗窃犯不是贪污犯”，这个结论是不对的，因为贪污与盗窃两罪可以兼有.

规则(6) 如果两前提中恰有一个是特称命题，且能推出结论，则结论必为特称命题.

此时另一前提必为全称命题(注意规则(5))，也有三种情况：a）特称肯定与全称肯定；b）特称肯定与全称否定或特称否定与全称肯定；c）特称否定与全称否定.

例 16 有两条边平行的四边形是梯形，(全称肯定)

有的四边形的两条边平行，(特称肯定)

∴有的四边形是梯形.(特称肯定)

这个推理属于情况 a)，即

全称肯定＋特称肯定⇒特称肯定，它符合规则(6)，而且不难看出，它也符合规则(1)与(2)，不违背规则(3)，(4)与(5). 因此它是有效推理.

例 17 有的负数可以开立方，(特称肯定)

所有的负数没有平方根，(全称否定)

∴有些没有平方根的数可以开立方.(特称肯定)

特称肯定 + 全称否定⇒特称肯定.

例 18 有的负数可以开立方，(特称肯定)

所有负数没有平方根，(全称否定)

∴有些能开立方的数没有平方根.(特称否定)

特称肯定 + 全称否定⇒特称否定.

在例 17 与例 18 中，两个前提完全相同，推得的结论却是不同的，但它们都符合规则(6).出现这种情况的原因在于第一个前提“有的负数可以开立方”这个特称肯定命题实际上有一个对应的全称肯定命题：“所有负数可以开立方”也是正确的. 见图 4.7. 请同学们自行验证，这个推理还符合规则(1),(2),(3),(4)与(5),因此是有效推理.

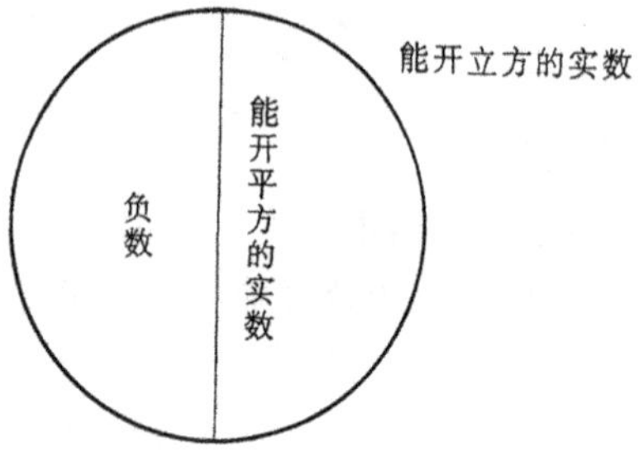

图 4.7

例 19 有些罪犯不是学生，(特称否定)

所有罪犯都是触犯刑法的人，(全称肯定)

∴有些触犯刑法的人不是学生.(特称否定)

特称否定 + 全称肯定⇒特称否定. 这个推理符合规则(6),而且也符合所有其余 5 条规则，因此它是有效推理.

至于情况 c),由规则(3)可知,此时不能推得任何结论.

以上通过实例说明了如何正确运用三段论法来进行有效的推理，避免违反规则的无效推理. 对每个三段论推理，判断其是否有效，应验证所有 6 条规则是否都符合，只要有一条规则违背了，那就是无效推理.

习题 4.3

1. 指出下列命题属于全称肯定、全称否定、特称肯定、特称否定中的哪一种：

(1) 对于可微函数 $y=f(x)$来说，有的驻点是极值点；

(2) 有的线性方程组无解；

(3) 所有的解放军战士都是勇敢的；

(4) 所有的中国人不愿意看到台湾独立；

(5) 有的哺乳动物是卵生的；

(6) 所有哺乳动物是胎生的；

(7) 所有的鸟类都会飞；

(8) 有的鸟类不会飞.

2. 下列三段论法推理中，指出什么是大项、中项和小项：

(1) 所有的狗都是哺乳动物，

所有的哺乳动物都是热血动物，

∴ 所有的狗都是热血动物；

(2) 天津人是好客的，

林达是天津人，

∴ 林达是好客的；

(3) 所有的教师都热爱学生，

所有热爱学生的人都是幸福的，

∴ 所有的教师都是幸福的；

(4) 所有的苹果都是香蕉，

所有的香蕉都是黄色的，

∴ 所有的苹果都是黄色的；

(5) 中国运动员是守法的，

张凯是中国运动员，

∴ 张凯是守法的.

3. 指出下列三段论法推理是否正确. 如果错误，即推理是无效的，根据是什么？违反了哪条规则？

(1) 凡犯罪分子都有作案动机，吴芳有作案动机，所以吴芳是犯罪分子；

(2) 诈骗案是要立案侦破的，盗窃案不是诈骗案，所以盗窃案不要立案侦破；

(3) 所有罪犯都不是法制观念强的人，有些青年是罪犯，所以有些青年不是法制观念强的人；

(4) 有些案件不是刑事案件，所有民事案件都不是刑事案件，所以有些案件不是民事案件；

(5) 有些案犯是高干子女，有些案犯不是共产党员，所以有些高干子女是共产党员；

(6) 有些案犯不是主动自首的，有些案犯是知法犯法的，所以知法犯法的就不是主动自首的；

(7) 所有大学生学习都努力，有的青年是大学生，所以有的青年学习很努力；

(8) 所有的大学生都喜欢玩电脑，有的青年是大学生，所以每个青年都喜欢玩电脑；

(9) 所有矩阵的秩不等于 0，A 是一个三阶矩阵，所以 A 的秩不等于 0；

(10) 所有罪犯都不是法制观念很强的人，有些知识分子是法制观念很强的人，所以知识分子都不是罪犯.

4.4 解析逻辑性问题

在逻辑代数中，含有未知量的等式，称为逻辑方程. 利用逻辑代数中关于命题的演算规律，可以对逻辑方程求解. 在解决与命题有关的逻辑问题时，往往引入命题的记号，把问题转化为解逻辑方程，这就是所谓解析逻辑性问题. 我们通过下列各例说明之.

例 1 孩子的生父究竟是谁？

1981 年 8 月，福建省建宁县 14 岁的小学女生张×和家长向法院状告邻居胡×强奸张×三次，胡×坚决否认，并声言张×与其班主任马×勾搭成奸. 几个月后，张×生下男婴一个，孩子生父究竟是谁？

由于既无物证又无人证，办案人员一筹莫展，1982 年 7 月求助于上海血站，通过血型鉴定，发现胡×与婴儿有着极高百分比的亲子机会，据此断定胡×是生父. 但胡×不服到处上访，为了对案件负责，事隔两年，到1984年重新审理此案，经调查，马×与张×同是祖籍山东，而胡×是地道的福建人．于是血站对当事人胡×、马×、张×与婴儿四人都作了Gm血型鉴定．所谓Gm血型是将我国人口大致以北纬30°为界分为南北两支，这两支的Gm血型不同．经鉴定：张×为axg，婴儿为afxbg，马×为afb，胡×为ag．由此判定马×是生父，而胡×则被平反．这里的逻辑判断是：婴儿afxbg含有母亲的因子axg之外，还含有fb因子，而此因子只有从父亲那里继承，也就是说，父亲应具有fb因子．马×具有这因子，而胡×没有，因此可判定婴儿生父是马×．案件经过五年之久，终于水落石出，原来张×为保护马×采取嫁祸于人诬告了胡×．

例2 在给某班的一天排课程表时，数学、物理与语文教师都提出了要求：数学排在第一或第二节，物理排在第二或第三节，语文在第一或第三节．试问如何排该天(假定只排三节课)的课程表才能满足所有这些要求，有几种方案可供选择．

解 令 S_1，S_2，S_3 分别表示数学课排在第一、二、三节，类似地 W_1，W_2，W_3 与 Y_1，Y_2，Y_3 分别表示物理课与语文课排在第一、二、三节．于是，根据各科教师的要求，我们有：$S_1 \vee S_2 = 1$，$W_2 \vee W_3 = 1$ 及 $Y_1 \vee Y_3 = 1$．为了满足所有要求，必须将上述三式做逻辑乘，即得

$$(S_1 \vee S_2) \wedge (W_2 \vee W_3) \wedge (Y_1 \vee Y_3) = 1.$$

此式等价于

$$((S_1 \wedge W_2) \vee (S_1 \wedge W_3) \vee (S_2 \wedge W_2) \vee (S_2 \wedge W_3)) \wedge (Y_1 \vee Y_3) = 1$$

$$\xLeftrightarrow{S_2 \wedge W_2 = 0} (S_1 \wedge W_2 \wedge Y_1) \vee (S_1 \wedge W_2 \wedge Y_3) \vee (S_1 \wedge W_3 \wedge Y_1) \vee (S_1 \wedge W_3 \wedge Y_3) \vee (S_2 \wedge W_3 \wedge Y_1) \vee (S_2 \wedge W_3 \wedge Y_3) = 1$$

$$\xLeftrightarrow[S_1 \wedge W_3 \wedge Y_3 = 0,\, S_2 \wedge W_3 \wedge Y_3 = 0]{S_1 \wedge W_2 \wedge Y_1 = 0,\, S_1 \wedge W_3 \wedge Y_1 = 0} (S_1 \wedge W_2 \wedge Y_3) \vee (Y_1 \wedge S_2 \wedge W_3) = 1.$$

因此，我们有两种方案可供选择：

第一方案：第一节数学，第二节物理，第三节语文；

第二方案：第一节语文，第二节数学，第三节物理．

例3 由父亲(A)、母亲(B)与三个子女(C,D,E)组成的某五口之家买了一台彩电，当天晚上打开电视，关于他们五人看电视情况有下列五种正确的描述：

1) A 看电视时 B 也在看；

2) D 和 E 或是两人都看了，或他们之中的一个看了；

3) B 和 C 只有一个看了；

4) C 和 D 或是两人都看了，或是两人都没有看；

5) 若 E 看了，则 A 和 D 也都看了．

试问：那天晚上，这个家庭中哪几个人确实看了电视．

解 令各人的字母表示他(或她)看了电视这个命题．则根据1)至5)的五种描述，我们分别得到：

$A \to B = 1$； $D \vee E = 1$； $(B \wedge (\neg C)) \vee (\neg B \wedge C) = 1$；

$(C \wedge D) \vee (\neg C \wedge \neg D) = 1$； $E \to A \wedge D = 1$．

其中第一式与第五式分别等价于

$\neg A \vee B = 1$ 及 $\neg E \vee (A \wedge D) = 1$．

现将五个式子作逻辑乘得：

$$(\neg A \vee B) \wedge (D \vee E) \wedge ((B \wedge \neg C) \vee (\neg B \wedge C))$$
$$\wedge ((C \wedge D) \vee (\neg C \wedge \neg D)) \wedge (\neg E \vee (A \wedge D)) = 1.$$

对此等式作逻辑非,得

$$(A \wedge \neg B) \vee (\neg D \wedge \neg E) \vee ((\neg B \vee C) \wedge (B \vee \neg C))$$
$$\vee ((\neg C \vee \neg D) \wedge (C \vee D)) \vee (E \wedge (\neg A \vee \neg D)) = 0$$
$$\Leftrightarrow (A \wedge \neg B) \vee (\neg D \wedge \neg E) \vee (\neg B \wedge \neg C) \vee (C \wedge B)$$
$$\vee (\neg C \wedge D) \vee (\neg D \wedge C) \vee (\neg A \wedge E) \vee (\neg D \wedge E) = 0$$
$$\underline{\underline{\neg E \vee E = 1}} (A \wedge \neg B) \vee (\neg B \wedge \neg C) \vee (C \wedge B) \vee (\neg C \wedge D)$$
$$\vee (\neg D \wedge C) \vee (\neg A \wedge E) \vee (\neg D \wedge 1) = 0.$$

由此式推得$\neg D = 0$，从而 $D = 1$，于是得

$$(A \wedge \neg B) \vee (\neg B \wedge \neg C) \vee (B \wedge C) \vee \neg C \vee (\neg A \wedge E) = 0,$$

于是$\neg C = 0$，得 $C = 1$．于是

$$(A \wedge \neg B) \vee B \vee (\neg A \wedge E) = 0,$$

又得 $B = 0$，$\neg B = 1$，于是

$$A \vee (\neg A \wedge E) = 0,$$

得 $A = 0$，$\neg A = 1$，$E = 0$．

综上所述，我们断定：子女 C 和 D 看了电视，而父、母与子女 E 都未看电视．

例 4 设 A，B，C 三位女同学在舞台上分别扮演维、藏与苗族姑娘，化妆以后不能辨认．有人判断说：“A 扮维族，B 不扮维族，C 没扮演苗族．”事实上，他的判断有一个对两个错．试问：A、B、C 三位女同学究竟各扮演了哪个民族的姑娘？

解 我们分别用 $A_{维}$、$B_{藏}$ 与 $C_{苗}$ 表示 A 扮演维族姑娘、B 扮演藏族姑娘与 C 扮演苗族姑娘等．

题中判断的命题是 $A_{维} \wedge \neg B_{维} \wedge \neg C_{苗}$．根据题意，$A_{维}$、$\neg B_{维}$ 与 $\neg C_{苗}$ 三个命题中一个真两个假．

首先假定 $A_{维}$ 为真，即 $A_{维} = 1$，$\neg B_{维} = 0$，$\neg C_{苗} = 0$．于是 $B_{维} = 1$，$C_{苗} = 1$，又有 $A_{维} = 1$，说明 A 与 B 都扮演维族姑娘，这不可能．因此 $A_{维} = 1$ 是假的．由此可知 $A_{维} = 0$ 是真的，即 A 不扮演维族姑娘．

其次假定$\neg B_{维}$ 为真，即$\neg B_{维} = 1$，于是 $A_{维}$ 与$\neg C_{苗}$ 均为假，即$\neg A_{维} = 1$，$C_{苗} = 1$．此时 C 扮演了苗族姑娘，而 A 与 B 都不扮演维族姑娘，只有扮演藏族或苗族姑娘，出现两人同时扮演苗族姑娘也不可能．说明$\neg B_{维}$ 应为假，即 $B_{维} = 1$，B 扮演了维族姑娘．

最后，由上所述，$A_{维}$ 与$\neg B_{维}$ 均为假，由此推出$\neg C_{苗}$ 为真，即 C 不扮演苗族姑娘，而维族姑娘已经由 B 扮演，因此 C 扮演了藏族姑娘，而且 A 扮演了苗族姑娘．问题全部解决了．

例 5 某地有九个顽劣少年，一天他们躲在屋顶平台向下面行人掷石子，恶作剧的结果是：其中一人恰好把一块石子打中某行人的眼睛，造成眼球破碎致残的严重后果．经公安人员对他们讯问，九人交代如下：

朱：这是卢×干的．

韦：不，这不是事实.

汪：这块石子是我抛的.

余：这要么是汪×干的，要么是黄×干的.

卢：韦×说的是谎话.

袁：这是汪×干的.

王：不对，汪×没干这事.

黄：无论是我还是汪×都没干这事.

江：黄×讲的是对的，但也没有卢×的事.

经反复调查核实，九人的交代只有三人说的是真话，试问肇事者是谁？

解 九人的交代涉及的肇事者为黄×、汪×与卢×，分别用 H、W 与 L 表示黄×、汪×与卢×是肇事者. 于是九人的交代可以用符号表示为：

1）L；　2）$\neg L$；　3）W；　4）$(W \vee H) \wedge \neg (W \wedge H)$；　5）$\neg \neg L$；

6）W；　7）$\neg W$；　8）$\neg H \wedge \neg W$；　9）$\neg H \wedge \neg W \wedge \neg L$.

首先我们分析一下，有没有可能黄×、汪×与卢×都不是肇事者，而是哪个第四者干的. 如果是这样，那么 $\neg H \wedge \neg W \wedge \neg L = 1$. 这时推出 2)，7)，8）与 9）四式均为真，与事实不符，因为只有三人说的是真话. 因此的确肇事者是黄×、汪×与卢×中的某一个.

其次，因 $\neg \neg L = L$，我们看到 1）与 5）说 $L = 1$. 假定如此，那么 1)，5)，7）与 8）为真，又有四人说真话，不能成立. 从而 $L = 0$.

最后，假定 $W = 1$，那么 2)，3)，4）与 6）为真，也与事实不符. 由此我们断定 $H = 1$. 事实上，此时 2)，4)，7）是真的，其余各式为假. 于是此案告破，黄某确是肇事者.

习题 4.4

1. 设 A，B，C，D 四人做竞赛游戏，其中三人报告的情况是：

A 说：C 第一，B 第二；

B 说：C 第二，D 第三；

C 说：A 第二，D 第四.

他们的报告都是一个正确，一个错误的. 试问他们四人的竞赛名次究竟怎样？

2. A，B，C，D 四人中有两人参加了无偿献血，关于谁参加了无偿献血，有下列四种正确的判断：

1）A 与 B 只有一人参加；

2）若 C 参加，D 必参加；

3）B 与 D 不会同时参加；

4）D 不参加时 A 就不参加.

试问哪两人参加了无偿献血？

3. 某集体宿舍里发生了一起盗窃收录机的案件，经保卫人员现场勘查，初步确定为内盗；且作案者为同宿舍 A，B，C，D 四个人中的一个，在对这四人审查时，

A 说：收录机肯定是 B 偷的；

B 说：收录机是 D 偷的；

C 说：反正我不会干这种坏事；

D 说：我也决不会干这缺德事.

保卫人员反复调查、核实，断定他们中只有一人说了真话，那么究竟是谁偷了收录机？

4.5 附录 数学的逻辑思维方法

数学作为自然科学的重要分支，它与逻辑学密不可分，因而它也就与逻辑学、哲学有着密切的联系，逻辑思维方法就成为数学研究中最常用最基本的方法. 我们在这里只对它略作介绍，并不准备系统地讲授.

一、分类法

分类是依据一定标准将研究对象区分为不同种类(称为子项)的逻辑方法，其逻辑基础是集合的分划，将一个集合分成若干个互不相交的子集，而这些子集的并又等于原先的那个母集. 由此我们就有分类法必须遵守的逻辑规则：(1)不漏，各子项之总和应等于母项；(2)不重，不同子项间不能出现重迭交叉；(3)不乱，分类应逐级分层进行，不要越级进行.

例 1 讨论等比级数 $a_0+a_0q+\cdots+a_0q^{n-1}+\cdots$的收敛性，$a_0\neq 0$.

讨论中对公比 q 进行分类：$|q|=1$，$|q|>1$，$|q|<1$ 三种情况，结果是

a) $|q|=1$：部分和 $S_n=a_0+a_0q+\cdots+a_0q^{n-1}=a_0(1+q+\cdots+q^{n-1})$,在此子项下，又分为 $q=1$ 与 $q=-1$ 的情况.

当 $q=1$，$S_n=na_0$，$\lim\limits_{n\to\infty}S_n=\lim\limits_{n\to\infty}(na_0)$ 不存在，故此时级数发散.

当 $q=-1$，$S_n=a_0[1+(-1)+\cdots+(-1)^{n-1}]=\begin{cases}a_0\cdot 1, & n\text{ 是奇数,}\\ a_0\cdot 0, & n\text{ 是偶数.}\end{cases}$

$\lim\limits_{n\to\infty}S_n$ 不存在，故此时级数发散.

b) $|q|>1$：部分和 $S_n=\dfrac{a_0-a_0q^n}{1-q}$，因 $\lim\limits_{n\to\infty}q^n=\infty$，故 $\lim\limits_{n\to\infty}S_n$ 不存在，级数发散.

c) $|q|<1$：部分和的极限 $\lim\limits_{n\to\infty}S_n=\dfrac{a_0}{1-q}$，由此得级数收敛，和为$\dfrac{a_0}{1-q}$.

综上所述，$|q|\geqslant 1$ 时级数发散，$|q|<1$ 时级数收敛，其和为$\dfrac{a_0}{1-q}$.

评注　题中的 q 未被限定，意味着 q 可以是任意实数. 于是将全部实数分成了三个互不相交的部分：$|q|=1$，$|q|>1$ 与$|q|<1$，对每一部分进行讨论，最后得到完整的结论，按$|q|\geqslant 1$ 与$|q|<1$ 将所有等比级数分成了两类，前者发散，后者收敛.

分类法还经常用于某一数学分支的一大类研究对象，最突出的要数几何学了. 几何学的主要任务是研究各种各样图形的性质，比如平面上的二次曲线，即用 x 与 y 两个变量的二次方程表示的图形，$\dfrac{x^2}{a^2}+\dfrac{y^2}{b^2}=1$ 表示两个半轴分别是 a 与 b 的中心在原点的椭圆，$\dfrac{x^2}{a^2}-\dfrac{y^2}{b^2}=1$ 表示实半轴 a，虚半轴 b，中心在原点的双曲线等等. 对于一般的二元二次方程

$$a_{11}x^2+a_{22}y^2+2a_{12}xy+2b_1x+2b_2x+c=0,$$

如何来判定它代表什么样的曲线，按照方程系数 a_{11}，a_{12}，a_{22}，b_1，b_2，c 的千差万别，能不能把它们分门别类，并找出它们的内存联系呢？

著名的德国数学家克莱因(F. Klein,1849～1925)在Erlangen 大学期间发表过一篇著名演讲，提出了用变换群观点来研究几何对象的分类，这就是著名的 Erlangen 纲领．比如，平面上给定一个圆与一个椭圆，在平移旋转与伸缩变换下可以把椭圆变成圆，反之亦然．于是按照克莱因观点，就可以把这两个图形归为同一类，这里归到同一类的标准是看是否可以通过平面上图形的某些变换，使其中一个变成另一个．实际上平面几何中按照全等或相似也可以将平面图形进行分类．

二、类比

类比不是一种严格的推理，而是数学研究中经常使用的提出假说与猜想的思维方法，它所得出的结论是或然的，必须通过其他严格论证的方法加以证明．类比法的逻辑形式是：

A 的对象具有属性 a，b，c，d，

B 的对象具有属性 a，b，c，

$\therefore B$ 的对象可能具有属性 d．

类比的结论带有“可能”性，不是必然正确的．

例 2　将直角三角形的勾股定理类比推广，可猜想空间中的毕达哥拉斯定理：若 $DABC$ 是直四面体(见图 4.8)，其中 $\angle ADB=\angle BDC=\angle CDA=\dfrac{\pi}{2}$，且 $\triangle ADB$，$\triangle BDC$，$\triangle CDA$ 与 $\triangle ABC$ 的面积分别是 c，a，b 与 d，则有

4.5.1　　$d^2=a^2+b^2+c^2$．

我们略去此定理的证明，仅将如何从勾股定理通过类比猜想出这一结论的思维过程叙述如下：直角三角形类比为直四面体，两直角边类比为此四面体的三个直角面(与直角三面角相邻的三个直角三角形)，而斜边类比为直角三面角所对的面(三角形 ABC)，最后，边长则类比为三角形的面积，由此可猜想公式 4.5.1．

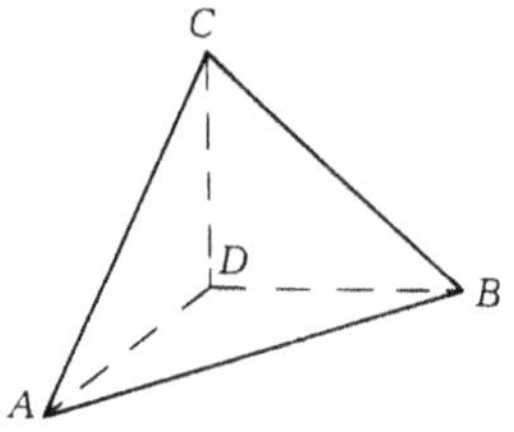

图 4.8

三、归纳

从特殊到一般的思维方法是归纳，按照被考查的对象是否完全，可分为不完全归纳与完全归纳两种．

例 3　因 $1^2=1$，$2^2=1+3$，$3^2=1+3+5$，$4^2=1+3+5+7$．于是归纳出结论

4.5.2　　$1+3+\cdots+(2n-1)=n^2$，$n\in\mathbf{N}$．

这里从 $n=1$，2，3 与 4 这四个特殊对象的等式 4.5.2，归纳得到对一切正整数 n 的公式 4.5.2，这样的归纳称为不完全归纳，因为并没有考查 $\mathbf{N}$ 中的全部对象，事实上这是办不到的，$\mathbf{N}$ 中有无穷多个成员，我们只考查了其中的四个对象就归纳出关于 $\mathbf{N}$ 中全部对象的公式．显然这种归纳推理的结论是或然的，不是必然正确的．

例 4　我们考查式子 $f(n)=2^{2^n}+1$，当 $n=0$，1，2，3，4 时，分别有 $f(n)=3$，5，17，257，65 537，这五个数都是素数．由此归纳出结论 $f(n)=2^{2^n}+1$，$n\in\mathbf{N}$，都是素数．这就是不完全归纳．那么结论呢？事实上，$f(5)=2^{2^5}+1=641\times 6\ 700\ 417$，不是素数．因此前面的归纳推理所得结论并不正确．

由此可见，不完全归纳只能提供预测的结论，或可称为一种猜测．它的结论尚需加以严

格的逻辑证明.

至于完全归纳，则是通过对全部对象考查完毕得出它们的共性来. 当对象是有限个时，可以通过穷举，逐个进行考查以至穷尽所有对象；如果对象是无限个时，则可通过类分来穷尽全部对象.

例 5 对 $n\in\mathbf{N}$ 且 $n\leqslant 8$ 有 $f(n)=n^2+n+11$ 是素数. 我们可以计算全部八个数：$f(1)=13$，$f(2)=17$，$f(3)=23$，$f(4)=31$，$f(5)=41$，$f(6)=53$，$f(7)=67$，$f(8)=83$，经考查发现它们都是素数. 于是归纳出结论：$n\in\mathbf{N}$ 且 $n\leqslant 8$ 时，$f(n)=n^2+n+11$ 是素数.

这是通过穷举法归纳出结论，此结论是正确的.

例 6 求函数 $y=\ln|x|$ 的导数，对 $x\neq 0$.

除 $x=0$ 外，此函数在每一点均可导，且我们不能计算所有非零实数处该函数的导数值. 但我们可把非零实数分为两部分：正数与负数. 于是，当 x 是正数时，$(\ln|x|)'=(\ln x)'=\dfrac{1}{x}$；而当 x 是负数时，$(\ln|x|)'=[\ln(-x)]'=\dfrac{1}{x}$ 于是我们有

$$(\ln|x|)'=\frac{1}{x},x\neq 0.$$

这里用的是类分归纳，通过把全部被考查的对象非零实数类分为正数与负数两类，对每一类证明了结论，于是归纳出对全部对象均成立的结论来.

像例5(穷举归纳)与例 6(类分归纳)统称为完全归纳法，它的结论是肯定的，也就是说，完全归纳法是一种严格的逻辑推理.

在数学中还有一种完全归纳法的变种，即数学归纳法. 如果 $P(n)$是关于正整数 n 的一个命题，$P(1)$是正确的,而且在假定 $P(n)$正确的条件下能推出 $P(n+1)$正确,那么命题 $P(n)$对一切正整数 $n\in\mathbf{N}$ 也正确.

例 7 我们用数学归纳法来证明 4.5.2

$n=1$，4.5.2 的左端是 1，右端也是 1，此时命题成立.

现假定 4.5.2 对 n 成立，要推出 4.5.2 对 $n+1$ 成立. 于是我们论证如下：此时 4.5.2 的左端为

$$1+3+\cdots+(2n-1)+(2n+1)=[1+3+\cdots+(2n-1)]+(2n+1)$$

$$\xlongequal{\text{归纳假定}} n^2+(2n+1)=(n+1)^2=\text{右端}.$$

由此 4.5.2 对一切正整数 $n\in\mathbf{N}$ 成立.

四、演绎

演绎与归纳正好相反，是一般性原理推出特殊结论，简言之，从一般到特殊. 演绎的推理是严格的逻辑证明方法，只要前提正确，推理又符合逻辑规则，那么结论一定是正确的. 数学中绝大多数的推理均采用这种方法. 至于数学中的演绎形式，以三段论法为主.

数学家在研究工作中，为了发现从未有过的新成果时，往往是把归纳和演绎两种方法结合起来使用，它们本身是相互联系相互补充的. 归纳是演绎的基础，为演绎准备条件，而演绎则为归纳完成理论的依据，两者结合起来成为完整的逻辑方法.

例 8 讨论形如$P(n)=2^n-1$ 的数，对什么样的 $n\in\mathbf{N}$，数$P(n)$是素数？什么样的 $n\in\mathbf{N}$，$P(n)$是合数？素数 $P(n)$称为 Mersenne 数.

解　(1) 试验. 为得到一般性结论，先实际地算一些 $P(n)$的数，比如计算 $n=1,2,\cdots,10$ 时 $P(n)$的值，其结果列在下述表 4.9 中.

表 4.9

n	1	2	3	4	5	6	7	8	9	10
$P(n)$	1	3	7	15	31	63	127	255	511	1 023

(2) 归纳. 观察表 4.9 中计算结果，发现 n 为素数 2，3，5，7 时，$P(n)$为素数；当 n 为合数 4，6，8，9，10 时，$P(n)$为合数.

(3) 猜想. 我们可猜想"n 为素数时$P(n)$为素数". 但如果继续试算，得$P(11)=2^{11}-1=2\ 047=23\times 89$ 为合数，这迫使我们马上放弃刚才的猜想. 再继续试算，$P(12)=2^{12}-1=4\ 095=5\times 819$，$P(14)=2^{14}-1=16\ 383=3\times 5\ 461$ 为合数. 于是进一步猜想："当 n 为合数时，$P(n)$为合数".

(4) 演绎证明. 现在用严格的演绎推理证明我们的猜想："当 n 为合数时，$P(n)$为合数".

设 $n=kl$，k 与 l 均为大于 1 的正整数. 则

$$P(n)=2^{kl}-1=(2^k)^l-1=(2^k-1)((2^k)^{l-1}+(2^k)^{l-2}+\cdots+2^k+1),$$

由此可见，2^k-1 整除 $P(kl)$，且因 $k>1, 1<2^k-1<2^{kl}-1$. 故$P(kl)$是合数.

实际上，归纳与演绎在数学中的结合，最能在数学归纳法的推理中体现出来.

五、分析

分析法是把整体分解为部分，把复杂事物分解为简单要素分别加以研究，进而去认识事物的整体本质. 数学中的分析法大致有以下几种.

1. 元过程分析法. 通过对事物有代表性的局部小单元的研究，去揭示事物的整体本质. 例如为了计算曲线 $y=f(x)$与直线 $x=a$，$x=b(a<b)$，x 轴围成的曲边梯形面积(见图 2.28)，先分割区间$[a,b]$成 n 个小区间$[x_0,x_1],\cdots,[x_{n-1},x_n](x_0=a,x_n=b)$，第 i 个小区间 $\Delta_i=[x_{i-1},x_i]$是它们的代表，当 Δ_i 的长度 $\Delta x_i=x_i-x_{i-1}$很小时，在 Δ_i 中的对应函数值$f(x)$的差异就很小，此时 Δ_i 上的那个小曲边梯形 S_i 近似于矩形，只要 $\xi_i\in[x_{i-1},x_i]$，面积 S_i 也就近似于乘积$f(\xi_i)\Delta x_i$. 于是总面积 $S\approx\sum_{i=1}^{n}f(\xi_i)\Delta x_i$，通过取极限，得到

$$S=\lim_{\substack{\Delta x_i\to 0\\ i=1,\cdots,n}}\sum_{i=1}^{n}f(\xi_i)\Delta x_i=\int_a^b f(x)dx,$$

其中 $f(x)dx$ 称为面积的微元.

2. 追溯分析法. 它从结论出发，分析结论成立需什么样的条件，然后通过论证去创造这种条件，有的可以通过构造辅助线、辅助面或辅助函数、辅助等式或不等式来达到，由此作为起点再开始论证.

例 9　已知 $\{a_n\}$ 是等比数列，如果

4.5.3　$a_1+a_2+a_3=18$，$a_2+a_3+a_4=-9$，且 $S_n=a_1+a_2+\cdots+a_n$，求 $\lim_{n\to\infty}S_n$.

解　为求得 S_n，根据等比级数的求和公式，只需求出 a_1 与公比 q 即可. 于是将题设条

件 4.5.3 改写成等价的形式

4.5.4 $\begin{cases} a_1 + a_1 q + a_1 q^2 = 18, \\ a_1 q + a_1 q^2 + a_1 q^3 = -9. \end{cases}$

4.5.4 是含两个未知数两个方程的方程组，解之，得 $q = \frac{-1}{2}$，$a_1 = 24$. 于是

$$\lim_{n \to \infty} S_n = \frac{a_1}{1-q} = \frac{24}{1-\left(-\frac{1}{2}\right)} = 16.$$

例 10 如图 4.9，在△*ABC* 的两边 *AB* 和 *AC* 上向外作正方形 *ABEF* 和 *ACGH*，则边 *BC* 上的高线 *AD* 平分线段 *FH*.

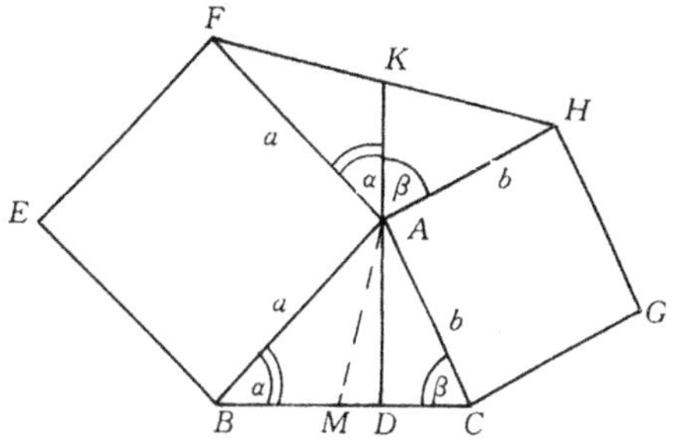

图 4.9

分析　这是一个传统的平面几何证明题，有不下十余种解法. 我们应用面积来证. 为证 $FK = KH$，只要证明△*AKF* 与△*AKH* 面积相等. 又易发现 $\angle ABC = \angle KAF = \alpha$ 与 $\angle ACB = \angle KAH = \beta$，而且 $\angle BAC$ 与 $\angle FAH$ 互补，$AB = AF$，$AC = AH$，可见△*ABC* 与△*AFH* 的面积相等. 于是启示我们把△*AKF* 与△*AKH* 的等积转化到△*ABC* 中. 因此可作辅助线 *AM*，使 $\angle BAM = \angle AFK$. 从而使 $\triangle ABM \cong \triangle AFK$. 进而导出 $\angle AHK = \pi - \angle AFK - (\alpha + \beta) = \angle CAM$，又推出 $\triangle AKH \cong \triangle AMC$(两角一夹边). 问题也就迎刃而解. 请读者自己完成证明.

3. 混合分析法. 在许多情况下，要采取夹击的思路，即既要分析结论成立需要什么样的条件，又要分析题设条件能导致什么样的结果，从前后两个方面同时论证，最后会合到中途，达到论证的目的.

例 11 设正数 a，b，c，A，B，C 满足条件

4.5.5 $a + A = b + B = c + C = k,$

求证：$aB + bC + cA < k^2$.

分析　从条件 4.5.5，要证的不等式等价于

4.5.6 $aB + bC + cA < k(a + A).$

由条件 4.5.5 可知 $B < k$，从 4.5.6 中消去左端的 aB 与右端的 ak(因 $aB < ak$)，丁是为证明 4.5.6，只需证明 $bC + cA \leqslant kA = (c + C)A$，从中消去 cA，得不等式 $bC \leqslant CA \Leftrightarrow b \leqslant A$. 问题转化成求证不等式 $b \leqslant A$. 现在如何从已知条件推出此不等式呢？表面上看无法比较 b 与 A 的大小. 但你再仔细分析一下会发现 4.5.5 中表示 k 的和式中，6 个正数 a，b，c 与 A，B，C 具有对称性，于是从一开始用 $k = a + A$ 导出 4.5.6 时，可考虑取 A 为正数 a，b，c，A，B，C 中最大的那个. 于是就有 $b \leqslant A$. 这样，证明的思路也就有了. 下面是证法：

记 a，b，c，A，B，C 中最大者为 A，则 $aB < ak$，且 $bC + cA \leqslant AC + cA = Ak$，将此两不等式边边相加得 $aB + bC + cA < ak + Ak = k^2$.

六、综合

综合是与分析相对的，它根据对象各部分间的有机联系从事物总体上把握事物.

数学的发展史上有过分化和整合两种现象，在近代，多种数学理论的高度综合与统一，已形成现代数学发展的一种趋势，许多数学家致力于从整体的、大范围入手，以综合联系的

观点研究数学对象，从而兴起了许多整体的、大范围的数学，如整体微分几何、流形上的几何拓扑与微分方程、大范围变分学等．在非标准分析的理论中，这种倾向更加深刻．

另一方面，在具体解决数学问题时，综合法也起着独特的作用．

例 12 求证：非零元素组成的三阶行列式展开式中至少有一项是负的．

解 设三阶行列式的展开式为

$$\Delta=\begin{vmatrix} a_{11} & a_{12} & a_{13} \\ a_{21} & a_{22} & a_{23} \\ a_{31} & a_{32} & a_{33} \end{vmatrix}=a_{11}a_{22}a_{33}+a_{12}a_{23}a_{31}+a_{13}a_{21}a_{32}-a_{12}a_{21}a_{33}$$

$$-a_{11}a_{23}a_{32}-a_{13}a_{22}a_{31}=T_1+T_2+\cdots+T_6,$$

要在 T_1，…，T_6 这 6 项中找到一项负数，很难办到．但若将 6 项作为一个整体，考虑乘积 $T_1T_2\cdots T_6=-a_{11}^2a_{12}^2a_{13}^2a_{21}^2a_{22}^2a_{23}^2a_{31}^2a_{32}^2a_{33}^2<0$，由此立刻推出 T_1，…，T_6 中至少有一项是负数．

应当注意，分析与综合是相互依存相互渗透的，不是孤立的．它们的辩证统一使数学理论的发展不断向深度和高度展开，螺旋上升．不断地分析现象和局部，综合形成数学猜想，进一步分析证明，达到理论完美的程度．

七、证明

证明是借助于已确立真实性的命题按照一定规则来确定另一命题的真实性．

任何一个证明都由论题(需要被证实为真的命题)、论据(用来证实论题为真的那些命题)与论证方式(证明中运用的推理形式与规则)三部分构成．

每一个证明必须遵循以下三个规则：

1．论题必须明确且同一．论题明确是证明的先决条件，同时在整个证明中必须保持同一，即前后一贯，不得转移与偷换论题．

例 13 求极限 $\lim\limits_{x\to\infty}\dfrac{\sin x}{x}$．

如果应用公式 $\lim\limits_{x\to0}\dfrac{\sin x}{x}=1$ 算出 $\lim\limits_{x\to\infty}\dfrac{\sin x}{x}=1$，那么把论题中的变量 x 从“$x\to\infty$”换成了“$x\to0$”，这是不允许的，因而计算 $\lim\limits_{x\to\infty}\dfrac{\sin x}{x}=1$ 是错误的．事实上应有 $\lim\limits_{x\to\infty}\dfrac{\sin x}{x}=0$．

2．论据必须真实、充分而不循环．论据的真实与充分易于理解，对于循环论证的错误恰是应该时刻预防的，有时它极其隐蔽，不易察觉．

例 14 已知$\triangle ABC$中，AD 为$\angle A$ 的平分线，$BD>DC$，求证：$AB>AC$．

伪证：如图 4.10，在 AB 上取点 E，使 $AE=AC$，连接 DE．由 AD 平分$\angle BAC$ 得$\triangle ACD\cong\triangle AED$，从而$\angle C=\angle AED$．由外角定理知$\angle AED>\angle B$，故$\angle C>\angle B$，从而 $AB>AC$．

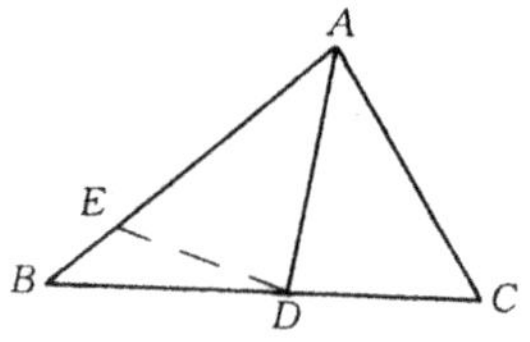

图 4.10

评析 证明中取 $AE=AC$，已经承认了 $AB>AE=AC$．这相当于从 $AB>AC$ 出发，去证明 $AB>AC$．犯了“循环论证”的逻辑错误．

例 15 对 $a\geqslant3$，求证$\sqrt{a-1}+\sqrt{a-2}>\sqrt{a}+\sqrt{a-3}$．

伪证：由$\sqrt{a-1}+\sqrt{a-2}\geqslant2\cdot\sqrt[4]{a^2-3a+2}$ ……… (1)

$\sqrt{a}+\sqrt{a-3}\geqslant2\cdot\sqrt[4]{a^2-3a}$ ……… (2)

但 $\sqrt[3]{a^2-3a+2}>\sqrt[4]{a^2-3a}$ ……… (3)

故得 $\sqrt{a-1}+\sqrt{a-2}>\sqrt{a}+\sqrt{a-3}$ ……… (4)

评析 式(1),(2),(3)都是正确的,但推出(4)是无效的,这里使用了假命题"大于较大的数者也较大",因此论证的论据不充分.

3. 论证方式必须遵循一定的推理规则,与三段论法是一样的. 在数学证明中常用的有下列推理规则:

(1) $\dfrac{\begin{matrix}P\\Q\end{matrix}}{P\wedge Q}$; (2) $\dfrac{\begin{matrix}P\to Q\\P\end{matrix}}{Q}$; (3) $\dfrac{\forall xF(x)}{F(y)}$; (4) $\dfrac{\begin{matrix}P\to Q\\Q\to R\end{matrix}}{P\to R}$;

(5) $\dfrac{\begin{matrix}P\leftrightarrow Q\\Q\leftrightarrow R\end{matrix}}{P\leftrightarrow R}$; (6) $\dfrac{\begin{matrix}P\leftrightarrow Q\\P\end{matrix}}{Q}$; (7) $\dfrac{P\wedge Q}{P}$; (8) $\dfrac{\begin{matrix}P\to Q\\Q\to P\end{matrix}}{P\leftrightarrow Q}$;

(9) $\dfrac{P\to Q}{\neg Q\to\neg P}$; (10) $\dfrac{\begin{matrix}P\to Q\\\neg Q\end{matrix}}{\neg P}$; (11) $\dfrac{\begin{matrix}P\vee Q\\\neg P\end{matrix}}{Q}$.

数学证明的具体方法很多,根据推理形式的差别有归纳证明与演绎证明之分,按照证明的思维过程可分为分析证明与综合证明,此外还有直接证明与间接证明的区别. 至于具体名目的数学证明还有反证法、同一法与数学归纳法等,而数学归纳法又有若干不同的变种. 这里不一一叙述了.

八、反驳

在数学理论的发展长河中,反驳有着独特的不可替代的作用,它可以看成一种特殊形式的证明,特别是反证法在许多场合特别有效.

反驳法是以确知为真的命题,驳斥另一命题的虚假性,它由反驳论题(反驳什么)、反驳论据(用什么反驳)与反驳方式(怎样反驳)三部分组成.

为了掌握反驳法,首先要学会对给定命题的否定. 例如命题 P: 函数 $y=f(x)$ 在 a 连续. 假如你要驳斥 P,也就是说要否定 P,即要证明非 P 成立,那么就要列出 $f(x)$ 在 a 连续的充分必要条件: $f(a)$ 有定义且 $\lim\limits_{x\to a}f(x)$ 存在且 $\lim\limits_{x\to a}f(x)=f(a)$,然后去论证上述三个条件中的至少一个不成立.

一般来说,对给定命题的否定有下列几种情况:

1. 简单命题的否定,只须在命题前加上"并非"二字 例如

P: 集合 A 与集合 B 相等.

$\neg P$: 并非集合 A 与集合 B 相等.

2. 复合命题的否定,主要有: (1)两个命题 P 与 Q 的逻辑加(或称析取)的否定, $\neg(P\vee Q)=\neg P\wedge\neg Q$; (2) 两个命题 P 与 Q 的逻辑乘(或称合取)的否定, $\neg(P\wedge Q)=\neg P\vee\neg Q$; (3) 蕴含命题 $P\to Q$ 的否定, $\neg(P\to Q)=P\wedge\neg Q$ 等几种形式.

3. 对含有量词的命题的否定,可从量词上着手,即

全称命题 $\forall xP(x), x\in X$, 其否定是 $\exists x\ \neg P(x), x\in X$;

特称命题 $\exists xP(x), x\in X$, 其否定是 $\forall x\ \neg P(x), x\in X$.

例 16 函数 $y=f(x)$ 在 a 连续的定义为

$$\forall\varepsilon\exists\delta\forall x(|x-a|<\delta\to|f(x)-f(a)|<\varepsilon)(\varepsilon>0,\delta>0),$$

则其否定命题,即 $f(x)$ 在 a 不连续应为

$$\exists \varepsilon \forall \delta \exists x \neg(|x-a|<\delta \rightarrow |f(x)-f(a)|<\varepsilon)(\varepsilon>0, \delta>0),$$

即 $$\exists \varepsilon \forall \delta \exists x(|x-a|<\delta \wedge |f(x)-f(a)| \geqslant \varepsilon)(\varepsilon>0, \delta>0).$$

从上例可以看出，含有量词的命题的否定，只要将全称量词与存在量词互换，同时将判断否定即可.

数学中反驳的主要形式是反例与归谬. 对于许多数学猜想，往往被一个反例推翻. 同样对一个普遍的命题，你若能找到一个反例，那就驳斥了那个命题，断定它为假.

数学史上最轰动最巨大的反例要算罗巴切夫斯基的非欧几何了，它推翻了“欧几里得几何公理的第五公设可以证明”这一猜想，从而使几何学开创出一个崭新的天地.

反驳的另一形式是归谬，它由对方的论题推导或引申出荒谬的结论，从而驳倒对方的论题. 而反证法是在一个命题的证明过程中通过对结论否定的归谬来实现的.

世界著名数学哲学家拉卡托斯(1922—1974)从科学哲学的高度，赋予证明与反驳以重要数学探索的发现价值，并总结出一般的数学发现的启发性规则：

规则(1)在产生一个猜想之后，就要努力去证明它，如果证明不了，就应努力去反驳它. 当你完成证明以后，要开一份证明引用过的论据(引理)的清单；如果你去反驳它，就要找出猜想的反例(全局性反例)或可疑引理的反例(局部性反例).

规则(2)当你有了全局性反例，就应抛弃那个猜想，进而换成适当的改进了的猜想，同时把证明中会被驳倒的引理作为条件添入改进了的猜想中.

规则(3)当你有了成功的局部反例，就应检验一下，看是否可作为全局反例. 如果是，那就再应用规则2.

规则(4)如果你的反例只是局部性的而并非全局性的，那就设法用未被否定的引理换掉被该反例驳倒的引理，从而改进你的证明.

规则(5)如果你有一个反例，就设法用演绎猜测出一个更深刻的定理，使其不再成为反例.

数学家们无论是否明确上述规则，他们从事的研究工作无不自觉或不自觉地按照这些规则进行. 因此这些规则对于数学的发现与创新是至关重要的.

附录1　习题解答或提示

习题 1.1

1. $\begin{pmatrix} 5 & 2 & 10 \\ 15 & 1 & 3 \end{pmatrix}$.

2. (1) $A=\begin{bmatrix} 1 & 2 & -1 \\ 2 & -1 & 2 \\ 3 & 1 & -4 \end{bmatrix}$, $\overline{A}=\begin{bmatrix} 1 & 2 & -1 & 1 \\ 2 & -1 & 2 & 0 \\ 3 & 1 & -4 & 4 \end{bmatrix}$,

$A'=\begin{bmatrix} 1 & 2 & 3 \\ 2 & -1 & 1 \\ -1 & 2 & -4 \end{bmatrix}$, $\overline{A}'=\begin{bmatrix} 1 & 2 & 3 \\ 2 & -1 & 1 \\ -2 & 2 & -4 \\ 1 & 0 & 4 \end{bmatrix}$,

$r(A)=r(A')=3$, $r(\overline{A})=r(\overline{A}')=3$;

(2) $A=\begin{bmatrix} 1 & 2 & -1 & -2 \\ 2 & -1 & -1 & 1 \\ 3 & 1 & -2 & -1 \end{bmatrix}$, $\overline{A}=\begin{bmatrix} 1 & 2 & -1 & -2 & 0 \\ 2 & -1 & -1 & 1 & 1 \\ 3 & 1 & -2 & -1 & 2 \end{bmatrix}$,

$A'=\begin{bmatrix} 1 & 2 & 3 \\ 2 & -1 & 1 \\ -1 & -1 & -2 \\ -2 & 1 & -1 \end{bmatrix}$, $\overline{A}'=\begin{bmatrix} 1 & 2 & 3 \\ 2 & -1 & 1 \\ -1 & -1 & -2 \\ -2 & 1 & -1 \\ 0 & 1 & 2 \end{bmatrix}$,

$r(A)=r(A')=2$, $r(\overline{A})=r(\overline{A}')=3$;

(3) $A=\begin{bmatrix} 1 & 1 & 0 & -3 & -1 \\ 1 & -1 & 2 & -1 & 0 \\ 4 & -2 & 6 & 3 & -4 \\ 2 & 4 & -2 & 4 & -7 \end{bmatrix}$, $\overline{A}=\begin{bmatrix} 1 & 1 & 0 & -3 & -1 & 0 \\ 1 & -1 & 2 & -1 & 0 & 0 \\ 4 & -2 & 6 & 3 & -4 & 0 \\ 2 & 4 & -2 & 4 & -7 & 0 \end{bmatrix}$,

$A'=\begin{bmatrix} 1 & 1 & 4 & 2 \\ 1 & -1 & -2 & 4 \\ 0 & 2 & 6 & -2 \\ -3 & -1 & 3 & 4 \\ -1 & 0 & -4 & -7 \end{bmatrix}$, $\overline{A}'=\begin{bmatrix} 1 & 1 & 4 & 2 \\ 1 & -1 & -2 & 4 \\ 0 & 2 & 6 & -2 \\ -3 & -1 & 3 & 4 \\ -1 & 0 & -4 & -7 \\ 0 & 0 & 0 & 0 \end{bmatrix}$,

$r(A)=r(A')=r(\overline{A})=r(\overline{A}')=3$.

3. (1) $\begin{bmatrix} 1 & 0 & 0 \\ 0 & 1 & 0 \\ 0 & 0 & 1 \end{bmatrix}$, $r=3$; (2) $\begin{bmatrix} 1 & -1 & 0 \\ 0 & 0 & 1 \\ 0 & 0 & 0 \end{bmatrix}$, $\begin{bmatrix} 1 & 0 & 0 \\ 0 & 1 & 0 \\ 0 & 0 & 0 \end{bmatrix}$, $r=2$;

(3) $\begin{pmatrix}1&0\\0&1\end{pmatrix}$, $r=2$; (4) $\begin{pmatrix}1&0\\0&1\\0&0\end{pmatrix}$, $r=2$;

(5) $\begin{pmatrix}1&0&0&2&0\\0&1&0&-1&0\\0&0&1&0&0\\0&0&0&0&1\end{pmatrix}$, $\begin{pmatrix}1&0&0&0&0\\0&1&0&0&0\\0&0&1&0&0\\0&0&0&1&0\end{pmatrix}$, $r=4$;

(6) $\begin{pmatrix}1&-2&1&0&0\\0&0&0&1&0\\0&0&0&0&1\end{pmatrix}$, $\begin{pmatrix}1&0&0&0&0\\0&1&0&0&0\\0&0&1&0&0\end{pmatrix}$, $r=3$;

(7) $\begin{pmatrix}1&0&0\\0&1&0\\0&0&1\end{pmatrix}$, $r=3$; (8) $\begin{pmatrix}1&1&-14&-7\\0&1&16&14\\0&0&39&29\end{pmatrix}$, $\begin{pmatrix}1&0&0&0\\0&1&0&0\\0&0&1&0\end{pmatrix}$, $r=3$.

4. (1) $x_1=1$, $x_2=0$, $x_3=2$;

(2) $x_1=3$, $x_2=-4$, $x_3=-1$, $x_4=1$;

(3) $x_1=-1$, $x_2=-1$, $x_3=0$, $x_4=1$;

(4) $x_1=-2$, $x_2=2$, $x_3=-3$, $x_4=3$;

(5) $x_1=1$, $x_2=2$, $x_3=1$, $x_4=-1$;

(6) $x_1=2$, $x_2=x_3=x_4=0$.

5. (1) $x=1$, $y=-1$; (2) $x=11$, $y=9$, $z=3$;

(3) $x=\frac{3}{5}$, $y=\frac{1}{5}$, $z=0$; (4) $x=2$, $y=3$.

6. 略.

习题 1.2

1. $\boldsymbol{A}+\boldsymbol{B}=\begin{pmatrix}0&7\\0&10\end{pmatrix}$, $2\boldsymbol{A}-3\boldsymbol{B}=\begin{pmatrix}-10&-21\\15&-10\end{pmatrix}$,

$\boldsymbol{B}-6\boldsymbol{A}=\begin{pmatrix}14&7\\-21&-18\end{pmatrix}$, $5\boldsymbol{B}+\boldsymbol{A}=\begin{pmatrix}8&35\\-12&34\end{pmatrix}$.

2. $\boldsymbol{X}=\begin{pmatrix}1&1&12\\-1&6&-10\\-1&11&0\end{pmatrix}$.

3. $3a'-2b'=(-1\quad -6\quad 11\quad -2)$, $a'-b'=(-1\quad -3\quad 4\quad -2)$,

$4a-3b=\begin{pmatrix}-2\\-9\\15\\-4\end{pmatrix}$.

4. $a=(5\quad 1\quad 2\quad -1\quad -6)$, $b=(-1\quad 0\quad 1\quad 1\quad 2)$.

5. (1) $\begin{pmatrix}0&9&3\\-1&19&11\end{pmatrix}$; (2) $\begin{pmatrix}16&-5\\6&3\\26&-20\end{pmatrix}$; (3) $\begin{pmatrix}-1&9&3\\3&11&-3\\0&0&24\end{pmatrix}$;

(4) $\begin{pmatrix} -3 & 4 & 0 \\ -6 & 8 & 0 \\ -3 & 4 & 0 \end{pmatrix}$；　(5)　(5).

6. (1) $\boldsymbol{AB}=\begin{pmatrix} 1 & 1 \\ 0 & 1 \end{pmatrix}$，　$\boldsymbol{BA}=\begin{pmatrix} 2 & 1 \\ -1 & 0 \end{pmatrix}$；

(2) $\boldsymbol{AC}=\begin{pmatrix} 1 & 2 \\ 4 & 1 \end{pmatrix}$，　$\boldsymbol{BD}=\begin{pmatrix} 4 & 3 \\ -4 & -1 \end{pmatrix}$，$\boldsymbol{AD}=\begin{pmatrix} 4 & 1 \\ 4 & 3 \end{pmatrix}$；

(3) $(\boldsymbol{A}+\boldsymbol{B})(\boldsymbol{A}-\boldsymbol{B})-(\boldsymbol{A}+2\boldsymbol{B})(\boldsymbol{B}-\boldsymbol{A})=\begin{pmatrix} 6 & -2 \\ 4 & 3 \end{pmatrix}$；

(4) $\boldsymbol{A}(\boldsymbol{B}+\boldsymbol{C}-\boldsymbol{D})=\begin{pmatrix} -2 & 2 \\ 0 & -1 \end{pmatrix}$.

7. (1) $\begin{pmatrix} a_{11} & a_{12} & a_{13} & a_{14} \\ a_{21} & a_{22} & a_{23} & a_{24} \\ a_{31} & a_{32} & a_{33} & a_{34} \end{pmatrix}$；　(2) $\begin{pmatrix} a_{31} & a_{32} & a_{33} & a_{34} \\ a_{21} & a_{22} & a_{23} & a_{24} \\ a_{11} & a_{12} & a_{13} & a_{14} \end{pmatrix}$；

(3) $\begin{pmatrix} a_{11} & a_{12} & a_{13} & a_{14} \\ a_{21} & a_{22} & a_{23} & a_{24} \\ a_{31} & a_{32} & a_{33} & a_{34} \end{pmatrix}$；　(4) $\begin{pmatrix} a_{11} & a_{12} & a_{13} & a_{14} \\ a_{31} & a_{32} & a_{33} & a_{34} \\ a_{21} & a_{22} & a_{23} & a_{24} \end{pmatrix}$；

(5) $\begin{pmatrix} a_{11} & a_{12} & a_{13} & a_{14} \\ a_{21}+ka_{11} & a_{22}+ka_{12} & a_{23}+ka_{13} & a_{24}+ka_{14} \\ a_{31} & a_{32} & a_{33} & a_{34} \end{pmatrix}$；

(6) $\begin{pmatrix} a_{11} & a_{14} & a_{12} & a_{13} \\ a_{21} & a_{24} & a_{22} & a_{23} \\ a_{31} & a_{34} & a_{32} & a_{33} \end{pmatrix}$.

8. $a=d$，$b=-c$.

9. $a_{11}x^2+a_{22}y^2+2a_{12}xy+2b_1x+2b_2y+c$ 及 $x^2-y^2+4z^2+4xy+6xz-2yz$.

10. (1) $\begin{pmatrix} 4 & 3 \\ 1 & -2 \end{pmatrix}\begin{pmatrix} x_1 \\ x_2 \end{pmatrix}=\begin{pmatrix} 6 \\ -3 \end{pmatrix}$；　(2) $\begin{pmatrix} 3 & -2 \\ 1 & 3 \\ 2 & -4 \end{pmatrix}\begin{pmatrix} x_1 \\ x_2 \end{pmatrix}=\begin{pmatrix} 0 \\ 1 \\ -3 \end{pmatrix}$；

(3) $\begin{pmatrix} 1 & 2 & -6 \\ 2 & 3 & 4 \\ 0 & 1 & -9 \end{pmatrix}\begin{pmatrix} x_1 \\ x_2 \\ x_3 \end{pmatrix}=\begin{pmatrix} 7 \\ 0 \\ 2 \end{pmatrix}$；　(4) $\begin{pmatrix} 1 & 1 & 0 & -3 & -1 \\ 1 & -1 & 2 & -1 & 0 \\ 4 & -2 & 6 & 3 & -4 \\ 2 & 4 & -2 & 4 & -7 \end{pmatrix}\begin{pmatrix} x_1 \\ x_2 \\ x_3 \\ x_4 \\ x_5 \end{pmatrix}=\begin{pmatrix} 0 \\ 0 \\ 0 \\ 0 \\ 0 \end{pmatrix}$.

11. (1) $\boldsymbol{A}^2=\begin{pmatrix} 1 & 0 \\ 9 & 4 \end{pmatrix}$，$\boldsymbol{A}^3=\begin{pmatrix} 1 & 0 \\ 21 & 8 \end{pmatrix}$，$\boldsymbol{A}^4=\begin{pmatrix} 1 & 0 \\ 45 & 16 \end{pmatrix}$，$\boldsymbol{A}^{-2}=\begin{pmatrix} 1 & 0 \\ -\frac{9}{4} & \frac{1}{4} \end{pmatrix}$；

(2) $\boldsymbol{A}^2=\boldsymbol{A}^3=\boldsymbol{A}^4=\boldsymbol{A}^{-2}=\begin{pmatrix} 1 & 0 \\ 0 & 1 \end{pmatrix}$；

(3) $\boldsymbol{A}^2=\begin{pmatrix} 1 & 0 \\ 0 & 1 \end{pmatrix}$，$\boldsymbol{A}^3=\begin{pmatrix} 0 & 1 \\ 1 & 0 \end{pmatrix}$，$\boldsymbol{A}^4=\begin{pmatrix} 1 & 0 \\ 0 & 1 \end{pmatrix}$，$\boldsymbol{A}^{-2}=\begin{pmatrix} 1 & 0 \\ 0 & 1 \end{pmatrix}$；

(4) $\mathbf{A}^2=\begin{pmatrix}a^2&0&0\\0&b^2&0\\0&0&c^2\end{pmatrix}$, $\mathbf{A}^3=\begin{pmatrix}a^3&0&0\\0&b^3&0\\0&0&c^3\end{pmatrix}$,

$\mathbf{A}^4=\begin{pmatrix}a^4&0&0\\0&b^4&0\\0&0&c^4\end{pmatrix}$, $\mathbf{A}^{-2}=\begin{pmatrix}a^{-2}&0&0\\0&b^{-2}&0\\0&0&c^{-2}\end{pmatrix}$, 当 $abc\neq0$;

(5) $\mathbf{A}^2=\begin{pmatrix}6&2&0\\12&7&-6\\-12&-3&16\end{pmatrix}$, $\mathbf{A}^3=\begin{pmatrix}0&4&10\\-36&-13&38\\96&39&-50\end{pmatrix}$,

$\mathbf{A}^4=\begin{pmatrix}60&26&-12\\228&91&-138\\-300&-92&274\end{pmatrix}$, $\mathbf{A}^{-2}=\dfrac{1}{162}\begin{pmatrix}47&-16&-6\\-60&48&18\\24&-3&9\end{pmatrix}$;

(6) $\mathbf{A}^2=\begin{pmatrix}1&2&3\\0&1&2\\0&0&1\end{pmatrix}$, $\mathbf{A}^3=\begin{pmatrix}1&3&6\\0&1&3\\0&0&1\end{pmatrix}$, $\mathbf{A}^4=\begin{pmatrix}1&4&10\\0&1&4\\0&0&1\end{pmatrix}$, $\mathbf{A}^{-2}=\begin{pmatrix}1&-2&1\\0&1&-2\\0&0&1\end{pmatrix}$.

12. (1) $\begin{pmatrix}1&1\\\frac{1}{3}&\frac{2}{3}\end{pmatrix}$; (2) $\begin{pmatrix}1&0\\-1&1\end{pmatrix}$; (3) $\begin{pmatrix}\frac{1}{3}&0\\-\frac{1}{6}&-\frac{1}{4}\end{pmatrix}$;

(4) $\begin{pmatrix}-\frac{1}{7}&\frac{23}{21}&\frac{22}{21}\\\frac{2}{7}&-\frac{32}{21}&-\frac{37}{21}\\\frac{1}{7}&-\frac{2}{21}&-\frac{1}{21}\end{pmatrix}$; (5) $\begin{pmatrix}\frac{1}{3}&\frac{1}{6}&\frac{2}{3}\\\frac{1}{3}&\frac{1}{6}&\frac{1}{3}\\-\frac{1}{3}&\frac{1}{3}&\frac{1}{3}\end{pmatrix}$; (6) $\begin{pmatrix}2&1&-1\\4&1&-2\\-\frac{3}{2}&-\frac{1}{2}&1\end{pmatrix}$;

(7) $\begin{pmatrix}\frac{1}{2}&-\frac{1}{4}&\frac{1}{8}&-\frac{1}{16}&\frac{1}{32}\\0&\frac{1}{2}&-\frac{1}{4}&\frac{1}{8}&-\frac{1}{16}\\0&0&\frac{1}{2}&-\frac{1}{4}&\frac{1}{8}\\0&0&0&\frac{1}{2}&-\frac{1}{4}\\0&0&0&0&\frac{1}{2}\end{pmatrix}$.

13. (1) $\begin{pmatrix}21&7\\28&11\end{pmatrix}$; (2) $\begin{pmatrix}17&11\\20&15\end{pmatrix}$;

(3) $\begin{pmatrix}-1&-4&-23\\2&5&18\\2&6&33\end{pmatrix}$; (4) $\begin{pmatrix}17&-20&14\\-11&15&-11\\4&-6&5\end{pmatrix}$.

习题 1.3

1.（1）-8；（2）-100；（3）150；（4）0；（5）44；
（6）1；（7）-10；（8）8；（9）0；（10）0.

2.（1）对左端依次作 R_2-R_3，$R_1-R_2\cdot t$ 后转置；
（2）对左端按第一列展开计算之；
（3）对左端依次作 $R_1+R_2+R_3$，$R_1\cdot\frac{1}{2}$(提出公因数 2)，R_2-R_1，R_3-R_1，$R_1+R_2+R_3$，最后提出 R_2，R_3 的负号；
（4）依次按第一行展开左端；
（5）对左端按第一行展开后计算之.

3.（1）$x_1=2$，$x_2=3$；（2）$x_1=x_2=0$，$x_3=-6$；
（3）$x_1=1$，$x_2=-1$，$x_3=2$，$x_4=-2$；（4）$x_1=2$，$x_2=3$，$x_3=4$.

4.（1）$x_1=\frac{9}{14}$，$x_2=\frac{1}{2}$，$x_3=-\frac{3}{2}$，$x_4=\frac{3}{14}$；
（2）$x_1=3$，$x_2=-4$，$x_3=-1$，$x_4=1$；
（3）$x_1=-\frac{1}{4}$，$x_2=x_3=x_4=\frac{1}{4}$；
（4）$x_1=4$，$x_2=-6$，$x_3=4$，$x_4=-1$；
（5）$x_1=1$，$x_2=2$，$x_3=-1$，$x_4=-2$；
（6）$x_1=-2$，$x_2=0$，$x_3=1$，$x_4=-1$.

5.（1）$\begin{pmatrix}1 & \frac{1}{3}\\ 1 & \frac{2}{3}\end{pmatrix}$；（2）$\begin{pmatrix}1 & -1\\ 0 & 1\end{pmatrix}$；（3）$\begin{pmatrix}2 & -5\\ -1 & 3\end{pmatrix}$；（4）$\frac{1}{21}\begin{pmatrix}-3 & 23 & 22\\ 6 & -32 & -37\\ 3 & -2 & -1\end{pmatrix}$；
（5）$\frac{1}{6}\begin{pmatrix}2 & 1 & 4\\ 2 & 1 & -2\\ -2 & 2 & 2\end{pmatrix}$；（6）$\begin{pmatrix}50 & -48 & 15 & -13\\ 94 & -91 & 28 & -24\\ 27 & -26 & 8 & -7\\ -3 & 3 & -1 & 1\end{pmatrix}$.

习题 1.4

1.（1）$x_1=c_1+c_2+5c_3$，$x_2=-2c_1-2c_2-6c_3$，
$x_3=c_1$，$x_4=c_2$，$x_5=c_3$，c_1，c_2，c_3 为任意实数；
（2）$x_1=2c_1+\frac{2}{7}c_2$，$x_2=c_1$，$x_3=-\frac{5}{7}c_2$，$x_4=c_2$，c_1，c_2 为任意实数；
（3）$x_1=x_2=x_3=x_4=0$；
（4）$x_1=x_2=x_3=0$，$x_4=x_5=c$，c 为任意实数；
（5）$x_1=0$，$x_2=c$，$x_3=2c$，$x_4=c$，c 为任意实数.

2.（1）$x_1=1$，$x_2=x_3=3$；
（2）$x_1=c_1+c_2$，$x_2=0$，$x_3=-c_1+2$，$x_4=c_1$，$x_5=c_2$，c_1，c_2 为任意实数；

(3) $x_1=-\frac{16}{3}$，$x_2=-\frac{17}{3}$，$x_3=-\frac{26}{3}$，$x_4=-6$；

(4) 无解；

(5) 无解.

3. (1) $a=-\frac{46}{5}$时无解，$a\neq-\frac{46}{5}$时有唯一解；

(2) $a=0$ 且 $b=2$ 时有无穷多解，否则无解；

(3) $a=-2$ 时有无穷多解，否则无解.

4. 用公式 1.4.10 计算 $\overline{X}=(I-A)^{-1}B$：

(1) 第一、二、三产业部门分别为$\frac{110}{3}$，$\frac{112}{3}$，$\frac{50}{3}$；

(2) 第一、二、三产业部门分别为$\frac{134}{3}$，$\frac{692}{15}$，$\frac{62}{3}$.

5. 用公式 1.4.10 计算得农业产出 15，工业产出$\frac{81}{4}$，服务业产出为$\frac{27}{2}$(单位:10 亿美元).

习题 2.1

1. (1) 2，0，-4，1，$5-3\sqrt{2}$；(2) 0，1，1，4，0；

(3) 0，1，1，4，0；　　(4) 3，4，10，4，39.

2. (1)

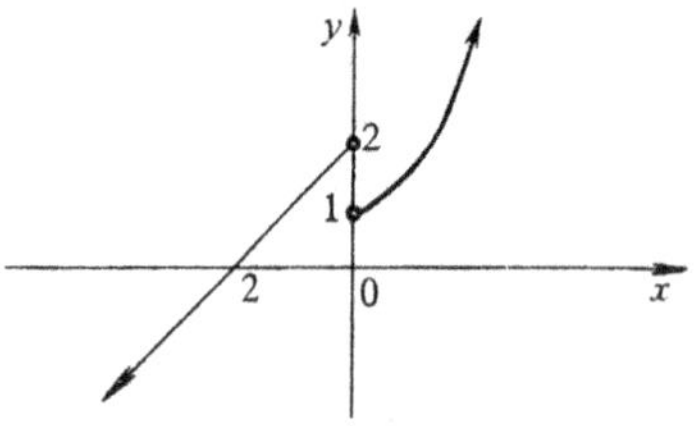

(2)

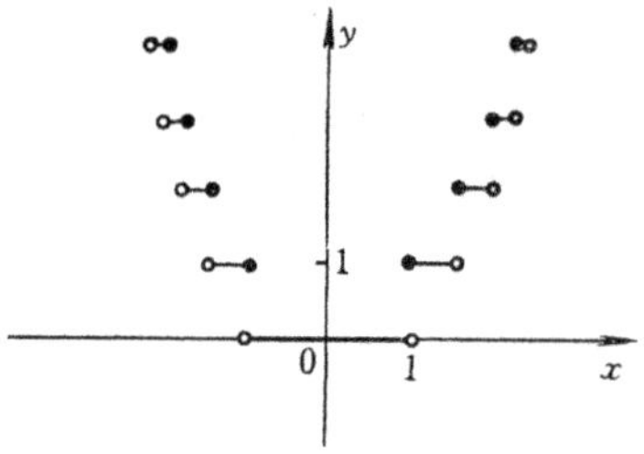

(3)

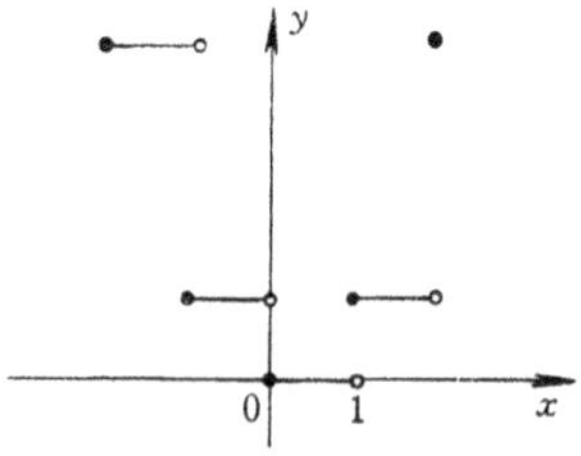

(4)

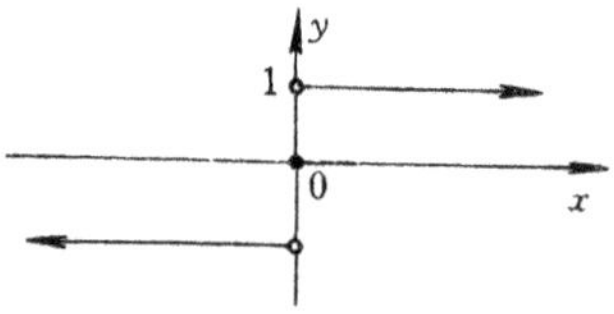

3. (1) $(-\infty,\ -2]\cup(1,+\infty)$；　　(2) $x\neq\frac{\pi}{4}+k\pi$，$k\in\mathbf{N}$；

(3) $\left(-\frac{\pi}{2}+2k\pi,\ \frac{\pi}{2}+2k\pi\right)$，$k\in\mathbf{N}$；　　(4) $[-1,\ 5]$.

4. (1) $y=\lg u$，　$u=x+v$，　$v=\sqrt{w}$，　$w=x^2+1$；

(2) $y=\sqrt{u}$，　$u=v^3-w$，　$v=2x+1$，　$w=\sin x$；

(3) $y = u^3$, $u = 1 + v^2$, $v = \lg w$, $w = \tan x$;

(4) $y = \sin u$, $u = \arccos v$, $v = \sqrt{x-1}$.

5. (1) 偶；(2) 非奇非偶；(3) 奇；(4) 偶；(5) 奇；(6) 非奇非偶.

6. (1) 周期 6π；(2) 周期 2π；(3) 非周期函数；(4) 非周期函数.

7. (1) $(-\infty, +\infty)$ 上严格单增，记作 $\uparrow$；(2) $(-\infty, +\infty)$ 上严格单减，记作 $\downarrow$；

(3) $(0, +\infty)$ 上 $\downarrow$；　(4) $(-\infty, 0]$ 上 $\downarrow$，$[0, +\infty)$ 上 $\uparrow$.

8. $R_f = [0, 3]$，$R_g = [0, +\infty)$，$g(x)$无界.

9. x 盎司重$\dfrac{50x}{1.7637}$克，即 $y(x) = \dfrac{50x}{1.7637}$（克）.

10. (1) $f^{-1}(x) = \sqrt[3]{1+x}$, $D_{f^{-1}} = \mathbf{R}$, $R_{f^{-1}} = \mathbf{R}$;

(2) $f^{-1}(x) = \dfrac{1-x}{1+x}$, $D_{f^{-1}} = (-\infty, -1) \cup (1, +\infty)$, $R_{f^{-1}} = (-\infty, -1) \cup (-1, +\infty)$;

(3) $f^{-1}(x) = \sqrt{1+10^x}$, $D_{f^{-1}} = \mathbf{R}$, $R_{f^{-1}} = (1, +\infty)$;

(4) $f^{-1}(x) = \sqrt[3]{\tan x - 1}$, $D_{f^{-1}} = \left\{x \,\middle|\, x \neq \dfrac{\pi}{2} + k\pi, k \in \mathbf{Z}\right\}$, $R_{f^{-1}} = \mathbf{R}$，其中 $\mathbf{Z}$ 是所有整数的集合.

11. (1) $R(q) = q(1-q)$；　(2) $R\left(\dfrac{1}{3}\right) = \dfrac{2}{9}$.

12. (1) $p(q) = 20 - \dfrac{q}{3}$；

(2) $R(q) = q\left(20 - \dfrac{q}{3}\right)$；

(3) 20，$\dfrac{59}{3}$，18，$\dfrac{371}{3}$，$\dfrac{117}{4}$，$\dfrac{1\,199}{12}$.

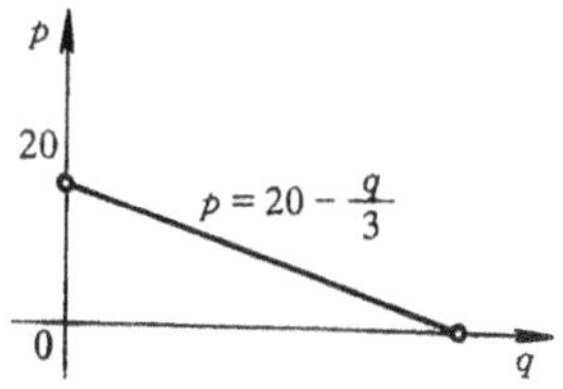

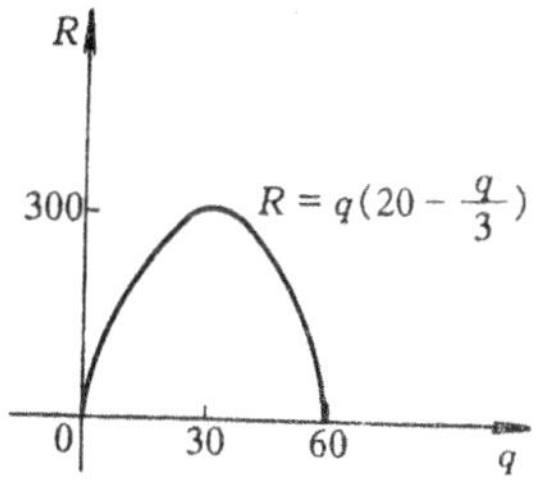

13. (1) $R(q) = 0.11q^{-0.4}$；

(2) $0.11 \times 12^{-1.4}, 0.11 \times 15^{-1.4}, 0.11 \times 20^{-1.4}, 0.11 \times 10^{-0.4}, 0.11 \times 12^{-0.4}, 0.11 \times 15^{-0.4}$.

14. $C(x) = \begin{cases} 10x, & x \leqslant 20, \\ 7x + 60, & 20 < x \leqslant 200, \\ 5x = 460, & x > 200. \end{cases}$

15. (1) $\dfrac{uv}{u^2+v^2}$；(2) 0；(3) $\lg(u + v - 2\sqrt{uv})$；(4) $\sin^2(uv) + \cos^2 1$.

16. 星期六.

17. $(x, y, z) \xrightarrow{f} (x', y', z) \xrightarrow{g} w \xrightarrow{h} n$.

18. (1) $u_n = u_{n-1} + u_{n-2} = (u_{n-2} + u_{n-3}) + u_{n-2}$，然后除；

(2) $\dfrac{u_{n+1}}{u_n} = \left(\dfrac{u_n}{u_{n+1}}\right)^{-1} \approx \dfrac{1}{0.618} \approx 1.618$；

(3) $\dfrac{1}{\sqrt{5}}\left[\left(\dfrac{1+\sqrt{5}}{2}\right)^1 - \left(\dfrac{1-\sqrt{5}}{2}\right)^1\right] = \dfrac{1}{\sqrt{5}} \cdot \sqrt{5} = 1 = u_1$,

$\dfrac{1}{\sqrt{5}}\left[\left(\dfrac{1+\sqrt{5}}{2}\right)^2 - \left(\dfrac{1-\sqrt{5}}{2}\right)^2\right] = \dfrac{1}{\sqrt{5}}\left[\dfrac{6+2\sqrt{5}}{4} - \dfrac{6-2\sqrt{5}}{4}\right] = 1 = u_2$,

其次假定对 $k=1,2,\cdots,n$，2.1.3 成立，$n\geqslant 2$. 现在

$$u_{n+1}=u_n+u_{n-1}=\frac{1}{\sqrt{5}}\left[\left(\frac{1+\sqrt{5}}{2}\right)^n-\left(\frac{1-\sqrt{5}}{2}\right)^n\right]+\frac{1}{\sqrt{5}}\left[\left(\frac{1+\sqrt{5}}{2}\right)^{n-1}-\left(\frac{1-\sqrt{5}}{2}\right)^{n-1}\right]$$

$$=\frac{1}{\sqrt{5}}\left[\left(\frac{1+\sqrt{5}}{2}\right)^{n-1}\times\frac{1+\sqrt{5}}{2}-\left(\frac{1-\sqrt{5}}{2}\right)^{n-1}\times\frac{1-\sqrt{5}}{2}+\left(\frac{1+\sqrt{5}}{2}\right)^{n-1}-\left(\frac{1-\sqrt{5}}{2}\right)^{n-1}\right]$$

$$=\frac{1}{\sqrt{5}}\left[\left(\frac{1+\sqrt{5}}{2}\right)^{n-1}\times\frac{3+\sqrt{5}}{2}-\left(\frac{1-\sqrt{5}}{2}\right)^{n-1}\times\frac{3-\sqrt{5}}{2}\right]$$

$$=\frac{1}{\sqrt{5}}\left[\left(\frac{1+\sqrt{5}}{2}\right)^{n-1}\times\left(\frac{1+\sqrt{5}}{2}\right)^2-\left(\frac{1-\sqrt{5}}{2}\right)^{n-1}\times\left(\frac{1-\sqrt{5}}{2}\right)^2\right]$$

$$=\frac{1}{\sqrt{5}}\left[\left(\frac{1+\sqrt{5}}{2}\right)^{n+1}-\left(\frac{1-\sqrt{5}}{2}\right)^{n+1}\right].$$

故 2.1.3 对一切 $n\in\mathbf{N}$ 成立.

19.（1）t_1：在句后加“这辆自行车”，$S_3=t_1(S_1)$；

（2）t_2：在句首加“这位”，$S_4=t_2(S_3)$；

（3）$S_5=t_1(S_2)=$ 儿子修理这辆自行车；

（4）t_3：在句首加“他的”，$S_6=t_3(S_5)$；

（5）$S_7=$ 这位父亲修理这辆自行车或他的儿子修理这辆自行车；

（6）t_5：从句子的前半部分中去掉“修理这辆自行车”；

（7）利用转换 $S_3=t(S_1)$，$S_4=t_2(S_3)$，$S_5=t_1(S_2)$ 与 $S_6=t_3(S_5)$，然后用转换 t_4（在两句子间插入“或”字）得到 $S_7=t_4(S_4,S_6)$，最后用转换 t_5，从句子前半部分中去掉“修理这辆自行车”.

20. 将原句记作 S_1. 令 t_1：去掉短语“到火车站”，$t_1(S_1)=S_2=$ 张光辉和王定芳骑车；t_2：在“张光辉”后插入“骑车”，$t_2(S_2)=S_4=$ 张光辉骑车和王定芳骑车；t_3：删去句子中间的“和”，得两个句子：$S_4=$ 张光辉骑车，$S_5=$ 王定芳骑车，$t_3(S_3)=(S_4,S_5)$.

21. $f(\sin x)=3-\cos 2x=3-(1-2\sin^2 x)=2+2\sin^2 x$，得 $f(x)=2+2x^2$.

22. 由方程组 $\begin{cases} af(x)+bf\left(\dfrac{1}{x}\right)=cx, \\ bf(x)+af\left(\dfrac{1}{x}\right)=\dfrac{c}{x}. \end{cases}$ 解出 $f(x)=\dfrac{1}{a^2-b^2}\left(acx-\dfrac{bc}{x}\right)$.

习题 2.2

1.（1），（2），（5）是无穷小量；（3），（7），（8）是无穷大量.

2.（1）$\dfrac{13}{10}$；（2）3；（3）∞；（4）∞；（5）$\dfrac{1}{4}$；

（6）3；（7）0；（8）$\dfrac{2\sqrt{2}}{3}$；（9）$\dfrac{1}{6}$；（10）0.

3.（1）$\dfrac{2}{5}$；（2）$\dfrac{\alpha}{\beta}$；（3）$\sqrt{2}$；（4）∞；（5）0；

（6）1；（7）$\sqrt{3}$；（8）∞；（9）$\dfrac{1}{2}$；（10）$\dfrac{1}{2}$.

4.（1）e^{-1}；（2）e^3；（3）1；（4）e^3；（5）e；（6）e^3；

(7) e; (8) 3; (9) $\frac{9}{4}$; (10) $-\frac{1}{2}$; (11) $\frac{1}{3}$; (12) $-\frac{1}{2}$.

5. 20ln2 年；40ln2 年.

6. (1) $10\,000\left(1+\frac{0.07}{12}\right)^{36}\approx 12\,329.26$; (2) $\lim\limits_{n\to\infty}10\,000\left(1+\frac{0.07}{n}\right)^{3n}\approx 12\,336.78$.

7. (1) P_m; (2) $P(0)=5\times10^6$, $P(100)=5\times10^7$, $P(200)=2\times10^8$.

8. (1) $\lim\limits_{t\to+\infty}y(t)=1$,表示随时间推移，最终全体市民将都知道此消息；

(2) $C=9$, $k=\frac{1}{2}\ln3$, 6 小时后.

9. (1) $B=224$, $k=\frac{1}{135\,000}\ln\frac{3\,136}{211}$; (2) $y(10)\approx 43\,785$; (3) $\lim\limits_{t\to+\infty}y(t)=45\,000$.

10. (1) $\frac{1}{2\sqrt{x}}$; (2) $3x^2$; (3) $\cos x$; (4) $\frac{1}{x}$; (5) $-\sin x$; (6) $-\frac{1}{x^2}$.

11. (1) e^2; (2) e^3; (3) $e^{-\frac{1}{2}}$; (4) 1.

12. $b=3$, $c=-4$.

13. $a=1$, $b=-\frac{1}{2}$.

14. (1) $y=1$, $y=-1$; (2) $y=-2$; (3) $y=2$; (4) $y=1$;

(5) $y=0$; (6) $y=\frac{\pi}{2}$, $y=-\frac{\pi}{2}$.

15. (1) $x=-\frac{5}{2}$, $x=\frac{2}{3}$; (2) $x=-\sqrt{2}$, $x=\sqrt{2}$; (3) $x=1$;

(4) $x=0$; (5) $x=0$; (6) $x=-3$.

习题 2.3

1. $2f'(x)$.

3. (1) $\frac{x}{2}+\frac{9}{x^4}$; (2) $60x^4-39x^2-6x-4$; (3) $-\frac{6x^2}{(x^3-1)^2}$;

(4) $15(2x^2-1)(2x^3-3x+7)^4$; (5) $\sin x+x(\cos x+\sin x)$;

(6) $\frac{x(4x^2-13)\sqrt{x^2-1}}{\sqrt{x^2-4}}$; (7) $\tan\frac{1}{x}-\frac{1}{x}\sec^2\frac{1}{x}$;

(8) $\frac{\ln x-1}{\ln^2x}\cdot 2^{\frac{x}{\ln x}}\ln2$; (9) $\sec x\csc x$;

(10) $-\frac{1}{2\sqrt{1-x^2}}\cdot\sin\frac{\arcsin x}{2}$; (11) $-e^{-x}\arctan e^x$;

(12) $\ln\left(1+x+\sqrt{2x+x^2}\right)$; (13) $3^x+x\cdot3^x\ln3+\frac{3}{2(x+1)(2x-1)}$;

(14) $x(\arctan x)^2$; (15) $-3-6x\arctan x-\frac{\sin x+\cos x}{e^x}$.

4. (1) -2, $-2dx$; (2) $\frac{1}{6}$; $\frac{1}{6}dx$; (3) -6, $-6dx$; (4) π^2, π^2dx;

(5) $\frac{1}{\pi}-\frac{1}{2}$, $\left(\frac{1}{\pi}-\frac{1}{2}\right)dx$; (6) $\frac{1}{2}$, $\frac{1}{2}dx$; (7) $e^x+\frac{1}{3}$, $\left(e^x+\frac{1}{3}\right)dx$;

(8) $\frac{\ln 3}{2}\cdot 3^{\frac{\sqrt{3}}{2}}$, $\frac{\ln 3}{2}\cdot 3^{\frac{\sqrt{3}}{2}}dx$;　　(9) 0, 0;

(10) $\frac{16-4\pi+\pi^2}{\left(2+\frac{\pi^2}{8}\right)^2}$, $\frac{16-4\pi+\pi^2}{\left(2+\frac{\pi^2}{8}\right)^2}dx$.

5. (1) $y=2(x-1)$, $y=2(x+1)$; (2) $4x-y-6=0$;

(3) $y=-1$;　　(4) $y=-x$, $y=-\frac{1}{25}x$;

(5) $y=x$, $y=\pi-x$, $3x+6y-3\sqrt{3}-2\pi=0$.

6. 1.　7. 148.　8. $\frac{2}{\sqrt{x}}$　9. $\frac{1}{5\pi}$ m/s　10. 108 km/h.

11. (1) 2.005; (2) 0.01; (3) 1.05; (4) 0.498; (5) 0.795; (6) 0.495.

12. 证. $y'(x)=\begin{cases}2x\sin\frac{1}{x}-\cos\frac{1}{x}, & x\neq 0,\\ 0, & x=0,\end{cases}$

$\lim\limits_{x\to 0}y'(x)$ 不存在，故 $y'(x)$ 在 $x=0$ 不连续.

13. (1) $\cos\left(x+n\cdot\frac{\pi}{2}\right)$;　　(2) $\frac{(-1)^{n-1}(n-1)!}{x^n}$;

(3) $\begin{cases}m(m-1)\cdots(m-n+1)x^{m-n}, & n=1,2,\cdots,m,\\ 0, & n>m;\end{cases}$　　(4) $3^n\cdot e^{3x}$.

14. 1.

15. (1) 0; (2) 1; (3) $\frac{ax}{ax+b}$; (4) b; (5) λx.　16. 略

17. (1) $\tan x\approx\tan 0+\sec^2 0\cdot x=x$;

(2) $\sqrt{1+x}\approx\sqrt{1+0}+\frac{1}{2}\cdot\frac{1}{\sqrt{1}}\cdot x=1+\frac{1}{2}x$;

(3) $e^x\approx e^0+e^0\cdot x=1+x$;

(4) $\arcsin x\approx\arcsin 0+\frac{1}{\sqrt{1-0}}\cdot x=x$.

18. $\sqrt[n]{A^n+B}=A\sqrt[n]{1+\frac{B}{A^n}}\approx A\cdot\left(\sqrt[n]{1}+\frac{1}{n}\cdot\frac{1}{\sqrt[n]{1^{n-1}}}\cdot\frac{B}{A^n}\right)=A+\frac{B}{nA^{n-1}}$.

19. (1) $\frac{\partial z}{\partial x}=\cot(x-2y)$,　$\frac{\partial z}{\partial y}=-2\cot(x-2y)$;

(2) $\frac{\partial z}{\partial x}=2xy+ye^{xy}$,　$\frac{\partial z}{\partial y}=x^2+xe^{xy}$;

(3) $\frac{\partial z}{\partial x}=3x^2y+y^3$,　$\frac{\partial z}{\partial y}=x^3+3xy^2$;

(4) $\frac{\partial z}{\partial x}=\frac{1}{1+(x-y)^2}$,　$\frac{\partial z}{\partial y}=-\frac{1}{1+(x-y)^2}$;

(5) $\frac{\partial z}{\partial x}=\frac{y}{x^2}\left(\frac{1}{3}\right)^{\frac{y}{x}}\ln 3$,　$\frac{\partial z}{\partial y}=\frac{-1}{x}\left(\frac{1}{3}\right)^{\frac{y}{x}}\ln 3$;

(6) $\frac{\partial z}{\partial x}=\frac{1}{x}y^{\ln x}\ln y$,　$\frac{\partial z}{\partial y}=y^{\ln x-1}\ln x$.

习题 2.4

1. (1) $\left(-\infty,\frac{3}{5}\right]\cup[1,+\infty)\uparrow,\left[-\frac{3}{5},1\right]\downarrow,y\left(-\frac{3}{5}\right)=\frac{110\ 592}{3\ 125}$极大，$y(1)=0$ 极小；

(2) $(-\infty,0]\cup[1,+\infty)\uparrow,[0,1]\downarrow,y(0)=0$ 极大，$y(1)=-\frac{1}{2}$极小；

(3) $(-\infty,4]\downarrow,[4,+\infty)\uparrow,y(4)=-e^4$ 极小；

(4) $(-\infty,-1]\cup[9,+\infty)\downarrow,[-1,9]\uparrow,y(-1)=0$ 极小，$y(9)=10^{10}e^{-9}$极大；

(5) $(0,1]\cup[e^2,+\infty)\downarrow,[1,e^2]\uparrow,y(1)=0$ 极小，$y(e^2)=4e^{-2}$极大；

(6) $(-\infty,-1]\cup[1,+\infty)\uparrow,[-1,0)\cup(0,1]\downarrow,y(-1)=-2$ 极大，$y(1)=2$ 极小；

(7) $(-\infty,\ +\infty)\ \uparrow$，无极值；

(8) $(-\infty,\ 1]\ \uparrow$，$[1,\ +\infty)\ \downarrow$，$y\ (1)\ =\frac{\pi}{4}-\frac{1}{2}\ln 2$ 极大；

(9) $(-\infty,\ 0)\ \cup\ [1,\ +\infty)\ \uparrow$，$(0,\ 1]\ \downarrow$，$y\ (1)\ =2-4\ln 2$ 极小；

(10) $\left(-\infty,\ -\frac{1}{2}\ln 2\right]\downarrow$，$\left[-\frac{1}{2}\ln 2,\ +\infty\right)\uparrow$，$y\left(-\frac{1}{2}\ln 2\right)=2\sqrt{2}$极小.

2. (1) $y(2)=2$ 最小，$y(10)=66$ 最大；(2) $y(-10)=132$ 最大，$y(1)=y(2)=0$ 最小；

(3) $y(-1)=-2$ 最小，$y(0)=y(1)=0$ 最大；(4) $y(-1)=-10$ 最小，$y(1)=2$ 最大；

(5) $y(0)=-1$ 最小，$y(4)=\frac{3}{5}$最大；(6) $y\left(-\frac{\pi}{2}\right)=\frac{\pi}{2}$最大，$y\left(\frac{\pi}{2}\right)=-\frac{\pi}{2}$最小；

(7) $y\ (0)\ =0$ 最小，$y\left(\frac{\pi}{4}\right)=1$ 最大；(8) $y\ (0)\ =0$ 最小，$y\ (4)\ =8$ 最大；

(9) $y\ (\pm 2)\ =-25$ 最小，$y\ (\pm 1)\ =2$ 最大.

3. $r=\sqrt[3]{\frac{V}{2\pi}}$，$h=2r$.

4. y (2 000) = 1 200 000 克.

5. 边长$\frac{a}{6}$.

6. L (50 000) = 30 000 元最大.

7. L (3) = 2.5，生产 3 百台时获最大利润 2.5 万元.

8. 15 000 人时增长率最大.

9. 产量 $x=1\ 000$ 件，价格 $p=11$ 元.

10. L (40) = 900 最大.

11. $\frac{1}{n}\ (x_1+x_2+\cdots+x_n)$.

12. 应分 5 批生产.

13. 经济批量 1 000 台.

14. (1) 300 吨；(2) 21.3 次；(3) 约 17 天；(4) 25 560 元.

15. 经济批量 1 200 套，经济批次 25 次.

16. 经济批量 4 000 个，最小总费用 64 064 000 元.

17. 经济批量 1 200 套.

18. 经济批量 1 200 箱，经济批次 10 次.

19. $p_1=31.5$，$p_2=14$.

习题 2.5

1. (1) $\frac{3}{5}x^5+\sin x-4x^{\frac{3}{2}}+C$；

(2) $e^x+\frac{1}{x}-\frac{2}{3}x^{-\frac{3}{2}}+C$；

(3) $2x-2\arctan x+C$；

(4) $2\arctan x-\frac{2}{x}+C$；

(5) $\frac{9^x}{2\ln 3}+\frac{25^x}{2\ln 5}+\frac{2}{\ln 15}\cdot 15^x+C$;　(6) $\cos x-\sin x+C$;

(7) $-2\cot 2x+C$; (8) $\arcsin x+C$; (9) $-x-\cot x+C$;

(10) e^x-x+C;　(11) $\frac{2}{5}x^{\frac{5}{2}}-\frac{4}{3}x^{\frac{3}{2}}-x+C$.

2. (1) $\frac{1}{3}x^3\ln x-\frac{1}{9}x^3+C$;　(2) $-\frac{1+2\ln x}{4x^3}+C$;

(3) $e^x\ [x^3-3x^2+6x-6]\ +C$;　(4) $(x^3-6x)\ \sin x+\ (3x^2-6)\ \cos x+C$;

(5) $x\tan x+\ln|\cos x|+C$;　(6) $\frac{1}{2}e^x\ (\sin x+\cos x)\ +C$;

(7) $x\tan x+\ln|\cos x|-\frac{1}{2}x^2+C$;　(8) $\frac{1}{2}\tan x\sec x+\frac{1}{2}\ln|\sec x+\tan x|+C$.

3. (1) $-\frac{1}{3}\cos 3x+C$;　(2) $-\frac{1}{3}e^{-3x+2}+C$;

(3) $\frac{1}{5}\ln|5x+1|+C$;　(4) $\frac{1}{4}\ln^4 x+C$;

(5) $-\cos\ln x+C$;　(6) $\frac{a^{\sin x}}{\ln a}+C$;

(7) $-e^{\frac{1}{x}}+C$;　(8) $\frac{1}{6}\arctan\left(\frac{3}{2}x\right)+C$;

(9) $\frac{1}{5}\arcsin\frac{5}{4}x+C$;　(10) $\arctan\ (x+1)\ +C$;

(11) $2\arctan\sqrt{x+1}+C$;　(12) $2\sqrt{x}+2\ln\left|\sqrt{x}-1\right|+C$;

(13) $\arcsin x-\sqrt{1-x^2}+C$;　(14) $-\frac{\sqrt{1+x^2}}{x}+C$;

(15) $\frac{1}{a}\ln\left|\frac{x}{a+\sqrt{a^2-x^2}}\right|+C$.

4. (1) $x\arcsin x+\sqrt{1-x^2}+C$;　(2) $x\ln\ (1+x^2)\ -2x+2\arctan x+C$;

(3) $-e^{-x}\ (x^2+2x+2)\ +C$;　(4) $x\arctan\sqrt{x}-\sqrt{x}+\arctan\sqrt{x}+C$;

(5) $2\sqrt{x}-2\sqrt{1-x}\arcsin\sqrt{x}+C$;　(6) $x\ln\left(x+\sqrt{1+x^2}\right)-\sqrt{1+x^2}+C$;

(7) $\arcsin e^x+C$;　(18) $2\sqrt{1+\sin^2 x}+C$;

(9) $-\frac{1}{8}\cos 4\theta-\frac{1}{4}\cos 2\theta+C$;　(10) $\frac{1}{4}x^2-\frac{x}{2}\sin x-\frac{1}{2}\cos x+C$.

5. $y=\ln x+\ln\ (2-x)$, $x\in\ (0,\ 2)$.　6. $s=\frac{1}{4}t^4+t$.

7. $R\ (x)=100x-0.005x^2$.　8. $C\ (x)=\frac{3}{2}x^2+5x+300$.

9. $P\ (t)=25t^2=200t$.　10. $A\ (t)=\left(\sqrt[4]{t}+3\right)^3$, $A\ (16)\ =125$ 单位.

11. (2) $\int\cos^m x\mathrm{d}x=\int\cos^{m-1}x\mathrm{d}\sin x$，然后用分部积分法积分之.

12. $s=\frac{1}{12}t^4+\frac{1}{2}t^2+t$.　13. $f\ (x)=2\sqrt{x}+C$, $x>0$.

14. $f\ (x)=x-\frac{1}{2}x^2+C$.

15. $F'(t)=f[\varphi(t)]\varphi'(t)\Rightarrow\mathrm{d}(F[\varphi^{-1}(x)]+C)$

$= \mathrm{d}F(t) = F'(t)\mathrm{d}t = f[\varphi(t)]\varphi'(t)\mathrm{d}t = f(x)\mathrm{d}x$.

习题 2.6

1. (1) $\frac{242}{5}$; (2) $a^3-\frac{1}{2}a^2+a$; (3) $\frac{21}{8}$; (4) $\frac{1\,169}{10}$; (5) $\frac{\pi}{12}$;

(6) $\frac{\pi}{3}$; (7) $\frac{(a-b)^3}{6}$; (8) 1; (9) $\frac{1}{2}$; (10) $\sqrt{\frac{2}{g}}$.

2. (1) π; (2) $\frac{1}{4}(1+e^2)$; (3) $\frac{1}{2}(e^{\frac{\pi}{2}}-1)$; (4) $2-\frac{2}{e}$.

3. (1) $\frac{7}{72}$; (2) $\frac{3}{4}(\sqrt[3]{4}-4)$; (3) $\frac{2}{7}$; (4) $\frac{1}{5}(e-1)^5$; (5) $\frac{3}{2}$; (6) $\arctan e-\frac{\pi}{4}$;

(7) $\frac{\pi}{2}$; (8) $\ln3-\ln2$; (9) $\frac{\pi}{16}a^4$; (10) $\frac{\pi}{2}-\frac{4}{3}$; (11) $\frac{1}{6}$; (12) $\frac{\pi}{3}+\frac{1}{2}\sqrt{3}$;

(13) $\ln(1+\sqrt{2})-\frac{1}{2}\ln3$; (14) $\sqrt{3}-\frac{\pi}{3}$; (15) 2; (16) 1; (17) $\frac{\pi}{6}$; (18) $\frac{\pi}{3}$.

4. (1) 1; (2) $\frac{\pi}{4}-\frac{1}{2}$; (3) $\frac{1}{2}-\frac{1}{2}\ln2$; (4) $\frac{\pi}{4}-\frac{\pi\sqrt{3}}{9}+\frac{1}{2}\ln\frac{3}{2}$;

(5) $\frac{5}{12}(10^{\frac{6}{5}}-1)$; (6) $\frac{1}{2}(\sqrt{3}-1)$; (7) $\frac{4}{3}$.

5. (1) $\frac{32}{3}$; (2) $b-a$; (3) 2; (4) $\frac{32}{3}$; (5) $e+e^{-1}-2$;

(6) $\frac{16}{3}$; (7) $\frac{7}{6}$; (8) $\frac{9}{4}$.

6. 690. 7. $6a-2b$. 8. (1) 19 950; (2) 19 850.

9. (1) 4(百台); (2)减少 0.5(万元). 10. $F(x)=\frac{x^3}{3}-2x^2+50x+40$.

11. 积分化为 $\int_{-a}^{0} f(x)\mathrm{d}x+\int_{0}^{a} f(x)\mathrm{d}x$,然后对第一个积分作换元 $x=-t$.

13. $F(x)=-\int_{0}^{x} f(t)\mathrm{d}t$,再应用上题结论.

14. (1) $\frac{15}{2}\pi$; (2) $\frac{128}{7}\pi$; (3) $\frac{\pi^2}{4}$; (4) $\frac{19}{48}\pi$; (5) $\frac{3}{10}\pi$.

习题 2.7

1. (1) 发散; (2) 1; (3) $\frac{1}{\ln2}$; (4) 2; (5) $\frac{2}{3}\ln2$.

2. (1) $\frac{134}{9\,990}=\frac{67}{4\,995}$; (2) $3+\frac{562}{999}=\frac{3\,559}{999}$; (3) $2.4+\frac{75}{990}=\frac{2\,451}{990}$;

(4) $1.03+\frac{13}{9\,900}=\frac{1\,021}{990}$; (5) $4+\frac{23}{9\,900}=\frac{39\,623}{9\,900}$; (6) $5+\frac{106}{999}=\frac{5\,101}{999}$.

3. (1) 1; (2) $\frac{1}{2}$; (3) $-\frac{3}{7}$.

4. (1) $\frac{b}{r}$; (2) $\frac{ar+br+b}{r^2}$;

(3) $h<r$ 时 $P^B=\frac{b(1+h)}{r-h}$, $h\geqslant r$ 时, $P^B=\infty$, 即 $h\geqslant r$ 时, 贴现无法实施.

5. 前 n 项部分和 $S_n = na_0 + \frac{n(n-1)d}{2}$，$\lim\limits_{n\to\infty} S_n$ 不存在.

6. (1) $\sum\limits_{n=0}^{\infty} \frac{\lambda^n}{n!}x^n$；(2) $1+\sum\limits_{n=1}^{\infty} \frac{1+n}{n!}x^n$；(3) $\sum\limits_{n=0}^{\infty} \frac{\ln^n a}{n!}x^n$；

(4) $\sum\limits_{n=0}^{\infty} \frac{1}{2^{2n+2}}x^{2n}$；(5) $\sum\limits_{n=0}^{\infty} \left(\frac{1}{3^{n+1}}-\frac{1}{5^{n+1}}\right)x^n$；(6) $\sum\limits_{n=0}^{\infty} \frac{(-1)^n}{n!}x^{2n}$.

7. (1) 2；(2) $k<1$ 时收敛到$\frac{1}{1-k}$，$k\geqslant 1$ 时发散；

(3) 发散；(4) 发散；(5) $\frac{\pi^2}{8}$.

习题 2.8

1. (1) 通解；(2) 通解；(3) 通解；(4) 特解.

2. (1) $y=\tan(\arctan x + C)$；　(2) $y=\frac{C}{x-1}-1$；

(3) $y=Ce^{\sqrt{1-x^2}}$；　(4) $1+y^2=C(1-x^2)$；

(5) $\ln|y|-\frac{1}{2}y^2=x-\arctan x+C$；　(6) $y=\sin(\arcsin x+C)$.

3. (1) $y=\ln\left(\frac{1}{2}e^{2x}+\frac{1}{2}\right)$；　(2) $\cos y=\frac{\sqrt{2}}{2}\cos x$；

(3) $y=4\cos x-3$；　(4) $y_1=x$ 及 $y_2=\frac{1}{x}$　$(x>0)$；

(5) $y=(x+2)^3$；　(6) $y=3-\frac{3}{x}$.

4. $y(t)=40\,000e^{\frac{t}{40}\ln\frac{3}{2}}$，约 2008 年人口将达到 80 000.

5. $y(t)=50\,000e^{\frac{t}{10}\ln\frac{22}{25}}$，　$y(20)\approx 38\,720$（元）.

6. $y(t)=\frac{70\,000\times 35}{29}\cdot e^{t\ln\frac{29}{35}}$，　$y(6)\approx 27\,337$（元）.

7. $y(t)=2\,400e^{\frac{t}{30}\ln\frac{5}{6}}$，　$y(90)\approx 1\,389$.

8. $y(t)=80-60e^{-\frac{t}{10}\ln 2}$，　$y(30)=72.5$，$y(60)\approx 79$.

9. $y(t)=50-50e^{\frac{t}{50}\ln\frac{3}{5}}$，$y(60)\approx 23$，$y(120)\approx 35$，约 383 分钟后只剩一个.

10. (1) 2 阶线性齐次；　(2) 1 阶非线性；　(3) 2 阶非线性；

(4) 5 阶线性齐次；　(5) 4 阶非线性；　(6) 1 阶非线性.

11. (1) 通解；(2) 通解；(3) 通解；(4) 特解；(5) 特解；(6) 特解.

12. (1) $y=\frac{1}{2}x+2$；　(2) $y=(4+2x)e^{-x}$.

13. (1) $2xy-y^2=C$；　(2) $y=(x+1)^2\left(\frac{x^2}{2}+x+C\right)$；

(3) $y=x^2\left(-\frac{1}{3}\cos 3x+C\right)$；(4) $y=e^{-2x}+Ce^{-3x}$；(5) $x=y^2(C-\ln y)$.

14. (1) $y=\frac{1}{2}(e^x+\sin x-\cos x)$；　(2) $x=e^{4t}-e^{3t}$；

(3) $y=\sin x+\cos x$；　　　　(4) $y=\frac{1}{x}\left(\frac{\pi}{2}-\cos x\right)$.

15. $p=\left(p(0)-\frac{b+d}{a+c}\right)e^{-A(a+c)t}+\frac{b+d}{a+c}$，当 $t\to+\infty$ 时价格 $p(t)$ 趋于极限值 $\frac{b+d}{a+c}$，即趋于供求平衡. $p=\frac{b+d}{a+c}$称为均衡价格.

习题 3.1

1. 略.
2. 略.
3. (1) $A+B+C+D$；(2) $\overline{ABCD}+\overline{ABCD}+\overline{ABC}D+\overline{ABCD}+\overline{ABC}D+\overline{AB}CD$；
   (3) $\overline{ABCD}$；(4) $\overline{ABCD}$；
   (5) $\overline{ABCD}+\overline{ABCD}+\overline{ABCD}+\overline{ABCD}+\overline{ABC}D$.
4. (1) $\overline{ABC}$；(2) $\overline{ABC}$；(3) ABC；
   (4) $A+B+C$ 或 $\overline{ABC}+\overline{ABC}+\overline{AB}C+\overline{ABC}+\overline{AB}C+\overline{A}BC+ABC$；
   (5) $\overline{ABC}+\overline{AB}C+\overline{A}BC+ABC$ 或 $AB+AC+BC$；
   (6) $A\,\overline{BC}+\overline{ABC}+\overline{AB}C$；
   (7) $\overline{ABC}+\overline{AB}C+\overline{A}BC$；
   (8) $\overline{ABC}+\overline{ABC}+\overline{ABC}+\overline{AB}C+\overline{ABC}+\overline{AB}C+\overline{A}BC$ 或$\overline{ABC}$.
5. (1) $\overline{AB}C$：选出的是不爱唱歌的非运动员的男生；
   $\overline{ABC}$：选出的是爱唱歌的非运动员的男生；
   (2) $\overline{C}\subset B$：爱唱歌都是运动员；
   $\overline{AB}\subset\overline{C}$：非运动员的男生都爱唱歌；
   (3) $A\subset BC$；(4) 是.
6. (1) √；(2) ×；(3) ×；(4) ×；(5) ×；(6) √.
8. (1) 命中于半径为 $r6$ 的圆内；
   (2) 命中于半径为 $r10$ 的圆内；
   (3) 命中于半径为 $r1$ 的圆内.
9. $\overline{ABC}+\overline{ABC}+\overline{AB}C+\overline{ABC}+A\,\overline{B}C+\overline{A}BC+ABC$ 或 $A+\overline{A}B+\overline{ABC}$

习题 3.2

1. $\frac{P_{365}^{6}}{365^{6}}$.　　2. $\frac{1}{12}$.　　3. $\frac{2}{5}$.　　4. 0.331　　5. 0.602　　6. $\frac{48}{99}$.

7. $\frac{P_{9}^{7}}{9^{7}}$.　　8 (1) $\frac{4}{9}$；(2) $\frac{5}{9}$.　　9. (1) $\frac{(N-1)^{k-1}}{N^{k}}$；(2) $\frac{1}{N}$.

10. $\begin{cases}\frac{N-2}{2(N-1)} & N \text{ 为偶数；}\\ \frac{N-1}{2N} & N \text{ 为奇数.}\end{cases}$　　11. $\frac{3}{8}$；$\frac{9}{16}$；$\frac{1}{16}$.

12. (1) $C_{n}^{k}\left(\frac{M}{N}\right)^{k}\left(1-\frac{M}{N}\right)^{n-k}$；(2) $\frac{C_{M}^{k}C_{N-M}^{n-k}}{C_{N}^{n}}$.　　13. 0.879

习题 3.3

1. (1) $\frac{28}{45}$; (2) $\frac{1}{45}$; (3) $\frac{16}{45}$; (4) $\frac{4}{5}$.

2. (1) $p+q$; (2) $1-p$; (3) $1-q$; (4) q; (5) p; (6) $1-(p+q)$; (7) 0.

3. $\frac{13}{24}$. 4. 0.872. 5. $\frac{31}{60}$. 6. 0.124 7. (1) 0.512; (2) 0.384; (3) 0.896.

8. $\frac{3}{5}$. 9. 0.43. 10. (1) 0.073; (2) 0.008 56; (3) 0.999 54; (4) 0.409 51.

12. (1) 0.988; (2) 0.829. 13. 0.455. 14. 0.710 15. $\frac{1}{3}$; $\frac{2}{9}$; $\frac{4}{9}$.

习题 3.4

1.

X	5	6	7	8
p	$\frac{1}{56}$	$\frac{5}{56}$	$\frac{15}{56}$	$\frac{35}{56}$

2. $\frac{3}{2}e^{-\sqrt{6}}$.

3. $P(\xi=k)=(1-p)^{k-1}p$; $(k=1, 2, \cdots)$. 4. $C=\frac{60}{77}$ (1) $\frac{12}{77}$; (2) $\frac{65}{77}$; (3) $\frac{27}{77}$.

5. $\frac{1}{6}$; $\frac{1}{4}$; $\frac{1}{2}$; 0. 6. (1) 1; (2) 0.4; (3) $p(x)=\begin{cases}2x & 0<x<1\\ 0 & \text{其他}\end{cases}$.

7. (1) 3; (2) 2. 8. (1) $1-e^{-1}$; (2) $C=\frac{1}{\lambda}\ln 2$.

9. (1) $A=2\,000$; (2) $\frac{1}{3}$; (3) 0.304. 10. 0.433 19; 0.066 81; 0.682 6.

11. $C=3.92$; $d=7$. 12. 0.004 5. 13.

η	3	4	5
p	$\frac{1}{10}$	$\frac{3}{10}$	$\frac{6}{10}$

14. $\frac{(\lambda p)^k}{k!}e^{-\lambda p}$; $(k=0, 1, 2, \cdots)$.

15.

$\xi+1$	-1	0	1	2
P	$\frac{1}{6}$	$\frac{1}{3}$	$\frac{1}{6}$	$\frac{1}{3}$

$2\xi-2$	-6	-4	-2	0
p	$\frac{1}{6}$	$\frac{1}{3}$	$\frac{1}{6}$	$\frac{1}{3}$

$2\xi^2+1$	1	3	9
p	$\frac{1}{6}$	$\frac{2}{3}$	$\frac{1}{6}$

16. (1) $p_\eta(y)=\begin{cases}\frac{1}{\sqrt{2\pi}y}e^{\frac{1}{2}(\ln y)^2} & y>0,\\ 0 & y\leqslant 0;\end{cases}$

(2) $p_\eta(y)=\begin{cases}\frac{1}{2\sqrt{\pi(y-1)}}e^{-\frac{y-1}{4}} & y>1,\\ 0 & y\leqslant 1.\end{cases}$

习题 3.5

1. $EX=\frac{9}{10}$; $DX=\frac{49}{100}$. 2. 0.3; 0.32. 3. 0.75 4. $\frac{21}{8}$; $\frac{61}{8}$; $\frac{177}{8}$.

5. 0; $\frac{\pi^2}{12}-\frac{1}{2}$ 6. 1; $\frac{1}{7}$. 7. $k=3$; $a=2$.

8. (1) $EX=\frac{n+1}{2}$; $DX=\frac{n^2-1}{12}$. (2) $EX=n$; $DX=n(n-1)$.

9. $E\xi=2$; $E\xi^2=6$; $D\xi=2$. 10. $b<\frac{a}{1-p}$ 11. $EX=M\left[1-\left(1-\frac{1}{M}\right)^n\right]$.

12. $E\eta=4.3$; $D\eta=8.01$. 13. $E\eta=3$; $D\eta=4$.

习题 3.6

3. $\sum_{i=1}^{n}\frac{X_i}{\sigma}$, $\max_i\{X_i\}$ 是统计量. 4. 0.099. 5. 0.918 4

6. (1) 100, 0.548; (2) 0.305. 7. (1) 均值为 24.5, 方差为 25; (2) 0.460 2.

习题 3.7

1. 14.91; 0.191 2 2. 1.90. 3. $\frac{1}{\bar{X}}$. 4. $\hat{\mu}_3$ 最有效.

5. (1) (49 6.95, 506.39) (2) (492.26, 511.08) 6. (518.84, 631.16)

7. (11.4, 14.6). 8. (19 412, 205 88) 9. (0.228, 1.272)

10. (293.7, 512.1) 11. (4.9, 21.6) 12. 48.

习题 3.8

1. 可以. 2. 正常. 3. 不合格. 4. 有显著差异.

5. 无显著差异. 6. 不能说明. 7. 可以认为. 8. 可以判定.

9. 不能认为. 10. 可以认为. 11. 不可以判定. 12. 无显著差异.

习题 3.9

1. 有显著差异. 2. 有显著影响. 3. 无明显差异.

4. 工人间无显著差异, 而机器间有显著差异. 5. 均有显著影响.

习题 3.10

1. $\hat{y}=114.15+37.46x$. 2. 不能证实这种判断.

3. $\hat{F}=361.25+53.26V$. 4. $\hat{y}=67.52-0.837x$.

5. (1) $\hat{y}=57.86-2.69x$; (2) (13.31, 27.27).

6. (1) $\hat{y}=0.96+3.44x$; (3) (−2.23; 7.59);

(4) (−0.017, −0.54).

7. $\hat{y}=0.982+\frac{8.99}{x}$.

8. (1) $\hat{y}=200.8-5.43x_1+0.717x_2$

(2) 否定 H_{01}: $b_1=0$, 接受 H_{02}: $b_2=0$, 说明 y 只与温度 x_1 有线性的关系, 而与

x_2 无线性关系.

习题 4.1

1.（1）记 A = 法学，B = 经济学，C = 语言学，D = 逻辑学，E = 天文学，F = 地质学，G = 生物学，H = 自然科学，I = 社会科学，J = 科学，则

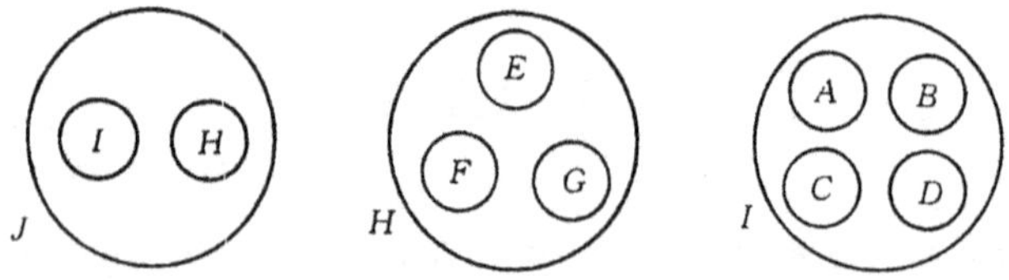

（2）记 A = 青年，B = 学生，C = 大学生，D = 女学生，E = 教师，F = 共青团员，G = 共产党员，则

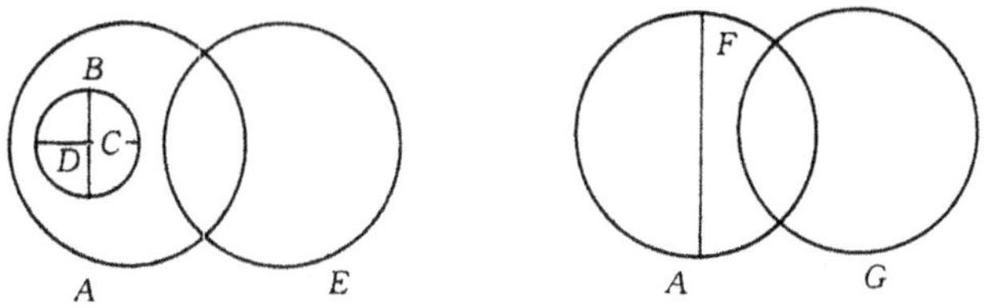

（3）记 A = 合法权利，B = 言论自由，C = 集会自由，D = 出版自由，E = 选举权，F = 名誉权，则

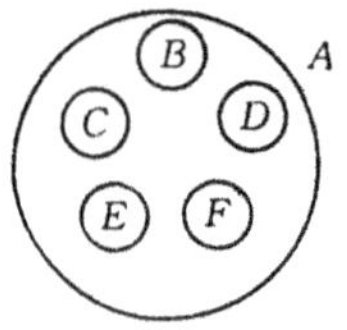

（4）记 A = 三角形，B = 梯形，C = 平行四边形，D = 四边形，E = 正方形，F = 六边形，G = 圆形，则

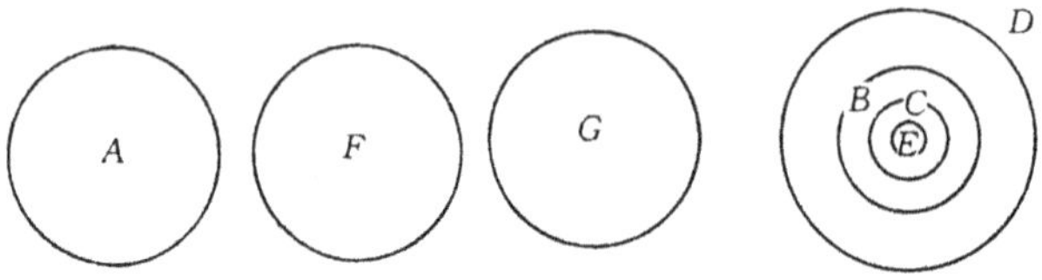

2.（3），（5），（6）可作为定义；（1），（2），（4）不可.

3.（1）含有未知函数及其导数的等式 称为 微分方程；

（2） （3） （1）

（5） （4）

（2）犯罪的主体 是 达到一定年龄、有责任能力、实施犯罪的自然人；

（1） （3） （2）

（5） （4）

（3）边际成本 是 总成本函数关于产量的导数；

（1） （3） （2）

（5） （4）

(4) 命题 是 可以判断真假意义的陈述；

(1) (3) (2)

(5) (4)

(5) 在某一变化过程中，以零为极限的变量 称为 无穷小量；

(2) (3) (1)

(5) (4)

其中 (1)，(2)，(3)，(4) 与 (5) 分别表示被定义项、定义项、定义联项、属概念与种差.

4. (1)，(2)，(3)，(4)，(5)，(6) 是命题；其余不是.

5. 设前者是命题 P，后者是命题 Q，则

(1) $P\vee Q=$上海比北京大或北京比上海大，

$P\wedge Q=$上海比北京大且北京比上海大；

(2) $P\vee Q=$某甲是案件 A 的主犯或某乙是案件 A 的从犯，

$P\wedge Q=$某甲是案件 A 的主犯且某乙是案件 A 的从犯；

(3) $P\vee Q=$昨天下雨了或今天没有下雨，

$P\wedge Q=$昨天下雨了且今天没有下雨；

(4) $P\vee Q=$矩阵 A 的秩是 3 或矩阵 B 的秩大于 3，

$P\wedge Q=$矩阵 A 的秩是 3 且矩阵 B 的秩大于 3；

(5) $P\vee Q=$直线 l 在平面 π 上或平面 π 与射线 l_1 相交，

$P\wedge Q=$直线 l 在平面 π 上且平面 π 与射线 l_1 相交.

6. (1)“贪污行为合法”是真的；

(2) 不等式$|x|>|x-1|$的解集不是区间 $[0, 3]$；

(3) 函数$y=\ln(x+3)$不是微分方程 $y'+xy-x^2+3=0$ 的解；

(4)“封建的世袭制度必然长期存在”不是不可能的；

(5) 这套住宅允许出租.

7. (1) 向红爱好数学或文学；

(2) 向红不爱好数学但爱好文学；

(3) 向红爱好数学与文学但不是三好学生；

(4) 向红爱好数学和文学或者向红是三好学生.

8. (1) $(P\wedge Q)\wedge(\neg R)$；　(2) $R\wedge(P\vee Q)$；

(3) $(P\wedge\neg R)\vee Q$；　(4) $P\vee(\neg R\wedge Q)$.

习题 4.2

3. (1) $(P\wedge Q)\vee(\neg P\wedge R)\vee(((R\wedge S)\vee T)\wedge P)$；

(2) $\neg(\neg(P\vee\neg Q)\vee(R\vee\neg S)\vee T\vee\neg(P\vee Q))$；

(3) $P\vee((\neg Q\wedge(R\vee(\neg S\wedge\neg T)\vee Q))\vee R)$；

(4) $P\vee(\neg Q\wedge Q)\vee(\neg R\wedge R)\vee(\neg P\wedge S)$；

注意运算的顺序，该加括号时需加上括号.

4.(1)

P	Q	$\neg P$	$\neg Q$	$P\wedge\neg Q$	$\neg P\wedge Q$	$(P\wedge\neg Q)\vee(\neg P\wedge Q)$
0	0	1	1	0	0	0
0	1	1	0	0	1	1
1	0	0	1	1	0	1
1	1	0	0	0	0	0

P	Q	$\neg P$	$\neg Q$	$\neg P\vee\neg Q$	$P\vee Q$	$(\neg P\vee\neg Q)\wedge(P\vee Q)$
0	0	1	1	1	0	0
0	1	1	0	1	1	1
1	0	0	1	1	1	1
1	1	0	0	0	1	0

(2)

P	Q	R	$Q\wedge R$	$P\to(Q\wedge R)$	$P\to Q$	$P\to R$	$(P\to Q)\wedge(P\to R)$
0	0	0	0	1	1	1	1
0	0	1	0	1	1	1	1
0	1	0	0	1	1	1	1
0	1	1	1	1	1	1	1
1	0	0	0	0	0	0	0
1	0	1	0	0	0	1	0
1	1	0	0	0	1	0	0
1	1	1	1	1	1	1	1

(3)

P	Q	$Q\to P$	$P\to(Q\to P)$	$\neg P$	$P\to Q$	$\neg P\to(P\to Q)$
0	0	1	1	1	1	1
0	1	0	1	1	1	1
1	0	1	1	0	0	1
1	1	1	1	0	1	1

5.(1) 左端$=(\neg(P\vee Q)\wedge R)\vee((Q\vee P)\wedge R)$

$=(\neg(P\vee Q)\vee(Q\vee P))\wedge R=1\wedge R=$右端；

(2) 左端$=(\neg P\vee Q)\wedge(\neg R\vee Q)=(\neg P\wedge\neg R)\vee Q=\neg(P\vee R)\vee Q=$右端；

(3) 左端$=(\neg P\vee S)\wedge(\neg Q\vee S)\wedge(P\wedge(P\vee Q)\wedge(P\vee R\vee T\vee W))$

$=((\neg P\wedge\neg Q)\vee S)\wedge P=(P\wedge(\neg P\wedge\neg Q))\vee(P\wedge S)$

$=(P\wedge\neg P\wedge\neg Q)\vee(P\wedge S)=0\vee(P\wedge S)=$右端；

(4) 左端$=\neg R=$右端；

(5) 左端$=\neg(P\wedge((P\wedge Q)\vee\neg Q))=\neg(P\wedge((P\vee\neg Q)\wedge(Q\vee\neg Q)))$

$=\neg(P\wedge(P\vee\neg Q)\wedge 1)=\neg(P\wedge(P\vee\neg Q))=$右端；

(6) 左端$=\neg P\vee((\neg P\vee Q)\wedge(Q\wedge P))=\neg P\vee(((\neg P\vee Q)\wedge Q)\wedge P)$

$= \neg P \vee (Q \wedge P) = (\neg P \vee Q) \wedge (\neg P \vee P) = (\neg P \vee Q) \wedge 1 =$ 右端.

6.(1)1;(2)0;(3)1;(4)1.

习题 4.3

1. (1) 特称肯定; (2) 特称否定; (3) 全称肯定; (4) 全称否定;
   (5) 特称肯定 (6) 全称肯定; (7) 全称肯定; (8) 特称否定.
2. (1) p = 热血动物, m = 哺乳动物, s = 狗;
   (2) p = 好客的, m = 天津人, s = 林达;
   (3) p = 幸福的, m = 热爱学生, s = 教师;
   (4) p = 黄色的, m = 香蕉, s = 苹果;
   (5) p = 守法的, m = 中国运动员, s = 张凯.
3. (1) 违反规则(1): 中项"作案动机"未周延;
   (2) 违反规则(2): 前提中"立案侦破"未周延, 在结论中周延了;
   (3) 有效推理;
   (4) 违反规则(3): 两前提都是否定判断;
   (5) 违反规则(1): 中项"有些案犯"未周延;
   (6) 违反规则(1): 中项"有些案犯"未周延;
   (7) 有效推理;
   (8) 违反规则(2): 前提中"青年"未周延, 在结论中周延了;
   (9) 有效推理;
   (10) 违反规则(2): 前提中"知识分子"未周延, 在结论中周延了.

习题 4.4

1. C 第一, A 第二, D 第三, B 第四. 2. A 与 D. 3. C 偷了收录机.

附录2 泊松分布数值表

$$P\{\xi = m\} = \frac{\lambda^m}{m!}e^{-\lambda}$$

m \ λ	0.1	0.2	0.3	0.4	0.5	0.6	0.7	0.8	0.9	1.0	1.5	2.0	2.5	3.0
0	0.9048	0.8187	0.7408	0.6703	0.6065	0.5488	0.4966	0.4493	0.4066	0.3679	0.2231	0.1353	0.0821	0.0498
1	0.0905	0.1637	0.2223	0.2681	0.3033	0.3293	0.3476	0.3595	0.3659	0.3679	0.3347	0.2707	0.2052	0.1494
2	0.0045	0.0164	0.0333	0.0536	0.0758	0.0988	0.1216	0.1438	0.1647	0.1839	0.2510	0.2707	0.2565	0.2240
3	0.0002	0.0011	0.0033	0.0072	0.0126	0.0198	0.0284	0.0383	0.0494	0.0613	0.1255	0.1805	0.2138	0.2240
4		0.0001	0.0003	0.0007	0.0016	0.0030	0.0050	0.0077	0.0111	0.0153	0.0471	0.0902	0.1336	0.1681
5				0.0001	0.0002	0.0003	0.0007	0.0012	0.0020	0.0031	0.0141	0.0361	0.0668	0.1008
6							0.0001	0.0002	0.0003	0.0005	0.0035	0.0120	0.0278	0.0504
7										0.0001	0.0008	0.0034	0.0099	0.0216
8											0.0002	0.0009	0.0031	0.0081
9												0.0002	0.0009	0.0027
10													0.0002	0.0008
11													0.0001	0.0002
12														0.0001

m \ λ	3.5	4.0	4.5	5	6	7	8	9	10	11	12	13	14	15
0	0.0302	0.0183	0.0111	0.0067	0.0025	0.0009	0.0003	0.0001						
1	0.1057	0.0733	0.0500	0.0337	0.0149	0.0064	0.0027	0.0011	0.0004	0.0002	0.0001			
2	0.1850	0.1465	0.1125	0.0842	0.0446	0.0223	0.0107	0.0050	0.0023	0.0010	0.0004	0.0002	0.0001	
3	0.2158	0.1954	0.1687	0.1404	0.0892	0.0521	0.0286	0.0150	0.0076	0.0037	0.0018	0.0008	0.0004	0.0002
4	0.1888	0.1954	0.1898	0.1755	0.1339	0.0912	0.0573	0.0337	0.0189	0.0102	0.0053	0.0027	0.0013	0.0006
5	0.1322	0.1563	0.1708	0.1755	0.1606	0.1277	0.0916	0.0607	0.0378	0.0224	0.0127	0.0071	0.0037	0.0019
6	0.0771	0.1042	0.1281	0.1462	0.1606	0.1490	0.1221	0.0911	0.0631	0.0411	0.0255	0.0151	0.0087	0.0048
7	0.0385	0.0595	0.0824	0.1044	0.1377	0.1490	0.1396	0.1171	0.0901	0.0646	0.0437	0.0281	0.0174	0.0104
8	0.0169	0.0298	0.0463	0.0653	0.1033	0.1304	0.1396	0.1318	0.1126	0.0888	0.0655	0.0457	0.0304	0.0195
9	0.0065	0.0132	0.0232	0.0363	0.0688	0.1014	0.1241	0.1318	0.1251	0.1085	0.0874	0.0660	0.0473	0.0324
10	0.0023	0.0053	0.0104	0.0181	0.0413	0.0710	0.0993	0.1186	0.1251	0.1194	0.1048	0.0859	0.0663	0.0486
11	0.0007	0.0019	0.0043	0.0082	0.0225	0.0452	0.0722	0.0970	0.1137	0.1194	0.1144	0.1015	0.0843	0.0663
12	0.0002	0.0006	0.0015	0.0034	0.0113	0.0264	0.0481	0.0728	0.0948	0.1094	0.1144	0.1099	0.0984	0.0828
13	0.0001	0.0002	0.0006	0.0013	0.0052	0.0142	0.0296	0.0504	0.0729	0.0926	0.1056	0.1099	0.1061	0.0956
14		0.0001	0.0002	0.0005	0.0023	0.0071	0.0169	0.0324	0.0521	0.0728	0.0905	0.1021	0.1061	0.1025
15			0.0001	0.0002	0.0009	0.0033	0.0090	0.0194	0.0347	0.0533	0.0724	0.0885	0.0989	0.1025
16				0.0001	0.0003	0.0015	0.0045	0.0109	0.0217	0.0367	0.0543	0.0719	0.0865	0.0960
17					0.0001	0.0006	0.0021	0.0058	0.0128	0.0237	0.0383	0.0551	0.0713	0.0847
18						0.0002	0.0010	0.0029	0.0071	0.0145	0.0255	0.0397	0.0554	0.0706
19						0.0001	0.0004	0.0014	0.0037	0.0084	0.0161	0.0272	0.0408	0.0557
20							0.0002	0.0006	0.0019	0.0046	0.0097	0.0177	0.0286	0.0418
21							0.0001	0.0003	0.0009	0.0024	0.0055	0.0109	0.0191	0.0299
22								0.0001	0.0004	0.0013	0.0030	0.0065	0.0122	0.0204
23									0.0002	0.0006	0.0016	0.0036	0.0074	0.0133
24									0.0001	0.0003	0.0008	0.0020	0.0043	0.0083
25										0.0001	0.0004	0.0011	0.0024	0.0050
26											0.0002	0.0005	0.0013	0.0029
27											0.0001	0.0002	0.0007	0.0017
28												0.0001	0.0003	0.0009
29													0.0002	0.0004
30													0.0001	0.0002
31														0.0001

（续）

λ = 20						λ = 30					
m	p	m	p	m	p	m	p	m	p	m	p
5	0.0001	20	0.0889	35	0.0007	10		25	0.0511	40	0.0139
6	0.0002	21	0.0846	36	0.0004	11		26	0.0590	41	0.0102
7	0.0006	22	0.0769	37	0.0002	12	0.0001	27	0.0655	42	0.0073
8	0.0013	23	0.0669	38	0.0001	13	0.0002	28	0.0702	43	0.0051
9	0.0029	24	0.0557	39	0.0001	14	0.0005	29	0.0727	44	0.0035
10	0.0058	25	0.0446			15	0.0010	30	0.0727	45	0.0023
11	0.0106	26	0.0343			16	0.0019	31	0.0703	46	0.0015
12	0.0176	27	0.0254			17	0.0034	32	0.0659	47	0.0010
13	0.0271	28	0.0183			18	0.0057	33	0.0599	48	0.0006
14	0.0382	29	0.0125			19	0.0089	34	0.0529	49	0.0004
15	0.0517	30	0.0083			20	0.0134	35	0.0453	50	0.0002
16	0.0646	31	0.0054			21	0.0192	36	0.0378	51	0.0001
17	0.0760	32	0.0034			22	0.0261	37	0.0306	52	0.0001
18	0.0844	33	0.0021			23	0.0341	38	0.0242		
19	0.0889	34	0.0012			24	0.0426	39	0.0186		

λ = 40						λ = 50					
m	p	m	p	m	p	m	p	m	p	m	p
15		35	0.0485	55	0.0043	25		45	0.0458	65	0.0063
16		36	0.0539	56	0.0031	26	0.0001	46	0.0498	66	0.0048
17		37	0.0583	57	0.0022	27	0.0001	47	0.0530	67	0.0036
18	0.0001	38	0.0614	58	0.0015	28	0.0002	48	0.0552	68	0.0026
19	0.0001	39	0.0629	59	0.0010	29	0.0004	49	0.0564	69	0.0019
20	0.0002	40	0.0629	60	0.0007	30	0.0007	50	0.0564	70	0.0014
21	0.0004	41	0.0614	61	0.0005	31	0.0011	51	0.0552	71	0.0010
22	0.0007	42	0.0585	62	0.0003	32	0.0017	52	0.0531	72	0.0007
23	0.0012	43	0.0544	63	0.0002	33	0.0026	53	0.0501	73	0.0005
24	0.0019	44	0.0495	64	0.0001	34	0.0038	54	0.0464	74	0.0003
25	0.0031	45	0.0440	65	0.0001	35	0.0054	55	0.0422	75	0.0002
26	0.0047	46	0.0382			36	0.0075	56	0.0377	76	0.0001
27	0.0070	47	0.0325			37	0.0102	57	0.0330	77	0.0001
28	0.0100	48	0.0271			38	0.0134	58	0.0285	78	0.0001
29	0.0139	49	0.0221			39	0.0172	59	0.0241		
30	0.0185	50	0.0177			40	0.0215	60	0.0201		
31	0.0238	51	0.0139			41	0.0262	61	0.0165		
32	0.0298	52	0.0107			42	0.0312	62	0.0133		
33	0.0361	53	0.0081			43	0.0363	63	0.0106		
34	0.0425	54	0.0060			44	0.0412	64	0.0082		

附录 3　标准正态分布函数数值表

$$\Phi(x) = \frac{1}{\sqrt{2\pi}}\int_{-\infty}^{x} e^{-\frac{t^2}{2}}dt$$

$$\Phi(-x) = 1 - \Phi(x)$$

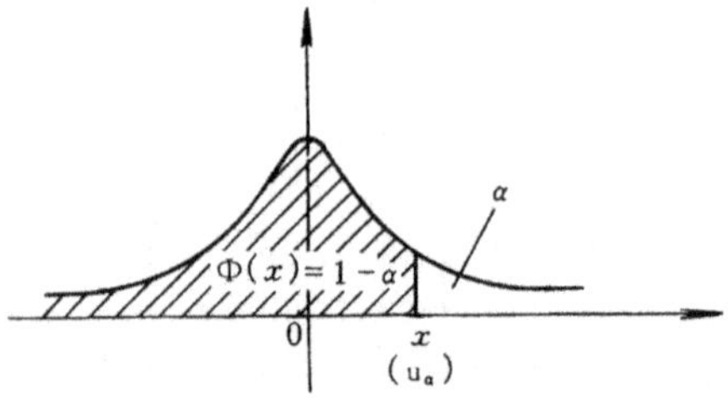

Φ(x) x / x	0.00	0.01	0.02	0.03	0.04	0.05	0.06	0.07	0.08	0.09
0.0	0.5000	0.5040	0.5080	0.5120	0.5160	0.5199	0.5239	0.5279	0.5319	0.5359
0.1	0.5398	0.5438	0.5478	0.5517	0.5557	0.5596	0.5636	0.5675	0.5714	0.5753
0.2	0.5793	0.5832	0.5871	0.5910	0.5948	0.5987	0.6026	0.6064	0.6103	0.6141
0.3	0.6179	0.6217	0.6255	0.6293	0.6331	0.6368	0.6406	0.6443	0.6480	0.6517
0.4	0.6554	0.6591	0.6628	0.6664	0.6700	0.6736	0.6772	0.6808	0.6844	0.6879
0.5	0.6915	0.6950	0.6985	0.7019	0.7054	0.7088	0.7123	0.7157	0.7190	0.7224
0.6	0.7257	0.7291	0.7324	0.7357	0.7389	0.7422	0.7454	0.7486	0.7517	0.7549
0.7	0.7580	0.7611	0.7642	0.7673	0.7703	0.7734	0.7764	0.7794	0.7823	0.7852
0.8	0.7881	0.7910	0.7939	0.7967	0.7995	0.8023	0.8051	0.8078	0.8106	0.8133
0.9	0.8159	0.8186	0.8212	0.8238	0.8264	0.8289	0.8315	0.8340	0.8365	0.8389
1.0	0.8413	0.8438	0.8461	0.8485	0.8508	0.8531	0.8554	0.8577	0.8599	0.8621
1.1	0.8643	0.8665	0.8686	0.8708	0.8729	0.8749	0.8770	0.8790	0.8810	0.8830
1.2	0.8849	0.8869	0.8888	0.8907	0.8925	0.8944	0.8962	0.8980	0.8997	0.9015
1.3	0.9032	0.9049	0.9066	0.9082	0.9099	0.9115	0.9131	0.9147	0.9162	0.9177
1.4	0.9192	0.9207	0.9222	0.9236	0.9251	0.9265	0.9278	0.9292	0.9306	0.9319
1.5	0.9332	0.9345	0.9357	0.9370	0.9382	0.9394	0.9406	0.9418	0.9430	0.9441
1.6	0.9452	0.9463	0.9474	0.9484	0.9495	0.9505	0.9515	0.9525	0.9535	0.9545
1.7	0.9554	0.9564	0.9573	0.9582	0.9591	0.9599	0.9608	0.9616	0.9625	0.9633
1.8	0.9641	0.9648	0.9656	0.9664	0.9671	0.9678	0.9686	0.9693	0.9700	0.9706
1.9	0.9713	0.9719	0.9726	0.9732	0.9738	0.9744	0.9750	0.9756	0.9762	0.9767
2.0	0.9772	0.9778	0.9783	0.9788	0.9793	0.9798	0.9803	0.9808	0.9812	0.9817
2.1	0.9821	0.9826	0.9830	0.9834	0.9838	0.9842	0.9846	0.9850	0.9854	0.9857
2.2	0.9861	0.9864	0.9868	0.9871	0.9874	0.9878	0.9881	0.9884	0.9887	0.9890
2.3	0.9893	0.9896	0.9898	0.9901	0.9904	0.9906	0.9909	0.9911	0.9913	0.9916
2.4	0.9918	0.9920	0.9922	0.9925	0.9927	0.9929	0.9931	0.9932	0.9934	0.9936
2.5	0.9938	0.9940	0.9941	0.9943	0.9945	0.9946	0.9948	0.9949	0.9951	0.9952
2.6	0.9953	0.9955	0.9956	0.9957	0.9959	0.9960	0.9961	0.9962	0.9963	0.9964
2.7	0.9965	0.9966	0.9967	0.9968	0.9969	0.9970	0.9971	0.9972	0.9973	0.9974
2.8	0.9974	0.9975	0.9976	0.9977	0.9977	0.9978	0.9979	0.9979	0.9980	0.9981
2.9	0.9981	0.9982	0.9982	0.9983	0.9984	0.9984	0.9985	0.9985	0.9986	0.9986
3.0	0.9987	0.9990	0.9993	0.9995	0.9997	0.9998	0.9998	0.9999	0.9999	1.0000

注：本表最后一行自左至右依次是 $\Phi(3.0)$、…、$\Phi(3.9)$的值。

附录 4　t - 分布临界值表

$$P\{t(k) > t_a\} = a$$

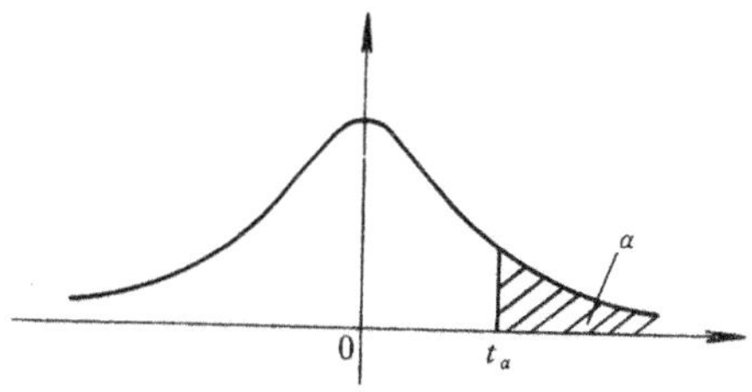

t_a \ a \ k	0.25	0.10	0.05	0.025	0.01	0.005
1	1.0000	3.0777	6.3138	12.7062	31.8207	63.6574
2	0.8165	1.8856	2.9200	4.3207	6.9646	9.9248
3	0.7649	1.6377	2.3534	3.1824	4.5407	5.8409
4	0.7407	1.5332	2.1318	2.7764	3.7469	4.6041
5	0.7267	1.4759	2.0150	2.5706	3.3649	4.0322
6	0.7176	1.4398	1.9432	2.4469	3.1427	3.7074
7	0.7111	1.4149	1.8946	2.3646	2.9980	3.4995
8	0.7064	1.3968	1.8595	2.3060	2.8965	3.3554
9	0.7027	1.3830	1.8331	2.2622	2.8214	3.2498
10	0.6998	1.3722	1.8125	2.2281	2.7638	3.1693
11	0.6974	1.3634	1.7959	2.2010	2.7181	3.1058
12	0.6955	1.3562	1.7823	2.1788	2.6810	3.0545
13	0.6938	1.3502	1.7709	2.1604	2.6503	3.0123
14	0.6924	1.3450	1.7613	2.1448	2.6245	2.9768
15	0.6912	1.3406	1.7531	2.1315	2.6025	2.9467
16	0.6901	1.3368	1.7459	2.1199	2.5835	2.9028
17	0.6892	1.3334	1.7396	2.1098	2.5669	2.8982
18	0.6884	1.3304	1.7341	2.1009	2.5524	2.8784
19	0.6876	1.3277	1.7291	2.0930	2.5395	2.8609
20	0.6870	1.3253	1.7247	2.0860	2.5280	2.8453
21	0.6864	1.3232	1.7207	2.0796	2.5177	2.8314
22	0.6858	1.3212	1.7171	2.0739	2.5083	2.8188
23	0.6853	1.3195	1.7139	2.0687	2.4999	2.8073
24	0.6848	1.3178	1.7109	2.0639	2.4922	2.7969
25	0.6844	1.3163	1.7081	2.0595	2.4851	2.7874
26	0.6840	1.3150	1.7056	2.0555	2.4786	2.7787
27	0.6837	1.3137	1.7033	2.0518	2.4727	2.7707
28	0.6834	1.3125	1.7011	2.0484	2.4671	2.7633
29	0.6830	1.3114	1.6991	2.0452	2.4620	2.7564
30	0.6828	1.3104	1.6973	2.0423	2.4573	2.7500

附录 5　χ^2－分布临界值表

$$P\{\chi^2(k) > \chi^2_\alpha\} = \alpha$$

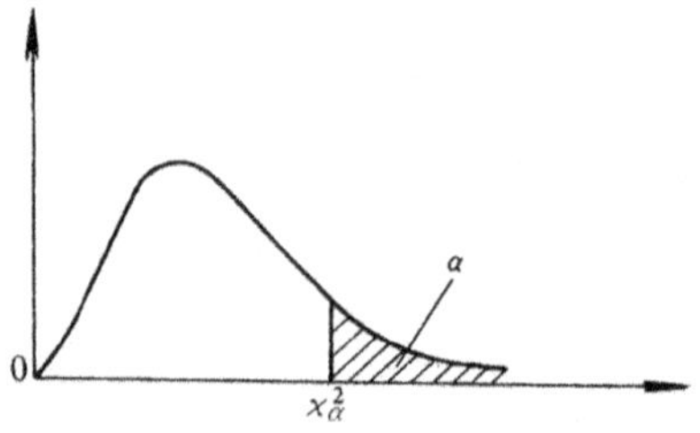

k \ α	0.995	0.99	0.975	0.95	0.90	0.75	0.25	0.10	0.05	0.025	0.01	0.005
1	—	—	0.001	0.004	0.016	0.102	1.323	2.706	3.841	5.024	6.635	7.879
2	0.010	0.020	0.051	0.103	0.211	0.575	2.773	4.605	5.991	7.378	9.210	10.597
3	0.072	0.115	0.216	0.352	0.584	1.213	4.108	6.251	7.815	9.348	11.345	12.838
4	0.207	0.297	0.484	0.711	1.064	1.923	5.385	7.779	9.488	11.143	13.277	14.860
5	0.412	0.554	0.831	1.145	1.610	2.675	6.626	9.236	11.071	12.833	15.086	16.750
6	0.676	0.872	1.237	1.635	2.204	3.455	7.841	10.645	12.592	14.449	16.812	18.548
7	0.989	1.239	1.690	2.167	2.833	4.255	9.037	12.017	14.067	16.013	18.475	20.278
8	1.344	1.646	2.180	2.733	3.490	5.071	10.219	13.362	15.507	17.535	20.090	21.955
9	1.735	2.088	2.700	3.325	4.168	5.899	11.389	14.684	16.919	19.023	21.666	23.589
10	2.156	2.558	3.247	3.940	4.865	6.737	12.549	15.987	18.307	20.483	23.209	25.188
11	2.603	3.053	3.816	4.575	5.578	7.584	13.701	17.275	19.675	21.920	24.725	26.757
12	3.074	3.571	4.404	5.226	6.304	8.438	14.845	18.549	21.026	23.337	26.217	28.299
13	3.565	4.107	5.009	5.892	7.042	9.299	15.984	19.812	22.362	24.736	27.688	29.819
14	4.075	4.660	5.629	6.571	7.790	10.165	17.117	21.064	23.685	16.119	29.141	31.319
15	4.601	5.229	6.262	7.261	8.547	11.037	18.245	22.307	24.996	27.488	30.578	32.801
16	5.142	5.812	6.908	7.962	9.312	11.912	19.369	23.542	26.296	28.845	32.000	34.267
17	5.697	6.408	7.564	8.672	10.085	12.792	20.489	24.769	27.587	30.191	33.409	35.718
18	6.265	7.015	8.231	9.390	10.865	13.675	21.605	25.989	28.869	31.526	34.805	37.156
19	6.844	7.633	8.907	10.117	11.651	14.562	22.718	27.204	30.144	32.852	36.191	38.582
20	7.434	8.260	9.591	10.851	12.443	15.452	23.828	28.412	31.410	34.170	377.566	39.997
21	8.034	8.897	10.283	11.591	13.240	16.344	24.935	29.615	32.671	35.479	38.932	41.401
22	8.643	9.542	10.982	12.338	14.042	17.240	26.039	30.813	33.924	36.781	40.289	42.796
23	9.260	10.196	11.689	13.091	14.848	18.137	27.141	32.007	35.172	38.076	41.638	44.181
24	9.886	10.856	12.401	13.848	15.659	19.037	28.241	33.196	36.415	39.364	42.980	45.559
25	10.520	11.524	13.120	14.611	16.473	19.939	29.339	34.382	37.652	40.646	44.314	46.928
26	11.160	12.198	13.844	15.379	17.292	20.843	30.435	35.563	38.885	41.923	45.642	48.290
27	11.808	12.879	14.573	16.151	18.114	21.749	31.528	36.741	40.113	43.194	46.963	49.645
28	12.461	13.565	15.308	16.928	18.939	22.657	32.620	37.916	41.337	44.461	48.278	50.993
29	13.121	14.257	16.047	17.708	19.768	23.567	33.711	39.087	42.557	45.722	49.588	52.336
30	13.787	14.954	16.791	18.493	20.599	24.478	34.800	40.256	43.773	46.979	50.892	53.672
31	14.458	15.655	17.539	19.281	21.434	25.390	35.887	41.422	44.985	48.232	52.191	55.003
32	15.134	16.362	18.291	20.072	22.271	26.304	36.973	42.585	46.194	49.480	53.486	56.328
33	15.815	17.074	19.047	20.867	23.110	27.219	38.058	43.745	47.400	50.725	54.776	57.648
34	16.501	17.789	19.806	21.664	23.952	28.136	39.141	44.903	48.602	51.966	56.061	58.964
35	17.192	18.509	20.569	22.465	24.797	29.054	40.223	46.059	49.802	53.203	57.342	60.275
36	17.887	19.233	21.336	23.269	25.643	29.973	41.304	47.212	50.998	54.437	58.619	61.581
37	18.586	19.960	22.106	24.075	26.492	30.893	42.383	48.363	52.192	55.668	59.892	62.883
38	19.289	20.691	22.878	24.884	27.343	31.815	43.462	49.513	53.384	56.896	61.162	64.181
39	19.996	21.426	23.654	25.695	28.196	32.737	44.539	50.660	54.572	58.120	62.428	65.476
40	20.707	22.164	24.433	26.509	29.051	33.660	45.616	51.805	55.758	59.342	63.691	66.766
41	21.421	22.906	25.215	27.326	29.907	34.585	46.692	52.949	56.942	60.561	64.950	68.053
42	22.138	23.650	25.999	28.144	30.765	35.510	47.766	54.090	58.124	61.777	66.206	69.336
43	22.859	24.398	26.785	28.965	31.625	36.436	48.840	55.230	59.304	62.990	67.459	70.616
44	23.584	25.148	27.575	29.987	32.487	37.363	49.913	56.369	60.481	64.201	68.710	71.893
45	24.311	25.901	28.366	30.612	33.350	38.291	50.985	57.505	61.656	65.410	69.957	73.166

附录 6　*F*－分布临界值表

$P\{F(k_1,k_2)>F_\alpha\}=\alpha$

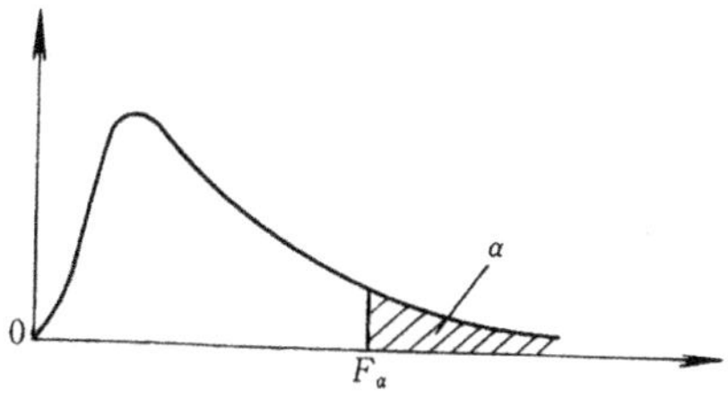

$\alpha=0.005$

F_α k_2 \ k_1	1	2	3	4	5	6	8	12	24	∞
1	16211	20000	21615	22500	23056	23437	23925	24426	24940	25465
2	198.5	199.0	199.2	199.2	199.3	199.3	199.4	199.4	199.5	199.5
3	55.55	49.80	47.47	46.19	45.39	44.84	44.13	43.39	42.62	41.83
4	31.33	26.28	24.26	23.15	22.46	21.97	21.35	20.70	20.03	19.32
5	22.78	18.31	16.53	15.56	14.94	14.51	13.96	13.38	12.78	12.14
6	18.63	14.45	12.92	12.03	11.46	11.07	10.57	10.03	9.47	8.88
7	16.24	12.40	10.88	10.05	9.52	9.16	8.68	8.18	7.65	7.08
8	14.69	11.04	9.60	8.81	8.30	7.95	7.50	7.01	6.50	5.95
9	13.61	10.11	8.72	7.96	7.47	7.13	6.69	6.23	5.73	5.19
10	12.83	9.43	8.08	7.34	6.87	6.54	6.12	5.66	5.17	4.64
11	12.23	8.91	7.60	6.88	6.42	6.10	5.68	5.24	4.76	4.23
12	11.75	8.51	7.23	6.52	6.07	5.76	5.35	4.91	4.43	3.90
13	11.37	8.19	6.93	6.23	5.79	5.48	5.08	4.64	4.17	3.65
14	11.06	7.92	6.68	6.00	5.56	5.26	4.86	4.43	3.96	3.44
15	10.80	7.70	6.48	5.80	5.37	5.07	4.67	4.25	3.79	3.26
16	10.58	7.51	6.30	5.64	5.21	4.91	4.52	4.10	3.64	3.11
17	10.38	7.35	6.16	5.50	5.07	4.78	4.39	3.97	3.51	2.98
18	10.22	7.21	6.03	5.37	4.96	4.66	4.28	3.86	3.40	2.87
19	10.07	7.09	5.92	5.27	4.85	4.56	4.18	3.76	3.31	2.78
20	9.94	6.99	5.82	5.17	4.76	4.47	4.09	3.68	3.22	2.69
21	9.83	6.89	5.73	5.09	4.68	4.39	4.01	3.60	3.15	2.61
22	9.73	6.81	5.65	5.02	4.61	4.32	3.94	3.54	3.08	2.55
23	9.63	6.73	5.58	4.95	4.54	4.26	3.88	3.47	3.02	2.48
24	9.55	6.66	5.52	4.89	4.49	4.20	3.83	3.42	2.97	2.43
25	9.48	6.60	5.46	4.84	4.43	4.15	3.78	3.37	2.92	2.38
26	9.41	6.54	5.41	4.79	4.38	4.10	3.73	3.33	2.87	2.33
27	9.34	6.49	5.36	4.74	4.34	4.06	3.69	3.28	2.83	2.29
28	9.28	6.44	5.32	4.70	4.30	4.02	3.65	3.25	2.79	2.25
29	9.23	6.40	5.28	4.66	4.26	3.98	3.61	3.21	2.76	2.21
30	9.18	6.35	5.24	4.62	4.23	3.95	3.58	3.18	2.73	2.18

$\alpha=0.01$ （续）

F_{α} k_2 \ k_1	1	2	3	4	5	6	8	12	24	∞
40	8.83	6.07	4.98	4.37	3.99	3.71	3.35	2.95	2.50	1.93
60	8.49	5.79	4.73	4.14	3.76	3.49	3.13	2.74	2.29	1.69
120	8.18	5.54	4.50	3.92	3.55	3.28	2.93	2.54	2.09	1.43
∞	7.88	5.30	4.28	3.72	3.35	3.09	2.74	2.36	1.90	1.00
1	4052	4999	5403	5625	5764	5859	5981	6106	6234	6366
2	98.49	99.01	99.17	99.25	99.30	99.33	99.36	99.42	99.46	99.50
3	34.12	30.81	29.46	28.71	28.24	27.91	27.49	27.05	26.60	26.12
4	21.20	18.00	16.69	15.98	15.52	15.21	14.80	14.37	13.93	13.46
5	16.26	13.27	12.06	11.39	10.97	10.67	10.29	9.89	9.47	9.02
6	13.74	10.92	9.78	9.15	8.75	8.47	8.10	7.72	7.31	6.88
7	12.25	9.55	8.45	7.85	7.46	7.19	6.84	6.47	6.07	5.65
8	11.26	8.65	7.59	7.01	6.63	6.37	6.03	5.67	5.28	4.86
9	10.56	8.02	6.99	6.42	6.06	5.80	5.47	5.11	4.73	4.31
10	10.04	7.56	6.55	5.99	5.64	5.39	5.06	4.71	4.33	3.91
11	9.65	7.20	6.22	5.67	5.32	5.07	4.74	4.40	4.02	3.60
12	9.33	6.93	5.95	5.41	5.06	4.82	4.50	4.16	3.78	3.36
13	9.07	6.70	5.74	5.20	4.86	4.62	4.30	3.96	3.59	3.16
14	8.86	6.51	5.56	5.03	4.69	4.46	4.14	3.80	3.43	3.00
15	8.68	6.36	5.42	4.89	4.56	4.32	4.00	3.67	3.29	2.87
16	8.53	6.23	5.29	4.77	4.44	4.20	3.89	3.55	3.18	2.75
17	8.40	6.11	5.18	4.67	4.34	4.10	3.79	3.45	3.08	2.65
18	8.28	6.01	5.09	4.58	4.25	4.01	3.71	3.37	3.00	2.57
19	8.18	5.93	5.01	4.50	4.17	3.94	3.63	3.30	2.92	2.49
20	8.10	5.85	4.94	4.43	4.10	3.87	3.56	3.23	2.86	2.42
21	8.02	5.78	4.87	4.37	4.04	3.81	3.51	3.17	2.80	2.36
22	7.94	5.72	4.82	4.31	3.99	3.76	3.45	4.12	2.75	2.31
23	7.88	5.66	4.76	4.26	3.94	3.71	3.41	3.07	2.70	2.26
24	7.82	5.61	4.72	4.22	3.90	3.67	3.36	3.03	2.66	2.21
25	7.77	5.57	4.68	4.18	3.86	3.63	3.32	2.99	2.62	2.17
26	7.72	5.53	4.64	4.14	3.82	3.59	3.29	2.96	2.58	2.13
27	7.68	5.49	4.60	4.11	3.78	3.56	3.26	2.93	2.55	2.10
28	7.64	5.45	4.57	4.07	3.75	3.53	3.23	2.90	2.52	2.06
29	7.60	5.42	4.54	4.04	3.73	3.50	3.20	2.87	2.49	2.03
30	7.56	5.39	4.51	4.02	3.70	3.47	3.17	2.84	2.47	2.01
40	7.31	5.18	4.31	3.83	3.51	3.29	2.99	2.66	2.29	1.80
60	7.08	4.98	4.13	3.65	3.34	3.12	2.82	2.50	2.12	1.60
120	6.85	4.79	3.95	3.48	3.17	2.96	2.66	2.34	1.95	1.38
∞	6.64	4.60	3.78	3.32	3.02	2.80	2.51	2.18	1.79	1.00

$\alpha = 0.025$ （续）

F_α k_1 / k_2	1	2	3	4	5	6	8	12	24	∞
1	647.8	799.5	864.2	899.6	921.8	937.1	956.7	976.7	997.2	1018
2	38.51	39.00	39.17	39.25	39.30	39.33	39.37	39.41	39.46	39.50
3	17.44	16.04	15.44	15.10	14.88	14.73	14.54	14.34	14.12	13.90
4	12.22	10.65	9.98	9.60	9.36	9.20	8.98	8.75	8.51	8.26
5	10.01	8.43	7.76	7.39	7.15	6.98	6.76	6.52	6.28	6.02
6	8.81	7.26	6.60	6.23	5.99	5.82	5.60	5.37	5.12	4.85
7	8.07	6.54	5.89	5.52	5.29	5.12	4.90	4.67	4.42	4.14
8	7.57	6.06	5.42	5.05	4.82	4.65	4.43	4.20	3.95	3.67
9	7.21	5.71	5.08	4.72	4.48	4.32	4.10	3.87	3.61	3.33
10	6.94	5.46	4.83	4.47	4.24	4.07	3.85	3.62	3.37	3.08
11	6.72	5.26	4.63	4.28	4.04	3.88	3.66	3.43	3.17	2.88
12	6.55	5.10	4.47	4.12	3.89	3.73	3.51	3.28	3.02	2.72
13	6.41	4.97	4.35	4.00	3.77	3.60	3.39	3.15	2.89	2.60
14	6.30	4.86	4.24	3.89	3.66	3.50	3.29	3.05	2.79	2.49
15	6.20	4.77	4.15	3.80	3.58	3.41	3.20	2.96	2.70	2.40
16	6.12	4.69	4.08	3.73	3.50	3.34	3.12	2.89	2.63	2.32
17	6.04	4.62	4.01	3.66	3.44	3.28	3.06	2.82	2.56	2.25
18	5.98	4.56	3.95	3.61	3.38	3.22	3.01	2.77	2.50	2.19
19	5.92	4.51	3.90	3.56	3.33	3.17	2.96	2.72	2.45	2.13
20	5.87	4.46	3.86	3.51	3.29	3.13	2.91	2.68	2.41	2.09
21	5.83	4.42	3.82	3.48	3.25	3.09	2.87	2.64	2.37	2.04
22	5.79	4.38	3.78	3.44	3.22	3.05	2.84	2.60	2.33	2.00
23	5.75	4.35	3.75	3.41	3.18	3.02	2.81	2.57	2.30	1.97
24	5.72	4.32	3.72	3.38	3.15	2.99	2.78	2.54	2.27	1.94
25	5.69	4.29	3.69	3.35	3.13	2.97	2.75	2.51	2.24	1.91
26	5.66	4.27	3.67	3.33	3.10	2.94	2.73	2.49	2.22	1.88
27	5.63	4.24	3.65	3.31	3.08	2.92	2.71	2.47	2.19	1.85
28	5.61	4.22	3.63	3.29	3.06	2.90	2.69	2.45	2.17	1.83
29	5.59	4.20	3.61	3.27	3.04	2.88	2.67	2.43	2.15	1.81
30	5.57	4.18	3.59	3.25	3.03	2.87	2.65	2.41	2.14	1.79
40	5.42	4.05	3.46	3.13	2.90	2.74	2.53	2.29	2.01	1.64
60	5.29	3.93	3.34	3.01	2.79	2.63	2.41	2.17	1.88	1.48
120	5.15	3.80	3.23	2.89	2.67	2.52	2.30	2.05	1.76	1.31
∞	5.02	3.69	3.12	2.79	2.57	2.41	2.19	1.94	1.64	1.00
1	161.4	199.5	215.7	224.6	230.2	234.0	238.9	243.9	249.0	254.3
2	18.51	19.00	19.16	19.25	19.30	19.33	19.37	19.41	19.45	19.50
3	10.13	9.55	9.28	9.12	9.01	8.94	8.84	8.74	8.64	8.53
4	7.71	6.94	6.59	6.39	6.26	6.16	6.04	5.91	5.77	5.63

$\alpha=0.05$ （续）

F_α k_2 \ k_1	1	2	3	4	5	6	8	12	24	∞
5	6.61	5.79	5.41	5.19	5.05	4.95	4.82	4.68	4.53	4.36
6	5.99	5.14	4.76	4.53	4.39	4.28	4.15	4.00	3.84	3.67
7	5.59	4.74	4.35	4.12	3.97	3.87	3.73	3.57	3.41	3.23
8	5.32	4.46	4.07	3.84	3.69	3.58	3.44	3.28	3.12	2.93
9	5.12	4.26	3.86	3.63	3.48	3.37	3.23	3.07	2.90	2.71
10	4.96	4.10	3.71	3.48	3.33	3.22	3.07	2.91	2.74	2.54
11	4.84	3.98	3.59	3.36	3.20	3.09	2.95	2.79	2.61	2.40
12	4.75	3.88	3.49	3.26	3.11	3.00	2.85	2.69	2.50	2.30
13	4.67	3.80	3.41	3.18	3.02	2.92	2.77	2.60	2.42	2.21
14	4.60	3.74	3.34	3.11	2.96	2.85	2.70	2.53	2.35	2.13
15	4.54	3.68	3.29	3.06	2.90	2.79	2.64	2.48	2.29	2.07
16	4.49	3.63	3.24	3.01	2.85	2.74	2.59	2.42	2.24	2.01
17	4.45	3.59	3.20	2.96	2.81	2.70	2.55	2.38	2.19	1.96
18	4.41	3.55	3.16	2.93	2.77	2.66	2.51	2.34	2.15	1.92
19	4.38	3.52	3.13	2.90	2.74	2.63	2.48	2.31	2.11	1.88
20	4.35	3.49	3.10	2.87	2.71	2.60	2.45	2.28	2.08	1.84
21	4.32	3.47	3.07	2.84	2.68	2.57	2.42	2.25	2.05	1.81
22	4.30	3.44	3.05	2.82	2.66	2.55	2.40	2.23	2.03	1.78
23	4.28	3.42	3.03	2.80	2.64	2.53	2.38	2.20	2.00	1.76
24	4.26	3.40	3.01	2.78	2.62	2.51	2.36	2.18	1.98	1.73
25	4.24	3.38	2.99	2.76	2.60	2.49	2.34	2.16	1.96	1.71
26	4.22	3.37	2.98	2.74	2.59	2.47	2.32	2.15	1.95	1.69
27	4.21	3.35	2.96	2.73	2.57	2.46	2.30	2.13	1.93	1.67
28	4.20	3.34	2.95	2.71	2.56	2.44	2.29	2.12	1.91	1.65
29	4.18	3.33	2.93	2.70	2.54	2.43	2.28	2.10	1.90	1.64
30	4.17	3.32	2.92	2.69	2.53	2.42	2.27	2.09	1.89	1.62
40	4.08	3.23	2.84	2.61	2.45	2.34	2.18	2.00	1.79	1.51
60	4.00	3.15	2.76	2.52	2.37	2.25	2.10	1.92	1.70	1.39
120	3.92	3.07	2.68	2.45	2.29	2.17	2.02	1.83	1.61	1.25
∞	3.84	2.99	2.60	2.37	2.21	2.09	1.94	1.75	1.52	1.00
1	39.86	49.50	53.59	55.83	57.24	58.20	59.44	60.71	62.00	63.33
2	8.53	9.00	9.16	9.24	9.29	9.33	9.37	9.41	9.45	9.49
3	5.54	5.46	5.39	5.34	5.31	5.28	5.25	5.22	5.18	5.13
4	4.54	4.32	4.19	4.11	4.05	4.01	3.95	3.90	3.83	3.76
5	4.06	3.78	3.62	3.52	3.45	3.40	3.34	3.27	3.19	3.10
6	3.78	3.46	3.29	3.18	3.11	3.05	2.98	2.90	2.82	2.72
7	3.59	3.26	3.07	2.96	2.88	2.83	2.75	2.67	2.58	2.47
8	3.46	3.11	2.92	2.81	2.73	2.67	2.59	2.50	2.40	2.29

$\alpha=0.10$ （续）

F_a k_2 \ k_1	1	2	3	4	5	6	8	12	24	∞
9	3.36	3.01	2.81	2.69	2.61	2.55	2.47	2.38	2.28	2.16
10	3.29	2.92	2.73	2.61	2.52	2.46	2.38	2.28	2.18	2.06
11	3.23	2.86	2.66	2.54	2.45	2.39	2.30	2.21	2.10	1.97
12	3.18	2.81	2.61	2.48	2.39	2.33	2.24	2.15	2.04	1.90
13	3.14	2.76	2.56	2.43	2.35	2.28	2.20	2.10	1.98	1.85
14	3.10	2.73	2.52	2.39	2.31	2.24	2.15	2.05	1.94	1.80
15	3.07	2.70	2.49	2.36	2.27	2.21	2.12	2.02	1.90	1.76
16	3.05	2.67	2.46	2.33	2.24	2.18	2.09	1.99	1.87	1.72
17	3.03	2.64	2.44	2.31	2.22	2.15	2.06	1.96	1.84	1.69
18	3.01	2.62	2.42	2.29	2.20	2.13	2.04	1.93	1.81	1.66
19	2.99	2.61	2.40	2.27	2.18	2.11	2.02	1.91	1.79	1.63
20	2.97	2.59	2.38	2.25	2.16	2.09	2.00	1.89	1.77	1.61
21	2.96	2.57	2.36	2.23	2.14	2.08	1.98	1.87	1.75	1.59
22	2.95	2.56	2.35	2.22	2.13	2.06	1.97	1.86	1.73	1.57
23	2.94	2.55	2.34	2.21	2.11	2.05	1.95	1.84	1.72	1.55
24	2.93	2.54	2.33	2.19	2.10	2.04	1.94	1.83	1.70	1.53
25	2.92	2.53	2.32	2.18	2.09	2.02	1.93	1.82	1.69	1.52
26	2.91	2.52	2.31	2.17	2.08	2.01	1.92	1.81	1.68	1.50
27	2.90	2.51	2.30	2.17	2.07	2.00	1.91	1.80	1.67	1.49
28	2.89	2.50	2.29	2.16	2.06	2.00	1.90	1.79	1.66	1.48
29	2.89	2.50	2.28	2.15	2.06	1.99	1.89	1.78	1.65	1.47
30	2.88	2.49	2.28	2.14	2.05	1.98	1.88	1.77	1.64	1.46
40	2.84	2.44	2.23	2.09	2.00	1.93	1.83	1.71	1.57	1.38
60	2.79	2.39	2.18	2.04	1.95	1.87	1.77	1.66	1.51	1.29
120	2.75	2.35	2.13	1.99	1.90	1.82	1.72	1.60	1.45	1.19
∞	2.71	2.30	2.08	1.94	1.85	1.17	1.67	1.55	1.38	1.00

附录 7　相关系数显著性检验表

r_α \ α / k	0.10	0.05	0.02	0.01	0.001	α / r_α \ k
1	0.9877	0.9969	0.9995	0.9999	0.9999	1
2	0.9000	0.9500	0.9800	0.9900	0.9990	2
3	0.8054	0.8783	0.9343	0.9587	0.9912	3
4	0.7293	0.8114	0.8822	0.9172	0.9741	4
5	0.6694	0.7545	0.8329	0.8745	0.9507	5
6	0.6215	0.7067	0.7887	0.8343	0.9249	6
7	0.5822	0.6664	0.7498	0.7977	0.8982	7
8	0.5494	0.6319	0.7155	0.7646	0.8721	8
9	0.5214	0.6021	0.6851	0.7348	0.8471	9
10	0.4973	0.5760	0.6581	0.7079	0.8233	10
11	0.4762	0.5529	0.6339	0.6835	0.8010	11
12	0.4575	0.5324	0.6120	0.6614	0.7800	12
13	0.4409	0.5139	0.5923	0.6411	0.7603	13
14	0.4259	0.4973	0.5742	0.6226	0.7420	14
15	0.4124	0.4821	0.5577	0.6055	0.7246	15
16	0.4000	0.4683	0.5425	0.5897	0.7084	16
17	0.3887	0.4555	0.5285	0.5751	0.6932	17
18	0.3783	0.4438	0.5155	0.5614	0.6787	18
19	0.3687	0.4329	0.5034	0.5487	0.6652	19
20	0.3598	0.4227	0.4921	0.5368	0.6524	20
25	0.3233	0.3809	0.4451	0.4869	0.5974	25
30	0.2960	0.3494	0.4093	0.4487	0.5541	30
35	0.2746	0.3246	0.3810	0.4182	0.5189	35
40	0.2573	0.3044	0.3578	0.3932	0.4896	40
45	0.2428	0.2875	0.3384	0.3721	0.4648	45
50	0.2306	0.2732	0.3218	0.3541	0.4433	50
60	0.2108	0.2500	0.2948	0.3248	0.4078	60
70	0.1954	0.2319	0.2737	0.3017	0.3799	70
80	0.1829	0.2172	0.2565	0.2830	0.3568	80
90	0.1726	0.2050	0.2422	0.2673	0.3375	90
100	0.1638	0.1946	0.2301	0.2540	0.3211	100